Ingar Johnsrud

Der Bote

Autor

Ingar Johnsrud, Jahrgang 1974, wuchs in Holmestrand auf. Er studierte Film- und Medienwissenschaften und arbeitete fünfzehn Jahre als Journalist bei einem der größten norwegischen Medienunternehmen. Sein erster Thriller, »Der Hirte«, wurde als bestes Krimidebüt für den Maurits Hansen Prisen nominiert und eroberte international die Bestsellerlisten.

Von Ingar Johnsrud bereits erschienen
Der Hirte · Der Bote · Der Verräter

Ingar Johnsrud

Der Bote

Thriller

Deutsch von
Daniela Stilzebach

blanvalet

Die Originalausgabe erschien 2016 unter dem Titel »Kalypso«
bei Aschehoug & Co., Oslo.

FSC
www.fsc.org
MIX
Papier aus verantwortungsvollen Quellen
FSC® C014496

Verlagsgruppe Random House FSC® N001967

1. Auflage

Redaktion: Leena Flegler
Umschlaggestaltung: © www.buerosued.de
Umschlagmotiv: welcomia/Freepik; www.buerosued.de
JaB · Herstellung: wag
Satz: Uhl + Massopust, Aalen
Druck und Bindung: GGP Media GmbH, Pößneck
Printed in Germany
ISBN 978-3-7341-0769-6

www.blanvalet.de

Jedes Mal, wenn irgendwo auf der Welt ein neuer Impfstoff oder eine neue Behandlungsmethode entwickelt wurde, mussten wir in unseren Laboratorien eine Möglichkeit finden, die Wirkung zu konterkarieren.

Ken Alibek, früherer stellvertretender Direktor von Biopreparat, der Behörde für biologische Kriegsführung in der Sowjetunion (aus: *Bioterror. Tod aus dem Labor.* Ullstein, München 2001)

Teil 1

1

Oslo, acht Jahre zuvor

Es passiert jeden Sommer. Tagelang liegt eine derart tropische Hitze über dem Land, dass die Luft regelrecht vibriert. Der Asphalt schwitzt Öl, in der Straßenbahn zerfließen die Menschen, und der Norweger vergisst, wo er lebt, und verflucht die Hitze.

Im Winter wird Bilanz gezogen.

Es war so kalt, dass das Leder seiner Uniformjacke knirschte, als Fredrik Beier die Hand hob und an die Tür klopfte.

Hinter den Fenstern des gelb gestrichenen Holzhauses auf dem Galgeberg – einem Gebäude aus der Zeit, als die Stadt noch Kristiania hieß und Abwasser noch über die Straßen abgeleitet wurde –, versperrten breite Gardinen den Blick ins Innere. Rauch stieg aus dem Schornstein auf. Das Geschrei sei vor einer halben Stunde verstummt, hatten die Nachbarn erzählt.

Fredrik Beier warf einen Blick über die Schulter zu seinem Kollegen Andreas Figueras. Die Brille ruhte auf seinem Nasenrücken, und als er die Zunge in den Mundwinkel schob, schmolzen die kleinen Eisperlen in seinem Bart. Die Wohnung war von der Fürsorge zugeteilt worden. Hier wohnten eine russische Frau und ihr Sohn. Der Mann, vor dem sie geflüchtet waren, war der Vater des Jungen, ein Pharmazeut namens Peder Rasmussen.

Kein Name, dem man besondere Beachtung schenkte.

Der Knirps, der die Tür öffnete, erweckte nicht den Eindruck, als hätte er das Schulalter bereits erreicht, aber Fredrik wusste, dass er acht Jahre alt war. Als er den Blick hob, um den dunklen Korridor in Augenschein zu nehmen, schlug ihm Wasserdampf entgegen.

Andreas musste die Gestalt in der niedrigen Türöffnung zum Kinderzimmer bemerkt haben. Vermutlich hatte er auch vage den Revolver gesehen, den der Mann in Anschlag nahm, und er hatte geahnt, dass die dunklen Flecken auf dessen Hemd Blut waren. Dass der Dunst aus dem Badezimmer kam, in dem Wasser lief. Fredrik hingegen konnte gar nichts sehen. Der Dampf hatte sich auf seine Brillengläser gelegt, und als er die Hände hob, packte ihn eine starke Hand am Kragen und zerrte ihn zurück. Andreas' Hand auf Fredriks Schulter verschwand, und ein Schlag mit dem Revolverschaft gegen die Schläfe beförderte Fredrik zu Boden.

Eine Tür schlug zu, er vernahm noch das pfeifende, verängstigte Luftholen des Jungen, bevor die Wände um ihn herum in sich zusammenfielen.

Feuchtigkeit. Ein klammer Film von der Stirn bis hinunter zum Hals, wo sein Uniformhemd spannte, und dann weiter den Rücken hinab. Nasse Füße in gefütterten Winterstiefeln. Mit einem schwachen Schluchzen schnappte er nach Luft, sog aber nur den dunklen Stoff des Wäschebeutels ein, der ihm über den Kopf gezogen worden war. Klaustrophobie ergriff von ihm Besitz. Er versuchte, nach etwas zu treten, aber seine Füße waren zusammengebunden. Und die Hände? Gefesselt, hinter seinem Rücken fest mit Klebeband umwickelt. Die steifen Fasern des Teppichs pikten ihm in die Finger. Er streckte sich, bäumte sich auf, drückte den Rücken durch. Beinahe wäre ihm schwarz vor Augen geworden, bevor es ihm endlich gelang, sich wieder zu sammeln. Ignorier die feuerroten Blitze vor deinen Augen, zähl, zähl langsam, halt die Luft an, atme ein, halt die Luft an, atme aus. Ruhig!

Der Revolvergriff musste ihn direkt am Haaransatz getroffen haben, denn von dort strahlte der Schmerz aus. Als er jetzt ruhig dalag, wurde der Schmerz erst heftiger, lockerte dann aber allmählich den Griff um seinen Schädel. Seine Lunge füllte sich, und er hatte wieder die Kontrolle über seine Atmung, die Kontrolle über seinen Körper, die Kontrolle über seinen Geist. Sein Puls verlangsamte sich.

Er spitzte die Ohren. Das Geräusch von Wasser, das aus einem Duschkopf auf Emaille traf. Und ein Summen. Er kannte das Lied. *Popeye …*

»I'm Popeye the sailor man, I'm Popeye the sailor man. Hmm mmm mmm mmm. I'm Popeye the sailor man. Toot toot!«

Ihm dämmerte, dass er in einem Flur lag, während der Angreifer im Bad rumorte. Seine Handgelenke fühlten sich klebrig an, und er fror. War er mit einem Messer attackiert worden? Dann bemerkte er etwas. Bei seinen hektischen Bewegungen hatte er die Muskeln angespannt, und Stück für Stück hatte sich das Klebeband gelockert. Durch den Dampf hatte der Leim seine Konsistenz verändert, war schmierig und weich geworden. Behutsam begann er, die Hände aneinanderzureiben.

»Vater? Ich glaub, sie kommen jetzt.«

Die helle Stimme kam vom anderen Ende des Flurs. Der Junge schien an der Tür zu stehen.

»Toot toot«, brummte die Männerstimme. »Hier rüber mit dir!«

Fredrik ertastete einen Sprung im Boden. Kurz darauf wurde er in Sitzposition gehievt. Der Mann stellte sich breitbeinig über ihn und riss ihm den Wäschebeutel vom

Kopf. Fredrik spähte an den Blutstropfen auf seinen Brillengläsern vorbei.

Großer Gott.

Peder Rasmussen, der Pharmazeut, war älter als er selbst, kräftig, mit deutlich hervortretenden Muskeln von den Schultern bis zum Nacken. Sein Hemd hatte er ausgezogen. Die Brust war blutbefleckt. Er setzte sich rittlings auf Fredriks Oberschenkel. Dunkle, steif gegelte Haare über schielenden Augen. Vom Zahnfleisch zwischen Schneide- und Eckzahn perlte ein Blutstropfen. Er musste die Kiefer so fest zusammengepresst haben, dass die Zahnwurzeln nachgegeben hatten. Er hatte Fredriks Hemdkragen so fest gepackt, dass er kaum Luft bekam. In der anderen Hand schwenkte er seinen Revolver.

Fredrik lehnte mit dem Rücken an der Wohnungstür. Trotzdem spürte er, dass hinter den Gardinen etwas vor sich ging – womöglich weil Rasmussens Blick umherirrte.

»Ich blas dem Schwein den Schädel weg!«, schrie er. »Wenn ihr die Tür auch nur anfasst, dann blas ich ihm den Schädel weg!«

Die Mündung an der Stirn. Schweißgeruch, Mundgeruch, der Geruch von Pfefferminztee. Erstmals begegnete der Koloss Fredriks Blick. Fredrik suchte in seinen Augen nach dem Akademiker, dem Intellektuellen, der Peder Rasmussen angeblich sein sollte. Doch davon war nichts zu erkennen. In seinem Blick lag bloß der schiere Wahnsinn.

Die Zungenspitze wanderte zu dem Blutstropfen am Zahnfleisch, und ein rosaroter Film legte sich über den Eckzahn. Er schmatzte kurz, dann fauchte er: »Ich mein es ernst. Ich verspritze verdammt noch mal dein Hirn über diese verfluchten Hurensöhne, wenn sie sich nicht sofort vom Acker machen.«

»Vater … Seine Hände …«

»Peder Rasmussen!«, schrie jemand von draußen. »Peder Rasmussen?«

Ein kurzes Zögern. Jetzt musste es sein. Gott allein wusste, was diesem Irren einfallen würde, sobald er kapierte, dass Fredrik beide Hände freihatte. Er warf den Oberkörper nach vorn und griff nach der Hand mit dem Revolver. Erwischte das Handgelenk. Die Waffe krachte gegen die Wand. Fredrik packte den Kopf des Mannes und zog ihn zu sich heran.

»Jetzt!«, schrie er. »Er ist unbewaffnet! Macht schon!«

Die Stirn traf Fredrik direkt über der Nase, Blutgefäße platzten, trotzdem hielt Fredrik ihn fest, schnappte mit den Zähnen nach Haut, hämmerte mit den Fäusten auf die Ohren des Mannes ein, tastete nach dem Kehlkopf, biss zu. Schmeckte Blut.

Als die Tür mit einem Rammbock aufgebrochen wurde, kam das Geräusch aus weiter Ferne. Nicht aber die Stimme. Nicht die dünne, ängstliche Kinderstimme.

»Halt! Ich schieße!«

Die Erschütterung kam nicht von außen – sie kam aus seinem Inneren. Fredrik lockerte den Griff um Peder Rasmussens Kehle, und dessen Mund ging auf. Er legte den Kopf in den Nacken. Hustete Blut. Dann glotzte die Bestie ihn von oben herab an.

Zwischen ihnen und der Wohnungstür taumelte der Junge hin und her – die Knie zusammengepresst, die Arme nach oben gerissen. Die kleinen Hände, kreideweiß über dem Revolvergriff. In der Tür waren drei Beamte der Spezialeinheit aufgetaucht: schwarz gekleidet und maskiert, Waffen im Anschlag. Andreas war ebenfalls da. Die schusssichere Weste beulte die Uniformjacke aus.

»Wir gehen«, sagte einer der Männer. Ruhig. Seelenruhig. »Wir ziehen uns zurück, Junge. Nicht schießen. Ganz ruhig, wir werden euch nichts tun.«

In einer donnernden Vorwärtsbewegung hatten sie die Wohnung stürmen wollen. Als sie jetzt den Rückzug antraten, bewegten sie sich völlig still, rücksichtsvoll, vorsichtig.

»Erschieß die Schweine! Erschieß sie!«

Das Monster kreischte sich die Seele aus dem Leib – ein Schrei aus Wahnsinn, Gift und Galle.

»Nicht …«

»Vater …«

»Schieß!«

2

Gegenwart

Mit dem Herbst kam der Regen, mit dem Regen kam der Wind, und mit dem Wind kam das Laub.

Trotzdem hörte er nicht auf. Dieser Trottel schlurfte in einem fort dort unten zwischen den Grabsteinen herum und harkte. Zog die stumpfen Zinken seines Werkzeugs durch das herbstbraune Laub. Zupfte mit der Hand die Blätter von den Zinken und stopfte sie in einen Müllsack, den er mit sich herumschleppte.

»Arme Sau«, murmelte Mikael Morenius. Der goldglänzende Zigarettenfilter zischte, als er auf dem Asphalt landete. Als Mikael die Kippe zertrat, stellte er irritiert fest, dass die Nässe durch seine Lederschuhe hindurchgesickert war.

Die Schritte auf dem Parkplatz hinter ihm waren kurz und schleppend und wurden von einem heftigen Hustenanfall unterbrochen. Mikael drehte sich zu dem Neuankömmling um. Ein stämmig gebauter alter Mann, der sich am Dach eines Autos, eines heruntergekommenen blauen Fiat, abstützte und Schleim in ein Taschentuch hustete.

Mikael wartete, bis das Röcheln nachgelassen hatte, bevor er zu ihm ging und ihm die Hand entgegenstreckte.

Der Alte starrte ihn bloß an. Griff dann nach Mikaels Hand. Anschließend setzten sie sich beide in den kreideweißen Mercedes.

»*Tschjort*«, stöhnte er heiser und presste sich das Taschentuch unter die Nase, während er am Fensterknopf herumhantierte. »Hier drinnen stinkt's.« Sein russischer Akzent war nicht zu überhören.

»Ich rauche im Auto«, sagte Mikael.

»So was stört mich nicht …«

»Dann sind es die Katzenjungen.«

Mikael drehte den Zündschlüssel halb herum, damit die Fenster reagierten. Sein eigener Geruchssinn war kaum mehr der Rede wert. Er hatte ihn eingebüßt, als man ihm den Arm amputiert hatte. Niemand hatte ihm je erklären können, wie das eine mit dem anderen zusammenhing.

Der Russe öffnete das Fenster nur einen Spalt weit.

»Eine Katze hat den Motorraum zum Kreißsaal umfunktioniert. Die kleinen Teufel sind am Motorblock festgebacken«, erklärte Mikael.

Erst als die Innenraumbeleuchtung erloschen war, zog der Russe den Umschlag aus der Innentasche.

»Hier«, sagte er. »Der Beweis dafür, dass ich die Wahrheit sage.«

»Der Beweis«, wiederholte Mikael und nahm den Umschlag entgegen.

Mit seiner künstlichen Hand tastete er ungelenk an der Kante entlang, bis der Gegenstand herausrutschte. Er lag schwer in der Hand. Mit den Fingerspitzen strich er über die Rubine. Klopfte mit den Nägeln auf die funkelnde Goldfassung. Das Entenherz. *Le Cœur de Canard.*

Einen Moment lang blieben sie so sitzen und betrachteten die am Horizont vorbeiziehenden Wolken. Den unermüdlichen Kampf des einsamen Mannes gegen den Herbst. Mit einem Nicken reichte Mikael dem Russen das Telefon.

»Sie wartet.«

Der ehemalige Offizier schob die Autotür auf und stieg aus. Während er telefonierte, legte Mikael das Schmuckstück an. Richtete sich im Sitz gerade auf, um das Gewicht zu spüren, das kalte Metall und die Edelsteine auf der Brust. Der Verschluss der Goldkette, der seinen Platz zwischen den Nackenwirbeln fand. Endlich.

Der Russe hustete erneut, als er wieder einstieg. »Dann ziehen wir es mal nicht in die Länge …«

Mikael schüttelte den Kopf. »Wenn das, was Sie sagen, wahr ist … dann haben Sie eine Menge Menschenleben gerettet.« Seine Stimme nahm einen geschäftsmäßigen Ton an. »Wir werden Ihnen unseren Dank angemessen erweisen.«

Der BMW fuhr los, und der Mann zwischen den Gräbern hörte auf zu harken. Hob den Müllsack hoch und leerte ihn über dem Boden aus. Griff nach einem Gegenstand, der neben ihm am Boden gelegen hatte. Eine Eishacke. Regentropfen glitzerten auf dem Stahl. Noch während er am Schloss des Fiat herumhantierte, wiederholte er im Kopf das Kennzeichen des Mercedes.

3

Angstdämpfend. Beruhigend. Beunruhigend.

Atemfunktion. Lebenssituation.

Rikshospitalet.

Die Worte tickerten über die Fensterscheibe. Zeichneten

sich darauf ab, bis die Regentropfen darauf ineinanderflossen. Zurück blieben nur nackte Baumkronen, eingraviert in Oslos dunkelgrauen Oktoberhimmel. Das Pflaster, das den Verband am Hinterkopf hielt, ziepte, als sich Polizeihauptkommissar Fredrik Beier widerwillig der Ärztin zudrehte.

»Ihre Blutprobe weist Spuren angstdämpfender Mittel und eine beträchtliche Menge schmerzstillender Medikamente auf. Und Alkohol. Viel Alkohol.«

Sie stand neben seinem Bett und hatte die Brille mit den rechteckigen Gläsern auf die Stirn geschoben. Während sie die Krankenakte überflog, strich die Ärztin mit einem rot lackierten Fingernagel an ihrem breiten Nasenrücken entlang. Sie sah ihn nicht mal an.

»Wichtig für Sie, Ihren behandelnden Arzt und Ihre…« Die Ärztin zögerte und sah die beiden Frauen an, die auf zwei klapprigen Stühlen in dem kleinen Krankenzimmer saßen. »…für Ihre Angehörigen ist jetzt, der Ursache auf den Grund zu gehen. Und Maßnahmen zu ergreifen, damit eine solche Situation nicht noch einmal eintritt.«

Durch das Reiben mit dem Fingernagel war ihre Nase mittlerweile ganz weiß.

»Hier, ein paar Informationen – über Depressionen und Suizidgefährdung.« Sie schob ein paar Broschüren unter seine Brille auf dem Nachttisch. Dann ging sie wieder.

Fredrik Beier hatte mal gehört, dass sich Patienten hier im Rikshospitalet die Kunst an der Wand selbst aussuchen durften. Er fragte sich, wer vor ihm in diesem Zimmer gelegen hatte. Wer bitte schön hatte sich für das Bild zweier breit grinsender Clowns entschieden, die auf einem Hochseil über eine Autobahn balancierten? Offensichtlich jemand, dem es noch schlechter ergangen war als ihm. Er versuchte, einen Scherz zu machen, klang aber nicht überzeugend.

Die Frau, die direkt unter dieser geschmacklosen Schmiererei saß, lächelte nicht einmal ansatzweise. Bettina, seine Lebensgefährtin. Sie starrte ihn lediglich an. Zog die Strickjacke enger um die Schultern, als würde sie frieren, und rollte einen Faden aus dem Ärmel zwischen ihren Fingern hin und her. Ihr dunkles Haar fiel ihr in die Stirn.

Die andere Frau ergriff als Erste das Wort. Alice, Fredriks Exfrau. Vor ihrer Wohnung hatten ihn die Rettungssanitäter aufgelesen. Dort hatte er gelegen, mitten auf der Stolmakergata im Stadtteil Grünerløkka, bis obenhin voll mit Medikamenten und Alkohol. Dort wohnte sie mit ihrem neuen Mann. Mit Erik.

»Tja… Also, was ist denn eigentlich passiert, Fredrik? Andreas meinte, du hättest völlig klar gewirkt, als ihr euch getrennt habt. Ist es…« Alices Stimme wurde weicher. »Fredrik, ist es wieder Frikk?«

Fredrik und Alice hatten zwei gemeinsame Kinder, Jacob und Sofia, beides Teenager. Sie hatten einmal drei gehabt. Frikk war bei einem Brand ums Leben gekommen, und die Trauer war bodenlos gewesen. Selbstverständlich. Aber inzwischen war viel Zeit vergangen. Dreizehn Jahre. Es war nun wirklich nicht mehr so, als würde er jeden Tag mit einem Herzen aufwachen, das erst aufgetaut werden musste.

Das Pflaster um seinen Verband ziepte erneut an den Haaren im Nacken, als er den Kopf schüttelte.

Was genau war da vor zwei Tagen passiert? Er wusste es nicht mehr. Das heißt – an eine Sache erinnerte er sich noch. Andreas und er hatten einen weiteren Fall von Kindesmisshandlung geklärt. Noch einen in der langen Reihe von Fällen häuslicher Gewalt, die in der Abteilung für Gewalt- und Sexualverbrechen im Polizeibezirk Oslo zu ihrem Alltag geworden waren. Wieder einmal hatte er das Revier mit einem klaffenden Loch in der Brust verlassen. Sie hatten sich gemeinsam auf den Weg gemacht, um noch etwas zu essen und ein Bier zu trinken. Sie hatten gegessen, getrunken und danach … Danach floss alles zusammen. Eine Kakofonie aus Stimmen, Sirenen, unfassbarer Müdigkeit und Wut. Lärm. Er schaffte es nicht, vereinzelte Worte auszumachen oder auch nur ein Gefühl, eine Stimmung. Zumindest nicht ehe hier im Krankenhaus die Phrasen angefangen hatten, sich auf der Fensterscheibe abzuzeichnen, und er endlich wieder zu sich gekommen war.

»Was hast du den Kindern gesagt?«

Alice zog ihren Pferdeschwanz straff. Wie unterschiedlich die beiden waren, Alice und Bettina. Während seine neue Lebensgefährtin zierlich und dunkelhaarig war, war die Exfrau füllig, blond, hell – sowohl äußerlich als auch in Gemütsdingen. In Bettina jedoch loderte ein Feuer. Schmale, verlockende Augen, die in ihm Begierden weckten. Alice war eher … liebenswürdig.

»Nichts«, sagte Alice. »Ich ruf Sofia später an, und Jacob … Na ja. Er war am Wochenende unterwegs, hatte ein Konzert, sodass ich nicht glaube, dass Bettina …«

Bettina rieb sich die Hände. Ihre Haut war so trocken, dass er fast glaubte, ein Knistern zu hören. Als Sofia zum Studium nach Bergen gezogen war, hatte sich der sechzehnjährige Jacob entschieden, bei seinem Vater zu wohnen.

»Nein«, erwiderte Bettina knapp. »Du musst schon selbst mit ihm reden.« Dann stand sie auf. »Was ich nicht verstehe … Warum zur Hölle legst du dich vor *ihrer* Wohnung auf die Straße?« Sie hob erbost die Hand und starrte Fredrik an. »Als wärst du irgendein sterbender Indianer oder so was in der Art.«

»Würdest du dich besser fühlen, wenn ich vor unserer Wohnung gestorben wäre?«, fragte Fredrik.

»Ja.«

4

Obwohl es geregnet hatte, lag immer noch eine dünne Schneeschicht auf den Straßen und Wiesen von Bygdøy, doch durchs Autofenster konnte Kafa Iqbal sehen, dass sich die weiße Pracht allmählich auflöste. Zurück blieb Matsch, der bis zum Abend wahrscheinlich verschwunden wäre.

Sie ließ sich Zeit. Ließ dem fröstelnden Wächter am Tor zum Kongsgården einen mitfühlenden Gedanken zuteilwerden und betrachtete erst einmal ausgiebig die Fassade des Volksmuseums. Diese sonderbare Sammlung von verschiedenartigem Kleinkram, aus Häusern und Gebäuden, Gehöften und Stadtvierteln, die von ihren Fundamenten abgetragen und hierher verfrachtet worden waren… Sie hatte das Museum mal während der Schulzeit besucht, und damals wie heute kam ihr der gleiche Gedanke: Wie weiß dieses Land immer schon gewesen war. Der Schnee, die Menschen, selbst das Essen, das sie zu sich nahmen, die Kartoffeln, die Soßen, das Mehl, der Fisch. Wann würden sie hier wohl die ersten Kebabbuden aufstellen? Die Moscheen? Die schiere Vorstellung vom Türken an der Ecke?

Sie war so schnell aus der Innenstadt hier gewesen, dass es im Auto erst jetzt warm wurde. Draußen vor den Fenstern waren die Straßen schmaler geworden, die Grundstücke weitläufiger. Hier am Stadtrand lebten einige der reichsten Bewohner dieses Landes, und die stellten ihr Glück gern in Form von Immobilien zur Schau. Hier standen Tirolervillen direkt neben funktionalistischen Bungalows. Südnorwegisches Idyll auf Steroid – eine regelrecht pathologische Studie alten Geldes und verschwendeter Ölmillionen, ein Nebeneinander von Zynikern und Glückspilzen. Eine pastellfarbene Bevölkerung mit unterernährten Hunden und überdimensionierten Autos.

Auf einem Höhenzug an der Ostseite der Halbinsel parkte zwischen den Villen ein Streifenwagen am Straßenrand. Sie hielt dahinter an, blieb aber noch kurz sitzen. Lauschte dem Klopfen des Regens auf dem Wagendach.

Sie erinnerte sich noch gut an ihren ersten Mordfall. Sie hatte damals gerade erst im Gewaltdezernat angefangen. Sie hatte für Fredrik Beier gearbeitet, diesen langen Schlaks – ein scharfsinniger Mann, allerdings mit düsterem Gemüt. Anfangs hatte sie ihn wirklich gemocht. Richtig gerngehabt. Doch irgendetwas hatte sich verändert. Inzwischen sahen sie sich nur noch selten.

Kafa ließ die Hand vom Hals zum Schlüsselbein gleiten. Die Schwellung war zurückgegangen, aber es tat noch immer weh. Verdammt, sie wollte gar nicht daran denken. Nicht jetzt. Denn dieser Fall war echt speziell. Dieser Todesfall gehörte ihr. Ihr erster Fall als leitende Ermittlerin.

Kafa zog den langen, dunklen Zopf im Nacken straff und griff nach ihrer Regenjacke. Am Tor warteten zwei Kollegen in Uniform auf sie.

»Der Postbote hat Verdacht geschöpft«, sagte der eine, ein kleiner, breit gebauter Mann. Mit der behaarten Hand zeigte er auf einen Briefkasten, und Kafa kniff die Augen zusammen.

Mit zierlicher Schrift war ein Name auf das Messingschild graviert worden: Gerda Thrane. Witwe, fünfundachtzig, einzige Bewohnerin der Villa, wie sie inzwischen in Erfahrung gebracht hatte.

»Der Postbote fährt diese Tour seit Jahren. Ihm ist aufgefallen, dass Frau Thrane ihre Zeitung nicht mehr reingeholt hat. Die Eingangstür hat so einen altmodischen Briefschlitz – und sowie er dort hineingeschnuppert hat, hat er die Polizei alarmiert.«

»Und ihr seid drinnen gewesen?«

»Ja. Das ist vielleicht ein Anblick!«

Der Polizist machte ihr das Tor auf, aber anstatt hineinzugehen, wich Kafa ein paar Schritte zurück. Ließ ihre Hände über der Taille ruhen. Die rote Holzvilla stand vor neugierigen Blicken abgeschirmt hinter einer vernachlässigten Berberitzenhecke. Eine Birkenallee führte zum Eingang. Die Villa war verhältnismäßig hoch gebaut, auch wenn die Fensterreihen verrieten, dass es bloß zwei Stockwerke waren. Nicht protzig, eher massiv und durchaus gepflegt. Sie vermutete, dass man vom Obergeschoss über den Hafen für Kleinboote in der Langviksbucht blicken konnte.

»Es war nicht abgeschlossen«, erklärte der Polizist, als Kafa vor dem Eingang erneut innehielt. Neben der Tür klammerten sich verwelkte Kletterrosen an ein windschiefes Spalier. Die Rosen hätten noch vor dem Winter gestutzt werden müssen.

Der Eingangsbereich wirkte zwar großzügig, trotzdem sorgten die Holzvertäfelung und die Textiltapete für eine bedrückende, beengte Atmosphäre. Bereits hier stach ihr der Geruch in die Nase. Auch wenn Kafa inzwischen nicht mehr schlecht davon wurde, löste der Gestank noch immer Unbehagen bei ihr aus – und eine innere Zerrissenheit. Feuerwehrmänner mochten schließlich auch keine Brände, trotzdem löschten sie sie. In etwa das gleiche Phänomen konnte sie auch an sich selbst feststellen.

Herbstlaub vom Kiesweg klebte an ihren Stiefelettensohlen. Als sie sich nach vorn beugte, um die Plastiküberzieher überzustreifen, ahnte sie, dass der Kollege ihr auf den Hintern starrte. Er war stehen geblieben, als würde sie ihm noch ein Dankeschön für die bisherige Hilfe schulden. Sie knurrte ihn an und sah dann flüchtig auf das dunkle Sichtschutzfenster in der Tür, die zu den Wohnräumen führte, bevor sie die Tür mit dem Ellbogen aufstieß.

Von außen hatte das Haus ganz gewöhnlich gewirkt. Doch hinter der Durchgangstür erstreckte sich zu ihrer Überraschung eine Art Eingangshalle, die acht, neun Meter hinauf bis zum Dachfirst reichte. Unter der Decke hing ein Kronleuchter. Die Wände waren mit breiten Teakholzbohlen verkleidet, allerdings war das exklusive Holz durch eine Unzahl Nägel verunstaltet worden, die aus der Wand herausragten. Es mussten Hunderte sein. Sogar in die Tür waren sie hineingeschlagen worden. Dunklere Quadrate, Rechtecke und Ovale vor ausgeblichenem Grund verrieten, dass an jedem Einzelnen ein Bilderrahmen oder was auch immer gehangen hatte.

In das Persönliche, Intime einzutauchen war wesentlicher Bestandteil von Polizeiarbeit. Als Kafa jedoch über den weinroten Teppich ging, der Geräusche und Licht regelrecht in sich einzusaugen schien, fühlte es sich an, als wäre sie im Begriff, ein Heiligtum zu entweihen. Der Raum wirkte auf sie wie ein Mausoleum. Direkt vor ihr setzte eine breite Mahagonitreppe mit einem niedrigen, geschwungenen Geländer an, die an einer Empore endete, die zu beiden Seiten der Halle entlangführte. Die Leiche lag ein Stück über Augenhöhe mit den Füßen auf den Treppenstufen.

Es handelte sich um einen Mann. Übergewichtig, vermutlich mittleren Alters. Der Tote musste schon eine ganze Weile dort gelegen haben. Seine Gesichtszüge waren nicht mehr zu erkennen. Er lag auf dem Rücken, war mit einer dunkelblauen, schmutzigen Jogginghose bekleidet. Oberschenkel und Fußknöchel waren angeschwollen. Ein weißes Hemd gab den Blick auf eine unbehaarte Brust und einen aufgedunsenen Nacken frei. Ein dicker, grünlich schwarzer Zeigefinger umfasste noch immer einen Keramikhenkel, während der Rest der Kaffeetasse zerbrochen neben ihm lag.

Sie zuckte zusammen, als sich der Kollege hinter ihr räusperte.

»Sieht aus, als hätte die Leiche dort, wo der Schädel auf die Treppenstufe aufgeschlagen ist, eine tiefe Wunde am Hinterkopf.«

Kafa lehnte sich nach vorn, um es sich anzusehen. Geronnenes Blut hatte die hellen Haare braunschwarz verfärbt. Die Haut war bläulich. Er trug keine Schuhe, lediglich schwarze Sportsocken. Ein dunkel verfärbter großer Zeh lugte durch ein Loch im Stoff.

»Wissen wir, wer das ist?«, fragte Kafa.

Der Polizist reichte ihr eine durchsichtige Plastikhülle, in der ein Führerschein steckte. »Mikael Morenius. Der Mann heißt Mikael Morenius. Den Führerschein haben wir vor dem Sofa im Esszimmer gefunden.«

Kafa nahm die Hülle entgegen und hielt sie ins Licht. Der Führerschein war gerade mal zehn Jahre zuvor ausgestellt worden. Auf dem Foto war ein ernst dreinblickender, schlanker blonder Mann zu sehen.

»Er hat ordentlich zugelegt…«

»Amen.«

»Also… ist er gestürzt? War es ein Unfall? Aber was macht er hier? Im Haus einer alten Witwe? Und wo ist die Frau?«

Der Kollege schüttelte den Kopf. »Genau deswegen hab ich die Kriminalpolizei informiert. Frau Thrane ist verschwunden.«

5

Tagsüber ging Fredrik mit Krøsus spazieren. Abends schlich er in die Küche und holte sich von dort einen Stuhl, um sich dann in den Flur vor Jacobs Zimmer zu setzen. Er lehnte den Kopf an die Wand, streckte das steife linke Bein aus und lauschte. Zwei Wochen waren vergangen, seit er aus dem Krankenhaus entlassen worden war.

Krøsus war Bettinas Hund. Für einen Spaniel war das Tier ziemlich nervös, was sich in häufigen Durchfällen äußerte. Die Hündin hatte einen vorwurfsvollen Blick – einen *traurigen Blick*, pflegte Bettina ihn zu berichtigen, ehe sie ihm das Metallgestell seiner Brille in die Haare schob, ihm über den Bart strich und sagte: »Genau wie du.«

Er tippte auf Brahms, war sich aber nicht sicher. Bevor sein Sohn wieder bei ihm eingezogen war, hatte Fredrik angenommen, die Bratsche sei bloß ein vorübergehendes Hobby. Ähnlich wie seine eigenen jugendlichen Versuche an der Klarinette. Aber das hier war etwas anderes. Jacob besuchte inzwischen Benjamin Bues Musikakademie. Er sei ein *Talent*, hatte sein Lehrer einmal gesagt und das Wort ausgesprochen, als würde es brennen. Und tatsächlich verbrannten die Extrastunden Tausender um Tausender aus Fredriks Portemonnaie. Wenn er aber an den Abenden so dasaß, stellte er immer wieder fest, dass es gewiss nicht die schlechteste Investition war.

Für ihn als Vater war es nicht ganz einfach, seinem Sohn zu erklären, dass es sich bei den Pillen im Schrank über dem Waschbecken um seine neuen Antidepressiva handelte. Dass er fürs Erste daheim bleiben würde, weil er im Suff eine Überdosis Tabletten eingeworfen hatte. Während er so dasaß und seinem Sohn zuhörte, kamen ihm ständig neue Erklärungen in den Sinn. Allerdings endeten die Gespräche in seinem Kopf jedes Mal an ein und derselben Stelle. Jacob fragte nach dem Warum. Und Fredrik hatte keine Antwort darauf.

An diesem Abend stand er kurz entschlossen auf und klopfte an die Tür. »Fragst du dich eigentlich, warum ich gerade nicht zur Arbeit gehe?«

»Wir müssen nicht darüber reden, Papa.«

»Das sollten wir vielleicht.«

Jacob schüttelte den Kopf, sodass seine dichten, dunklen Locken wippten.

»Hat Mama irgendwas gesagt?« Fredrik versuchte zu lächeln.

»Können wir ein andermal reden? Darauf hab ich jetzt keine Lust.«

»Okay. Worüber wollen wir denn dann reden?«

»Du kannst gehen, wenn du willst.«

Über dem Schreibtisch des Sohnes hing ein Bild der Eismeerkathedrale in Tromsø. Dort hatten Jacob und Sofia gelebt, bevor ihr Stiefvater einen Direktorenposten im Bildungsministerium angenommen hatte und die Familie wieder nach Oslo gezogen war. Auf dem Bild leuchtete das dreieckige Kirchengebäude mit der Glasfassade und dem schlanken Kreuz in einer Winternacht. In der Ecke steckte zwischen Glas und Rahmen ein kleines Foto. Das Passbild eines molligen, fröhlichen Mädchens mit Rastazöpfen und Sommersprossen.

»Wer ist das?«

»Niemand.«

»Niemand?«

»Eine aus der Schule. Irene.«

»Okay«, sagte Fredrik gekünstelt. »Was spielst du eigentlich?«

Jacob verdrehte die Augen. Setzte wieder seine Kopfhörer auf und nahm das knorrige Instrument vom Bett. »Ein Stück von Brahms. Über Kopfhörer hör ich die Gesamtkomposition«, erklärte er, als müsste er seinem Vater selbst die Grundlagen erklären.

»Lass hören.«

»Dann sei still«, sagte Jacob und schloss die Augen. Er war fast einen Kopf kleiner als Fredrik, aber kräftiger gebaut, hatte die weichen Schultern, den breiten Hintern und Bauch seiner Mutter geerbt. Er war inzwischen fast erwachsen – aber eben auch nur fast.

Die Bratsche klang wütend, derb und brutal.

Als er fertig war, blieb er mit den Kopfhörern auf den Ohren sitzen.

»Jetzt kannst du gehen.«

Das Licht in seinem Schlafzimmer war ausgeschaltet, nur der Flachbildschirm vor dem Bett warf einen blauen Schimmer über Fußboden und Wände. Blau und gelb – die gleichen Farben wie im Fernsehstudio. Ungefähr ein Jahr war vergangen, seit Simon Riebe Ministerpräsident geworden war. Jetzt stand der Parteivorsitzende der Høyre mit einem zusammengekniffenen Auge da und schien dem politischen Gegner eine Lehrstunde in Sachen Verteidigungspolitik zu geben. Als sich Fredrik ins Bild stellte, machte Bettina den Fernseher leise und wartete darauf, dass er das Wort ergriff. Als das nicht geschah, seufzte sie demonstrativ. In seinem Kopf klang noch immer die düster-schöne Melodie nach, die Jacob soeben gespielt hatte. Er scheuchte Krøsus vom Bett, nahm neben Bettina Platz, und wie jeden Abend legte sie den Kopf auf seine Brust. Nahm seinen Schwanz in die Hand. Zwischen den dunklen Haarsträhnen konnte er ihre blasse Kopfhaut sehen. Er legte ihr die Hand auf den

Oberarm, auf das Tattoo des argwöhnisch dreinblickenden Adlers, der ihm Mal ums Mal die Laune verhagelte.

»Willst du darüber reden?«, fragte sie.

»Über unser Verteidigungsbudget?«

»Nein.« Sie klang verärgert.

Nein. Auch er wollte nicht darüber reden.

Bettina setzte sich auf ihn. Er schloss die Augen… aber es ging einfach nicht.

6

Ein lebloser Embryo, bekleidet mit Lederslippern, auf denen die Nässe einen weißen Rand hinterlassen hatte.

Vielleicht hatten ja die blauschwarzen Adern über dem Hinterkopf die Assoziation erzeugt. Vielleicht war es auch bloß die Embryonalstellung. Immerhin lag die Leiche zusammengekauert im Kofferraum eines Autos – eines großen Autos zwar, aber nicht mal die Bayerischen Motorenwerke kalkulierten Personentransporte in diesem Teil des Fahrzeugs ein.

Vielleicht war es auch die Harke, die neben dem Körper lag. Oder es waren das Blut und all die Körperflüssigkeiten, die sich auf der weißen Plastikfolie ausgebreitet hatten. Dieser arme Teufel war eine Fehlgeburt des Lebens und Kain für dessen Ausschabung zuständig gewesen.

Kain hob beide Hände. Die Adern auf seinen Handrücken traten deutlich hervor. Auch wenn die Dunkelheit längst Einzug gehalten hatte, leuchtete der Himmel über der Stadt noch immer im Gelb und Orange der Straßenlaternen und erleuchteten Wohnungen. Der Widerschein verlieh seinen Händen einen merkwürdigen Farbton. Allerdings nur schwach. Hier oben im Groruddalen war die Nacht ansonsten größtenteils schwarz.

Seine Zähne taten weh. Sein Herz raste. Er angelte eine Kaugummipackung aus der Tasche seiner engen Jeans. Menthol regte angeblich die Speichelproduktion an. Eigenartig, das Ganze. Die Nachwirkungen des Amphetamins. Er schwitzte. Im Schritt, unter den Armen. Rücken und Stirn fühlten sich klamm an. Er war satt, trotzdem rumorte sein Magen, und er musste ununterbrochen furzen. Profane stinkende Fürze. Sein Mund war trocken, als hätte er auf Zeitungspapier herumgekaut. Trockene Augen. All das, was feucht hätte sein müssen, war trocken, und was trocken hätte sein müssen, war feucht. Alles war verkehrt. Oder ins Gegenteil verkehrt. Aber das spielte keine Rolle. Er spaltete Schädel, keine Worte.

Kain war stark, trotzdem war Leichenschleppen immer eine Plackerei. Er erinnerte sich noch gut an sein erstes Mal. Es war im Sommer gewesen, in den Achtzigern, und Kain war gerade auf einem Kabinenkreuzer in Kragerø angekommen. An der Innenseite des Toilettenspülkastens war ein Block mit 2908 Gramm Kokain befestigt gewesen. Davon waren 92 Gramm im Futter seiner mintgrünen Lacoste-Jacke gelandet. Es war ihm nicht mal aufgefallen, dass derselbe Kerl, der sich in Rotterdam von ihm verabschiedet hatte, am Kai in Kragerø schon auf ihn wartete. Mit derselben beschissenen Waage. Butter-Tore hatten sie ihn damals genannt, weil seine Stimme so butterweich gewesen war. Er hatte versucht, Kain mit einer Luger den Kopf wegzublasen, und es wäre ihm auch glatt gelungen, wäre da nicht eine kleine Nebensächlichkeit gewesen: Die Pistole war seit dem Krieg nicht mehr abgefeuert worden. Butter-Tores historisches Interesse wurde zu seinem Fluch. Denn die Waffe sprengte ihm die Hand weg. Kain sah keinen Grund dafür, es dabei zu belassen. Mit der Eishacke aus dem Barschrank der Jacht setzte er Tores Leben ein Ende.

Damals hatte Kain vier Dinge gelernt. Erstens: Es lohnte sich, zwischen Waffen und Souvenirs zu unterscheiden. Zweitens: Drogenschmuggler mochten es nicht, übers Ohr gehauen zu werden. Drittens: Fasste man den Entschluss, jemanden umzubringen, hatte man in der Regel nur einen Versuch. Und viertens: Tote hatten keine Körperspannung mehr. Sie waren lediglich Masse, ohne jeden Widerstand, ohne Muskelspannung und Respekt vor sich selbst und anderen. Ihr Darm entleerte sich, und es gluckerte in der Kehle, weil die Lunge zusammenfiel und die Eingeweide kollabierten.

Also wappnete sich Kain für einen festen Griff. Ein Arm unter die Knie, einer unter die Achseln. Den künstlichen rechten Arm zu fassen erwies sich als schwierig, und der Gestank, der ihm in die Nase stieg, war einfach widerlich. Der Kerl hätte längst unter der Erde sein müssen. Unten im Kanalschacht waren ein Rohr und ein Ventil zu erkennen. Mit einem Knirschen traf der Körper auf den Stahl.

Er rollte den Kanaldeckel wieder an Ort und Stelle, und es hörte sich beinahe wie Kirchenglocken an, als der Deckel auf den Metallring im Asphalt zurückfiel. Nicht gerade geweihte Erde, aber Kain war auch kein religiöser Mensch. Dafür hatte er bereits zu lange gelebt. Aus Erde sollst du wiederauferstehen? Tot war tot, das war seine Erfahrung.

Zurück am Auto schlug er den Kofferraum zu. Lauschte auf das Klicken. Anschließend lief er um den Wagen herum zur Beifahrerseite und stützte kurz die Hände am Dach ab. Ließ den Kopf hängen und atmete tief durch. Sein Herz arbeitete noch immer auf Hochtouren. In der Scheibe konnte er sehen, wie sich große, schwere Flocken auf seinen Kopf legten und dort, wo er keine Haare mehr hatte, den blanken Schädel benetzten.

Es schneite schon wieder. Alsbald würde der Herbst in den Winter übergehen. Er furzte erneut, bevor er sich ins Auto setzte.

Keine Schneeflocke gleicht der anderen, schoss es ihm durch den Kopf, als er hinüber zu seinem Nebenmann blickte.

7

Fredrik wurde von Bettinas unbeschwertem Schnarchen und seinen eigenen trüben Gedanken wach. Er stand auf und machte sich einen Kaffee. Spürte, wie sich der von den Antidepressiva verursachte Schleier allmählich verzog. Blätterte durch die *Dagens Næringsliv*, las ein paar Artikel, konnte sich aber nichts davon merken. Als er aus dem Schlafzimmer ein Geräusch vernahm, schlüpfte er in seine Schuhe. Mit einer eingeübten Bewegung griff er nach seinem Gehstock neben der Tür, aber er war nicht da. Auf dem Weg die Treppe hinunter zog er sich die Cordjacke über.

Eigentlich brauchte er den Stock auch gar nicht mehr. Fast anderthalb Jahre waren vergangen, seit er bei einer Explosion im Ullevål-Krankenhaus verletzt worden war – im Zimmer eines Mannes, den sie im Maridalen nach einem Massaker unter Sektenmitgliedern festgenommen hatten. Aber der Stock war ein Geschenk gewesen, und er mochte sein Spiegelbild in den Schaufenstern, wenn er den Bogstadveien entlangging. Seiner Ansicht nach verlieh ihm der Ebenholzstock mit dem wackligen runden Knauf und der Stahlspitze eine gewisse Zeitlosigkeit. Er musste ihn verlegt haben.

Stattdessen sah er jetzt das Spiegelbild eines langen, schlaksigen Körpers, der mit ungelenken, weit ausholenden Schritten seines Weges ging. Für seinen charakteristischen Gang war das verletzte linke Knie verantwortlich, eine Erinnerung an den Tag, an dem Frikk gestorben war.

Die graue Fassade des Polizeigebäudes verschmolz mit dem Himmel über Enerhaugen. Der Schnee hatte sich in dreckigen Matsch verwandelt, und die Stadt stank nach Abgasen.

Auf dem Schreibtisch wartete ein Zettel auf ihn. Nicht nur dass ihm die kantige Handschrift bekannt vorkam; die Nachricht sagte auch alles über ihren Absender aus: »Mein Büro. Sofort.«

Die Tür zum Vorzimmer des Polizeipräsidenten stand offen. Fredrik wusste genau, dass die Sekretärin noch nicht da war – dabei handelte es sich um seine eigene Lebensgefährtin, Bettina. Sie waren einander bei einem Seminar begegnet. Hatten wie wilde Tiere gevögelt, während irgendein Staatssekretär vor den Kollegen einen Vortrag über den Wert empirischer Erhebungen gehalten hatte. Empirisch messbar war auf jeden Fall, dass Fredrik jetzt hier stand. Immerhin kam es nicht alle Tage vor, dass Polizeipräsident Trond Anton Neme seine Untertanen nach einer Krankmeldung zum Gespräch einberief. Bettina musste geplaudert haben, und Fredrik verfluchte sie dafür.

»Beier …«

Der wuchtige Polizeipräsident trat in die Durchgangstür zu seinem Büro und beorderte Fredrik mit einem entschlossenen Nicken herein. Er wies auf den Besucherstuhl vor seinem Schreibtisch, ein Möbel, das dafür designt zu sein schien, dass man es sich darauf nicht allzu bequem machte.

»Kaffee?«

Fredrik schüttelte den Kopf. Er hatte sich bereits am

Automaten auf dem Flur mit einem Becher dieses anscheinend aus Schießpulver hergestellten Gebräus versorgt.

Neme schenkte sich eine Tasse ein und lehnte sich über den Schreibtisch. Musterte den Ermittler mit zusammengekniffenen Augen.

»Sind Sie wieder gesund?« Doch noch ehe Fredrik antworten konnte, fuhr er auch schon fort: »Einen Teil meiner praktischen Polizeiausbildung hab ich auf Tromøya absolviert, bei Arendal. Der dortige Polizeichef … Er hieß Scheie, ein tüchtiger, patenter Kerl. Bei der Lokalbevölkerung hoch geachtet, ein wirklich bemerkenswerter, fairer Ermittler. Hat hart durchgegriffen, wenn es nötig war. Ein Ehrenmann.« Neme schob sich den Daumen in die Kinnfalte. »Eines Tages kam er einfach nicht mehr zur Arbeit. Als Jüngster der Truppe wurde ich zu ihm nach Hause geschickt. Er wohnte in einem kleinen weißen Häuschen, wie sie im Sørlandet typisch sind. Scheie reagierte nicht, als ich klingelte. Allerdings war das Wasser für den Gartenschlauch aufgedreht, und durch das gekippte Schlafzimmerfenster war der Schlauch nach innen gezogen worden. Von drinnen kam ein merkwürdiges Geräusch. Also verschaffte ich mir Zugang zu seinem Haus. Und fand ihn. Im Schlafzimmer.«

Die Pause war so lang, dass Fredrik sich schon fragte, ob ihm die Pointe entgangen war.

»Er war nackt«, sagte Neme schließlich. »Nackt … und tot. Erdrosselt mit einem Hundehalsband, das er an der Decke befestigt hatte. Den Gartenschlauch hatte er sich in den Hintern geschoben.« Als Fredrik etwas sagen wollte, gebot der Polizeipräsident ihm mit einer Geste Einhalt. »Fragen Sie mich nicht – ich bevorzuge die Missionarsstellung.« Er senkte die Stimme. »Aber das war nicht mal das Schlimmste. Denn wissen Sie, was überall an den Wänden, an der Decke, auf jedem Quadratzentimeter des Schlafzimmers klebte?«

Natürlich wusste Fredrik es nicht.

»Augen.« Neme presste die Lippen aufeinander. »Im Keller fanden wir Unmengen Magazine und Zeitschriften. Der Kerl hatte sämtliche Augen ausgeschnitten, die er finden konnte. Tier oder Mensch, das spielte keine Rolle. Und dann hat er sie an die Wand geklebt.« Er holte mit beiden Händen aus. »Ich war zum Abendessen dort gewesen. Hatte in seinem Wohnzimmer gesessen, Pils getrunken und Fußball geguckt.«

Fredrik sah, wie Neme förmlich erschauderte.

»Irre«, schloss Neme knapp. »Der Typ war einfach völlig irre. Schwanzfixiert und durchgeknallt.« Er zeigte mit dem Finger auf Fredrik. »Aber er war ein verdammt guter Polizist.«

Der Polizeipräsident verschränkte die Arme, lehnte sich in seinem Bürostuhl mit der breiten Rückenlehne zurück und beäugte ihn selbstsicher.

»Sie verstehen, was ich damit sagen will?«

»Absolut«, antwortete Fredrik. »In höchstem Maße.«

Eine Weile musterten sie einander stumm. Nach ein paar Schlucken Kaffee räusperte sich Neme. »Gibt's noch was?«

»Wenn ich schon mal hier bin«, murmelte Fredrik. »Diese Fälle häuslicher Gewalt – es sind inzwischen drei, und Andreas meinte, es stünde ein weiterer an.« Der Polizeipräsident hob eine Hand, doch Fredrik fuhr fort: »Ich weiß, dass all dem Vorrang eingeräumt werden soll. Daran ist auch gar nichts auszusetzen. Aber … es zehrt an uns. An Andreas und mir.«

Fredriks Rücken fühlte sich klamm an. Er war auf dem besten Wege hinein in ein Fahrwasser, für das er in Nemes Augen keinen Segelschein besaß.

»Wir werfen also noch einen dieser Typen ins Gefängnis. Dort sitzt er ein paar Monate ab, während Frau und Kinder ihre Wunden lecken. Aber sobald die blauen Flecken verheilt sind, kommt der Kerl doch wieder frei. Und dann fangen wir wieder von vorne an. Das ist verflucht deprimierend, Trond Anton.«

Der Polizeipräsident zuckte zusammen, als Fredrik ihn mit seinem Vornamen ansprach. Sie hatten beide früher bei der Bereitschaftspolizei gearbeitet. Vielleicht gab es ja doch noch einen Hauch von Kollegialität.

»Beier.« Neme klang wie ein Bestattungsunternehmer, der sein Geld nicht bekommen hatte.

»Könnten Sie mit Koss sprechen?«, hakte Fredrik nach.

»Die Zuteilung der Teams fällt in den Verantwortungsbereich des Polizeidirektors. Das wissen Sie.«

»Könnten Sie mit ihm sprechen?«

8

»Irgendwer hat beim Allmächtigen gepetzt, sehe ich das richtig?«

Der Bariton kam vom anderen Ende des Raums, und die Stille, die sich zwischen den Schreibtischen breitmachte, sagte Fredrik, dass er sein Ziel erreicht hatte. Polizeidirektor Sebastian Koss marschierte quer durch das Großraumbüro, in dem das Dezernat für Gewalt- und Sexualverbrechen untergebracht war, und schleuderte einem kräftigen Kerl mit Runzeln und Bürstenschnitt eine Mappe auf den Tisch. Alle starrten ihn an.

»Franke, ab sofort bist du hierfür zuständig. Ich weiß schon, dass du viel zu tun hast, aber der gute Fredrik Beier –

frisch zurückgekehrt aus dem sagenumwobenen Land der Krankschreibungen – hat wohl einen gewissen Rücken gekrault.«

Sebastian Koss hob einen säuberlich manikürten Finger in Richtung der darüberliegenden Etage.

Frankes Augen glühten vor Wut.

Im Dezernat für Gewalt- und Sexualverbrechen gab es zwei Chefs: die Polizeidirektoren Synne Jørgensen und Sebastian Koss. Gemeinsam bildeten sie den Januskopf der Abteilung. Synne hatte sämtliche Dienstgrade durchlaufen, sie war Kollegin, Freundin und Vertraute, und sie wusste, wo sie herstammte. Aber Synne hatte auch Ambitionen, und wenn sie weiter aufsteigen wollte, dann würde sie endlich ihr Jurastudium beenden müssen. Blieb Koss, ein unsympathischer Reedereierbe und hochnäsiger, wenn auch äußerst begabter Jurist. Er verachtete Fredrik ebenso sehr, wie Fredrik ihn verachtete.

Der Polizeidirektor marschierte weiter auf Fredrik und Andreas zu, die ihre Plätze am hinteren Ende des Raums hatten. Unterwegs entledigte er sich seiner dunkelblauen, maßgeschneiderten Anzugjacke, knöpfte die Manschetten auf und krempelte die Ärmel hoch. Als er endlich am Ziel angekommen war, hob er eine Hand und hielt sie sich zitternd vor die Brust.

»Waren es wieder *die Nerven*«, fauchte er leise. Fredrik konnte sehen, wie die akkurat gezupften Augenbrauen glänzten.

»Koss?« Andreas war aufgestanden. »Fahren Sie zur Hölle.«

Er *musste* zurückschlagen. Jedes Mal wieder. Das machte ihn in den ewigen Ränken dieses Hauses zu einer leichten Beute.

Fredrik sah ihn mit festem Blick an und schüttelte den

Kopf. Je mehr Dramen, umso mehr Aufmerksamkeit. Nur Andreas wusste, warum Fredrik krankgeschrieben gewesen war, und er wollte, dass das auch so blieb.

Koss grinste schief. Offensichtlich hatte er ein Ass im Ärmel. »Nachdem Sie sich zu fein dafür sind, Frauen und Kindern in Not zu helfen, haben die Wachleute der Abwasserbehörde in einem Kanal oben in Kjelsrud eine Leiche für Sie aufgetan. Machen Sie sich auf den Weg dorthin.«

Auf dem Weg nordwärts in Richtung E6 stand der Verkehr beinahe still. Während sie das Osloer Stadtzentrum hinter sich gelassen hatten, waren die Regenschauer in Starkregen übergegangen, und die Straßen waren heimtückisch glatt. Heimtückisch war auch die Stimmung zwischen ihnen, nachdem Andreas seiner Wut auf Sebastian Koss Luft gemacht hatte.

»Also …«

»Es ist doch noch mal gut gegangen«, sagte Fredrik, um das Thema zu beenden, und nach einer Weile: »Es macht mich wahnsinnig, dass ich mich an nichts mehr erinnern kann.«

»Aber … hattest du vor …« Andreas beendete die Frage zunächst nicht. Strich sich stattdessen durch die grauen Locken, bevor er sich anschließend wenig subtil mit dem Zeigefinger quer über die Kehle fuhr. »Als wir an dem Abend zusammengesessen … Als wir essen gewesen sind?« Er schaltete das Blaulicht ein und wechselte auf die Busspur. »Es geht mich wahrscheinlich nichts an, aber … Du hast in kürzester Zeit echt viel getrunken. Und läufst du immer mit den Taschen voller Schmerzmittel herum?«

Andreas hatte die Frage gestellt, ohne ihn dabei anzusehen.

Fredrik lehnte den Kopf ans Fenster. Beobachtete, wie

sein Atem sich auf das Glas legte und verdampfte. Wieder und immer wieder.

Die Wahrheit war, dass er die Pillen brauchte. Auch wenn die Narben, die nach der Explosion zurückgeblieben waren, längst verheilt waren, kam es mitunter vor, dass er urplötzlich wieder Schmerzen hatte. In der Schulter, in der Brust, in beiden Beinen. Sein Herz schlug dann heftiger, ihm brach kalter Schweiß aus, und die Atmung wurde hektisch und unregelmäßig. Natürlich wusste er, dass das keine echten Schmerzen waren. Und er wusste auch, dass die von den Pillen herbeigeführte Linderung bloß eine Linderung der Wut war. Ihm war klar, dass die Pillen nicht dafür gedacht waren, aber so war es nun mal. Und das war auch der Grund, warum er in der Regel immer ein, zwei Blisterpackungen in der Tasche hatte. Aber das ging tatsächlich niemanden etwas an. Nicht mal Andreas.

»Ich will nicht darüber reden«, antwortete Fredrik.

Für den Rest der Strecke schwiegen sie. Als sie wenig später das Industriegebiet im Groruddalen erreichten, hing die Wolkendecke so tief, dass sie kaum die sperrigen Blocks an der abschüssigen Talseite ausmachen konnten. Das Zuhause von Einwanderern, Zahnarzthelferinnen, Krankenpflegern – von all jenen, die aufgrund der rasant steigenden Wohnungspreise hier rausgezwungen worden waren. Die kleinen Zahnrädchen der Gesellschaftsmaschinerie. Allerdings lebten hier draußen auch nicht gerade wenige von denen, die ganz gezielt Sand ins Getriebe der Gesellschaft streuten. Hier wurden Gauner zu Räubern, Kleindealer zu Schmugglern im großen Stil und Pöbler zu Mördern. Das Groruddalen.

»Diese Erinnerungslücken … Womöglich ist das ja nicht dauerhaft. Vielleicht kannst du dich eines Tages wieder erinnern.«

»Möglich«, antwortete Fredrik knapp. »Der Arzt hat so was angedeutet.«

Andreas runzelte die Stirn.

9

Der Mitarbeiter der Stadtwerke wartete auf dem Parkplatz auf sie. Im Nieselregen reflektierte sein Overall das Scheinwerferlicht in mehreren leuchtenden Heiligenscheinen. Alles andere als göttlich sah hingegen sein Bart aus, in dem die Nasenhaare in eine Art Schnauzer übergingen.

Auf dem benachbarten Grundstück standen ausrangierte Lkws und Busse ohne Dächer. Über dem gesamten Areal hing der Gestank von Öl und Rost.

»Der Grundstückseigentümer hat uns benachrichtigt«, sagte der Mann, ohne sich vorzustellen.

Fredrik blieb neben ihm stehen und ließ den Blick über die Senke vor ihnen schweifen. Durch den Nebel hindurch konnte er vage die Fenster eines Bürogebäudes ausmachen. Es lag am Ende eines asphaltierten Vorplatzes, der die Größe mehrerer Basketballfelder hatte. Am anderen Ende stand eine Lagerhalle, die aus rohem Wellblech und schwarzen Schiebetoren zusammenmontiert worden war. Die Tore waren von eins bis vier durchnummeriert.

In der Mitte des Platzes lag ein Gullydeckel neben einem Loch im Asphalt. Ein paar Streifenpolizisten sperrten den Bereich gerade großzügig ab.

Der Mann wies auf einen löchrigen Streifen im Asphalt. Er ging zwischen ihnen und murmelte etwas in seinen Bart. In der Hand hielt er einen langen Stahlhaken, den er bei jedem zweiten Schritt auf den Boden hämmerte.

»Ratten«, schimpfte er. »Derzeit sind es so verdammt viele, dass der Eigentümer letztlich reagieren musste. Wegen der Ratten – und dem Gestank.«

Fredrik stellte überrascht fest, dass auch ein Teil des Bürogebäudes als Lagerhalle genutzt zu werden schien. Allem Anschein nach waren hier Hunderte Bürostühle, Schreibtische und Regale ausrangiert worden, und Schneematsch und Pfützen bedeckten die Planen, die über die Möbel ausgebreitet worden waren.

Der Typ von den Stadtwerken kratzte sich mit dem Griff des Hakens, mit dem er den Gullydeckel geöffnet hatte, an der Wange.

»Hier herrscht nicht viel Betrieb. Wären die Ratten nicht gewesen, dann … glaub ich nicht, dass ihn jemand gefunden hätte.«

Dort wo das Absperrband den Weg blockierte, stand ein weiterer Mann in einem gelb-schwarzen Overall und sprach mit einem Polizisten. Er war blass um die Nase.

Ihr selbst ernannter Guide reichte Fredrik eine Taschenlampe. »Ist aber kein schöner Anblick.« Dann wies er auf den Kanalschacht.

Fredrik duckte sich unter dem Absperrband hindurch und machte ein paar Schritte nach vorn. Beugte sich vor und leuchtete in den Schacht hinab.

Es war tatsächlich kein schöner Anblick.

10

Kafa Iqbal stand im Badezimmer der Villa auf Bygdøy vor dem Spiegel. Wenn sie jetzt die Augen schlösse, würden die Gedanken zurückkehren. Das Leder – geruchlos, an den

Rändern verhärtet. Das Schnalzen, sobald es durch die Luft sauste. Das Peitschen auf der Haut. Der rote Schleier vor den Augen.

Behutsam strich sie sich über den Hals. Wund – dort, wo die angespannte Sehne unterm Schlüsselbein verschwand. Die Schulter tat ihr weh, als sie den Arm hob, um den Blusenkragen hochzuschlagen. Sie nestelte kurz daran herum, ehe der Knoten ihres Seidenschals richtig saß. Sie fing ihren eigenen Blick im Spiegel auf und hielt ihn für einen Moment fest. Bis sie nichts anderes mehr sah als Entschlossenheit.

Das Bad befand sich in der ersten Etage und war größer als Kafas Wohnzimmer. Die Bodenfliesen bestanden aus dunklem Marmor, die Wandfliesen aus hellem. Die Badewanne stand auf Löwenfüßen.

Auf dem Waschbeckenrand hatte sie eine kleine Plastiktüte abgelegt. Jetzt griff sie danach. Die Tüte enthielt den Schnipsel eines alten Fotos, kaum größer als eine Briefmarke. Unmöglich zu erkennen, was auf dem Foto abgebildet gewesen war. Hielt man den Schnipsel allerdings ins Licht, war auf der Rückseite ganz deutlich ein Wasserzeichen zu erkennen. Калипсо. Russisch. Kalypso. Der Tanz – oder die griechische Nymphe?

Den Papierschnipsel hatten sie in der Eingangshalle im Erdgeschoss direkt neben der Tür zum Esszimmer gefunden. Er schien von einem der unzähligen Nägel an den Wänden zu stammen. Der einzige handfeste Hinweis auf die Bilder, die dort unten gehangen haben mussten. Was wohl auf dem Foto abgebildet gewesen war? Und warum war es entfernt worden?

Als jemand mit Fingernägeln gegen den Türrahmen trommelte, warf Kafa einen letzten Blick in den Spiegel, bevor sie sich zu der rothaarigen Polizistin umdrehte. Hanna Irgendwas. Kafa versuchte zu lächeln.

»Tja… Was haben wir?«

»Gerda Thrane«, hob der Rotschopf an, »die Eigentümerin der Villa. Verheiratet mit Direktor Ernst Thrane, der schon vor dreißig Jahren verstorben ist. Zusammen hatten sie einen Sohn, Axel Thrane, der ebenfalls tot ist. Keine weiteren Angehörigen, anscheinend keine engen Freunde.«

»Und?«

»Der Sohn war beim Militär und ist Anfang der Neunziger bei einem Unfall ums Leben gekommen, einige Jahre nach dem Tod des Vaters. Die Nachbarn beschreiben die Witwe als eine zurückgezogene, sparsame Frau. Sie soll schon eine ganze Weile gekränkelt haben.« Die Polizistin runzelte die Stirn, bevor sie fortfuhr: »Anscheinend hatte sie eine Art Haushaltshilfe – ein Mann von der Gemeinde. Er hat den Rasen gemäht und für Ordnung im Haus gesorgt. Ein großer, schweigsamer Typ, sagen die Nachbarn.«

»Groß?«, wiederholte Kafa. »Wie der Mann auf der Treppe?«

Die Polizistin nickte. »Eigenartig ist nur, dass die Gemeinde bestreitet, einen ihrer Angestellten hergeschickt zu haben… Und kann ich Ihnen noch was zeigen?«

Hanna führte sie ins Nachbarzimmer, ein Schlafzimmer. Die Luft war abgestanden und staubig, und auch hier waren die Wände mit Textiltapete versehen. Dunkle Blumenmotive. Sicher nicht billig. Vor den Fenstern hingen Spitzengardinen. Trotzdem wirkten die Fenster nackt. Nirgends Bilder, keine Bücher auf dem Nachttisch. Ein akkurat bezogenes Doppelbett.

Kafa schob die Gardinen zur Seite. Ein Stück hangabwärts im Bootshafen sah sie leere Liegeplätze. Die schmalen Aluminiumstege lagen über dem dunklen Wasser wie ein bewegliches, rechtwinklig angelegtes Netz. Die meisten Boote waren bereits für den Winter an Land gebracht worden.

»Sie haben erwähnt, dass die Halle Sie an ein Mausoleum erinnert«, sagte Hanna. »Haben Sie hier oben nicht das gleiche Gefühl?«

Kafa drehte sich zum Kleiderschrank um und zog die Türen auf. Schubfach um Schubfach mit Unterwäsche, Blusen, dunklen Hosen und Röcken, wie alte Frauen sie trugen. Auf den Kleiderbügeln hingen Kleider und Jacken. Es roch leicht süßlich nach Mottenkugeln.

»Dieses Zimmer ist seit einer Ewigkeit nicht mehr benutzt worden«, stellte sie fest.

»Genau«, pflichtete Hanna ihr bei. »Ganz im Gegenteil zum Gästezimmer unten im Flur.« Sie nickte in Richtung des Treppenaufgangs.

»Im Wäschekorb in der Waschküche liegen Herrensachen und im Gästezimmer ebenfalls. Große Größen. Unter der UV-Lampe ist auf dem Laken sowie auf dem Bettbezug eine Menge Material zu sehen.«

Kafa sah sie abwartend an.

»Blut oder Sperma. Sieht allerdings nicht aus wie Blutflecken.«

»Kommen Sie«, sagte Kafa und winkte sie hinüber ins Bad. Im Medizinschrank standen Schachteln mit Blutdrucktabletten, Schmerzmitteln und Insulin. Daneben ein verhältnismäßig neuer Insulinpen. Doch nicht das hatte Kafas Aufmerksamkeit erregt. Dort lag auch ein Rasierapparat, eine massive, schwarze Ausgabe mit Dreifach-Scherkopf.

»Was meinen Sie, hat die alte Frau Thrane sich damit die Beine rasiert?« Kafa wartete die Antwort nicht mal ab. »Hier hat keine Witwe gewohnt«, konstatierte sie. »Hier hat ein Mann gewohnt. Der Mann auf der Treppe? Mikael Morenius?«

»Sieht ganz so aus.«

»Und was wissen wir über ihn?«

»Seine Identität ist wohl geschützt«, sagte Hanna.

»Geschützt?« Kafa sah sie mit großen Augen an, und Hanna zuckte mit den Schultern.

»Sagt das Einwohnermeldeamt. Entsprechend dauert es auch noch, bis wir an relevante Informationen rankommen. Ich stelle Ihnen was zusammen.«

Geschützte Identität. Kafa hatte mit übergewichtigen, männlichen Haushaltshilfen keinerlei Erfahrung. Allerdings nahm sie an, dass sie in der Statistik all derjenigen, die eines staatlichen Schutzes bedurften, nicht gerade überrepräsentiert waren.

11

Der wasserblaue Lichtschein über der Treppe zum Kellergeschoss des Krankenhauses war ebenso kalt wie das Stahlgeländer.

»*Mortui vivos docent*«, raunte Andreas Fredrik zu, als sie sahen, wer sie dort unten erwartete.

Rechtsmediziner Konrad Heissmann stand vor einer cremefarbenen Tür mit der Aufschrift »Sektionssaal« und streckte die Hand aus. Sie hatte die Größe eines Buches.

»*Mortui vivos docent* – die Toten lehren die Lebenden«, sagte er zur Begrüßung. Dann bat der Österreicher sie herein. Er bückte sich, um dem Türsturz auszuweichen – nicht weil die Tür zu niedrig gewesen wäre, sondern weil der kahlköpfige Pathologe mit den leicht nach innen gewölbten Schläfen die beiden Polizisten fast um einen Kopf überragte. Im Vorraum hielt er inne. An den türkisfarbenen Wänden hingen vergilbte Schautafeln zur menschlichen Anatomie. In den Regalen standen Behälter mit verblassten

Herzen, Hirnen und Lungen, die in Formalin eingelegt waren: ein Vorgeschmack dessen, was sie dort hinter den Türen zur Frischwarenabteilung der Seligkeit erwartete.

Fredrik hatte bereits genügend Leichen gesehen – in allen erdenklichen Zuständen. Es waren nicht die Leichen an sich, die ihn am meisten berührten. Woran er sich nie ganz hatte gewöhnen können, war die klinische Sachlichkeit in der Wortwahl der Mediziner. Die Schöpfkelle, die der Pathologe zur Hand nahm, um die Toten ihres Blutes zu entleeren. Die Tische aus gebürstetem Stahl, der hellblaue Mundschutz, der beim Ein- und Ausatmen vibrierte, das Skalpell, der Rippenspreizer, die Knochensäge auf dem weißen Laken ... Wann immer es sich einrichten ließ, zog Fredrik den Vorraum vor. Das Gleiche traf auch auf Andreas zu. Andreas Figueras lernte bereitwillig von den Toten, ihren Anblick jedoch mochte er nicht.

»Ich nehme an, es eilt, wenn Sie nicht auf den Bericht warten können?«

Die Grammatik war korrekt, die Satzmelodie jedoch irgendwie merkwürdig. Der Österreicher lehnte sich an ein schmales Katheder und hatte seine charakteristische Körperhaltung eingenommen: die Hände über dem kahlen Schädel verschränkt, die Daumen in die Schläfen gebohrt. Vielleicht sah er ja deshalb so aus, wie er aussah.

»Eigentlich nicht«, antwortete Andreas. »Aber die Identität des Toten ist nach wie vor unbekannt. Wir hatten gehofft, Sie könnten uns dahingehend ein bisschen behilflich sein.«

Der Arzt ließ das Gummiband einer Mappe mehrmals auf das Plastik schnippen.

»Mann in den Vierzigern, dem Aussehen nach Nordeuropäer. Der Tod ist vor zwei bis drei Wochen eingetreten. Er wurde in einem Kanalschacht gefunden, war es nicht so?«

Fredrik nickte. »Gestern.«

»Die Leiche kann erst vor einigen Tagen dort hintransportiert worden sein. Hätte er länger dort gelegen, wäre nicht viel von ihm übrig gewesen.«

Es war keine leichte Aufgabe gewesen, den Toten aus dem Schacht nach oben zu hieven. Erst als auch noch die Kollegen von der Spurensicherung in den Schacht gekrochen waren, waren die Ratten widerwillig zurückgewichen. Damit sich die Leiche nicht zersetzte, hatten sie den Körper erst nach vorn ziehen und dort in einen Leichensack bugsieren müssen, der dann fest verschlossen mit einem Kran nach oben befördert worden war.

»Normal gebaut, eins dreiundachtzig groß. Der Tote war mit Unterhose, Hose und Pullover bekleidet. Schuhe an den Füßen. Vierundvierzig Kronen in der rechten Hosentasche, zwei Zwanzig-, vier Einkronenmünzen. Eine Broschüre des Auktionshauses Bierche in der Gesäßtasche. Kein Portemonnaie, keine Ausweispapiere.«

»Die Broschüre eines Auktionshauses?«

Heissmann klappte seine Mappe auf und zückte einen Asservatenbeutel. Darin lag ein schwer in Mitleidenschaft gezogener Papierfetzen. Körperflüssigkeiten hatten die Seiten verfärbt.

»Ich hab sie durchgeblättert, sie wurde extra für eine Auktion erstellt, die vor etwas mehr als einem Monat stattgefunden hat. Außer einem Kreuz bei einem Spiegel hab ich keinen Vermerk gefunden – so ein altmodischer Bodenspiegel, Rokoko, mit Blattgold und all solchem Schnickschnack. Teures Ding.«

Er reichte den Asservatenbeutel an Andreas weiter.

»Bei dem, was wir in seinem Magen und im Darm gefunden haben, handelt es sich vermutlich um Pizzareste. Käse und Schinken in unterschiedlichen Verdauungsphasen.«

»Und was bedeutet das?«

»Dass seine Ernährung ziemlich einseitig war. Die letzten zwei oder sogar drei Mahlzeiten vor seinem Tod waren Pizza.«

»Und die Todesursache?«

»Tja, das ist so eine Sache«, antwortete der Österreicher. »Folgen Sie mir.«

Die weiß gefliesten Wände verstärkten das Tropfen, das aus dem Aluminiumbecken widerhallte. Der süßliche Geruch nach Fäulnis und Chemikalien setzte sich ganz hinten im Gaumen fest. Heissmann schlug das Laken zur Seite.

»Das hier könnte von Nutzen sein«, sagte er und warf Fredrik, der auf der anderen Seite des Obduktionstisches stand, einen kurzen Blick zu. Andreas hielt sich im Hintergrund.

Kälte. Dieses Gefühl, das Fredrik überkam, wenn er einen Toten in dieser Weise betrachtete – die nackte Haut auf dem Stahltisch, der entblößte Oberkörper, die nackten Oberschenkel, das kläglich geschrumpfte Geschlechtsteil. Ab und zu bekam er Leichen zu sehen, noch ehe der Rechtsmediziner den Y-Schnitt von den Schlüsselbeinen bis zum Bauch wieder zugenäht hatte, und in solchen Fällen war es ihm nie möglich, den Blick vom Herzen abzuwenden. Diesem faustgroßen Muskel, der dann blass und leblos vor ihm lag. Tot zu sein wirkte unendlich … kalt.

Dieser Mann war bereits wieder zusammengeflickt worden, und seine Haut hatte eine grünlich schwarze Färbung angenommen. In seinem geschorenen Schädel klafften zwei leere Augenhöhlen. Die Wunden legten deutlich Zeugnis von den Verwüstungen der Aasfresser ab. Aber nicht das hatte der Österreicher gemeint. Unterhalb der rechten Schulter lag ein Arm – ein künstlicher Arm. Eine Prothese.

»Einen Augenblick«, sagte Heissmann schnell, sowie Fredrik sich vorbeugte, um sich das Ganze genauer anzusehen. »Lassen Sie mich Ihnen erst den Zeitpunkt umreißen, an dem das Schicksal dieses unglückseligen Menschen besiegelt wurde.«

Der Pathologe zögerte, als wollte er kurz abwägen, wo er anfangen sollte. Dann griff er mit der Hand, über die er sich bereits einen Latexhandschuh gezogen hatte, nach der Schulter der Leiche und hob sie an. Gleich unter dem Schulterblatt war eine Wunde zu erkennen. Tief, aber im Umfang nicht größer als eine Fünfkronenmünze.

»In vierundzwanzig Stunden wird dieser Mann sterben. Wir befinden uns irgendwo draußen, vielleicht in der Einfahrt seines Hauses, vielleicht auf einer dunklen Straße. Der Mann ist völlig arglos und wittert keinerlei Gefahr, als ihn von hinten etwas Spitzes, Schweres trifft. Zwei Rippen gehen zu Bruch, und die Knochen punktieren den rechten Lungenflügel. Vom Schmerz überwältigt fällt er vornüber. Der Angreifer klebt ihm den Mund zu, fesselt Arme und Beine, bevor er sein Opfer in den Kofferraum eines Autos wirft und es mitnimmt.« Heissmann war wieder ganz in seinem Element. Jetzt kam die Erklärung. »In der Wunde haben wir Fragmente unterschiedlicher Textilien gefunden. Die Kugel hat mehrere Schichten Kleidung durchdrungen, inklusive einer Jacke. Er wird sich folglich im Freien befunden haben. Die Hose weist an den Knien Schmutzflecken auf, die von einem Sturz herrühren dürften. Im Gesicht sowie um die Handgelenke und Fußknöchel finden sich Reste von Klebeband. Die Flecken auf dem Pullover sind Scheibenwischerflüssigkeit und Motorenöl, wie man sie im Kofferraum eines Autos aufbewahrt.« Heissmann fuhr fort, indem er die zur Faust geballte Hand des Einarmigen anhob. Mit dem Zeigefinger fuhr er über die Fingerknöchel des Manns, an denen die Haut abgeschürft war. »Grober Beton, womöglich von der Sorte, mit der man Böden gießt. Dieser Verletzung hier und der Schlagwunde im Rücken ist gemein, dass der Heilungsprozess bereits eingesetzt hatte.«

Nachdem er also entführt worden sei, sei der Mann aller Wahrscheinlichkeit nach in einen Keller gebracht worden, erklärte der Rechtsmediziner weiter. Dort habe man ihn wohl eine Treppe hinuntergestoßen, wobei er sich bei dem Versuch, den Sturz abzufangen, verletzt habe.

Heissmann hob die Hand, bevor Fredrik etwas sagen konnte. »Nein, keine Garage. Denn die Schreie, die dieser Mann später ausgestoßen haben dürfte, hätten Aufmerksamkeit erregt.«

Die Spuren von Klebeband waren nicht das Einzige, was der Pathologe um die Fußknöchel und Handgelenke des Manns gefunden hatte. Die Gelenke waren überdies von tiefen Schnitten gezeichnet – Schnitte, wie sie entstanden, wenn jemand mit einem dünnen, strapazierfähigen Seil gefesselt wurde.

»Die Reibung über den Wunden lässt darauf schließen, dass er versucht hat, sich zu befreien. Das muss schmerzhaft gewesen sein, und trotzdem hat er versucht, sich loszureißen, womöglich weil er wusste, dass er sterben würde.«

Der Rechtsmediziner bog die Finger des Leichnams gerade. Vom Zeigefinger und Mittelfinger waren die vorderen Glieder abgetrennt worden. Unter den Fingernägeln der restlichen Finger steckten feine Holzsplitter.

»Irgendwo dort draußen steht ein Stuhl mit tiefen Kratzspuren in der Armlehne. Und auf diesem Stuhl starb dieser Mann.«

»Herrgott«, stöhnte Andreas. »Was hat er nur getan, um so was zu verdienen?«

»Oder was hat er gewusst«, wandte Heissmann ein. »Welches Geheimnis ist aus ihm herausgefoltert worden?«

Der Stahltisch zitterte leicht, als er die Hand des Toten losließ und sie zurück auf das Metall fiel.

»Man lernt so viel in diesem Job«, fuhr der Pathologe fort. »Inzwischen bin ich fast schon ein Experte darin, was Vorlieben von Aasfressern angeht. Kleine Fische mögen weiches Gewebe. Knabbern an Doppelkinnen, an der schlaffen Haut der Oberarme, an Penissen und Schamlippen. Streunende Hunde bevorzugen ein bisschen mehr Widerstand beim Kauen – Ellbogenknochen zum Beispiel. Aber Ratten … Wissen Sie, worauf Ratten als Erstes losgehen?«

Fredrik hatte keine Ahnung, vermutete aber, dass sich die Antwort in den leeren Augenhöhlen fand.

»Wir haben Rattenkadaver gefunden – Ratten, die von Artgenossen totgebissen worden waren –, die noch Teile menschlicher Augen im Maul hatten. Nagetiere mögen es nicht, wenn sich jemand beim Fressen vordrängelt. Dieser Kerl hier hat keine Augen mehr. Was ich aber gefunden habe, sind Brandwunden. Rund um die Augenhöhlen. Zigarettenstummel, schätze ich. Oder bloß ein Feuerzeug. Die Leute rauchen ja nicht mehr.«

Im Hintergrund hatte Andreas angefangen, leise zu summen.

»Der Körper ist mit Blutergüssen übersät, die von Schlägen und Tritten stammen. Der Daumen ist gebrochen, und zwar rückwärts. Das müssen Höllenschmerzen gewesen sein. Aber die Art und Weise, wie ihm diese Verletzungen zugefügt wurden, die Systematik des Ganzen, die dafür aufgewendete Zeit … Ich glaube nicht, dass es sich hier um einen Racheakt gehandelt hat.« Er verschränkte die Hände und streckte sie wieder, bis es in den Gelenken knackte.

»Die Todesursache war ein kräftiger Schlag auf den Schädel. Mit demselben länglichen Gegenstand, der auch die Verletzung an der Schulter verursacht hat.«

Er fuhr mit dem Finger an der Bruchkante des Knochens entlang, der zwischen den Haarstoppeln am Schädel herausschaute.

»Ein Messer?«

»Nein. Etwas Schwereres, Breiteres... Noch mal: Die Kraft und Präzision, die ein solcher Schlag erfordert, verrät uns, dass der Mann gefesselt war, als er getötet wurde. Keine Spuren eines sexuellen Übergriffs.«

»Na, das ist ja wenigstens etwas«, murmelte Andreas.

Mit dem Latexhandschuh tippte Fredrik die Prothese an. Er hatte von Prothesen keine Ahnung, aber diese hier war wachsgelb, und die Finger erinnerten an die einer Schaufensterpuppe.

»Weil die Leiche schon so stark verwest ist, kann man es nicht gut erkennen, aber der Verstorbene hat eine Reihe älterer Narben an Schulter und Brust, wie sie entstehen, wenn man mit Schrot beschossen wird. Die Amputationsnarbe hingegen ist sorgfältig verarztet worden. Die Schrotladung hat ihm folglich nicht den Arm abgerissen. Aber selbstverständlich kann die Schussverletzung der Anlass gewesen sein, warum der Arm überhaupt amputiert werden musste.«

Erneut verschränkte der Arzt die Hände über dem Kopf, und Andreas räusperte sich. Seine Stimme war heller als sonst.

»Solche Prothesen werden doch individuell angepasst, oder nicht? Da müsste es doch möglich sein, die Orthopädiewerkstatt ausfindig zu machen?«

Doktor Heissmann nickte. »Ganz richtig. Genau das wollte ich vorschlagen. Eine Zahnanalyse nehmen wir selbstverständlich auch noch vor, aber wie Sie wissen, dauert die immer ein bisschen.«

»Und die Prothese?«, hakte Fredrik nach. »Können wir die mitnehmen?«

Konrad Heissmann sah sich nach einer Tüte um.

12

Auf dem Boden seiner Tasse war Filterkaffee eingetrocknet. Von außen klapperten die Jalousien gegen den Fensterrahmen des kleinen Büros. Hier drinnen stand die Luft.

»Mir tun Leute leid, die Schuld empfinden«, sagte Fredrik langsam.

»Ted Bundy«, konterte der Betriebspsychologe.

»Bitte?«

»Was Sie gerade gesagt haben – ›Mir tun Leute leid, die Schuld empfinden.‹ Das ist ein Zitat des Serienmörders Ted Bundy.«

»Ach ja? Keine Ahnung, wo ich das herhabe.«

Fredrik starrte den aufgedunsenen Mann an, der sich auf der gegenüberliegenden Seite des Glastischs in seinen Stuhl gequetscht hatte. Nach dem Termin beim Rechtsmediziner wäre Fredrik am liebsten direkt wieder nach Hause gefahren. Aber Polizeipräsident Neme war deutlich gewesen: feste Termine beim Psychologen, keine seltsamen Hobbys, die mit Schere, Papier oder Augen zu tun hatten. An der Wand im Rücken des Gehirnkriechers waren drei rote Stifte und ein weißer zu einem Viereck angeordnet aufgehängt worden.

»Sie haben Hemingway von der Wand genommen.«

»Gewisse Leute hatten sich über ihn beschwert.«

Als Fredrik zuletzt hier gewesen war, hatte an der Wand ein Poster des amerikanischen Schriftstellers gehangen, auf dem er mit einer doppelläufigen Schrotflinte posiert hatte.

»Sie erwähnten das Wort Schuld«, sagte der Psychologe.

Sofern man mit Leuten, die Schuld empfanden, Mitleid haben musste, dann auch mit Fredrik Beier. Er war an jenem Sommertag vor vielen Jahren mit Frikk zu Hause gewesen, hatte seinen Sohn ganz kurz allein gelassen, um im Laden an der Ecke schnell ein paar Dinge zu kaufen, während der Junge schlief. Und er war es auch, der in Panik die Tür aufgerissen hatte, hinter der bereits der Rauch hervorgequollen war. Mit einem leblosen Bündel in den Armen war er vom Balkon im zweiten Stock gesprungen.

Er fühlte sich schuldig an Frikks Tod. An seiner zerbrochenen Ehe. Und daran, dass er sich nach dem Brand nie mehr richtig imstande gesehen hatte, sich der anderen beiden Kinder anzunehmen. Er war schuld daran, dass die Schuld ihrer aller Leben zerstört hatte.

Es gab auch andere Worte dafür. Scham. Angst. Unzulänglichkeit. Machtlosigkeit. Egoismus. Trauer.

Der Psychologe kratzte sich am Doppelkinn.

»Das ist also Ihre Erklärung? Ein dreizehn Jahre altes Trauma, das Sie aus heiterem Himmel einfach überrollt? Sie waren betrunken, hatten Medikamente in der Tasche und haben spontan den Entschluss gefasst, allem ein Ende zu setzen. *Been there, done that*, sozusagen?«

Fredrik zuckte mit den Schultern. Die Erklärung war ebenso gut wie jede andere.

Der Psychologe rieb sich die Stirn, bevor er sich über den Scheitel wischte. Dann griff er nach ein paar dünnen, halblangen Strähnen und drehte die strohigen Zotteln um die Finger.

Irgendwann wurde die Stille dem Polizisten zu viel.

»Es ist sicher komplexer. Die Arbeit, die Beziehung, die Medikamente, diese Pillen, die ich im letzten Jahr genommen habe…« Er strich sich über die Oberschenkel. »Sorry. Jetzt sitz ich hier und jammere schon wieder.«

»Ja«, entgegnete der Psychologe. »Der Kaffee hier im Polizeigebäude schmeckt übrigens so beschissen, dass ich Tee trinken muss. Und wenn ich Tee trinke, spielt mein Magen verrückt. Der Lohn ist lächerlich, und tagaus, tagein muss ich mir das Lamento erwachsener Männer anhören, gestandener Polizisten. Das ist der Nachteil an diesem Job.«

Er machte den Eindruck, als wollte er aufstehen, schien es sich dann aber anders zu überlegen, was der Stuhl mit einem lauten Ächzen quittierte.

»Von dem Gejammer blättert schon die Farbe von den Wänden ab. Wissen Sie, was sie einem im Psychologiestudium sagen? Geben Sie keine Ratschläge. Helfen Sie den Patienten dabei, selbst herauszufinden, was gut für sie ist. Bullshit, sag ich Ihnen. Also kriegen Sie jetzt einen Ratschlag von mir: Singen Sie im Chor. Schmeißen Sie Ihre Lebensgefährtin raus und schlafen Sie mit der Frau Ihres Chefs. Schrauben Sie an einem Oldtimer oder stricken Sie einen Pullover.«

Der Psychologe beugte sich nach vorn zum Tisch, zog den Teebeutel aus der Tasse und ließ ihn auf die Glasplatte fallen, sodass sich die braune Flüssigkeit darüber verteilte.

»Es spielt keine Rolle, was Sie tun. Hauptsache, es fühlt sich sinnvoll an. Sie haben geglaubt, diese Pillen würden Sie retten? Tut mit leid, mein Junge. Diesen Part müssen Sie schon selbst erledigen.«

Fredrik schnaubte. »Sie sind echt keine große Hilfe. Kommt meine Erinnerung denn wieder?«

»Wer weiß«, brummte der Psychologe. »Bei einigen kehrt sie zurück. Bei anderen bleibt sie für immer verschüttet, selbst wenn sie hier drinnen ist«, sagte er und tippte sich an die Schläfe. »Das Gehirn vergisst nichts. Das tut nur der Mensch.« Er schien sich seine Formulierung auf der Zunge zergehen zu lassen, bevor er fortfuhr: »Ich rate Ihnen, nach einem Ankerpunkt zu suchen. Irgendetwas, was die Schublade öffnet. Das kann ein Geruch sein, den Sie an dem Abend eingeatmet haben. Ein Geräusch, eine Melodie zum Beispiel. Vielleicht ein Bild. Die Leute fotografieren doch ununterbrochen. So was in der Art. Damit könnte sich der Nebel lichten.«

»Danke«, sagte Fredrik und zeigte auf die Wand hinter dem Psychologen. »Sie sollten was anderes aufhängen. Oder zumindest die Stifte wegnehmen. Das sieht nicht gut aus.«

Der Psychologe ging nicht darauf ein. »Wenn Sie sich wirklich erinnern wollen«, sagte er stattdessen, »dann machen Sie sich eines klar: Der Geist verschließt sich nicht einfach so ohne Grund. Ihr Gehirn ist cleverer als Sie.«

13

Bis Kafa ihren Wagen in der Tiefgarage des Reviers abstellte, war es draußen bereits dunkel geworden. Sie sah auf die Uhr, stellte fest, dass die Kantine schon geschlossen hatte und es somit nichts mehr zu tun gäbe, als die Mappe zu holen, die Hanna für sie vorbereitet hatte, in ihre Wohnung in Sagene zurückzukehren und die Mikrowelle anzuwerfen.

Auf dem Weg zur Bushaltestelle spürte sie erneut eine flirrende Unruhe. Schon den ganzen Tag lang hatte sie dieses vage Gefühl beiseitegeschoben. Doch während sie allein die Straße entlanglief und sich ihre Gedanken frei entfalten konnten, bahnte es sich von Neuem einen Weg in ihr Bewusstsein.

Mit was für einem Fall hatte sie es hier zu tun bekommen? Was war dort draußen in der Villa auf Bygdøy passiert? Es deutete alles darauf hin, dass der Mann auf der Treppe, Mikael Morenius, unglücklich gestürzt und zu Tode gekommen war. Es gab keinerlei Anzeichen für einen Einbruch. Keine Spur eines Eindringlings oder einer Schlägerei. Und die alte Witwe? Konnte sie die Villa nicht schlicht und ergreifend vermietet haben? Vielleicht genoss sie genau in diesem Moment in irgendwelchen wärmeren Gefilden ein Glas Portwein und einen Zigarillo?

Sie hatten ein altes Telefonbuch gefunden, das auf einer Seite mit Hotels aufgeschlagen gewesen war. In ihrer Verzweiflung hatte Kafa Hanna gebeten, die Hotels abzutelefonieren. Sie würden Kontakt zu sämtlichen privaten und kommunalen Altersheimen aufnehmen müssen, die Krankenhäuser überprüfen, entfernte Verwandte ausfindig machen … Herr im Himmel.

Kafa hatte das Gefühl, ihre Zeit zu vergeuden. Polizeidirektor Koss indes hatte vollkommen desinteressiert gewirkt, und auch den Kollegen von der Spurensicherung war anzumerken gewesen, dass sie einfach nur so schnell wie möglich von dort hatten wegkommen wollen. Verdammt, so hatte sie sich das nicht vorgestellt.

Nebel hatte sich über die Dächer gelegt, und als Kafa aus dem Bus stieg, konnte sie gerade eben so die gotischen Türmchen der Kirche vor sich ausmachen, die von in den Asphalt eingelassenen Scheinwerfern angestrahlt wurde. Vor der Kirche stand ein Jogger und machte Dehnübungen, und sein Körper warf lange, wogende Schatten auf die

Fassade des Gebäudes. An der Bushaltestelle auf der anderen Straßenseite stand eine ältere Frau. In der Kälte bildete Kafas Atem kleine Wölkchen. Sie zog die Jacke enger und marschierte schnellen Schrittes durch den kleinen Park.

Als sie den abgeschalteten Springbrunnen am anderen Ende fast erreicht hatte, hörte sie hinter sich Schritte. Erst nur als leise Erschütterungen auf dem gefrorenen Boden. Dann als Geräusch. Sie wich zur Seite aus, um den Jogger vorbeizulassen.

Der Schlag in ihren Rücken war heftig. Kafa stürzte auf den Steinsockel des Springbrunnens zu und schaffte es gerade noch, sich mit den Händen abzufangen. Brennender Schmerz im Knie. Dreck und Kieselsteine gruben sich in ihre Handflächen. Als sie den Kopf hob, sah sie dem großen Mann in Jogginghose und Kapuzenpullover nach. Er war an ihr vorbeigeschossen und hatte sich nicht mal die Mühe gemacht, sich umzudrehen.

»'tschuldigung«, rief er über die Schulter und lief einfach weiter.

»Arschloch!«

Mühsam hievte Kafa sich wieder auf die Beine. Verflucht noch mal, sie war der Länge nach im gefrorenen Dreck gelandet. Ihre Hände taten weh, und über den Knien waren ihre Hosenbeine gerissen. Die Hose war nicht billig gewesen.

»Alles in Ordnung?«

Kafa drehte sich in Richtung der Stimme. Eine kleine Frau mit einer runden Brille auf der Nase reichte Kafa ihre Tasche. Es war die Alte von der Bushaltestelle.

»Was für ein ungehobelter Kerl! Ist nicht mal stehen geblieben!«, schimpfte sie und half Kafa, sich aufzurichten.

14

Die Morgensonne stand noch immer niedrig am Himmel. Sie tauchte die Fenster des Aker-Krankenhauses, eines Betonklotzes, der auch ein kleines Unternehmen namens Sophies Minde Ortopedi beherbergte, in ein eigenartiges Licht. Unter seinen Füßen knirschte das gefrorene Herbstlaub. Fredrik wanderte vor dem Gebäude auf und ab. Die eisige Atemwolke wurde größer, je lauter er telefonierte.

Als er zur Eingangstür hinaufhinkte, schlug ihm kalter Wind entgegen. Andreas schob die Hände tiefer in die Jackentaschen. Nur sein dünner Schal zeugte davon, dass der Kollege überhaupt mitbekommen hatte, dass es bereits November war. Ansonsten trug er eine helle Sommerhose und ein eng sitzendes, beigefarbenes Hemd, das seinen dunklen Teint unter dem Meer aus grauen Locken betonte. Andreas war ein gut aussehender Mann – wenn er Lust dazu hatte.

»Koss?«, fragte er und fing Fredriks finsteren Blick auf.

Fredrik gab nur ein Grunzen von sich. »Bettina.«

»Willst du darüber reden?«

Fredrik sah auf die Uhr. Sie hatten noch ein paar Minuten bis zu ihrem Termin.

»Nein«, sagte er, fuhr dann aber trotzdem fort: »Es stört sie, dass Jacob nur in seinem Zimmer sitzt. Sie behauptet, er würde allmählich asozial. Wir müssten ihn dazu zwingen, mehr Zeit mit Freunden zu verbringen.« Er grunzte erneut. »Weißt du, was ich gemacht habe, als ich in seinem Alter war? Wir haben in der Nähe einer Einrichtung für geistig Behinderte gewohnt. Zusammen mit einem Freund hab ich mich in einem Waldstück auf die Lauer gelegt und mit dem Luftgewehr auf sie geschossen.«

Er war nicht stolz darauf, aber es war die Wahrheit. Zu

treffen war verflucht schwer gewesen. Die Pfefferkörner waren in alle Richtungen gestoben. Immer drei auf einmal – und sein Kumpel hatte Zigaretten spendiert.

»Wenn Jacobs jugendlicher Protest also darin besteht, in seinem Zimmer zu sitzen, Cola Zero zu trinken, perfekt Brahms zu spielen und auf die Hausaufgaben zu pfeifen, dann soll es mir verdammt noch mal recht sein.« Fredrik rieb die Hände aneinander, um sie aufzuwärmen. »Seine Musikschule gibt ein Weihnachtskonzert im Folketeateret. Eine ziemlich große Sache. Jede Menge Gäste, Regierungsmitglieder und so. Jacob soll auch spielen. Bettina ist der Meinung, wir sollten es ihm verbieten, solange er *sein Verhalten nicht ändert.*«

Die letzten Worte sprach er in Bettinas dünner, rasselnder Tonlage aus.

Andreas zog die Augenbrauen hoch, was Fredrik einen leichten Stich versetzte.

Ein junger Orthopädietechniker mit sehr geradem Rücken und kohlrabenschwarzer Haut hieß sie willkommen. Als sie vor die Wahl zwischen grünem Tee und *Chaga* gestellt wurden, drehte Andreas demonstrativ eine Extrarunde durch die Reihen antiker Prothesen aus Holz, Stahl und Lederriemen.

»Trinkt man in Ihrem Heimatland keinen Kaffee?«, fragte er sauer.

»In meinem Heimatland? Was meinen Sie?«

Fredrik sah seinen Kollegen scharf an, woraufhin Andreas den Kopf schüttelte. »Erzählen Sie uns einfach etwas über die Prothese.«

»Die ist ziemlich gewöhnlich«, erklärte der Techniker. »Nicht gerade das neueste Modell, aber mit einer mechanischen Silikonhand, die greifen und rotieren kann.«

»Und sie wurde hier bei Ihnen angepasst?«, erkundigte sich Fredrik.

»Das ist richtig. Die Amputation erfolgte im Ausland, aber zur Nachbehandlung war der Patient im Sunnaas-Krankenhaus.«

»Okay. Wo im Ausland?«

Mit Daumen und Zeigefinger rieb sich der Mann über die buschigen Augenbrauen. »Das war ein bisschen merkwürdig… Das Sunnaas hatte kaum Informationen über den Patienten. Er hat vermutlich darum gebeten, sämtliche Daten zu löschen. Das ist sein gutes Recht, aber trotz allem ziemlich ungewöhnlich.«

»Aber Sie haben einen Namen?«, hakte Andreas ungeduldig nach.

»Den haben wir«, antwortete der Techniker, sah ihn leicht irritiert an und zog dann eine Visitenkarte aus der Brusttasche. »Ich hab ihn hier notiert. So haben Sie auch gleich meine Kontaktdaten, wenn noch etwas sein sollte«, sagte er und legte die Karte auf den Tisch.

Fredrik nahm die Karte und kniff die Augen zusammen.

Die Leiche aus dem Kanalschacht hieß… Mikael Morenius?!

15

Der Herbst. Von allen Metaphern mochte sie diese am wenigsten. Herbst des Lebens. Der Herbst, der für das Alter stehen sollte, bei manchen aber wie ein Schneesturm schon im Mai hereinbrach.

Genau hier in ihrem Büro oder in irgendeinem Büro der anderen Ärzte auf dem Flur hatte sie der Wind ereilt. Wie

Meteorologen hatten sie vor ihr gesessen und ihr nüchtern mitgeteilt, dass die Kopfschmerzen mehr als nur Stress gewesen seien. Und das Blut im Urin auch kein Anzeichen für Darmpolypen.

Der Herbst war also angebrochen. Der Winter stand alsbald bevor.

Die füllige Dame im Arztkittel starrte auf einen Punkt zwischen den Köpfen des Ehepaars, das ihr gegenübersaß. Im Sonnenlicht glänzte das Laub draußen wie Bronze. Der Wind pfiff zwischen den Krankenhausgebäuden hindurch, und durch die Ritzen an den Fensterrahmen drang eisige Luft herein. Dünnte den Geruch nach Krankheit, Seife und Medizin aus.

Die Frau hatte sich nach vorn gebeugt und rieb sich mit den Händen über die Knie. Der Mann mit den femininen Fingern streichelte ihr über den Rücken. Er wirkte leicht abwesend, doch die Ärztin ahnte, dass er nach den Kindern horchte. Im selben Moment tobten sie draußen vor der Tür besonders laut mit der Krankenschwester herum.

Wie sollte er das hinkriegen? Allein mit den Kindern? Sie wusste, dass der Mann genau das dachte.

»Sind Sie sich ganz sicher?«

Die Ärztin war sich sicher.

»Aber …«, sagte die Frau.

Jetzt kam es.

»Wir … Wir wollten doch nach Indien. Roar hat eine Stelle bei der Botschaft bekommen. Können wir … Wir können also nicht fahren? Was soll ich denn den Kindern sagen?«

Die Ärztin schüttelte lediglich den Kopf. Nein, sie sollten nicht nach Indien ziehen.

»Wir können die Schmerzen lindern. Aber therapieren können wir nicht. Sie müssen sich auf eine neue Lebenssituation einstellen. Alle.«

Denn Sie werden sterben. Bevor das Jahr vorüber ist. Sagen Sie das Ihren Kindern, dachte die Ärztin.

Jetzt schien er endlich zum Leben zu erwachen. Zumindest seine Augen. Er reagierte ganz genau wie alle anderen auch, die sich dem Tod gegenübersahen: Er suchte nach einem Ausweg.

»Aber… sollten wir vielleicht noch mit einem anderen Arzt sprechen? Eine zweite Meinung einholen? Gibt es wirklich nirgends alternative Behandlungsmöglichkeiten? In den USA zum Beispiel? Wir haben Geld.«

»Auch in den USA sterben Menschen an Krebs«, antwortete die Ärztin.

Wie oft hatte sie bereits so dagesessen, hinter diesem Schreibtisch? Wir Menschen glauben, dass wir so besonders sind. So einzigartig. Aber das sind wir nicht. Wir sind lediglich eine endlose Aneinanderreihung von Ursachen und Wirkungen und den Lücken dazwischen.

Der Herbst war schön, fand sie. Traurig, ihn auf eine Metapher zu reduzieren.

Als das Paar gegangen war, schob sie den Rollstuhl nach hinten. Fuhr zum Fenster und öffnete es so weit, dass die Scharniere ächzten. Sie lehnte sich nach vorn und ließ den Blick über die Krankenhausgebäude schweifen und blieb sitzen, bis sie vor Kälte erschauderte, bis die Finger weiß wurden und sich die Zehen krümmten.

Roar und seine Frau, die Indien niemals erleben würden, hatten ihre Kinder mit hinüber ins Hauptgebäude des Ullevål-Krankenhauses genommen. In den Ruheraum. Dort würden sie gemeinsam eine Kerze anzünden. Dann würden die Kinder es erfahren.

Es würde eine Weile dauern, bis sie zurückkämen, und das kam ihr gut zupass. Sie rollte hinaus auf den Flur und steuerte das kleine Zimmer der Familie an. Stieß mit dem

Fuß die Tür auf, parkte den Rollstuhl und stemmte sich hoch. Es tat weh, war aber gut für den Kreislauf. Am Bett griff sie nach dem Hörer des Patiententelefons und wählte eine Nummer.

»Ja? Kain hier?«, kam es vom anderen Ende der Leitung.

16

»Platzpatronen, Fredrik.«

Andreas sah ihn mit einem schiefen Grinsen an und wies mit einem Nicken auf die Schachtel, die Fredrik soeben in der Hosentasche hatte verschwinden lassen. Dann zeigte er auf die Munition im Stahlschrank.

»Die sind scharf.«

Fredrik folgte ihm durch die braunen Holzbaracken bis zu den Schießständen. Sie befanden sich auf der Løvenskiold-Schießanlage in der Eiksmarka. Ein Weg, der sich wie Eingeweide wand, führte von der Tontaubenanlage durch einen Fichtenwald hindurch zu der Bahn, wo die Osloer Polizei trainierte. Auf dem Stellplatz hinter ihnen parkte ein schwarzer Transporter der Spezialeinheit, und zwischen den Baumstämmen hindurch ratterten laut Schüsse aus einer Maschinenpistole. Fredrik mochte dieses Geräusch nicht. Unwillkürlich zuckte er zusammen. Zudem war das Gewicht der halb automatischen Heckler & Koch an seiner Hüfte ungewohnt.

Nachdem er sich die gelbe Schutzbrille auf die Nase geschoben hatte, drehte sich Andreas zu ihm um.

»Ich war in diesem Auktionshaus, Bierche«, sagte er mit übertrieben ausländischem Akzent, um seine Verachtung gegenüber dieser Art von Oberschichtenphänomen zu betonen. »Wegen des Katalogs, den der Rechtsmediziner in Morenius' Hosentasche gefunden hat.« Mit einem Ruck schob er das Magazin in die Pistole. »Anfangs haben sie es mit Gequatsche über Vertraulichkeit versucht, aber als ich ihnen ein paar Nahaufnahmen von der Leiche gezeigt hab, sind wir ins Gespräch gekommen.« Andreas lachte. »Ruck, zuck hab ich die Liste der Käufer gekriegt. Mikael Morenius steht nicht mit drauf – im Gegensatz zu diversen im Ausland registrierten Unternehmen. Eins davon auf den Caymans. Einer Steueroase.« Er hob die Waffe, legte den Kopf schräg und blickte am Lauf entlang. »Was, wenn er Geldwäsche betrieben hat? Antiquitäten mit Geld aus Drogendeals gekauft hat? Die Eigentümer solcher Unternehmen ausfindig zu machen ist nahezu unmöglich. Aber es muss doch einen Grund geben, warum der Kerl gefoltert und getötet wurde. Hatte er sich mit den falschen Leuten eingelassen?«

»Möglich«, entgegnete Fredrik. »Was ist mit dem Spiegel, den er angekreuzt hatte?«

Der Kollege schüttelte den Kopf. »Kein einziges Gebot.«

Nach ihrem Besuch beim Prothesenhersteller hatte Andreas beschlossen, hier oben in der Schießanlage noch ein paar Magazine zu leeren – als therapeutische Maßnahme für Fredrik, sozusagen. Der war sich allerdings nicht sicher, ob sie nicht vor allem wegen Andreas selbst hier waren. Der Kollege traf zweimal ins Schwarze, bevor Fredrik überhaupt dazu kam, seinen ersten Schuss abzugeben. Einen Fehlschuss.

Er holte tief Luft, schob die Schultern nach unten und fand den richtigen Griff um den Polymerschaft. Treffer. Fehlschuss. Treffer.

»Klasse«, sagte Andreas und hakte die Schutzbrille an seiner Hemdentasche ein. »Schöner als vögeln, findest du nicht?«

Fredrik zuckte mit den Schultern. »Vielleicht schläfst du mit den falschen Leuten.«

»Ich hab irgendwie den Eindruck, bei dir ist das nicht anders«, erwiderte Andreas.

Reif lag auf dem Kies, als sie die kurze Birkenallee zur Villa auf Bygdøy hinaufstapften. Fredrik fiel hinter Andreas zurück und blieb irgendwann stehen. Atmete die geruchlose Novemberluft ein, während er die Frau anstarrte, die vor dem roten Holzhaus auf sie wartete. Kafa Iqbal.

Sie starrte zurück.

Anderthalb Jahre waren vergangen, seit Kafa vom Geheimdienst PST zu ihnen gewechselt hatte. Zusammen hatten sie ein Blutbad bei einer Glaubensgemeinschaft auf einem Hof namens Solro im Maridalen aufgeklärt. Er hatte ihr das Leben gerettet. Sie hatte ihm das Leben gerettet. So was verband. Man entwickelte Gefühle. Irgendwann hatte er sich in diesen Gefühlen verrannt. Nur hatte es so natürlich nicht bleiben können. Ohne sie ein einziges Mal berührt zu haben, ohne sie ein einziges Mal geküsst zu haben, hatte er einen Schlussstrich gezogen und ihr die Tür vor der Nase zugeschlagen, denn sein Haus war bereits voll gewesen: Bettina. Alice, Erik und die Kinder, die aus Tromsø zurückgekehrt waren.

Es hatte durchaus Vorteile, schon mehr Lebenszeit hinter sich als noch vor sich zu haben. Da wusste man, dass Verliebtheiten nur Strohfeuer waren. Ohne Brennstoff erloschen sie. Er hatte Kafa von sich weggeschoben und dafür gesorgt, dass sie künftig nicht mehr an denselben Fällen arbeiteten. Er stand auf, wenn sie kam, und setzte sich erst wieder, wenn sie ging.

Trotzdem standen sie jetzt hier. Sie ermittelte in einem Todesfall, hatte es mit einer Leiche zu tun, von der sie angenommen hatte, es wäre Mikael Morenius. Er wiederum ermittelte in einem Fall um eine Leiche aus einem Kanalschacht, von der er *wusste*, dass es sich um Mikael Morenius handelte. Was verband diese Fälle – neben der Tatsache, dass er und Kafa wieder zusammenarbeiten würden?

Das Feuer schwelte noch immer. Ihm wurde warm, als er ihr gegenübertrat. Ihr, der zierlichen, sportlichen Norwegerin mit pakistanischen Wurzeln, wendigem Geist und scharfer Zunge. Mit dem dunklen Haar, das ihr bis über die einfühlsamen Augen fiel, und den grazilen Körperkonturen, die sich unter ihrer Wolljacke abzeichneten.

»Wie ich sehe, brauchst du deinen Stock nicht mehr?«

Er war ein Geschenk von ihr gewesen.

»Hab ihn verlegt, um ehrlich zu sein.«

»Du musst besser auf die Dinge aufpassen, die dir lieb und teuer sind«, sagte sie kühl und winkte ihn dann in den Eingangsbereich. Sie hinkte leicht, doch er nahm an, dass sie es nicht aus Sympathie zu ihm tat.

Der Eingangsbereich sah exakt so aus, wie sie ihn vorab beschrieben hatte. Dunkel, fast majestätisch im gedämpften Licht des Kronleuchters. Die Nägel, die schief in den Wänden steckten, erinnerten Fredrik an ein mittelalterliches Folterinstrument. Genau wie der Gestank. Die Leiche hätte längst abtransportiert werden müssen.

Kafa schien seine Gedanken gelesen zu haben. »Der Leichenwagen war schon hier, und alles war bereit, aber mit dem Mann aus dem Kanalschacht …«

Fredrik nickte. Dies hier war Kafas erster Fall als leitende Ermittlerin. Sie wollte keinen Mist bauen. Zudem spielte es wohl auch keine Rolle, dass der Leichnam noch immer hier lag. Es hatte sich niemand gerührt, der sich um die Beerdigung kümmern wollte.

»Da liegt er also … der Mann, von dem wir bis jetzt angenommen haben, er wäre Morenius«, sagte sie.

Fredrik marschierte die Treppe hinauf zu dem Toten. Nahm die zerbrochene Kaffeetasse und den verwesenden Körper in Augenschein. Die Leiterin der Spurensicherung, eine wortgewandte Frau namens Therese Grøfting, war gerade im Begriff, den Leichensack auszubreiten.

»Darum beneide ich Sie nicht«, sagte Fredrik und stellte sich neben sie.

Sie sah zu ihm hoch. »Tja … Verdammte Scheiße, ist der schwer!« Grøfting zeigte auf den Strumpf, aus dem der verfärbte, geschrumpfte große Zeh herausschaute. »Er ist in Kaffee getreten«, erklärte sie und fuhr mit dem Zeigefinger am Gummiband ihrer Kapuze entlang, bevor sie sich den Schweiß an ihrem weißen Overall abwischte. »Also, was glauben Sie? Ist er ausgerutscht und gefallen? Handelt es sich um einen Unfall?«

»Wissen Sie, wie viele Menschen im vergangenen Jahr hier in Oslo gestorben sind?« Geräuschlos hatte sich Kafa zu ihnen gesellt. »3956. Unfälle wie dieser hier passieren täglich.« Sie sah Fredrik an. »Aber das hier sollte lediglich wie ein Unfall aussehen. Ich wurde gestern überfallen. Wer immer mich da niedergeschlagen hat, hat Beweismaterial gestohlen. Das hier ist ein Tatort.«

17

Das Esszimmer war ein länglicher Raum mit orangefarbenen Gardinen. Auf dem Weg dorthin zeigte Kafa ihm die Stelle, wo sie den Fotoschnipsel gefunden hatte. Aus dem Esszimmer schlug ihnen grimmiges Gekeife entgegen. Andreas schrie ins Telefon; nur die Wandteppiche dämpften die Lautstärke. Ein paar der Teppiche waren bunt gemustert; andere stellten Landschaften, religiöse Motive und Tiere dar. Die gewebten Wollstoffe dünsteten einen animalischen Geruch aus.

Polizeidirektor Koss war ebenfalls anwesend. »Sie wurden überfallen, hab ich das richtig gehört?«

Kafa zeigte ihm die Handflächen: aufgeschürft, die Wunden mit frischem Schorf überzogen.

»Ich wurde über den Haufen gerannt. Erst dachte ich, es wäre nur ein Missgeschick gewesen, irgendein Trottel, der mich nicht gesehen hat. Aber als ich nach Hause kam und mir die Mappe mit den Morenius-Unterlagen ansehen wollte, war sie verschwunden. Ich bin mir sicher, dass ich sie in der Tasche gehabt habe.«

»Aber warum ...«

»Ich dachte erst, es würde keine Rolle spielen und ich müsste die Infos ganz einfach noch mal neu zusammenstellen. Aber das funktioniert so nicht. Und jetzt hat sich auch noch herausgestellt, dass beim Einwohnermeldeamt kein Mikael Morenius verzeichnet ist. Keine Adresse, kein Geburtsjahr, keine Familie – nichts. Alles ist weg. Gelöscht.«

»Sie verarschen mich.«

Mit ein paar saftigen Kommentaren beendete Andreas das Telefonat. Dann gesellte er sich zu ihnen. »Ich hab gerade mit dem Rechtsmediziner, diesem Heissmann, gesprochen. Er ist mitten in der Nacht vom Anruf einer Nachtschwester aus dem Rikshospitalet geweckt worden. Irgendjemand ist dort aufgetaucht und hat die Herausgabe sämtlicher Habseligkeiten von Morenius gefordert. Heissmann hat sich sofort ins Auto gesetzt, aber als er dort ankam, war die Kiste, in der Morenius' Sachen lagen, schon abtransportiert worden.«

Fredrik blieb die Spucke weg. »Also … Beweismaterial … in einem Mordfall! Das kann doch niemand einfach …«

»Doch«, fiel Andreas ihm ins Wort. »Und zwar per Gerichtsbeschluss. Mit denen hab ich auch gerade gesprochen – mit irgendeinem verdammten Amtsrichter. Er hat die Echtheit des Gerichtsbeschlusses bestätigt. Aber er will mit keiner Silbe verraten, wer ihn beantragt hat oder wie die Begründung dafür lautet. Er verweist bloß auf einen Passus im Sicherheitsgesetz.« Andreas sah zu Koss. »Im *Sicherheitsgesetz*? Sie sind doch Jurist. Das Sicherheitsgesetz befasst sich mit Terrorismus. Mit der inneren Sicherheit dieses Landes, solchem Mist. Was zur Hölle ist das hier?«

Der Polizeidirektor ließ Andreas' Wutausbruch an sich abperlen.

Als er nicht antwortete, fuhr Andreas fort: »Heissmann hatte alte Zahnarztunterlagen von Morenius aufgespürt. Und auch die sind jetzt verschwunden.« Er machte einen Schritt nach hinten. »Kapiert ihr, was hier vor sich geht? Sämtliche Spuren zu Mikael Morenius lösen sich gerade in Wohlgefallen auf – direkt vor unseren Augen!«

Über dem Esstisch lag eine längliche schwarz-weiß gestreifte Decke, eine Art Gobelin. Koss bewegte sich darauf zu. Neigte den Kopf zur Seite. »Was wissen wir bislang über Morenius?«

»Nicht viel«, antwortete Kafa. »Es wurde nie über ihn in der Zeitung berichtet, in sozialen Netzwerken existiert er nicht, kein Arbeitgeber, keine Verurteilungen.«

Der Polizeidirektor drehte sich zu ihnen um. »Er hat also ein anonymes Leben geführt, hinter einer geschützten Identität. Niemand hat ihn als vermisst gemeldet. Keine Ehefrau? Keine Eltern oder Kinder?«

Kafa schüttelte den Kopf.

»Dann ist die Frage doch, warum«, sagte Koss. »Warum lebte er so? Wer war er?«

Fredrik sah an den orangefarbenen Gardinen vorbei hinaus in den herbstlich düsteren Garten. Es gab zwei mögliche Erklärungen. Entweder war Mikael Morenius ein Mann, der gejagt wurde. Oder er war selbst ein Jäger.

Es kam vor, dass der Staat jemanden beschützte, auf den Jagd gemacht wurde. Dabei handelte es sich in aller Regel um Frauen auf der Flucht vor gewalttätigen Männern. Oder um bedrohte Politiker.

Adressen, Telefonnummern, Kinder. Alles wurde geheim gehalten, sodass nur einige wenige – wie etwa die Polizei – Zugang zu den Informationen hatten.

Aber es gab auch noch eine andere Gruppe. Kriminelle. Das einstige Mitglied einer Terrororganisation vielleicht. Kriegsverbrecher. Angehörige der Mafia. Allerdings die kleinen Fische. Der Staat beschützte sie, weil sie die größeren Fische ans Messer lieferten, um selbst mit einer milderen Strafe davonzukommen. Hatte Andreas mit seiner Vermutung womöglich recht gehabt? Hatte Mikael Morenius Geldwäsche betrieben und war zu gierig geworden? Hatten die Behörden ihn geschnappt, und hatte er dann über alte Bekannte ausgepackt?

Fredrik musste wieder an die Narben denken. Irgendwen hatte dieser Mikael Morenius dermaßen verärgert, dass erst mit einer Schrotflinte auf ihn geschossen worden war. Dann war er gefoltert und ermordet worden. Passte das nicht ins Bild eines Verbrechers, der seine Komplizen verraten hatte? Hatte ihn die Vergangenheit eingeholt, und hatte er für den Verrat büßen müssen?

Die Theorie hatte jedoch einen Haken. Es hatte keinen Sinn, einen Verräter zu foltern, sofern niemand etwas davon wissen durfte. Man folterte einen Verräter, um ihn derart zu verschrecken, dass er die Klappe hielt. Warum war er also den Ratten zum Fraß vorgeworfen worden?

Nein, Fredrik glaubte vielmehr, dass Morenius ein Jäger gewesen war. Konnte er irgendeine Terrororganisation infiltriert haben? Ein Drogenkartell? Das würde auch erklären, warum der Amtsrichter sich auf das Sicherheitsgesetz berufen hatte. Es würde erklären, warum sich gerade sämtliche Spuren in Luft auflösten. Es würde die geschützte Identität erklären.

Irgendjemand hatte ihn unter seine Fittiche genommen. Und zwar über den Tod hinaus.

Aber warum hatte dann Morenius' Führerschein hier in der Villa gelegen? Und wer war der stinkende Koloss auf der Treppe?

»Wo genau habt ihr den Führerschein gefunden?«, fragte er.

»Da drüben.« Kafa zeigte auf den Boden vor einem tiefen Ledersessel, der neben dem Fenster auf einem Langflorteppich stand. Fredrik ging auf alle viere und schielte unter den Sessel, strich mit der Hand über die dunklen Fasern. Roch daran.

»Kaffee«, murmelte er. Dann stemmte er sich auf die Knie. »Der Typ von der Treppe ist hier auf Strümpfen herumgelaufen. In Jogginghose und löchrigen Strümpfen. Wie man eben in seiner eigenen Wohnung herumläuft, nicht wahr?«

»Stimmt«, antwortete Kafa. »Er scheint hier gewohnt zu haben. Allerdings wissen wir immer noch nicht, was aus der Frau geworden ist, die eigentlich hier wohnen sollte, Gerda Thrane.«

Konnte der Dicke sie entführt haben? War er einer jener kranken Geister gewesen, die alte Leute einsperrten und ihnen Gewalt antaten? Die ihnen die Haut abzogen und sich dabei befriedigten und über ihre Großtat lachten?

»Es kann natürlich eine ganz normale Erklärung dafür geben. Aber warum hat er dann den Nachbarn erzählt, die Gemeinde hätte ihn geschickt? Wenn er ein Freund oder ein entfernter Verwandter gewesen wäre, warum hätte er da lügen sollen?«

»Finden Sie es heraus«, sagte Koss grimmig. »Ist der Leichenfund im Kanalschacht schon an die Medien durchgesickert?«

»Nein.«

»Gut. Sorgen Sie dafür, dass das so bleibt.«

Die rothaarige Polizistin tauchte in der Tür auf und winkte Kafa erneut zu sich. »Kommen Sie mit«, sagte sie. »Wir haben etwas gefunden – im Garten, unter dem Laub.«

Zwischen der hohen Berberitzenhecke und der Rückwand der Villa lagen in einem Halbkreis Steine in der Größe von Bowlingkugeln im Gras. In der Mitte der Formation waren nebeneinander zwei Birken gepflanzt worden.

Es sah aus wie eine Gedenkstätte.

18

Ein Schweißtropfen glitt von seinem Handrücken über das Handgelenk und verschwand zwischen den dunklen Haaren seines Unterarms. Seine Hand war schweißfeucht, und Kain wollte das Telefonat so schnell wie möglich beenden. Er hielt sich das Smartphone waagerecht vor den Mund. Er hatte mal gehört, dass von derlei Apparaten unsichtbare Wellen ausgingen, Strahlen, die die Gehirnzellen aufheizten, sodass sie vibrierten, miteinander verschmolzen und Klumpen mutierten Gewebes bildeten, das sich dann in den Kopf hineinfraß. Wenn er das Gerät von seinem Kopf weghielt, verschwanden die Strahlen in den gottlosen Himmel über ihm, hoch oben über den Wohnhäusern der Reichswein gate in Ruseløkka.

»Freitag«, sagte er leise. »Lin kommt am Freitag zu dir.«

Dann legte er auf.

Lin hatte ihre Wange an seine nackte Brust geschmiegt. Sie atmete tief ein. Kain glaubte trotzdem nicht, dass er sie geweckt hatte. Ein schmaler Streifen Sonnenlicht hatte sich den Weg zwischen den Gardinen hindurch gebahnt und ließ ihre Haut wie eine Mischung aus Milch und Apfelsinen glänzen. Sein Blick folgte dem Lichtstreifen. Über den niedrigen, orientalisch anmutenden Tisch und die Tüte mit den zerstoßenen Tabletten. Hin zu dem weißen Sofa mit den herzförmigen Kissen. Zurück zu den Puppen auf der Fensterbank. Er nahm den unschuldigen Duft nach Aprikosen und Vanille wahr, betrachtete die Schuluniform, die auf einem Kleiderbügel an der Gardinenstange hing.

Sie wurde allmählich zu alt. Trotz ihrer Rattenschwänzchen.

Ein neuerlicher Ruck im Unterleib, und er spürte, wie sich die Poren öffneten. Zäher, stinkender Schweiß verschaffte seinem Körper ein wenig Kühlung. Er würde die Bauchmuskeln anspannen, alles zusammenkneifen müssen, damit ihm kein Malheur passierte. Langsam bis zwanzig zählen. Der Krampf ließ nach. Dann machte sich der süßsaure Geruch eines Speedfurzes im Zimmer breit. Er erinnerte an verbrannte Zwiebeln.

Das Speed ging allmählich zur Neige. Nur noch ein paar Gramm waren übrig, dann wäre es vorbei. Nie wieder Amphetamine.

Dort im Keller war es ihm schlussendlich klar geworden. Mit der silberglänzenden Hacke in der Hand und Blutspritzern, die sich über seinen Arm verteilt hatten. Er hatte auf das klaffende Loch in Mikael Morenius' Schädel gestarrt.

Im Gegensatz zu Tieren besaß der Mensch die Fähigkeit, sich selbst in anderen zu sehen, sich in die Leidenden hineinzuversetzen und ihre Schmerzen zu erahnen. Das nannte man Mitgefühl. Aber Mitgefühl existierte nicht allein. Es trat immer im Zusammenspiel mit den dunkleren Teilen der menschlichen Seele auf. Der Leidensfantasie. Der Fähigkeit, Qualen überhaupt erst zu ersinnen. Einer Fantasie, die der Menschheit die neunschwänzige Katze, die Ketzergabel und die Judaswiege beschert hatte.

Schon seltsam, woher die Grausamkeit ihre Energie bezieht, schoss es ihm durch den Kopf. Diese affektierten Goldzigaretten. Was hat dieses Schwein eigentlich geglaubt, wer er war? Stundenlang hatte Kain ihn bearbeitet, hatte ihm die Finger gebrochen, Zigarettenstummel eingesetzt, ihn geschlagen und getreten. Er hatte die Tore zu seiner eigenen, gut entwickelten Leidensfantasie geöffnet. Die Augen – er hatte diesen jämmerlichen Ausdruck nicht mehr ausgehalten. Also hatte er sie ausgebrannt. Nicht einen Hauch von Mitleid hatte er empfunden. Nur das Pochen des pulsierenden Blutes gegen sein Trommelfell. Macht und Rausch.

Kain hatte nicht einmal nach dem Warum gefragt. Es hatte ihn nicht interessiert, wer sein Gegenüber war. War er verheiratet? Hatte er Kinder? Keine Ahnung. Er hatte lediglich einen Namen. Mikael Morenius, der Sterbende.

Das war der Rausch. Das Amphetamin, das den Menschen wegsperrte und das Tier freiließ. Die Psychose. Nicht er. Er war nicht so. Aber Kain. Der Mörder.

Das bin nicht ich.

»Es wird eine Weile dauern, bis er redet«, hatte der Bruder gesagt. »Aber letztendlich wird er es tun.«

Er hatte recht gehabt. Selbstverständlich hatte er das. Sie hatten erfahren, dass es nur noch einen gab, der Bescheid wusste. Ein letztes Opfer. Die letzte Rate.

So vorsichtig er konnte, griff er um die zierliche Frauenschulter herum. Schob sie von sich runter – allerdings nicht behutsam genug. Sie wachte auf, drehte sich auf den Rücken und sah verstohlen zu ihm rüber. Er schämte sich für den Gestank, aber Lin sagte nichts.

»Ich hab da was für dich«, sagte er.

Dann rutschte er zur Bettkante, setzte die Stiefel auf den Boden und kramte in der Tasche seiner Bomberjacke. Das Schmuckstück war oval, in etwa so groß wie die Hand eines Säuglings, kardinalrot und golden glitzernd. Es baumelte an einer dicken Kette. Sie griff mit ihrer kleinen Hand danach. Tastete am Goldrand entlang. Das Mittelstück war mit tränengroßen Edelsteinen besetzt. Lin ballte die Faust darum.

Er beugte sich vor und zog die Tüte vom Tisch. Ließ ein wenig weißes Pulver auf den weichen Hautlappen zwischen Daumen und Zeigefinger rieseln und sniffte. Erleichterung. Die Magenkrämpfe verschwanden. Mit Temgesic würde er schon wieder runterkommen. Mit dem Medikament, das sie ihm beschafft hatte. Die Frau am Telefon. Der Weg weg vom Amphetamin.

Lin streichelte ihm über den Rücken, und er sah sie an. Sie hatte die Beine übereinandergelegt, sodass sich das kleine Herz auf ihrem Baumwollslip verzog. Die Kette hatte sie sich um den Hals gelegt. Das tiefrote Schmuckstück lag genau zwischen ihren Brüsten. Mit dem Zeigefinger versetzte er es in Bewegung, bevor er mit der Fingerspitze ihre Brustwarze berührte, die so dunkel war, beinahe schwarz, und hart.

»Ich glaub, da steckt ein Schatz drin«, flüsterte sie und klopfte mit einem kurzen Fingernagel auf den Anhänger.

Fummelte daran herum und griff dann nach seinen Händen. »Aber ich will sie nicht aufmachen. Hast du sie für mich gekauft?«

»Ja«, log er.

19

Vorsichtig trugen sie die oberste Erdschicht ab. Laub und vertrocknetes Gras waren bereits auf einem Haufen zwischen Hecke und Villa gelandet. Schneeregen legte sich auf den Bagger, verdampfte und verwandelte sich in warmen, nach Abgasen stinkenden Dunst. Jeder Zentimeter wurde von den Streifenkollegen durchsucht.

Fredrik fröstelte unter dem Regenponcho. Durchs Fenster zum Esszimmer hörte er Sebastian Koss' dröhnende Stimme. Der Polizeidirektor war wütend, weil sie die Steinformation im Garten nicht eher entdeckt hatten. Fredrik war klar, dass er dort drinnen sein und Kafa verteidigen müsste, aber er brachte gerade nicht die Kraft dazu auf. Stattdessen hatte er sich eine Pille eingeworfen und war einfach gegangen. Denn im Grunde hatte Koss ja recht. Warum hatte sie nicht dafür gesorgt, dass der Garten genau überprüft würde? Sie hätte ihn selbst absuchen müssen, verdammt. Man musste sich einen umfassenden Überblick über einen Tatort verschaffen, das wusste man doch als Polizist. Als guter Polizist zumindest. War sie nachlässig gewesen? Das sah ihr gar nicht ähnlich.

Die Abgase kitzelten ihn in der Nase, und er machte ein paar Schritte von der Ausgrabung weg. Jenseits der Allee erstreckte sich eine Wiese, in deren Mitte eine Trauerweide stand. Die dichten Äste reichten bis zum Boden. Auch wenn nur noch ein paar wenige verwelkte Blätter an den Ästen hingen, konnte er den Stamm kaum sehen.

Er schob das Geäst beiseite. Die Tropfen, die auf seiner Stirn landeten, jagten ihm eine Gänsehaut über den ganzen Körper. Hier drunter war es still und nahezu dunkel und der Lärm des Baggers nur mehr ein entferntes Dröhnen. Irgendjemand hatte etwas in den Stamm geritzt.

Agnes + Axel.

Die Narben in der Baumrinde sahen schorfig aus, die Inschrift alt. Er musste wieder daran denken, was Kafa erzählt hatte: Gerda und Ernst Thrane hatten einen Sohn gehabt. Axel. Der seit Langem tot war.

Der Torfgeruch, der in der Luft hing, erinnerte ihn an seine Mutter und daran, wie sie sich in Frogner immer um die Blumen und Grünpflanzen auf dem Balkon gekümmert hatte. Dort hatte er mit dem Rücken auf einer grünen Decke gelegen, die Augen geschlossen und sich vom Rauschen der Brise in den Kletterrosen, dem Geruch nasser Erde und frisch beschnittener Ranken forttragen lassen.

Was für ein Leben – hier seine Sommerferien zu verbringen! Unter dieser gigantisch großen Weide, die die Welt ganz einfach aussperrte. Die Gedanken und Fantasie beflügelte. Zusammen mit Agnes. Wer war sie? Ein Mädchen aus der Nachbarschaft? Die Erste, die Axel geküsst hatte? Die zugelassen hatte, dass er unter ihre Bluse fasste? Vielleicht war sie die Einzige, die es jemals für ihn gegeben hatte.

Er musste wieder an Mikael Morenius denken. Was hatte er getan, was so wichtig, so geheim und erschreckend gewesen war, dass er hatte ausradiert werden müssen? Fredrik strich mit den Fingern über die Buchstaben in der Rinde. Ihm war klar, was sie als Nächstes tun müssten. Morenius' Zuhause finden. Und es eilte. Böden konnten gescheuert, Wände gestrichen, Möbel verbrannt werden.

Fredrik hatte die Polizistin nicht gehört und zuckte zusammen, als die Rothaarige den Kopf zwischen den Zweigen hindurchsteckte.

»Zwei Tote«, teilte sie ihm mit. »In der Grube liegen zwei Skelette.«

Ein Silberring saß noch immer über dem längsten Glied des Ringfingers. Die Hände waren gefaltet und ruhten auf einem braunschwarzen Brustkasten. Am Schädel klebten grauweiße Haare. Der zweite Kadaver, der größere von beiden, war vollkommen haarlos. Die beiden hatten weniger als einen Meter unter der Erde gelegen. Seite an Seite. Dem haarlosen Schädel fehlten im Oberkiefer ein paar Zähne. Kleiderreste zeugten davon, dass sie nicht nackt begraben worden waren.

»Bei beiden wird es sich um Frauen handeln«, mutmaßte Therese Grøfting. »Flache, breite Becken.«

Als Fredrik in die Hocke ging, knackte sein Knie, und er keuchte unwillkürlich auf. Soweit er es beurteilen konnte, waren die Körper nicht einfach in die Erde geworfen, sondern tatsächlich behutsam hineingelegt worden.

Die Knochen und die Erde, die sie bedeckt hatte, rochen nach Pilzen und einem Hauch Ammoniak.

»Die liegen schon ein bisschen länger hier.«

Kafa legte ihm die Hand auf die Schulter – ob um seinet- oder ihretwillen, hätte er nicht sagen können.

»Gerda Thrane?«, fragte sie und nickte in Richtung der Grube.

»Würde mich nicht überraschen«, antwortete er und sah zu ihr hoch. Ihr Gesicht wirkte grau und unergründlich. Ihr war natürlich klar, dass alle die Standpauke mitbekommen hatten, die sie über sich hatte ergehen lassen müssen.

Wer war die andere Frau?

Ein düsteres Brummen verriet, dass sich auch Sebastian Koss auf den Weg zu ihnen gemacht hatte.

»Holt sie raus«, befahl er. »Holt sie sofort raus und findet heraus, wer sie sind. Sind Sie dieser Aufgabe gewachsen, Iqbal?«

20

Kafa und Fredrik standen wieder am Esszimmertisch der Villa. Während Kafa einen Stapel Dokumente auf dem dunklen Gobelin ausbreitete, sah Fredrik prüfend zu ihr hinüber.

Es war bald vierundzwanzig Stunden her, seit sie die sterblichen Überreste gefunden hatten. Sobald Koss sich verzogen hatte, war auch Kafa weggefahren. Ihre müden Augen waren der Beweis dafür gewesen, dass sie eine schlaflose Nacht hinter sich gehabt hatte.

Er hätte sie gern gefragt, wie es ihr inzwischen ging, aber irgendetwas an den hektischen, schroffen Bewegungen, etwas an der Art, wie sie sich in die Wolljacke mummelte, hielt ihn davon ab.

»Der Auktionskatalog, den ihr gefunden habt«, sagte sie leise. »Der ist wichtig.«

Fredrik räusperte sich. »Andreas ist der gleichen Ansicht. Er glaubt, dass Mikael Morenius der Eigentümer einer auf den Caymans registrierten Firma war. Dass er Geld gewaschen hat.«

»Hat er erzählt«, sagte sie, ohne den Kopf zu heben. »Aber ihr vergesst den Spiegel.«

»Du meinst den angekreuzten Rokokospiegel? Der wurde nicht verkauft.«

»Aber habt ihr überprüft, wer ihn *verkaufen* wollte?«

Nein. Aber Kafa hatte es getan. Im Fall eines Verkaufs hätte das Geld auf das Konto eines Architekturbüros namens Entenherz eingezahlt werden sollen. Die Firma war vor etwa einem Jahr gegründet, aber schon nach wenigen Wochen wieder abgewickelt worden. In der kurzen Zeit hatte man sich dort ein Firmenkonto wie auch einen funkelnden weißen BMW 520 zugelegt. Und einen antiken Spiegel, wie es schien.

Kafa hatte die Nacht offenbar gut genutzt.

»Diese Firma«, hakte Fredrik nach. »War Morenius der Eigentümer?«

Sie schüttelte den Kopf. »Die Person, die das Büro – zumindest auf dem Papier – gegründet hat, ist ein einundneunzigjähriger Fischer aus Leknes auf den Lofoten. Das Problem ist nur, dass der Mann über gerade einmal sieben Jahre Volksschulbildung verfügt und in einer Einrichtung für Demenzkranke wohnt. Ich hab mit seiner Tochter gesprochen. Er kann nicht einen geraden Strich ziehen.«

»Eine Deckfirma also«, murmelte Fredrik.

Kafa zog ein Foto aus dem Dokumentenstapel, aufgenommen von einem Blitzer im Oslofjordtunnelen: ein körnig graues Motiv, das ein weißes Auto und einen schlanken, kurzhaarigen Mann am Steuer zeigte.

»Das ist der BMW. Das Bild ist zu unscharf, um eindeutig behaupten zu können, dass es sich um Morenius handelt, aber es ähnelt ihm«, sagte Kafa und tippte mit dem Finger auf den Führerschein, den sie im Esszimmer gefunden hatten.

»Auf jeden Fall ist das kein einundneunzigjähriger, seniler Fischer«, stellte Fredrik fest.

82 km/h in einer Siebzigerzone. Eine Momentaufnahme… aber manchmal war eben nicht mehr nötig.

Fredrik schielte zu ihr rüber. Er hatte vermutet, dass sie sich ein Lächeln nicht würde verkneifen können, doch ihr Gesichtsausdruck war unmöglich zu deuten.

»Hier ist ein Auszug aus dem Firmenkonto«, sagte sie nur.

Blaue Kugelschreiberkreise wiesen darauf hin, dass sie ein Muster gefunden hatte.

»Auf dem Konto liegt eine knappe Million Kronen. Es sind ausschließlich Bargeldauszahlungen verzeichnet, wobei die letzte Geldentnahme ungefähr zu der Zeit erfolgt ist, zu der Mikael Morenius gestorben sein dürfte. Die Auszahlungen sind an Geldautomaten in der ganzen Stadt erfolgt, mitunter sogar außerhalb der Stadt. Die Beträge variieren, alles in allem keine Riesensummen, aber immer am vierzehnten oder fünfzehnten jedes Monats wurde an einem von zwei Geldautomaten ein größerer Betrag abgehoben. Diese beiden Automaten stehen im Stadtteil Frogner – der eine in einem Gemischtwarenladen, der andere in einer Bank.«

Fredrik gebot ihr Einhalt, indem er die Hand auf das Dokument legte. Endlich sah sie ihn an.

»Lass nicht zu, dass dieser Trottel Koss dir den Schlaf raubt, Kafa.«

Sie schob seine Hand weg. »Feste Geldentnahmen, jeden Monat«, fuhr sie unbeirrt fort. »Glaubst du, das könnte für die Miete draufgegangen sein? Glaubst du, das könnte bedeuten, dass Mikael Morenius in Frogner gewohnt hat?«

Er unternahm einen zweiten Versuch. »Ich weiß, wovon ich rede, Kafa. Nach Solro war ich der Sündenbock. Es tut verdammt weh, sich mit diesen Sachen auseinanderzusetzen. Was ich versuche zu sagen, ist …«

Ihr Blick war hart. »Du versuchst zu sagen, dass jeder Fehler macht. Aber du und ich, wir sind nicht gleich, Fredrik Beier. Wenn ich Scheiße baue, dann stehe ich dazu.« Dann schlug sie mit der rechten Faust in ihre linke Hand. »Weißt du, was Andreas gerade macht? Irgendwo hinter der Villa untersucht er einen Keller. Einen verfluchten Kartoffelkeller! Ich bin tagelang hier rumgetrampelt, und es ist mir nicht mal in den Sinn gekommen, dass das Haus einen Keller haben könnte! Verdammt, Fredrik, wenn du helfen willst, dann hilf mir bei diesem Fall.«

Irgendwer klopfte ans Fenster. Andreas. In Gummistiefeln, damit seine Anzughose keinen Schaden nahm.

Der Keller befand sich auf der Ostseite der Villa und war in den Hang zur Langviksbucht gegraben worden. Rostige Spaten, Rechen und Brechstangen lehnten an den feuchten Wänden. Alte Rasenmäher, eine Fräse, kaputte Kinderfahrräder. Worauf Andreas jedoch gezielt hinwies, war eine Kiste aus verbeultem Metall. Eine Kiste, wie Soldaten sie benutzten, um ihre Habseligkeiten für einen Militäreinsatz zu verstauen.

Obendrauf lag ein zerlegtes AG3, das ausgediente Automatikgewehr der norwegischen Armee. Es roch nach Öl und Schmiere. Unter einem weißen Tuch fanden sie eine Einsatzuniform sowie einen Rucksack, der Pullover, Unterwäsche und einen Schneetarnanzug enthielt. Zwei Pappschachteln mit Patronen, eine davon für das AG3, die andere enthielt Patronen für ein kleineres Kaliber.

Kafa hatte sich vor die Kiste gekniet und angelte ein zerfleddertes Fotoalbum heraus. Es war leer – doch ganz zuhinterst in dem Plastikeinsatz für Negative wurde sie fündig.

»*Egons und Suzannes Hochzeit. Foto: AO*«, las sie laut vor.

»Ein Brautpaar, ja. Vor einer Kirche, wie es aussieht.«

»Die Kiste muss dem Sohn gehört haben«, stellte Andreas

fest. »Axel Thrane. Er ist während seines Militärdiensts ums Leben gekommen. Könnte er bei einer Reservistentruppe gewesen sein?«

Fredrik konzentrierte sich auf den letzten Gegenstand in der Kiste: einen derben Leinenbeutel. Er roch eigenartig nach Chemikalien und Lebensmittelkonserven. Vorsichtig zog er die verschlissenen Seilenden auf, mit denen der Beutel verschnürt war. Klappte den Deckel der Transportkiste zu und breitete den Beutelinhalt darauf aus.

Löchrige Strickware in einer Kindergröße. Ein abgenutztes Holzpferdchen. Das körnige, vergilbte Foto eines blassen Mädchens hinter einem Schulpult. Eine Ecke war abgerissen. In den Händen hielt es einen selbst genähten Teddy. Das Gesicht wirkte flach, aber hübsch, und die dunkelblonden Haare waren zu einem straffen Zopf geflochten. Der Gesichtsausdruck war ernst und feierlich.

Fredrik drehte das Foto um. Auf der Rückseite war das Wasserzeichen des Herstellers zu sehen. Калипсо.

»Kalypso«, stellte Kafa fest. »Das ist das Bild, das im Eingangsbereich der Villa gehangen hat.«

21

Wham bam, thank you, Sam. Pizza that's makin' you moan.

Fredrik betrachtete das T-Shirt, das ihm der Inhaber, vermutlich Sam persönlich, in die Hand gedrückt hatte. Unter der Textzeile waren Strichzeichnungen einer Gebärmutter, der Eileiter mit allem Drum und Dran abgebildet, wie er sie noch aus der Schule kannte – nur dass das Ei, das kurz vor der Befruchtung stand, durch eine Pizza ersetzt worden war und die Samenzelle eine Olive als Kopf hatte.

»Oliven sind sozusagen unser Ding«, erklärte Sam. »Behalt es, wir haben zwölfhundert davon im Lager. War ein guter Deal«, sagte er, grinste und fuhr sich durch das krause, goldblonde Haar.

Das Telefon klingelte erneut, und Sam zuckte entschuldigend mit den Schultern.

Auf dem Tisch lag eine dünne Schicht Mehl. Fredrik spürte Sams Blick auf sich, als er den Führerschein aus der Tasche zog. Er klopfte mit der Chipkarte gegen die Tischplatte und schob das Mehl zu einem Häuflein zusammen, als wäre es Kokain. Doch anstatt das Zeug zu sniffen, legte Fredrik den Führerschein ab und nahm ein wenig von dem Mehl zwischen Daumen und Zeigefinger. Dann streute er es vorsichtig über die Augen des Manns auf dem körnigen Foto.

Dieser Mann lag jetzt in einem Kühlraum des rechtsmedizinischen Instituts. Ohne Augen. Vor knapp einem Jahr waren beide Augen noch voll funktionsfähig gewesen. Trotzdem war er in einer Siebzigerzone zwölf Stundenkilometer zu schnell unterwegs gewesen. Manchmal brauchte es nicht mehr als den Bruchteil einer Sekunde.

Doch in diesem Fall konnten sie auf kaum etwas anderes zurückgreifen. Zum Glück hatte der Auktionskatalog sie zu einer Firma geführt, und das Firmenkonto gab Anlass zur Annahme, dass der Inhaber in Frogner wohnte. Im Firmenbesitz befand sich ein BMW, und der Fahrer dieses BMW wies Ähnlichkeiten mit Mikael Morenius auf. Morenius hatte Pizza gemocht. Er hatte vierundvierzig Kronen in der Tasche gehabt, als er ermordet wurde.

Vierundvierzig Kronen entsprachen exakt dem Wechselgeld, das man herausbekam, wenn man sich von Sam eine große Käse-Schinken-Pizza und eine Cola liefern ließ. Das wusste Fredrik. Er war jahrelang Single gewesen.

»Der Gruselige«, sagte Sam. »Wir nennen ihn nur so, verstehen Sie. Er gehört zu den Kunden, die einem immer die Hand geben müssen, wenn man mit dem Essen kommt. Nett eigentlich, auch wenn ein paar von ihnen so feuchte Hände haben, dass man sich lieber nicht vorstellen möchte, was sie damit gemacht haben. Vor allem unsere Fahrerinnen schütteln sich da jedes Mal. Und ein paar Kunden glauben tatsächlich, dass sie sich nicht nur Pizza, sondern auch den Pizzaboten bestellen können. Als wär das hier ein verfluchter Escortservice.«

»Aber Morenius war ...«

»Nein, nein. Er ist anders. Aber er hat doch diese Plastikhand, oder? Und wenn man Pizza ausfährt, vielleicht zwanzig am Tag oder so, dann vergisst man irgendwann solche Details. Und dann zuckt man jedes Mal wieder heftig zusammen. Es gruselt einen regelrecht. Aber er ist schon okay. Kein Traum – gibt nicht eine Krone Trinkgeld. Aber er ist in Ordnung. Auch wenn er diese Hand hat. Das ist doch wie ... Das ist doch eine Puppenhand, oder? Eine Art weiterentwickelte Puppenhand.«

»So was in der Art«, sagte Fredrik.

»Aber damit kann man nicht ...« Mit abgewinkeltem Unterarm vollführte Sam kurz ein rhythmisches Auf und Ab vor seinem Schritt. »Na ja, ist ja auch nicht weiter tragisch. Er hat ja noch eine zweite Hand. Merkwürdig eigentlich, dass er einen nicht damit begrüßt.«

»Vielleicht begrüßt er Leute mit der einen und wischt sich mit der anderen den Hintern ab«, schlug Fredrik vor und schlenderte zu seinem Wagen zurück.

Skillebekk. Backsteingebäude aus dem späten 19. Jahrhundert, hellgrün, gelb, sandfarben, mit Schmuckornamenten, verzierten Fenstern und schmiedeeisernen Balkonen. Daneben weiß gebürstete Blocks aus der Zwischenkriegszeit und Sozialwohnungen aus Beton, Stahl und Aluminium. Pappel-, Ahornreihen sowie einige Obstbäume.

Morenius hatte sich die Pizzas in ein vierstöckiges Haus in der Gabels gate liefern lassen, ungefähr dort wo die Straßenbahn über den Drammensveien vorbeidonnerte. Er hatte immer auf der Treppe gewartet, insofern hatte Wham-Bam-Sam auch nicht die Wohnung nennen können.

Ein schwarzer Van stand auf dem einzigen Parkplatz vor dem Mietshaus, sodass Fredrik in einer Seitenstraße suchen musste. Er starrte auf das T-Shirt auf dem Beifahrersitz. Es war wirklich außergewöhnlich hässlich. Er wickelte es zusammen und machte das Handschuhfach auf, um es hineinzustopfen. Dort lag auch seine Waffe. Seit dem Abstecher auf die Schießanlage hatte er sie ganz vergessen.

Kurz entschlossen wickelte er die Waffe in das T-Shirt ein und wollte das Bündel gerade verstauen, blieb dann aber stattdessen kurz sitzen und wiegte es in der Hand. Ihm kam ein Gedanke.

Weil niemand Morenius als vermisst gemeldet hatte, hatte Fredrik einfach angenommen, dass der Mann allein gewohnt hatte. Dabei musste das nicht zwangsläufig der Fall gewesen sein. Die meisten Morde wurden im näheren persönlichen Umfeld verübt. Von einem Liebhaber, dem Ehepartner, einem Familienmitglied. Was, wenn dort drinnen jemand säße, der genau wusste, was mit Mikael Morenius passiert war? Der in dem Glauben lebte, dass die Ratten das Problem mit der Zeit lösen würden? Würde er in die Wohnung eines Mörders hineinlaufen?

Als die Haustür ins Schloss fiel, hallte es in dem runden Aufgang von den Wänden wider. Solche Treppenhäuser hatten immer einen ganz eigenen Geruch. Sie ähnelten einander, waren aber nie identisch. Für Fredrik roch es nach dunklem Holz, Schmierseife und einem Hauch Katzenfutter. An einer Tür hing ein gelb-schwarzer Warnhinweis: *Achtung, Schädlingsbekämpfung*. Eine breite Treppe mit gemusterten Zementfliesen führte nach oben.

Auf den Briefkästen hatte er vergeblich nach Morenius gesucht. Auch dieser merkwürdige Firmenname, Entenherz, war nirgends auffindbar gewesen. Also hatte Fredrik beschlossen, es mit einem alten Trick zu versuchen. Im Dachgeschoss wohnte eine Dame, auf deren Klingelschild *Witwe Greve* stand. Derlei altmodische Damen hatten für gewöhnlich einen guten Überblick darüber, was in ihrer Umgebung vonstattenging.

Die Witwe öffnete die Tür, noch ehe er die Hand von der Klingel genommen hatte. Ihre bläulich weißen Haare waren dauergewellt, und sie trug eine weiße Seidenbluse. Die Sicherheitskette baumelte vor ihrer Brust.

»Wenn Sie was anderes als Lose für die Wohlfahrt verkaufen, dann lautet die Antwort Nein.«

»Ich bin Polizist.«

»Sieh einer an.« Sie schob die Brille auf die schmale Nasenspitze.

Er hielt ihr seinen Dienstausweis hin, den er in einer Ausweishülle an einer Kette um den Hals trug. Mit einem knöchrigen Finger winkte sie ihn näher heran, griff nach der Hülle und kniff die Augen zusammen.

»Ich suche einen Nachbarn von Ihnen, einen gewissen Mikael Morenius.«

Sie ließ den Ausweis los und schüttelte den Kopf, woraufhin er Morenius' Führerschein zückte. Sie nahm ihn entgegen, seufzte und funkelte ihn dann verärgert an.

»Der ist ganz schön staubig«, sagte sie und wischte kurz darüber. »Wir sagen auf der Treppe maximal Hallo. Er stinkt nach Tabak und ist Architekt.«

»Okay…«

»Ich bin ihm kürzlich erst begegnet, da war er in Begleitung. Ein großer, glatzköpfiger Kerl mit schmalen Augen – Sie wissen schon, mit solchen kleinen, stechenden Schweinsäuglein.« Sie verzog das Gesicht, um zu verdeutlichen, was sie meinte. »Er wohnt im Erdgeschoss.«

»Die Wohnung mit Schädlingsbefall?«, fragte Fredrik.

»Schädlinge?« Sie spie ihm das Wort förmlich ins Gesicht. »Junger Mann, wir befinden uns hier im westlichen Teil der Stadt. Die einzigen Schädlinge, die es hier gibt, sitzen mit einem Pappbecher vor dem Supermarkt.«

22

Das Warnschild baumelte an einer Kugelkette von der Türklinke. »Schädlinge«, brummte Fredrik in sich hinein. Eine Sache wusste er darüber: Schädlinge traten in Schwärmen auf.

Er fuhr sich mit der Hand über den Hosenbund. Spürte den Griff seiner Pistole unter der Handfläche. Der Schlüssel, den ihm der Hausmeister gegeben hatte, glitt problemlos ins Schloss.

Vorsichtig schob Fredrik die Tür auf und lauschte. War hier jemand? Er spürte selbst, wie angespannt er war. An den Sehnen im Hals, an der beschleunigten Atmung.

Durchs Küchenfenster drang zu wenig Licht, um den dunklen Eingangsbereich auszuleuchten. Trotzdem konnte Fredrik genug sehen, um festzustellen, dass Mikael Morenius ein Mann mit Geschmack gewesen sein musste. Ein dicker Wollmantel hing über einem Kleiderständer. Daneben an der Wand eine afrikanische Holzmaske: ovale Augen,

Tätowierungen, leuchtende Zähne. Leicht schläfriger Gesichtsausdruck. Für solche Masken trug man mehrere Harzschichten auf Rinde auf, bis das Harz einer bräunlichen, wachsartigen Haut ähnelte. So etwas brachte die Frau mittleren Alters nicht von ihrem Sexurlaub in Gambia mit heim. Nein, das hier war *the real shit.* Eine *Chikunga*, eine heilige Häuptlingsmaske aus dem Herzen Afrikas.

In der Wohnung war es mucksmäuschenstill. Fredrik wischte sich die Hand an der Cordjacke trocken, bevor er die Waffe zog. In der Luft hing ein eigenartiger Geruch nach aromatisiertem Tabak und etwas Geronnenem. Etwas Organischem, Faulem.

Gleich linker Hand lag die Küche. Ein dunkler Flur führte weiter ins Wohnungsinnere. Im selben Moment, da er einen Schritt nach vorn machte, nahm er im Augenwinkel eine jähe Bewegung wahr, dann ein Stechen in der Brust, sodass sich augenblicklich sein gesamter Körper anspannte. Er riss die Waffe hoch und taumelte ein paar unbeholfene Schritte nach hinten – genau wie der Mann vor ihm.

Ein Spiegel. Ein verfluchter Spiegel. Neben der Küchentür krachte Fredrik gegen die Wand. Seine Knie gaben nach, und er musste sich mit einer Hand am Boden abstützen. Herrgott, was war denn los mit ihm? Er starrte sein verzerrtes Gesicht im Spiegel an. Erkannte den goldfarbenen Rahmen aus dem Auktionskatalog wieder. Hier war er also gelandet. Der Spiegel war größer als er, breiter als eine Tür und in eine Nische im Eingangsbereich geschoben worden. Die Zeit hatte Flecken auf dem leicht gewölbten Glas hinterlassen. Er wartete, bis der Druck in seiner Brust nachgelassen hatte, und spähte währenddessen den Flur hinunter. Wenn noch jemand hier war, dann hatten sie ihn gehört.

Er stemmte sich an der Wand nach oben, drehte sich vorsichtig um und warf einen Blick in die Küche. Schranktüren aus gebürstetem Stahl ohne Griffe, ein Gasherd, eine Arbeitsplatte aus Granit. Teure Sachen. Auf der Fensterbank lagen Pizzaschachteln. *Thank you, Sam.*

Verflucht, wie er schwitzte. Der Pistolengriff lag klamm in seiner Hand. Ein schwacher Schimmer Tageslicht vom hinteren Ende des Flurs fiel in den Durchgang zum Wohnzimmer. Dort hing direkt unter der Decke eine digitale Wanduhr. Der Doppelpunkt zwischen der Stunden- und der Minutenanzeige blinkte sekündlich rot auf. Seitlich entdeckte er einen länglichen Schatten, eine Tür.

Das Badezimmer. Der Boden war mit hellgrauem Schiefer gefliest, das Waschbecken quadratisch und strahlend weiß. Neben der Duschkabine war eine Kombination aus Toilette und Bidet montiert worden – sogar mit Thermostat, zur wohltemperierten Reinigung des Hinterteils. Im Badezimmerregal standen Reinigungsmittel für die Armprothese, eine Zahnbürste sowie ein Deodorant.

Fredrik wischte sich mit dem Jackenärmel über die Stirn und richtete die Waffe auf die Wohnzimmertür. Seine Schritte folgten seinem Herzschlag, schnell und entschlossen. Auch hier war niemand. Keine weiteren Türen. Er war allein.

Am Wohnzimmertisch blieb er erst einmal stehen, um seinen Puls zu beruhigen. Über dem Sofa hingen Illustrationen der Skyline von New York und … Was war das andere? San Francisco? Nicht kunterbunt und kitschig, sondern reduzierte Zeichnungen, Bleistift auf braunem Papier. Passend dazu ein stoffbezogenes Sofa. Auf der Edelstahlkonsole unter dem Fenster stand millimetergenau platziert ein Lyngdorf-Verstärker. In einem Wandregal mit zur Seite geschobenen Türen standen eine Reihe himmelblauer Buchrücken. Er kniff die Augen zusammen. *Große Sowjetische Enzyklopädie.* Einunddreißig Bände plus Index.

Er wusste nicht viel über Leute, die eine zweite Chance bekommen hatten und über die der Staat im Austausch gegen brisante Informationen seine schützende Hand hielt. Aber bei einer Sache war er sich ganz sicher: Solche Leute wurden nicht in einer Designerwohnung in Frogner untergebracht. Der Kerl, der hier gewohnt hatte, war kein kleiner Mafioso, kein Kriegsverbrecher oder Terrorist gewesen. Hier hatte ein Mensch gelebt, der bis zu jenem Tag, da ein verdammter Irrer ihm die Augen ausgebrannt hatte, gutes Geld verdient und Wert darauf gelegt hatte, einen sauberen Hintern zu haben. Der bei Kälte immer gut gekleidet gewesen war. Jemand, der lange Sobranie Black Russians, schwarze Zigaretten mit Goldfilter, geraucht hatte. Auf dem Wohnzimmertisch lag noch eine Schachtel.

Dann dieses sowjetische Lexikon. Wer immer ein repräsentatives mehrbändiges Werk fürs Wohnzimmer suchte – wer zur Hölle entschied sich da für die *Große Sowjetische Enzyklopädie*?

Er sah sich um. Bilder von Städten, Masken. Ein mehrbändiges Nachschlagewerk. Was fehlte in diesem Nobel-Ikea-Katalog? Er konnte kein einziges Bild von einem echten Menschen ausmachen, keine ungeschickt ausgeführte, von Kinderhänden malträtierte Tonfigur. Keine Pinnwand mit Telefonnummern alter Freundinnen. Mikael Morenius – hatte er niemanden gehabt? Eltern? Frauen? Eine Exfrau? Kinder? Eine Schublade mit Strümpfen und Unterwäsche wenigstens?

Hatte er denn gar kein Schlafzimmer gehabt?

23

Es musste eine schmerzhafte Erkenntnis für Mikael Morenius gewesen sein, dass der Rokokospiegel nicht zum Rest der Einrichtung gepasst hatte. Das war vermutlich auch der Grund, warum er ihn hatte loswerden wollen. Nur deshalb hatte er ihn im Eingangsbereich in die Wandnische geschoben, wo der Rahmen Schatten über die danebenliegende Kellertür warf.

Die Konfrontation mit seinem eigenen Spiegelbild hatte Fredrik derart aus dem Konzept gebracht, dass er die diskrete Türklinke schlicht übersehen hatte. Die Tür war nicht getarnt, aber eben auch nicht ganz leicht zu erkennen, da sie genau wie der Rest des Eingangsbereichs hellblau tapeziert worden war. Auf der Tapete waren dezent abgesetzte Rentiergeweihe eingedruckt.

Über einem Stahlrahmen befand sich ein Türschließer, und die Angeln waren dick wie die Finger eines Holzfällers. Eine Sicherheitstür. Verriegelt hätte man sicher Sprengstoff gebraucht, um hindurchzukommen. Doch die Tür war nicht verriegelt. Als er sie aufzog, entstand augenblicklich ein spürbarer Luftzug. Der Schweiß in seinem Nacken erkaltete, und er blinzelte heftig und schluckte. Spitzte die Ohren. Lauschte.

Anfangs war es mehr eine Ahnung denn ein wahrnehmbares Geräusch. Dann eine flüsternde Stimme, die verzerrt und gedämpft aus dem Keller nach oben drang. Als er sich leicht vornübergebeugt der Treppe näherte, wurden die Worte deutlicher.

Die Männerstimme war nicht dunkel, nicht hell, hatte aber etwas Angespanntes, beinahe Entschuldigendes an sich.

»…ist nicht hier. Seine Jacke hab ich doch verbrannt! In der Innentasche oder was? Ich hab überall gesucht – im Keller… Ich weiß verdammt noch mal, dass er seine Sachen hier unten hat. Er hatte ein Foto von ihr… Ja, ja. Verstehe. Ich nehm es mit. Aber wie gesagt…«

Dann war ein Zögern zu vernehmen.

»Was zur Hölle machen wir mit der Putzfrau?«, flüsterte er dann.

Putzfrau?

»Okay, dann dauert es noch ein paar Stunden. Ich muss erst einen Spaten auftreiben.«

Fredrik hörte Schritte. Dann war die Stimme wieder da. Inzwischen klang sie nicht mehr bedauernd, sondern einfach nur sachlich.

»Tut mir leid, Sie dürfen das echt nicht persönlich nehmen.«

Und mit einem Mal war der Polizist in ihm wiedererwacht. Mit der Waffe im Anschlag raste Fredrik die Treppe hinunter.

Mitten im Zimmer auf einem Sprossenstuhl saß eine ältere Frau. Sie war geknebelt, ihre Arme waren an die Stuhlbeine gefesselt, und eine Platzwunde über dem zugeschwollenen Auge zeugte davon, dass sie geschlagen worden war. Vor ihr stand ein großer, magerer Kerl mit blonden, strähnigen Haaren, die fast bis zum Kragen seiner Bomberjacke reichten. In seiner erhobenen Hand funkelte ein längliches, scharfes Werkzeug. Eine Hacke. Die in Schädeln tiefe Löcher hinterließ. In Schädeln wie dem von Mikael Morenius.

Als Fredrik auf ihn zustürzte, erstarrte er. Fabrizierte mit dem halb geöffneten Mund lediglich einen Schmatzlaut.

»Suchen Sie danach?«

Fredrik hatte keine Ahnung, warum er das gesagt hatte. Warum er den Führerschein wie eine Trophäe hochhielt, während er gleichzeitig die Waffe auf die Brust des Mannes richtete. Der Kerl machte ein paar unsichere Schritte nach hinten. Ließ langsam die Hacke sinken.

Fredriks Angst war wie weggefegt. Genau wie der Druck in seiner Brust, das Herzklopfen. Adrenalin strömte durch seine Adern. Er hatte den Mann gefunden, der Mikael Morenius getötet hatte. Dieser Irre stand dort allen Ernstes mit der Mordwaffe in der Hand vor ihm. Dass er die Pistole im Anschlag hatte, fühlte sich verdammt gut an.

Hier lag also das Schlafzimmer. Es war nachlässiger als die restliche Wohnung eingerichtet. Lampen in der Größe von Globen verbreiteten gelbes, warmes Deckenlicht. Der Raum war groß, größer als das Wohnzimmer. Von den Wänden war der Putz entfernt und die darunterliegenden dunkelroten Backsteine und Holzbalken freigelegt worden. An der Wand direkt vor ihm hing das Bild einer Frau. Sie war von hinten fotografiert worden und sah zum Himmel empor. Vor dem schwarzen Hintergrund stieg über ihrem Kopf weißer Zigarettenrauch auf. Vor dem Kunstwerk lag eine Futonmatratze. Schubladen waren aus den Schränken gerissen worden, Kleidung und Schuhe, Bücher und Zeitungen lagen kreuz und quer verstreut am Boden.

»Zurück«, fauchte Fredrik und bedeutete dem Mann mit seiner Heckler & Koch, mit dem Rücken an die Wand zu treten. Dessen gelbliche Augen waren von dunklen Schatten umgeben. Die mit Akne übersäten Wangen glühten. Der Kerl führte allem Anschein nach ein ungesundes Leben, und das nicht erst seit gestern. Er musste ungefähr in Fredriks Alter sein, wenn nicht ein bisschen älter.

»Werfen Sie die Hacke weg«, befahl Fredrik.

Dann erst bemerkte er den Geruch – Leber und gebratene Zwiebeln –, den der Mann verströmte. Der ließ jetzt zwar die Hacke los, doch sie fiel nicht zu Boden, sondern baumelte an seiner Hand, an einer Lederschlinge, die er um Griff und Handgelenk gewickelt hatte.

Fredrik machte ein paar Schritte in das Zimmer hinein, bis er neben der Frau stand. Sie war klein, grauhaarig und trug einen Schutzanzug mit der Aufschrift *Schädlingsbekämpfung* und *Reinigung* über den Schultern. Sie war mit Klebeband geknebelt.

»Haben Sie keine Angst.«

Sie nickte, während ihr Blick zwischen Fredrik und dem anderen hin- und herhuschte. Ein verwirrter, angsterfüllter Blick. Vor ihren Füßen standen Behälter mit Reinigungsmitteln.

Er sah sich um. An der Wand stand ein Schreibtisch. Darauf entdeckte er neben dem Computer eine Schere.

Doch kaum war er am Schreibtisch angelangt, erstarrte er. Auf der Tischplatte lagen überdies zwei Fotos. Porträts. Das eine kam ihm bekannt vor. Das ausgeblichene Schulfoto eines blassen, ernst dreinblickenden Mädchens … Auf dem anderen war ein Mann mit Glatze abgebildet. Die Augen waren klein, der Blick stechend. Fredrik meinte, auch an ihm etwas Bekanntes zu entdecken. Etwas, was bei ihm Unbehagen auslöste.

Er kehrte zu der Frau zurück und befreite sie. »Nehmen Sie mein Telefon« – er griff in die Innentasche seiner Jacke –, »und rufen Sie die Polizei.«

Sie rieb sich die Handgelenke, ehe sie sich das Klebeband vom Mund riss. Doch anstatt das Handy zu nehmen, beugte sie sich vor und hob eine Brille auf, die zu Boden gefallen war.

»Wer sind Sie?«, wollte sie bloß wissen, während sie sich zu einer Sprühflasche hinunterbeugte. Ihre Stimme war tief, ungewöhnlich tief, wie die einer alten Frau.

Was hatte sie vor? Weiterputzen? Manchmal funktionierte das Gehirn so. Wenn der Schock ganz einfach zu groß war.

»Ich bin von der Polizei«, antwortete Fredrik. »Nehmen Sie es jetzt«, fuhr er fort und wedelte mit dem Telefon in ihre Richtung. »Rufen Sie die 112.«

»Dann muss es wohl das hier sein…«

Im nächsten Moment richtete sie eine Flasche mit Reinigungsmittel auf sein Gesicht.

»Was zur…«

Das Spray landete in seinen Augen, in Nase und Mund. Ein dicker, feuchter, stinkender Dunst. Wie geblendet fuchtelte er mit der Pistole hin und her, versuchte, die Augen freizublinzeln, und spürte, wie ihm die Tränen kamen und sie ihn im nächsten Augenblick einholte: eine Welle aus flackernden Schatten, aus Übelkeit und Chaos. Der Boden unter seinen Füßen schwankte, und es hämmerte in seinen Schläfen. Stoßweise schob sich sein Mageninhalt nach oben, und der Schweiß floss in Strömen. Fredrik verlor das Gleichgewicht – oder hatten seine Beine nachgegeben? Es krachte laut, als seine Knie auf dem Fußboden landeten. Er fiel zur Seite um, war nicht länger in der Lage zuzugreifen, nahm an, dass ihm die Waffe aus der Hand geglitten war, dass er mit den Fingern ins Leere griff.

»Aber du…«

Da war die Stimme wieder. Wie im Wahn rieb sich Fredrik das Gesicht. Konnte sie endlich fixieren. Die Frau hatte sich von ihm abgewandt. Mit beiden Händen hielt sie Fredriks Waffe auf die Brust des anderen Manns gerichtet.

»… du bekommst das«, beendete sie ihren Satz.

Er hatte immer noch einen letzten Rest Kraft in sich. Mit zitternden Beinen sprang er auf und hechtete auf sie zu. Spürte den kalten Stahl der Waffe an seiner Hand. Die Frau fluchte und fiel zur Seite, dann fiel auch er.

Schwere Schritte entfernten sich.

Dann wechselte die Betondecke von Weiß zu Gelb und Orange. Alles geriet aus den Fugen. Seitwärts, nach oben, rot, braun. Die Decke fiel in sich zusammen. Er bekam keine Luft mehr. Wurde in die Tiefe gesogen.

Sommer. Fredrik war barfuß, und die Stoppeln piksten ihm in die Fußsohlen. Hier wuchs kaum Gras. Die Sonne kam ja doch nie durch, nicht hier, unter den schlanken Ästen der Trauerweide. Er wollte seinen Namen in die Rinde ritzen, er wollte Kafas Namen in die Rinde ritzen, aber es gelang ihm nicht. Wann immer er es versuchte, brachen ihm die Fingernägel ab. Es roch nach Torf und Blut und nach verbrannten Zwiebeln.

24

Mai 1991, Holmenkollen, Oslo

Die Kiefer über ihnen schwankte im Wind, der vom Oslofjord heraufwehte. Axel Thrane hob den Kopf und blinzelte. Schweiß und Haargel brannten in den Augenwinkeln. Irgendwo dort unten, in dem Kessel unter ihnen, beschien die Maisonne den neuen, schmucken Wolkenkratzer der Hauptstadt, das Hotel Plaza. Es duftete nach Geschlecht und Harz. Der Himmel über ihm war aquarellblau, wie das Kleid, das sie sich über den kräftigen Hintern nach oben gezogen hatte. Ungeduldig presste sie sich an ihn.

Es war Agnes' Vorschlag gewesen. Einfach aus der Kapelle zu schlüpfen, sowie die Trauung vorüber wäre. Niemand würde merken, dass sie verschwunden wären. Die rundliche Zweiundzwanzigjährige in ihrem blauen Kleid und der kurzen schwarzen Jacke war regelrecht über den Holmenkollenveien gerannt, und er war ihr im Laufschritt gefolgt. Die Paradeuniform der Kriegsmarine gehörte nicht gerade zu Axels Alltagskleidung. Sie waren über einen Pfad bis auf eine Lichtung gelaufen.

Nicht dass er keine Lust gehabt hätte. Aber die Uniformhose spannte an den falschen Stellen, der starre Reißverschluss schnitt ihm in einen Bereich des Unterleibs, den er nicht mal hätte benennen können, und er hoffte inständig, die Jacke nicht schmutzig zu machen. Er war immerhin Trauzeuge.

»Axel, konzentrier dich.«

Er stieß so fest in sie hinein, dass ihr die Kamera, die sie an einem Gurt um den Hals trug, gegen den Bauch schlug. Sie lachte.

»Herrgott, Mann, darin bist du echt ziemlich schlecht…«

War sie stoned? Sie hatte doch versprochen, nichts zu rauchen. Zumindest nicht vor der Feier, und wenn, dann in sicherem Abstand von seinen Kollegen. Trotzdem war da etwas in ihrem Lachen, etwas Schrilles, was in ihm den Verdacht erregte, dass sie nicht Wort gehalten hatte.

Er steigerte das Tempo, wollte fertig werden. Schlug ihr mit der flachen Hand auf die Pobacken. Nicht seinetwillen, sondern weil sie das so mochte. Schlug sie erneut. Hob die Hand ein weiteres Mal, ließ sie dann wieder sinken. Irgendetwas sagte ihm, dass sie nicht allein waren.

Gerade sein Instinkt machte Axel Thrane zu einem hervorragenden Soldaten. Die Vorahnung, die ihn bei der Jagd das Gewehr an die Schulter heben ließ – eine halbe Sekunde ehe der Elch überhaupt in sein Blickfeld trat. Diese ganz spezielle Wahrnehmung, kraft derer er einen kleinen Schritt nach hinten machte – nur eine Zehntelsekunde bevor in Harstad ein Betrunkener in der verwirrten Hoffnung auf seinen Skalp nach ihm ausgeholt hatte.

Irgendjemand beobachtete ihn. Axel hatte es im Gefühl.

»Verdammt… Was machst du denn hier? Sieh zu, dass du wegkommst, du Rotzlöffel!«

Der Spanner war der Sohn des Pfarrers. Ein dreizehn Jahre alter Sprössling mit Per-Gessle-Frisur, der mit seinen dünnen Fingern bei der Blumendeko für die Hochzeit geholfen hatte. Mit weit aufgerissenen Augen grinste er und verschwand, noch bevor Axel sein glitschiges Glied wieder in die Hose gestopft hatte.

Agnes, die sich aus Angst, das Kleid schmutzig zu machen, nicht hatte hinknien wollen, lachte so ausgelassen, dass sie nach vorn umkippte.

»Verdammt, dass ich kein Foto von deinem Blick gemacht habe!«

»Egon, der Fotzeneroberer, und die schöne Suzanne – wie lange, glaubst du, wird *das* halten?«

Manchmal schämte er sich für sie. Agnes wusste genau, dass ihn so was verletzte. Warum musste sie so vulgär sein? Das Brautpaar stand vor dem runden Erker an der Rückseite der Holmenkollen-Kapelle, einem geteerten, von mittelalterlichen Stabkirchen inspirierten Kirchengebäude, das oberhalb der Hauptstadt auf einem Berg thronte.

Axel betrachtete den Bräutigam. Egon Borg war fast einen Kopf größer als er selbst. Sein bester Freund hatte versucht, seine Haare mit einem nassen Kamm zu bändigen, trotzdem schauten sie widerspenstig unter der Uniformmütze hervor. Während Axel sich in seiner dunkelblauen Uniform ganz furchtbar unwohl fühlte und sich den Trainingsanzug des Marinejägerkorps herbeisehnte, wirkte Egon in Uniform weltgewandt und selbstsicher. Behutsam strich er seiner weiß gekleideten Braut mit dem Glacéhandschuh über den Rücken, ehe er nach ihrer Hand griff. Sie verschränkten die Finger und legten dann einträchtig die Hände auf Suzannes Bauch. Man musste allerdings Bescheid wissen, um das Bäuchlein überhaupt zu sehen.

»Endlich«, sagte Agnes. »Jetzt werden die Fotos gut.«

Axel drehte sich um. Eine einzelne grauweiße Wolke glitt vor die Sonne. Warf einen Schatten auf das Plaza, in dem Egon und Suzanne die Hochzeitsnacht verbringen sollten. Merkwürdig, dachte er. Die Meteorologen hatten Gewitter angekündigt, aber das Einzige, was sie weit und breit sehen konnten, war diese kleine Wolke. Er schob die Hand davor, wollte nur blauen Himmel sehen, aber es funktionierte nicht. Die Wolke kroch hinter seiner Handkante hervor.

25

März 1992, Ramsund

Axel bewegte sich auf seinen Schneeschuhen schnell und doch beinahe lautlos. Die Spuren, denen er folgte, waren immer noch frisch. Der Schnee, der während ihrer Flucht aufgewirbelt war, lag noch immer wie Puder über dem Harsch. Er hob den Kopf und hielt nach irgendeiner Bewegung Ausschau. Das Birkenwäldchen um ihn herum war spärlich bewachsen, und vor ihm erhob sich der Ramnesfjell. Nicht jäh, wie es in diesem nördlichen Teil des Landes sonst gerne der Fall war, sondern ganz sachte. Seelenruhig.

Weiter vorn führte ein schmaler Schotterweg hinunter zum Kai in der Breidvika. Der Weg war eisbedeckt. Dort wäre es leicht möglich, die Fährte zu verlieren. Daher hatte Egon sich ein Stückchen weiter östlich postiert, falls sie dort abzweigen würden, statt den Weg auf die Anhöhe fortzusetzen. Wenn es ihnen gelänge, ihre Beute auf den Hang zu treiben, würden sie mit ihr leicht fertigwerden.

Inzwischen waren fast zehn Monate vergangen, und endlich hatte Egon angefangen, die Ratschläge der Ärzte zu beherzigen.

Denn das Gewitter *war* eingetroffen – in der Nacht nach der Hochzeit. Und mit dem Gewitter ein gewaltiger Regen. Als Egon und Suzanne die steile Straße vom Holmenkollen hinuntergefahren waren, war das Auto ins Schlingern geraten, von der Straße abgekommen und hatte sich überschlagen. Egon hatte nur ein paar Schrammen abbekommen, Suzanne hingegen schwerste Verletzungen an Kopf und Brust erlitten. Noch im Krankenwagen hatte sie das Kind verloren.

Mittlerweile war Suzanne weg. Die Verletzungen waren einfach zu schwer gewesen. Wenn sie aufwachte, *falls* sie überhaupt je wieder aufwachen sollte, dann wäre sie nicht mehr dieselbe. Womöglich wäre sie überhaupt niemand mehr.

Bei der Beerdigung waren sie bloß zu viert gewesen: Egon, Axel, der Pfarrer und der Embryo im Sarg. In Plastik gewickelt hatte der Leichnam zuvor im Kühlraum gelegen. Egon hatte darauf bestanden, dass sie warteten, bis Suzanne wieder aufwachte. Aber Suzanne war weg, und irgendwann hatte Egon nachgegeben.

Auf dem Schotterweg hielt Axel inne. Hielt Ausschau nach seinem Kameraden. Wahrscheinlich hatte er sich eine Mulde in den Schnee getrampelt und eine der schneeweißen Zeltplanen über sich gezogen, damit nur noch der Lauf der Mauser M/67, eines Kongsberg-Gewehrs, herausschaute.

Er konnte ihn nirgends sehen. Was nicht bedeutete, dass er nicht da war. Rumorte es deshalb in ihm? Dieses unangenehme Gefühl, dass ihn jemand anstarrte, war immer noch da, es hatte ihn begleitet, seit er in der eisbedeckten Sumpflandschaft unten bei der Landspitze die Spur des hinkenden Rentiers aufgenommen hatte.

Er wandte sich in Richtung Ramsund. Dort badeten sie nackt, die Marinejäger, liefen im Anschluss an das morgendliche Training barfuß über den klappernden Stahlsteg, sommers wie winters. Da war es verdammt kalt, aber kalt war auch, in voller Tauchausrüstung im Torpedorohr eines U-Boots zu kauern.

Vor dem gegenüberliegenden Ufer des Sunds lag Tjeldøya und darüber eine Stelle im Gebirge über der Landstraße. Dorthin wanderte sein Blick in einem fort. Er hatte dort ein Blitzen wahrgenommen, wie die Reflexion eines Fernglases. Doch mittlerweile war dort nichts mehr zu erkennen.

Im gefrorenen Bachbett fand er die Spur wieder. Ein Hinterlauf schien zur Seite wegzubrechen, anscheinend wollte das Rentier die Klaue nicht belasten. Es hatte den Weg über den Abhang eingeschlagen.

Am Berg wurde der Wind kräftiger und das Schneegestöber so dicht, dass Axel für einen Moment die Schneeschuhe abstreifen musste. Als er wieder aufstand, sah er sie – vielleicht siebzig Meter vor ihm auf einem schmalen Plateau ein Stückchen weiter oben.

Langsam und ohne die Rentierkuh aus den Augen zu lassen, zog er den Gewehrriemen von der Schulter. Dann nahm er das Tier ins Visier.

Von seinem Mund stiegen zu große Atemwölkchen auf. Er versuchte, sich zur Ruhe zu zwingen. Von hier aus würde er ohnehin nicht schießen können. Die Rentierkuh stand ungünstig. Aber er konnte sie bewundern. Sie war kräftig, fast wie ein Bulle, was darauf hinwies, dass sie in diesem Jahr nicht gekalbt hatte. Weiß wie Schnee. Axel kannte sich in diesem Areal halbwegs gut aus, immerhin handelte es sich um das Trainingsgelände der Marinejäger. Er würde sich ein Stück seitwärts bewegen müssen, um dann dem Fluss gegen die Strömung die Schlucht hinauf zu folgen. Er würde dort weder viel sehen noch hören, die Schlucht war tief und verhältnismäßig schmal, aber sie führte zu einer Bergkuppe oberhalb des Tiers.

Bevor er sich an den Anstieg machte, zog er die wasserfesten Fäustlinge aus und stattdessen ein Paar Wollhandschuhe an, mit denen er würde schießen können. Dann wischte er sich mit der Mütze den Schweiß von der Stirn und kroch los.

Am Ziel wanderte sein Zeigefinger instinktiv zum Abzug. Er spähte durch das Zielfernrohr, suchte die Umgebung ab, aber…

Da. Dort unten auf dem Plateau, vielleicht dreißig Meter von ihm entfernt, lag die Rentierkuh. Im Augenblick des Todes musste sie herumgewirbelt sein, da die Blutspur im Schnee in einem perfekten Halbkreis um den Kadaver verlief. Der rote Streifen endete in einem wallnussgroßen Loch in der Brust. Der Blutverlust war gering. Die Kugel hatte direkt ins Herz getroffen, sodass der Muskel unmittelbar aufgehört hatte zu arbeiten.

Axel griff nach seinem Walkie-Talkie. »Egon? Was zur Hölle sollte das?«

»Was meinst du?«

»Die Rentierkuh! Wo bist du? Du wusstest hoffentlich, wo ich war, als du geschossen hast?«

»Geschossen?«

26

»Dann muss es wohl das hier sein.«

Die Worte der Putzfrau hallten noch immer in seinen Ohren wider.

Diese Stimme … Irgendwer hatte zu ihm gesprochen, als er dort unter der Trauerweide gesessen hatte – verzweifelt und mit schmerzenden, abgebrochenen Fingernägeln …

Verdammt. Die Nägel.

Die Traumblase platzte. Fredrik zog die Knie an die Brust, zwang die Augen auf und starrte seine Fingerspitzen an. Intakt. Fein säuberlich abgekaute Fingernägel. Er hatte geträumt. Oder? Halluziniert, vielmehr. Was bitte hatte er inhaliert? Und wo war die Frau, die ihn betäubt hatte?

Der Geruch einer bitteren Arznei hing ihm noch immer in der Nase, klebte am Gaumen und dampfte aus jeder seiner Poren. Sein Urin stank nach Chemikalien, Schritt und Beine waren klamm und kalt. Der Boden unter ihm war knochenhart.

Fredrik stützte sich mit den Ellbogen auf und rollte auf die Seite. Seine Lunge fauchte. Er hatte Durst. Lähmenden Durst.

Diese Stimme. Er erinnerte sich noch an den Klang. Die Tonlage. Den betrübten Gesichtsausdruck, als die Frau sich über ihn gebeugt hatte.

»Aber du bekommst das.«

War auch das bloß ein Traum gewesen? Ein ausgemachtes Hirngespinst?

Fredrik hievte sich auf alle viere. Für einen kurzen Augenblick sah er Sterne, die explodierten und wieder erloschen. Er füllte die Lunge mit Sauerstoff, presste die Stirn auf den Fußboden und atmete tief ein und wieder aus. Schnaufte. Es fühlte sich nicht wie Kopfschmerzen an, eher wie nicht enden wollende Nadelstiche irgendwo hinter dem Stirnbein. Er wartete. Ließ seinen Herzrhythmus zur Ruhe kommen. Wartete. Dann traute er sich endlich, den Kopf anzuheben. Blieb eine Weile auf allen vieren stehen wie ein gerade aufgewachter Köter.

Das Zimmer stank ebenfalls. Nach Ammoniak, Zitronensäure und irgendeiner chemischen Substanz, die er nicht hätte benennen können. Die Bettwäsche war entfernt worden. Genau wie die Bücher und die Zeitschriften. Fredrik krabbelte auf den Schreibtisch zu. Mit zittrigen Händen zog er sich nach oben.

Die Fotos waren ebenfalls verschwunden. Die Fotos von dem Mädchen und dem glatzköpfigen alten Mann. Dem Mann mit den argwöhnisch dreinblickenden kleinen Augen. Fredrik sah das Gesicht noch immer vor sich. War das der Mann, den die Witwe aus dem Dachgeschoss in Mikael Morenius' Haus beschrieben hatte? Und wo kam dieses unangenehme Gefühl her, das sich allein bei dem Gedanken an das Foto in ihm breitmachte?

Irgendwo tief in ihm hatte eine Erinnerung Wurzeln geschlagen. Als er jedoch versuchte, sie auszugraben, zog sie sich wieder zurück. Was blieb, war ein blinder Fleck. Er *wusste*, wer der Mann gewesen war, er kam nur nicht darauf.

Allmählich ließ der Druck in seinem Schädel nach. Fredrik tastete an seiner pissnassen Hose entlang. Über die Jackentaschen. Sein Handy war weg. Die Autoschlüssel ebenfalls.

Er taumelte und musste sich auf der Treppe am Handlauf abstützen. Nachdem er sich am oberen Treppenabsatz mit dem ganzen Gewicht gegen die Stahltür gestemmt hatte, schlugen ihm endlich kühle Luft und Tageslicht entgegen.

Vor dem Küchenfenster entdeckte er Kinder, die im Hinterhof aus Schneematsch nasse Schneebälle formten. Schnee? Wie lange hatte er dort unten gelegen? Eine Frau herrschte die Kinder an, dann hörte er das Rattern einer Straßenbahn, die auf dem Drammensveien vorbeidonnerte. Alltag.

Der beißende Gestank nach Reinigungsmitteln war oben genauso heftig. Auf dem Wohnzimmertisch lagen seine Sachen. Sogar die Pistole. Was allerdings fehlte, war der Führerschein.

Neun unbeantwortete Anrufe von Bettina. Ein paar weniger von Kafa und Andreas. Er rief zuerst seinen Kollegen an.

»Verdammt, Fredrik! Wo steckst du?«

»Gabels gate. Ich hab Morenius' Wohnung gefunden.« Sein Kehlkopf brannte beim Sprechen.

»Warum antwortest du denn nicht, wenn wir dich anrufen? Das halbe Präsidium ist auf den Beinen und sucht nach dir!«

»Bin ich lang weg gewesen?«

Fast einen Tag, wie sich herausstellte.

27

»Erinnern Sie sich noch an das Dubrowka-Theater?«

Die Betriebsärztin legte die Fingerspitzen aneinander und streckte die langen, schlanken Beine aus, sodass sie bis auf Fredriks Seite des Schreibtisches ragten. Die Nylonstrümpfe schimmerten schwarz. Durch den Stoff waren ihre rot lackierten Zehennägel zu sehen.

Das Dubrowka-Theater lag knapp vier Kilometer vom Herzen Russlands, dem Kreml und dem Roten Platz, entfernt. Am Abend des 23. Oktober 2002 hatten sich die

Schauspieler gerade für den zweiten Akt des Musicals *Nord-Ost* bereitgemacht. Sie kannten das Stück gut, es war die dreihundertunddritte Aufführung in Folge.

Das Musical war die teuerste Produktion, die je auf einer russischen Bühne inszeniert worden war. Eine Liebes- und Heldengeschichte, die von den russischen Arktis-Expeditionen und vom Großen Vaterländischen Krieg handelte. Das Publikum nahm Platz, im Saal wurde es dunkel, und der Tanz hatte soeben begonnen, als ein Mann in Militäruniform auf die Bühne marschierte. Die Menschen im Saal glaubten erst, das wäre Teil der Vorstellung. Die Schauspieler hingegen wussten sofort, dass etwas nicht stimmte. Es war exakt Viertel nach neun, als rund vierzig mit Sprengstoff und Automatikgewehren bewaffnete tschetschenische Terroristen achthundertfünfzig Zuschauer, Schauspieler und Musiker als Geiseln nahmen.

Sechzig Stunden später schlug die Speznas zu. Ein Betäubungsgas wurde in den Raum geleitet, und nur Momente später wurden diejenigen Terroristen, die das Gas nicht getötet hatte, an Ort und Stelle hingerichtet. Auch 133 Geiseln starben.

»Die Russen wollten nie verraten, welches Gas verwendet wurde. Aber es war wahnsinnig schnell wirksam und nahezu geruchlos. Aller Wahrscheinlichkeit nach wurde ein modifiziertes Narkosegas verwendet.« Die Ärztin sah ihn prüfend an. »Schauen wir mal, was die Blut- und Urinproben ergeben. Aber nach allem, was Sie beschrieben haben, waren Sie vermutlich etwas Ähnlichem ausgesetzt: Desfluran, vielleicht auch Sevofluran.«

Die Bezeichnungen sagten ihm nichts, was sie nicht weiter überraschte. Fredrik schüttelte irritiert den Kopf. »Aber… Solche Sachen… Die kauft man doch nicht einfach in der Apotheke?«

»Nein«, antwortete sie kurz und bündig. »Die Frau, die Sie betäubt hat, wusste genau, was sie tat. Denn wie der Einsatz in Moskau gezeigt hat, ist das Risiko beträchtlich.«

Der Wartebereich vor dem Sprechzimmer der Ärztin war leer, sodass sich Fredrik längs auf das unbequeme Sofa fallen ließ. Er lehnte den Kopf gegen die Wand und starrte an die Decke. Eine der Leuchtstoffröhren flackerte.

Ein Tag war vergangen, seit er dort im Keller aufgewacht war, trotzdem war er immer noch benebelt. Am liebsten hätte er sich irgendein verwaistes Zimmer gesucht, in dem er sich in seine Jacke einwickeln und dann Jeff Buckley auf die Ohren packen konnte. Er hatte keine Ahnung, wie es weitergehen sollte. Weder mit dem Fall noch in seinem Privatleben. Mit Bettina.

Er war wütend geworden, als sie ihm vorgeschlagen hatte, er solle sich krankschreiben lassen. Sie könne sich ja vielleicht auch einige Tage freinehmen, und dann könnten sie zusammen spazieren gehen. Sich einen Film ansehen. Etwas Schönes unternehmen.

Warum provozierte ihn diese Fürsorge so sehr? Warum schmerzte jede leichte Berührung am Arm wie eine Kränkung? Und woher kam dieses starke Bedürfnis, sie im Bett zu demütigen? Wie immer, wenn ihm derartige Gedanken kamen, verspürte er die Anwesenheit seiner Mutter. Sie war vor über einem Jahr gestorben, ihr Hirn war derart alzheimerverätzt gewesen, dass es eine Qual gewesen war, sie zu besuchen, eine Qual, sie anzusehen. Er hatte sie seit ihrem Tod keine Sekunde lang vermisst, doch die Kälte, die er verspürte, sobald er an Bettina dachte, war die gleiche, die er damals empfunden hatte, wenn seine Mutter ihn mit leerem Blick angestarrt hatte.

Ob seine Kinder das Gleiche fühlten, wenn sie an ihn

dachten? Und falls es so sein sollte, spielte das irgendeine Rolle? Auf so etwas hatte seine Mutter nie einen Gedanken verschwendet. Dafür bewunderte er sie.

»Hallo? Hier sitzt du also.« Behutsam schob Kafa die Tür zum Schwesternzimmer hinter sich zu und blieb vor einem Tischchen mit Zeitschriften stehen. »Kommst du klar?«

Fredrik hob den Kopf und sah sie an. »Keine dauerhaften Schäden. Auch diesmal nicht«, sagte er, doch keiner von ihnen lachte. »Was machst du hier?«

Anstatt zu antworten, zog sie eine Dokumentenmappe aus der Tasche. »Der rechtsmedizinische Bericht in der Sache Bygdøy ist fertig. Ich weiß jetzt, wer der Tote auf der Treppe ist.«

28

»Und, Iqbal? Keine weiteren Leichen? Keine geheimen Keller, die wir übersehen haben?«

Sebastian Koss' Stimme klang unüberhörbar gekünstelt. Trotzdem fühlten sich ein paar Ermittler dazu angehalten zu kichern. Fredrik spürte, dass es in ihm loderte, doch Kafa selbst lachte mit. Trocken. Gezwungen.

»Die DNA-Proben belegen, dass es sich bei der Leiche auf der Treppe um Axel Thrane handelt«, erklärte sie. »Gerda Thranes Sohn. Der nach Angaben des Militärs 1992 bei einem Unfall ums Leben gekommen ist. Wie sich jetzt herausgestellt hat, können sie dort keinen Unfallbericht vorweisen, und ein Grab hat es auch nie gegeben.«

Die Polizisten hatten sich um den ovalen Tisch versammelt, der in der Mitte des Großraumbüros im Polizeirevier in Grønland stand.

»Axel Thrane hat also noch bis vor einem Monat gelebt«, fuhr sie fort. »Die Todesursache ist ein harter Schlag auf den Hinterkopf im Zuge eines Sturzes von der Treppe in der Villa seiner Mutter.« Kafa warf einen Blick in ihre Unterlagen. »Der Körper wog 143 Kilo.«

Fredrik hatte den Bericht bereits gelesen. Er wusste, dass noch mehr kommen würde.

»Was die Leichen angeht, die wir im Garten gefunden haben …« Kafa warf einen flüchtigen Blick in die Runde. »Bei beiden handelt es sich um Frauen. Und wie wir schon vermutet haben, war eine davon Gerda Thrane, Axels Mutter.«

Der Besprechungstisch konnte mittels eines kleinen Schalters unter der Tischplatte angehoben und abgesenkt werden. Koss sorgte immer dafür, dass der Tisch bis zum Anschlag hochgefahren war. Somit wirkte jeder, der kleiner war als er, rund um den Tisch winzig – eine der perfiden Freuden des Polizeidirektors. Und genau deshalb saß Kafa auch mit baumelnden Beinen auf einem Barhocker, den sie sich aus der Kaffeeküche geholt hatte. Während sie sprach, lehnte sie sich nach vorn.

»Nach Einschätzung des Pathologen Heissmann liegt Gerda Thrane seit rund zehn Jahren unter der Erde. Zur Todesursache kann er keine Angaben machen.«

»Axel Thrane«, sagte Koss nachdenklich. »Als die Witwe Thrane starb, hat er also seine eigene Mutter im Garten begraben und weiter ihre Rente kassiert, Anfragen der Behörden beantwortet, sich um das Haus gekümmert …«

»… Zeitungsabos abgeschlossen, Stromrechnungen und Versicherungen bezahlt«, beendete Kafa den Satz. »Das vermuten wir, ja. Und bei Bankgeschäften und Behördengängen hat er eine Vollmacht vorgelegt oder ein ärztliches Attest auf ihren Namen. Das Attest war allerdings eine Fälschung.«

»Was für ein Irrer«, sagte Koss. »Und die andere Frau?«

Kafa angelte ein weiteres Dokument aus der Mappe. Mit einer eleganten Bewegung beförderte sie es quer über den Tisch. Gab Koss kurz Zeit zum Lesen.

»Unbekannt. Fünfundzwanzig bis dreißig Jahre alt. Der jeweilige Boden rund um die Leichen unterscheidet sich ein wenig, und die Skelettanalysen haben ergeben, dass sie ein, zwei Jahre weniger als Frau Thrane dort gelegen hat. In der oberen Zahnreihe fehlen Schneidezähne sowie ein Eckzahn. An Kopf und Oberkörper fand der Pathologe Hinweise auf Knochenbrüche.«

Koss starrte sie durchdringend an. »Sie wurde also ermordet?«

»Das können wir nicht mehr mit Sicherheit feststellen. Aber die Brüche scheinen verheilt gewesen zu sein, ehe der Tod eingetreten ist. Allerdings litt sie nachweislich unter Mangelerscheinungen. Keine ernsten – aber es gibt deutliche Anzeichen dafür, dass sie nicht hinreichend Nahrung sich zu genommen hat.« Koss gab ihr mit einer Geste zu verstehen, dass er ihr nicht mehr folgen konnte, woraufhin Kafa erklärte: »Essstörungen sind bei Frauen in diesem Alter kein unbekanntes Phänomen. Aber« – sie lehnte sich noch weiter über den Tisch, sodass zwischen ihrem Hosenbund und dem Pullover ein Stück Haut sichtbar wurde –, »es gibt noch eine andere, eher düstere Erklärung. Was, wenn sie das Opfer einer kriminellen Handlung geworden ist? Das heißt, wiederholter krimineller Handlungen, über einen längeren Zeitraum hinweg? Über Jahre womöglich. Physische Gewalt. Wenig Essen. Geiselhaft.«

»Sie glauben ernsthaft, sie wurde als Geisel gehalten?«, hakte Koss nach.

Kafa massierte sich die Schläfen. Strich sich mit beiden Händen über die Wangen, bevor sich ihre Fingerspitzen über den Lippen trafen.

»Todesursache unbekannt, sagt der Bericht. Aber in dem Keller auf Bygdøy … den wir erst später gefunden haben«, sagte sie mit sichtlich angespanntem Ausdruck, »haben wir bekanntermaßen eine Kiste gefunden. Und in dieser Kiste befand sich ein alter Leinenbeutel, der mit Kleidung und einigen Spielsachen gefüllt war.«

Kafas Bericht lag ein Foto bei. Es zeigte die Waschanleitung des Beutels. Die Schrift war ausgeblichen, aber noch immer lesbar: kyrillische Buchstaben. Genauso wie bei dem Wasserzeichen auf der Rückseite des Schulfotos.

Fredrik sah das junge Mädchen auf dem Foto vor sich. Die dunkelblonden Haare. Das flache, blasse Gesicht. Die ernste Miene.

»Wenn Axel Thrane den Kleiderbeutel dieses Mädchens bei sich hatte … das Spielzeug, ein Foto von ihr … wäre es da nicht auch vorstellbar, dass er das Mädchen selbst in seiner Gewalt hatte? Und zwar über Jahre? Bis sie erwachsen war?«

Dem Polizeidirektor klappte die Kinnlade runter. Erst als er bemerkte, dass alle ihn anstarrten, schloss er den Mund wieder. »Sie glauben, dass es sich bei der toten Frau um das Mädchen auf dem Foto handelt«, schlussfolgerte er langsam.

29

Als sie mit der Besprechung fertig waren, bedeutete Kafa Fredrik, noch zu bleiben. Sie setzte sich neben ihn an den ovalen Tisch. Draußen schneite es inzwischen heftig. Es war vielleicht ein paar Grad unter null, und die Flocken waren so schwer, dass sie nicht einmal mehr tanzten, wie

Schneeflocken tanzen sollten. Sie plumpsten regelrecht nach unten wie nasse Bomben.

Kafa hatte ihre Hand neben seine gelegt. Seine war groß und behaart. Ihre schlank und feingliedrig.

»Gibt es irgendetwas, was ich wissen müsste?«, fragte sie.

»Was meinst du?«

»Koss schleicht durch die Abteilung und hört sich um. Er versucht herauszufinden, warum du so lang krankgeschrieben warst. Weiß er es nicht? Er ist doch dein Vorgesetzter.«

Kafa sah ihn nachdenklich an. Sie hatte ihr rundes Kinn leicht vorgereckt und wartete auf eine Erklärung. Sie schien der Ansicht zu sein, dass sie eine verdiente. Ihr Seidenschal lag straff um ihren Hals, die Bluse hatte sie bis zur Drosselgrube zugeknöpft. Sie roch nach Gras und Zitrone.

»Das geht ihn nichts an«, sagte er nach einer Weile, und sie zog die Hand zurück.

Für einen Moment herrschte Stille. Dann schnaubte sie leise durch die Nase. »Dann verbleiben wir so.«

Sie seufzte, schlug die Mappe auf und war gerade im Begriff, eine Reihe Fotos auf dem Tisch zu verteilen, als Andreas zu ihnen stieß. Er wirkte aufgedreht, sagte aber keinen Ton. Befreite lediglich seine Brille aus den grauen Locken, setzte sie sich auf die Nase und studierte dann mit Kafa und Fredrik die Aufnahmen.

Es waren Abzüge der Negative, die sie im Keller gefunden hatten. Die mit *Egons und Suzannes Hochzeit* beschriftet worden waren. Die Fotos waren alle so gut wie identisch und zeigten ein Brautpaar vor einer geteerten Holzwand. Fredrik nahm eins in die Hand.

Die Braut, Suzanne, trug ein schmales Kleid mit Spitzeneinsatz zwischen Halsausschnitt und Brust sowie entlang des Rocksaums. Ihr blondes Haar war an den Seiten straff nach hinten gekämmt und über dem Scheitel so hoch toupiert, wie es Friseure heutzutage nicht mehr tun würden. Ihr Gesicht war länglich, das Kinn spitz und stolz nach vorn gereckt. Sie wirkte glücklich. Hübsch. Das Licht war weich, sodass die schlanke Nase und die kleinen Brüste sanfte Schatten warfen. Die Hand, die sie sich auf den Bauch gelegt hatte, war mit der des Bräutigams verschränkt. Egon. Er stand hinter ihr, trug weiße Handschuhe und die dunkelblaue Paradeuniform mitsamt Mütze der Kriegsmarine. Gerader Rücken, stolze Haltung. Er einen halben Kopf größer als sie. Die Augen groß und leuchtend. Das Gesicht schlank, die Wangenknochen hoch. Beide vielleicht Anfang zwanzig.

»Du meine Güte, diese Unschuld… Das hat bestimmt mit Blut auf dem Laken geendet«, murmelte Andreas und starrte Kafa dabei direkt ins Gesicht.

Sie stöhnte. »Das ist die Holmenkollen-Kapelle. Der Bereich, der dem Fjord und der Stadt zugewandt ist.« Ihre Tonlage verriet, dass die Provokation nicht ihre Wirkung verfehlt hatte. »Egon und Suzanne Borg haben dort im Mai 1991 geheiratet. Borg arbeitet inzwischen als Sonderberater im Verteidigungsministerium. Ich hab ihn zu einer Befragung einbestellt. Zu Suzanne habe ich bisher nichts finden können.«

Fredrik nickte anerkennend. »Gute Arbeit.«

Kafa lächelte schief. »Und seht euch das hier an«, sagte sie und griff nach einem anderen Hochzeitsbild – die einzige Aufnahme, auf der im Hintergrund noch andere Menschen zu sehen waren. Kafa tippte auf eine der Personen und reichte Fredrik dann das Foto. Andreas sah ihm über die Schulter. »Stellt euch Axel Thrane vor – fünfundzwanzig Jahre jünger und diverse Kilos leichter.«

Fredrik kniff die Augen zusammen. Ein blonder, schlanker, durchtrainierter Mann. Auch er in der Paradeuniform der Marinejäger. »Er könnte es sein…«

»Ja, möglich.« Andreas schob ein paar Fotos beiseite, zog ein Aufnahmegerät aus der Jackentasche und legte es auf den Tisch. »Während ihr vor Koss mit den Flügeln geschlagen habt, hab ich ein wenig zu Morenius recherchiert.« Er spähte zu Kafa hinüber. »Der Vorteil, in einer Sozialdemokratie zu leben, ist immerhin, dass sich der Staat um einen kümmert, nicht wahr?« Andreas' Augen funkelten fast schon bedrohlich. »Du müsstest das doch auch zu schätzen wissen, nachdem du aus einer anderen Kultur stammst.«

»Ich bin in Sagene in Oslo aufgewachsen«, erwiderte Kafa tonlos.

»Ja, ja. Natürlich. Sorry. Deine Eltern, meine ich. Du bist ja urnorwegisch.«

»Andreas…« Fredrik trommelte mit den Fingern auf den Tisch.

»Tut mir leid. Ich dachte, sie versteht ein bisschen Spaß. Was ich jedenfalls sagen will: Prothesen werden von der Krankenkasse bezahlt, *comprende*? Ganz egal was für einen Unsinn man verzapft. Du kannst dich jederzeit vor einen Zug werfen, und wenn du überlebst, dann übernimmt der Staat die Rechnung.«

»Wirklich?«

»Irgendwer muss für Mikael Morenius' Prothese bezahlt haben, dachte ich mir. Deshalb habe ich unseren Freund, diesen Prothesenhersteller, noch mal kontaktiert.« Andreas legte die Visitenkarte des Orthopädietechnikers zuoberst auf das Aufnahmegerät. »Er hat mir bestätigt, dass die Krankenkasse alles bezahlt hat. Also hab ich auch mit denen gesprochen, denn selbst hier in Versicherungistan werfen sie den Leuten ohne ein entsprechendes Attest das Geld nicht gerade hinterher. Außer es handelt sich um Ausländer«, sagte er und zwinkerte Kafa demonstrativ zu.

Sie stöhnte erneut.

»Und *tadaaa*…« Andreas klopfte gegen sein Brillenglas. »Eine Telefonnummer. Anonym allerdings, sie ist nirgends registriert, aber *das* hier ist die Telefonnummer von Mikael Morenius' Referenz. Sein Arbeitgeber.« Andreas drehte die Visitenkarte um und grinste. Dann nahm er das Aufnahmegerät zwischen zwei Finger und drehte es um die Mittelachse. »Wollt ihr es hören?«

»Mach schon, Sherlock.«

Andreas startete das Aufnahmegerät.

Freizeichen.

»Hallo?« Die Frauenstimme war dunkel. Distanziert.

»Mein Name ist Andreas Figueras. Ich rufe vom Polizeipräsidium Oslo an. Ich habe eine Frage bezüglich eines Ihrer Angestellten. Mikael Morenius.«

»Tut mir leid, da muss ein Missverständnis vorliegen. Sie haben die falsche Nummer.«

Dann war die Leitung tot.

Andreas pfiff leise durch die Zähne. »Als ich noch mal versucht habe anzurufen, bin ich direkt auf dem AB gelandet. Falsche Nummer? Nie im Leben.«

Fredrik lehnte sich zurück. Stand auf, ging ein paar Schritte vom Tisch weg und hinkte zum Fenster. Rieb mit zwei Fingern über den Kunststoff der Jalousie und starrte hinaus auf den schneebedeckten Boden.

»Diese Stimme«, sagte er. »Das ist die Frau, die mich betäubt hat.«

30

Große weiße Lampen tauchten das Fotoatelier in gleißendes Licht.

»Was stellt das deiner Ansicht nach dar?«, fragte die Frau im Rollstuhl.

Zögernd betrachtete Lin das Kunstwerk, das gegen die sandfarbene Backsteinwand gelehnt war – ein Seidendruck: breit, größer als sie. Das Motiv erinnerte sie an Orangen. Blutorangen, wie sie ihre Mutter manchmal vom Markt mitgebracht hatte. Die Farbe der Abendsonne über ihrem Heimatdorf. Aber das zu sagen, traute sie sich nicht.

Die Frau nahm ein Skalpell vom Leuchttisch. Lins Handflächen wurden feucht, und der Schmuck, den Kain ihr geschenkt hatte, glitt ihr durch die Finger.

»Ich weiß nicht«, stotterte sie.

»Nein, natürlich nicht. Dummes Mädchen. Aber was ähnelt es deiner Meinung nach?«

»Einem … Einem Blatt vielleicht? So wie die Blätter werden, Anfang Herbst? Wenn sie schon gelb geworden sind, aber noch nicht braun?«

Die Frau im Rollstuhl musterte sie interessiert. »Das kommt ins Wohnzimmer«, sagte sie schließlich, legte das Skalpell in ihren Schoß und rollte zu der langen Wand mit den Spiegeln. Nahm die Polaroidkamera vom Haken und legte sich den Trageriemen um den Hals. »Es stellt überhaupt nichts dar«, sagte sie und verschränkte die Hände. »Verstehst du?« Sie presste die Finger zusammen, bis die Knöchel weiß wurden. »Das Bild ist nichts mehr als das, was es deinem Willen nach sein soll. Genau wie du selbst: Du bist das, was du meinem Willen nach sein sollst.«

Wie trockene Blätter, die über einen raureifbedeckten Boden wirbelten. So klang es, wenn der Herbst lachte. Lin lief ein Schauder über den Rücken. Sie starrte die Frau an, die jetzt aus vollem Hals lachte und sich in ihrem Rollstuhl zurücklehnte, sodass ihre Brüste unter dem weißen Kittel deutlich hervortraten. Dann zeigte die Frau mit dem Skalpell auf Lin.

»Und jetzt sieh dich an, verdammt.«

Lin drehte den Kopf zum Wandspiegel. Ihre dunklen Haare trug sie offen. Über der Brust baumelte die Kette, die dunkle, rubinrote Farbe passte zu dem stramm sitzenden Korsett, das die Frau ihr rausgelegt hatte. Durch großzügig ausgeschnittene Löcher im BH ragten die Brustwarzen hervor. Die Lederriemen des Strap-on-Dildos, der vor ihrem Unterleib auf- und abwippte, schnitten ihr in die Pobacken.

Die Frau legte das Messer beiseite und griff nach der Kamera.

Lächeln, dachte Lin. Bald ist es vorbei.

Die Kamera klickte. Zweimal. Dröhnte, als sie die Fotos ausspuckte.

Lächeln.

»Ist das ein Geschenk? Von einem Verehrer?« Die Frau ließ die Kamera sinken und zeigte auf die Kette. »Von Kain?«

Ihre Stimme sollte wohl warm wirken, trotzdem lief es Lin eiskalt den Rücken hinunter.

»Entspann dich. Siehst du nicht, dass ich auch so schon reich genug bin?«

Die Frau wedelte mit der Hand, zeigte auf das Ledersofa in der Ecke und auf das Kunstwerk, das vielleicht Blutorangen darstellte, und rollte dann auf Lin zu. Mit einem leisen Fiepen, das dem fernen Echo eines Frauenschreis glich, drehten sich die Gummireifen über den blank polierten Fußboden.

»Ich hab nicht vor, es dir zu stehlen.« Sie klang trotzig. Dann schob sie eins der Polaroids zwischen den Lederriemen und Lins Leiste. »Für Kain«, murmelte sie. »Und jetzt fass dich an. Als wärst du ein Mann. Du hast doch schon Männer mit steifen Schwänzen gesehen. Tu so, als wärst du einer von ihnen.« Sie legte die Kamera weg. Griff wieder nach dem Skalpell und lächelte. »Du kannst mir vertrauen. Ich bin immerhin Ärztin.«

31

Ein eiskalter Wind pfiff durch die Straße, als Fredrik und Kafa Mikael Morenius' Wohnung verließen. Anstatt den Kragen hochzuschlagen und das Kinn in Richtung Brust zu ziehen, starrte Fredrik in den Himmel hinauf. Wie seine Gedanken trieben die Wolken ohne eindeutiges Ziel über die Dächer. Auch in seinem Kopf fand er keinen Punkt, auf den er sich hätte fokussieren können.

Therese Grøfting von der Spurensicherung hatte bestätigt, was Fredrik bereits gewusst hatte: Morenius' Wohnung war penibel gereinigt worden: Böden, Wände, sogar die Toilette und der Duschabfluss waren geschrubbt und gespült worden. Die Fotos, seine Bücher, Bettwäsche und Kleidung waren entfernt worden, und das bisschen, das noch vorhanden war, wie der Wohnzimmertisch und die Konsole, glänzten nach der Behandlung mit Chemikalien und fettlösenden Mitteln wie neu. Man hätte in der Wohnung Operationen durchführen können.

Die einzige Person, von der sie Spuren gefunden hatten, war Fredrik selbst. Er hatte sich übergeben, sich angepinkelt, geschwitzt und Schleim und Rotz gehustet, und dass das halbe Polizeipräsidium jetzt davon wusste, war ihm alles andere als angenehm.

Den Großteil der Zeit, die sie dort drinnen verbracht hatten, hatte Kafa telefoniert. Auch das ärgerte ihn. Fredrik war in dieser Wohnung angegriffen und überwältigt worden – sie hätte zumindest so tun können, als interessierte sie das.

Womöglich sah sie ihm den Ärger an.

»Wir haben noch mal die Nachbarn auf Bygdøy befragt«, erklärte sie. »Wenn die unbekannte Frau aus dem Grab wirklich gefangen gehalten wurde, dann muss doch jemand irgendetwas gesehen haben.« Doch an den zusammengekniffenen Lippen konnte er ihr ansehen, dass sich kein Zeuge eingefunden hatte. »Kann sie an einem anderen Ort gefangen gehalten worden sein?«

»Oder wir sind komplett auf dem Holzweg«, wandte Fredrik ein. »Wir *wissen* doch gar nicht, ob sie gefangen gehalten wurde. Wir wissen nicht mal, ob es sich um dieses Mädchen von dem Foto handelt. Das ist bislang nur eine Hypothese.«

Kafa antwortete nicht, holte nur tief Luft und marschierte weiter auf ihren Wagen zu. Er folgte ihr. An der Kreuzung zum Drammensveien drehte sich Fredrik ein letztes Mal um und musterte das Haus, in dem Morenius gewohnt hatte.

Mit einem Mal fühlte es sich an, als hätte ihn der Wind eiskalt erwischt. Er erstarrte.

»Kafa«, sagte er leise.

Sie hörte ihn nicht, sodass er sie mit der Hand zurückhielt.

»Kafa. Siehst du den Van auf der anderen Straßenseite?«

»Ja?«

»Notier dir das Kennzeichen«, sagte er. Der Transporter war schwarz, die Fenster abgedunkelt. »Das Auto stand auch hier, als ich mir Zutritt zu Morenius' Wohnung verschafft habe. Da hat es direkt vor dem Eingang geparkt.«

Er marschierte darauf zu. Der Van schaukelte leicht.

»Da ist jemand drinnen«, rief er. »Sie haben uns gesehen!«

Für den Bruchteil einer Sekunde nahm Fredrik in der Heckscheibe den flüchtigen Schimmer seines eigenen Spiegelbildes wahr. Im selben Augenblick, da er auf der Fahrerseite nach dem Türgriff fasste, wurde der Motor mit lautem Gebrüll gestartet. Der Van machte einen Satz nach vorn, krachte in das davor parkende Auto, ein Leichtgewicht, das halb auf die Straße geschleudert wurde. Die Autotür war verschlossen. Fredrik riss die Hand zurück und hörte das Getriebe aufjaulen, als der Fahrer den Rückwärtsgang einlegte.

Mit dem Ellbogen ging er auf die Seitenscheibe los. Holte erneut aus, diesmal fester, und das Glas brach. Um keine Splitter ins Gesicht zu kriegen, drehte er sich kurz zur Seite.

»Pass auf!«, schrie Kafa.

Die Autotür traf ihn an der Schulter, und er taumelte seitwärts über den Fußweg. Schmerzen jagten ihm durch den Arm. Der Fahrer hatte die Tür aufgestoßen, Gas gegeben, und noch bevor Fredrik das Gleichgewicht wiederfand, raste das Auto auch schon mit der umherschlagenden offenen Tür davon und fegte die Straße hinunter.

»Verdammt«, stotterte er und sah Kafa ins Gesicht. Der Airbag des leichten Elektroautos fiepte noch immer. »Hast du sehen können, wer am Steuer saß?«

»Fredrik! Bist du verletzt?«

»Hast du gesehen, wer am Steuer saß? Hast du das Kennzeichen?«

Kafa sah ihn verbissen an. »Ja. Ich hab ihm direkt in die

Augen geblickt. Das war der Drecksack, der mich über den Haufen gerannt hat. Und er war nicht allein.«

Auf dem Beifahrersitz hatte eine ältere Frau gesessen, die eine große Kamera gehalten hatte.

»Dieselbe Frau, die mir wieder auf die Beine geholfen hat.«

Kafa hing ihren Gedanken nach, während Fredrik das Fahrzeug zur Fahndung durchgab und die Streife informierte. Die Kollegen waren binnen weniger Minuten zur Stelle. Nachdem er ihnen erklärt hatte, was vorgefallen war, schlurften sie zurück zu ihrem Wagen.

»Ein Ablenkungsmanöver«, sagte Kafa verdrossen, als sie auf dem Fahrersitz Platz nahm.

»Was meinst du?«

»Ich hab nie ganz verstanden, wie es dem Jogger gelingen konnte, Morenius' Mappe an sich zu nehmen. Aber er war es gar nicht – es war die Frau. Sie hat mir die Tasche gereicht, nachdem sie mir wieder aufgeholfen hatte. Sie war die Diebin, dieses … beschissene Weib.«

Fredrik schnaubte. »Grau melierte Haare, Brille und dunkle Stimme?«

»Ja.«

»Dieselbe Frau hat mich in Morenius' Keller angegriffen.«

Kafas Telefon klingelte. Noch während sie sprach, kniff sie verbittert die Augen zusammen. Sie legte auf und starrte Fredrik an.

»Es gibt keinen Van, der unter diesem Kennzeichen registriert ist. Und auch kein anderes Fahrzeug.«

Endlich fuhren sie los. Er sah durchs Fenster. Draußen konnte er lediglich Konturen der winterlich gekleideten Menschen erahnen, die vor den vorweihnachtlich dekorierten Schaufenstern der Geschäfte in der Bygdøy allé vorbeieilten. Hochgestellte Kragen, Schals und Mützen. Der Nordwind, der den Herbst wegfegte.

»Wer sind diese Leute?«, fragte sie. »Und warum kehren sie an einen Tatort zurück? Beobachten sie uns? Kapieren die nicht, welches Risiko sie damit eingehen?«

»Vielleicht kümmert es sie nicht. Ganz schön überheblich«, stellte Fredrik fest und schob sich auf dem Sitz nach oben. »In diesem Spiel gibt es mehr als zwei Spieler. Der Typ mit der Hacke hat in Morenius' Wohnung nach etwas gesucht. Den Führerschein, nehme ich an. Denn der scheint mir die einzige Verbindung zwischen Axel Thrane und Morenius zu sein. Hätten wir in der Villa nicht den Führerschein gefunden, hätten wir die beiden Fälle nie miteinander in Verbindung gebracht.«

Kafa schob den Rückspiegel zurecht.

»Allerdings haben der Mörder und die Alte anscheinend kein gutes Verhältnis zueinander«, fuhr er fort. »Ich vermute mal, dass sie gerade dabei war, die Wohnung zu putzen, als er dort aufgetaucht ist. Der Kerl hat sie dort überrascht und hätte sie beinahe umgebracht.«

»Aber wer ist sie? Und wer ist der Jogger?«

»Schauen wir uns die ganze Inszenierung noch mal an«, sagte Fredrik. »Morenius hatte eine Deckfirma und eine geschützte Identität. Sobald wir angefangen haben zu graben, wurden die Informationen gelöscht. Und per Gerichtsbeschluss beschlagnahmen sie Beweise in einem Mordfall. Sie fahren ein Auto mit einem gefälschten Kennzeichen, und sie verfügen über die Ausrüstung, Kompetenz und Ressourcen, um einen Polizisten zu betäuben …«

Sie sah ihn von der Seite an.

»Es gibt keine kriminelle Organisation, die dazu in der Lage wäre. Nicht in Norwegen. Das ist irgendein verdammter Geheimdienst.« Er schnaubte verärgert. »Mikael Morenius muss für diese Leute gearbeitet haben. Er war Agent oder so – und er muss etwas gesehen haben, irgendwas gewusst haben oder mit irgendeiner so geheimen Sache betraut gewesen sein, dass es aus ihm herausgefoltert werden musste. Und seine Auftraggeber sind offensichtlich bereit, weit zu gehen, damit wir dieser Sache nicht auf den Grund kommen.«

Eine Weile sagte keiner von beiden etwas. Erst in der Tiefgarage des Polizeipräsidiums ergriff Kafa wieder das Wort.

»Jetzt weiß ich, wie Axel Thrane ermordet wurde.«

32

Es war Abend geworden, und das Büro hatte sich fast vollständig geleert, als Kafa und Fredrik ankamen. Kafa fuhr den Besprechungstisch nach unten, bevor sie sich an den Platz stellte, den für gewöhnlich Koss einnahm.

»Axel Thrane wurde in seinem Esszimmer vergiftet und anschließend die Treppe hinaufgeschleppt, wo der Mörder seinen Kopf gegen die Treppenstufe schlug. Die Kaffeetasse wurde dort platziert, damit es wie ein Unfall aussah.« Sie zögerte und korrigierte sich selbst: »*Die* Mörder. Es müssen mehrere gewesen sein. Kein Mensch hätte diesen Körper allein dort hochgeschafft.«

»Vergiftet? Wie kannst du dir da so sicher sein? Jetzt auf einmal?«

Kafa zog ein Foto aus der Tasche: der Medizinschrank in der Villa auf Bygdøy, in dem sie auch Axel Thranes Rasierapparat gefunden hatten.

»Im Park habe ich noch geglaubt, dieser Jogger hätte mich bestohlen – immerhin hatte er mich ja auch umgerannt. Und in dem Medizinschrank haben wir einen Rasierapparat gefunden. Daraus habe ich geschlossen, dass in dem Haus ein Mann gewohnt hätte. Aber in beiden Fällen war mein Fokus falsch. Das Wichtigste hab ich dabei nämlich ganz übersehen – das hier«, sagte sie und tippte auf einen Gegenstand, der einem roten Filzstift mit einer kleinen Digitalanzeige ähnelte.

»Eine Insulinspritze?«

»Ein Insulinpen, um genau zu sein.«

»Richtig Hightech. So was gab es vor zehn Jahren, als Gerda Thrane starb, noch nicht.«

Und genau das sei auch der Grund, warum sie nicht schon früher daraufgekommen sei, erklärte sie. Denn als Kafa die Medikamente gefunden hatte, war sie noch davon ausgegangen, dass die Witwe noch am Leben wäre. Sie hatte geglaubt, das Insulin, die Blutdruckmedikamente sowie die Schmerztabletten hätten der Witwe gehört.

»Aber Frau Thrane hatte keinen Diabetes. Axel Thrane allerdings sehr wohl – und er litt unter Schmerzen. So was passiert, wenn man in zwanzig Jahren achtzig Kilo zulegt. Die Person, die ihn ermordet hat, muss von der Krankheit gewusst haben. Axel hat sich eine Überdosis Insulin gespritzt, einen hypoglykämischen Schock erlitten und damit die Fähigkeit eingebüßt, sich zu verteidigen. Auf der Treppe hat der Mörder dann seinen Kopf gegen die Treppenstufe geknallt.«

»Aber wie kommst du darauf, dass er im Esszimmer vergiftet wurde?«

»Du hast es doch selbst gesehen – der Teppich im Esszimmer roch nach Kaffee.«

Irgendjemand hatte Axel Thrane besucht. Jemand, der

sein Geheimnis kannte. Der wusste, dass er mitnichten beim Militär ums Leben gekommen war. Zusammen hatten sie im Esszimmer gesessen, Kaffee getrunken, und als es Zeit geworden war für seine Insulinspritze, hatte Axel Thrane seinen Pullover angehoben, eine Speckrolle gegriffen und sich selbst vergiftet. Als seine Koordination nachließ, hatte er die Kaffeetasse fallen gelassen.

»Dann wurde er über den Boden geschleift, und die Strümpfe landeten im Kaffee. Es muss eine ordentliche Plackerei gewesen sein, ihn allein auch nur bis zu der Treppe zu befördern. Womöglich hat er sich da noch gewehrt. Nur deshalb haben sie den Führerschein fallen gelassen.«

»Aber … eine Überdosis? Zuckerkranke haben doch normalerweise ihre Dosis ziemlich gut im Griff?«

Sie zuckte mit den Schultern. »Es könnte ein hochkonzentriertes Präparat gewesen sein. Der Insulinpen könnte manipuliert worden sein. Ich weiß es nicht. Laut Einwohnermeldeamt war er ja bereits tot, insofern hab ich meine Zweifel, dass ein Hausarzt ihm die Medikamente verschrieben hat. Irgendeine Person, der Axel vertraut hat, hat ihm das Insulin beschafft.«

Fredrik war immer noch skeptisch. »Aber was hat dich denn nun zu der Annahme gebracht, dass es das Insulin gewesen sein könnte?«

»Es könnte theoretisch sonst was gewesen sein. Aber dass in der Villa Insulin lagerte, wissen wir nun mal mit Sicherheit – und dass Insulin ein Hormon ist, das der Körper selbst produziert. Im Nachhinein wäre es insofern fast unmöglich nachzuweisen, dass er vergiftet wurde.«

33

Kain schreckte zusammen, als das Vorderrad die Bordsteinkante traf und der Reifen ein gequältes Quietschen von sich gab. Er war für den Bruchteil einer Sekunde eingenickt und riss das Fahrzeug zurück auf die Spur. Zur Hölle aber auch – dort waren Menschen unterwegs! Im Spiegel sah er noch, wie zwei Frauen erbost seinem Auto hinterherzeigten. Er gab Gas und raste über den Mosseveien davon. Der Dieselmotor brüllte empört auf.

Er schnaubte in sich hinein. Kain war schon früher vor so manche Tür gesetzt worden – aber noch nie von einer sechzigjährigen Putzfrau mit Knarre. Auch er selbst schien langsam alt zu werden.

Es schneite. Draußen war kaum jemand mehr unterwegs. Er war hier schon einmal entlanggefahren, wusste aber nicht, wo er sonst noch suchen sollte. Er war im Zentrum gewesen, am Akerselva und unten am Fjord. Womit hatte die Ärztin Lin dermaßen in Angst und Schrecken versetzt? Und weshalb hatte sie eine so entsetzliche Boshaftigkeit an den Tag gelegt?

Auf P4 hatten sie nichts gesagt, und das war gut so. Der Radiosender meldete sonst immer, wenn etwas passiert war. Wenn eine Leiche aufgetaucht war oder so. Also war Lin immer noch irgendwo dort draußen. Sie musste einfach irgendwo dort draußen sein. Verzweifelt schlug er mit der Hand aufs Lenkrad.

Bei Ormøya fuhr er ab. Er wusste, dass sich dort unten beim Industriehafen ein Schotterplatz befand, und dort parkte er. Früher war es vorgekommen, dass er säumige Geschäftspartner dorthin mitgenommen hatte. Der Beton und die gigantischen Schiffskräne beflügelten die Fantasie.

Im Handschuhfach lag die Tüte mit dem Pulver. Das Buprenorphin brachte Kains rastlosen Geist wieder halbwegs zur Ruhe. Die Nervosität und die Magenschmerzen verzogen sich. Ohne dass er es beabsichtigt hätte, kippte sein Kopf zur Seite, und er starrte auf den Beifahrersitz.

Dort lag die Hacke. Angestrengt versuchte er, seine Gedanken zu sortieren.

Warum eine Eishacke? Warum kein Beil, ein Messer oder eine Pistole? Alte Angewohnheiten, nahm er an. Irgendwann hatte er eingesehen, dass die Angst irrational war. Angst drehte sich nur geringfügig darum, was passieren *konnte*. Angst drehte sich um das *Wie*. Um die eigene Fähigkeit, sich Qualen auszumalen. Sich vorzustellen, wie es wäre, angeschossen zu werden, war kaum möglich. Ein Messer konnte klein und unscheinbar wirken. Und ein Beil … Er war doch verdammt noch mal kein Neandertaler.

Die Eishacke hingegen, der gebogene Kopf aus spiegelblankem Stahl mit den perfekt rechtwinklig geschliffenen Kanten … Der Griff aus Hartholz, die Lederummantelung … So etwas erzeugte Angst. Kain mit der Hacke – das war niemand, mit dem man zusammensitzen und den Vogelzug über den Fjord beobachten wollte. Eine Zeit lang hatte er mit dieser Angst seinen Lebensunterhalt verdient. Hatte an Türen geklopft, erklärt, wer er war und von wie viel die Rede war. Die Hacke hatte einfach nur vom Lederriemen an seinem Handgelenk gebaumelt, und die Tausender waren fast automatisch auf dem Tisch gelandet.

Aber das war lange her. Bevor die Drogen ihn zerfressen und verletzbar gemacht hatten. Mittlerweile war er vom Groß- zum Kleinhandel übergegangen. Er besaß kaum noch Dinge aus jener Zeit. Nur die Hacke. Die Erinnerungen. Und Lin.

Klebrige Hirnmasse an den Wundrändern. Das klaffende Loch im Schädel. Das Gewicht der Waffe in seiner Hand. Der Geruch der Eingeweide, des geronnenen Bluts, der Exkremente. Die Augen. Er war in der Nacht aufgewacht. Mit dem Kopf auf Lins Brust und ihren schlanken Armen um seine Schultern. Sie hatte ihm über den Rücken gestreichelt, über den Schweiß hinweggesehen und ihn auf den Kopf geküsst. Getröstet. Erinnerungen an die Psychose. *Amphetamine.*

Als er wieder zu sich gekommen war, war es draußen finster gewesen. Ein paar Hafenlaternen hatten durch den Schneematsch auf der Windschutzscheibe geleuchtet – er musste dermaßen fest geschlafen haben, dass er nicht mal bemerkt hatte, dass irgendjemand *Idiot* in die weiße Pracht auf der Motorhaube geschrieben hatte.

Er hatte sich auf seinem Sitz hochgestemmt und den Motor angelassen. Heute Abend würde er nicht weitersuchen. *Er* hatte angerufen – und Kain wusste, worum es gehen würde. Also rief er nicht zurück. Die Zeit der Abrechnung war gekommen. Jetzt war er an der Reihe, die Tausender auf den Tisch zu legen. Symbolisch betrachtet – denn hier ging es nicht um Geld. Hier ging es um etwas weitaus Ernsteres.

»Idiot«, murmelte er. Es war idiotisch gewesen, Mikael Morenius' Führerschein einzustecken. Aber auch das war wohl der alten Angewohnheit zuzuschreiben. Eine falsche Identität? Für Leute wie Kain bot sich immer eine Gelegenheit. Und eigentlich war doch geplant gewesen, dass der Typ einfach verrottete. Verrottete und spurlos verschwand.

Auf Höhe des Friedhofs Vår Frelsers gravlund bog er ab und parkte am Akersbakken so weit unten wie möglich. Von hier aus starrte er hinüber auf die Backsteinburg, dieses sperrige Gebäude, das irgendwann zu Kriegszeiten errichtet worden war und dessen Längsfassade den südlichen Teil des kleinen Parks am Alexander-Kielland-Platz säumte.

Bis sich die Innenbeleuchtung des Autos ausgeschaltet hatte, blieb er reglos sitzen. Dann lehnte er sich leicht nach vorn und ließ den Blick schweifen. Keine Veränderung. Die Jalousien hinter den schmutzigen Fenstern waren immer noch heruntergelassen. In der Nachbarwohnung hatte jemand einen Leuchter mit künstlichen Weihnachtskerzen ins Fenster gestellt. Die mittlere funktionierte nicht. In der Etage darüber hing ein Stern im Fenster. Bei dem Russen war alles dunkel. Pechschwarz.

Es ging jetzt nur noch darum, diesen letzten Auftrag hinter sich zu bringen und dann Lin zurückzuholen. Danach würde er sie fragen. Er hatte sich schon alles zurechtgelegt. Ein paar Monate lang ein bisschen dealen, ein paar Kronen zurücklegen – dann mit ihr nach Thailand. Lin sprach so oft darüber – und die Bilder, die sie beschrieb, die blutorangenrote Sonne, die Reisfelder … die Familienessen … ihre Geschwister. Der Onkel, der sie mit nach Norwegen genommen hatte. Der vorgegeben hatte, Kain betriebe dort ein Restaurant, in dem sie arbeiten würde.

Kain würde ihr niemals die Wahrheit sagen. Über den Umschlag mit den dreitausend Euro, der den Besitzer gewechselt hatte, nachdem die vierzehnjährige Lin in Gardermoen gelandet war.

History pistory. Damals hatte er sie natürlich nicht geliebt. Aber jetzt tat er es.

Sie würde Ja sagen, da war er sich ganz sicher. Aber erst wenn er clean wäre.

Kain hatte dem Bruder versprochen, den BMW zu beseitigen. Ihn erst zu putzen, dann mit Benzin zu übergießen und das Feuer die restliche Arbeit verrichten zu lassen. Doch dann plötzlich war Lin verschwunden.

Er musste wieder an die Tüte mit dem Pulver im Handschuhfach denken. Es würde sich gut anfühlen. Zu gut. Er würde wieder einschlafen. Stattdessen griff er nach dem Reinigungsmittel auf dem Rücksitz und wandte sich der Innenverkleidung zu. Der Tür, dem Lenkrad. Der Windschutzscheibe, dem Schaltknüppel. Der Körpergeruch wich chemischem Unbehagen. Er warf den Lappen auf den Rücksitz. Dort lagen die Schokoladenherzen, fein eingepackt in rotes Stanniol, und die Blumen in Zellophan. Er hatte Rosen gewollt, langstielige rote Rosen, aber die Verkäuferin hatte Sibirische Schwertlilien empfohlen. Wasserblaue Sibirische Schwertlilien und weiße Lilien mit einem Hauch von Lila.

»Lilien?«, hatte er gefragt. »Sind die nicht für Beerdigungen?«

»Lilien haben Klasse«, hatte die Blumenverkäuferin entgegnet.

Am liebsten hätte er das Fenster aufgemacht. Den Gestank hinausgejagt. Doch im selben Moment entdeckte er etwas. Eine Jalousie, die sich bewegte.

34

Mit dem Neuschnee legte sich eine Silberhaube über die Stadt. Ein funkelnder Glanz, der die Nacht erleuchtete und die Sterne zwang, umso stärker zu leuchten, wenn sie gesehen werden wollten.

Aus dem Fenster des Polizeipräsidiums, dem geräumigen Block, der über dem Stadtteil Grønland mit seiner bunt gemischten Bevölkerung aufragte, starrte Fredrik in den Nachthimmel. Es war Sonntagabend, er hatte frei, war aber trotzdem hier.

Er erinnerte sich an eine Nacht vor langer Zeit. Eine Nacht, in der er mit seiner Mutter auf ihrem Balkon gestanden hatte. »Wenn ein Kind stirbt, wird ein Stern geboren«, hatte sie gesagt. »Und dieser Stern erlischt erst, wenn die letzte Seele, die sich an das Kind erinnert, dieses Leben hinter sich lässt.« Dann hatten sie das Vaterunser gebetet.

Was war ihm entgangen? Welche Sterne leuchteten, blieben im Lichte der Ermittlungen aber unsichtbar?

Fredrik starrte auf den Notizblock, den er auf den Boden geworfen hatte, und ließ den Blick durch das Großraumbüro schweifen.

In Mikael Morenius' Wohnung in Frogner war auch die letzte Spur beseitigt worden. In der Villa auf Bygdøy gab es nirgends mehr verborgene Geheimnisse. Er hatte angerufen, unzählige Male, bei der Telefonnummer, die Andreas ausfindig gemacht hatte – bei der Putzfrau aus dem Keller. Das Ergebnis war immer das gleiche gewesen. Die nasale Stimme einer Bandansage von der Telefongesellschaft.

Er hob den Notizblock auf. Sowie er sich gebückt hatte, waren die Lampen angegangen. Er hatte so lange reglos dagestanden, dass die Bewegungsmelder nichts mehr registriert hatten. Fredrik schlenderte zwischen den mit Akten und Notizen, Computerkabeln, Bildschirmen, Schreibtischlampen und Kaffeetassen beladenen Schreibtischen und Abfallbehältern für Papier, Glas und Plastik hindurch.

Am Schreibtisch eines mürrischen Kollegen blieb er stehen. Franke. Der alte Polizeihase, dem der Fall von Kindesmisshandlung zugeteilt worden war, aus dem sich Fredrik herausgeredet hatte. Seitdem hatten sie nicht mehr miteinander gesprochen. Die Mappe zu dem Fall lag noch immer auf seinem Tisch. Fredrik schlug sie auf. Welches entsetzliche Schicksal war ihm erspart geblieben?

Es ging um eine Frau, eine gewisse Milla Madsen. Anfang dreißig. Sie hatte einen Mann kennengelernt, und zwar nicht irgendeinen Mann. Sie habe ihn aus der Zeitung gekannt, hatte sie bei der Befragung erklärt. Er war des Mordes an seiner Frau verurteilt worden, und Milla Madsen hatte ihm einen Brief geschrieben und ihn gefragt, ob sie für ihn beten dürfe. Durfte sie. Irgendwann hatte sie ihn sogar persönlich getroffen. Um mit ihm gemeinsam den Herrn zu preisen. Er war älter als sie und ein feiner Kerl, wie sich zeigte. Milla Madsen verliebte sich in ihn, und noch im Gefängnis hatten sie erstmals Sex.

Nachdem er vor gut einem halben Jahr entlassen worden war, war er direkt bei Milla und der gemeinsamen Tochter eingezogen. Allerdings war er der Meinung gewesen, die Kleine würde zu viel schreien. Sich die ganze Zeit bloß an die Mutter klammern und ihn, den Vater, ablehnen. Also hatte er das Kind windelweich geschlagen. Anschließend hatte auch die Mutter Prügel bezogen.

Dumme, idiotische Weiber. Genau das war der Grund, warum Fredrik solche Fälle hasste. Er verachtete die Täter. Aber oftmals verachtete er auch die Opfer. Frauen – es waren ja doch immer Frauen, die glaubten, in der Begegnung mit dem Bösen die Kraft eines Erlösers zu spüren.

Gott, wie sie für ihre Dummheit bezahlen mussten. Gott, wie die Kinder dafür bezahlen mussten.

Inzwischen war der Mann abgetaucht und zur Fahndung ausgeschrieben worden. Er war verschwunden, kurz bevor Milla Madsens Vater seine Tochter gezwungen hatte, zur Polizei zu gehen. Er hatte sie überreden müssen, Anzeige zu erstatten.

Das Schwein hieß Peder Rasmussen.

Peder Rasmussen …

Fredrik war schlagartig eiskalt. Rasch blätterte er zur letzten Seite der Mappe, wo für gewöhnlich die Fotos lagen.

Herrgott!

Das Foto zeigte einen glatzköpfigen, älteren Mann. Kleine Augen, Silberblick.

Er … Der Mann vom Foto, das auf dem Schreibtisch in Mikael Morenius' Keller gelegen hatte. Und jetzt erinnerte er sich auch wieder – endlich erinnerte er sich wieder genau, wo er erstmals in diese schmalen, ekligen Schweinsäuglein geblickt hatte.

Es war vor acht Jahren gewesen, am zweitschlimmsten Tag seines Lebens. Andreas und er waren zu einem gelb gestrichenen Holzhaus auf dem Galgeberg geschickt worden, nachdem bei ihnen eine Beschwerde wegen Ruhestörung eingegangen war.

Wie sich zeigen sollte, hatte ein Pharmazeut namens Peder Rasmussen dort seine Frau ermordet. Er hatte Fredrik unversehens in die Wohnung gezerrt, und während Andreas und die Jungs von der Spezialeinheit sich Zutritt verschafften, um ihn dort wieder rauszuholen, hatte Rasmussen seinen Sohn angeschrien: »Erschieß die Schweine! Erschieß sie!«

35

An jenem Abend vor acht Jahren war ein neuer Stern am Nachthimmel erschienen. Und dieser Stern würde nicht erlöschen, ehe Fredrik, Andreas Figueras und drei grobschlächtige Kollegen von der Spezialeinheit in ihren Gräbern lägen.

Statt endlich nach Hause zu gehen, riss Fredrik alle Fenster auf, die sich aufreißen ließen, und legte sich auf eins der roten Designersofas, die mit ihren hohen Rückenlehnen entlang der Fensterfront standen. Er starrte ins Leere, bis die Deckenlichter wieder erloschen.

Der Achtjährige hatte einen einzigen Schuss abgegeben. Er hatte den Türrahmen getroffen, einen halben Meter neben den Männern. Seine Mutter hatten sie später in der Badewanne gefunden – nackt, mit einer Schussverletzung im Gesicht. Wie Jagdbeute hatte sie dort gelegen, um auszubluten. Während des Prozesses hatte Peder Rasmussen erklärt, sie habe ihm den Sohn wegnehmen wollen. Nur die Polizei habe ihn daran gehindert, sie in Plastik einzuwickeln und in den Wald zu schaffen. Um ihr ein würdiges Begräbnis zuteilwerden zu lassen. Damit sich der Sohn verabschieden könne. Sie sei schließlich trotz allem seine Mutter gewesen.

Die Lüge eines Psychopathen, nichts weiter. Kein Spaten dieser Welt hätte den festgefrorenen Winterboden durchdrungen. Trotzdem hatte sie am Ende ein würdiges Begräbnis bekommen. Und der Junge auch. Sie lagen nebeneinander – sie in einem großen, er in einem etwas kleineren Sarg – unter einem Baum auf einem der städtischen Friedhöfe.

In der Abteilung war lange darüber geredet worden. Drei Meter Abstand, Norwegens besttrainierte Einsatzkräfte … Nur einer der vier Schüsse hatte getroffen. Aber wer wollte schon ein Kind erschießen? Die Kugel war in sein Herz eingedrungen.

Niemand hatte je erfahren, wer von den vieren den Jungen getötet hatte. Dafür hatte es auch keine Veranlassung gegeben. Jeder hatte verstanden, dass der tödliche Schuss in Notwehr abgegeben worden war. Kein Polizist der Welt brauchte die Gewissheit, dass es seine Kugel gewesen war, die den Jungen das Leben gekostet hatte. Andrei. Er hatte Andrei geheißen.

»Kaffee?«

Andreas hatte sich auf das Sofa direkt gegenüber gesetzt und schob eine Tasse über den niedrigen Stahltisch. Fredrik grunzte.

»Hast du gestern noch gearbeitet? Am Sonntag?«

Wenn er erst mal schlief, dann schlief er tief und fest. In der trockenen Luft war seine Nasenschleimhaut angeschwollen, und als er sich aufsetzte, hatte er das Gefühl, sein Kopf würde explodieren. Ohne ein Wort griff er nach seiner Brille, stand auf und holte seine Zahnbürste samt Zahnpastatube in Reisegröße aus der Schreibtischschublade, bevor er aufs Sofa zurückkehrte. Dort erst knöpfte er sein Hemd wieder zu und rieb sich den Schlaf aus den Augen.

»Peder Rasmussen«, sagte er mit einem Räuspern.

Andreas fuhr sich durch die Locken und lehnte sich auf dem Sofa zurück. Sein Gesichtsausdruck war unmöglich zu deuten.

»Ein verfluchter Scheißfall.«

»Verdammt verflucht«, pflichtete Andreas ihm bei.

Dann eröffnete Fredrik ihm, dass er glaubte, auf dem Foto in Mikael Morenius' Keller Peder Rasmussen wiedererkannt zu haben.

Der Kollege starrte ihn an, als würde Fredrik fantasieren.

»Rasmussen wurde vor einem halben Jahr entlassen. War gerade mal draußen, als er anfing, die neue Frau und das neue Kind zu schlagen. Franke bearbeitet den Fall.«

»Was zur Hölle soll Peder Rasmussen mit unserer Ermittlung zu tun haben?« Andreas lehnte sich nach vorn und dämpfte die Stimme. »Sicher, dass du gerade nicht ein paar Dinge durcheinanderbringst, Fredrik? Du hast in letzter Zeit einiges einstecken müssen.«

Fredrik sah ihn irritiert an. Mit einer solchen Reaktion hatte er nicht gerechnet.

»Er wurde als vermisst gemeldet. Wusstest du, dass er entlassen wurde?«

Andreas schüttelte den Kopf.

»Ging das nicht verdammt schnell?«, legte Fredrik nach.

»Mindestzeit«, murmelte Andreas. »Er hat sich im Knast vermutlich gut geführt.«

Fredrik schnaubte. »Er hat sein Aussehen verändert. Das ist der Grund, warum ich ihn auf dem Bild nicht sofort erkannt habe. Er hat jetzt eine Glatze. Ist hinter Gittern ganz schön alt geworden…« Er dachte kurz nach. »Dieser Blick, Andreas. Die schielenden, eingesunkenen Augen – das war er. Da bin ich mir ganz sicher.«

Skeptisch schüttelte Andreas den Kopf. »Ich weiß schon, was du sagen willst. Aber hör mal, diese rothaarige junge Polizistin. Hanna – Kafa hatte sie gebeten, das Telefonbuch zu überprüfen, das sie draußen auf Bygdøy gefunden haben. Es war auf einer Seite mit Hotels aufgeschlagen, und jetzt hat sie die komplette Liste durchtelefoniert.«

Fredrik war verärgert, weil Andreas so desinteressiert wirkte. Er hatte mit dem Thema noch nicht abgeschlossen. Aber er würde es fürs Erste nicht wieder erwähnen. Die Sache damals hatte sie alle sehr in Mitleidenschaft gezogen. Andreas war sogar bei der Beerdigung gewesen. Häusliche Gewalt ist nach dem Mittagessen dran, hatte Kafa mal gesagt, und vielleicht hatte sie ja recht damit – das war inzwischen ihrer aller Alltag. Außerdem hatte Fredrik auf einem Sofa geschlafen, das fürs Auge, nicht aber für den Rücken gemacht war. Und Bettina hatte viermal angerufen. Streng genommen brauchte er jetzt wirklich keinen Streit mit seinem besten Kollegen, um noch schlimmer in diesen Tag zu starten.

Stattdessen verfluchte er zwischen zwei Schlucken seinen Kaffee. »Lass hören«, murmelte er.

»Hotel Voksenåsen. Sie haben vor vier Wochen einen Drohbrief erhalten. Bezüglich der Sicherheitskonferenz, die dort am Wochenende stattfindet.«

»Worauf zielt die Drohung ab?«

»Weiß nicht. Sie ist im Revier in Majorstua eingegangen. Ich fahre jetzt dorthin und werfe einen Blick darauf.«

36

Das Zähneputzen half. Ehe er das Bad verließ, wusch er sich noch mit einer Papierserviette unter den Armen und wechselte das Hemd. Kafa wartete vor der Tür. Sie lehnte mit verschränkten Armen an der Wand, trug einen dünnen Mantel und wirkte erstaunlich munter.

»Hast du hier geschlafen?«

»Warum fragst du?«

Sie rieb sich mit der Hand über die Wange und schnaubte.

»Kontrollierst du mich jetzt?«, fragte er.

»Hier lässt dich keiner aus den Augen, nicht mal wenn du aufs Klo gehst, Fredrik«, frotzelte Kafa und verdrehte die Augen. »Wir haben einen Termin«, fuhr sie fort. »In zehn Minuten. Aber erst musst du dir das hier ansehen.« Sie reichte ihm ein Dokument. Es handelte von Insulin und Insulinpens. »Insulin wird in der sogenannten Internationalen Insulineinheit gemessen. Am üblichsten sind hundert Einheiten pro Milliliter. So bekommt man es fertig in

Apotheken.« Sie tippte auf einen der Abschnitte. »Und genau solche Ampullen haben wir in Axel Thranes Medizinschrank gefunden. Es gibt allerdings auch Ampullen mit fünfhundert Einheiten pro Milliliter für Patienten mit einer höheren Toleranz, die eine entsprechend höhere Dosis benötigen.« Kafa sah ihm direkt ins Gesicht. »Der Pen, den wir im Medizinschrank gefunden haben, war leer. Warum wohl? Könnte es nicht sein, dass die Ampulle entfernt wurde, weil sie eine höhere Dosis enthielt?«

Eine fünffach höhere Dosis. Nicht ausreichend, um damit jemanden zu töten, aber durchaus genug, um bei Axel Thrane eine körperliche Reaktion auszulösen, erklärte sie.

»So brauchte der Täter nur ein, zwei Injektionen zu setzen und abzuwarten, bis Thrane zusammensackte.«

Eine Wand des Vernehmungsraums war komplett verspiegelt. Vor der Scheibe stand ein ergrauter Mann mit vorgerecktem Kinn und schien sich selbst zu betrachten, während Kafa und Fredrik den Raum betraten. Bevor er sich zu ihnen umdrehte, richtete er noch seinen Hemdkragen und strich sich mit den Händen über das Jackett.

Der Mann war groß und schlank, genau wie Fredrik, und sein Händedruck war fest.

»Sitzt jemand dahinter?«, fragte er und zeigte auf den Spiegel.

Schmunzelnd schüttelte Fredrik den Kopf. »Nein. Nur wenn ein Verdächtiger vernommen wird. Bei Zeugen ist das unüblich.«

»Zeugen«, wiederholte der Mann leise und setzte sich auf den Stuhl, den Fredrik ihm zugewiesen hatte. »Das ist eine völlig neue Erfahrung für mich.«

Im Raum standen drei Stühle. Einer war an die Wand geschoben worden – der Stuhl für den Anwalt. Fredrik hatte

Kollegen, die darauf spuckten, sobald sie sich unbeobachtet fühlten. Jetzt zog Kafa den Stuhl an den runden Tisch heran. Diese Anordnung hatte für Fredrik fast schon etwas Intimes. Er war durch und durch vom alten Schlag – bevorzugte einen Hauch zu kalte Vernehmungszimmer mit quadratischen Tischen und Rohrstühlen.

»Kaffee? Tee?«, fragte Kafa und nickte in Richtung der Pappbecher.

Der Mann schüttelte den Kopf. »Erzählen Sie mir lieber, warum ich hier bin.«

Fredrik schlug die Mappe auf, die Kafa ihm gegeben hatte. Nahm sich Zeit zum Lesen, hob zwischendurch allerdings wiederholt den Blick. Geräuschlos trommelte der Mann die manikürten Finger aufeinander.

»Egon Borg«, ergriff Fredrik das Wort. »Siebenundvierzig Jahre alt, Seniorberater im Verteidigungsministerium in der Abteilung für Sicherheitspolitik.«

»Achtundvierzig«, korrigierte ihn Borg.

»Aufgewachsen auf Bygdøy, Karriere beim Militär, dann Studium der Politikwissenschaft, ein paar Jahre Wirtschaftsstudium, ehe Sie in die Administration wechselten. Ist das so einigermaßen richtig?«

»Genau, wie es in meinem Lebenslauf steht«, bestätigte er und starrte gelangweilt zur Decke empor.

Borg hatte überwiegend im Bereich des internationalen Consultings gearbeitet. Erst nachdem der russische Bär aus seiner Winterruhe erwacht war, hatte er sich einem Bereitschaftsprojekt angeschlossen.

»Der Minister war urplötzlich wieder an Luftschutzkellern interessiert. Zwanzig Jahre lang ist hierzulande nicht ein einziger gebaut worden, und diejenigen, die noch existierten, waren gelinde gesagt baufällig.« Er zog die Augenbrauen nach oben. »Aber Sie haben mich vermutlich nicht hierherbestellt, um darüber zu plaudern, was uns im Ministerium Kopfzerbrechen bereitet?«

»Sie kannten Axel Thrane.« Fredrik versuchte, vertrauenswürdig zu klingen.

Und endlich hielt Borg seine Finger still. Dann richtete er sich auf seinem Stuhl auf. Legte die Hände auf die Armlehnen. »Könnten Sie mir bitte sagen, worum es hier eigentlich geht?«

»Wie war Ihr Verhältnis zu Axel Thrane?«, hakte Fredrik nach.

Egon Borg atmete hörbar durch die Nase aus. »Er war mein Freund. Kamerad beim Militär, bis er ums Leben kam.«

»Wann ist er gestorben?«

Jetzt war das Maß vermutlich voll, stellte Fredrik fest. Egon Borg blähte die Nasenlöcher auf und presste seinen Rücken fest gegen die Stuhllehne.

»Was meinen Sie damit?«

»Axel Thrane wurde kürzlich tot aufgefunden – und zwar in der Villa seiner Mutter auf Bygdøy«, sagte Kafa ernst.

»Das kann nicht …«

Irgendetwas an dem Mann kam Fredrik seltsam vor. Nicht seine Art – er war mehr kantigen Bürokraten begegnet, als ihm lieb gewesen wäre. Eher etwas Äußeres – und mit einem Mal wusste er auch, was. Dieser schlanke, gut gekleidete Kerl mit den geschmeidigen Bewegungen und dem Blitzen in den Augen, das man sich aneignete, wenn man es gewohnt war, dass einem zugehört wurde – dieser Kerl war ungewöhnlich blass. Beinahe fahl.

»Was sagen Sie da?« Egon Borg schüttelte verständnislos den Kopf. Starrte Fredrik an, als wollte er von ihm eine Bestätigung. »Das kann nicht stimmen. Axel ist tot, und zwar seit … mehr als zwanzig Jahren.«

Sie erzählten ihm von ihrem Fund auf Bygdøy. Von Axel Thrane, der annähernd ein Jahrzehnt lang quasi das Leben seiner Mutter gelebt hatte. Dann berichteten sie ihm von Gerda Thrane und der unbekannten Frau aus der Grube im Garten. Borgs Blick huschte zwischen ihnen beiden hin und her. Ungläubig nahm er jedes ihrer Worte in sich auf.

»Das … Sie müssen entschuldigen. Das trifft mich komplett unerwartet.« Er zog ein Taschentuch aus der Innentasche seines Jacketts und wischte sich damit über die Stirn.

»Jetzt verstehen Sie sicher unser Interesse an Axel Thrane«, konstatierte Kafa.

»Woran … Woran ist er denn gestorben?«

»Er wurde aller Wahrscheinlichkeit nach ermordet.«

»Was zur Hölle …«

Er und Axel Thrane seien von Kindesbeinen an Freunde gewesen, erzählte Egon Borg. Auf Bygdøy seien sie Nachbarn gewesen, sie seien in dieselbe Schulklasse gegangen und dann zeitgleich zum Militärdienst einberufen worden. Und sie hatten dieses Leben geliebt.

»Wir waren gut in der Schule, und wir kamen aus wohlhabenden Elternhäusern. Unsere Eltern …« Er räusperte sich. »Unsere *Väter* hätten es am liebsten gesehen, wenn wir erst die Unteroffiziersschule besucht hätten und anschließend Offiziere geworden wären, aber das … Man kriegt so einiges mit, wissen Sie, wenn all die anderen Wehrpflichtigen denken, man wäre bloß ein Muttersöhnchen aus dem reichen Westen der Stadt. Also beschlossen wir, es ihnen allen zu zeigen.«

Nach drei Wochen Grundwehrdienst hatten Egon Borg und Axel Thrane ihren Vorgesetzten nach der härtesten Ausbildung innerhalb der Armee befragt. Marinejäger, hatte die Antwort gelautet.

»Das Marinejägerkommando ist heute etwas vollkommen anderes als damals, müssen Sie wissen. Da waren die Sowjets immer noch der Feind. Und angesichts dessen war Quantität mitunter wichtiger als Qualität.«

Norwegen hatte über eine massive Armee verfügt, die für den Krieg gegen eine übermächtige Sowjetmaschinerie gerüstet war. Gewisse Spezialeinheiten waren innerhalb des Heers als das Sahnehäubchen auf dem Kuchen betrachtet worden.

»Wir waren unsagbar gut trainiert, das war es nicht... Wir waren andererseits nie mehr als fünfzehn, zwanzig Mann, die gleichzeitig Dienst taten. Ein einziger Leutnant als Befehlshaber der Basis. Ein einziger Leutnant!«, stöhnte Borg. »Ein paar der Jungs waren im Libanon im Einsatz gewesen, aber als Abteilung waren wir nie im Gefecht. Wir hatten nie ernsthafte Einsätze. Wir müssen die besten Elitesoldaten aller Zeiten gewesen sein, die zeitlebens nur mit Platzpatronen beschossen wurden.«

»Und Axel Thrane?«

»Während eines Übungsmanövers ist einiges schiefgegangen. Er kam bei einem Unfall ums Leben. Hat man uns zumindest erzählt...«

»Sie waren nicht vor Ort?«

Egon Borg hob beide Hände an die glatt rasierten Wangen. Sein Gesicht war schmal, aber wohlproportioniert, mit markanten Wangenknochen und einem kleinen Grübchen im Kinn. Fredrik nahm an, dass Kafa ihn als gut aussehend bezeichnen würde.

»Darüber darf ich de facto nicht sprechen. Ich bin an meine Schweigepflicht gebunden. Das wird Ihnen vielleicht wie ein belangloses Detail erscheinen, aber für uns, die Teil des Systems sind, ist Schweigepflicht das oberste Gebot.«

»Dafür haben wir Verständnis«, sagte Kafa. »Wenn aber das Militär die Schweigepflicht aufheben würde …«

»Dann würde ich selbstverständlich reden. Aber ich kann wohl so viel sagen, dass ich nicht da war, als Axel … als Axel ums Leben gekommen sein soll.« Er zog die Stirn in Falten. »Aber es muss doch andere geben, die mehr darüber wissen als ich?«

»Mikael Morenius. Sagt Ihnen der Name etwas?«

Die tiefe Furche zwischen Egon Borgs Augenbrauen verriet, dass er den Namen kannte. Aber er blieb stumm.

»Wenn es die Sache für Sie einfacher macht … dann verrate ich Ihnen hiermit, dass er ebenfalls tot ist«, sagte Fredrik. »Auch er wurde ermordet. Auf äußerst brutale Weise.«

Wie oft hatte Fredrik inzwischen nicht vor Haustüren gestanden oder in fremden Wohnzimmern mit fremdem Geruch gesessen und eine Todesnachricht überbracht. Es war jedes Mal ein eigenartiges Erlebnis. Eine solche Nachricht zu empfangen überlastete die fein abgestimmte Balance im menschlichen Gehirn. Die wenigsten brachen zusammen, so was passierte nur im Film. Trotzdem scheiterten die meisten daran, ihre Gesichtsmuskeln auf eine Art zu koordinieren, dass ihr Ausdruck unmissverständlich war. Die meisten wussten nicht, wohin mit ihren Händen. Die Knie wurden weich, Schultern sackten nach vorn, Lungen wollen gefüllt und Blasen entleert werden, und nicht selten entschlüpfte der Kehle ein sonderbares Geräusch, eine Mischung aus Jammern und Kichern.

Egon Borg legte die Hände auf die Oberschenkel und drückte den Rücken durch. Fredrik verspürte eine gewisse Zufriedenheit, als er im dunkelgrauen Haar des Mannes eine kahle Stelle entdeckte. Borg atmete zweimal tief durch, dann drückte er sich wieder gegen die Stuhllehne und schüttelte den Kopf wie ein Boxer, der von einem gut platzierten Faustschlag getroffen worden war.

»Ich weiß nicht, was ich sagen soll«, hauchte er schließlich.

»Sie könnten damit anfangen, uns zu erzählen, woher Sie einander kannten«, schlug Fredrik vor.

»Mikael Morenius … Mikael war ebenfalls Soldat im Marinejägerkommando. Er war … Fähnrich, soweit ich mich erinnere. Allerdings war er nicht … Wir waren nicht befreundet, so wie Axel und ich es waren. Ich hab ihn überhaupt erst im Dienst kennengelernt. Seither haben wir auch keinen Kontakt mehr zueinander, aber damals waren wir Kollegen, und wie bereits erwähnt, gab es nicht allzu viele von uns.«

»Was hat er anschließend gemacht?«

»Ich meine, er wäre beim Militär geblieben, in …« Fredrik sah, wie Borg es sich anders überlegte und die Details lieber aussparte. »Ich glaube, er ist irgendwann beim Nachrichtendienst gelandet. Allerdings … bin ich nicht der Richtige, wenn es um tiefergreifende Informationen geht.«

37

Egon Borg wollte seinen Chef im Ministerium anrufen, um Bescheid zu geben, dass es länger dauern würde als gedacht.

Fredrik betrat den kleinen Nebenraum und beobachtete ihn durch den Spionspiegel. Borg war aufgestanden und starrte auf die dunkle Glaskugel an der Decke, in der eine ferngesteuerte Kamera steckte.

Als er sein Telefonat beendet hatte, klopfte der einstige

Marinejäger an die Scheibe. So was war ungewöhnlich. In der Regel scheuten die Besucher die kalte Spiegeloberfläche, ganz unabhängig davon, ob es sich um Zeugen, Verdächtige oder Schuldige handelte. Niemand mochte das Gefühl, beobachtet zu werden.

»Ich will Ihnen gern einige Bilder zeigen«, sagte Kafa, als sie sich alle drei wieder gesetzt hatten. Dann legte sie das Schulfoto des unbekannten kleinen Mädchens mit dem ernsten Gesichtsausdruck vor Borg auf den Tisch.

Borg lehnte sich vor. Schüttelte den Kopf.

»Das haben wir zu Hause bei Axel Thrane gefunden.«

»In der Eingangshalle?«, fragte er unerwartet.

»Es könnte dort gehangen haben, ja.«

»Axels Mutter, Gerda, hatte dort unzählige Bilder aufgehängt. Familienporträts. Schulfotos. Klassenfotos. Es war fast schon eine Art …« Er hielt kurz inne. »Eine Art Besessenheit. Axel fand es beschämend. Was ist an diesem Mädchen so besonders?«

»Das Foto stammt aus der Sowjetunion«, erklärte Kafa und warf Fredrik einen flüchtigen Blick zu. »Zumindest wurde das Fotopapier in der Sowjetunion produziert, vermutlich irgendwann Anfang der Achtzigerjahre. Die Fabrik namens Kalypso existiert allerdings nicht mehr.«

»Kalypso«, murmelte Borg. »Nein. Das sagt mir nichts.«

»Und dann sind da noch die hier …«

Die Reaktion überraschte sie beide. Sowie Kafa die Fotos von Egon Borgs Hochzeit auf den Tisch legte, schluchzte er laut auf. Laut und ohne einen Hauch von Scham.

»Gott, die hab ich ja noch nie gesehen …«

»Sie haben Ihre eigenen Hochzeitsbilder nicht gesehen?«

»Sie … Wir hatten einen Autounfall. Auf dem Heimweg von der Hochzeitsfeier. Dabei hat Suzanne schwere Hirnverletzungen erlitten. Sie war schwanger – noch nicht allzu lang, aber das Kind … ein Mädchen … hat den Unfall nicht überlebt.« Er wischte sich die Tränen mit dem Handrücken aus dem Gesicht. »Ich bin damals gefahren … Es tut mir wirklich leid, ich bin sonst nicht der Typ, der vor anderen weint.« Er sah Kafa an. »Es ist nur …« Er holte tief Luft. »Tja. Sie verstehen sicher …«

»Das tun wir«, sagte Fredrik. »Tut mir leid, dass ich das alles wieder aufwühlen muss. Aber Ihre Frau, Suzanne …«

»Sie wohnt bei mir. Sie ist gelähmt, bettlägerig und die meiste Zeit … auf Reisen. In ihrem Kopf, meine ich. Das Auto hat sich überschlagen und ist gegen einen Baum gekracht. Dieser Baum hat Suzanne an Kopf und Oberkörper getroffen.« Seine Pupillen weiteten sich leicht, während er über sie sprach. »Aber Suzanne hat ihre Momente. Ab und zu lächelt sie, summt … Sie hört gern Musik. Sie mag es, meine Stimme zu hören. Sie mag es, dass ich … dass ich lüge und ihr von unserer Tochter erzähle. Ich weiß nicht, ob sie etwas davon mitbekommt, aber …« Sein Griff um die Armlehnen verstärkte sich.

Kein Wunder, dass Borg blass war. Fredrik versuchte, sich ein Leben mit einem Vollzeitberuf und einem pflegebedürftigen Partner vorzustellen. Könnte er so etwas für Bettina tun?

»Unsere Tochter wäre heute vierundzwanzig Jahre alt. Man stelle sich das vor – eine erwachsene Frau. Älter als …« Er machte eine kurze Pause. »Das ist mir bisher gar nicht in den Sinn gekommen. Wäre sie heute am Leben, wäre sie jetzt älter als Suzanne, als wir geheiratet haben.«

»Wer hat die Fotos gemacht?«, wollte Kafa wissen.

Erneut lehnte Egon Borg sich auf dem Stuhl zurück. Klopfte leicht gegen das Stuhlbein und schloss die Augen.

»Ich …«

»Auf dem Kontaktbogen steht: ›Foto: AO‹.«

Borg räusperte sich. »Ja. Ja, Agnes. Sie war damals Axels Freundin. Agnes Ose.«

»Und die war Fotografin?«

»Nein. Studentin, soweit ich mich erinnere.«

»Was hat sie denn studiert?«

»Medizin, glaube ich.«

»Sie wollte also Ärztin werden?« Fredrik machte sich eine Notiz.

»Das nehme ich an.«

Fredrik konnte Egon Borg ansehen, wie erschöpft er war. Er warf einen Blick auf die Uhr, sodass Kafa es sehen konnte, um ihr zu signalisieren, dass sie zum Ende kommen sollten.

»Eine letzte Sache noch. Werden Sie in dieser Woche an einer gewissen Sicherheitskonferenz teilnehmen? Im Hotel Voksenåsen?«

Der große, dünne Mann starrte ihn verständnislos an. »Ja? Warum?«

»Wie lautet das Thema?«

»Na ja, es geht ganz generell um Verteidigungsthemen ... Um ein zunehmend aggressives Russland. Um die Bereitstellung von Mitteln für das Militär. Die üblichen Themen also. Spielt das eine Rolle?«

Fredrik schüttelte den Kopf. »Nein. Ich frage nur.«

38

Sebastian Koss hatte soeben den Hörer aufgelegt. Jetzt setzte er die Ellbogen auf der dunklen Glasplatte seines Schreibtischs ab, tippte mit der schmalen Schuhspitze gegen eins der goldfarbenen Tischbeine und fluchte.

Die Nachmittagssonne verlieh ihm einen gelben Teint.

Er starrte demonstrativ an ihnen vorbei. Fredrik und Kafa saßen ihm direkt gegenüber auf lederbezogenen italienischen Besucherstühlen. Das Juwel war der Kalbsleder-Schreibtischstuhl mit der hohen Rückenlehne, auf dem Koss selbst thronte. Der Stuhl quietschte leicht, doch nicht einmal mithilfe eines biodynamischen Kokosnussöls aus einer Glasflasche, die neben einem Familienfoto bereitstand, vermochte Koss das Geräusch zum Schweigen zu bringen. Der Stuhl hatte seine Allüren – gerade so wie sein Besitzer.

»Das Militär sagt Nein. Nicht mal der Polizeipräsident kann etwas ausrichten«, sagte er sauer. »Sie wollen Egon Borgs Schweigepflicht nicht aufheben.«

»Und warum nicht?«

Kafa saß mit geradem Rücken da und neigte den Kopf leicht zur Seite.

Koss griff nach einem der Bilder auf seinem Schreibtisch. Fredrik erhaschte einen flüchtigen Blick darauf – ein Foto der bildhübschen Frau des Polizeidirektors. Gereizt wischte Koss mit dem Hemdsärmel über das Glas. Dann hauchte er darüber, bevor er einen Fleck verrieb, den nur er selbst sehen konnte.

»Es würde zu einem unerwünschten Präzedenzfall führen.«

Fredrik ächzte. Er wusste, was dieser Ausdruck bedeutete – nichts anderes als eine Verfeinerung von: »Einen schönen Tag noch, und jetzt zieh Leine.«

»Was machen wir denn jetzt?«

Koss schüttelte verärgert den Kopf. »Finden Sie heraus, wer Mikael Morenius' Auftraggeber war. Wer hat ihn beschützt? Ohne diese Info …«

»… kommen wir nicht weiter«, fiel Fredrik ihm ins Wort.

»Ich sag es ja schon seit geraumer Zeit. Vielleicht wäre es mal an der Zeit, dass Sie die Angelegenheit vor Gericht bringen. Lassen Sie uns die gegnerische Hälfte des Spielfelds beschreiten. Beschaffen Sie uns einen Gerichtsbeschluss, damit wir die Archive des Einwohnermeldeamts auf den Kopf stellen können. Finden Sie heraus, wer Morenius die geschützte Identität verschafft hat. Denn die ist doch nicht von allein entstanden. Immerhin reden wir hier von Mord ...«

Koss wandte den Blick vom Porträt seiner Frau ab. »Lassen Sie mich einfach meine Arbeit machen«, sagte er nur. »So können Sie sich besser auf Ihre konzentrieren.«

»Also dann«, sagte Fredrik, »sind wir uns einig, alles in unserer Macht Stehende zu unternehmen, um Morenius' Auftraggeber zu entlarven?«

Der Polizeidirektor sah ihn irritiert an. »Selbstverständlich. Aber alles im Rahmen des Gesetzes.«

»Selbstverständlich«, wiederholte Fredrik. »Alles andere würde mir nie in den Sinn kommen.«

Die Audienz war beendet.

Draußen zog er Kafa hinter sich her in einen Besprechungsraum. Dort zückte er eine Visitenkarte. Es war die Karte des Orthopädietechnikers, der ihnen mit der Prothese behilflich gewesen war. Auf der Rückseite stand die Nummer, unter der *sie* geantwortet hatte – die Alte, die Kafa bestohlen und Fredrik betäubt hatte.

»Solange wir nicht das Gesetz übertreten«, murmelte er.

Dann wählte er die Nummer. Wie schon zuvor landete er wieder direkt auf einem Anrufbeantworter. Doch anstatt aufzulegen, fing er an zu sprechen: »Polizeihauptkommissar Fredrik Beier, Polizeibezirk Oslo. Ich glaube, wir zwei sind uns schon einmal begegnet – in der Wohnung von

Mikael Morenius. Wo Sie einen Beamten des Öffentlichen Dienstes betäubt haben. Folgendes wird jetzt passieren: In einer halben Stunde rufe ich einen Bekannten von mir an. Er ist Nachrichtenredakteur bei TV2. Ich werde ihm alles erzählen, was wir über Morenius wissen. Über den Mord, über die Folter, den Fundort, seine Vergangenheit bei den Marinejägern und seine Karriere beim« – Fredrik legte eine kleine Kunstpause ein –, »beim Nachrichtendienst. Ich werde ihm Fotos der Wohnung in Frogner übergeben und die Verbindung zum Mord an Axel Thrane offenlegen.«

Kafa wollte schon etwas sagen, aber Fredrik streckte die Hand aus und legte ihr den Zeigefinger auf die Lippen. Unwillkürlich wich sie einen Schritt nach hinten aus.

»Ich hab die Schnauze nämlich jetzt gestrichen voll von dieser Spionagescheiße«, fuhr er fort. »Das hier ist eine Mordermittlung. Sie wollen uns nicht helfen? In Ordnung. Dann finden wir jemand anderen.«

Mit diesen Worten legte er auf.

Kafas Augen funkelten vor Wut. Weil er sie überrumpelt hatte, weil er sie berührt hatte, als wäre sie ein kleines Kind, und weil er ein verdammtes Risiko einging. Koss hatte angeordnet, den Fall aus den Medien herauszuhalten.

»Das wissen diese Leute aber nicht«, entgegnete Fredrik. Und er hatte kein Gesetz gebrochen.

39

Neunzehn Minuten später klingelte Fredriks Telefon. Die dunkle Stimme einer Frau.

»Mein Name ist Judit Gjedde. Sie wollen mich treffen, hab ich Sie richtig verstanden?«

Und wie sie ihn richtig verstanden hatte.

Die Sonne stand inzwischen so tief, dass sie nur mehr einen einzigen Menschen im Osloer Kessel blendete: den Kranführer des hundertzwanzig Meter hohen Krans, der über den Gebäuden an der neuen Hafenpromenade der Stadt aufragte. Die Häuserzeile wurde *Barcode* genannt und beherbergte ausschließlich Unternehmensberater, Anwälte und Finanzspekulanten. Wie eine schiefe Zahnreihe schienen die leuchtenden Bürogebäude jedem, der es wagte, sich der Hauptstadt auf dem Seeweg zu nähern, entgegenzugrinsen.

Barcode. Die Trottel hatten es nicht mal geschafft, dem Komplex einen norwegischen Namen zu geben, dachte Fredrik. Andererseits durchaus verständlich. Ein nüchternes Volk in einem nüchternen Land brauchte für so was keine Worte.

Während der Fahrt sprachen sie nicht miteinander. Erst als Kafa in der Nähe des einstigen Pferdestalls vor den schrägen Mauern der Festung Akershus am Ende der Myntgata parkte, ergriff Fredrik wieder das Wort: »Du hättest mich niemals dort anrufen lassen.«

Kafa donnerte die Tür ins Schloss.

Judit Gjedde hätte kaum einen symbolträchtigeren Ort für ihr Treffen auswählen können. Im Krieg waren hier in dieser Festung zweiundvierzig Widerstandskämpfer an einer Böschung aufgestellt und von den Nazis hingerichtet worden. Nicht weit entfernt befand sich eine Steinwand, vor der der Landesverräter Vidkun Quisling sein Ende gefunden hatte. Von der siebenhundert Jahre alten Königsburg konnte man den Osloer Hafen überblicken. Im Schloss selbst befand sich auch das Mausoleum, die letzte Ruhestätte der Könige und Königinnen des Landes. Es war mehrfach belagert, aber nie eingenommen worden. Das Herz eines freien Landes.

Eine unebene Pflasterstraße führte durch das Tor in der Festungsmauer auf eine Allee aus Ahornbäumen. Gusseiserne Laternen beleuchteten das Heimatfrontmuseum, ihren Treffpunkt. Der Schein der Laternen tauchte den Schnee auf der Böschung in goldgelbes Licht. Unter ihren Schuhsohlen knirschte das Eis.

»Was, glaubst du, werden sie sagen?«, fragte Fredrik versöhnlich.

Kafa schüttelte den Kopf. Ihre weiße Wollmütze wippte hin und her.

»Sorry«, sagte Fredrik.

»Schon okay.«

Es war kälter geworden, viel kälter. Ihre Atemluft stieg in Form kleiner Wölkchen zwischen die blattlosen Äste über ihnen. Fredrik zog den Reißverschluss seiner Daunenjacke bis oben hoch. Sie waren nahezu allein. Ein Pärchen schlenderte in einiger Entfernung Hand in Hand an der Festungsmauer entlang. Eine vornübergebeugte Person, die in ihrer dicken Winterkleidung unmöglich als Frau oder Mann erkennbar war, führte einen Hund Gassi. Der Lärm der Stadt war hier nur mehr ein Rauschen, das immer seltener von Autohupen, dem Hämmern eines Basses aus einer Bar und der quietschenden Straßenbahn durchbrochen wurde.

Erst als sie den einstigen Hinrichtungsort erreichten – die alte Batterie unterhalb des Museumsgebäudes –, bemerkten sie die Person in der Toreinfahrt. Im Licht der Laternen sah ihr Schatten breit und flackernd aus, doch als Fredrik auf sie zumarschierte, erkannte er die kleine Frau wieder. Er hob die Hand zu einem halbherzigen Gruß, und sie machte auf dem Absatz kehrt. Durch die Toreinfahrt ging es zu einem Plateau unterhalb des Museums, von dem aus man über den Fjord blickte. Die Frau blieb erst stehen, als sie den niedrigen Wall am rückwärtigen Ende des Plateaus erreicht hatte. Dort stellte sie sich neben einen schlaksigen Mann.

»Das ist er – der Mann, der mich umgerannt hat. Der Fahrer«, flüsterte Kafa Fredrik zu.

Judit Gjedde trug einen schwarzen Mantel, der ihr bis zu den Knöcheln reichte, einen Schal und weiße Strickhandschuhe. In den Händen hielt sie eine Thermosflasche.

»Fredrik Beier und Kafa Iqbal – Sie trinken doch sicher warmen Johannisbeersaft?«

Die Ermittler sahen einander kurz an. Die Frau schraubte den Stahldeckel ab und zog ein paar Pappbecher aus der Tasche.

»Wollen Sie mich schon wieder vergiften?«, fragte Fredrik. »Oder uns über den Haufen rennen? Oder mich mit einer Autotür bewusstlos schlagen?«

»Nein. Und diese Vorkommnisse bedauern wir natürlich sehr.«

Die Stimme war dunkel und trocken – weiß der Himmel, warum Fredrik damit einen Spatel assoziierte, den Holzstab, mit dem Ärzte einem die Zunge nach unten drückten, um sich die Mandeln anzusehen.

Im Lichtschein von Aker Brygge am gegenüberliegenden Ufer des Fjords konnte er Fältchen in ihren Augenwinkeln erahnen. Über ihrem Auge klebte ein Pflaster.

»Das ist Sven«, sagte die Frau und reichte dem schlaksigen Mann einen Pappbecher. Der hob ihn auf Höhe seines schmalen Gesichts, während er die beiden Polizisten reglos musterte. Dann drückte sie auch den Ermittlern je einen dampfenden Becher in die Hand.

»Nur Sven?«

Judit Gjedde lächelte, bevor sie Fredrik die Hand auf den Rücken legte und ihn nach vorn zum Erdwall geleitete. »Im April 1943 hat die sogenannte Oslobande dort draußen die deutsche *Ortelsburg* versenkt.« Sie zeigte erst hinunter auf das schwarze Wasser, dann auf die dahinterliegende Landschaft. »Von hier aus sieht man Bleikøya nicht, aber die Insel liegt da draußen. Von dort sind die Männer gerudert – mit Kanus.«

»Ich bin in dieser Stadt aufgewachsen«, ging Fredrik ungeduldig dazwischen. »Ich weiß, wo Bleikøya liegt.«

»Ja, natürlich«, erwiderte Judit Gjedde. »Der einzige Sohn von Kenneth Beier und Gunhild Fredesen. Aufgewachsen in Frogner.«

War das ihre übliche Vorgehensweise? Den Eindruck von Allwissenheit zu erwecken? Dieses Spiel hatte er auch selbst schon oft gespielt. »Ken«, murmelte Fredrik. »Er wurde Ken gerufen.«

»Sicher. Er war immerhin Amerikaner.« Gjedde pustete über ihren warmen Saft, und die runden Brillengläser beschlugen. »Sie taten, was sie tun mussten, diese Männer. Sie verteidigten ihr Vaterland. Das Gleiche hat auch Mikael Morenius getan. Er hat die Sicherheit des Königreichs verteidigt. Dafür musste er mit dem Leben bezahlen.«

»Wer war der Mann im Keller?«, wollte Fredrik wissen. »Der Mann mit der Eishacke?«

Gjedde berührte kurz das Pflaster auf ihrer Stirn. »Das weiß ich nicht. Derselbe, der Morenius getötet hat, nehme ich an.«

»Unterhalten wir uns ein wenig über Mikael Morenius.«

»Ich war seine Vorgesetzte«, erklärte Gjedde. »Seine Kollegin und Freundin.«

»Beim Nachrichtendienst?«

»Bezeichnen wir es als eine der weniger öffentlichen Einheiten des Militärs.«

Sein ganzes Erwachsenenleben lang habe Mikael Morenius dem Militär angehört, erzählte sie. Nachdem er den

Grundwehrdienst abgeleistet habe, sei er auf die Militärschule für Nachrichten- und Sicherheitsdienst am Ufer des Lutvann gegangen. Dort habe er einen Russisch-Sprachkurs absolviert, sei der Theorie aber bald überdrüssig geworden und habe beschlossen, stattdessen zu den Marinejägern zu wechseln.

»Dafür entscheiden sich viele«, erklärte Gjedde. »Aber den wenigsten gelingt es. Mikael war ein Mann, der seine Ziele fest im Blick hatte.«

Nach ein paar Jahren in der Spezialeinheit war er zum Nachrichtendienst zurückgekehrt. In der Zwischenzeit hatte sich die Welt verändert, die alte Sowjetunion gab es nicht mehr. Die neue Bedrohung ging nicht mehr von Staaten aus, sondern von Ismen: vom Terrorismus. Islamismus. Nationalismus. Fundamentalismus.

»Zu dieser Zeit wurde ich seine Chefin.«

Aufgrund seiner Sprachkenntnisse war er prädestiniert für Moskau. Bei einem Einsatz im Kaukasus wurde Morenius dann allerdings angeschossen und verlor einen Arm.

»Was ist da passiert?«

»Ein blöder Zwischenfall…« Mit einer raschen Geste wischte Judit Gjedde die Frage beiseite und schüttete den Rest ihres Getränks über die Böschung. Im Schnee sah der Saft aus wie Blut. »In der operativen Aufklärung muss man sich in eine Menschenmenge organisch einfügen. Mit einem künstlichen Arm war das nicht länger möglich. Also wurde er wieder nach Hause beordert.«

»Mikael Morenius«, sagte Fredrik grübelnd. »Dann haben Sie ihm die geschützte Identität verschafft? Die Deckfirma?«

Sie seufzte leise. »Wir schützen all unsere Agenten. Heutzutage sind Informationen einfach zu leicht zugänglich. Und nicht nur das – sie verschwinden auch nicht mehr.

Eine der spektakulärsten Aktionen während des Kriegs war die Sprengung der ›Arbeitsbüros‹ in der Akersgata. Das sagt Ihnen etwas, oder?«

Fredrik verdrehte die Augen. Diese Frau redete offensichtlich gern über den Krieg.

»Die Widerstandsbewegung konnte so die Pläne der Besatzer, Tausende Jugendliche einzuberufen, mit einem Schlag zunichtemachen. Die Nazis wussten nicht mehr, wer sie waren. Heutzutage … wäre eine solche Aktion vollkommen nutzlos. Irgendwo gibt es immer eine Sicherheitskopie.« Ihre Stimme wurde noch tiefer. »Und das macht uns angreifbar.«

Die Rathausuhr schlug, und unwillkürlich drehte Fredrik sich zu der Geräuschquelle um. Wie Krähenfüße spreizten sich die Pappelkronen in Richtung Stadtmitte. Sven pustete Rauchringe aus seiner E-Zigarette in die Luft.

»Warum wurde Morenius gefoltert und ermordet?«, mischte sich Kafa ein. »Und warum wollen Sie nicht, dass wir in dem Fall ermitteln?«

Judit Gjedde lehnte sich übers Geländer, als wollte sie die Straße unter ihnen inspizieren.

»Mikael hatte in Moskau zahlreiche Verbindungen geknüpft. Durch einen seiner Kontakte erfuhren wir von einem russischen Offizier, der um eine Aufenthaltsgenehmigung in Norwegen ansuchen wollte: ein gewisser Gusew, Leonid Gusew, früher bei der Speznas. Kurz bevor er in Pension gegangen war, war er als Brigadegeneral auf der Halbinsel Kola eingesetzt gewesen. Allerdings erhalten Russen ohne nachweisliche familiäre Beziehungen hierzulande für gewöhnlich keinen Aufenthaltsstatus …«

»Ein Überläufer«, schlussfolgerte Kafa.

»Na ja, mit solchen Termini operieren wir seit Ende des Kalten Kriegs nicht mehr. Aber Gusew behauptete, auf Informationen zu sitzen, die für die Sicherheit des Landes von entscheidender Bedeutung seien. Morenius hat sich mit ihm getroffen und meinte, die Informationen seien verlässlich.«

»Und um welche Informationen handelte es sich?«

»Das unterliegt der Geheimhaltung.«

Morenius habe also diesen Gusew getroffen, hatte Gjedde erzählt. Und er hatte etwas zu sehen bekommen, was ihn offenbar alarmiert hatte.

Es sei geplant gewesen, dass er sie am darauffolgenden Morgen in Kenntnis setzen solle. »Aber Mikael ist einfach nicht aufgetaucht. Dann haben Sie ihn gefunden. Mikael war unsere einzige Verbindung zu Gusew. Wir wissen nicht, wo sich der Russe zurzeit aufhält. Wir wissen nicht mal, ob er sich noch in Norwegen befindet. Gusew ist – offenbar aus gutem Grund – ein vorsichtiger Mann. Hätten wir nicht unsere Vorkehrungen getroffen, wären Sie Gusew längst auf den Fersen. Und dann würde er abtauchen. Dieses Risiko können wir nicht eingehen.« Sie lächelte gekünstelt. »Wenn wir Gusew finden und befragen sollten, arbeiten wir natürlich bereitwillig mit Ihrer Behörde zusammen.«

Kafa knüllte den Pappbecher zusammen. »Das ist furchtbar nett von Ihnen«, sagte sie mit vor Ironie triefender Stimme. »Vorkehrungen? Definieren Sie so die Attacke auf mich? Den Diebstahl von Dokumenten, die wichtig gewesen wären für eine Mordermittlung?«

»Hätten Sie sie uns gegeben, wenn wir freundlich darum gebeten hätten?« Gjedde war einen Schritt auf sie zugegangen. »Wir haben lediglich Dokumente beschlagnahmt, auf die wir in juristischer Hinsicht Anspruch erheben dürfen.«

Mit einem Räuspern erklärte Fredrik das Thema für erledigt. Mit einem Streit mit diesen Leuten wäre nichts gewonnen. Nicht zu diesem Zeitpunkt.

»Aber warum wurde Morenius ermordet? Wer ist der Mann mit der Hacke?«

Gjedde schüttelte den Kopf. Zögerte. »Um zu illustrieren, wie speziell das hier ist…«, sagte sie schließlich, während sie den Schnee vor ihren Füßen platt trampelte. »Mikael hat mich gebeten, ein Treffen mit der obersten Riege des Verteidigungsministeriums zu organisieren. Es ist das erste Mal, dass ich von einem unserer Agenten eine solche Anfrage erhalten habe.«

»Und?«

»Das Treffen soll im Rahmen einer Konferenz stattfinden…«

»Die im Voksenåsen? Die Sicherheitskonferenz?«

Gjedde deutete seinen Gesichtsausdruck ganz richtig. »Die Drohung ist uns bekannt.«

Dann sah sie auf die Uhr und nickte ihrem stummen Kollegen zu. Der richtete sich zu seiner vollen Körpergröße von gut zwei Metern auf. Unter seiner schief sitzenden Mütze lugte ein schnurgerade geschnittener Pony hervor.

»Wir haben noch einen Termin. Sie können uns ein Stück begleiten, wenn Sie möchten«, sagte sie.

40

Erst als sie bei der Betonbrücke ankamen, die über die Kongens gate zu den Ministerien und dem Hauptquartier des Verteidigungsstabs führte, drosselte Judit Gjedde das Tempo.

»Es gibt noch einen weiteren toten Marinejäger«, sagte Fredrik. »Axel Thrane.«

Judit Gjedde blieb auf der Stelle stehen. Die Straßenlaternen warfen genug Licht, sodass Fredrik sie genauer betrachten konnte. Die Haare, die unter ihrem Schal hervorschauten, waren grau, wenn auch mit vereinzelten dunkleren Strähnen durchsetzt. Die Frau musste um die sechzig sein, vielleicht sogar noch älter. Sie blickte die Straße entlang. Sowie sie festgestellt hatte, dass sie allein waren, gab sie Sven ein Zeichen, und er reichte ihr einen Aktendeckel.

»Wir wissen, dass Sie mit Egon Borg gesprochen haben. Axel Thrane war keiner von uns. Borg ebenso wenig. Aber lesen Sie das«, sagte sie.

Die Mappe war alt, das Papier fühlte sich spröde an. Fredrik hatte sie noch nicht mal aufschlagen können, als Gjedde auch schon die Hand darauflegte.

»Thrane, Morenius und Borg waren alle drei Teil einer Operation, die wir gern weiter geheim wissen möchten. Nur aus diesem Grund teile ich diese Informationen mit Ihnen. Wir wollen nicht, dass Sie weiter in der Sache herumwühlen.«

Der Bericht trug den Stempel *Streng geheim – CTS. Cosmic Top Secret.* Wie diese Spione ihre Geheimnisse liebten.

Das überschaubare Dokument beschrieb eine Militärübung, die im Herbst 1992 stattgefunden hatte. Wenige Monate nach dem Zusammenbruch der Sowjetunion. Eine Gruppe Marinejäger war ganz im Osten des Varangerfjords zwischen Russland und Norwegen aus einem U-Boot geschleust worden. Sie hätten sich auf der norwegischen Seite der Grenze an Land begeben sollen. Allerdings hatten die Soldaten falsch manövriert. Als sie aus dem Wasser krochen, befanden sie sich bereits in Russland. Sie stießen auf einige russische Soldaten, die sie für einen Spähtrupp hielten, und gaben Warnschüsse ab.

»Verdammt«, murmelte Fredrik und spürte Gjeddes prüfenden Blick auf seinem Gesicht.

»Den Einsatz hat Morenius von der norwegischen Seite der Grenze aus geleitet«, sagte sie. »Borg und Thrane gehörten zu den Soldaten, die in Russland quasi einmarschierten. Egon Borg war der Einzige, der wiederkam.«

Die Russen hatten geglaubt, sie würden angegriffen, und hatten das Feuer erwidert. Der Kommandant der Einheit und zwei seiner Soldaten waren auf der Stelle tot gewesen, und auf der Flucht waren Axel Thrane und Egon Borg getrennt worden.

»Thrane kehrte nie nach Norwegen zurück. Wir nahmen an, er wäre ebenfalls gestorben. Was genau mit ihm passiert ist – ob er von den Russen gefangen genommen wurde, ob er infolge eines Schocks sein Gedächtnis verloren hat oder …« Sie zuckte mit den Schultern. »Das weiß kein Mensch. Dass er jetzt wieder aufgetaucht ist, ist für uns ein ebenso großer Schock wie für Sie.« Beherzt griff sie nach dem Bericht. »Diese Akte existiert nicht«, teilte sie ihm unmissverständlich mit.

»Also …«

Doch Gjedde ließ Fredrik nicht ausreden. »Der Einsatz löste eine diplomatische Krise aus. Schieres Glück für uns, dass Russland damals sprichwörtlich am Boden lag. Sie hatten gerade ganz andere Probleme und benötigten händeringend Investitionen – gerade in den nördlichen Territorien. Die gesamte Operation wurde geheim gehalten, sowohl aus Rücksicht auf die Beteiligten als auch aus Rücksicht auf das Marinejägerkommando. Es ist traurig, das zu sagen – aber zum Glück sind dabei *nur* unsere Männer ums Leben gekommen.« Sie machte einen Schritt nach hinten. »Ich hoffe, das beantwortet Ihre Fragen. Und ich hoffe, das erklärt unseren Wunsch nach Geheimhaltung, gerade in Zeiten wie diesen, in denen wir wieder das Ticken der Atomkriegsuhr hören.«

Atomkriegsuhr? Machte sie Witze?

»Die Russen rasseln wieder mit den Säbeln, was Atomwaffen angeht. Ihre Kampfflugzeuge streifen unsere Grenze, ihre U-Boote erkunden unsere Gewässer. In der digitalen Sphäre tobt der Krieg bereits. Und die Aggressivität nimmt zu – viel stärker, als Sie ahnen. Wie schon damals zu Zeiten des Kalten Kriegs ist es mittlerweile fünf vor zwölf.« Auf ihrer Stirn hatte sich eine tiefe Furche gebildet. »Richten Sie nicht zu hart über uns. Unser Job ist es, die Uhr wieder zurückzudrehen.«

Bevor sie sich trennten, erkundigte sich Judit Gjedde, ob sie eine Liste der Besitztümer bekommen könne, die Morenius bei sich gehabt hatte, als die Polizei ihn fand.

»Die haben Sie doch bereits beschlagnahmt?«

Sie presste die Lippen aufeinander.

»Sie suchen nach etwas Speziellem?«

»Ja.«

»Und wonach?«

Sie antwortete nicht. Reichte ihm lediglich die Hand, um sich zu verabschieden. Er hielt sie fest.

»Ich habe bei Morenius zwei Fotos gesehen. Das eines älteren Mannes sowie das eines jungen Mädchens. Wer sind die beiden?«

Gjedde sah ihm direkt in die Augen. »Das wissen wir nicht.«

»Peder Rasmussen«, sagte Fredrik. »Sagt Ihnen der Name etwas?«

Er hätte schwören können, dass Judit Gjeddes Blick leicht flackerte. Trotzdem schüttelte sie entschieden den Kopf.

Kafa und Fredrik trotteten eine Weile schweigend nebeneinanderher. Beide hatten das Bedürfnis, erst einmal zu verdauen, was sie gerade gehört hatten. Als sie wieder auf der Ahornallee standen, blieb Kafa stehen.

»Das erklärt, warum Egon Borg nicht mit uns reden durfte«, sagte sie.

»Ja, vielleicht.«

»Aber findest du nicht, dass sie ein bisschen zu offen gewesen ist?«

»Wie meinst du das?«

Kafa betrachtete ihren eigenen kondensierten Atem. »Na ja… Sie wirkte ziemlich gut vorbereitet. Es ist doch gerade einmal ein paar Stunden her, dass sie dem Treffen zugestimmt hat. Ich hab normalerweise ein ganz gutes Gespür für unehrliche Menschen«, sagte sie. »Und dieses Gefühl schwelt schon den ganzen Tag in mir.«

Vielleicht hatte sie recht.

»Atomkriegsuhr«, schnaubte er. »Diese prätentiösen Spinner!«

41

März 1992, Ramsund

Staffan Häyhä. Axel Thrane musterte den knabenhaften Riesen, der ihm linkisch die Hand entgegenstreckte. Er war einen guten Kopf größer als er selbst, kräftig gebaut, aber unbeholfen. Wie ein leicht übergewichtiger Vorschuljunge. Dünnes, strohgelbes Haar lugte unter seiner weinroten Baskenmütze hervor. Die weiche Gesichtshaut hatte vermutlich nie auch nur eine einzige Bartstoppel hervorgebracht. Seine Stimme war hell, er klang nervös.

»Ich hatte wirklich keine bösen Absichten«, stammelte er und blinzelte sich die Feuchtigkeit aus den Augen, als ihm dämmerte, dass Axel seine schweißklamme Hand nicht ergreifen würde.

Sie befanden sich in Leutnant Gudbrand Falsens Scheißhaus von Büro im Hauptquartier des Marinejägerkommandos in Ramsund. Draußen war es dunkel, und Axel konnte ihrer beider Spiegelbild im Fenster sehen. Auf einem Schneescooter dort draußen in der Dunkelheit lag das Rentier. Staffan Häyhä war am Vorabend eingetroffen und hatte behauptet, er habe sich bloß mit der Umgebung vertraut machen wollen. Von einer Böschung an der Landstraße auf Tjeldøya aus habe er dann gesehen, dass das Tier lahmte.

»Das Tier hatte sichtlich Schmerzen …«

»Und Sie haben dort keinen Menschen gesehen? Egon nicht, Axel nicht …« Der Leutnant starrte ihm unverwandt ins Gesicht.

Untertänig schüttelte Häyhä den Kopf.

»Dann geben wir uns damit zufrieden. Während seines Besuchs hier muss sich der Gefreite selbstverständlich anpassen. Ich setze voraus, dass er das versteht.«

Der Mann presste die fleischigen Lippen aufeinander. »Natürlich.«

Er sprach ein eigenartiges Schwedisch, irgendwie singend, mit verzerrten Vokallauten, die Axel eher mit einem norwegischen Tal weitab der Zivilisation in Verbindung brachte als mit dem Hochschwedisch, das er aus dem Fernsehen kannte. Wie er später erfuhr, war es ein gotländischer Einschlag. Doch obwohl sich die einzelnen Worte schön anhörten, klangen sie in Axels Ohren hässlich. Staffan Häyhä hatte ihn beobachtet, als er das Rentier aufgespürt hatte, da war er sich ganz sicher. Und was noch schlimmer war: Er hatte es durch das Zielfernrohr einer geladenen Schusswaffe getan. Er weigerte sich zu glauben, dass der Schwede ihn nicht gesehen hatte. Er weigerte sich einfach.

Was tat dieser junge Mann überhaupt hier? Denn alt war er tatsächlich nicht. Axel selbst war vierundzwanzig, und Staffan Häyhä musste jünger sein.

»Wenn es um Spezialisierung geht, können wir von den Schweden einiges lernen«, erklärte Falsen. »Gefreiter Häyhä ist Scharfschütze beim schwedischen Fallschirmjägerbataillon. Das Armeekommando Nordnorwegen hat ihn vom Husarenregiment in Karlsborg hierher eingeladen, als Berater.«

Schweigend nahmen sie ihr Abendessen ein, ehe Egon schließlich den Blick hob und ihn ansah. Es waren nur noch sie beide in der Messe.

»Was glaubst du?«

»Dieser Knabe hat auf eine Entfernung von mehr als tausend Metern einem Rentier mitten ins Herz geschossen«, knurrte Axel.

Das Gewehr, das die schwedischen Scharfschützen verwendeten, das PSG 90, hatte eine effektive Reichweite von neunhundert Metern.

»Bis das Gegenteil bewiesen ist, nehme ich an, dass dieser Staffan Häyhä ein Drecksack ist. Ein ausgekochter, verfluchter Drecksack – mit messerscharfem Blick.«

Egon lachte kurz auf, und das freute ihn insgeheim. Endlich schien der Funke in dem Kameraden wieder aufzuglühen. Ihre Einheit bestand aus nicht mal fünfzehn Mann. Sie teilten alles, sie waren Brüder, eine große Familie – und dabei genauso unterschiedlich, wie es Familienmitglieder sein konnten. Ein paar von ihnen waren schweigsam, andere vorlaut, einige – wie sie beide – stammten aus den besten Gegenden Oslos, andere aus winzigen Käffern, aus Ortschaften wie Haugsvær, Haugesund, Stokmarknes … ja, von überall her. Leutnant Falsen hatte darauf bestanden, dass Egon so schnell wie möglich in den Dienst zurückkehrte. Zu den Übungen, zu den geselligen Abenden, in die Natur. Zu den Jungs.

»Hast du…«

Ja, Egon hatte auch an diesem Tag im Ullevål angerufen. Und der Bescheid war der immer gleiche gewesen: Suzannes Zustand war nach wie vor unverändert.

Axel sah Egon nachdenklich an, während der eine dicke, graurot stinkende Schicht Makrele in Tomatensoße auf einer Scheibe Brot verteilte, diese dann in zwei Hälften schnitt, das Messer mit den Fingern abwischte und sie ableckte. »Da ist irgendwas im Gange…«

Axel zog eine Augenbraue nach oben.

»Dieser Schwede gestern – und weißt du, wer morgen noch kommt? Bjørn Bakke.«

»Bjørn Bakke?«

»Mhm.«

Axel schluckte schwer. »Woher weißt du das?«

»Der Leutnant meinte nur, ich solle mich darauf einstellen.«

Es war in dem Jahr gewesen, nachdem Egon und Axel ihr Marinejägerabzeichen erhalten hatten. Bjørn Bakke war damals Marinejägeraspirant gewesen, ein zäher Bursche mit dem Gemüt eines Fleischerhunds, einem annähernd flaschenförmigen Körper, mit Glatze und Bullterrieraugen. Jedes Mal, wenn einer der anderen Jungs den langen Weg entlanggetrottet war und die Glocke geläutet hatte – das Zeichen dafür, dass sie aufgaben –, hatte er Schleim in den Schotter gerotzt.

Dann war die Höllenwoche angebrochen. Sie waren nur noch zu sechst gewesen – samt und sonders erschöpft, schlaftrunken und längst jenseits ihrer körperlichen Grenzen, nachdem sie tagelang aus dem Schlaf gerissen und angeschrien worden waren. Sie hatten sich durch einen dichten Nadelwald geschlagen. Und urplötzlich und fahrlässig hatte sich ein Schuss gelöst. Aus Bakkes AG3. Erst hatte er versucht, es wegzulachen. Dann meinte er, mit dem Gewehr stimme irgendetwas nicht. Danach deutete er an, dass einer der anderen ihn geschubst habe. Doch Egon, der die Führung übernommen hatte, hatte alles gesehen: Als der Schuss gefallen war, hatte sich niemand in Bjørn Bakkes Nähe befunden. Ein versehentlicher Schuss war das eine; unverzeihlich jedoch war, jemand anderem die Schuld dafür in die Schuhe zu schieben. Egon hatte ihn rundheraus als Lügner bezeichnet.

Später hatten sie nur noch gehört, dass er auf der Sanitätsschule begonnen hatte.

»Was will der denn hier?«

»Sanitäter. Praxiseinsatz.«

»Und?«

Egon zuckte mit den Schultern. »Er ist inzwischen Feldwebel und uns damit vorgesetzt.«

»Großer Gott …«

42

März 1992, Ramsund

MIA. Missing In Action. Die Kreide quietschte, als Major Felix Gunn die schmalen, steifen Buchstaben an die Tafel schrieb. Dann betrachtete er kurz sein Werk, bevor er sich zu den Soldaten umdrehte. Das Licht war gedämpft, die Wintersonne mittels dunkelblauer Gardinen ausgesperrt worden. Das grelle Licht des Overheadprojektors schien sein kantiges Gesicht in zwei Hälften zu teilen.

»Vor drei Monaten ist die Sowjetunion zerfallen«, hob der Major an. »Vierzigtausend Atomsprengköpfe, Atom-U-Boote und andere Militärfahrzeuge, chemische und biologische Waffen …« Mit den Fingerspitzen zupfte er an seiner Augenbraue. »Unter wessen Kommando stehen die jetzt? Wer kontrolliert sie?« Major Gunn verschränkte die Arme vor der Brust. »Und trotzdem gibt es inmitten dieses Durcheinanders auch eine Chance.«

»Sun Tzu«, warf Leutnant Falsen beiläufig ein.

Genau wie die übrigen Marinejäger im Raum war auch der Leutnant mit dem blauen T-Shirt der Einheit bekleidet. Er trug keine Dienstgradabzeichen, und das Einzige, was das Shirt des Leutnants von den anderen unterschied, war die Aufschrift auf dem Rücken: *Dirty Deeds Done Dirt Cheap*. So lautete seine Kriegsphilosophie.

»Korrekt«, erwiderte der Major freudlos. Dann zog er die Leinwand neben der Tafel nach unten und legte eine Folie auf die Glasplatte des Projektors. Ein trübes Satellitenbild.

Axel erkannte das Motiv auf den ersten Blick wieder: der Litsafjord auf Kola, Sitz des größten Marinestützpunkts der russischen Nordflotte. Atom-U-Boot-Land. Knapp fünfzig Kilometer von der norwegischen Grenze entfernt.

»Hier«, sagte Major Gunn und schlug den Zeigestock so fest gegen die Leinwand, dass sich über der Tundra Schockwellen ausbreiteten. »Genau hier sitzt derzeit einer unserer operativen Mitarbeiter fest. Codename Mink. Vor fünf Tagen hat er ein Notsignal abgesetzt, seither haben wir nichts mehr von ihm gehört.«

Er zeigte auf einen Punkt im Fjord, der ein paar Kilometer nördlich der zigarrenförmigen U-Boote lag.

»Von hier aus wird das Marinejägerkommando ihn evakuieren.«

Es gab gewisse Ausdrücke dafür, Gefühle wie dieses zu

beschreiben. Einer der Männer, die an diesem kalten, sonnigen Märztag 1992 in dem schmucklosen Schulungsraum anwesend waren, ein Fähnrich namens Mikael Morenius, sollte später erzählen, dass ihm ein kalter Schauder über den Rücken gelaufen sei. Ein anderer schilderte, sein Herz habe gezögert, um für den nächsten Schlag zum Sprung anzusetzen. Sank die Temperatur im Raum, oder stieg der Puls? Rauschte es in den Ohren?

Axel Thrane erlebte es so, als würde jemand die Lautstärke hochdrehen. Als hätte der Lüfter des Projektors plötzlich mehr Kraft, um den Staub aus den Lüftungsschächten zu blasen. Ihm war, als säßen sie mit einem Mal alle viel dichter beieinander. Er roch die Milch, die die Kollegen zum Frühstück getrunken hatten. Nahm das Fauchen aus ihren Nasenlöchern wahr. Sein Blick fiel auf die Schweißflecken, die ihre Handflächen auf der Tischplatte hinterließen.

Mink. Nicht gerade ein Ehrentitel unter Marinejägern. Ein Mink war ein wildes Tier. Aber auch anpassungsfähig, irgendwie selbstgefällig, hochwohlgeboren. Und geistesgegenwärtig. Axel sah Egon an. Würde es sie treffen?

Der Major räusperte sich. »Die Operation wird von einer Späheinheit ausgeführt. Die beiden übrigen Einheiten leisten von der Grenze aus Beistand, und zwar unter der Leitung von Fähnrich Morenius und mir selbst.«

Mit ausholenden Schwüngen schrieb er die Namen an die Tafel.

43

Saß dort unten in dem Auto ein Mann, oder war das nur Einbildung? Mit einem nikotingelben Finger schob Leonid Gusew die Jalousie zur Seite. Spähte nach draußen. Diese verfluchten Straßenlaternen – hinter den Reflexionen auf der Windschutzscheibe konnte er unmöglich etwas erkennen.

Er ließ die Jalousie wieder zurückfallen und lehnte sich schwer gegen die Wand. Fummelte in der Brusttasche nach seiner Zigarettenschachtel und zog den letzten filterlosen Glimmstängel heraus. Nicht einmal das konnten sie ihm beschaffen, diese verfluchten Norweger. Ihr Tabak roch nach Gummibärchen und schmeckte nach Rasierwasser. War der Mist an sich nicht schon giftig genug? Bald würde er auf die Packung zurückgreifen müssen, die er von dem Agenten bekommen hatte. Sobranie Black Russians. Gegen das Heimweh, hatte der Kerl gesagt und ihn angegrinst. Goldfilter. Gusew stöhnte.

Er verstand dieses Land ganz einfach nicht. Das reichste Volk der Erde. Ihre Glückseligkeit aber zu genießen – dazu waren sie nicht in der Lage. Sie wollten es schlicht und einfach nicht. Wie Lemminge suchten sie stets nach dem nächsten steilen Abhang, um sich hinunterzustürzen. Essstörungen, Abstiegsangst, künstlicher Süßstoff, Transgender. Mindfulness! Die Norweger wussten wirklich nichts über die qualvolle Flüchtigkeit des Lebens.

Er hustete in die Hand, bevor er die Zigarette anzündete. Betrachtete seine Handfläche. Blutflecken. Durch den Tabakrauch hindurch sah er sich im dunklen Wohnzimmer um. Er brauchte nun wirklich nicht viel, aber *das*? Ein gebrauchtes, durchgesessenes Stoffsofa. Ein paar Ikea-Regale.

Seine Bücher und Zeitschriften. Ein Häuflein Klamotten. War er deshalb gekommen? War es das, was sie ihm bieten konnten? Und warum ging dieser verfluchte norwegische Spion nicht mehr ans Telefon? Es werde nicht lange dauern, hatte er gesagt. Inzwischen war ein guter Monat vergangen. Und dann Peder… Was zum Teufel ging hier vor? Wo steckte er?

Tschjort!

An die dunklen Jahre konnte er sich nur zu gut erinnern. An die Monate ohne Lohn. Die Soldaten, die desertierten. Die den Verstand verloren und sich mit einem Kuss auf die Mündung ihrer Kalaschnikow aus dem Leben verabschiedeten. Die rostende Ausrüstung, die abblätternde Farbe – und die Scham. Die Scham angesichts der Niederlage. Die Rote Armee, jenes sowjetische Heer, die mächtigste Streitkraft, die die Welt jemals gesehen hatte, hatten die eigenen Leute mehr als in Verlegenheit gebracht. Es hatte ihm den Boden unter den Füßen weggezogen, und er hatte sich geschworen, nie, niemals wieder eine solche Demütigung hinzunehmen.

Und nun stand er hier. Und erneut spürte er die Erde beben.

Er fuhr sich über die unrasierten Wangen. Über den Kopf. Die struppigen Borsten, die sich noch an den Schädel klammerten, fühlten sich vertrocknet an. Jetzt reichte es ihm. Er hatte nicht vor, noch länger hier zu sitzen, in diesem kalten, dunklen Wohnzimmer, in dieser entlegenen, vergessenen, prächtigen Scheißstadt, und darauf zu warten, dass andere über sein Schicksal entschieden.

Womöglich blieb ja doch nur noch der Tod. Aber lieber der Tod als das hier. Leonid Gusew wollte sich nicht kampflos ergeben. Er war zwar faltig und grau geworden, steckte aber noch immer ein, zwei Runden im Ring weg. Alte Haudegen wie er hatten das in sich.

Er ging ins Schlafzimmer, schob das Bett zur Seite und öffnete den Verschlag. Er war gut versteckt. Lediglich ein schmaler Spalt entlang der Bretterkante verriet, dass sich hinter der Wand noch ein geheimer Raum verbarg. Der Vermieter hatte erzählt, dass der Raum im Krieg als Lagerplatz für illegale Zeitungen verwendet worden sei. Dort hing seine Uniform mitsamt der Uniformmütze, und am Boden lag seine Waffe.

Der Griff der PSM-Pistole lag sicher in der Hand. Der lang gezogene Abzugsbügel endete fast an der Spitze des kurzen Laufs. Er schob die Waffe in die Tasche seiner Jogginghose und marschierte nach draußen.

In dem Auto saß niemand. Der weiße BMW war leer. Ein ganz gewöhnliches geparktes Auto. Auf dem Rücksitz lagen Blumen.

»Lilien«, murmelte er vor sich hin. Zurück im Treppenhaus musste er angesichts seiner Paranoia schmunzeln.

44

Kafa ließ den Motor des Ford Escort an. Fredrik beugte sich nach vorn und knetete seine eiskalten Finger, um sie aufzuwärmen. Er hatte noch immer den süßlichen Geschmack der Schwarzen Johannisbeere auf der Zunge.

»Andreas hat angerufen.«

Das Auto polterte über die dunkle, teils asphaltierte, teils gepflasterte Myntgata, als Fredrik zurückrief.

»Wir haben das Auto gefunden«, teilte Andreas ihm aufgebracht mit. »Mikael Morenius' BMW. Könnt ihr mich abholen?«

Nachdem sie Andreas aufgelesen hatten, fuhren sie in Richtung Akersbakken und zum Alexander-Kielland-Platz.

Das Auto war einer Polizeistreife aufgefallen. Es stand am Ende der Straße. Auf dem Weg dorthin berichtete Fredrik von dem Treffen mit Judit Gjedde.

»Ich habe sie nach Peder Rasmussen gefragt«, sagte er.

»Und?« Andreas konnte seine Gereiztheit nicht verhehlen, als Fredrik den Namen erneut aufs Tapet brachte.

»Sie meinte, sie wüsste nicht, wer das ist.«

»Eben.«

Aber je länger Fredrik darüber nachdachte, umso sicherer war er sich. Da war irgendetwas an der Art gewesen, wie sie geantwortet hatte. Mitunter ging es nicht allein darum, was Leute sagten. Es ging darum, was sie *nicht* sagten. Denn wenn sie wirklich den Wunsch gehabt hätte, dass der Mord an Mikael Morenius aufgeklärt würde – an dem Mann, den sie als ihren Freund und Kollegen bezeichnet hatte –, warum hatte sie dann nicht einmal gefragt, wer dieser Rasmussen war, als Fredrik sich nach ihm erkundigt hatte? Gehörte Gjedde zu der seltenen Spezies von Geheimdienstleuten, die kein bisschen neugierig waren? Den Eindruck hatte sie nicht gemacht.

Aber wenn es Andreas so entsetzlich auf die Nerven ging, darüber zu sprechen, wollte er ihm das Thema ersparen.

»Morenius hatte vor, das Ministerium zu informieren«, erklärte Fredrik. »Beziehungsweise den Minister persönlich.«

»Hm.« Andreas kramte einen Notizblock aus der Tasche. »Ich hab übrigens den Drohbrief gegen diese Konferenz eingesehen. Bin mir verdammt noch mal nicht sicher, was ich davon halten soll. ›Sagen Sie die Sicherheitskonferenz ab‹«, zitierte er. »›Gefährlich.‹ Er ist von Hand geschrieben. Ungewöhnlich für Drohbriefe. Kleine Buchstaben, blauer Kugelschreiber auf einem weißen Blatt Papier. Und der Inhalt…« Er seufzte. »›Gefährlich‹? Mal ernsthaft. Sauce béarnaise ist gefährlich. Nicht gekennzeichnete Fußgängerüberwege und Zecken sind gefährlich. Leute, die Drohbriefe schreiben, gehen doch sonst… das Ganze ein bisschen dramatischer an.«

Zwei Polizisten warteten neben dem BMW. Einer von ihnen reichte Fredrik eine Taschenlampe.

»Wir sind vor einer halben Stunde angekommen. Der Abschleppwagen ist schon angefordert. Das Auto haben wir nicht berührt«, erklärte der andere, ein grobschlächtiger Kerl mit einem Funkeln in den Augen.

»Sehr gut.« Fredrik leuchtete durch die Seitenscheibe ins Wageninnere. Das Handschuhfach stand offen. Auf dem Fußboden lagen Kaffeebecher und Schokoladenpapierchen. Auf dem Rücksitz konnte er einen großen Blumenstrauß ausmachen, Lilien und etwas Blaues, was er nicht hätte benennen können.

»Lilien«, sagte Andreas von der anderen Seite des Wagens. »Sind das nicht Beerdigungsblumen?«

»Stimmt«, antwortete Fredrik.

»Wer soll da wohl begraben werden?«

Fredrik gab die Taschenlampe zurück. »Viel zu tun?«

»Na ja, es ist Weihnachtsfeier-Saison«, antwortete der Polizist. Mehr brauchte er nicht zu sagen. Fredrik wusste, dass die Taschenlampe, noch bevor der Abend vorüber wäre, noch zu mehr gebraucht werden würde, als in halbdunklen Straßen geparkte Autos auszuleuchten.

»Fahren Sie nur«, sagte Fredrik. »Wir warten auf den Abschleppdienst.«

Kafa lief unter den Straßenlaternen auf und ab und spähte dabei in diverse Hauseingänge.

»Glaubst du, er hat hier irgendwo gewohnt? Der Mann, der Mikael Morenius ermordet hat?« Fredrik ging über die Straße auf sie zu. Sie sah ihn fragend an. »Das Auto kann hier doch nicht einen Monat lang gestanden haben. Da hätten wir es früher gefunden. Ist es nicht viel eher anzunehmen, dass der Mörder es gestohlen hat?«

»Nein«, sagte sie. »Ich glaub nicht, dass er hier in der Nähe wohnt. Ich glaube, dass er jemanden überwacht.«

»Ach?«

»Wenn du jemanden observierst, was machst du da normalerweise?«, fragte sie.

Jetzt war es an ihm, sie fragend anzustarren. »Na ja, ich observier ja nicht mehr allzu häufig…«

Sie winkte ab. »Schon klar, aber früher, als du es noch getan hast. Ich wette, da hast du auch mal an einem Kiosk angehalten, dir Schokolade und einen Kaffee gekauft, genau wie die Person, die in dem BMW gesessen hat. Wäre Morenius' Mörder hier daheim, dann hätte er die Blumen mit nach Hause genommen, anstatt sie im kalten Auto liegen zu lassen.«

Das klang logisch.

»Und wenn Mikael Morenius ermordet wurde, weil er etwas mit diesem Russen zu tun hatte, mit diesem Leonid Gusew… dann könnte es doch durchaus sein, dass Gusew als Nächstes auf der Liste des Mörders steht.«

»Was, wenn Gusew selbst der Mörder ist?«, wandte Fredrik ein.

Kafa leckte sich über die Lippen. »Nein. Ein pensionierter General, der einen Mann kidnappt, foltert, tötet und beiseiteschafft…« Sie sah ihn schief an. »Der seine besten Jahre längst hinter sich hat? Und der gegen einen ausgebildeten Agenten antritt? Da wären die Chancen für den Alten wohl gering gewesen.«

Fredrik merkte auf. Mikael Morenius musste jünger als er selbst gewesen sein.

»Du glaubst also, dass Leonid Gusew das nächste Opfer sein soll. Meinst du, er wohnt hier irgendwo?«

»Er wohnt dort drüben«, erwiderte Kafa und wies hinauf zu einer Wohnung im dritten Stock.

45

Andreas würde auf den Abschleppdienst warten, während sich Kafa und Fredrik auf Entdeckungsreise begaben. Entdeckungsreise? Genau das Wort hatte er verwendet, und Fredrik ärgerte sich darüber. Manchmal war der Kollege wirklich unerträglich arrogant.

Auf den Klingelschildern neben der Haustür waren statt Namen nur die Wohnungsnummern verzeichnet, und sie mussten bei mehreren klingeln, ehe einer der Nachbarn sie einließ. Als die Glastür hinter ihnen ins Schloss fiel, beschlugen erst mal seine Brillengläser. Fredrik bat Kafa zu warten, während er einen Hemdenzipfel aus dem Hosenbund angelte.

»Warum bist du dir so sicher, dass er hier wohnt?«

»Leonid Gusew hat bei einer Spezialeinheit gedient«, sagte sie und zog ihr langes Haar über den Schal. »Und solche auf Sicherheit trainierten Leute bevorzugen die dritte Etage: hoch genug, um der Druckwelle einer Autobombe zu entgehen. Niedrig genug, um bei einer Evakuierung gerade noch so aus dem Fenster springen zu können.«

»Aha.« Vielleicht befanden sie sich ja doch auf Entdeckungsreise.

»Außerdem passt es zu der Stelle, an der der BMW abgestellt wurde. Von dort aus hat man einen guten Einblick in die Wohnung«, sagte sie mit einem Zwinkern.

Die Deckenlampen tauchten das Treppenhaus in giftgrünes Licht. Mit sicheren Schritten marschierten sie an den kahlen Betonwänden vorbei die schmutzige Treppe hinauf. Es stank nach Katzenpisse, und aus einem Lüftungsschacht drang ein lauwarmer, kiefernnadelaromatisierter Dunst. Als sie im dritten Stock ankamen, presste Kafa ein Ohr gegen die Tür. Schüttelte den Kopf. Dann ballte sie die Faust und klopfte an.

»Hier ist die Polizei!«

Stille.

Sie klopfte erneut. Dann legte sie eine Hand auf die Türklinke. »Nicht abgeschlossen«, flüsterte sie.

Die Wohnung hatte keinen richtigen Eingangsbereich, lediglich einen kurzen, dunklen Flur. Rechter Hand stand die Tür zum Wohnzimmer auf, geradeaus konnten sie eine weitere, geschlossene Tür sehen. Sie wechselten einen kurzen Blick. Kafa reckte ihr Kinn nach vorn und kniff die Augen zusammen. Konzentrierte sich. Kein Mucks zu hören. Fredrik atmete tief ein. Irgendwas … bloß ein Gefühl … rumorte in ihm.

Er betrat das Wohnzimmer. Zwischen den Jalousienlamellen hindurch fiel das Licht der Straßenlaternen in die Wohnung und zeichnete blasse Streifen über den Boden.

»Hallo! Ist hier jemand?«

Der Teppich verschluckte die Frage. Das Wohnzimmer war klein, an der Längswand stand ein verschlissenes Sofa, und am Boden neben der Tür lag ein Berg Klamotten. Nach dem Geruch zu urteilen Schmutzwäsche. Über dem Sofa klebte ein zerfleddertes Plakat an der Wand. Fredrik kannte das Motiv: der Rote Platz, schneebedeckt, im Vordergrund ein paar fröstelnde Menschen, die nur als schwarze Silhouetten dargestellt waren. Dahinter ragten die Basilius-Kathedrale, das Lenin-Mausoleum und der Spasskaja-Turm auf. Auf dem Wohnzimmertisch lag eine ungeöffnete Schachtel Zigaretten. Sobranie. Mikael Morenius' Marke.

Da hatte Kafa wohl recht gehabt. Das hier war Leonid Gusews Wohnung. Aber wo war der Russe? Fredrik sah sich um. An der Wand zum Flur standen ein paar Bücherregale. Sie waren vollgestopft mit Magazinen, Zeitschriften und Büchern. Am hinteren Ende des Wohnzimmers befand sich eine kleine Küchennische. An der Wand hingen ein paar Töpfe sowie eine Bratpfanne.

Fredrik spähte hinter der Jalousie hindurch und hielt nach Andreas Ausschau. Als er ihn nirgends entdecken konnte, wollte er ihn schon anrufen, doch im selben Moment hörte er Kafas aufgeregte Stimme: »Fredrik ... Komm! Komm her! Sofort!«

Kafa hatte Leonid Gusew gefunden.

Das Schlafzimmer befand sich hinter der Tür am Ende des Flurs und war mit dem gleichen synthetischen Teppich wie das Wohnzimmer ausgelegt. Ans Schlafzimmer angegliedert war ein Bad, die Badezimmertür war angelehnt. Ein dunkler Lampenschirm dämpfte das Deckenlicht, wodurch das beständige Flackern der Glühbirne weniger lästig wirkte. Neben dem schlichten Doppelbett stand eine welke Yucca-Palme. Zigarettenstummel waren in die Pflanzerde gedrückt worden. Auf der Matratze lag ein Norwegisch-Russisch-Wörterbuch und daneben – Leonid Gusew.

Zumindest nahm Fredrik an, dass es sich bei dem nach Darmgasen und Tod stinkenden Körper um den des russischen Offiziers handelte.

Der Mann lag auf dem Bauch. Er war mit einer weiten schwarzen Jogginghose bekleidet, und unter dem Kapuzenpullover lugte ein schmuddeliges Unterhemd hervor. Ein grauer Haarkranz. Am Hinterkopf jedoch schienen Haarsträhnen und Hautfetzen in einer dunklen Vertiefung zu verschwinden. Unmöglich zu sehen, wie tief die Wunde war. In einem breiten Streifen war das Blut aus der Kopfwunde geströmt und hatte die Nackenhaare verklebt. Körperflüssigkeiten verfärbten das Bettlaken.

Kafa schob die Decke beiseite.

»Ich konnte ihn noch hören …«

»Du glaubst, dass er lebt?«, fragte Fredrik.

Kafa presste ihre Finger auf Leonid Gusews Handgelenk. Dann schüttelte sie den Kopf. »Wir müssen ihn umdrehen.«

Fredrik packte den Russen an Schulter und Oberschenkel. Der Kerl war klein, aber schwer. Mit Schwung zerrte er den Körper herum, während Kafa ihn von hinten anschob. Wieder dieser Geruch – Zwiebeln, schoss es ihm durch den Kopf. Dann endlich hatten sie den Mann herumgehievt.

»Verflucht …«

Der Offizier starrte mit leerem Blick zur Decke empor. Sein Mund stand offen, und aus den Mundwinkeln sickerte eine rot-beige Masse. Die Schneidezähne lagen auf dem Laken. Etwas Langes, Spitzes hatte ihn am Hinterkopf getroffen, und zwar so hart und brutal, dass der Schädel zerborsten und das Hirn zerquetscht worden war, das Gaumenbein durchbohrt, teilweise zermalmt und diverse Zähne ausgeschlagen worden waren. Teile seines Gehirns klebten in seiner Mundhöhle.

Doch nicht deshalb hatte Fredrik geflucht. Der Grund dafür war vielmehr eine Beule – die Hose des Mannes war drauf und dran zu platzen. Eine Mischung aus unterdrücktem Lachen, Ekel und Erstaunen entschlüpfte seiner Kehle.

»Die Engländer nennen so was *angel lust.* Keine Ahnung, ob wir dafür einen norwegischen Ausdruck haben. So was passiert, wenn …« Aus irgendeinem Grund war es Fredrik peinlich, diesen Augenblick mit Kafa zu teilen. Er hatte das Gefühl, sich erklären zu müssen. »Das ist nichts Sexuelles – es passiert einfach, wenn das Kleinhirn zerstört wird …«

Endlich hatte auch sie die Kontrolle über ihren Gesichtsausdruck wiedererlangt. Sie starrte ihn an, als wäre er ein Idiot. Trotzdem konnte er nicht aufhören zu reden.

»Die gleiche Reaktion gibt es auch bei Frauen, dann schwillt …«

Kafa gebot ihm mit erhobener Hand Einhalt. »Schon okay«, sagte sie. »Ich sehe so was nicht zum ersten Mal.«

Fredrik hatte keine Ahnung, ob sie die Erektion im Allgemeinen oder das steife Glied eines toten Mannes meinte.

»Der Körper ist noch warm«, sagte sie. »Und dieses Fauchen …«

»Ich hab Andreas draußen nicht entdecken können. Rufst du ihn an? Er soll die Pistole aus dem Auto mitbringen.«

Endlich war es ihm wieder eingefallen. Endlich wusste er, woher er den Geruch kannte. Und er wusste auch, welcher Gegenstand die Schädelverletzung verursacht hatte.

Abrupt drehte er sich um. Lief auf das Badezimmer zu und trat gegen die Tür, die aufschlug und gegen das Waschbecken krachte. Die Toilette hatte dort drinnen gerade noch Platz. Kein Mensch zu sehen.

»Andreas geht nicht ran …«

Fredrik drehte sich wieder um und starrte die Leiche an. Dann Kafa. Dann das Bett. Warum in aller Welt stand es so schief? Wenn nicht …

»Kafa, raus hier!«

Das Krachen der Tür war ohrenbetäubend. Sie wurde mit einer solchen Kraft aufgeschlagen, dass sie sich aus den Angeln löste. Das Holz knirschte – und dann ächzte Fredrik laut auf. Die Gestalt, die aus dem geheimen Verschlag sprang, war etwa so groß wie er, aber kräftiger. Blonde Haarsträhnen hingen ihm in die weit aufgerissenen Augen. Der Mann war mit einer Bomberjacke, einer engen Jeans und Armeestiefeln bekleidet. Ohne den Kopf zu drehen, flackerte sein Blick zwischen den Ermittlern hin und her.

Der Mann aus Mikael Morenius' Keller.

Mit einem Blick in die Reptilienpupillen ahnte Fredrik, was gleich passieren würde. In solche Augen starrte er gerade nicht zum ersten Mal. Irgendeine stimulierende Substanz – MDMA, Amphetamin, Phencyclidin … Es spielte keine Rolle, was dieses Monster eingeworfen hatte. Dieser Mann war einfach nur psychotisch. Schlimmer noch: Er umklammerte eine Hacke. Fredrik starrte die scharfkantige Spitze an. Gesprenkelt mit Leonid Gusews Blut.

Der Mann würde gleich auf ihn losgehen. Reptilien griffen an, wenn sie um ihr eigenes Leben fürchteten. Sie kämpften, statt zu fliehen – und dieser Kerl hatte eindeutig Oberwasser.

»Legen Sie die Waffe auf den Boden und ergeben Sie sich. Wir sind von der Polizei.« Kafas Stimme klang gedämpft. Ermahnend. Einen Augenblick lang sah es tatsächlich so aus, als würde der Mann darüber nachdenken, der Aufforderung Folge zu leisten. Bis Fredrik dämmerte, dass das Zögern nur der Zeit geschuldet war, die er brauchte, um zu entscheiden, welcher dieser beiden Polizisten zuerst sterben sollte.

Die Wahl fiel auf Fredrik. Mit einem Grunzen wirbelte der Mann zu ihm herum. In einem weiten Bogen sauste die Hacke durch die Luft. Sie waren eine gute Körperlänge voneinander entfernt, aber der kühle Luftzug auf seinem

Gesicht war so deutlich spürbar, dass Fredrik rückwärtssprang.

Der Mann mahlte konstant mit den Kiefern. Sein Gesicht glänzte vor Schweiß, seine Nasenlöcher waren aufgebläht wie die Nüstern eines panischen Pferdes. Mit dem Jackenärmel wischte er sich Schleim und Spucke von Nase und Mund, bevor er erneut auf Fredrik zumarschierte. Der stand inzwischen mit dem Rücken zum Bad. Was sollte er tun? Sich nach hinten werfen und die Tür vor sich zuschlagen? Kafa sich selbst überlassen? Warum unternahm sie nichts?

Er wartete schon auf den nächsten Hieb mit der Hacke, doch der blieb aus. Unter Drogen oder nicht – dieses taumelnde Ungeheuer wusste genau, was es tat. Ein weiterer urgewaltiger Schlag würde es aus dem Gleichgewicht bringen und Fredrik die Möglichkeit eröffnen, die er brauchte. Eine Chance, nach vorn zu stürzen und den Angreifer außer Gefecht zu setzen. Stattdessen drohte der Kerl nur mit der Hacke. Fredrik konnte nichts anderes tun, als sich nach hinten zu bewegen. Noch ein paar Schritte, und er stünde in dem winzig kleinen Badezimmer, eingeklemmt zwischen Wand und Toilette. Dort wäre er chancenlos.

»Die Hacke auf den Boden, hab ich gesagt!«, brüllte Kafa. Breitbeinig stand sie neben dem Bett. Ihre dunklen Augen blitzten. Sie hatte sich eine improvisierte Waffe gegriffen – die Yucca-Palme.

Sie hielt die Pflanze am Stamm fest und schwang den Keramiktopf wie einen Hammer. Zigarettenstummel und Erdklumpen stoben ihr um die Beine. Dann holte sie weit aus.

Sowie die Pflanze herumschleuderte, lockerte sich der Topf, krachte gegen die Wand und ging zu Bruch. Der Schlag war zu unpräzise gewesen, um den psychotischen Kerl zu treffen. Erde und welke Pflanzenreste lösten sich von der Wurzel ab und regneten durchs Zimmer. Es war, als wäre urplötzlich ein Wüstensturm über sie hereingebrochen. Fredrik atmete trockene Pflanzenerde ein, und er bekam Staub in die Augen, sodass er kaum noch die kräftige Gestalt vor sich erkennen konnte.

Doch genau das war seine Chance. Er konnte lediglich darauf hoffen, das Räuspern bedeutete, dass die Staubwolke auch das Monster mit der Hacke erwischt hatte. Fredrik zielte in die Richtung, aus der das Räuspern gekommen war. Halb blind stürzte er nach vorn. Den Arm schützend über den Kopf gehoben, rammte er den hin- und herschwankenden Oberkörper. Die Jacke des Manns war nass und stank nach Schweiß, Blut und dem beißenden Gas, das dieses Unwesen verströmte. Fredrik versuchte, den Kopf in die Achsel des Mannes zu pressen, ihn außer Gefecht zu setzen, um den Kerl daran zu hindern, ihm den Stahl in den Rücken zu rammen. Von den Rauschmitteln waren die Muskeln unter der Bomberjacke angeschwollen, doch Fredriks Angriff hatte ihn nach hinten geworfen.

Dann vernahm er einen Knall. Ein Stiefelabsatz war auf die Türschwelle gekracht. Fredrik presste sich mit aller Kraft, die er aufbringen konnte, nach vorn, und dann fielen sie übereinander: der mit Speed vollgepumpte Kerl unten, Fredrik auf ihn drauf.

Mit geballten Fäusten prügelte Fredrik blindwütig drauflos. Er traf die Wand, den Fußboden, wurde selbst von einer Faust erwischt. Sie traf ihn direkt über dem Ohr, er schleuderte zur Seite und rollte sich ab. Dann hievte er sich wieder auf die Knie und riss die brennenden Augen auf.

Sie befanden sich inzwischen draußen im Flur. Auch das Ungeheuer war wieder auf die Beine gekommen und starrte jetzt wütend und mit stark geröteten Augen auf ihn herab. Schleim triefte ihm aus dem Mund. Er hob die Hacke hoch über den Kopf, und für einen kurzen Augenblick konnte Fredrik entlang der angespannten Kehle des Manns eine pulsierende Ader sehen.

»Runter, Fredrik! Ich hab eine Pistole!«

Das Monster hielt kurz inne – bloß für den Bruchteil einer Sekunde. Dann drehte es sich um, stürzte auf die Wohnungstür zu und verschwand.

Fredrik kippte seitwärts. Spürte Kafas Hände an seinen Wangen. Sie nahm ihm die Brille ab und wischte ihm die Tränen von den Wangen und die trockene Erde und den Rotz aus Nase und Bart.

»Eine Pistole?« Er räusperte sich.

»Die Beule in der Hose. Das war keine Erektion, du Dummkopf.«

Teil 2

46

Vier Jahre zuvor

»Papa? Warum steht sie einfach nur da? Papa…«

»Psst, meine Kleine.«

Ein rotes Licht. Neben dem Knopf leuchtete ein kleines rotes Licht. Bedeutete das, dass der Automat leer war? Sie drückte noch mal drauf, die Zwanzigkronenmünze kullerte durch den Automaten, und sie steckte sie von Neuem hinein. Drückte diesmal auf einen anderen Knopf. Die Maschine fing an zu dröhnen.

Petra Johanssen griff nach dem warmen Becher und lächelte das Mädchen an, das in der Tür zum Abteil stand. Fünf, sechs Jahre alt vielleicht. Voller Leben.

»Tut mir leid«, sagte Petra. »Haben Sie gewartet?«

»Nein. Sie haben nur unglaublich lange dort gestanden«, sagte das kleine Mädchen.

Der Vater räusperte sich beschämt, doch Petra schüttelte den Kopf. Versuchte zu lächeln. Dann warf sie einen Blick in den Wagen. Im Mittelgang standen Leute, und auf der Ablage über den Sitzreihen stapelten sich Rucksäcke und Koffer. Es war Spätsommer, das Ferienende stand kurz bevor, und die Fahrgäste standen näher beieinander, als es der Anstand gebot. Kinder kreischten, Erwachsene telefonierten, dazu der süßliche Geruch nach Körpern und Stress.

Irgendjemand nieste. Eine erkältete Person hier drinnen, und sie alle würden in der kommenden Woche schniefen.

Virologie war ihr Fachgebiet, und immer wieder ertappte sie sich bei derlei zynischen Gedanken. Doch heute folgte dem Grübeln nicht das leise Seufzen, dass sie sonst über sich selbst ausstieß. *Mach dir keine Sorgen, Petra.*

Sie rückte so nah ans Fenster wie nur möglich. Legte den Kopf an die Scheibe und starrte hinaus in den Regen. Selbst die rapsgelben Wiesen des Vestfold sahen heute grau aus. Grau wie die Haut dahinsiechender Menschen. Sie schloss die Augen. Dachte daran, was sie ihr gezeigt hatten.

»Ismacil Saleban... Salleban... Ich bin mir nicht ganz sicher, wie das ausgesprochen wird. Zehn Jahre alt. Geboren und aufgewachsen in Norwegen. Die Eltern stammen aus Somalia. Der Vater ist Ingenieur und arbeitet für eine Hilfsorganisation. Sie sind seit einer Woche wieder hier, und noch am Tag der Heimreise wurde Ismacil krank. Er ist jetzt den vierten Tag hier.«

Durch den weichen Ohrpfropfen klang die Stimme der Infektiologie-Schwester wie ein Pfeifen, und auch das Rauschen der ventilierten Luft in ihrem Schutzanzug störte. Das Klebeband, das die Gummihandschuhe über den Handgelenken fixierte, spannte, und Petra schwitzte und fühlte sich wie benommen.

»Ich habe nur... Ich habe noch nie jemanden mit diesen Symptomen gesehen. Bloß mal in alten Lehrfilmen. Aber mit so einem Krankheitsbild...«

Sie sahen einander an. »Wir wissen beide, wie es ausgehen wird.«

Der Junge atmete nur mehr flach, und die braune Haut unter den verhärteten Geschwüren im Gesicht war fahl, fast grau. In ein paar Tagen würden die mit gelbem, stinkendem Eiter gefüllten Pusteln aufplatzen. Sie hätte ihn gerne berührt. Diesen zerbrechlichen Körper im Brutkasten gestreichelt. Ein wenig Menschlichkeit gezeigt. Sie wusste genau, was ihn erwartete.

»Der Vater?«

Die Krankenschwester schüttelte den Kopf. »Die ganze Familie ist isoliert. Keiner von ihnen weist Anzeichen einer Ansteckung auf. Zum Glück.« Hinter dem Visier zog sie die Stirn kraus, als wüsste sie nicht, ob sie fortfahren sollte. »Der Junge… Als wir ihn aufgenommen haben, sah es so aus, als hätte er… als wäre er in einen Unfall verwickelt gewesen. Mehrere Rippenbrüche. Die Mutter sagte nur, er wäre, bevor er und sein Vater nach Somalia geflogen sind, grün und blau geprügelt von der Schule heimgekommen. Er hätte ihr allerdings nicht erzählen wollen, was passiert war. Wir… Wir sind uns nicht ganz sicher, was die *häusliche Situation* betrifft.«

»Verstehe«, murmelte Petra.

Innerhalb der kommenden vierundzwanzig bis achtundvierzig Stunden würden sich die Hautfasern des zarten Körpers ablösen. Würden die inneren Organe versagen, um sich anschließend zu zersetzen. Würden die Schmerzen irgendwann nicht mehr zu ertragen sein. Doch der Geist des Jungen, sein Kopf würde klar bleiben. Bis zuletzt.

All das wusste Petra. Sie war Expertin, was das betraf, dieses Virus, von dem sie gehofft hatte, dass sie ihm nie wieder begegnen würde.

»Wir lesen ihm vor. Und singen. Er bekommt so viele Schmerzmittel, wie wir vertreten können«, entschied die Krankenschwester.

Vielleicht sollten sie ihm mehr geben, schoss es Petra Johanssen durch den Kopf. Sie wusste schließlich, was ihm bevorstand.

In der Schleuse regnete ein Desinfektionsmittel auf sie herab, ehe ihnen die gelben Anzüge abgenommen wurden.

Die würden gleich für die Vernichtung verpackt werden. Petra schielte durch die Fensterluke ins Labor. Leer und dunkel. Der Raum wurde gerade ausgeräuchert. Drei Tage lang, hochkonzentriertes Wasserstoffperoxid. Ein Mensch? Würde dort drinnen nicht einmal eine Minute lang überleben. Das war der Unterschied zwischen einem Virus und dem Menschen.

Ein Direktor des Gesundheitsamts führte sie in einen Besprechungsraum. Vom Fenster wehte kühle Luft herüber. Drei Männer hatten in dem Raum auf sie gewartet und standen auf, um sie zu begrüßen. Ihr Herzschlag beschleunigte sich, und ihre Hand war klamm. Zwei von ihnen kannte sie aus dem Fernsehen, den dritten vom Hörensagen. Der erste war der Gesundheitsminister, der zweite der Oppositionsführer und Parteichef der Høyre, Simon Riebe. Der dritte, der Mann mit dem Vollbart, war der Sicherheitschef des Ministerpräsidenten. Derjenige, dem die Entscheidung über eine Krisenbereitschaft oblag.

»Petra Johanssen ist Analysechefin bei Norsk Biolab in Horten«, stellte der Direktor sie vor. »Expertin, was das Virus betrifft. Ich habe sie darum gebeten, uns über die außerordentliche Situation ins Bild zu setzen.«

Sie war sich nicht sicher, ob sie sich setzen sollte, und blieb daher stehen. »Womit wir es hier zu tun haben«, hob sie an und hielt kurz inne, »ist die schlimmste Krankheit, die auf dieser Welt je existiert hat.«

So, jetzt war es raus. Allerdings konnte sie ihnen ansehen, dass sie es nicht verstehen würden.

47

Am Tag vor seinem Tod war Ismacil elf geworden. Beigesetzt wurde er an einem sonnigen Tag Mitte September. Neben dem Grab saß ein ausgewachsener Rabe auf dem Ast einer Eiche. Als die Männer anfingen, Erde auf die Urne zu schaufeln, breitete er die Flügel aus und verschwand.

Unter der Eiche stand auch Petra Johanssen. Sie hatte sich ein Tuch um Kopf und Schultern gelegt und ein schwarzes Kostüm angezogen. Um ihnen Respekt zu zollen, hatte sie gedacht, als sie zu Hause vor dem Spiegel gestanden hatte. Die Fahrt hatte länger als eine Stunde gedauert. Und dann hatte sie sich doch nicht getraut, sich zu den anderen Trauernden zu gesellen. Trotzdem war sie froh, dass sie hingefahren war.

Eine kleine Gruppe somalischer Frauen stand ein Stück versetzt hinter den Männern. Eine der Frauen musste die Mutter des Jungen sein. Petra hatte selbst Kinder, Zwillingstöchter, und sie musste sich nicht einmal anstrengen, um sich das Leid dieser Frau auszumalen. Sie hatte in ihrem Schutzanzug, mit einer Haube über dem Kopf, einem Plastikvisier vor dem Gesicht und mit Gummihandschuhen an den Händen gerade erst wenige Tage zuvor ihrem Kind dabei zusehen müssen, wie es sich langsam, aber sicher auflöste. Irgendwann hatte selbst sie aufgehört zu beten, dass er leben möge, und insgeheim gehofft, dass er sterben dürfe.

Petra war nicht da gewesen, sie hatte es nicht selbst gesehen, aber sie wusste, dass es so gewesen sein musste.

Als die Trauernden auf dem Weg zum Parkplatz an ihr vorbeigingen, hielt eine der Frauen inne. Sie war etwa Mitte zwanzig und in helle Farben gekleidet. Sie stellte sich neben Petra in den Schatten des Baums. Beide betrachteten das Grab.

»Kannten Sie Ismacil?«

Petra nahm den feinen Duft eines süßlichen Parfüms wahr. Sie selbst benutzte so was nicht, lediglich ein neutrales Deo. Etwas anderes war in einem Labor auch gar nicht erlaubt. Sie gab der Frau die Hand und stellte sich vor.

»Ich bin ihm erst begegnet, nachdem er bereits krank geworden war. Er … hat mich beeindruckt. Und … ich wollte gerade nicht stören.«

»Wissen Sie, woran er gestorben ist?« Die Frau mit dem somalischen Background hatte sich inzwischen zu ihr umgedreht. »Ohne dass wir befragt worden wären, wurde uns bloß seine Urne übergeben. Warum wurde er verbrannt?«

Petra schüttelte den Kopf. »Ich weiß es nicht.« Sie schämte sich für die Lüge.

»Sie hätten nicht gestört«, sagte die Frau unvermittelt.

Der Rabe war zurückgekehrt. In einem weiten Bogen glitt er schwarz glänzend vor dem tiefblauen Himmel vorüber.

Petra nahm den Schal ab, faltete ihn behutsam zusammen und legte ihn auf das sonnenwarme Autodach. Dann zog sie ihr Handy aus der Tasche, um nachzusehen, ob jemand versucht hatte, sie zu erreichen. Daher bemerkte sie das schwarze Auto nicht, das sich ihr näherte, bis es direkt neben ihr auftauchte. Die Fenster waren verdunkelt. Lautlos glitt die Scheibe nach unten, und ein Rattengesicht tauchte dahinter auf.

»Denken Sie an Ihr Versprechen.« Er hob den Zeigefinger an die Lippen.

Petra kannte ihn nicht, wusste aber nur zu gut, wer ihn geschickt hatte.

48

Gegenwart

Es war Winter geworden. Der Ast war abgebrochen und hielt nur mehr kraft seiner Rinde am Stamm. Das andere Ende hing hinunter in den Fluss. Dort war das Holz festgefroren und sah aus wie ein erstarrter gespannter Bogen. Sowohl der Ast als auch das Eis waren von einer dicken Schneeschicht überzogen. Lediglich eine schmale Fahrrinne durchzog den Akerselva. Fredrik Beier sah dem Wasser nach. Unten bei der Brücke, der Sannerbrua, wurde der Lauf breiter. Dort saßen in der Granitwölbung fingerdicke Eiszapfen und harrten wärmerer Temperaturen. Erst da würden sie noch ein Stück wachsen können – wachsen, bis sie zu schwer würden und den Halt verlören. Dann würden sie zum Wasserfall zweihundert Meter weiter unten treiben, der nur »Oberer Wasserfall« genannt wurde, und zerbersten.

Der Fußweg war vom Schnee befreit, und es war gestreut worden. Die Schneehaufen zu beiden Seiten waren von Pisse gelb gesprenkelt, und Fredrik fror. Trotzdem rührte er sich nicht. Er wusste, dass sie dort unten in Leonid Gusews Wohnung auf ihn warteten. Kafa Iqbal, Sebastian Koss und Andreas Figueras. Aber Fredrik fror, und er rührte sich nicht.

Warum hatte Andreas nicht geantwortet, als sie ihn angerufen hatten?

Angeblich war es das Abschleppfahrzeug gewesen. Der Fahrer hatte sich verfahren, woraufhin Andreas ihm entgegengelaufen war, und über den Motorenlärm hinweg hatte er das Telefon nicht gehört.

Fredrik nahm eine Handvoll Schnee und knetete ihn. Eigentlich hatte er doch keinen Grund, Andreas zu misstrauen. Nur dieses schwelende Unbehagen …

Aber es war auch noch etwas anderes. Als Kafa sich im Flur über ihn gebeugt hatte, war ihr Schal verrutscht. Er wusste, was er gesehen hatte. Blaue Flecken auf dem Schlüsselbein und an ihrem Hals. Als er sie darauf angesprochen hatte, hatte sie nur gelacht. Ein trockenes, tonloses Lachen. An ihre Antwort konnte er sich nicht mehr erinnern. Irgendwas mit einem Unfall …

Fredrik fror, aber das war nicht der Kälte geschuldet. Er fror, weil er Angst hatte. Vor sich selbst. War er im Begriff, den Halt zu verlieren? Die Nacht mit den Pillen. In jener Nacht hatten Sterne über ihm geleuchtet – Träume, Ängste vor der Wirklichkeit und dem Verlust. Er hatte auf der Straße gelegen, die Lichter waren zu Regentropfen geworden, oder war es Asche, waren es Schneeflocken gewesen, jedenfalls hatten sie sich mit seinen Ausscheidungen vermischt, waren auf der Haut geschmolzen und ihm in die Nase gelaufen, in den Mund. Er hatte sich über den Bart und die Mundwinkel geleckt und geheult.

War er allmählich nicht mehr in der Lage, wahr und unwahr zu unterscheiden? Fakten und Fantasie? Sagten Kafa und Andreas die Wahrheit? War der Zweifel nur ein Echo seines eigenen verwirrten Geistes?

Er legte alle Kraft in seinen Wurf. Mit einem Klatschen traf der Schneeball auf den Ast, und der Schnee prasselte auf die Eisdecke über dem Fluss.

Auf der Gummimatte, die vor der Wohnungstür ausgebreitet worden war, streifte Fredrik Plastiküberzieher über seine Schuhe. Kafa wartete mit Koss im Wohnzimmer. Der Polizeidirektor knetete seine Unterlippe und starrte ihm entgegen.

»Iqbal hat gesagt, Sie hätten die Nummer angerufen? Und hätten gedroht, an die Presse zu gehen, um die Leute vom Nachrichtendienst zu einem Treffen zu zwingen?«

Warum in aller Welt hatte Kafa ihm das erzählt? Fredrik schnaubte leise und wappnete sich innerlich gegen die Fortsetzung der Predigt.

»Ich habe nicht damit gedroht, ich hab es wirklich so gemeint«, knurrte er.

Koss hob beide Hände. »Gut gedacht«, sagte er. »Das findet Polizeipräsident Neme auch.«

Kafa grinste. Dann winkte sie ihn hinüber zum Sofa. Über einem verschlissenen Sofakissen lag eine weiße Plastikfolie, und auf dieser Folie lag ein Foto.

»Steckte zwischen zwei Büchern im Bücherregal«, sagte sie.

Wieder dieses Mädchen. Wieder der vergilbte Ton und diese blassen Farben. Allerdings handelte es sich diesmal nicht um ein Porträt, sondern um ein Klassenfoto. Um die zwanzig Jungen und Mädchen, die vor einer Tafel standen, auf der eine Zahlenreihe sowie eine Handvoll kyrillischer Buchstaben geschrieben standen. Über der Tafel hing ein Bild von Michail Gorbatschow, dem Staatschef der Sowjetunion von 1985 bis zum Zerfall der Union sechs Jahre später. Mit schwarzem Filzstift war um eine der Schülerinnen ein Kreis gezogen worden. Das war sie – das Mädchen von dem Kalypso-Bild.

»Sie trägt dieselben Sachen«, stellte Fredrik fest.

Kafa wies auf einen verblassten Stempel in einer der unteren Ecken der Aufnahme. *Заозёрская школа 289.* Fredrik sah sie fragend an.

»Saosjorsk-Schule Nummer 289.«

»Saosjorsk?«

Ihre Zungenspitze fuhr an der Oberlippe entlang. »Das ist eine Stadt in der Oblast Murmansk. Nicht groß, gerade mal gut zehntausend Einwohner. Bis zur Wende wurde der Ort lediglich ›Murmansk-150‹ genannt. Eine geschlossene Stadt.«

»Was soll das sein?«

»Ein Ort, zu dem nur autorisiertes Personal Zutritt hat. In Saosjorsk waren die Streitkräfte stationiert, die zur russischen Nordflotte gehörten. Ihre Eltern – zumindest einer von ihnen – müssen beim russischen Militär gearbeitet haben.«

Fredrik nahm die Brille ab. Dachte wieder an den Mann, der mit Resten seines Gehirns in der Mundhöhle nebenan im Schlafzimmer lag.

»Gusew war dort oben General … Kann er … Könnte er ihr Vater gewesen sein? Wollte er deshalb nach Norwegen – um …« Die Pillen vernebelten seine Gedanken. Er blinzelte gezwungen und setzte noch mal neu an: »Diese Marinejäger, die auf der falschen Seite der Grenze gelandet sind … Könnten die ihr etwas angetan haben?«

Kafa schüttelte den Kopf. »Warum sollte er da einen Kreis um sein eigenes Kind ziehen?«

Tja, warum sollte er? Aber warum hatte jemand Leonid Gusew ermorden wollen? Informationen von entscheidender Bedeutung, hatte Judit Gjedde gesagt. Was wusste ein pensionierter russischer General, was war so wichtig, dass Menschen dafür sterben mussten? Was, wenn Gusew nicht als Geheimnisträger hergekommen war, sondern mit einem Auftrag? In Vertretung seiner selbst – oder in Vertretung anderer?

Knirschende Schritte, das Geräusch von Plastiküberziehern auf dem Teppich. Fredrik drehte sich um. Andreas war wie immer penibel gekleidet, aber er sah blass aus. Fredrik ahnte, dass er gerade den Toten im Schlafzimmer in Augenschein genommen hatte.

Er sah ihm in die Augen. Suchte darin nach … War dort … Konnte er in Andreas' Blick irgendetwas erkennen? Ein Ausweichen, irgendein Anzeichen von Reue, weil er seine Kollegen im Stich gelassen hatte?

Nein.

Andreas gab Fredrik einen kameradschaftlichen Klaps auf den Rücken. »Alles gut?«

Fredrik schluckte.

»Leonid Gusew war nicht zum ersten Mal in Norwegen«, teilte Andreas ihnen mit. »Er hatte bereits vor acht Jahren eine Aufenthaltsgenehmigung beantragt. Damals wurde sie abgelehnt. Danach hat niemand mehr von ihm gehört – bis zum Sommer dieses Jahres. Da stellte er erneut einen Antrag.«

»Er ist also im Sommer wieder eingereist?«

Andreas schielte zu Kafa, die nachdenklich den Kopf schüttelte.

»Früher, schätze ich«, sagte sie und schob das Foto beiseite.

Unter dem Klassenfoto lag ein Umschlag, ohne Adresse, aber mit einer kurzen Notiz: »Letztes Gehalt April–Mai. Jawad.«

»Jawad?«

»Weiß der Geier, was dahintersteckt«, sagte Andreas. »Aber Gusew hat offenbar für einen gewissen Jawad gearbeitet, und Jawad schreibt Norwegisch. Ein paar Hunderter liegen noch drin. Der Umschlag steckte in dem Wörterbuch im Schlafzimmer.«

Es hatte wieder angefangen zu schneien. Große, seidenweiche Flocken legten sich auf Straßen und Passanten. Als Sebastian Koss den Motor seines Mercedes SLS AMG anwarf, schmolzen die Kristalle auf der breiten Motorhaube.

Fredrik klopfte an die Fensterscheibe. »Platz?«, murmelte er.

Koss schüttelte verständnislos den Kopf und machte das Fenster einen Spaltbreit auf. »Ja, Beier?«

»Es gibt da etwas, worüber ich gerne mit Ihnen sprechen würde.«

Der Polizeidirektor starrte ihn an, als hätte Fredrik sich soeben von seinem Teller bedient. Dann glitt auf der Beifahrerseite die Flügeltür nach oben.

»Ja, Beier?«, wiederholte der Polizeidirektor, während er auf dem Maridalsveien beschleunigte.

»Peder Rasmussen. Ich möchte, dass wir ihn zur Fahndung ausschreiben. In Verbindung mit diesem Fall.«

»Rasmussen? Ist das nicht der Fall, den Franke bearbeitet? Dieser Frauenschläger?«

»Frauenschläger, Frauenmörder, Kindesmisshandler.«

Fredrik erzählte seinem Vorgesetzten von dem Foto, das er in Morenius' Keller gesehen hatte.

»Andreas glaubt, dass ich falschliege, dass ich … dass ich Verbindungen sehe, die nicht existieren«, sagte Fredrik. »Aber hören Sie zu … Rasmussens erste Frau war Russin. Er hat sie vor acht Jahren ermordet. Zur selben Zeit hat Gusew in Norwegen seine Aufenthaltsgenehmigung beantragt. Im Frühjahr wurde Rasmussen aus dem Gefängnis entlassen, und ein paar Monate später stellt Gusew wieder einen Antrag. Und jetzt ist Gusew ermordet worden. Rasmussen ist verschwunden. Ich glaube, dass es da einen Zusammenhang gibt.«

Der Sicherheitsgurt spannte über der Brust, als Koss vor einer roten Ampel abbremste. Mit beiden Daumen trommelte er auf den Stern in seinem Lenkrad.

»Welchen Zusammenhang?«, fragte er.

In seinem Kopf war es ganz klar. Das Foto, das er in dem Keller flüchtig gesehen hatte. Die Zeugin, die Witwe in Morenius' Wohnhaus, die einen Mann erwähnt hatte, der Ähnlichkeiten mit Peder Rasmussen aufwies. Die Verbindung zu Russland. Die Gleichzeitigkeit der Ereignisse.

Noch während Fredrik diese Reihe von Indizien in Worte fasste, sah er ein, wie dünn das alles klang. Er ahnte, dass alles einzig und allein auf einem Umstand beruhte. Auf seiner Intuition. Auf dem brennenden Gefühl, dass es sich hierbei nicht um reines Wunschdenken handelte. Fredrik sah Jacob vor sich. Hin und wieder legte sein Sohn die Noten beiseite, schloss die Augen und ließ nur die Finger über die Saiten der Bratsche gleiten. Die Harmonien stellten sich wie von alleine ein.

Und auch seine Hypothese hatte eine eigene Harmonie. Eine Melodie, die so gut klang, dass sie ihn nicht mehr loslassen wollte.

Sebastian Koss war Jurist. Bei Gericht wurde oft falsch gesungen.

»Ich weiß nicht, Beier, ob Sie falschliegen – aber ich wüsste eben auch nicht, ob Sie richtigliegen. Sie müssen mir schon mehr geben als das.«

Fredrik lehnte den Kopf gegen die unbequeme Nackenstütze. »Ich hab's befürchtet«, stöhnte er. »Geben Sie mir etwas Zeit. Und sagen Sie nichts zu Andreas, seien Sie so nett.«

49

»Letzte Chance, Großer.«

Bettina hatte sich hinter den Küchenstuhl gestellt und massierte mit kräftigen Fingern seinen Nacken. Fredrik kippte den Kopf nach vorn und genoss den Schauder, der ihm über den Rücken rieselte, als sich die Muskelverspannungen lösten.

»Bist du dir wirklich sicher, dass du arbeiten musst? An einem Samstag?«

Sie ließ das Handtuch auf den Boden fallen und beugte sich über ihn. Ihre langen, violett lackierten Nägel gruben sich angenehm und zugleich schmerzhaft in seine Haut, in seine Schulterblätter, in seine Arme. Er spürte ihren Atem auf seiner Kopfhaut, an seinen Schultern, dann die kleinen Brüste, die noch immer warm vom Duschen waren. Sie duftete nach Lust und Timotei. Sie knabberte an seinen Haaren, fuhr mit den flachen Händen über seine nackte Brust und tastete sich dann weiter nach unten.

»Bettina, Jacob ist hier…«

Als sie ihm die Schneidezähne in den Scheitel drückte, war es nicht als Liebkosung gemeint.

»Meinetwegen, Pech für dich. Krøsus und ich machen eine Skitour. Wenn du dich lieber totarbeitest…«

»Ich kann euch fahren«, schlug Fredrik vor. »Im Voksenåsen oben am Holmenkollen findet eine Sicherheitskonferenz statt. Ich setze euch einfach am Frognerseteren ab.«

Es hatte eine Zeit gegeben, da war Bettina der Meinung gewesen, Fredrik könnte ihr Bedürfnis nach Bewegung im Bett stillen. Inzwischen brauchte sie dazu ein Rennrad, ein Mountainbike, eine Monatskarte für den Bikram-Yoga-Kurs und einen Ski-Wachstisch.

Er lief ihr nach in den Flur, und als sie sich auf den Weg in den Keller machen wollte, um ihre Skier zu präparieren, versuchte er, sie zu küssen. Sie schob ihn weg. Er blieb stehen. Jacob übte wieder und hatte seine Zimmertür einen Spaltbreit offen gelassen. Das Stück würde er beim Weihnachtskonzert spielen: eine langsame, zarte, klagende Melodie.

Leise schob er die Tür weiter auf. Sein Sohn saß mit dem Rücken zur Tür da. Er würde mit einem ehemaligen Schüler der Akademie zusammenspielen, einem Flügelisten oder wie zur Hölle diese Typen hießen, die an einem Flügel saßen. Um die Begleitung im Ohr zu haben, hatte Jacob sich Kopfhörer aufgesetzt, die straff über seinen dunklen Locken saßen. Der lange, geschwungene Rücken wiegte sich im Takt der Musik, und Fredrik stellte wieder einmal fest, wie unendlich hübsch sein Junge war.

Der musste den Blick seines Vaters im Rücken gespürt haben, denn im nächsten Moment legte er die Bratsche aufs Bett, setzte die Kopfhörer ab und drehte sich auf dem Stuhl zu Fredrik herum.

»Du, Papa?«

»Ja?«

»Wollen wir mal zusammen ein Konzert besuchen?«

Fredrik konnte seine Überraschung kaum verhehlen. »Ja klar... Wer spielt denn?«

»Lawrence Power. Im Konserthuset.«

Lawrence Reynolds, Lawrence Ferlinghetti, Donald Lawrence und die Tri-City Singers... Fredrik ging im Kopf diverse Namen durch, musste aber passen.

»Er spielt Bratsche.«

Natürlich.

»Und zwar krass geil.«

»Dieser Ausdruck existiert in unserem Wortschatz nicht...«

»Er hat schon mit sämtlichen großen Philharmonikern gespielt. Mit dem London Symphony Orchestra, dem English Chamber Orchestra, der Bergensfilharmonien, der Königlichen in Stockholm... und er ist einfach...«

»Krass geil«, beendete Fredrik den Satz für ihn.

»Die Bratsche, auf der er spielt, ist mehr als vierhundert Jahre alt. Stammt von einem Instrumentenbauer aus Bologna. Antonio Brensi. Der Klang ist...«

»Krass geil«, fiel Fredrik ihm ins Wort.

Jacob starrte ihn unverwandt an. »Mach dich nicht lustig über mich.«

»Sorry. Was spielt er denn?«

Romeo und Julia, wie sich herausstellen sollte. Von Sergei Prokofjew.

Na super, dachte Fredrik. Noch ein Russe. Vielleicht würde er die Konzertkarten von der Steuer absetzen können.

Gemeinsam bestellten sie ihre Tickets – und noch eins für Bettina.

50

Die Dunstglocke, die über der Stadt hing, war zementgrau, und auf den Abhängen hinauf zum Holmenkollåsen machte sich Nebel breit. Dichter, nasser Nebel. Fredrik ging vom Gas und heftete den Blick auf die Rücklichter des vor ihm fahrenden Autos. Auf der Höhe der Sprungschanze durchbrachen sie die Nebelwand. Sofort war der Himmel wieder blau, und der Schnee funkelte in der Sonne.

»Wie nennt Andreas die Sprungschanze noch mal?«, wollte Bettina wissen.

Sie saß auf der Rückbank, lehnte sich jetzt aber vor, um Krøsus den Rücken zu kraulen. Die Spanielhündin stand auf dem Beifahrersitz und hechelte begeistert. Sie litt unter Reisekrankheit und bekam Magenbeschwerden, wenn sie nicht vorne saß. Die Rückenmassage hingegen tat ihr gut.

»Gynäkologenstuhl«, bemerkte Fredrik trocken. Platt. Typisch Andreas. Aber er wusste natürlich insgeheim, was der Kollege meinte. Die Aufsprungbahn unter dem Schanzentisch war zu beiden Seiten von meterhohen Windschutzwänden gesäumt, die aus einer bestimmten Perspektive gespreizten Beinen ähnelten.

Bettina lachte heiser. Das war genau ihre Art von Humor.

Fredrik musste durch zwei Sicherheitsschleusen, ehe er vor dem Hotel parken durfte. Von dem niedrigen Gebäude mit Flachdach aus hätte er an einem klaren Tag fünfhundertundfünf Meter weiter unten die Stadt und den Fjord sehen können. Im Augenblick aber war in der Richtung rein gar nichts zu sehen.

Vor der Hotelrezeption standen Polizisten mit Maschinenpistolen neben Ministerialbeamten in dunklen Anzügen.

Der Polizist, der die Ausweispapiere kontrollierte, erkannte ihn wieder und winkte ihn durch den Metalldetektor. Es war einer der Kollegen, die Mikael Morenius' BMW gefunden hatten.

»Sicherheit wird heute wohl großgeschrieben.«

»Wenn der Ministerpräsident persönlich kommt«, kommentierte der Polizist heiter.

»Ach ja?«

»Er soll die Konferenz angeblich eröffnen.«

Ministerpräsident Simon Riebe. Fredrik hätte ihn nicht gerade als einen Bekannten bezeichnet, aber sie waren einander schon früher begegnet. Die Tochter einer seiner Ministerinnen hatte der Glaubensgemeinschaft angehört, die auf dem Hof Solro ausgelöscht worden war. Annette Wetre. Sie war einem Bombenanschlag zum Opfer gefallen. Damals war Riebe noch Oppositionsführer gewesen, und Fredrik hatte herausgefunden, dass ausgerechnet dessen Telefon für den Kontakt mit einem Journalisten verwendet worden war, der den Fall im Auftrag von TV2 beackert hatte. Und wohl zu neugierig gewesen war. Riebe, Parteichef der Høyre, hatte daraufhin behauptet, das Telefon sei ihm gestohlen und zweckwidrig verwendet worden. Zudem hatte er mehr als deutlich gemacht, dass es ihm missfiel, in eine polizeiliche Ermittlung hineingezogen zu werden.

Fredrik kramte aus der Tasche seiner Daunenjacke das Programm hervor. »Hier steht gar nichts von seiner Teilnahme …«

»Geheim«, sagte der Polizist und legte den Zeigefinger an die Lippen.

Fredrik beschloss, an der Rezeption zu warten. Das gefiel ihm nicht – erst diese Drohung, dann der Auftritt des Ministerpräsidenten. Der Verteidigungsminister war ganz sicher auch hier, Führungskräfte aus sämtlichen benachbarten Ministerien und die Chefetage der Armee. Er hoffte, dass die Kollegen ihre Arbeit gut gemacht hatten. Und gut machen würden.

Simon Riebe war derart aalglatt, dass selbst ein Platzregen von ihm abperlte. Fredrik sah aus dem Augenwinkel, wie er aus seiner schwarzen Regierungslimousine stieg. Die Haare aschgrau, der Rücken gerade, fester Blick. Unter der stramm sitzenden Anzugjacke trug er einen Schlips im symbolischen Blau der Partei. Er schob den Krawattenknoten zurecht und bedachte die Mitglieder des Begrüßungskomitees mit einem Handschlag. Er überragte sie alle um einen halben Kopf. Mit einem Zwinkern signalisierte er seinem Berater, dass er bereits jetzt gelangweilt war. Auch an den Berater konnte sich Fredrik noch erinnern: ein unterwürfiger kleiner Kerl, der die Karriereleiter nach oben gefallen und zum Staatssekretär avanciert war. Ruben Andersen. Er sah aus, als wollte er die Umgebung in sich hineinschnüffeln, ehe er dem Premier den Weg zur Rezeption wies. Vor den Metalldetektoren schien er irgendeinen Streit vom Zaun brechen zu wollen, ehe er zu guter Letzt einen Schritt zur Seite trat und dem Ministerpräsidenten Platz machte.

Riebe marschierte keinen halben Meter entfernt an Fredrik vorbei, tat aber so, als hätte er ihn nicht bemerkt. Ruben

Andersen ließ ihm einen flüchtigen, unfreundlichen Blick zuteilwerden. Kurz entschlossen lief Fredrik ihnen nach.

Als Riebe den Konferenzsaal betrat, verstummten der Small Talk und das Stühlerücken. Ein Offizier, ein stämmiger Kerl mit buschigen Augenbrauen und traurigem Blick, tippte prüfend auf das Mikrofon. Fredrik kniff die Augen zusammen, um sein Namensschild lesen zu können. Generalmajor Gunn.

»Meine Damen und Herren«, sagte der Generalmajor und legte eine Kunstpause ein.

Wie so oft kniff Riebe leicht das linke Auge zusammen, während er die erste Reihe mit einem prüfenden Blick bedachte. Auf den Sitzlehnen waren auf Papierfahnen die Länder vermerkt, deren Botschafter an der Konferenz teilnahmen.

»Es ist mir eine große Freude, als Eröffnungsredner dieser Konferenz den Ministerpräsidenten Simon Riebe aufs Podium bitten zu können.«

Riebe wollte schon einen Schritt nach vorn machen, als der Generalmajor die Hand hob.

»Heute ist der Ministerpräsident mein Vorgesetzter. Aber es gab einmal eine Zeit, zu der ich der Vorgesetzte von Ministerpräsident Riebe war. Von Fähnrich Riebe, einem der besten operativen Mitarbeiter meiner Truppe.«

Riebe bleckte die weiß funkelnden Zähne. Ganz sicher kam gleich eine Anekdote, die ihn ins beste Licht rücken würde.

Fredrik verdrehte die Augen. Generalmajor Gunn. Der Name klang wie der einer Comicfigur.

»In der Messe wird die Geschichte bis heute erzählt – es ist die Geschichte einer NATO-Übung in Troms.« Generalmajor Gunn legte erneut eine Kunstpause ein. »Der Herbst war eisig, und Fähnrich Riebe führte eine Einheit an, die dem vorrückenden Feind den Weg abschneiden sollte. Am Målselva grub sich die Patrouille ein. Der Fähnrich zwang seine Männer, achtundvierzig Stunden am Stück dort zu liegen.« Die ersten voreiligen Gäste fingen an zu klatschen, doch der Generalmajor hob erneut die Hand. »Dann kam der Feind tatsächlich, und die Übung wurde abgebrochen – aufgrund einiger technischer Gegebenheiten. Ganz ungeachtet dessen« – er rieb sich die Hände, um seinem Publikum zu signalisieren, dass er sich der Pointe näherte –, »hatten sie aber auch den Auftrag erhalten, einen britischen Oberst zum Flughafen Bardufoss zu eskortieren. Als plötzlich eine Bande dreckbesudelter Soldaten auf den Oberst zustürzte, war der so erstaunt, dass er aus dem Jeep stolperte und auf dem Rücken im eisigen Wasser landete.« Der Generalmajor gackerte gezwungen. »Man munkelt, dass der künftige Regierungschef viel über die Kunst der Diplomatie gelernt hat, als er sich damals aus dieser misslichen Lage herausreden musste. Begrüßen Sie also den Mann, dem unsere nationale Sicherheit ganz besonders am Herzen liegt – Simon Riebe.«

Riebe wartete, bis sich der Beifall gelegt hatte, bevor er seine Version der Geschichte präsentierte. Fredrik hatte keine Lust, sich das anzuhören. Er kannte die Geschichte längst. Wie alle anderen im Saal hatte auch er sie sich schon mehrmals anhören müssen. Simon Riebe machte keinen Hehl aus seiner Vergangenheit beim Militär.

»Polizeioberkommissar Beier, nicht wahr?«

Er hatte die leise Piepsstimme sofort wiedererkannt. Fredrik lächelte unterkühlt. »Polizeihauptkommissar.«

»Ich dachte, Sie wären im Morddezernat? Oder haben Sie als Wachmann hier im Hotel angefangen? Ist vielleicht besser bezahlt?«

»Es ist ein Drohbrief eingegangen«, antwortete Fredrik knapp. »Deshalb bin ich hier.«

Staatssekretär Ruben Andersen wischte sich über den Mund. Er hatte sich ein Henriquatre-Bärtchen zugelegt – vermutlich um sein fliehendes Kinn zu kaschieren.

Andersen blieb neben ihm stehen. Wiegte den Kopf im Takt von Riebes Worten. Nickend markierte er die Höhepunkte der Rede. Das hatten sie eingeübt, und offensichtlich hatte sich der Berater die Choreografie aus den Fingern gesaugt.

Fredrik legte ihm eine Hand auf die Schulter. »Der russische Botschafter ist auch hier? Ist das nicht der Feind?«

»Diplomatie«, flüsterte Andersen überbetont zurück, als wäre er sich sicher, dass Fredrik den Begriff nicht kannte. »Norwegen hat keine Feinde. Wir haben Alliierte, und wir haben Nachbarn. Russland ist unser Nachbar, und der Botschafter ist Gast des Verteidigungsministers. Sehen Sie den Mann, der hinter ihm sitzt? In Uniform?« Andersen nickte in Richtung eines kleinen, bebrillten Mannes, der eine beeindruckende Uniformmütze trug. »Das ist Moskaus neuer Militärattaché hier in Norwegen. Fjodor Larinow. Es ist immens wichtig, dass er versteht, wo wir in diesem Land stehen.«

»Halte deine Freunde nahe bei dir, aber deine Feinde noch näher«, frotzelte Fredrik.

Andersen stöhnte leise und drehte sich zu ihm um. »Jacob Beier. Ist das Ihr Sohn?«

Fredrik sah ihn überrascht an.

»Dacht ich's mir doch, als ich das Foto im Programm für das Weihnachtskonzert der Musikakademie gesehen habe. Sie sehen sich ähnlich, er ist nur ein wenig … rundlicher.«

»Haben Sie die Absicht, mich zu beleidigen? Oder uns? Jacob?«

»Aber nein. Hoffen wir einfach, dass der Sohn nicht ganz so taub für Zwischentöne ist wie sein Vater«, sagte Andersen trocken.

Fredrik feilte noch an einer gesalzenen Antwort, als er plötzlich von zwei Leibwächtern zur Seite geschubst wurde, die sich einen Weg zu Simon Riebe bahnten. In der Ferne schrillte eine Alarmglocke.

51

Der Schutzraum befand sich im Untergeschoss des Hotels, und Fredrik war nur froh, dass er nicht vierzig Minuten mit dem Ministerpräsidenten des Landes verbringen musste.

Polizeidirektor Koss war kreideweiß, als er wieder herauskam. Ohne ein Wort marschierte er auf den Konferenzraum zu, in dem sich ein halbes Dutzend Polizisten versammelt hatte. Auf einem Tisch lag eine Heckler & Koch P7. Ein Modell, das beim Militär benutzt wurde. Alle sahen zu Boden, als Koss zum zweiten Mal binnen kurzer Zeit nach dem Telefon griff, das in seiner Tasche klingelte, auf das Display starrte und das Gespräch wegdrückte.

»Das ist so verdammt unprofessionell«, fauchte er und donnerte die Faust auf die Tischplatte.

Die Waffe war im Flur zwischen zwei Konferenzräumen unter einer Deckplatte am Lüftungsschacht versteckt gewesen.

»Das Büro des Ministerpräsidenten fragt an, wie zur Hölle wir nur wenige Meter von dem Ort entfernt, an dem Riebe seine Rede halten sollte, eine geladene Pistole übersehen konnten – und das, nachdem eine Drohung gegen diese Veranstaltung ausgesprochen worden war. Der Ministerpräsident ist alles andere als erfreut, glauben Sie mir.«

Und nach der Stimmung zu urteilen war er damit nicht der Einzige.

»Polizeipräsident Neme hat den Ministerpräsidenten persönlich angerufen und ihm sein Bedauern ausgedrückt.«

Verdammt dumm gelaufen. Es gab nicht viel, was Trond Anton Neme verlässlicher zur Weißglut brachte, als jemanden, der seine Behörde in Misskredit brachte. Der Vorfall würde in der Presse landen. Und schlechte Presse zehrte am Polizeipräsidenten wie eine Magenverstimmung. Neme war dafür bekannt, brutal zu Werke zu gehen, wenn ihm etwas in die Quere kam.

Für das Debakel hatte ein Kommissar aus dem Polizeibezirk Majorstua die Verantwortung übernommen. Fredrik kannte ihn nicht und verspürte auch keine Sympathie für ihn. Er hatte den Rüffel verdient. Fredrik erwartete schon, dass Koss sich die Gelegenheit nicht nehmen lassen würde, dem am Boden liegenden Kerl noch einen Nachtritt zu versetzen, doch nachdem er den Kommissar ein paar Sekunden lang stumm angestarrt hatte, scheuchte er sie alle lediglich hinaus.

»Momentan können wir ohnehin nicht mehr viel tun. Sorgen Sie also dafür, dass der Rest der Konferenz reibungslos abläuft.« Dann drehte er sich zur Seite um. »Beier, Sie bleiben.«

Was war denn nun auf einmal los? Nicht einmal Sebastian Koss würde es gelingen, die Blamage auf Fredrik abzuwälzen.

Koss wartete, bis auch die letzten Nachzügler den Raum verlassen hatten. Dann fuhr er sich mit beiden Händen durch das gestylte Haar, zückte ein Taschentuch aus der Innentasche und wischte sich damit die Gelreste von den Fingern, als sein Telefon erneut zu klingeln begann. Dieses Mal ging er ran.

»Ja?« Seine Stimme war dunkel. »Guro, ich hab verdammt noch mal jetzt keine Zeit dafür. Fahr in die Notaufnahme oder warte, bis du am Montag einen Termin bekommst, hörst du?«

Unwillkürlich sah Fredrik das Porträtfoto von Koss' Frau vor sich, das auf dem Schreibtisch des Polizeidirektors stand. Sie war noch blonder als ihr Ehemann und sah aus, als müsste sie für ihr Aussehen eine Menge Zeit und Geld und eine hohe Toleranz für Pflegeprodukte aufbringen. Es fiel ihm schwer, sich vorzustellen, dass sie inmitten von lauter röchelnden Verrückten in irgendeiner städtischen Notaufnahme landen könnte. Fredrik wandte sich zur Tür. Ein solches Telefonat musste er sich nun wirklich nicht anhören. Aber Koss hatte bereits aufgelegt.

»Verdammt«, murmelte er und zeigte dann auf einen Stuhl. Er selbst blieb stehen. Atmete tief durch. »Also, was können Sie mir erzählen?«

»Ich hab einen Verdacht…«, sagte Fredrik langsam.

Koss mochte keine Hypothesen. Er mochte Fakten.

»In der Armeekiste auf Bygdøy haben wir Patronen für eine Handfeuerwaffe gefunden, nicht aber die Waffe selbst. Wenn wir mal davon ausgehen, dass Axel Thrane den Drohbrief geschickt haben könnte, dann glaube ich, dass diese Pistole« – Fredrik nickte in Richtung des Tischs – »aus Thranes Kiste stammt.«

Ursprünglich hatte er angenommen, dass Axel Thrane seine Waffe selbst hier deponiert hätte. Er hätte genügend Gründe gehabt, um sich an all denen zu rächen, die ihn in den letzten zwanzig Jahren zu einem Leben im Verborgenen gezwungen hatten.

Womöglich war er von jemandem ermordet worden, der seinen Plan aufgedeckt hatte.

»Aber warum sollte er erst ein Attentat planen, um dann einen Drohbrief zu schicken?«, fuhr Fredrik mit seinen Ausführungen fort. »Das wäre doch nicht logisch. Logisch wäre, wenn jemand Axel gebeten hätte, ihm eine Waffe zu besorgen. Als Axel Thrane dämmerte, wozu die Waffe verwendet werden sollte, warnte er den Veranstalter dieser Konferenz. Er könnte ermordet worden sein, weil er gesungen hat.«

Koss grunzte und verzog den Mund, sodass er beinahe aussah, als lächelte er. So würde er das Ganze dem Polizeipräsidenten darlegen.

52

Das Schneetreiben war so dicht, dass Fredrik kaum die erleuchteten Fenster des Polizeigebäudes erkennen konnte. Er war schon wieder so früh wach geworden, und jetzt stand er neben einer Straßenlaterne im Botspark und starrte hinauf in die Dunkelheit. In der Winternacht hatten sie sich auf eine Reise ins Ungewisse begeben, wie die Flocken, die sich auf seine Mütze, die Kapuze, Schultern und Arme legten. Fing er sie in der Hand, waren sie kaum größer als die Fingernägel eines Säuglings. Trotzdem tauchten sie das ganze Land in Weiß. Türmten sich zu meterhohen Schneewehen auf und überdeckten die Schlacke und die Absonderungen der Stadt.

Die Berichte zur Villa auf Bygdøy waren endlich fertig. Axel Thrane hatte dort gewohnt, und zwar jahrelang. Überall hatten sie Spuren von ihm gefunden: DNA, Fingerabdrücke, Kleidung. Bartstoppeln und Haare im Abfluss. Vereinzelt hatten sie auch andere Abdrücke gefunden. Undeutliche, die sie womöglich nie würden identifizieren können, aber sie stammten von relativ schmalen Fingern. Von einer kleinen Frau oder einem Kind.

Mit einer Person hatten sie immer noch nicht gesprochen. Mit der Hochzeitsfotografin Agnes Ose. Laut Einwohnermeldeamt lebte in Norwegen nur eine einzige Agnes Ose. Sie war siebenundvierzig Jahre alt, Ärztin in der Onkologischen Abteilung des Ullevål-Krankenhauses und wohnte auf Ormøya ein Stückchen außerhalb des Zentrums. Hatte sie Axel Thrane mit Insulin versorgt? Oder hatte sie ihn vergiftet? Fredrik musste wieder an die Weide auf Bygdøy denken. *Agnes + Axel.*

Die nassen Spuren auf dem Fußboden zeugten davon, dass er mit seiner Schlaflosigkeit nicht allein war. An der Tür zum Großraumbüro blieb er stehen. Natürlich.

Sie hatte einen weißen Rollkragenpullover an. Die schwarzen Haare hatte sie sich im Nacken zu einem unordentlichen Knoten zusammengebunden. In einem fort wischte sie sich über die Augenbrauen. Sie saß an ihrem Schreibtisch und starrte auf den Bildschirm. Nachdem sie Sporthose und bunte Turnschuhe trug, würde sie sich wahrscheinlich gleich auf den Weg in den Fitnessraum machen.

Statt zu ihr zu gehen, trottete er den Gang entlang zur Kaffeemaschine, um kurz darauf mit zwei Tassen zurückzukehren.

»Na, wird's ein guter Montag?«

Sie sah zu ihm auf. Sie wirkte blass, hatte aber ein Lächeln im Gesicht. »Hallo, Fredrik.«

Noch bevor er sich einen Stuhl herangezogen hatte, drehte sie ihm schon den Bildschirm zu. »Erkennst du diesen Kerl wieder?«

Fredrik beugte sich nach vorn. Kafa duftete nach Schlaf.

»Verdammt …«

»Ja, nicht wahr? Therese Grøfting hat mir die Datei gestern Abend geschickt. Sie haben in dem BMW Fingerabdrücke gefunden.«

Der Mann hatte ein längliches, kantiges Gesicht, das von strähnigen, langen blonden Haaren umrahmt wurde. Die unreine Haut war unrasiert, und stumpfe Augen starrten leer in die Kamera des Polizeifotografen. Der Mörder mit der Eishacke. Das Stinktier, das ihn in Leonid Gusews Wohnung hatte töten wollen.

»Okay…« Fredrik ließ sich auf den Stuhl fallen.

»Sie haben übers Wochenende das Auto auseinandergenommen. Therese schreibt, es sehe so aus, als hätte irgendwer versucht, den Innenraum mit einem spiritusgetränkten Lappen zu reinigen. Er hat allerdings nicht viel Engagement an den Tag gelegt. Sie haben Fingerabdrücke von zwei Personen gefunden: von Mikael Morenius – ihm hat das Auto schließlich gehört – und dann von dem hier«, sagte sie und tippte mit dem unlackierten Fingernagel auf den Bildschirm. »Sindre Borch. Auf der Straße bekannt als Kain.«

»Auf der Straße…«

»Berufskrimineller. Ohne festen Wohnsitz. Ist in den unterschiedlichsten Vollzugsanstalten Dauergast gewesen, und zwar noch bevor er geschlechtsreif wurde.«

Kafa wäre nicht Kafa gewesen, hätte sie sich vulgär ausgedrückt. »Sindre Borch ist bei seiner Mutter am Holmenkollåsen aufgewachsen. Eine verhältnismäßig wohlhabende Frau, Syndikusanwältin, schon seit einer Weile tot. Bis vor zehn, fünfzehn Jahren war er als Geldeintreiber berüchtigt. Wurde wegen diverser Gewaltverbrechen, wegen Drogenhandels und Zuhälterei verurteilt.«

»Überrascht mich kein bisschen«, murmelte Fredrik.

»Ich hab den Mitschnitt einer Vernehmung aufgetrieben. Damals hatten die Kollegen ihn mit Amphetaminen in der Tasche aufgegriffen. Er scheint lange selbst ganz gut dabei gewesen zu sein, in letzter Zeit ist er dem Anschein nach ein bisschen ruhiger geworden.«

Speed, schoss es Fredrik wieder durch den Kopf. Einer der schlimmsten Drecksstoffe, die es auf der Welt gab. Die Leute wurden psychotisch, gewalttätig, unberechenbar, sie schliefen nicht mehr, aßen nicht, und es war die Hölle, wieder davon loszukommen, wenn man sich erst einmal auf dem Trip befand. Die Dealer streckten den Stoff mit allem möglichen Scheiß von Waschpulver bis Kartoffelmehl, und billig war es auch noch. Fünfhundert Kröten, und wenn man es nicht vollends übertrieb, konnte man darauf von Freitagabend bis Montagmorgen durchfeiern.

»Als wir ihm begegnet sind, sah er nicht wahnsinnig ruhig aus …«

»Nein«, sagte Kafa. »Aber in den vergangenen Jahren ist er nur ein einziges Mal verhaftet worden. Da war er in Besitz von Temgesic.«

Fredrik zuckte fragend mit den Schultern.

»Der gleiche Wirkstoff wie in Subutex, nur milder. Ein synthetisches Opioid, das beim kontrollierten Entzug Heroinabhängiger eingesetzt wird. Schmerzstillend und betäubend. Junkies spritzen es oder zerstoßen Tabletten, um sie dann zu schnupfen.«

Kafa nippte an ihrem Kaffee, ließ dann aber den halben Schluck in den Becher zurücklaufen, ehe sie auf das nächste Bild klickte. Die Blumen, die sie durch das Autofenster gesehen hatten. In rotes Stanniol gewickelte Schokoladenherzen. Ein Kärtchen, wie man sie in Blumenläden gratis bekam. *Meiner allerliebsten Lin.*

»Lin?«

»Ich arbeite daran.« Sie legte ihre Hand auf seine. »Aber du, Fredrik, macht dich eine Sache nicht stutzig?«

Er schob den Stuhl zurück, ließ die Hand aber, wo sie war.

»Kain«, sagte sie. »Wenn es einen Kain gibt, dann muss es doch wohl auch einen Abel geben?«

53

Die Frau hatte sich die Mütze tief in die Stirn gezogen und Nase und Mund hinter einem dicken, flatternden Schal versteckt. Selbst in der verkehrsreichen Finnmarkgata war der Schnee liegen geblieben, sodass sie sich nach vorn lehnen und den Kinderwagen mit aller Kraft über den Fußgängerüberweg wuchten musste, der vom Park zum Munch-Museum führte.

Fredrik stellte die Sitzheizung ab und trommelte ungeduldig auf die Lenkradsäule. Die Scheibenwischer fegten über die Windschutzscheibe.

»Du hattest recht«, sagte er, ohne Kafa anzusehen. »Kain und Abel. Es sind zwei. Kain hat mit der Eishacke Leonid Gusew getötet. Dieselbe Waffe ist auch schon bei Morenius zum Einsatz gekommen. Warum sollte ein Drogensüchtiger auf solche Leute losgehen? Auf einen Typen vom Geheimdienst und einen russischen Überläufer? Bevor er Judit Gjedde in Morenius' Keller angreifen wollte, hat Kain mit jemandem telefoniert. Es gibt einen Hintermann. Einen Auftraggeber.«

»Er hatte übrigens Krebs«, sagte Kafa.

»Wer?«

»Gusew. Heissmann, der Rechtsmediziner, hat mich angerufen. Gusew hatte überall Tumoren. Unbehandelter Krebs. Er hätte ohnehin nicht mehr viel Zeit gehabt.«

»Hm.«

Direkt am Alexander-Kielland-Platz hatte er vor einem Behinderten- und Seniorenwohnheim gehalten. Kafa hatte ihn gebeten, sie dorthinzufahren.

»Danke« sagte sie jetzt und stieg aus.

Fredrik hatte gehofft, es würde ihm erspart bleiben, jemals einen Pakistani mit Toupet zu sehen. Doch als sich Jawad Jawas über den Geschirrspüler beugte, musste der Ermittler feststellen, dass der blauschwarze Schopf auf dessen Kopf nicht zu den grau melierten Strähnen im Nacken passte. Jawad stöhnte, als er sich wieder aufrichtete, genauso wie er auch gestöhnt hatte, als Fredrik anderthalb Minuten zuvor seinen Polizeiausweis auf den Tresen gelegt hatte.

»Der Russe«, schnaubte er jetzt und schüttelte den Kopf. »Mit dem gab es nur Ärger.«

Fredrik war sich nicht ganz sicher, ob Jawad Jawas überhaupt Pakistani war. Nur sein Akzent deutete darauf hin. Er sah eher aus wie ein Nordafrikaner, und die Küche dieses dunkel gebeizten Lokals mit den grünen Filzen an den Wänden war griechisch.

Fredrik war zuvor bei zwei Gemüse- und einem Gebrauchtwagenhändler gewesen, die Jawad hießen – wie die Person, die Leonid Gusews letztes Gehalt in einen Umschlag gesteckt hatte. Und jetzt stand er in dieser Spelunke. Durch die schmutzigen Fenster war am anderen Ende des Parks der Wohnblock zu sehen, in dem Gusew gewohnt hatte.

»Er hat hier gearbeitet?«

»Reden Sie bei der Polizei nicht miteinander?«

»Was meinen Sie damit?«

»Da ist doch schon mal einer hier gewesen und hat über Leon sprechen wollen.« Jawad griff nach einem Bierglas und hielt es ins Licht. »Leon, Leon, Leon. Was hat der alte Leon denn bloß angestellt?«

»Es war schon ein Kollege da?«

»Was weiß denn ich. Aber wer spaziert denn sonst hier rein und stellt Fragen?« Jawad bemühte sich hörbar darum, dass seine Aussprache norwegisch klang. »Erzählen Sie mir von ihm, legen Sie mir seine Papiere vor, wie hoch ist die

Temperatur im Kühllager, warum verkaufen Sie hier alte Würstchen?« Dann grinste er breit und zwinkerte Fredrik zu. »Kleiner Scherz. Ich weiß, dass sich die Polizei nicht um meine Würstchen kümmert. Dafür ist das Gesundheitsamt zuständig.«

»Aber ... Der Mann, der hier gewesen ist und Fragen ...«

»War kein Mann. War ein Weibsbild.«

»Hat sie eine Nummer hinterlassen?«

Der Inhaber schüttelte den Kopf, und Fredrik setzte sich auf einen Barhocker und bat um einen Kaffee.

»Was haben Sie ihr erzählt?«

»Das Gleiche, was ich Ihnen jetzt erzählen werde«, antwortete Jawad.

Es war beinahe ein Jahr her, dass Leonid Gusew den Aushang im Fenster gesehen hatte. Jawad hätte lieber jemand Jüngeren angestellt, einen Studenten oder so, aber Gusew hatte schnell bewiesen, dass er zupacken konnte.

»Und außerdem hat er darum gebeten, bar bezahlt zu werden«, ging Fredrik dazwischen. »Somit mussten Sie keine Abgaben für ihn abführen, nicht wahr? Das hat sich für den Russen gelohnt und für Sie gleichermaßen.«

Jawad sah ihn mit traurigem Blick an. »Steuern«, murmelte er und fuchtelte mit dem Finger vor Fredriks Gesicht herum. »Sie nehmen wohl an, dass ich keine Kinder habe. Sie glauben wohl, ich will nicht, dass meine alte Mutter Hilfe bekommt, wenn sie krank wird. Weil ich Ausländer bin? Ich zahle Steuern – alle, die hier arbeiten, zahlen Steuern, und zwar nicht zu wenig. Aber für Leon *konnten* wir die Abgaben nicht leisten. Er hatte keine Arbeitserlaubnis.«

»Der Arme«, sagte Fredrik lakonisch.

Leonid Gusew sei ein guter Koch gewesen, und er habe hart gearbeitet. Doch nach einigen Monaten habe er angefangen zu schludern, erzählte Jawad. Eines Tages habe er ihn dabei erwischt, wie er einen Gast gratis bediente.

»Nicht zum ersten Mal, wie sich herausstellte. Ich hab ihm klargemacht, dass er kein Recht dazu hatte, trotzdem hat er einfach weitergemacht. Er kam zu spät, manchmal tauchte er auch überhaupt nicht auf. Drum…« Jawad zog gekünstelt die Mundwinkel nach oben und holte mit beiden Händen aus. »Drum gab es ein letztes Gehalt.«

Der Gast sei ein großer Mann gewesen, mit kleinen, misstrauischen Augen. Ziemlich alt, Glatze.

»Haben Sie mitbekommen, wie er hieß?«

»Nein. Aber er hat für Leon den Umschlag mit dem Geld abgeholt.« Mit hochgezogenen Schultern machte Jawad vor, wie der Mann ins Lokal gewankt war. »Wie ein Boxer.«

Fredrik bedankte sich und ging wieder. Als er die Tür aufschob, klingelte ein Glöckchen über ihm, und kalter Wind schlug ihm entgegen. Er blieb kurz stehen, warf einen unschlüssigen Blick auf das Schneetreiben. Dann drehte er sich wieder um und ging zurück zum Tresen.

Jawad sah ihn irritiert an, und Fredrik legte eine Visitenkarte vor ihm auf den Tresen. Drehte sie um und tippte mit dem Finger auf die Telefonnummer.

»Stellen Sie sich einfach vor und erzählen Sie ihr, dass der Kumpel des Russen wieder aufgetaucht ist.«

54

Jawad Jawas' Moussaka war gar nicht schlecht. Als Fredrik sah, dass sich draußen zwei Menschen näherten, spülte er den letzten Rest mit lauwarmem Kaffee hinunter. Das düstere Lokal war zweigeteilt, und Gäste mussten durch einen

Bogengang hindurchgehen, um in den hinteren Bereich zu gelangen. Außer Fredrik, der dort am Fenster saß, war jedoch niemand da. Er nahm die leere Tasse zwischen beide Hände und wartete auf Schritte, die sich dem Durchgang näherten.

Er konnte Judit Gjeddes stechenden Blick selbst hinter ihren beschlagenen, runden Brillengläsern erahnen. Sie kam quer durch den Raum marschiert, stemmte die Hände in die Hüften und blieb grußlos vor ihm stehen. Sven zeigte genauso wenig Regung wie bei ihrer letzten Begegnung. Er lehnte bloß träge gegen die Wand neben dem Bogengang.

»Fredrik Beier, Sie verschwenden unsere Zeit.«

Er verschränkte die Hände auf dem Tisch. »Ist es nicht so, dass das Gesetz dem militärischen Nachrichtendienst untersagt, auf norwegischem Boden gegen norwegische Bürger zu ermitteln?« Er bemühte sich um einen sachlichen Ton.

»Leonid Gusew war Russe.«

»Aber Peder Rasmussen ist Norweger«, konterte Fredrik.

Judit Gjedde sah nach hinten zu Sven. Er nickte kaum merklich, war anscheinend doch noch nicht im Stehen eingeschlafen. Und mit einem Mal hatte Fredrik das Gefühl, dass er möglicherweise falschgelegen hatte. Er hatte angenommen, Gjedde sei die Vorgesetzte. Sie führte das Wort, sie war diejenige, die bestimmte. Aber vielleicht war es auch ganz anders.

Gjedde seufzte und zog sich die weißen Fingerhandschuhe aus. Finger für Finger. Dann nahm sie den Schal ab. Ihre grauen Haare waren kurz geschnitten. Sie glich eher einer Fernsehköchin denn einer Agentin. Langsam knöpfte sie ihren Mantel auf. Darunter kam ein eng anliegendes, elegantes und ganz sicher teures schwarzes Kostüm zum Vorschein. Sie kehrte das Futter des Mantels nach außen, richtete die Schulterpartie und hängte ihn dann neben dem Fenster an einen Kleiderhaken. Den Schal legte sie darüber. Um das Handgelenk trug sie ein Armband, an dem sie kurz herumzupfte, sowie sie sich hingesetzt hatte, bis sie den Verschluss unters Handgelenk bugsiert hatte.

Fredrik wollte sie gerade daran erinnern, dass eine gewisse Atomkriegsuhr tickte und keiner von ihnen jünger wurde, als sie schließlich anfing zu sprechen: »Ich hab Ihnen erzählt, dass Mikael Morenius in Moskau stationiert war, oder?«

Statt zu antworten, räusperte sich Fredrik nur.

»Peder Rasmussen war dort einer von Mikaels Kontakten. Er hat Leonid Gusew dazu gebracht, mit uns zu reden.«

Fredrik kniff die Augen zusammen und lehnte sich über den Tisch. »Sie… Sie arbeiten mit ihm zusammen?« Er schüttelte argwöhnisch den Kopf. »Wissen Sie, was dieser Mann getan hat?«, fauchte er.

Gjedde seufzte erneut, aber ihr Gesichtsausdruck blieb neutral. »Peder Rasmussen hat mit uns zusammengearbeitet, lange bevor er für den Mord an seiner Frau verurteilt wurde.«

Rasmussen sei studierter Pharmazeut und vor Ort als Außenposten eines Arzneimittelkonzerns eingesetzt worden, der in Moskau habe Fuß fassen wollen, erzählte sie. Als Direktor. »In so einer Position hat man Zugang zu Informationen und Personen, die für uns potenziell nützlich sind. Insofern war es ganz natürlich, dass wir… den Kontakt aufrechterhielten.«

»Er war also Spion?«

Sie schüttelte den Kopf. »Derlei Bezeichnungen sind heutzutage nichts mehr wert, Beier. Er hat seinen Job gemacht – für seinen Arbeitgeber. Wir haben ihm nie irgendeinen Auftrag erteilt, und er bekam auch keinen Lohn. Aber er trug gewisse Dinge an uns heran, die er gesehen hatte, und erwähnte Menschen, mit denen er gesprochen hatte und die für uns von Interesse sein mochten.« Sie lächelte kühl. »Alle tun das – alle Länder, alle großen Unternehmen. Man kann es als Teil des erweiterten Gesellschaftsvertrages sehen.«

Worte, dachte er. Heutzutage wird alles auf die Wahl der Worte heruntergebrochen. Spion oder Mörder? Nichts dergleichen. Einfach nur ein aufrechter Staatsbürger.

»Nachdem Rasmussen nach Norwegen zurückgekehrt war, brach der Kontakt zu Mikael ab. Ich glaube, Mikael wusste nicht mal, dass Rasmussen im Gefängnis gelandet war, ehe der ihm einen Brief schickte. Darin behauptete er, er kenne einen Russen, der über wichtige Informationen zur nationalen Sicherheit des Königreichs verfügte.« Sie griff nach dem Verschluss des Armbandes und zog es ein paarmal fest übers Handgelenk. »Informationen über eine *Bedrohungslage*, Beier. Was hätten wir denn tun sollen? Ihn wegen seines persönlichen Fehlverhaltens abweisen? Es darauf ankommen lassen, dass er plauderte?« Sie schnaubte. »Selbstverständlich nicht. Wir haben lange bezüglich eines Treffens mit dem Russen verhandelt. Peder Rasmussen wollte anfangs nicht mehr sagen, als dass der Mann ein ehemaliger General sei und dass er sich im Land aufhalte. Von Leonid Gusews Identität erfuhren wir erst einen Tag, ehe Mikael ihm begegnete. Am Tag, bevor Mikael verschwand.« Gjedde hielt drei Finger in die Luft. »Gusew forderte eine unbefristete Aufenthaltsgenehmigung, eine passable Rente sowie eine *positive Einstellung*, sobald er die norwegische Staatsbürgerschaft beantragen würde. Mikael traf ihn an einem geheimen Ort.« Sie ballte die Hand zur Faust. »Während des Treffens rief er mich an, und ich sprach direkt mit Gusew. Versicherte ihm, dass wir unseren Teil der Abmachung einhalten würden. Gusew seinerseits erzählte, er habe Mikael etwas gegeben – einen Beweis für seine Geschichte.«

»Und was war das?«

»Keine Ahnung. So was bespricht man nicht am Telefon. Wie gesagt war vereinbart, dass ich Mikael am darauffolgenden Tag treffen würde. Da hätten wir Zeit gehabt, die Behauptungen zu verifizieren, ehe der Führungsstab davon in Kenntnis gesetzt würde.«

Fredrik ließ sich schwer im Stuhl zurücksinken. Fuhr sich mit den Händen über die juckenden Wangen.

»Wollen Sie mir damit sagen, dass Sie befürchten, das Land könnte einer Bedrohung ausgesetzt sein, dass Sie aber keine Ahnung haben, worin diese Drohung besteht?«

Sie lächelte freudlos. »Korrekt.«

55

Als im Bogengang Schritte widerhallten, drehte Fredrik den Kopf und sah gerade noch, wie Sven ein paar Gästen den Durchgang versperrte. Mit einem Grunzen schickte er sie in den anderen Teil des Restaurants zurück.

Fredrik stand auf. Streckte sein verletztes Bein. Das Knie pochte. Es wurde steif, wenn er zu lang saß. Dann strich er sich mit beiden Händen über das Kreuzbein und streckte sich nach hinten. Schloss die Augen und füllte die Lunge mit Sauerstoff. Es roch nach geschmolzenem Käse und feuchtem Teppich. Judit Gjedde saß vollkommen ruhig da und beobachtete einen Mann, der draußen Schnee von einem Auto fegte.

»Was ist mit den Russen?«, fragte Fredrik und setzte sich

wieder. »Könnten die involviert sein? Könnten sie hinter Gusews Ermordung stecken?«

Gjedde drehte sich wieder zu ihm um. »Uns liegen keinerlei Informationen vor, die in diese Richtung weisen würden.«

»Haben Sie dort nachgefragt? Die haben einen neuen Militärattaché …«

Sven gab ein undefinierbares Geräusch von sich, ein Lachen vielleicht, auch wenn es mehr an das Klagen eines Maultiers erinnerte.

»Fjodor Larinow«, sagte Gjedde. »Ehemaliger Offizier des KGB und FSB, lange in Murmansk stationiert. Verheiratet, zwei Kinder und ein Enkelkind. Hat Literatur und Musikgeschichte studiert, bevor er dem Militär beigetreten ist. Aus seiner Zeit auf Kola spricht er halbwegs gut Norwegisch und kennt unsere Armee gut.« Sie lächelte. »Aber nein, wir haben die Russen nicht gefragt. Wären sie involviert, dann wüssten sie Bescheid. Sind sie es nicht, dann brauchen sie es auch nicht zu erfahren. Jedwedes Chaos und Unstimmigkeiten wären ein gefundenes Fressen für sie, und Fragen dieser Art würden sie ohnehin nicht beantworten.«

»Larinow ist Spion?«

»Er ist Teil der Geheimdienstarbeit der Botschaft. Alles andere wäre ein Dienstversäumnis.«

»Hat es …« Fredrik hielt kurz inne und suchte nach der richtigen Formulierung. »Besteht denn die Möglichkeit, dass Mikael Morenius unlautere Absichten verfolgt hat?«

Die kaum verhohlene Anklage schien Gjedde nicht zu stören. »Sie meinen, dass er für die Russen gearbeitet haben könnte? Als Doppelagent?«

»Ja … oder für jemand anderen.«

Statt zu antworten, presste sie lediglich die Lippen aufeinander. »Wir fürchten eher, dass er dem Doppelspiel eines anderen auf den Leim gegangen ist«, sagte sie nach einer Weile. »Dass er hinters Licht geführt wurde. Vielleicht waren die Gespräche mit Gusew nur der Köder, um ihn zu einem Treffen zu bewegen. Um ihn zu entführen. In einem Job wie dem unseren … macht man sich Feinde. Und man kommt an Informationen. Informationen, für die manch einer bereit ist, viel zu bezahlen.«

Gjeddes Brillengläser waren zwar längst nicht mehr beschlagen, trotzdem nahm sie jetzt die Brille ab und sah ihm direkt in die Augen.

»Als seine Freundin – und als seine Chefin – tut es mir in der Seele weh, dass er gefoltert wurde. Was haben sie aus ihm herausgepresst, Beier?« Sie erwartete keine Antwort. »Peder Rasmussen ist untergetaucht. Natürlich sind auch wir schon auf die Idee gekommen, dass er seine Finger im Spiel haben könnte. Was ich aber nicht verstehe: Was springt dabei für ihn heraus? Abgesehen von Rache. Die Rache an einer Gesellschaft, die seiner Meinung nach den Tod seines Sohns verursacht hat.«

Fredrik zog überrascht die Augenbrauen nach oben.

»Das hat er Mikael gegenüber mal erwähnt, als sie sich im Gefängnis unterhalten haben. Dass er die Polizei, die Gesellschaft, tja, im Grunde uns alle dafür verantwortlich macht. Und er hat Pharmazie studiert«, fügte sie nach kurzem Zögern hinzu.

»Spielt das irgendeine Rolle?«

»Ja. Wenn man die Funde in dem Konferenzhotel bedenkt …«

»Welche Funde? Die Pistole?«

»An einem Paneel vor der Lüftungsanlage – genau dort, wo auch die Pistole lag –, war herumhantiert worden. Irgendjemand hatte es abmontiert. So was mögen wir gar nicht. Was hatte er geplant? Den Raum auszuräuchern, um dann mit der Pistole Amok zu laufen? Oder irgendetwas anderes? Etwas noch viel Schlimmeres?« Judit Gjedde setzte die Fingerkuppen beider Hände aufeinander. »Eine Terroraktion?«

Terror. In ihrem Blick lag eine Mischung aus Angst und Entschlossenheit.

»Wie Sie selbst schon angedeutet haben, wissen wir sehr wohl, wozu Peder Rasmussen imstande ist.«

Gjedde sah prüfend auf die Uhr. Dann blickte sie zu Sven, der am Etui seiner E-Zigarette nestelte. Noch ehe sie aufstand, begann sie, sich den Schal um den Hals zu wickeln.

»Wenn das stimmt«, sagte Fredrik, »wann wollten Sie dann die Polizei über die Angelegenheit informieren? Faktisch ist es nämlich unsere Aufgabe, einem solchen Verdacht nachzugehen.«

»Betrachten Sie sich hiermit als informiert. Aber ich möchte Sie trotz allem bitten, genau zu bedenken, wie Sie mit den Informationen umgehen.«

Als der Schal so saß wie beabsichtigt, schob sie dem Anschein nach abwesend Salz- und Pfefferstreuer und Fredriks benutzten Teller in Reihe.

»Ob es Ihnen gefällt oder nicht«, sagte sie und tippte auf die Spitze des Salzstreuers, »aber Ihre Behörde ist undichter als ein Hund mit einer Harnwegsinfektion. Sobald im Präsidium bekannt wird, dass Sie eine Verbindung dieses Falles mit Peder Rasmussen suchen, dann ist es nur noch eine Frage der Zeit, bis das in der Presse landet.« Der Finger wanderte weiter zum Pfefferstreuer. »Und dann wird alles öffentlich: Mikaels Geschichte, der Mord an Gusew, die Sache mit Axel Thrane, der jahrelang im Verborgenen gelebt und den Tod seiner Mutter verschleiert hat. Die Leichen im Garten. Und dann kommt auch heraus, dass Sie hinter Rasmussen her sind.«

Sie griff nach dem Teller. Hob ihn ein Stück an, sodass Soße, Fleischreste und gelbliche Auberginenfasern ineinanderrutschten, bis sie an eine blutige Masse erinnerten.

»Ein Mörder, der seinen Sohn rächen will. Eine versteckte Waffe in einem Konferenzhotel voller hochrangiger Politiker. Terrorangst. Da bricht die Hölle los. *The shit has hit the fan*, würden unsere Freunde in Washington in so einem Fall sagen. Denn dann drehen alle vollends durch.« Sie ließ den Teller los, der auf die Tischplatte zurückkippte. »Sie sollten sich darüber im Klaren sein, was Sie tun, bevor Sie diesen Knopf drücken.«

Fredrik blieb sitzen, während sie in ihren Mantel schlüpfte. Schon möglich, dass wir bei der Polizei ein Leck haben, dachte er. Die Frage ist, um wen es sich handelt.

»Wir suchen übrigens nach einem Schmuckstück«, sagte sie. »Auffällige Rubine. Mikael hatte es vermutlich bei sich, als er ermordet wurde. Geben Sie Bescheid, wenn es irgendwo auftaucht.«

Er wartete, bis sie mit dem Anziehen fertig war. »Sindre Borch, bekannt unter dem Beinamen Kain. Kennen Sie den?«

»Ist das der Mann mit der Eishacke? Der Gusew getötet hat?« Offenbar hatte nicht nur die Presse gute Verbindungen ins Polizeipräsidium. »Nein. Aber es ist anzunehmen, dass er für Rasmussen arbeitet.«

Sie gaben einander die Hand, bevor sie sich zu Sven umwandte.

»Was ist, wenn Rasmussen nicht untergetaucht ist, weil er der Kopf des Ganzen ist?«, fragte Fredrik lauter als beabsichtigt. »Was, wenn Rasmussen gar nicht derjenige wäre, der auf Jagd ist, sondern wenn er sich versteckt hielte, weil er gejagt wird? Genau wie Morenius?«

Gjedde hielt inne, drehte sich aber nicht noch einmal um. »Der Gedanke wäre noch erschreckender«, murmelte sie. »Denn da hätten wir keine Ahnung, wer uns gegenübersteht.«

56

Berit aus dem Archiv stützte die Ellbogen auf und gewährte Fredrik einen großzügigen Einblick in ihr Dekolleté. Dagegen ist der Geirangerfjord ein Rinnsal, schoss es ihm durch den Kopf.

»Tut mir leid, aber da kann ich dir leider nicht helfen.«

»Sicher?«

»Dein Kollege hat sie sich bereits geholt, dieser Antonio Banderas.«

»Andreas Figueras?«

Sie ließ die Finger mit den langen, rot lackierten Nägeln über die Tastatur gleiten und beantwortete die Frage, indem sie bloß die Augenbrauen nach oben zog.

Berit aus dem Archiv – vermutlich nannte jeder sie nur so – war glücklich verheiratet, trank keinen Tropfen Alkohol und nahm auch nie an Polizeifesten teil. Das Archiv jedoch schien sie zur Spielwiese erkoren zu haben. Erfahrenere Ermittler machten sich einen Spaß daraus, die Frischlinge von der Polizeihochschule hier runterzuschicken – mit der Bitte, Unterlagen zu den Vernehmungen des estnisch-dänischen Drogenkartells Snidel-Langhøden zu besorgen. Manchmal spielte Berit mit. Mitunter war sie auch genervt. Doch ungeachtet ihrer Reaktion kam niemand hier vollkommen unbeeindruckt wieder weg. Berits Parfüm war derart intensiv, dass gemunkelt wurde, irgendein Richter hätte während eines Strafverfahrens nichts weiter getan, als an der Dokumentenmappe zu schnuppern, bevor er verlautbarte, dass der Fall verjährt sei.

»Darf ich mal sehen?«, fragte Fredrik und zeigte auf den Bildschirm.

Sie gab ein leises Schmatzgeräusch von sich und drehte dann den Monitor zu Fredrik um.

»Peder R-a-s-m-u-s-s-e-n?«, buchstabierte sie.

»Ganz genau.«

Er war hinunter ins Archiv gelaufen, um die Protokolle der alten Vernehmungen zu lesen, die auf Rasmussens Festnahme nach der Ermordung seiner Frau stattgefunden hatten. Er hatte überprüfen wollen, ob Rasmussen damals schon einem wie auch immer gearteten Rachegedanken Ausdruck verliehen hatte, so wie Judit Gjedde es behauptete.

Im Handumdrehen hatte Berit den Namen eingetippt.

»Wie schon gesagt, Loverboy hat sich die Akten letzte Woche geholt.«

»Danke«, antwortete Fredrik verwirrt.

»Ich habe gehört, du hättest versucht, dich auf dem Dachboden zu erhängen, Beier?«

Franke schob sich beide Hände durch das kurze, struppige Haar, ehe er sie in seinem Specknacken verschränkte und sich auf dem knarzenden Stuhl nach hinten lehnte. Dann grinste er Fredrik herausfordernd an.

»Ich dachte, du wolltest mit dem Fall nichts zu tun haben?«

Fredrik hatte mit so etwas gerechnet. Der alte Franke war immer noch sauer, weil Fredrik den Fall häuslicher Gewalt auf ihn abgewälzt hatte. Als sich jetzt herausstellte, dass Fredrik denselben Verdächtigen, Peder Rasmussen, aufs Korn genommen hatte und Einblick in Frankes Ermittlungsakten brauchte, forderte der ihn wie vermutet zum Duell.

»Was zum Teufel hätte ich denn tun sollen, Franke? Nachdem deine Frau angefangen hat, mir Nacktfotos von sich zu schicken, war ich einfach nicht mehr ich selbst.«

Franke kniff die Augen zusammen. »Schäm dich, Beier. Der ging unter die Gürtellinie. Meine Frau hat Krebs.«

»Ach? Das erklärt die Narben und die unbehaarte Möse.«

Franke schüttelte den Kopf. »Du hast echt nicht alle Tassen im Schrank, Mann.«

Dann zog er eine Schublade auf und schleuderte einen durchsichtigen Asservatenbeutel über den Tisch. Darin befand sich eine Geldbörse aus Kunstleder.

»Er ist unter der Adresse seiner Lebensgefährtin gemeldet – Milla Madsen, die Frau, die ihn angezeigt hat. Seit einem guten Monat ist er abgetaucht. Nun kommt es durchaus vor, dass Opfer häuslicher Gewalt diesbezüglich lügen, aber die Dame behauptet, seither keinen Mucks mehr von ihm gehört zu haben. Kein Anruf, nichts.«

»Hat sie ihn rausgeschmissen?«

Nein, Peder Rasmussen sei einfach verschwunden, erklärte Franke. Und erst nachdem er bereits weg gewesen sei, habe Milla Madsens Vater das Ausmaß der Misshandlungen an seiner Tochter und dem Enkel gesehen und Milla daraufhin zu der Anzeige gedrängt.

»Aber auch schon bevor er sich davongemacht hat, war er immer mal zwei, drei Tage am Stück verschwunden, ohne irgendeine Erklärung, was er in der Zeit getrieben hätte.«

»Und die hier?« Fredrik wiegte die Geldbörse in der Hand.

»Wurde bei uns abgegeben. Irgendwer hat sie draußen

am Akerselva gefunden. Keine Fingerabdrücke, keine DNA. Milla Madsen behauptet, sie nie gesehen zu haben.«

Die Geldbörse enthielt ein paar Quittungen sowie einen Zeitungsausschnitt aus dem *Dagbladet*. Datiert auf den Tag nach Rasmussens Verurteilung. »Direktor läuft nach Urteilsverkündung Amok«, lautete die Überschrift, und der Artikel handelte davon, wie Peder Rasmussen versucht hatte, sich noch im Gerichtssaal einen Weg zur Richterin zu bahnen. Drei Polizisten waren nötig gewesen, um den wütenden Mann aufzuhalten.

Fredrik schielte zu Franke hinüber.

»Die Richterin ist vor drei Jahren bei einem Autounfall ums Leben gekommen«, erklärte Franke.

Also war Peder Rasmussen ihr nicht mehr auf den Fersen.

Fredrik wollte den Artikel schon wieder in die Geldbörse zurückstecken, hielt dann jedoch inne und starrte die Quittungen an. Eine Flasche Mineralwasser in einer Weinbar in Grünerløkka – das war nicht allzu weit entfernt vom Akerselva. Und auch nicht mehr als einen viertelstündigen Spaziergang von Leonid Gusews Wohnung. Doch der Grund, warum ihm ein Schauder über den Rücken lief, war ein anderer – das Datum, der genaue Zeitpunkt. Fredrik checkte seinen Handykalender, ehe er sich schwer auf die Stuhllehne zurückfallen ließ.

Die Person, der die Geldbörse gehörte, war zum selben Zeitpunkt wie Andreas und er selbst in dieser Bar gewesen. Am selben Abend, als Fredrik eine Überdosis Tabletten in sich hineingestopft hatte. An dem Abend, an den Fredrik sich nicht mehr erinnern konnte.

Er starrte Franke an. »Mal abgesehen von diesem Artikel«, sagte er langsam, »hast du aber keinen Beweis dafür, dass die Geldbörse Peder Rasmussen gehören könnte?«

Franke schüttelte den Kopf. »Nein. Und es kann sich auch durchaus um einen Zufall handeln. Es sind schon merkwürdigere Dinge passiert.«

57

Es sind schon merkwürdigere Dinge passiert.

Wie üblich saß Andreas am Steuer. Die Sonne hatte die Wolkendecke durchbrochen und spiegelte sich im Schnee, sodass sich seine Brillengläser verdunkelten und Fredrik nicht mehr imstande war, den Blick des Kollegen zu deuten.

Sie wollten einem von Kains ehemaligen Nachbarn am Holmenkollen einen Besuch abstatten, doch erst mussten sie Kafa bei dem Pflegeheim auflesen, das sie ab und zu besuchte. Den Grund dafür hatte sie nie erwähnt. Andreas wirkte sorglos, fast schon glücklich, und trällerte wenig erfolgreich den Refrain von *Sir Duke* mit.

Fredrik drehte die Lautstärke des Autoradios runter. »Andreas?«

»Hm?« Dass er beim Singen gestört worden war, schien ihn leicht zu verärgern.

»Anscheinend hältst du nicht sonderlich viel von der Rasmussen-Verbindung ...«

Andreas sah ihn nicht an, umklammerte bloß das Lenkrad und schnalzte mit der Zunge. »Nein«, sagte er schließlich. »Aber wenn diese Judit Gjedde recht haben sollte, muss ich wohl falschgelegen haben.«

»Trotzdem hast du dir aus dem Archiv die alten Rasmussen-Vernehmungsprotokolle geholt.«

Andreas ächzte leise. »Ich habe schon einmal falschgelegen. Dachte, ich sollte sie mir noch mal zu Gemüte führen. Sie liegen in meinem Schreibtisch, wenn du sie haben willst.«

»Und hast du etwas herausgefunden?«

»Nichts, was für uns von Interesse wäre, soweit ich es sehe. Und nur, um es noch mal gesagt zu haben: Was meine persönliche Einschätzung angeht, hinkt deine Theorie noch immer. Wir dürfen uns nicht blenden lassen, nur weil auf einmal irgendwelche Agenten anfangen, uns Geheimnisse anzuvertrauen. Diese Leute lügen wie gedruckt, wenn sie der Ansicht sind, es könnte ihrer Sache dienlich sein.«

Andreas hatte zwar »wir« gesagt, aber Fredrik wusste natürlich, dass er insgeheim »du« meinte. Eigentlich hatte er Andreas fragen wollen, was er von der Quittung in der Geldbörse hielt, überlegte es sich dann aber anders. Irgendetwas am Verhalten des Kollegen beunruhigte ihn.

»Ist dir aufgefallen, dass Kafa neuerdings immer einen Schal trägt?«, fragte Fredrik stattdessen, um ihre Unterhaltung wieder auf neutralen Boden zu bringen.

»Äh, nein?«

»Ich frag mich, ob sie versucht, etwas zu bedecken«, fügte Fredrik leise hinzu.

»Wie eine Burka, meinst du?«

Fredrik schnaubte. »Nein. Nicht, dass *sie* sich bedeckt. Sondern dass sie *etwas* bedeckt.«

Zum ersten Mal, seit sie losgefahren waren, sah Andreas ihn an. »Du glaubst, dass sie geschlagen wird?«

»Keine Ahnung. Aber sie ist irgendwie unausgeglichen, war draußen auf Bygdøy nicht bei der Sache, und dann … Dass sie in Gusews Schlafzimmer nicht reagiert hat! Sie war als Erste drinnen. Das Bett war von der Wand abgerückt. Wir sprechen hier von *Kafa*, Andreas, und die macht solche dummen Fehler doch sonst nicht.«

»Sollte mich nicht wundern«, murmelte Andreas und schüttelte den Kopf, sodass die silbergrauen Locken wippten. »Dass sie Prügel bezieht, meine ich. Wie diese Kultur ist, wissen wir doch. Und wie alt ist sie? Dreißig? Da müsste sie doch seit zehn Jahren verheiratet sein. Wahrscheinlich ist irgendein Cousin von ihr es leid, dass sie in engen Jeans rumläuft und sich den Männern an den Hals wirft. Wenn sie so weitermacht, setzt sie die Familienehre aufs Spiel.«

Fredrik schnaubte. Er hätte wissen müssen, dass Andreas sich sofort auf das Thema einschießen würde.

»Sind wir gerade etwas voreingenommen, hm?«

Jetzt war es Andreas, der schnaubte. »Sei doch nicht so verflucht naiv, Fredrik! Ich sage lediglich, wie es ist.«

Holmenkollåsen. Einst Hochburg der Schickeria, die von ihrer Loge aus über die verlorene Stadt blickte. Das Panorama konnte ihnen keiner nehmen, aber die Wohngegend stand längst nicht mehr auf der Wunschliste der Reichen und Mächtigen der Stadt. Sie hatten ihre Teslas wieder hinunter in die Niederung gefahren, in die Tiefgaragen unter ihren Luxuswohnungen entlang des Fjords, auf Tjuvholmen und in Sørenga, und der Pulverschnee, den sie hier oben gratis bekamen, war durch ein anderes Pulver ersetzt worden, für das sie auf Champagnerpartys, Vernissagen und Clubabenden bereitwillig teuer bezahlten.

An sich durchaus verständlich. Denn hier oben auf dem Berg konnte man kaum etwas anderes machen, als an den Holzvillen vorbeizuflanieren und Fitnessfreaks mittleren Alters in Sport-Tights sowie Au-pairs mit Rotznase und einem Chihuahua im Gefolge nachzublicken.

Andreas parkte auf dem Kiesweg vor einem ockerfarbenen Holzhaus mit einer Einliegerwohnung im Untergeschoss. Dort wohnte Ingeborg Balterzen, seit sie in den Siebzigern an einem verregneten Sommertag aus dem heiteren Sørlandet nach Oslo gekommen war. Unten in der Stadt, »unter der Wolkendecke«, wie sie gern sagte, betrieb sie ein kleines Tanzstudio, und sie erinnerte sich noch gut an die Syndikusanwältin Eva Borch und deren Sohn. Eva Borch war bis zu ihrem Tod Eigentümerin der Villa gewesen. Sie sei in derselben Woche verstorben, da Céline Dion den Eurovision Song Contest gewonnen habe, berichtete Balterzen.

Ihr Händedruck war genauso kühl wie das Wohnzimmer, das sie ansteuerte. Immerhin dampfte der Tee, den sie servierte.

»Über Frau Borch kann ich nur Gutes sagen. Eine fleißige, genügsame Frau. Dass ausgerechnet sie einen solchen Sohn zur Welt gebracht hat, übersteigt mein Vorstellungsvermögen.«

Ihre Stimme war rau, was ihr Fredriks Ansicht nach gut zu Gesicht stand.

»Was ist mit Herrn Borch?«, erkundigte sich Andreas.

Er hatte neben Kafa auf dem Stoffsofa Platz genommen. Einen Tisch gab es nicht, lediglich eine gewebte Meditationsmatte am Boden. Die Wand vor ihnen war mit Postern von Frauen und Männern in Tanzoutfits dekoriert. Fredrik studierte die vielen silbernen und goldenen Pokale auf dem Kaminsims. Die meisten stellten Frauen dar, und auf vielen war Ingeborg Balterzens Name eingraviert.

»Wie Sie wahrscheinlich wissen, habe ich fürs Nationalballett getanzt, als ich hierher in die Hauptstadt kam. Tja … Lang ist's her. Der Rücken …« Sie streckte sich, und der lange, hellblaue Kaschmir-Cardigan schmiegte sich eng an ihren Körper. »Irgendwann ging es einfach nicht mehr.«

Die grauen Haare reichten ihr bis über den unteren Rücken. Fredrik ahnte, dass sie früher eine bildschöne Frau gewesen war.

Sie drehte sich zu Andreas um. »Soweit mir bekannt ist, gab es nie einen Herrn Borch.«

Unter ihrem tadelnden Blick korrigierte Andreas seine Haltung. »Wie meinen Sie das?«

»Von einem Mann war nie die Rede. Und was den Jungen anging ...« Sie schlug einen formellen Ton an, als würde sie von der Geburtsurkunde ablesen: »Vater unbekannt.«

Fragt sich, für wen, dachte Fredrik.

Kafa klapperte mit ihrer Teetasse. »Was war denn mit dem Sohn?«, hakte sie nach.

»Wissen Sie, wie Frau Borch ihn nannte? Wenn er ungehorsam war?« Sie dämpfte die Stimme. »Kain.« Balterzen schlug die Hand vor den Mund. »Das ist doch beinahe ... obszön!«

Wo sie recht hatte, hatte sie recht. Man konnte seinen Sohn doch nicht nach Adams und Evas Erstgeborenem benennen – ausgerechnet nach dem Brudermörder.

Kafas Telefon vibrierte. Sie warf einen Blick auf das Display, setzte ihre Teetasse auf dem Fußboden ab und bedeutete ihnen, dass sie nach draußen verschwinden würde.

»Und was ist mit einem Abel?«, fragte sie noch.

»Tja, was ist mit Abel«, entgegnete die Tanzlehrerin. »Das hab ich mich auch gefragt.«

Kafa verschwand in den Flur.

»Ist sie immer so?«, fragte Balterzen und nahm mit einer anmutigen Bewegung Kafas Tasse vom Boden. »So unverblümt?«

»Ja«, antwortete Andreas, während Fredrik gleichzeitig sagte: »Nein.«

Eva Borch war im selben Jahr auf den Holmenkollen gezogen, als Sindre in die dritte Klasse kam. Ein paar Jahre ehe sie die Wohnung der Borchs mietete, erzählte sie. Wo sie davor gewohnt hatten, könne sie nicht sagen. Die Mutter sei nicht oft zu Hause gewesen, sie habe viel gearbeitet, und so sei Ingeborg Balterzen eine Zeit lang Sindres Tagesmutter gewesen.

»Als der Rücken angefangen hat zu streiken, hatte ich ja auch wieder Zeit für so etwas. Aber länger als ein halbes Jahr habe ich nicht ausgehalten. Er war ein anspruchsvolles Kind.«

Sie unterstrich die Aussage mit einer Grimasse.

Eine Vielzahl von Aushilfen sei danach gekommen und gegangen, einige seien zu nett gewesen, andere zu streng, ein paar zu penibel, andere zu schlampig. Doch Sindre Borch sei ihnen allen irgendwann zu viel geworden. Er sei nicht direkt ein böses Kind gewesen, das wolle sie nun nicht behaupten. Aber chaotisch. Kopflos, unbedacht und brutal.

»Wie die meisten Kinder also«, wagte Fredrik einen Vorstoß.

»Nein«, entgegnete sie brüsk. »Er war *nicht* wie die meisten Kinder. Mit seinen Einfällen hat er die Mutter schier um den Verstand gebracht. Mit all den Nächten, in denen er einfach verschwand, und den Tagen, an denen er nicht wiederkam. Die Fahrten in die Notaufnahme. Die Polizei vor der Tür, zu jeder Tages- und Nachtzeit. Irgendwann hat dann ihr Herz die Reißleine gezogen.«

Und das begleitet von Céline Dion. *Ne partez pas sans moi.* Fredrik hatte keine Ahnung, warum er sich an dieses Lied erinnerte. *Geht nicht ohne mich.* Und warum war der Tanzlehrerin gerade das im Gedächtnis geblieben? Fredrik sah sie nachdenklich an. Eine zierliche Frau. Was genau war ihm gerade entgangen?

»Wie nennt man so was? Hyperaktiv?«

»ADHS, glaube ich«, sagte Fredrik.

Sindre war nie alleine klargekommen. Nicht in der Schule, nicht zu Hause. Es hatte nicht geholfen, die abstehenden Ohren zu operieren. Logopäden, Tennistrainer, Klavierlehrer – sie alle hatten irgendwann aufgegeben.

»Hundertneunzehn«, flüsterte Ingeborg Balterzen. »Als er zur Armee sollte, haben sie seinen IQ getestet. Er war nicht dumm.«

Zum Wehrdienst kam es selbstverständlich nie. Haschischspuren im Urin, ein Selbstmordversuch und ein generell wankelmütiger Charakter hatten dagegengesprochen.

»Seine erste Gefängnisstrafe hat er ein paar Wochen vor dem Tod der Mutter angetreten. Danach hab ich ihn nie wieder gesehen.«

»Nicht mal bei der Beerdigung?«

»Nein.«

Sie schüttelten ihre sehnige Hand und verabschiedeten sich. Kafa saß bereits im Auto. Sie hatte den Laptop auf dem Schoß und sah hoch konzentriert aus.

»Der Anruf kam von einer Streife«, sagte sie, während Andreas den Motor anließ. »Erinnert ihr euch noch an Lin? Das Kärtchen am Blumenstrauß aus Kains Auto?«

»Ja?«

»Vor ein paar Tagen hat der Kollege eine Frau aufgegriffen, die draußen am Mosseveien entlanglief. Eine Prostituierte, spärlich bekleidet, sagte nicht viel. Nannte sich Lin. Sie haben sie in ein Frauenhaus gebracht.«

Kafa drehte den Laptop so, dass sowohl Fredrik als auch Andreas den Bildschirm sehen konnten.

»Ich hab gerade mit den Leuten aus dem Frauenhaus gesprochen. Sie ist ziemlich schnell wieder verschwunden. Aber seht euch das hier an«, sagte sie und zeigte auf die Homepage. Auf das Foto einer Asiatin.

Sie trug einen schwarzen, kurzen Rock. Die Bluse war weiß und so tief aufgeknöpft, dass die kleinen, festen Brüste darunter zu erkennen waren. Ihr Outfit erinnerte an eine Schuluniform – allerdings keine, in der man als Vater seine Tochter sehen wollte. Sie hatte sich dünne Rattenschwänzchen geflochten und saß mit gespreizten Beinen auf einem weißen Sofa. Rechts und links waren herzförmige rote Kissen drapiert. Der Kopf war leicht nach vorn geneigt, gleichzeitig ging ihr Blick kokett nach oben. Ein schüchternes Lächeln. Unter dem Foto stand eine Telefonnummer. Und ein Name. Lin.

»Der Telefonanschluss ist in der Reichsweins gate registriert.«

58

Die Wohnung musste zu den kleinsten gehören, die es hier in Ruseløkka in den hundert Jahre alten Mietshäusern einen Steinwurf vom Schlosspark entfernt gab. Andreas war ins Präsidium zurückgefahren. Staubkörner tanzten in der abgestandenen Luft. Im Wohnzimmer stießen Fredrik und Kafa auf das weiße Sofa mit den herzförmigen Kissen. Unter dem Tisch standen kreideweiße Sneakers, in denen rosa Baumwollsocken steckten. Vom Fensterbrett aus blickten Porzellanpuppen schweigend zu ihnen herüber. Weitere Hinweise darauf, dass hier jemand wohnte, gab es nicht.

Als der Hausmeister die Tür für sie aufgeschlossen hatte, war Fredrik ein Geruch in die Nase gestiegen. Ein Mädchenparfüm, Aprikose und Vanille. Etwas Ähnliches hatte seine Tochter Sofia vor Jahren auch verwendet. Aber da war auch noch etwas Beißendes gewesen. Der salzig-säuerliche Geruch nach Geschlecht.

»Hier steht eine Tasche«, rief Kafa aus dem winzig kleinen Schlafzimmer. Fredrik trat an die Tür. Am Boden lag eine Federkernmatratze, die Wände waren mit Ausschnitten aus Reisekatalogen und Zeitungsartikeln über Thailand tapeziert.

Kafa zog den Reißverschluss der Tasche auf. Kleidung, Schuhe, einige Kosmetikartikel sowie ein roter Pass, auf den der *Garuda*, der Sonnenadler, eingraviert war. Das mythologische Geschöpf, das in der buddhistischen Lehre so schnell wie ein Gedanke fliegen konnte. In dem Pass steckten ein paar Tausendkronenscheine. Auf dem Foto war ein Mädchen abgebildet, das gerade mal im Teenageralter zu sein schien.

»Keine Tickets«, sagte Kafa zögerlich. »Aber sie hatte offensichtlich Pläne.«

»Oder Träume«, murmelte Fredrik und trottete zurück ans Wohnzimmerfenster.

Eine Weile stand er einfach nur da und starrte nach draußen. Vergilbte Ahornblätter waren in den Schneewehen entlang der Straße festgefroren. Ein Mädchen, Strandmotive, Palmen, buntes Treiben auf den Straßen Bangkoks. Anders als Garuda war Lin nur in Gedanken auf Reisen gegangen. Genau wie die gefrorenen Blätter hing sie hier fest.

Ein Klopfen an der Wohnungstür riss ihn aus seinen Überlegungen. Als er die Tür aufzog, stand eine junge Frau mit einem Nasenpiercing vor ihm. Ihre Haare waren glatt gekämmt und grau gefärbt, was derzeit wohl aus Gründen, die Fredrik nie verstehen würde, trendy war. Sie hielt einen Pappkarton in der Hand.

»Oh, Entschuldigung. Die Tür stand einen Spaltbreit

offen.« Misstrauisch blickte sie zwischen Fredrik und Kafa hin und her.

»Ich dachte, Lin wäre zu Hause.«

»Sie kennen sie?«

Sie wich einen Schritt zurück. »Wer sind Sie? Was machen Sie hier?«

Auch nachdem sie ihr die Dienstmarken gezeigt hatten, war sie kaum weniger misstrauisch, hatte aber zumindest begriffen, dass die zwei Ermittler wohl nicht auf ein Schäferstündchen hergekommen waren.

»Ich *kenne* Lin nicht … zumindest nicht besonders gut. Aber ich wohne gegenüber. Es kommt vor, dass … Ich habe ihr mal geholfen, als sie in Schwierigkeiten steckte. Danach haben wir uns hin und wieder unterhalten. Sie hat mich ab und zu auf eine Tasse Tee eingeladen. Aber *er* … also, der Typ, der auf sie *aufpasst* … hat kein gesteigertes Interesse daran, dass sie hier Freunde findet. Und sie hört auf ihn.«

»Der auf sie aufpasst?«, hakte Kafa nach, während sie weiter in der Tasche herumwühlte. »Sie meinen ihren Zuhälter? Den hier?«

Sie hielt ihr das Foto von Kain hin, das ein Polizeifotograf vor Jahren gemacht hatte.

»Das ist er, ja. Ein Volltrottel, wenn Sie mich fragen. Aber Lin meint, er wäre gar nicht so schlimm. Na ja, kommt wohl auf die Perspektive an.«

»Sie …«, begann Fredrik. »Sie arbeiten nicht in derselben Branche?«

Sie bedachte ihn mit einem eiskalten Blick. »Wie er oder wie sie, meinen Sie? Nein. Ich studiere Jura.«

»Sehr gut«, sagte Fredrik. »Besser für Sie.«

Kafa knuffte ihn in die Seite. »Sie haben Schwierigkeiten erwähnt. Was waren das für Schwierigkeiten? Mit dem

Typen? Hat er sie schlecht behandelt?« Sie wedelte mit dem Foto.

Das Mädchen seufzte leise. »*Er* hatte Schwierigkeiten, irgendwas mit einem Verwandten, glaube ich.« Sie nickte auf das Foto hinab. »Er hatte Angst, dass Lin was zustoßen könnte. Deshalb hat sie auch ein paar Tage bei mir übernachtet.«

»Ein Verwandter?«

Die Jurastudentin musste gesehen haben, wie Fredrik und Kafa einen vielsagenden Blick wechselten, denn sie schüttelte umgehend den Kopf. »Ein Mann, ja, aber er ist nie hier gewesen. Zumindest nicht, soweit ich es mitgekriegt habe. Aber Lin wollte mir nichts über ihn erzählen.«

Fredrik brummelte in sich hinein. »Und das hier?« Er wies auf den Pappkarton, den die Studentin in der Hand hatte.

»Eine Frau war hier – vom Frauenhaus, nehme ich an. Lin hat dort anscheinend ein paar Sachen liegen gelassen.«

»Wunderbar«, sagte Fredrik. »Den Karton nehmen wir mit.«

Als Kafa der jungen Frau erklärte, es gebe keinen Grund, sich um Lin Sorgen zu machen, klang ihre Beteuerung nach einer hohlen Phrase.

Fredrik stellte den Pappkarton auf den Wohnzimmertisch und riss das Klebeband ab. Der Inhalt jagte ihm einen eiskalten Schauder über den Rücken.

»Kafa …«

Er wartete, bis sie neben ihm stand. Dann nahm er langsam einen Gegenstand nach dem anderen heraus. Ein Paar High Heels mit schmalen Riemchen. Ein dunkelrotes, in Stücke zerschnittenes Korsett. Die dunklen Schattierungen rund um die Schnittkanten erinnerten an Blut. Ein auf einen Gürtel aufmontierter Dildo. Das braunschwarze Leder war faserig, und die Lederriemen, die man an den Innenseiten der Oberschenkel entlangzog, waren kaum dicker als Hanffäden. Der Dildo war abgesäbelt worden, sodass er einem grotesken Totempfahl ähnelte.

Auf dem Boden des Kartons lag ein Polaroid: Lin in ihrem grotesken Kostüm, die vor einer gelben Backsteinwand stand. Um den Hals trug sie ein rubinrotes Schmuckstück.

59

»Ein Kind kann seinen Vater hassen und gleichzeitig lieben.«

Milla Madsen reichte ihm eine Tasse Kaffee und wies dann auf einen freien Tisch in dem kleinen Café. Die Frühstückszeit war vorbei, und die Huren hatten sich nach draußen auf die Straße begeben, während die Junkies schon wieder überlegten, wie sie die wachsende Leere füllen konnten. Nur eine übergewichtige rumänische Bettlerin und ihr klapperdürrer Partner waren geblieben.

Nachdem die große, mollige Frau die letzten Gläser und Teller in den Geschirrspüler gestellt hatte, benetzte sie mit der Zunge Daumen und Zeigefinger, um die Teelichter auf dem Tresen zu löschen. Alle bis auf zwei. Eins davon stellte sie auf den Tisch der Rumänen, das andere vor Fredrik. Dann nahm Milla Madsen ihm gegenüber Platz.

»Elena und Alexandru«, flüsterte sie und blickte diskret zu dem ältesten Paar hinüber. »Seit drei Jahren betteln sie hier in der Stadt. Sie kommen im Frühjahr, und im Herbst reisen sie wieder nach Hause. Dieses Jahr haben sie beschlossen, sogar bis Weihnachten zu bleiben, weil die Norweger im Dezember am großzügigsten sind. Haben sie zumindest gehört.«

Fredrik nahm einen Schluck. Der Kaffee war ungewöhnlich gut.

»Sie haben vier Kinder, drei Mädchen und einen Jungen, die bei den Großeltern in Târgu Jiu wohnen. Ohne das Kleingeld, dass wir in ihre Becher werfen, hätten sie nicht mal die Möglichkeit, ihre Kinder in die Schule zu schicken.«

»Behaupten sie zumindest«, brummte Fredrik.

Milla Madsen wirkte in keiner Weise resigniert. »Tja. Weder waren wir vor Ort, noch haben wir es überprüft. Aber das wollte ich damit eigentlich auch nicht sagen.«

Nein. Fredrik hatte schon verstanden. Sie hatte sagen wollen, dass Menschen mitunter bereit waren, ihre Würde für ihre Kinder zu opfern. Wie sie es ebenfalls getan hatte, als sie zugelassen hatte, dass Peder Rasmussen die Schlechtigkeit aus ihr herausprügelte, nur damit er sich nicht stattdessen die Tochter vornahm.

Ein Kind könne seinen Vater hassen und gleichzeitig lieben, hatte sie gesagt, als sie miteinander telefoniert hatten. Als wäre das Leben eine Briefwaage und als gliche eine Liebkosung den vorangegangenen Schlag aus, ein warmes Wort die letzte Drohung. Wie oft schon hatte Fredrik Beier die Folgen einer solchen Denkweise vor Augen gehabt. Im Krankenhaus. Im Irrenhaus. Im Leichenschauhaus.

»Erzählen Sie mir von Peder Rasmussen«, sagte Fredrik.

Die kleine christliche Organisation, die das Café betrieb und deren Angehörige Langzeitinhaftierte in Gefängnissen besuchten, hieß *Zweite Chance*. Auch Milla Madsen war der Ansicht, dass jeder eine zweite Chance verdiente. Als dieser breit gebaute Mann mit der grobporigen Haut seine Hände auf die Tischplatte gelegt, ihr in die Augen geblickt und geweint hatte, war sie regelrecht beglückt gewesen. Nie zuvor hatte sich Peder Rasmussen getraut, den Schutzschild runterzunehmen. Damals war sie noch nicht mal in ihn verliebt gewesen, das war erst sehr viel später gekommen, aber an jenem Tag hatten sie angefangen zu *reden*. Über ihn, über sie, über seinen Zorn und über seinen Sohn, den die Polizei auf dem Gewissen hatte.

»Allen Menschen wohnt etwas Gutes inne«, sagte Milla Madsen. »Aber Peder wohnt so unendlich viel mehr Böses inne.« Dann löschte sie das Teelicht.

Fredrik stand auf. »Wissen Sie, wo er sich derzeit aufhält?«

»Nein.«

»Rufen Sie mich bitte an, wenn er Sie kontaktiert?«

»Mach ich.«

Fredrik hatte ihr dabei in die Augen sehen müssen. Nur deshalb war er gekommen.

»Ein Psychopath?«

Der Gefängnispsychologe räusperte sich. »Ja, nun ist das ja eine Bezeichnung, die wir Fachleute nicht besonders mögen. Wenn Sie diesen Ausdruck aber verwenden wollen … Peder Rasmussen ist ein Psychopath. Durch und durch, bis in die Fingerspitzen.«

Sie saßen im Büro des Gefängnispsychologen der Strafvollzugsanstalt Ila. Die daumendicken Gitterstäbe vor dem Fenster zeugten davon, dass hier einige der gefährlichsten Bewohner dieses Landes einsaßen. Fredrik starrte auf den vereisten asphaltierten Platz vor dem massigen Backsteingebäude. Eine vier Meter hohe Stahlwand trennte das Gebäude von der Freiheit. Obenauf saß auf einer Y-förmigen Konstruktion gewickelter Stacheldraht.

»Können Sie mir ein Beispiel nennen?«

»Gern. Die Frau, die ihn hier besucht hatte, mit der er später auch ein Kind bekommen hat…«

»Milla Madsen.«

»Genau. Ich habe sie ausdrücklich davor gewarnt, sich mit diesem Mann einzulassen. Dieser Besuchsdienst ist gut – das ist es nicht. Den Inhaftierten tut es gut, auch mal mit Außenstehenden und nicht immer nur mit dem Gefängnispersonal und Mitgefangenen zu sprechen. Aber Außenstehende sind nicht geschult.«

Peder Rasmussen hatte sie von der ersten Minute an manipuliert. Erst indem er vorgab, sich zu sträuben: Lange hatte er sich rundheraus geweigert, sie zu treffen. Hatte erst nach dem dritten, vierten Brief geantwortet. Später dann indem er sich verschlossen gab. Letzten Endes hatte er ihr weisgemacht, dass sie geschafft hätte, was niemand sonst jemals vermocht hatte – seinen Panzer zu durchbrechen.

»Er hat seinen Köder geschickt ausgelegt – ein echter Rutenangler«, sagte der Psychologe.

Er stemmte sich aus seinem Stuhl hinter dem nüchternen Schreibtisch und blickte kurz aus dem Fenster. Dann wandte er sich wieder um und reichte Fredrik den Gerichtsbeschluss – jenes Dokument, das ihn von seiner Schweigepflicht enthob, weil die nationale Sicherheit auf dem Spiel stehen könnte.

»Sie glaubte wirklich, dass *er* der Gefangene wäre. Aber so war es nicht. Er hat sie eingewickelt. Wissen Sie… selbst wir Psychologen tappen in diese Falle. Obwohl wir geschult sind. Weil wir trotz allem immer noch der Überzeugung sind, dass jedem Menschen etwas Gutes innewohnt.«

»Rutenangler?«, hakte Fredrik nach.

»Sie wissen schon – dieser hässliche Tiefseefisch mit den riesigen Zähnen und der Leuchtsonde, die vor seinem Maul hängt.«

»Aha.«

»So funktionieren Menschen wie Peder Rasmussen. Sie bewegen sich in der Tiefe, wo die Wenigsten von uns schon mal gewesen sind. Dort verirren wir uns dann immer weiter nach unten, weil wir von seinem Licht angelockt werden.«

Keiner der Aufseher hatte je bemerkt, das Milla Madsen Rasmussen ein Foto zugesteckt hatte. Ein altes Porträtfoto. Vermutlich hatte sie sich gewünscht, wenigstens so bei ihm in seiner Zelle zu sein. »Und wissen Sie, was er damit gemacht hat? Er hat es zusammengerollt und darübergewichst. Und zwar nicht wie ein Teenager mit ihrem Bild vor Augen – nein, *darüber*. Vier-, fünfmal täglich. Und während er dort lag und sich einen runterholte, biss er Fetzen aus den Briefen, die sie ihm geschickt hatte, kaute sie zu Brei und spuckte sie anschließend auf das zusammengerollte Foto. Dann legte er das Ganze auf den Heizkörper, wo es irgendwann trocknete und verhärtete … zu einem unebenen, spitzen … Gegenstand. Die Proteine im Sperma, die Papiermasse und die Chemikalien aus dem Fotopapier haben miteinander reagiert. Bei einer Schlägerei mit einem Mitgefangenen hat er den Gegenstand aus seinem Hosenbund gezogen und ihn dem armen Teufel zwischen die Augen gerammt.«

»Du meine Güte …«

»Ganz genau. In dieser Art von Tiefe schwimmt Peder Rasmussen. Er ist blitzgescheit und komplett durchgeknallt.«

Trotzdem hatten sie das Stahltor für ihn aufgemacht. Waren ihm bis an den Stacheldraht gefolgt, hatten ihm die Hand geschüttelt, ihm eine Plastiktüte mit seiner Kleidung, seinem Geld und Schlüsseln überreicht, die er bei seiner Ankunft dabeigehabt hatte, und ihn entlassen. Hinaus –

und mitten hinein in ein Leben unter ganz normalen, gutgläubigen Menschen.

»Man fragt sich schon, warum? Er hatte gerade mal die Mindeststrafe abgesessen.«

»Was meinen Sie?«

»Wissen Sie, worauf Peder Rasmussen hier im Gefängnis die meiste Zeit verwendet hat?« Der Psychologe wartete Fredriks Antwort nicht ab. »Auf seinen Fall. Er hat sich die Ermittlungsunterlagen kommen lassen. Sämtliche Dokumente, die bei Gericht vorgelegt worden waren. Abschriften von Zeugenaussagen, Fotos, Zeitungsausschnitte. Er führte Namenslisten. Und zwar wie ein Besessener. In unseren Gesprächen… Ich habe ihn mal gefragt, ob er Rachegedanken habe. Schweigend blieb er vor mir sitzen, bis die Stunde vorüber war.« Er seufzte und schüttelte den Kopf. »Peder Rasmussen wurde gegen meinen Rat und entgegen der Empfehlung des Gerichtspsychiaters entlassen. Aber er hatte inzwischen ein neues Leben begonnen. Er hatte eine Familie gegründet… Na ja. Die Begründung ist mir nicht im Detail bekannt. Ich weiß nur, dass er komplett gestört ist.«

»Wurde die Polizei über die Entlassung informiert?«

»Natürlich«, antwortete der Psychologe. Aber Fredrik sei auch nicht der Erste, der seither ein Interesse an Peder Rasmussen bekundet habe.

»Mikael Morenius?«, fragte Fredrik.

»Ja, er war mehrfach hier. Und er ließ sich nicht täuschen. Das war ihm anzumerken. Er wusste, um was für einen Typen es sich handelte.« Der Psychologe kratzte sich am Kopf. »Aber da war noch einer, der ist zwar niemals hier gewesen, aber er hat mich mehrmals angerufen. Vor allem um… Er hat sich mehrmals nach Rasmussen erkundigt. Ich konnte ihm natürlich nicht viel sagen, er war zu der Zeit ja mein Patient. Wie hieß er gleich wieder…«

Fredrik wurde heiß und kalt. »Andreas Figueras?«

»Genau! Figueras, das war es.«

»Wann hat er denn das letzte Mal angerufen?«

»Ich habe *ihn* angerufen, als Rasmussen entlassen wurde. Ich weiß natürlich nicht, ob Peder Rasmussen tatsächlich die Absicht hatte, sich zu rächen, als er entlassen wurde. Aber ich hatte den Eindruck. Also habe ich Figueras angerufen und ihn vorgewarnt. Natürlich nicht offiziell, aber ich musste es tun, aus Gewissensgründen.«

Andreas. Der behauptet hatte, keine Ahnung gehabt zu haben, dass Peder Rasmussen wieder auf freiem Fuß war.

Die Justizvollzugsanstalt Ila lag isoliert in einem Wäldchen in der Eiksmarka, gar nicht allzu weit entfernt von der Schießanlage, wo er mit Andreas gewesen war.

Die deutschen Besatzer hatten hier das Konzentrationslager Grini errichtet. 19788 Menschen – die meisten von ihnen Norweger – hatten hier die Brutalität des Nationalsozialismus zu spüren bekommen. Direkt neben der Bushaltestelle stand ein Mahnmal. Im Schnee war ein kleiner Pfad dorthin freigeschaufelt worden.

Beim Anblick der gebogenen Betonstelen und Steine blieb ihm für einen Moment die Luft weg. Einige Keramikzylinder oben auf den Pfosten schienen immer noch intakt zu sein. Dazwischen war der Elektrozaun gespannt gewesen.

Der Text auf dem Gedenkstein zeugte von bissiger Ironie. »Freiheit und Leben sind eins.« Nur eben nicht für die Schwerverbrecher hinter den Gefängnismauern oben auf dem Berg.

Er war der einzige Fahrgast im Bus. Er setzte sich ganz hinten hin, und als draußen außer schneebedeckten Feldern nichts mehr zu erkennen war, zog er das Handy aus der Innentasche. Suchte die Nummer der russischen Botschaft heraus.

»Ich rufe vom Osloer Konserthuset an«, sagte er. In der Ferne konnte er ein paar Langläufer sehen.

»Wie kann ich Ihnen helfen?«

Die Stimme der Frau am anderen Ende der Leitung klang leicht ungeduldig.

»Es geht um ein Konzertticket für Lawrence Powers Aufführung von Prokofjews *Romeo und Julia*. Reserviert für den Militärattaché Fjodor Larinow.«

60

Gelegentlich stellte sie sich vor, wie gewisse Menschen wohl als Tote aussähen. Bis auf die Knochen vom Krebs ausgezehrt, von Zellgiften verseucht und vom Cortison wie Puffreis aufgebläht.

Agnes Ose sah misstrauisch zu den Ermittlern hinüber, die sie in ihrem Büro aufgesucht hatten, und blieb mit dem Blick schließlich an der Frau hängen. Ihr dunkler Teint wäre matt wie nasser Sand. Ihr glänzend schwarzes Haar – oder zumindest das, was davon übrig wäre –, wäre dann spröde und dünn. Kurz vor dem Ende würde sie womöglich in eine fremde Sprache verfallen, die Agnes nicht verstand.

»Sie wirken nicht besonders überrascht …«

Er, mit Bart und Brille, führte das Wort. Nahm er irgendwas? Antidepressiva oder irgendein Schmerzmittel? Sie konnte es an seinem Blick sehen. Ganz leicht verschwommen, was gewiss sonst nicht Teil seiner Persönlichkeit war.

Sie zwang sich zu lächeln. »Wissen Sie was?«, sagte

sie. Ihre Hände auf den Greifringen des Rollstuhls waren klamm. »Ein-, zwei-, vielleicht dreimal pro Woche sitzt eine Person hier auf einem der Stühle, auf denen Sie jetzt sitzen ... meist auf Ihrem«, sagte sie und nickte der Frau zu. »Und dieser Person muss ich mitteilen, dass sie bald sterben wird. Ich hab ganz gut gelernt, meine Gefühle für mich zu behalten.«

Sie hatte oft darüber nachgedacht. Warum der Kranke sich in aller Regel auf den linken Stuhl setzte. Weil er so der Tür am nächsten war? Oder weil er nicht am Fenster sitzen wollte? Vielleicht hatte es auch etwas mit ihr selbst zu tun? Agnes wusste, dass die Krankheit auch ihre Gesichtsmuskulatur in Mitleidenschaft gezogen hatte. Die linke Gesichtshälfte war nicht mehr annähernd so beweglich wie die rechte und daher schwerer zu deuten. War die Botschaft dadurch annehmbarer? Wenn die Nachricht mit so wenig Empathie wie möglich überbracht wurde?

»Aber Sie hatten keine Ahnung, dass er am Leben war?«

»Axel? Nein, selbstverständlich nicht. Das ist ein totaler Schock. Es ist doch ... Es ist mehr als zwanzig Jahre her, dass wir ein Paar waren. Als er starb, hatten wir bereits Schluss gemacht. Als er angeblich gestorben ist, meine ich.«

»Und die Mutter, Gerda Thrane, hatten Sie Kontakt zu ihr?«

Agnes Ose lachte kurz. »Pflegen Sie Kontakt zu den Müttern Ihrer Exgeliebten?«

Der Ermittler lächelte schief, antwortete aber nicht.

»Er hatte Diabetes.«

Die Frau hieß Kafa Iqbal. Was Namen anging, war Agnes Ose ein Ass.

»Litt er damals schon daran, als Sie noch ein Paar waren?«

»Typ 2, nehme ich an. Nein, damals war er vollkommen gesund. Er war Marinejäger, durchtrainiert. Das Einzige, woran er litt, war eine Tendenz zum Selbstmitleid.«

Sie stellten ihr noch ein paar Fragen, aber die Ärztin konnte ihnen nicht recht weiterhelfen. Ja, sie habe bei Egons und Suzannes Hochzeit fotografiert. Nein, sie habe keine Ahnung, was Egon Borg momentan trieb. Dann schob Agnes den Rollstuhl nach hinten und versicherte ihnen, dass sie den Plausch selbstverständlich gern fortgeführt hätte, jetzt aber die Pflicht rufe.

»Eine Patientin«, sagte sie. »Ein junges Mädchen. Sie hat nicht mehr viel Zeit.«

Die Bläschen an der Innenseite des Plastikbechers verrieten ihr, dass das Wasser schon eine Weile dort gestanden hatte. Agnes Ose wartete, bis die Tür zum Patientenzimmer hinter ihr ins Schloss gefallen war, bevor sie den kleinen Tisch beiseiteschob und direkt ans Bett heranrollte.

Sechzehn Jahre. Das glatte, pechschwarze Haar reichte ihr bis auf die Schultern. Sie hatte die Stimme eines alten Mannes gehabt, eine schneeweiße Haut, ein flaches Gesicht und eine spitze Nase. Die Ohren ragten beinahe rechtwinklig unter der Perücke hervor. Agnes strich ihr mit den Fingern über den zerbrechlichen Hals. Tastete sich zu der Vertiefung über dem Schlüsselbein vor. Die Bestrahlung hatte die Haut ausgetrocknet. Der Tumor in der Mulde unter ihrem Hals fühlte sich hart und rau an, wie die Schale einer Walnuss. Sie griff nach der Hand des Mädchens. Die Ellbeuge war mit Einstichnarben übersät. Darunter verliefen zwei weißlich blaue Adern. Am Handgelenk teilten sie sich, verzweigten sich dann in der Hand erneut.

Agnes legte ihr zwei Finger auf das Handgelenk. Ihr war selbst nicht klar, warum, aber sie machte es. Spürte die eisige Haut unter den Fingerspitzen. Die Abwesenheit von Leben. Das Herz, das nicht mehr schlug.

Sie sah auf die Uhr und nahm die Krankenakte zur Hand. Sie hatte Miriam Isaksen geheißen. Nicht dass sie den Namen hätte nachschlagen müssen. Was das betraf, war Agnes Ose ein Ass. Das Mädchen war in der vergangenen Nacht um vierzehn nach drei gestorben. Das passte perfekt.

Mit ein paar raschen Kulistrichen korrigierte sie den Eintrag. Gab der kalten Leiche einen halben Tag mehr Leben. Dann berechnete sie, wie viel Morphin, Benzodiazepine und Barbiturate die Patientin in der geschenkten Zeit verbraucht hätte, und machte sich auf den Weg zum Medikamentenschrank.

Kains verdammtes Gewissen entwickelte sich langsam zu einer Plage. Auf einmal sprach er davon runterzufahren. Aufzuhören. Agnes hatte über das Warum lang nachgedacht, als aber dann plötzlich Lin verschwunden war, hatte es ihr gedämmert. Kain war verliebt. Dieser verdammte Idiot hatte sich in seine Hure verliebt. Trotzdem, mal abwarten, hatte sie gedacht. In der vergangenen Woche hatten sie hier sechs Tote gehabt, und das bedeutete Stoff. Präparate, die sie an Kain weitergab, der sie wiederum an seine Kunden vertickte – mit einem guten Verdienst für sie beide. Sie konnte sich nicht vorstellen, dass er zu dem Geld Nein sagen würde.

Und sollte Kain sich weigern, auf sie zu hören, dann konnte sie immer noch mit *ihm* sprechen.

61

Die Sicherheitsleute waren irritiert, weil Fredrik und Kafa keinen Termin vereinbart hatten. Daher mussten sie erst mal fröstelnd vor der rotierenden Stahltür warten, bis ihnen der Sonderberater im Verteidigungsministerium, Egon Borg, ebenfalls frierend und auf rutschigen Sohlen über den vereisten Pflastersteinweg entgegenkam.

»Ich hab damit gerechnet, dass Sie kommen würden«, sagte er nur und streckte ihnen die schlanke, kräftige Hand entgegen.

Aus Egon Borgs Büro hatte man einen schönen Blick auf den Platz vor dem Ministerium. Der Raum selbst war hinreichend groß, nüchtern eingerichtet, nirgends private Habseligkeiten, keine Jagdtrophäen oder Familienfotos. Eine Erleichterung, schoss es Fredrik durch den Kopf. Genau so würde er sein Büro auch einrichten, wenn er ein eigenes hätte.

Aber womit hätte Borg sein Büro auch dekorieren sollen? Kinder hatte er nicht, und seine Frau, Suzanne, war seit einem Vierteljahrhundert mehr tot als lebendig. Jede Stunde, die er hier verbrachte, bedeutete für ihn eine weniger, die er mit Medikamenten, ihrem schlaffen Körper und der Nierenschale beschäftigt war. Womöglich war das Büro deshalb so steril. Ein Ort, an dem die Erinnerung ruhen konnte. Nur ein eigentümlicher Geruch hing in dem Zimmer, ein Geruch, der hier nicht hineinpasste. Es müffelte nach nassem Pelz.

Hinter dem Schreibtisch hing eine große Karte von Oslo, die über und über mit Pins und roten, gelben und blauen Fähnchen gespickt war. Die roten waren in der Überzahl. Als der ehemalige Marinejäger bemerkte, dass Fredrik das

Ganze beäugte, erklärte er: »Luftschutzkeller. Die roten markieren die Anlagen, die instandgesetzt werden müssen. Sie verfallen nach und nach. Gelb steht für Anlagen, die den heutigen Bauvorschriften entsprechen, und Blau sind Areale, auf denen wir Bauplätze finden müssen.«

»Haben Sie so was nicht im Computer?«, fragte Fredrik.

»Das Direktorat für Zivilschutz und Bereitschaft«, sagte er und streckte einen Finger in die Höhe. »Dann die Nationale Sicherheitsbehörde und die Kommune Oslo.« Er hielt zwei weitere Finger hoch. »Hier aus dem Verteidigungsministerium sind es alles in allem drei Kollegen. Zwei weitere kommen aus dem Finanzministerium. Dann brauchen wir den obersten staatlichen Denkmalpfleger sowie die privaten Grundstückseigentümer« – inzwischen hatte er alle Finger abgespreizt –, »und dann müssen wir alle zusammen versuchen, uns einig zu werden.«

Er zog ein Fähnchen heraus, bevor er es mit erheblichem Kraftaufwand zurück in die Karte hämmerte.

»Nennen Sie es abreagieren.«

Fredrik schmunzelte, Kafa hingegen verzog keine Miene. »Abreagieren …«, sagte sie langsam. »Hat das missglückte Manöver in Russland bei Ihnen auch ein Bedürfnis danach ausgelöst?«

Ein unvermitteltes, tiefes Knurren jagte Fredrik einen Schauder über den Rücken. Das Tier musste zusammengerollt auf Egon Borgs Seite des Schreibtisches gelegen haben, jetzt aber war der Schäferhund schlagartig munter geworden. Mit gesenktem Kopf, angelegten Ohren und gefletschten Zähnen tauchte er hinter dem Schreibtisch auf.

»Romulus!«, sagte Egon Borg streng, und der Hund legte sich augenblicklich wieder hin, schielte aber immer noch skeptisch zu ihnen hoch. »Tut mir leid. Ist auch wirklich nur geschauspielert. Er ist steinalt und hört ein bisschen schlecht. Zuckt dann heftig zusammen, wenn sich urplötzlich jemand nähert.«

Solange sie sich über Berufliches unterhalten hatten, hatte Borg ein jungenhaftes Lächeln auf den Lippen gehabt. Doch mit einem Mal war seine Miene ernst. Er zog sein Jackett zurecht, setzte sich und wies auf die Besucherstühle.

»Man hat Sie also von der Übung in Kenntnis gesetzt.«

Kafa ließ den Schäferhund nicht aus den Augen. »Das heißt…?«

»Ich kann den Inhalt des Berichts, den Sie gelesen haben, nur bestätigen.«

»In eigenen Worten, wären Sie bitte so nett?«

Egon Borg fuhr sich durch das ergraute Haar. Sah Kafa müde an. »Als wir an Land gingen, waren wir der festen Überzeugung, wir wären immer noch auf der norwegischen Seite der Grenze. Dann plötzlich tauchten vor uns Soldaten auf. Wir hielten sie für einen Spähtrupp, und irgendwer gab einen Schuss ab. Die Russen erwiderten das Feuer.« Borg schien auf einen Punkt in weiter Ferne zu starren. »Wir gingen erst zum Gegenangriff über, als sie nur noch fünfzehn, zwanzig Meter von uns weg waren. Und auf diese Entfernung… Sie sind Polizisten, Sie wissen selbst, was eine AK-47 anrichten kann. Drei von uns waren auf der Stelle tot. Axel und ich konnten flüchten. Wir rannten um unser Leben. Irgendwann fiel Axel zurück. Bis ich die Küste erreichte, war er nirgends mehr zu sehen. Ich habe so lange gewartet wie nur möglich, aber irgendwann musste ich verschwinden.«

Egon Borg blinzelte heftig. Dann war er wieder bei ihnen. Er zog einen ledernen Aktenkoffer auf den Schoß und nahm ein Nasenspray heraus. Hantierte daran herum, ohne die Kappe abzuziehen.

»Wir waren uns sicher, dass Axel tot war«, sagte er. Nicht verbissen. Nicht traurig. Vollkommen sachlich.

»Was ist passiert, nachdem Sie nach Norwegen zurückgekehrt waren?«, fragte Kafa, die sich anscheinend endlich dazu durchgerungen hatte, das Tier am Boden zu ignorieren.

»Es war einfach nur chaotisch … An die Abfolge der Ereignisse erinnere ich mich nicht mehr ganz genau, aber natürlich bin ich zum Rapport zitiert worden. Die komplette Einsatzleitung marschierte auf, das Ministerium, selbst die Russen schickten eine Delegation. Irgendwann wurden dann die Leichname überführt …«

»Spätestens da wussten Sie, dass Axel nicht unter den Toten war.«

Borg nickte langsam. Sein Gesichtsausdruck war schwer zu deuten. Fiel es ihm schwer, sich an jenes Ereignis erinnern zu müssen, das er verdrängt zu haben glaubte?

»Die Russen behaupteten, sie wüssten nichts von ihm. Insofern gingen wir davon aus, dass er irgendwo abgestürzt und zu Tode gekommen war. In dem Gebiet gibt es eine Menge steiler Abhänge und Felsspalten. Oder er war ertrunken. Falls er bis ans Meer gekommen sein sollte. Da konnten wir allerdings nur Vermutungen anstellen.«

Reserviert – genau das war der Ausdruck, nach dem Fredrik verzweifelt gesucht hatte. Borg hatte etwas Reserviertes an sich. Als hätte er den Ablauf der Ereignisse schon so oft schildern müssen, dass sie ihm wie die Erlebnisse eines Fremden vorkamen. Die Vergangenheit lag für Egon Borg in weiter Ferne.

»Allerdings stand damals schon im Raum, dass die Russen etwas mit Axels Verschwinden zu tun gehabt haben könnten«, sagte Borg nach einer Weile. »Aber in einer solchen Situation … hat man nicht eben gute Karten. Wir waren dort regelrecht eingefallen. Nur was hätten sie denn mit ihm anfangen sollen? Mit einem einfachen Gefreiten?«

»Was ist mit Agnes Ose?«, wollte Kafa wissen. »Sie war damals doch seine Freundin?«

Endlich zog Borg die Kappe des Nasensprays ab. Dann stellte er es vor sich auf den Tisch. »Ich glaube, jetzt hab ich den Faden verloren«, sagte er. »Was soll Agnes damit zu tun haben?«

»Wir fragen nur ganz generell.«

»Haben Sie sie getroffen?«

Kafa nickte.

»Und was hat sie gesagt?«

»Nicht viel.«

Borg gab eine Art Prusten von sich. »Nein. Das glaub ich gern.«

»Was meinen Sie damit?«

»Fakt ist, dass ich seit Jahren nicht mehr an sie gedacht habe. Nicht bis Sie bei der Vernehmung nach ihr gefragt haben.«

Romulus war wieder eingeschlafen. Ein leichter Stoß mit der Fußspitze, und er hörte auf zu schnarchen.

»Wir haben uns noch ein paarmal gesehen, nachdem ich den Dienst bei der Armee beendet hatte. Aber es war zu… schmerzhaft. Nein, schmerzhaft ist nicht das richtige Wort. Anders. Axel war nicht mehr da, und ich musste mich um Suzanne kümmern.« Borg schniefte, nahm das Spray wieder in die Hand und sprühte sich in beide Nasenlöcher. »Nebenhöhlen«, grunzte er, bevor er fortfuhr zu erzählen.

Agnes Ose war in der Schule eine Klassenstufe unter Axel und Egon gewesen. Als Teenager hatten sie derselben Clique angehört. Sie hatten sich gemeinsam betrunken, waren zusammen ins Stadtzentrum gefahren, hingen ganz einfach zusammen rum. Wie Jugendliche es taten. Erst gegen

Ende der Teenagerzeit seien Axel und Agnes ein Paar geworden, erzählte er.

»Was haben Sie davon gehalten?«, fragte Kafa.

Egon Borg sah sie ratlos an.

»Ich habe irgendwie den Eindruck, dass Sie …« Kafa runzelte die Stirn. »Dass Sie eine gewisse Meinung von ihr haben. Dass Sie sich Gedanken hinsichtlich ihres Charakters gemacht haben.«

Borg schüttelte kaum merkbar den Kopf. »Na ja«, sagte er, »es ist nicht so, als würde ich Agnes etwas schulden.« Er holte tief Luft. »Es fühlt sich merkwürdig an, das zu sagen. Als würde ich sie … anschwärzen. Aber anfangs war Agnes in mich verliebt. Sie war nicht mein Typ, und als ich Suzanne begegnet bin … ist sie dann mit Axel zusammengekommen. Die große Liebe war das sicher nicht.«

»Nicht Ihr Typ?«, hakte Kafa nach.

Egon Borg hob die Hände an die Stirn. »Wie gesagt, ich finde es ein bisschen unangenehm, jetzt hier zu sitzen, heute, fünfundzwanzig Jahre später, und über solche … Dinge von damals zu sprechen. Aber Agnes war nicht mein Typ, nein. Dafür war sie zu … sonderbar. Sie neigte dazu, andere zu provozieren, sowohl Erwachsene als auch Gleichaltrige. Außerdem war sie eine … wahnsinnig sexuelle Person. Sie wissen schon, ein Blick, und es war klar, dass sie … einen haben wollte.«

Agnes stammte aus einem wohlhabenden Elternhaus. Die Mutter war Professorin, der Vater in leitender Position bei einer Ölgesellschaft beschäftigt gewesen. In Erziehungsfragen waren sie eher altmodisch gewesen. Sie hätte still, sittsam und fleißig werden sollen – doch stattdessen hatte Agnes ihre Neurosen nach außen gekehrt, war laut und frech gewesen, hatte sich geprügelt und früh angefangen, Alkohol zu trinken.

»Es gab Gerüchte, dass sie mit einer Lehrerin intim gewesen wäre, mit einer Nachbarin … Agnes hat damals behauptet, die hätte sich an ihr vergriffen. Solche Geschichten gab es ständig. Meistens trafen sie diejenigen, mit denen Agnes noch eine Rechnung offen hatte.« Borg zögerte. Als er fortfuhr, war seine Stimme tiefer. »Wissen Sie, was ich glaube? Obwohl so gut wie alle wussten, dass die Nachbarin eine Lesbe war, kann ich einfach nicht glauben, dass es stimmte. Die Gerüchte über die Lehrerin … Ich *weiß*, dass Agnes die selbst in die Welt gesetzt hat. Jetzt da ich älter bin … Agnes hatte keine schöne Kindheit. Damals hätte ich das nie in Worte fassen können. Aber sie hat früh gelernt, Menschen zu manipulieren. Hat sich selbst gern als Opfer inszeniert. So musste sie nie die Verantwortung für ihre Handlungen übernehmen.«

»Das ist eine heftige Behauptung«, stellte Kafa fest.

»Na ja, Sie haben gefragt. Wie gesagt, ich rede auch nicht gern darüber. Soweit ich weiß, ist Agnes inzwischen glücklich verheiratet und ihren Kindern sicher eine gute Mutter.«

Es fegte ein eisiger Wind über den Platz, als Borg sie zur Sicherheitsschleuse begleitete und sich dort von ihnen verabschiedete. Fredrik und Kafa schlenderten die schmale Glacisgata entlang, die vom Verteidigungsministerium und dem Büro des Ministerpräsidenten zur Festung Akershus führte. Kafa wickelte sich den Schal straffer um den Hals, und Fredrik zog sich den Jackenkragen hoch bis unters Kinn. Eine schwarze Regierungslimousine fuhr an ihnen vorbei. In den abgedunkelten Fenstern sah Fredrik bloß sein eigenes Spiegelbild.

Vor dem früheren Armeekrankenhaus, einem rosa-braunen Holzgebäude am Grev-Wedels-Platz, blieb er stehen. »Also, was glaubst du?«

Kafa schüttelte zweifelnd den Kopf. »Wir wissen über Agnes Ose lediglich, dass sie Ärztin geworden ist. Und Axel Thrane muss Hilfe von jemandem gehabt haben, der auf dem Gebiet der Medizin kompetent genug war, um eine Menge Insulin zu beschaffen. Allerdings hab ich das schon überprüft – Agnes Ose hat nie auch nur ein einziges Insulin-Rezept ausgestellt.«

Im selben Moment, da sich ihre Blicke trafen, drehte der Wind, und raue Seeluft wirbelte den Schnee vom Rasen hinter ihnen auf. Wie Nebel trieb er über den Platz.

»Egon Borg hat sie als aufbrausende, feurige Seele beschrieben. Als wir ihr erzählt haben, dass ihr Exfreund nicht vor zwanzig Jahren, sondern gerade erst vor einigen Wochen gestorben ist, hat sie nicht mit der Wimper gezuckt.«

»Borg hat sie auch eine Manipulatorin genannt«, wandte Fredrik ein.

»Ganz richtig. Und ich werde einfach das Gefühl nicht los, dass Agnes Ose ihre Reaktion auf die Nachricht von Axels Tod einstudiert hat.« Kafa zögerte ein wenig. »*Lesbe*«, sagte sie. »Hattest du auch den Eindruck, dass diese Formulierung sperrig war? Was hat Egon Borg denn gegen Lesben?«

Fredrik schüttelte den Kopf. »Die Leute sind nun mal, wie sie sind.«

Er fror und wollte zum Auto, doch Kafa legte ihm die Hand an den Oberarm. »Du, Fredrik? Wir müssen uns mal unterhalten ...«

Wenige Minuten später hatten sie sich in einem ungemütlichen Café an der Kongens gate niedergelassen. Die Barhocker waren aus Plastik, unterschiedlich eingefärbt, Nudelsalat wurde im Becher serviert und hatte Kühlschranktemperatur, und statt zu trinken, bohrte Kafa mit dem Strohhalm Löcher in ihren Smoothie. Löcher, die sofort wieder vollsickerten.

Sie hatten schon einmal so dagesessen. Er wusste nicht mehr genau, wo, und auch nicht, wann, aber es war ein ganz ähnlicher Ort gewesen, er hatte ihr von Frikks Tod erzählt und von seiner Trennung von Alice. Er hatte befürchtet, all das würde sie vielleicht erschrecken, und sie könnte sich von ihm zurückziehen, aber das Gegenteil war der Fall gewesen.

»Fredrik, was ist eigentlich los? Was ist mit uns passiert? Waren wir nicht mal Freunde?«

Sie stierte in ihren Becher, und er nutzte die Gelegenheit und starrte sie an. Die langen schwarzen Haare, die ihr wie Baumwollflaum über Ohren und Wangen hingen. Die vollen Lippen, die ihn mal auf die Wange geküsst hatten. Er erinnerte sich noch immer an den Schauder, der ihn daraufhin gepackt hatte.

»Du stößt mich von dir weg«, sagte Kafa.

Fredrik spürte, wie seine Wangen anfingen zu glühen. Die Wärme fühlte sich unangenehm an.

»Ich wollte dich eigentlich nicht darauf ansprechen«, fuhr sie fort. »Aber jetzt, da wir wieder so eng zusammenarbeiten, da … belastet es mich. Ich muss wissen, was passiert ist.«

Fredrik hätte ihr erzählen können, was passiert war. Eigentlich war es ganz einfach: Er hatte den Weg des geringsten Widerstands gewählt. Statt Nein zu Bettina zu sagen, als sie mit ihren Umzugskartons und dem verdammten Köter vor seiner Tür aufgetaucht war, hatte Fredrik lieber geschluckt und sich dann eingeredet, es würde schon irgendwie gehen. Bettina hatte ihn so gerne lieben wollen, und er mochte sie ja auch – er mochte es, sie anzusehen, wenn sie sich auszog, er mochte ihre kleinen Brüste, ihren schmalen Hintern, er mochte es, ihr mit dem Finger ausgehend von der Poritze die Mulde über der Wirbelsäule hochzufahren, immer weiter den Rücken hinauf, bis er die Hand in ihren Nacken legte und den Griff straffte und dann zudrückte, bis sie vor Lust und Schmerzen wimmerte, er mochte es, ihre Beine zu spreizen und sie zu vögeln. Am besten war es, wenn er dabei die Augen schloss und sich vorstellte, es wäre Kafa.

War er stolz darauf? Nein. War er deswegen beschämt? Nein.

»Kafa«, sagte er, legte die Gabel beiseite, schob den Salat im Plastikbecher weg und wartete, bis sie ihn ansah. »Vor gut einem Monat bin ich im Krankenhaus aufgewacht, verkatert und bis obenhin voll mit Medikamenten. Die Ärzte glauben, ich hätte versucht, mir das Leben zu nehmen. Ich selbst hab wirklich keine Ahnung, was passiert ist. Ich erinnere mich an nichts. Nicht an das geringste Fünkchen. Ich bin älter als du, ich war dein Vorgesetzter, ich hab zwei Kinder, die kurz davorstehen, erwachsen zu werden, ich hab eine Exfrau sowie eine Lebensgefährtin. Und einen Hund, der ständig Durchfall hat. Ich bin niemand, auf den man setzen sollte.«

Er hörte selbst, wie brutal das klang. Die Zurückweisung. Aber nur so funktionierte es.

»Es tut mir leid, wenn ich dir Hoffnungen auf etwas anderes gemacht habe.«

Einen Moment lang starrte sie ihn an. Ihr Mund ging auf, und sie sah verblüfft aus, beinahe argwöhnisch, und dann feixte sie. Kafa lachte ihn aus! Sie stand auf, zog ihren Mantel an und warf einen Schlüsselbund auf den Tisch.

»Fredrik«, sagte sie. »Ich *weiß*, dass du niemand bist, auf den man setzen sollte. Und ich bin nie in dich verliebt gewesen. Ich wollte nur, dass wir Freunde sind.«

Herr im Himmel. Das Blut brodelte in seinen Adern. Trotzdem war ihm eiskalt. Er musste aufstoßen. Ein Gebräu aus Nudelsalat und Magensaft brannte in seiner Kehle.

»Du kannst das Auto nehmen«, sagte sie und ging.

62

März 1992, Motowski-Bucht auf der Halbinsel Kola, Russland

Entscheidungen. Das Leben bestand aus einer einzigen Aneinanderreihung von Entscheidungen. Von Konsequenzen aus zurückliegenden Entscheidungen und den Vorbereitungen auf neue. Eigene Entscheidungen. Entscheidungen anderer Leute. Welche also hatte Axel Thrane an diesen Ort geführt?

Das Fauchen des Druckluftventils im Torpedoraum war in dem Stahlrohr kaum zu hören. Nur noch wenige Minuten. Das U-Boot musste exakt richtig getrimmt werden, ehe die Torpedoluken geöffnet werden konnten. Die Marinejäger verwendeten Atmungsgeräte, die ihre eigene Atemluft wieder aufbereiteten. So stiegen keine Blasen an die Oberfläche. Der Nachteil indes war, dass die Taucher unter zehn Meter Wassertiefe zusehends vergiftet wurden. Auch deshalb galt es, die richtigen Trimmung zu finden.

Hätte sein Vater noch gelebt, hätte er sich womöglich für einen anderen Weg entschieden. Aber die Krankheit, die den Alten zerfressen hatte, hatte auf gewisse Weise, ja, auf eine schlimmere Weise letztlich auch die Mutter hingerafft. Sie war jämmerlich geworden, ängstlich. War er nur deshalb hier, um von ihr loszukommen?

Verärgert presste Axel die Stirn gegen den Stahl. Dann hörte das Fauchen auf, sie lagen stabil. Wasser sickerte ein, und ganz sachte fing der Körper in dem engen Rohr an zu schweben. Das Wasser stieg bis an seinen Mund, bis an das Atemgerät. Der erste Atemzug unter Wasser war immer der schlimmste. Er füllte seine Lunge, atmete. Alles funktionierte.

Agnes hatte mit ihm Schluss gemacht. Ihr Entschluss hatte ihm die Entscheidung erleichtert, den Vertrag beim Militär zu verlängern. Nur deshalb war er jetzt an diesem Ort.

Auch Egon hatte eigentlich aufhören wollen. Er hatte mit Suzanne zusammenziehen wollen, Suzanne war schwanger gewesen, und im selben Moment hätte Egons Leben als Marinejäger vorüber sein müssen. Dann war der Unfall passiert. Sie hatten ihre Tochter nie bekommen, und Suzanne … Tja. Was war nun mit Suzanne? Sie schwebte irgendwo zwischen Leben und Tod. Und wer hatte diese Entscheidung getroffen? Gott?

Er presste die Nase zusammen und glich den Druck aus. Es ploppte angenehm in den Ohren. Der Tiefenmesser auf seinem Navigationsgerät zeigte exakt zehn Meter an. Die Luftblase im Kompass bewegte sich nicht mehr. Um den Soldaten vor ihm leuchtete ein schwacher Schimmer auf. Die Luke war zum Ausschleusen geöffnet worden. Langsam schob er sich vorwärts.

Vieles im Leben eines Marinejägers verdiente das Attribut *entsetzlich*. Aber nichts war entsetzlicher, als sich in einen Trockenanzug zu zwängen, die Atemausrüstung und Maske anzulegen, die MP-5 festzuhaken und von zwei Männern in ein gerade einmal 533 Millimeter breites Stahlrohr bugsiert zu werden – und dann zu warten. Nur indem er sich mit anderen Überlegungen ablenkte, behielt Axel in dem Rohr die Ruhe.

Er war keine Spur klaustrophobisch, aber dort drinnen, wusste er, hatte er keine freie Wahl mehr. Dort drinnen war er ausgeliefert, von anderen abhängig. Traf irgendein U-Boot-Kapitän die falsche Entscheidung, bekam einer seiner Kameraden Panik, tja, dann war Axel dem Tod geweiht. So war es eben.

Darüber durfte er einfach nicht nachdenken.

Es waren knapp zweitausend Meter, ehe sie sich dem Ufer näherten. Von ihm aus konnte Russland geschlagen am Boden liegen – diese Wasser waren trotzdem U-Boot-, Sonobojen- und Radar-verseucht. Die russische Nordflottenbasis wurde noch immer bewacht. Durch ihre Nachtsichtferngläser observierten sie vom Wasser aus die schmale Bucht. Durch eine Schlucht würden sie in die Tundra hinaufgelangen. Schneeregen lag in der Luft, und der Mond schaffte es nur mehr mit Mühe, die Wolkendecke einzufärben. Nirgends Anzeichen von Leben.

Das Geröll am Ufer hatte die Größe von Enteneiern, die gegeneinanderschlugen und -knirschten, als sie an Land gingen. Leutnant Falsen und Axel vorneweg. Ohne erst ihre Anzüge auszuziehen, sicherten sie die Umgebung. Der Leutnant gab das entscheidende Signal, woraufhin auch der Rest der Truppe aus dem Wasser stieg. Staffan Häyhä. Bjørn Bakke. Und ganz zum Schluss Egon.

63

O glückselige Stunde ohnegleichen, Er lebt, Er lebet noch!

Er wandert im Reiche des Siegers, mein Seel, warum trauerst du doch?

Du suchtest den Trost im Tode und verweiltest an seinem Grab,

Dann durftest du Ihm lebendig begegnen, o glückselige, glückselige Stunde!

Fredrik war vor den Musikern stehen geblieben. Als die stämmige Frau von der Heilsarmee sah, dass er ihretwegen innegehalten hatte, lief sie auf ihn zu und streckte ihm eine Dose mit Lebkuchenherzen entgegen. Er nahm sich eins, und sie schüttelte die Dose und lächelte, woraufhin er sich noch ein weiteres nahm. Ihre Mitstreiter stimmten derweil den nächsten Psalm an.

Ein grauer Tag war in einen wolkenlosen Abend übergegangen, und die Kälte hatte die Stadt fest im Griff. Die klare Luft knisterte geradezu. Trotz der Dunkelheit waren nur die Sterne in den Schaufenstern entlang der Karl Johan zu sehen. Um Fredrik herum strömten scharenweise Weihnachtseinkäufer die Straße entlang.

Fredrik hatte diesen Psalm gekannt. *O glückselige Stunde ohnegleichen.* Seine Mutter hatte ihn manchmal gesungen. Er beschrieb die Freude, Gottes Wort verkünden zu dürfen. Die Freude darüber, dass *Er* von den Toten auferstanden war. Fredrik lutschte an dem Lebkuchen, bis er sich auf der Zunge auflöste. Er selbst verspürte keine Freude. Was er früher an diesem Tag zu Kafa gesagt hatte, war beschämend gewesen. Warum zur Hölle hätte Kafa sich auch in jemanden wie ihn verlieben sollen?

Was für ein Idiot er war.

Kafa war nicht ins Büro zurückgekehrt, und er hatte auch nicht versucht, sie anzurufen.

Eigentlich wollte er nur noch nach Hause. Er hatte Feierabend, und sein Schädel brummte. Aber eine Sache musste er noch erledigen. Er hatte gezögert, es vor sich hergeschoben und nach Ausflüchten gesucht. Aber keine gefunden.

Die Weinbar unten in Grünerløkka war wieder gut besucht. Wer immer nicht Weihnachtsgeschenke einkaufen musste, schien unterwegs zu irgendeiner Weihnachtsfeier zu sein. Die Stimmung war ausgelassen, und Fredrik musste sich einen Weg hinüber an den schmalen, dunklen Tresen bahnen, hinter dem eine tätowierte Version von Annie Lennox stand.

Er winkte mit seinem Dienstausweis. »Ich muss mit jemandem sprechen, der am vorletzten Oktoberwochenende hier gearbeitet hat.«

Sie nickte hinüber zu einem Kellner, der gerade einer Gruppe junger Männer, die sich allem Anschein nach herausgeputzt hatten, das Essen servierte.

»Richard«, rief sie. »Der arbeitet immer.«

»Multeclafoutis.« Richard angelte eine Zigarette aus der Schachtel.

Sie hatten sich im Hinterhof unter das Küchenfenster gestellt. Von dort drang warme Luft nach draußen, die nach Kabeljau, Wild und schweren Soßen roch.

»Wir marinieren die Moltebeeren mit Likör und servieren sie mit Eis. Schmeckt verdammt lecker.«

Er hielt Fredrik die Zigarettenschachtel hin, doch der schüttelte den Kopf.

»Snob.« Richard grinste.

»Richard, ich war im Oktober schon mal hier, mit einem Kollegen. Wenn ich es richtig verstanden hab, dann haben Sie an dem Tag auch gearbeitet. Ich frage mich, ob an dem Abend irgendetwas vorgefallen ist. Etwas, woran Sie sich noch erinnern können…«

»Ach, dann warst du das? Hatte gleich das Gefühl, dich irgendwoher zu kennen. Aber ist das hier jetzt eine Polizeisache? Oder warum fragst du? Du warst doch hier?«

Richard nahm einen tiefen Zug von seiner Zigarette und blies den Rauch über Fredriks Kopf.

»Ich… Ich würde gerne wissen, was Sie beobachtet haben«, erwiderte Fredrik. »Ich hatte später an dem Abend einen Schwächeanfall, und ich frage mich einfach nur, ob wir mit jemandem gesprochen haben. War noch jemand anderes hier, der Ihnen aufgefallen wäre?«

»Du erinnerst dich an nichts?« Seine Stimme klang verwundert. »Echt nicht?«

Fredrik schüttelte den Kopf. »Aber Sie erinnern sich an mich?«

»Ja. Du warst mit deinem Kumpel hier. Mit diesem wütenden, der mit den Locken.«

»Ja?«

»Okay. Ihr seid reingekommen, habt ein paar Gläser gekippt und habt geredet. Wie alle anderen auch. Dann ist dieser Kerl gekommen. Ihr habt erst nicht gesehen, dass er reingekommen ist, du zumindest nicht, aber er hatte sich auch ein Stück hinter dich gesetzt.«

Zu Richards Verwunderung hatte der Gast lediglich eine Flasche Mineralwasser bestellt. Nach einer halben Stunde hatte der Kellner gesehen, dass der Mann in einem fort an seinem Handy herumhantierte.

»Das machen heutzutage alle. Eine verfluchte Unsitte. Erst hab ich geglaubt, dass er bloß Artikel liest oder so. Aber dann hab ich gesehen, dass er gefilmt hat. Und zwar euch beide. Ich bin hingelaufen und hab ihn darauf hingewiesen, dass so was nicht in Ordnung wäre – andere Gäste belästigen, meine ich. In dem Moment wurde dein Kollege auf ihn aufmerksam. Er sprang auf und war dann ziemlich deutlich…«

Andreas war quer durch das Lokal marschiert und hatte mit der Faust auf den Tisch geschlagen. Im Restaurant war es mucksmäuschenstill geworden. Dann hatte er sich nach unten gebeugt und dem Mann etwas ins Ohr geflüstert. Der andere war daraufhin aufgestanden. Hatte die Handykamera auf Andreas' Gesicht gerichtet.

»Er war kräftig, größer als dein Kollege, deutlich größer. Dann kam dein Kollege zu mir, knallte Geld auf den Tresen, hakte dich unter und zog dich nach draußen.«

»Und was habe ich gesagt?«

»Nichts. Du hast einfach nur überrumpelt ausgesehen.«

Richard drückte den Zigarettenstummel gegen die Backsteinwand und warf ihn auf den Boden.

»Aber dieser Kerl, der hat sich wieder hingesetzt, in aller Seelenruhe sein Glas geleert und ist dann erst gegangen.«

»Was hat er ihm ins Ohr geflüstert?«, fragte Fredrik. »Mein Kollege.«

»Weiß ich doch nicht. Aber er war dabei kreideweiß im Gesicht.«

Fredrik hatte nicht die geringste Lust darauf, den Nordnorweger zu bitten, ihm den Mann zu beschreiben. Er ahnte schon, was er antworten würde. Er stellte die Frage trotzdem. Der Kerl war älter als sie gewesen, hatte aber vor Muskeln gestrotzt. Glatzköpfig, schielende, kleine Augen. Große, fleischige Hände.

Peder Rasmussen.

Schlagartig war Fredrik unsagbar müde. Vor dem Restaurant hielt er ein Taxi an. Er war nicht mehr imstande, zu Fuß heimzugehen. Nicht mehr imstande zu denken. Beklemmung machte sich in ihm breit. Was zum Teufel führte Andreas im Schilde?

64

An manchen Tagen sollte es besser nicht schneien. An diesem Tag zum Beispiel. Draußen war es zehn Grad unter null, es war ganz einfach viel zu kalt. Doch an manchen Tagen schneite es trotzdem. Ein stilles Puderzuckerrieseln.

Krøsus und Bettina beäugten ihn beide misstrauisch, als Fredrik die Hundesocken hervorkramte und sie behutsam über die Pfoten der Hündin streifte. Er hatte darauf bestanden, heute die Gassirunde vor dem Frühstück zu übernehmen. Er hatte Bettina sogar Kaffee ans Bett gebracht. Womöglich hatte er damit ein bisschen übertrieben.

Noch bevor sie den Frognerpark erreicht hatten, war der Rotz in seiner Nase gefroren, der Bart von Eiskristallen und sein Kopf von Gedanken beschwert. Andreas. Andreas hatte irgendein Geheimnis. Warum hatte er ihm denn nichts von ihrem Aufeinandertreffen mit Rasmussen erzählt? Und was hatte Andreas dem Mörder ins Ohr geflüstert? Fredrik verstand es nicht. Also stellte er seine eigenen Hypothesen auf.

Judit Gjedde hatte erzählt, dass Peder Rasmussen in Moskau Informant des Geheimdienstes gewesen sei. War Rasmussen auch Polizeispitzel? Und Andreas sein Kontakt innerhalb der Behörde? Sie arbeiteten schon lange zusammen, Fredrik und Andreas. Trotzdem gab es Aspekte – und auch Informationen –, die Fredrik für sich behielt. Vermutlich war es andersherum auch so.

Das würde erklären, warum Peder Rasmussen aus dem Gefängnis entlassen worden war, nachdem er gerade einmal die Mindeststrafe verbüßt hatte. Es würde erklären, warum Andreas ihn von Fredrik abzuschirmen schien – und auch dass er mit dessen Psychologen gesprochen hatte.

Am Monolith, der Menschensäule am höchsten Punkt des Vigelandparks, blieb er stehen. Betrachtete die Reihen nackter Bronzestatuen, die sich entlang des Parkboulevards in der Kälte zusammenkrümmten. Zu spät bemerkte er, dass Krøsus drauf und dran war, ihr Geschäft zu verrichten. Fredrik ließ einer Gruppe japanischer Touristen, die angewidert die Kameras senkten, ein beschämtes Sorry zuteilwerden, zog seine Handschuhe aus und kramte in der Jackentasche nach einem Plastikbeutel.

Judit Gjedde hatte offensichtlich eine Quelle bei der Polizei, die gut mit den Ermittlungen vertraut war. Hatte Andreas sich deshalb so gehässig über das »Agentenvolk« geäußert? Damit niemand Verdacht schöpfte, dass er selbst die undichte Stelle war?

»Bettina?«

Fredrik stellte sich auf die Zehenspitzen und schob die Weingläser aus dem Geschirrspüler zurück in den Oberschrank. Er hatte das Klatschen ihrer nackten Füße auf dem Küchenboden vernommen.

»Im Kühlschrank steht noch Kalbsragout. Genug für dich und Krøsus. Vielleicht wollt ihr es euch heute Abend ein bisschen gut gehen lassen.«

»Wie nett. Das wird Krøsus aber freuen.« Sie zögerte. »Aber… heute Abend?« Er drehte sich um. Sie trug seinen Bademantel. »Wollten wir da nicht dieses Konzert besuchen? Dieser Bratschetyp, der *Romeo und Julia* spielt?« Bettina sah ihn fragend an.

»Stimmt…« Fredrik legte den Kopf schief und versuchte, Demut in seinen Blick zu legen. »Ich hab mich allerdings gefragt, ob Andreas womöglich dein Ticket haben könnte? Wir müssen reden, und wir müssen an einem anderen Ort als im Polizeipräsidium reden.«

Ihr Blick verdunkelte sich. Sie zog den Gürtel über der Taille fest und stemmte die Hände in die Hüften. »Nein, verflucht, Fredrik. Wir drei machen nie irgendwas zusammen...«

Er hob beide Hände. »Hör mir kurz zu. Ich stecke mitten in einem anstrengenden Fall. Wir kommen nicht weiter, und ich glaube, Andreas hält etwas vor mir geheim. Er scheint mir nicht mehr zu vertrauen. Ich weiß nicht, ob es... an meiner Krise liegt oder ob er andere Gründe hat. Aber ich muss mit ihm reden.«

»Und das ausgerechnet heute Abend? An einem Samstag?« Ihre dünnen schwarzen Haare wippten hin und her, als sie den Kopf schüttelte.

Natürlich war sie wütend auf ihn. Sie redeten nicht miteinander. Oder, das heißt... sie redete. Und sie wollte, dass auch er redete. Über die Arbeit, über die Kollegen, über das Verhältnis zu seinem Sohn, zu seiner Tochter und zu Alice. Über ihre Beziehung, über Frikk und über alles Mögliche zwischen Himmel und Erde, was eventuell mit der Tatsache zu tun haben könnte, dass Fredrik eines Nachts zugedröhnt mit Medikamenten und Alkohol bewusstlos auf der Straße aufgefunden worden war.

Er hielt sie auf Abstand, und das wussten sie beide.

Fredrik schluckte schwer und trat auf sie zu. Legte seine Arme um ihren schmalen Körper. Sie straffte die Schultern, schob ihn jedoch nicht weg.

»Bettina... Ich hab momentan einfach entsetzlich viel um die Ohren. Es tut mir leid... Mir ist klar, dass wir so nicht weitermachen können. Dass *ich* so nicht weitermachen kann, meine ich. Aber... Könntest du das heute für mich tun?«

Er machte einen Schritt nach hinten. Nahm ihre Hände in seine. Sie ließ es zu.

»Du magst Klassik doch gar nicht. Die Stones gehen im Frühjahr auf Tournee. Soll ich Tickets kaufen? Ganz egal wo – Kopenhagen? London? Nur wir zwei. Oder mit Jacob, wenn du Lust hast, etwas mit ihm zusammen zu unternehmen.«

Sie schüttelte verdrießlich den Kopf. »Die Stones«, schnaubte sie. »Die sind so verdammt ... alt geworden.«

Immerhin, sie hatte angebissen. Er ließ ihre Hand los und fuhr ihr mit dem Daumen unter dem Auge entlang, wischte ihr eine Träne weg, steckte sich den Finger in den Mund.

»Danke«, sagte er.

»Anschließend kommt ihr auf direktem Weg nach Hause, und wir vögeln.«

»Abgemacht.«

65

»Wann kommt Andreas denn endlich, Papa?«

»Er kommt nicht.«

Als die Hochzeit mit Alice bevorstand, hatte Fredrik sich eine Fliege gekauft. Wasserblau mit diagonalen schwarzen Streifen. Sie hatte ihm nicht gestanden, und er hatte sie seither nie wieder angelegt. Trotzdem hatte er einen Hauch von Stolz verspürt, als sein Sohn ihn fragte, ob er sie sich leihen dürfe. Jetzt stand Jacob im großen Foyer des Osloer Konserthuset vor ihm, mit wippenden Locken, einem etwas zu weiten schwarzen Anzug, Hemd und schief sitzender Fliege. Fredrik streckte die Hand aus, um sie geradezudrehen, doch Jacob schob ihn von sich weg.

»Ist schon gut so. Was meinst du damit, dass er nicht kommt?«

»Lass uns einfach noch ein bisschen warten«, sagte Fredrik.

Sie standen am Ticketschalter. Sie waren zu früh da gewesen, aber allmählich füllte sich die Halle. High Heels und Ledersohlen spazierten über den Steinboden. Fredrik musterte die Gesichter. Würde er ihn erkennen? Ja. Da kam er. Ein kleiner, schmächtiger Mann trat durch die Glastür und marschierte auf die andere Seite des Foyers zu, wo er eine Dokumentenmappe vor sich ablegte und den Mantel auszog.

Der Mann war vielleicht Ende fünfzig, trug eine runde Brille mit schlichter Fassung und am Kinn ein Bärtchen, das aussah wie eine schmale Schuhbürste. Er legte sich den Mantel über den Arm und lief dann direkt an ihnen vorbei.

»Mein Name ist Fjodor Larinow. Militärattaché der russischen Botschaft. Es wurde ein Ticket für mich hinterlegt.« Sein Norwegisch war tadellos.

»Einen kleinen Moment bitte«, sagte die Frau am Ticketschalter und drehte sich nach hinten um.

Fredrik streckte die Hand aus. »Polizeihauptkommissar Fredrik Beier von der Osloer Polizei. Das ist mein Sohn Jacob. Ich habe Ihr Ticket.«

Jacob, die Frau am Ticketschalter und der Russe starrten ihn verdutzt an. Fredrik zog ihn ein Stück weiter.

»Unser Geheimdienst war der Ansicht, dass Sie nicht mit mir sprechen würden. Ich will es trotzdem versuchen.«

Larinow starrte ihn stirnrunzelnd an. Die Schneeflocken auf seinem blanken Schädel waren inzwischen geschmolzen und sickerten in nassen Streifen in den grauen Haarkranz über seinen Ohren. »Ihr Geheimdienst hat vollkommen recht.«

»Sie lassen sich auch nicht von einem alten Spionagetrick überzeugen?«

Der Russe nahm die Brille ab, zückte ein Putztuch und hauchte einen warmen Nebel über die Gläser. »Handelt es sich hierbei um ein offizielles Anliegen?«, fragte er und sah zu Jacob.

Fredrik legte seinem Sohn die Hand auf den Arm. »Sag was, Junge.«

Vorsichtig streckte Jacob die Hand aus, und Larinow antwortete mit einem resoluten Händedruck.

»Mein Sohn ist ein großes Bratschetalent. Er soll beim Weihnachtskonzert für den Ministerpräsidenten spielen.«

»Papa«, wimmerte Jacob.

Der Russe hatte seine Hand nicht losgelassen. »Gratuliere. Das muss eine große Ehre sein.«

»Brahms, war es nicht so, Jacob?« Fredrik spürte, dass er auf dem richtigen Weg war.

»Ravel«, entgegnete Jacob sichtlich gequält.

»Ach, und welche Komposition?«, fragte der Russe.

»*Pavane pour une infante défunte.* Wir spielen je ein Stück und werden dabei von früheren Schülern begleitet. Von Schülern der Musikakademie, meine ich.«

Jacob schien sich nicht entscheiden zu können, ob er missmutig seinen Vater oder verwundert diesen russischen Diplomaten anstarren sollte. Also versuchte er sich an einer Kombination aus beidem.

Larinow ließ seine Hand los und widmete sich wieder der Reinigung seiner Brille. »Und was hältst du von der *Pavane*?«

»Tja …«

Fredrik tätschelte Jacob den Rücken und nickte aufmunternd. *Das kannst du besser.*

»Es ist ein verrücktes Stück. Genau wie das Leben«, stammelte Jacob. »Es ist schön, harmonisch und voller Freude. Aber zwischendrin auch unendlich traurig.«

Jacob sah seinen Vater an. *Gut.*

Larinow kicherte kurz in sich hinein und setzte die Brille wieder auf. Dann reckte er das Kinn nach vorn und sah Fredrik in die Augen. »Ich persönlich kann die *Pavane* nicht ausstehen. In den Ohren eines alten Zynikers klingt sie einfach nur anbiedernd. Nuancenlos.« Er blickte kurz zu Jacob, der niedergeschlagen wirkte.

»Der Schüler, mit dem ich zusammenspielen sollte, hatte das vorgeschlagen …«

Der Russe schüttelte leicht den Kopf und lächelte ihn freundlich an. »Aber du hast schon recht. Schön ist es.« Dann verschränkte er die Arme vor der Brust. »Ihnen hingegen fehlt es nicht an Nuancen«, sagte er an Fredrik gewandt. »Sie haben mich hierhergelockt, wenn ich es richtig verstehe. Ich gebe Ihnen zwei Minuten.« Fredrik wollte schon loslegen, aber Larinow streckte die Hand aus. »Erst das Ticket bitte.«

Nachdem sie Jacob losgeschickt hatten, um Getränke zu holen, führte Fredrik Larinow hinüber zu der Fensterfront, die auf den erleuchteten Platz vor dem Konserthuset hinausging. Draußen war es nur unwesentlich wärmer geworden, doch nach wie vor legten sich schwere Schneeflocken träge über die Stadt.

»Ich ermittle im Mordfall Leonid Gusew«, sagte Fredrik. »Ich nehme an, Sie wissen, dass er hier in Oslo einem Verbrechen zum Opfer fiel.«

»Er wurde mit einer Eishacke erschlagen, habe ich gehört.«

»Der Täter hat versucht, auch mich mit der Hacke zu erwischen«, sagte Fredrik. »Ein kräftiger Kerl, und rasend vor Wut.«

»Auch Leo Trotzki wurde mit einer Eishacke umgebracht. Von einem von Stalins Agenten vermutlich«, sagte der Militärattaché mit einem rätselhaften Lächeln. »Und jetzt glauben Sie, dass die Russen dahinterstecken?«

»Der Gedanke hat mich durchaus gestreift«, erwiderte Fredrik. »Ist es so?«

Larinow zupfte an seinem Bärtchen und gluckste. »Würden wir sämtlichen früheren Offizieren nachstellen, die im Westen Lügengeschichten über uns verbreiten, würden wir zu nichts anderem mehr kommen. Gusew hat die Nordflotte vor mehr als zehn Jahren verlassen. Was immer er berichten konnte, weiß Ihr Geheimdienst seit vielen Jahren. Er war nicht mehr wichtig.« Der Russe tippte diskret auf seine Armbanduhr.

»Peder Rasmussen«, sagte Fredrik schnell. »Er hat vor acht bis zehn Jahren für ein Pharmaunternehmen in Russland gearbeitet. Sagt Ihnen der Name etwas?«

Larinow schüttelte den Kopf. »Nein. Und jetzt muss ich gehen.«

Fredrik schob die Hand in die Tasche seiner Daunenjacke. »Dann will ich Ihnen nur noch das hier geben.«

»Was ist das?« Larinow starrte die Fotos an, die Fredrik ihm in die Hand gedrückt hatte. »Saosjorsk-Schule Nummer 289?«

»Das«, sagte Fredrik und zeigte auf das Foto des Mädchens am Schulpult, »haben wir im Haus eines norwegischen Staatsbürgers gefunden, Axel Thrane. Und dieses Foto hier« – sein Finger wanderte weiter – »ist ein Klassenfoto, auf dem Sie dasselbe Mädchen sehen. Dieses Foto haben wir in Gusews Wohnung gefunden. Die Fotos wurden in der Sowjetunion aufgenommen, irgendwann Ende der Achtziger. Wer ist das Mädchen?«

Fjodor Larinow schwieg. Dann schlug er unvermittelt seine Dokumentenmappe auf und legte die Fotos hinein.

»Eine Frage, Beier«, sagte er. »Woher wussten Sie, dass ich kommen würde?«

»Sagt ein Russe zu Prokofjew Nein?«

Der Russe schmunzelte, doch sein Blick war eisig.

Als Fredrik und Jacob sich Minuten später mit zwei Flaschen Mineralwasser in den Händen den Weg durch die Menschenmenge bahnten, klingelte Fredriks Handy. Der Ermittler bedeutete seinem Sohn, Larinow zu folgen und ihm etwas zu trinken anzubieten.

Im Display stand Kafas Name. Er schluckte schwer, wich zur Seite aus und nahm das Gespräch entgegen. »Hallo, Kafa, ich muss um Entsch…«

»Kain hat angerufen.«

»Wie bitte?«

»Er will mit den Ermittlern sprechen, die in Lins Wohnung waren.«

»Woher weiß er, dass wir in Lins Wohnung waren?«

»Ich habe keine Ahnung, Fredrik. Vielleicht hat er mit der Nachbarin gesprochen. Vielleicht hat er die Wohnung observiert. Er behauptet, dass er und Lin ein Paar seien und dass sie in Gefahr schwebe. Und dass er wisse, dass wir hinter dem Arzt her seien. Er hat behauptet, irgendwas für uns zu haben – etwas, was alles verändern würde.«

»Hinter dem *Arzt*? Meint er Agnes Ose?«

»Keine Ahnung.«

»Oder Rasmussen?«, fuhr Fredrik fort. »Der ist Pharmazeut. Könnte er Rasmussen gemeint haben?«

»Ich weiß es nicht, Fredrik.«

»Alles verändern? Was, alles? Was genau hat er gesagt?«

Mit einem Schnauben signalisierte sie ihm, dass sie keine weiteren Fragen mehr hören wollte, die sie ohnehin nicht würde beantworten können. »Er will, dass wir allein kommen. Zu einer Baustelle in Sørenga.«

»Jetzt gleich?«

»Er meint, die Zeit sei knapp …«

»Wie hat er geklungen?«

Kafa zögerte kurz. »Sachlich. Rational.«

Fredrik eilte Jacob hinterher. Allem Anschein nach hatten sein Sohn und der Militärattaché ein Gesprächsthema gefunden. Er drückte Jacob ein paar Geldscheine in die Hand.

»Ich muss leider arbeiten. Kauf dir in der Pause eine Kleinigkeit und nimm hinterher ein Taxi. In Ordnung?«

Der Blick, mit dem Jacob ihn bedachte, war derart eisig, dass er sich um ein Erbe mütterlicherseits handeln musste.

»Es tut mir leid, Herr Larinow«, sagte Fredrik. »Aber vielleicht könnten Sie ja meinem Sohn Gesellschaft leisten?«

Der Russe zog die Augenbrauen nach oben. »Ich bin doch kein Kindermädchen …«

»Na ja, Sie beide sitzen jedenfalls nebeneinander. Sie werden schon klarkommen.«

66

März 1992, Halbinsel Kola, Russland

Wie ein Schleier hing der Winternebel über der Motowski-Bucht. Von einer kühlen Brise wurde der Dunst an Land geschoben. Über eisfreie Felsen und Bergkuppen hin zur weißen, ewigen Tundra, die dahinter lag. Dort traf der Nebel auf kältere Luftmassen aus dem Süden, und der Schleier wurde regelrecht zu einer Wand, einer grauweißen Masse, die die Grenze zwischen Erde, Horizont und Himmel ausradierte.

In dem Dunst wurden die weißen Schutzanzüge feucht,

und er legte sich kalt auf die Stirn der beiden Kommandosoldaten, die sich direkt an der Grenze zu dem schneebedeckten Plateau versteckten. In einem fort wischten sie Tropfen vom Stahl ihrer Waffen.

Lang war es zwischen ihnen still gewesen, jetzt aber brach einer von ihnen das Schweigen.

»Hast du schon mal darüber nachgedacht, was wir in Wirklichkeit hier machen?«

Axel sah Egon an. Sein Gesicht war mit Tarnfarbe beschmiert.

»Eine Militäroperation auf fremdem Boden? Mitsamt Flagge am Ärmel? Per Definition entspricht das doch einer Invasion. Einer Kriegserklärung.«

Egon zuckte mit den Schultern. »Nur wenn wir gefasst werden.« Er reichte Axel das Fernglas. Wies in Richtung der tief hängenden Wolkendecke. »Schau mal da.«

Die Schnee-Eule war ein beeindruckender Anblick: ein Männchen, fast komplett weiß, mit nur ein paar wenigen dunkleren Flecken. Das Tier zog einen weiten Kreis. Seine Flügelspannweite betrug mindestens anderthalb Meter.

»Angeblich können die Mäuse auf eine Entfernung von mehr als einem Kilometer ausmachen«, sagte Egon gedankenversunken.

»Ungefähr so wie dieser Kerl«, entgegnete Axel.

Egon schnaubte. »Staffan Häyhä… Was in aller Welt hat der hier zu suchen?«

Genau dort, wo sich die Hochebene langsam zum Litsafjord hinunterneigte, befand sich eine alte Jagdhütte. Dort hatte Mink seine Basis aufgeschlagen, und ungefähr von dort hatten sie das Notsignal empfangen. Der Plan sah vor, das kleine Fleckchen Tundra, das sich zwischen ihnen und der Hütte befand, nach Einbruch der Dunkelheit zu durchqueren.

Nach einer Weile fuhr Egon nachdenklich fort: »Welche Kompetenzen haben Bakke und dieser Häyhä, die für diesen Auftrag erforderlich sind?«

Von Kompetenzen hatte auch Major Gunn gesprochen – mit den *entsprechenden Kompetenzen* hatte er ihnen im Briefing erklärt, warum die beiden überhaupt dabei waren.

»Wer hat uns hierhergeschickt?«, fragte Egon jetzt.

Axel zog sich die Handschuhe aus und fing an, aus dem Pappschnee einen Schneeball zu formen. Auch wenn sie sich ein Stück weit hinter dem neunundsechzigsten Breitengrad befanden, war der arktische Winter überraschend mild. Lediglich ein paar Grad unter null. Das hatten sie dem Nordatlantikstrom zu verdanken. »Worauf willst du hinaus?«

»Norwegen marschiert doch nicht einfach in Russland ein…«

Axel starrte in eine Felsspalte hinunter. Die Bucht war von ihrer Position aus kaum zu sehen. Er versuchte, den Schneeball auf die Decke auszurichten, unter der Feldwebel Bakke schlief. Wie eine Handgranate. »Ich glaub, das hier ist eine NATO-Operation.«

»Aber was hat es dann mit diesem Typen auf sich? Schweden ist doch gar kein NATO-Mitglied. Für jemanden aus dem neutralen Schweden wäre es doch, wenn überhaupt, noch schlimmer als für einen Norweger, bei einem Manöver in Russland erwischt zu werden. Wir könnten es zumindest auf alte Gewohnheiten schieben.«

Axel ächzte. »Wer steckt also dann dahinter?«

»Ich weiß es nicht«, antwortete Egon. »Ich weiß nur, dass das hier größer ist als Norwegen allein – und dass jemand anderes als die NATO dahintersteckt.«

Axel hatte erwartet, dass die Temperaturen bei Einbruch der Dunkelheit sinken würden, aber die Nacht brachte einen Wetterumschwung. Der Schnee wurde matschig, und feuchter Nebel schränkte ihre Sicht ein. Er brachte nicht die Kraft auf, unter seinem weißen Schutzanzug eine Mütze aufzuziehen. Egon und Feldwebel Bakke hatten ihre AG3-Automatikgewehre geschultert, Axel und die anderen beiden Maschinenpistolen. Neben dem normalen Gepäck hatten sie auch noch ihre Taucherausrüstung, ein aufblasbares Gummiboot, Häyhäs Scharfschützengewehr sowie Bakkes vollgepackte Tasche mit der Aufschrift *Sanitätsdienst* dabei. Sie ließen nichts zurück.

Auch wenn es nicht weit war, nahm die Wanderung einige Zeit in Anspruch. Sie hatten keinen Schimmer, ob die Russen hier noch patrouillierten, sodass sie den Vertiefungen in dem wogenden Terrain der Tundra folgten. Doch auf Spuren von Menschen stießen sie nicht. Da waren nur Steine, Matsch und Schnee. Nach fast zwei Stunden hob Leutnant Falsen die Hand. Winkte den kompletten Trupp nach vorn.

»Die Hütte – Minks letzter bekannter Aufenthaltsort«, flüsterte er und wies hinab ins Litsatal.

Der Himmel über ihnen klarte langsam auf. Endlich waren auch wieder Mond und Sterne zu erahnen. Vor ihnen glitt der Nebel in die Tiefe, und die Sicht wurde allmählich besser, die Luft angenehmer zum Atmen. Sie konnten nur das Dach erkennen. Die Hütte lag in einer schmalen Schlucht, die zum Fjord hinunterführte.

»Thrane und Bakke, Sie gehen rein. Warten Sie, bis wir die Hütte umstellt haben.«

Damit schlich sich der Rest der Truppe weg. Wenn sich dort drinnen irgendwer befände – jemand anderes als Mink –, wäre ihm der Fluchtweg abgeschnitten. Axel sah zurück zum Feldwebel. Er hatte die Kapuze abgenommen, Schweiß schimmerte auf seinem blanken Schädel. Er schob seinen Unterkiefer vor und zurück und knirschte leise mit den Zähnen. Bakke sah an ihm vorbei, sagte keinen Ton, blickte sich mit seinen Bullterrieraugen lediglich um.

»Jetzt«, sagte er schließlich und setzte sich geduckt in Bewegung.

Die Jagdhütte war kaum größer als ein Campingwagen. Sie war aus breiten Holzbohlen gezimmert worden, wie sie auch für Blockhäuser verwendet wurden. Unter Garantie waren sie mit einiger Mühe hertransportiert worden, denn hier wuchs außer ein paar Krüppelbirken und Gebüsch rein gar nichts. Je näher sie kamen, umso stärker wurde der Geruch nach geteertem Holz. Die niedrige Tür hing schief in den Angeln. Bretter waren über Kreuz auf das Türblatt genagelt worden. Kein Schloss, keine Klinke, lediglich ein rostiger Eisengriff. Ein flacher Stein vor dem Eingang. Zwei herausgeschlagene Löcher direkt unter dem mossbewachsenen Dach zur Belüftung.

Die beiden Soldaten hielten inne. Lauschten. Hielten die Nase in die Luft. Suchten nach Anzeichen für eine glimmende Feuerstelle, leisem Geplauder, Schnarchen, Leben. Nichts.

Kurzerhand legte Bakke die Hand auf den Eisengriff und sah über die Schulter zu Axel, der seine MP-5 in Anschlag nahm. Die Scharniere ächzten, als der Feldwebel die Tür aufriss.

Dann der klassische Drill: rechts sichern, oben sichern, unten, den Boden entlang, links, oben. »Sauber!«

Ein einziger Raum. Durch ein quadratisches Fenster in der Längswand schien aus Richtung des Fjords Mondlicht herein. Die Scheibe war zerbrochen, Schneeflocken lagen auf der Fensterbank sowie über dem einzigen Möbelstück, einem Bett. Und auf den Körpern auf dem Bett. Vorsichtig ging Axel ein paar Schritte näher.

Es waren drei, die mit dem Rücken an die Wand lehnten. Nachdem kein Geruch wahrnehmbar war, mussten sie gefroren sein. Die Haut unter dem feinen Schneeschleier sah wachsglänzend aus.

Auch der Tod konnte ein Entschluss sein, wusste Axel. Der eine wollte lieber im Krankenhaus sterben, der andere zu Hause. Einige starben lieber allein, die meisten scharten ihre Angehörigen um sich. Manch einer wollte am liebsten ganz plötzlich sterben, gerade noch unwissend über die Straße spazieren und im nächsten Moment tot neben dem heimischen Klavier liegen. Andere wollten es gern vorab wissen. Planen und sich darauf vorbereiten.

Aber niemand wollte *so* sterben, dachte er.

Es musste sich um eine kleine Familie gehandelt haben. Die Frau sah verhältnismäßig groß aus, und ihr breites, herzförmiges Gesicht lief zu einem schmalen, spitzen Kinn zu. Die Brillengläser waren zerbrochen. Der Junge war vielleicht dreizehn gewesen. Erster Bartflaum lag auf seinen Wangen. Er war fast genauso groß wie der erwachsene Mann neben ihm, nur schmächtiger. Die Verwandtschaft von Vater und Sohn war am besten an der Augenpartie zu erkennen. Ihre Blicke waren samt und sonders leer. Alle drei trugen dicke Wollhosen und derbe Uschankas. Dort wo die Kugeln sie getroffen hatten, ragten rot-braun verfärbte Federn aus den Daunenjacken hervor.

Bakke schaltete die Taschenlampe ein. Auf dem Boden lagen Patronenhülsen. 5,45 mal 39 Millimeter. Kurzpatronen für eine AK-47, das Automatikgewehr der russischen Armee, eine Kalaschnikow.

Vorsichtig streckte Axel eine behandschuhte Hand aus. Wischte den Schnee von der Wange des Jungen. Sie fühlte sich uneben an, als säßen darin kleine harte Knoten, Schrotkugeln …

»Verdammt!«

Erst im Schein der Taschenlampe konnte er es erkennen. Das waren keine Knoten. Das waren Bläschen. Beulen.

»Raus! Und zieh den Handschuh aus! Raus!«, kommandierte der Feldwebel.

Axel reagierte instinktiv, stolperte rückwärts, zerrte sich den Handschuh von der Hand, warf ihn weit von sich und fiel, stolperte hinaus über die Steinplatte, krabbelte weiter, starrte zu Bakke hoch.

»Was zur Hölle war das?«, flüsterte er.

»Eine Katastrophe …« Bakke starrte ihn an. »Das dort drinnen, das ist eine verdammte Katastrophe.«

Im nächsten Moment war ein schleifendes Geräusch aus der Hütte zu hören. Und dann trat jemand an die Tür.

67

Der dunkle Transporter der Spezialeinheit parkte zwischen den Baustellenbaracken. Das Areal lag knapp hundert Meter nördlich eines acht Stockwerke hohen Betonskeletts, das schon bald einen süßsauren Mix aus Wohlstandsrentnern und Yuppies beherbergen würde.

Bis vor Kurzem war der Platz rund um den Landungssteg Sørenga nichts weiter als ein Containerlager gewesen – allerdings mit erstklassiger Aussicht auf den Fjord. Im Lauf weniger Jahre war der Bereich in ein todschickes Wohngebiet verwandelt worden. Die Architekten hatten erkennbar eine Vorliebe für die länglichen Klötzchen aus dem Lego-Baukasten gehabt.

Es schneite inzwischen wieder heftiger, und hätte Kafa ihn nicht aufgefordert, genau dort zu parken, hätte Fredrik den unauffälligen Transporter und die maskierten, schwer bewaffneten Polizisten entlang des Wegs vor den Baracken nie bemerkt.

Die Tür einer der Baracken stand offen. Kafa und Andreas waren also bereits da. Bis er durch das Schneetreiben zu ihnen gejoggt war, hatten die Kollegen bereits ihre schusssicheren Westen angelegt. Im Schein der Straßenlaternen sahen ihre Gesichter dunkelgelb aus.

»Was macht denn die Spezialeinheit hier?«, herrschte er die anderen an. »Sollten wir nicht allein kommen?«

Kafa antwortete nicht. Sah ihn nur wütend an. Schritte auf dem Boden verrieten, dass noch eine weitere Person anwesend war. Im nächsten Moment trat Sebastian Koss ins Licht.

»Die Zeiten, als Sie Mördern allein gegenübergetreten sind, sind ein für alle Mal vorbei«, sagte er. »Iqbal war nicht ganz wohl bei dem Gedanken, mit Ihnen die Ergreifung durchzuführen. Also hat sie das einzig Richtige getan und ist zu mir gekommen.«

Fredrik öffnete langsam den Mund. Starrte Kafa an. Doch die stand einfach nur da und erwiderte stumm seinen Blick.

»Und die können Sie schön wieder weglegen«, fuhr Koss fort und zeigte auf Fredriks Pistole.

»Was? Warum?«

»Weil Sie nicht dabei sein werden. Sie sind nachweislich suizidgefährdet.«

Fredrik wirbelte zu Andreas herum. Suchte in dessen Gesicht nach irgendeinem Anzeichen von Verständnis, einem Blinzeln, das ihm versicherte, dass sein Kollege immer noch derselben Meinung war wie immer – dass der Polizeidirektor ein Trottel und ein Drecksack sei. Doch Andreas' Blick sagte nichts dergleichen. Er wirkte reserviert. Distanziert.

»Neme hat entschieden, dass Sie weiter im Ermittlungsteam bleiben, aber an Einsätzen wie diesem hier nicht mehr teilnehmen. Denn hier bestimme ich.«

Wer hatte den Selbstmordversuch aufs Tapet gebracht? Franke? Oder Kafa? Womöglich hatte Neme selbst beschlossen, Koss zu informieren?

Sein Herz hämmerte wie wild. Auf seinem Rücken stand der kalte Schweiß. Gleichzeitig hatte er eine Gänsehaut, als hätte er Fieber. Vergebens rang er nach Worten, und im nächsten Augenblick marschierte Koss einfach an ihm vorbei. Andreas folgte ihm und bedachte Fredrik mit einem kurzen, prüfenden Blick.

»Ich war's nicht«, flüsterte Kafa, bevor auch sie nach draußen eilte.

Als er allein in der Baracke zurückgeblieben war, rieb er sich die Hände, holte tief Luft, hielt kurz den Atem an, atmete wieder aus, holte erneut Luft. Beugte sich vor, stützte die Hände auf die Knie. Ihm war schlecht.

Er blieb so stehen, bis er hörte, wie sich draußen das Knirschen der Schritte im Schnee entfernt hatte. Bis sie ganz verstummt waren.

Fredrik rutschte auf den Autositz und löste die Schnalle des Pistolengürtels. Er fühlte sich erbärmlich. Er fühlte sich gedemütigt. Kastriert. Er zweifelte keine Sekunde an ihren Fähigkeiten. Kain würde festgenommen und inhaftiert werden, und dann würde er, Fredrik, die Möglichkeit haben, ihn zu vernehmen. Aber derart abgekanzelt zu werden? Das tat weh. Und der Verrat schmerzte umso mehr. Andreas' Schweigen. Kafa, die zu Koss gelaufen war, weil sie Fredrik nicht mehr über den Weg getraut hatte. Verflucht!

Er erstarrte auf seinem Sitz. Warum waren sie eigentlich

hier? Wenn Kain sich wirklich hätte stellen wollen, warum war er dann nicht einfach ins Präsidium spaziert?

Das hier war eine Falle.

Mit Vollgas schlitterte er los. Neuschnee lag auf der vereisten Straße, und kurz drohte er in der Böschung zu landen. Im Lichtkegel der Scheinwerfer sahen die Schneeflocken wie eine undurchdringliche Wand aus, und er konnte die Gestalten vor dem Gebäude erst erkennen, als er sie beinahe überholt hatte. Sie hatten sich entlang der Außenwand in Position gebracht. Waffenstahl glänzte.

Er trat auf die Bremse und schlug die Tür auf.

»Beier, zum Teufel!« Koss' Augen funkelten. »Wollen Sie die ganze Aktion jetzt auch noch sabotieren? Das werden Sie verdammt noch mal …«

»Es ist ein Hinterhalt!« Er riss beide Hände nach oben. Sie standen sich jetzt direkt gegenüber und waren nur mehr von einem Drahtzaun voneinander getrennt, der Unbefugte von der Baustelle fernhalten sollte. Dicke Schneeflocken landeten auf seiner Jacke. Die Spezialeinheit hatte sich über das gesamte Areal verteilt, aber ein paar waren auch bei Kafa und Andreas geblieben. Der Rest der Truppe musste sich bereits an der Plane vorbeigezwängt haben, die vor dem Haupteingang im Wind flatterte.

Koss sah ihn mit zusammengekniffenen Augen an. Dann fauchte er einen Befehl in das Mikro am Handgelenk. »Warten!«

Fredrik zerrte den Zaunpfahl aus dem Betonständer und lief hinüber auf die Baustelle.

Eine Seite des Wohnkomplexes war komplett mit einer Plane verhängt, die im eiskalten Wind peitschte. Aus einiger Entfernung waren Motorengeräusche und aus einer Kneipe Stimmen zu hören.

Fredrik schob den Polizeidirektor vor sich her zu Kafa

und Andreas, die ihm argwöhnisch entgegenstarrten. Wenn Koss jetzt nicht hören wollte, würde ihn das teuer zu stehen kommen.

»Peder Rasmussens Sohn wurde von einer Kugel der Spezialeinheit getötet. Was, wenn das hier seine Rache werden soll? Wenn Rasmussen vorhergesehen hat« – er bedachte Kafa mit einem wütenden Blick –, »dass wir nicht allein kommen würden? Wenn der Plan darin besteht, das gesamte verfluchte Gebäude in die Luft zu jagen? Und damit auch die Sondereinheit auszuschalten?«

Andreas schüttelte den Kopf, doch Kafa zögerte. Genau wie Koss.

»Peder Rasmussen ist verdammt gerissen. Und durch und durch böse. Wenn Sie mir nicht vertrauen wollen, meinetwegen, aber denken Sie zumindest über die Fakten nach!« Fredrik sah Koss direkt in die Augen. »Warum ist Kain nicht zu uns gekommen? Stattdessen wollte er, dass wir hier rausfahren. Zu einem ganz bestimmten Zeitpunkt. Er hat uns hier herausgelockt, indem er behauptete, Lin sei in Gefahr. Was, wenn er gelogen hat? Wir haben die Situation weder hinreichend durchleuchtet noch eine ordentliche Einsatzplanung vorgenommen. Wir haben nicht klar …«

Mit eisiger Stimme fiel Andreas ihm ins Wort: »Fredrik, du hast dich verrannt. Es gibt keinen Beweis dafür, dass Peder Rasmussen mit dieser Sache auch nur irgendetwas zu tun hätte. Keinen einzigen Beweis. Bloß die Andeutung zweier Geheimagenten.«

Als Fredrik auf Andreas zeigte, zitterte seine Hand. »Und deine Beziehung zu Peder Rasmussen, Andreas – die ist mir auch höchst unklar!«

Andreas kniff erneut die Augen zusammen. Seine Nasenflügel vibrierten. Fredrik spürte, wie Koss prüfend zwischen ihnen hin- und hersah.

»Was läuft da zwischen Ihnen beiden?«

Andreas sah zu Boden. »Nichts.«

»Hören Sie zu«, sagte Fredrik. »Lassen Sie mich reingehen. Unbewaffnet. Die Spezialeinheit sichert die Ausgänge, damit niemand entkommen kann.«

Auf Koss' sonst so glatter Stirn hatte sich eine tiefe Furche gebildet. »Sie sind wirklich nicht mehr ganz bei Trost. Erst behaupten Sie, dass irgendjemand diesen ganzen Block sprengen will. Und dann schlagen Sie vor reinzugehen – allein und unbewaffnet...«

»Er geht nicht allein.« Entschlossenheit lag in Kafas Stimme. »Ich weiß wirklich nicht, ob Fredriks Verdacht zutrifft, aber es klingt danach, als wäre Peder Rasmussen zu so etwas fähig. Was wir aber sicher wissen: Fredrik und ich sind *nicht* das Ziel. Wir sind doch nur zwei ganz normale Polizisten... Rasmussen wird nicht zuschlagen, wenn nur wir beide reingehen.«

Koss sah sie eine ganze Weile finster an. Fuhr sich durchs Haar, starrte in den Schnee, der in seiner Hand schmolz, und nickte schließlich.

Wortlos wandte Andreas sich ab.

68

Der Eingang zum Gebäude sah aus wie ein zahnloses Maul. Nachdem die Plane, die vor der Öffnung gehangen hatte, wieder zurück an ihren Platz gefallen war, waren sie allein.

Kafas Augen funkelten im Halbdunkel. Sie hatte eine Hand auf die Pistole im Holster gelegt, mit der anderen nestelte sie eine Taschenlampe vom Gürtel und gab sie an ihn weiter.

»Danke.« Er versuchte zu lächeln. Er hatte nicht nur die Taschenlampe gemeint.

Der Lichtkegel wanderte über blanke Stahlträger. Dicke Plastikrohre und Stromkabel ragten aus dem Betonfundament.

Die Grundfläche des Blocks war etwa so groß wie ein Eishockeyfeld. Durch die Fensteröffnungen drang Schnee herein, und der Boden war mit einer heimtückischen Eiskruste überzogen. In der Mitte des Gebäudes türmte sich eine quadratische Konstruktion auf, ein Fahrstuhlschacht. Daneben führte eine Treppe in die darüberliegende Etage.

Nach ein paar Schritten hielt Fredrik inne. Spitzte die Ohren. Nichts.

»Kain? Sindre Borch? Hier sind Iqbal und Beier, von der Polizei. Wie abgesprochen.« Das Echo hallte vom blanken Beton wider.

Im darüberliegenden Stockwerk erstreckten sich von einem Ende bis zum anderen fahlgraue Wände. Ein Flur durchzog die Etage, und zu beiden Seiten klafften Löcher, hinter denen irgendwann Wohnungen liegen würden. Auch hier von niemandem eine Spur. Fredrik warf einen Blick in den offenen Fahrstuhlschacht. Das Licht der Taschenlampe reichte gerade so bis zum Boden und glitt dort über die scharfen Kanten von Bewehrungsstahl und Eis. Er leuchtete nach oben. Glatte, kahle Wände. Da – was war das für ein Geräusch gewesen? War das der Wind, der durch die Flure heulte?

Weiter oben wirbelte der Wind tanzende Schneeflocken vor sich her. Kafa lief mit der Hand am Holster geduckt vorneweg und Fredrik, der ihr die Hand auf den Rücken gelegt hatte, hinterher. Er war froh, dass sie bei ihm war. Wirklich froh.

Zwischen der vierten und fünften Etage blieb Kafa plötzlich stehen. Dann sah er, wie sich ihre zierliche Hand um den Pistolengriff legte. Ihre Atmung war kaum merklich schneller geworden. Irgendetwas hatte ihre Aufmerksamkeit erregt. Ein dünner, schneidender Gesang. So klang das Schlurfen schwerer Schritte, das von angestrengtem Schnaufen begleitet wurde.

Sollte er noch einmal rufen?

Sie nickte.

»Sindre Borch? Hier ist die Polizei.«

Es wurde wieder still.

Fredriks Mund war knochentrocken. Die schusssichere Weste lastete schwer auf seinen Schultern, spannte um die Taille, und irgendwie schien er die Lunge nicht mehr ganz füllen zu können.

Er spürte etwas Warmes an seiner Hand. Kafa hatte ihn vorsichtig angetippt.

»Bereit?«

Dann zog sie ihre Waffe aus dem Holster. Hielt die Heckler & Koch mit beiden Händen, streckte den Rücken durch und lief los.

Es gab Momente im Leben, in denen das Tier in uns zurückkehrte. Jahrtausende der Zivilisation wurden einfach abgeschüttelt, und der Körper reagierte wie der eines Menschenaffen oder Schweins. Die Poren in der Haut füllten sich mit Dreck, mit dem beißenden Gestank der Angst, und genau dieser Geruch ereilte sie, als sie die oberste Treppenstufe erreichten.

Auch hier erstreckte sich vor ihnen ein dunkler Betonkorridor. Auch hier klafften Durchgänge zu beiden Seiten. Schnee und Eis unter den Fenstern, kalter, beißender Wind. Mit dem Unterschied, dass die Wände hier verunstaltet waren: durch unleserliche Worte. Die Zeichnung eines durchlöcherten Kopfes neben einem Körper. Ein unter einer kräftigen Hand zusammengekauertes Kind.

Er stand keine zwei Meter von ihnen entfernt und hatte Schaum vor dem Mund. Sein Blick flackerte und irrte umher. Unter den Armen riesige Schweißflecken. Er taumelte vor ihnen hin und her wie ein in die Ecke getriebenes Tier. In der Hand hielt er die Eishacke.

69

In der Decke über der Matratze hing ein Haken, an dem sich allmählich ein Tropfen bildete. Eine Weile hatte Kain einfach nur dagestanden und ihn angestarrt. Durch die kalte, feuchte Luft hier unten schlug die Farbe an den Wänden Blasen und blätterte ab. Der Zement an der Decke war körnig und grob. Über den Boden lief ein Rinnsal Wasser auf ein rostiges Gitter über einem stinkenden Abfluss zu.

Vierundachtzig. Fünfundachtzig. Sechsundachtzig. Siebenund… Dann fiel er nach unten. Jetzt würde es wieder siebenundachtzig Sekunden dauern, bis der nächste eiskalte Tropfen auf der zusammengekauerten Gestalt auf der Matratze landete.

Er hatte Roastbeef, Krabbenmayonnaise und Apfelsaft gekauft. Hatte sie zum Essen überreden wollen, aber Lin weigerte sich. Als er versuchte, sie hochzuziehen, rollte sie sich sofort wieder zusammen. Sie gab nicht mal einen Mucks von sich, als er die Handschelle an ihrem Handgelenk vorsichtig hinauf über den Unterarm schob, damit sie sich damit nicht verletzte. Selbst als er an der Kette zerrte, die an einem Haken von der Decke hing, blieb ihr Blick leer. An der Kette, die gerade so lang war, dass sie sich auf den kalten Keramikring auf der Toilettenschüssel setzen konnte. Der Haken gab keinen Millimeter nach – und Lin lag einfach nur da und umklammerte das Schmuckstück, das er ihr geschenkt hatte.

Der Bruder hatte sie schlimm zugerichtet. Als wäre es ihre Schuld gewesen. Er wünschte sich, er hätte ihm niemals erzählt, was er entdeckt hatte, als er bei Lins Wohnung angekommen war. Dass Polizisten dort alles durchsucht hatten.

Dass ihr Fluchtplan entdeckt worden war, war nicht gerade auf Begeisterung gestoßen.

Kain fragte sich, ob der Vater den Bruder wirklich Abel nannte oder ob dies einzig und allein der Mutter eingefallen war. Der Mutter und dieser Tänzerin – Ingeborg Balterzen. Sie hatten nackt, fix und fertig nebeneinander im Bett gelegen, während er draußen gestanden und an die Tür gehämmert hatte. Nach seiner Mutter gerufen hatte.

Kain. Wie hatte sie wissen können, dass ausgerechnet er Kain war? Was, wenn Mutter falschgelegen hatte? Wenn er in Wahrheit Abel war?

Wog ein Menschenleben das andere auf? Oder bestand da mitunter ein Ungleichgewicht?

Aber jetzt war die Schuld beglichen. Darauf hatten sie einander die Hand gegeben. Mit dem Russen war es vorbei gewesen. Und doch wollte der Bruder sie nicht gehen lassen. Und die Art, wie er mit Lin umging – die Kraft in seinen Schlägen …

Es gab zwei Arten zu schlagen. Man schlug, um zu überleben oder um zu töten.

Dabei machte der Blick den Unterschied aus. Jemand, der tötete, hatte leblose Augen. Jemand, der nicht aufhörte, bis auch der letzte Funke Leben aus dem Körper herausgeprügelt war. Genau so hatte er ausgesehen, als Kain dazwischengegangen war. Der Bruder hatte Lin umbringen wollen. Sie hatte zu viel mitbekommen.

Kain hatte ebenfalls getötet, aber jetzt würde er ein Leben retten. Die Drogen, die Gewalt, dieser Bruder – das Leben selbst hatte ihn zu dem gemacht, der er inzwischen war. Er war wie ein Fels vom Meer zu Sand geschliffen worden. Er würde sich der Polizei stellen, für seine Taten einstehen, und er würde Lin retten.

Denn wenn Mutter tatsächlich recht gehabt hatte, wenn er Kain, der Brudermörder, war – wie lange sollte er seinen Bruder dann noch verschonen?

»Ich komme wieder«, flüsterte er ihr ins Ohr. Schob die Hand in die Tasche, um sich zu versichern, dass der zusammengefaltete Zettel noch da war.

Der Zettel, der alles verändern würde.

In seiner Jackentasche steckte das Tütchen mit den Resten der zerstoßenen Temgesic-Tabletten. Viel war nicht mehr übrig, aber immerhin noch etwas. Und er brauchte das Pulver jetzt. Weil er den Mann verraten würde, dem er einst geschworen hatte, ihn nie zu verraten.

Als Kain losging, schneite es, und es war dunkel.

70

»Kain? Sindre? Legen Sie die Hacke auf den Boden. Es ist vorbei. Legen Sie die Hacke auf den Boden.«

Kafas Ton war ruhig, aber bestimmt.

»Kain«, schnaubte der Mann und taumelte zur Seite. »Kain und Abel …«

»Legen Sie die Waffe auf den Boden. Wir sind doch jetzt hier – genau wie Sie es sich gewünscht haben. Sie wollten sich stellen, erinnern Sie sich?«

Kafa hatte ihre Pistole auf den Boden gerichtet, vor die Militärstiefel des torkelnden Mannes. Fredrik sah sich eilig um. Leuchtete mit der Taschenlampe den Bereich hinter ihnen aus.

»Kafa«, raunte er, »ich habe etwas gehört – hier ist noch jemand.«

Aus dem Augenwinkel sah Fredrik, wie Kain erstarrte. Er wollte ihm nicht direkt ins Gesicht leuchten, wollte ihn nicht provozieren, gerade in dessen psychotischem Zustand – doch als sich Kain jetzt mit der Hand über den Mund wischte, rutschte die Kapuze nach hinten. Im Schein der Straßenlaternen vor der Baustelle konnten sie endlich sein Gesicht sehen. Strähniges blondes Haar hing ihm in die Stirn. Schweiß und Tränen schimmerten auf der unreinen Haut. Die Augen waren gerötet, die Halsmuskeln angespannt. Ein menschliches Wrack.

Er wankte einen Schritt auf sie zu. Hob die Eishacke auf Taillenhöhe.

»Noch ein Schritt, Kain, und ich schieße.«

Kafa klang zu allem entschlossen. Dann bemerkte Fredrik, dass sie auf eine Öffnung in der Betonwand starrte. War das Geräusch von dort gekommen? Er kniff die Augen zusammen.

»Runter, runter, *runter!*«

Irgendjemand rammte Fredrik zu Boden. Dann donnerten zwei Männer der Spezialeinheit an ihm vorbei. Richteten ihre Maschinenpistolen auf Kain. Durch die Fensterluken hinter ihm schwangen sich zwei maskierte Einsatzbeamte ins Gebäudeinnere, kappten die Seile und wichen zu beiden Seiten aus. Dann tauchte Andreas mit noch mehr Männern auf, die die schwarzen Uniformen der Spezialeinheit trugen.

»Hacke fallen lassen! Werfen Sie die Hacke weg!«

Kain schwang seine Waffe in einem weiten Bogen durch

die Luft und schüttelte verwirrt den Kopf, ehe er sich langsam nach vorn beugte. Dann hielt er inne, als wollte er erst alle Kraft zusammennehmen, bevor er sich auf die Männer in der Türöffnung stürzte.

»Liiin …«

Er schaffte es nicht mal mehr, einen Fuß vor den anderen zu setzen, bevor der Schuss fiel. Die Kugel drang über dem Knie ein, zerfetzte die Hose, Blut schoss aus der Wunde, und er ging fast zu Boden. Allerdings nicht ganz. Was immer durch die Adern dieses Mannes pumpte – die Drogen waren stärker als die Schmerzen und die Muskelzuckungen. Er machte einen unbeholfenen Schritt nach hinten. Dann noch einen.

Im selben Augenblick dämmerte es Fredrik, was als Nächstes passieren würde. Der Fahrstuhlschacht.

Kain stand jetzt genau dort, wo bald die Fahrstuhltüren montiert würden. Stöhnte. Ließ die Hacke fallen und machte einen Schritt zur Seite. Der glänzende Stahl baumelte an einer Schlaufe, die er sich ums Handgelenk gebunden hatte. Fredrik hechtete nach vorn, bekam seinen Arm zu fassen, griff über der Brust nach seinem Pullover …

Zu spät. Kain fiel – nach hinten, nach unten, bis hinunter in den Keller.

71

März 1992, Halbinsel Kola, Russland

»Wenn sie einen Schritt näher kommt, dann schießen Sie.«

Staffan Häyhä nickte Leutnant Falsen zur Bestätigung zu. Der Schwede hatte seine MP-5 angelegt und die junge Frau ins Visier genommen. Schwankend stand sie in der

Tür zu der Baracke, presste sich die Hände auf den Bauch und starrte die Männer verängstigt und flehentlich durch zerbrochene Brillengläser an.

Feldwebel Bakke zerrte den Reißverschluss seines Arztkoffers auf. »Schutzmasken und Schutzanzüge anlegen. Sofort!«

Axel starrte Leutnant Falsen an.

»So lautet der Einsatzbefehl – im Fall einer Begegnung mit chemischen oder biologischen Waffen.«

Mittlerweile hatte die junge Frau angefangen, vor sich hin zu murmeln. Kurze, gelallte Sätze auf Russisch. Sie sank auf die Knie und fing sich nicht mal mit den Händen ab, als sie vornüber auf den gefrorenen Boden kippte.

»Lasst sie liegen! Keiner nähert sich, bevor nicht alle die Schutzausrüstung angelegt haben«, befahl der Leutnant.

Egons Blick huschte zwischen Feldwebel Bakke und der Russin hin und her. »Biologische Waffen? Wovon zum Teufel ist hier eigentlich die Rede?«

»Hättest du deine Zeit auf irgendetwas anderes verschwendet, als über deine Privatscheiße nachzugrübeln, hättest du womöglich mitbekommen, dass Mink nicht hergeschickt wurde, um U-Boote zu fotografieren. Für so was haben wir Satelliten«, blaffte Bakke. »Und jetzt zieh deinen Schutzanzug an. Das ist ein Befehl.«

Ein Zittern ergriff von Egon Besitz. Axel konnte es ganz genau sehen. Der Finger, der über dem Abzug des Automatikgewehrs ruhte, zuckte kaum merklich.

»Tun Sie, was er sagt«, hörte er Leutnant Falsens gedämpfte Stimme. Dann wandte er sich an Bakke. »Borgs Privatleben geht Sie einen Scheißdreck an. Verstehen Sie? Einen Scheißdreck.« Er blieb so lange stocksteif stehen, bis der Feldwebel mit einem schiefen Lächeln den Blick senkte.

Die Marinejäger hatten in der entsprechenden Ausrüstung trainiert. Schweiß, Wärme und Klaustrophobie – der Gehörsinn war darin beeinträchtigt, der Geruchssinn quasi ausgelöscht, und zudem verzerrte das Glas in der Maske das Blickfeld. Das Atmen fiel schwerer, genau wie das Reden. Die Gummihandschuhe saßen unangenehm straff über Fingern und Handgelenken.

Als alle ihre Schutzausrüstung angelegt hatten, trugen sie die Frau zurück in die Hütte. Hoben die Toten vom Bett und legten stattdessen die Frau hinein, ehe sie ihr die Daunenjacke auszogen und das zerbrochene Fenster damit abdichteten. Axel hielt die Taschenlampe, während Bakke Verbandmaterial zerteilte und ihr eine Kompresse über die Schusswunde im Bauch legte. Axel sah sich um. Nichts hier wies auf die Anwesenheit eines norwegischen Agenten hin. Wo steckte dieser Mink? Hatten die Russen ihn aufgegriffen?

»Die Kugel ist glatt durchgegangen. Sie hatte offensichtlich Glück und hat keine schweren inneren Verletzungen davongetragen. Allerdings hat sie viel Blut verloren.« Bakke strich ihr über die Wange. »Aber das Sonderbarste ist, dass sie nicht infiziert zu sein scheint.«

Axel richtete die Taschenlampe direkt auf sein Gesicht. Auf die kleinen, runden Augen hinter der Maske. »Infiziert womit?«

»Hast du gehört, was sie gesagt hat, als sie dort in der Tür gestanden hat? Was sie geflüstert hat? Оспа.« Bakke stand auf. »Diese zwei da…« Er spähte hinüber zu dem Jungen und dem Mann, die auf dem Boden lagen. »Sie wurden hingerichtet, weil sie sich mit einer extrem ansteckenden, tödlich verlaufenden Krankheit infiziert hatten.«

Plötzlich hörten sie, wie draußen ein Gewehr durchgeladen wurde.

72

Null zwei neununddreißig. Die Uhr im Armaturenbrett blinkte kurz, bevor sie ausging. Vor dem Auto legte er den Kopf in den Nacken. Starrte in den gelb-schwarzen Schein über der Sorgenfrigatan und hinauf zu der Wohnung im dritten Stock. Gott, im Wohnzimmer brannte Licht.

Es war noch schlimmer, als er befürchtet hatte. Er wusste es, sowie er den Schlüssel ins Schloss schob. Unverschlossen. Bettina schloss immer ab, sofern sie keinen Besuch hatten. Drinnen war es still – und warm. Eine Art Wärme, die nur Kerzenlicht und intime Gespräche erzeugten. Im Eingangsbereich schlug ihm ein Duft entgegen. Er erkannte ihn nicht sofort wieder, aber es war ein schwerer Duft, nach Zimt und Wasserlilien. Dann kam die Erinnerung zurück, und er wusste, wer der Gesprächspartner war.

Auf dem Sofa im Wohnzimmer saß Bettina. Und daneben Alice.

»Na dann, schießt los«, sagte Fredrik verdrossen. Seine Exfrau starrte ihn unverhohlen an, während Bettina sich lediglich die Hände rieb, die sie in den Schoß gelegt hatte.

»Du kannst Jacob nicht einfach so stehen lassen«, sagte Alice nüchtern. »Das war ihm unangenehm.«

Fredrik atmete schwer durch. »Arbeit«, murmelte er nur. »Eine Notsituation. Bist du deswegen gekommen? Um mir mitzuteilen, dass ich mich nicht gut genug um meinen Sohn kümmere?«

Angesichts der Aggressivität in seiner Stimme wandte Alice den Blick von ihm ab. Bettina indes hob den Kopf. Sie sah traurig aus. Sie hatte geweint, und ihr Make-up war verschmiert.

»Ich hab Alice angerufen, weil ich nicht mehr wusste,

was ich tun sollte«, sagte sie mit dünner Stimme. »Mit dir. Mit uns. Mit Jacob.«

»Und da hattest du das Bedürfnis, das alles mit meiner Ex zu diskutieren?«

»Ich wollte wissen, ob du sie ebenfalls belogen hast, so wie du mich belügst.« Mit einem Mal klang sie kein bisschen mehr nach Opfer. »Was du heute getan hast… Seit heute früh. Jacob glaubt, dass du nie geplant hast, Andreas zu dem Konzert einzuladen. Du hast gelogen, und zwar weil du genau weißt, dass ich von dir will, dass du mit jemandem sprichst. Die Stones in Kopenhagen«, spie sie ihm entgegen. »Das war doch auch gelogen. Und nicht nur das – du hast deinen Sohn in eine… Polizeiaktion hineingezogen. Das ist verantwortungslos. Weiß der Polizeipräsident, was du da treibst?«

Das Blut pulsierte in seinen Schläfen. Er ballte die Fäuste und presste sie vor der Brust gegeneinander. »Er ist sechzehn«, sagte er leise. »Alt genug, um den Weg nach Hause allein zu finden. Ich hab genau gewusst, was ich getan habe.«

»Na klar!« Bettina schluchzte. »Aber genau darum geht es doch. *Du* weißt immer, was du tust. Und gerade das macht es so verflucht unverzeihlich. Du bist nie zu Hause, du gehst, noch bevor Jacob und ich aufstehen. Und wenn du mal hier bist, bist du trotzdem komplett abwesend. Du hast aufgehört, mit mir zu schlafen, und… selbst als du versucht hast, dir das Leben zu nehmen, hast du dich bei *ihr* auf die Straße gelegt!«

Bettina schlug die Hände vors Gesicht. Schluchzte aus tiefster Seele. Fredrik und Alice wechselten einen Blick.

Wie müde er war. Wie erschöpft. Trotzdem brodelte es in ihm. Wut, Mitleid und Kummer. In der Nachttischschublade hatte er noch ein paar Pillen. Schlaftabletten. Nicht von der starken Sorte, natürlich nicht. Er hatte die Verpackung nicht mal angebrochen, nicht eine einzige davon angerührt. Aber jetzt brauchte er sie. Gott… Er beugte sich nach vorn und räusperte sich. Es fühlte sich an, als würde sein Herz dort tief unten in der Brust festklemmen.

Einen nach dem anderen hatte er weggestoßen. Alice, Bettina. Jacob, Kafa und Andreas.

Fredrik sank auf die Knie. Unter dem Wohnzimmertisch lagen ein paar Haarbüschel von Krøsus. Demonstrativ las er sie auf und warf sie auf die Tischplatte.

»Krøsus gehört dir«, sagte er. »Und Jacob gehört mir.«

Woher kam all der Groll? Warum schaffte er es nicht, die Hand auszustrecken, damit Bettina sie ergreifen konnte?

Doch er kannte die Antwort. Er war schlicht zu wütend, weil sie es gewagt hatte, Alice herzubitten, seine Exfrau, in sein eigenes Wohnzimmer, um *über ihn* zu reden, hinter seinem Rücken. Dafür gab es keine Entschuldigung. Nicht in diesem Augenblick.

»Fredrik«, sagte Alice sanft. »Jacob gehört nicht dir. Er ist *unser* Sohn. Und Bettina und ich haben uns nur ein bisschen unterhalten.« Sie lehnte sich ein Stück nach vorn. »Jacob tut nichts anderes mehr als üben. Er unternimmt nichts mehr mit Freunden, und bis auf Musik hat er in sämtlichen Fächern schlechte Noten. Wenn er sich mit Computerspielen beschäftigen oder sich auf Partys herumtreiben würde, hätten wir längst eingegriffen. Womöglich sollten wir ihm das Weihnachtskonzert doch verbieten? Wenn er sich nicht zusammenreißt…« Fredrik starrte sie mit leerem Blick an, doch Alice redete einfach weiter. »Und wenn es wirklich so ist, wie Bettina sagt, dann klingt es doch so, als würdet ihr allmählich etwas Zeit für euch brauchen. Soll Jacob nicht doch für eine Weile bei mir wohnen?«

Wortlos stand Fredrik auf und ging.

»Papa?«

Die Tür zu seinem Zimmer war angelehnt.

»Es ist schon nach drei, Jacob.«

»Hast du echt versucht, dich umzubringen? Stimmt das, was Bettina gesagt hat?«

Er hatte sein Kissen gegen die Wand gelehnt und saß halb aufrecht im Bett. Die Decke reichte ihm bis zur Mitte des blassen Oberkörpers.

Fredrik setzte sich neben ihn auf die Bettkante. Fuhr ihm mit der Hand durchs Haar. Jacob ließ es geschehen.

»Wie war das Konzert?«

»Super.«

»Warst du sauer, weil ich gegangen bin?«

Jacob zuckte mit den Schultern.

»Und unser russischer Freund?«

Fjodor Larinow hatte sich tatsächlich seiner angenommen. In der Pause Krabbenbrot und Champagner spendiert und ihn anschließend nach Hause gefahren. In einem *krass geilen* Botschaftsauto.

»Champagner?!«

Jacob grinste.

»Na dann. Gute Nacht.«

»Du … das Konzert? Ich darf doch spielen, oder?«

»Ja.«

»Und ich darf hier wohnen bleiben?«

»Ja.«

73

Er wurde von der Stille wach. Davon, dass er Bettinas leise Atemzüge nicht hörte. Davon, dass Krøsus nicht neben dem Bett saß und leise winselte, weil ihre Blase drückte. Draußen war es mittlerweile schon wieder taghell. Wann hatte er das letzte Mal geschlafen, bis es hell geworden war?

Bettinas Seite des Betts war unberührt. Auf seinem eigenen Nachttisch lag eine Packung Schlaftabletten. Er fischte den Blister aus der Schachtel. Noch sieben. Das hieß, drei fehlten. Hatte er die genommen? Er konnte sich nicht daran erinnern. Aber es würde die Distanz erklären, die er fühlte. Die Distanz zu seiner Umgebung. Zu den Vorfällen am Tag zuvor. Zu der Auseinandersetzung mit Bettina. Zu allem. Er hatte acht Stunden geschlafen und war vollkommen erschöpft.

Bettina hatte sich nicht mal die Mühe gemacht, das Laken vom Sofa im Wohnzimmer abzuziehen. War das ein dezenter Hinweis? Der Hinweis darauf, dass sie die Nacht dort verbracht hatte – und dass er ja nichts anderes glauben sollte, wenn er aufwachte? Die Hundehaare, die er am vergangenen Abend auf dem Tisch liegen gelassen hatte, waren jedenfalls verschwunden.

»Amphetamine – und zwar eine verdammt hohe Dosis.«

Die Chefin der Spurensicherung, Therese Grøfting, stand vor dem kleinen Ermittlerteam, fasste ihr dunkles Haare mit einer Spange zusammen. Eine Strähne löste sich und fiel ihr ins Gesicht, direkt vor die grünen Augen, doch diesmal ignorierte sie es.

Sebastian Koss war gekommen, genau wie Polizeipräsident Neme in seiner frisch gebügelten Uniform. Die tiefen Stirnfalten zeugten vom Ernst der Lage.

»Er hatte so viel Stoff im Blut, dass die meisten Menschen längst das Bewusstsein verloren, womöglich sogar einen Herzstillstand erlitten hätten. Oder die Atmungsorgane versagen. Trotzdem war die Todesursache laut Heissmann, unserem Pathologen, in diesem Fall die Summe der Verletzungen, die er sich bei dem Sturz in den Fahrstuhlschacht zugezogen hat. Sindre Borchs Brust ist dort unten von fünf oder sechs Eisenstangen durchbohrt worden.«

»Der Bewehrungsstahl«, murmelte Fredrik.

Sie sah ihn kurz an und fuhr dann fort: »Er war augenblicklich tot. Im Übrigen hatte er kaum Dinge bei sich. Ein Handy – und in der Tasche einen Zettel.« Sie sah kurz in ihre Aufzeichnungen. »Ismacil Saleban. Vermutlich ein Name. Das Handy wurde ins Labor geschickt.«

Vor der Tafel stand ein kleines Podium. Neme brauchte sich nicht einmal daraufzustellen, um sie alle zu überragen. »Lassen Sie uns noch einmal von vorn beginnen.« Er ließ den Blick über das Team schweifen. Dann leierte er den gesamten Ablauf der Ereignisse noch mal herunter: von Kains Anruf bei der Polizei bis zu seinem tödlichen Sturz. »Das war kein Hinterhalt, Beier«, konstatierte er.

»Nein.«

Irgendjemand rückte seinen Stuhl zurecht, und aus dem Augenwinkel sah Fredrik, wie Koss sich zurücklehnte. Nemes Schlussfolgerung gefiel ihm sichtlich, vor allem nachdem er selbst den Befehl gegeben hatte, sodass die Spezialeinsatzkräfte ihnen in der vergangenen Nacht nachgeschlichen waren und eingegriffen hatten.

»Hätte das Leben dieses Mannes gerettet werden können, Iqbal?«

Neme sah Kafa nicht mal an. Stattdessen fixierte er einen Farbfleck an der Ecke der Tafel und rieb mit dem Daumen fest darüber.

Kafa schnaubte kurz, bevor sie antwortete: »Die Situation war unübersichtlich. Hätte Kain uns angegriffen, dann hätte ich ihn erschießen müssen. Wir hatten nicht die Möglichkeit, erst festzustellen, ob er allein war oder nicht.« Sie schielte zu Fredrik hinüber. »Nicht wahr?«

Doch Fredrik zuckte bloß mit den Schultern.

»Insofern habe ich ein gewisses Verständnis dafür, dass die Spezialeinheit eingegriffen hat«, sagte sie.

Hier ging es einzig und allein um ihn, so viel war Fredrik klar. Es ging um das Vertrauen der Kollegen in seine Einschätzung der Lage und um den Umstand, dass Koss ihn entwaffnet hatte und ihn am liebsten aus der Ermittlung werfen würde.

Er spürte regelrecht körperlich, wie der Polizeidirektor hinter ihm zum Angriff überging. »Jetzt da wir hier beisammensitzen und alle auf dem aktuellen Stand bezüglich Beiers Gemütszustand und Krankengeschichte sind«, sagte Koss langsam und betont, »ist der Polizeipräsident da wirklich immer noch der Ansicht, dass der richtige Mann einen so wichtigen Teil dieser Ermittlung leitet? Der Geheimdienst hat … Terrorverdacht geäußert.«

Terror. Das Schlagwort, das unverhoffte Budgets freisetzte und dafür sorgte, dass Polizisten den Rückzug antraten. *Das* Wort auf den Titelseiten sämtlicher Zeitungen der Nation. Fredrik schluckte. Beobachtete, wie Neme sich von dem Fleck auf der Tafel ab- und sich ihm zuwandte. Im Nacken spürte er noch immer Koss' stechenden Blick.

»Ohne Fredrik hätte der Geheimdienst die Information niemals mit uns geteilt«, sprang Kafa ihm bei. »Und ohne Fredrik hätten wir den Fall niemals mit Peder Rasmussen in Verbindung gebracht. Fredrik hat diese Ermittlungen entscheidend vorangebracht, Herr Polizeipräsident.«

Neme reagierte nicht. Ging lediglich zum Waschbecken

neben der Tür, drehte den Wasserhahn bis zum Anschlag auf und schrubbte seinen Daumen sauber, ehe er ein Papierhandtuch aus dem Aluminiumbehälter riss und sich die Hände abtrocknete. Anschließend faltete er das Papier immer kleiner zusammen und warf es in den Mülleimer.

»In Ordnung.«

Als er den Besprechungsraum verlassen wollte, spürte Fredrik eine Hand auf seinem Rücken. Therese Grøfting bedeutete ihm zu warten. Als sie allein waren, schob sie sich die Haare hinters Ohr und verschränkte die Arme vor der Brust.

»Es war Andreas, der … gepetzt hat. Er hat es Koss erzählt … den Grund für Ihre Krankschreibung. Ich hab es auf dem Flur zufällig mitbekommen.«

Fredrik ließ sich auf einen Stuhl fallen.

»Sie sollten dringend miteinander reden.«

Andreas. Dieser Verräter. Was zur Hölle ging hier eigentlich vor? Auf welche Seite hatte sich Andreas geschlagen?

74

Fredrik und Kafa hatten in der Nähe einer Reihe kleiner, fast identischer Bootshäuer am Südufer von Ormøya geparkt. Früher war die Bergkuppe, die ein paar Kilometer südlich des Osloer Zentrums aus dem Fjord aufstieg, Tummelplatz der Reichen und Schönen der Hauptstadt gewesen. Mittlerweile wohnten mehrere Hundert Menschen dort, wo die Fichten und Laubbäume den Villen und Reihenhäusern hatten weichen müssen. Auf der Böschung über ihnen konnten sie über einer sandfarbenen Backsteinfassade und einer breiten Fensterfront ein lang gezogenes Flachdach ausmachen – Agnes Oses funktionalistische Villa.

Sie seien »hinter dem Arzt her«, hatte Kain gemutmaßt – und deswegen waren sie jetzt hier.

»Eine Sache verstehe ich nicht«, sagte Kafa langsam.

Sie hatten bereits eine Weile dort gesessen und warteten darauf, dass Ose von der Arbeit heimkommen und den schmalen Kiesweg hinauffahren würde. In dicke Jacken gehüllt teilten sie sich bei abgestelltem Motor einen Kaffee im Pappbecher. Unten am Ufer war eine alte Jacht aufgebockt worden. Im Rumpf war ein klaffendes Loch zu erkennen.

»Warum hat Kain so kurz, bevor er uns treffen sollte, noch eine dermaßen hohe Dosis Amphetamine eingeworfen?«

Fredrik zwang sich zu blinzeln. Verdammt, wie nachlässig er war. Die Frage hatte er sich selbst noch gar nicht gestellt. Er hatte nur mehr an Andreas denken können – und an Bettina. Und an sich selbst.

Er starrte zu der alten Jacht hinüber. Er selbst hatte ebenfalls einen Schaden – und allmählich war es an der Zeit, dass er sich daranmachte, ihn zu beheben. Und das würde nur gelingen, wenn er ein ernstes Gespräch mit Andreas führte.

»Kain ist schon sein ganzes Erwachsenenleben lang drogenabhängig gewesen«, fuhr Kafa fort. »Er muss gewusst haben, wie er auf eine so hohe Dosis reagieren würde.«

»Vielleicht brauchte er den Rausch«, wandte Fredrik ein und kratzte sich am Kopf. »Kain und Abel«, sagte er nach einer Weile. »Kain war gestern Abend kurz davor, jemanden zu verraten. Jemanden, vor dem er Angst hatte. Deshalb hat er die Drogen genommen.«

»Ja«, antwortete Kafa zurückhaltend. »Vielleicht.«

Agnes Ose trug einen beigefarbenen Mantel mit Stehkragen. Sie waren bei ihr, noch bevor sie es schaffte, sich aus dem Fahrersitz zu hieven. Sie musterte sie, ohne im Geringsten erstaunt zu wirken.

»Sie hätten mich auch bei der Arbeit aufsuchen können«, sagte sie müde.

»Bei Leuten zu Hause ist es schöner«, antwortete Kafa keck. »Das Zuhause spiegelt die Seele eines Menschen wider.«

Ose hielt sich an Lenkrad und Türrahmen fest und zog sich aus dem Auto. Dann zeigte sie auf die Krücke auf dem Rücksitz und sah Kafa an. »Wenn Sie so freundlich wären?«

Die Ärztin hatte vor der Garage geparkt, die sich im Kellergeschoss der Villa befand. Langsam führte sie die Ermittler die Steintreppe hinauf zur Haustür. Vom Wohnzimmer aus hatte sie bestimmt einen Traumblick über den Bunnefjord. Einen Moment lang hielt Fredrik inne. Fuhr mit der Hand über die spröde Fassade. Gerade war ihm etwas eingefallen. Vielleicht war er ja doch kein ganz so schlechter Polizist. Zufrieden hämmerte er die Faust gegen die Wand. *Das Zuhause spiegelt die Seele eines Menschen wider.*

Im Eingangsbereich drehte sich Ose zu ihnen um. Siebenundvierzig, dachte er. Laut Einwohnermeldeamt war sie jünger als er, hätte aber gut und gern zehn Jahre älter sein können. Mindestens. Ihr Haar war locker frisiert, ganz ähnlich wie es derzeit bei den Politikerinnen dieses Landes angesagt zu sein schien. Ihre Augen sahen trüb aus.

Im Wohnzimmer waren die Jalousien heruntergelassen. Agnes Ose marschierte in die Mitte des Zimmers und klatschte dort mehrfach in die Hände. Nichts passierte. Sie ging noch ein paar Schritte weiter ins Zimmer hinein. Er konnte hören, wie die Krücke gegen ein Geländer klapperte. Sie klatschte erneut in die Hände, die Jalousien glitten nach oben, und die Deckenstrahler tauchten das Wohnzimmer in kühles Licht.

»Damals haben sie gesagt, es würde ganz leicht werden«, stöhnte sie.

Das Wohnzimmer war spärlich, aber exklusiv eingerichtet. Über dem Sofa hing eine Metallplatte, über die ein rot-orange gesprenkelter Seidendruck gezogen war. Der Druck war breiter als das Sofa und erinnerte an einen Sonnenuntergang – oder an die Interpretation einer Lungentransplantation. Die Ärztin blieb am oberen Ende der Wendeltreppe stehen. Das Geländer bestand aus dickem, satiniertem Glas.

»Ich habe einen Anruf bekommen«, sagte sie nach einer Weile. »Von einem alten Freund.« Ose starrte die Treppe hinunter. »Von Egon Borg. Er hat mir erzählt, dass Sie ihm Fragen gestellt hätten… über mich.« Sie drehte sich zu ihnen um. »Guter, kleiner, lieber, dummer Axel. All diese Jahre, und nicht ein einziges Wort. Soll man da lachen oder eher weinen?«

Fredrik ließ den Blick über den Fjord schweifen. Die Fenster reichten vom Boden bis zur Decke, wie in einer Bar, die er mal besucht hatte und die mittlerweile geschlossen war. Sie war im Obergeschoss eines Osloer Hotels untergebracht und das Pissoir war direkt vor der Fensterfront montiert gewesen, sodass man das Gefühl hatte, auf die Stadt zu pinkeln. Zumindest war das auf der Herrentoilette so gewesen. Vielleicht hatten Frauen ja kein solches Bedürfnis. Trotzdem… Stand nicht diese Ärztin mittleren Alters an Krücken und in Rock und Strickjacke genau jetzt vor ihnen und pinkelte sie an?

»Großes Haus, für eine alleinstehende Frau«, stellte er fest.

»Ich mag es so«, entgegnete sie.

»Was ist denn im Keller untergebracht, wenn ich fragen darf?«

»Eine Garage und mein Atelier.«

»Und trotzdem parken Sie in der Einfahrt?«

»Ist das verboten?«

»Mir ist nur aufgefallen, dass Sie schlecht zu Fuß sind.«

»Kommen Sie. Ich zeig es Ihnen.«

Agnes Ose drückte oben auf dem breiten Geländer auf einen Knopf. Ein Elektromotor sprang an, und nur Sekunden später surrte eine Vorrichtung die Treppe herauf. Auf der Mitte einer kleinen Platte war eine Säule mit einem Griff montiert worden, und darunter war eine Art Geschirr befestigt.

»Eigentlich soll ich mich anschnallen«, sagte sie und stellte sich auf den Treppenlift. Sobald sie die Hand an den Griff legte, setzte der Lift sich wieder in Bewegung. »Aber so gebrechlich bin ich noch nicht.«

Kafa blieb im Wohnzimmer, während Fredrik ihr über die Treppe folgte.

»Ausgefallene Kunst«, stellte er fest.

»Wissen Sie, was der hässliche Seidendruck gekostet hat? Mehr als das Haus. Meine Eltern waren stinkreich, und ich bin Einzelkind. Ich hab keine Erben und grundsätzlich nicht viel für andere übrig. Insofern sehe ich keinen Grund dafür, irgendjemandem etwas zu hinterlassen.«

Als der Treppenlift unten angekommen war, klatschte sie erneut in die Hände, woraufhin auch hier das Licht anging. Der kleine Raum war mit einem dicken, dunkelroten Teppich ausgelegt. Sowohl in die helle Backsteinwand direkt vor ihnen als auch in die Seite waren Türen eingelassen. Fenster gab es nicht. In der Mitte des Raums stand ein tiefer Sessel. Ansonsten war das Zimmer leer.

»Zur Kontemplation«, sagte Ose, bevor sie sich zu ihm umdrehte.

Fredrik lächelte schief. »Heller Sandstein«, sagte er. »Hierzulande üblicher ist roter oder brauner Backstein …«

»Klinker für Arme. Dieser hier ist handgestrichen und kohlegebrannt. Ein Spezialimport aus Dänemark«, sagte sie.

»Besitzen Sie eine Polaroidkamera?«

»Ich besitze eine Menge Kameras. Ich bin Hobbyfotografin.«

Fredrik machte einen Schritt nach hinten. Sie hatte die Hände über der Taille ineinandergeschoben und sah ihn abwartend an. War ihr da ein kleines Lächeln entschlüpft?

»Wissen Sie«, sagte er, »in meinem Job kriegt man die sonderbarsten Dinge zu sehen. Neulich erst war ich in der Wohnung einer thailändischen Prostituierten. Sie ist verschwunden. Komischerweise hat sie ihr Gepäck zurückgelassen. Unter anderem ein Polaroidfoto – aufgenommen vor einer Backsteinwand, die dieser hier nicht ganz unähnlich sieht.« Er machte eine ausholende Geste. »Und wissen Sie, was sie auf dem Foto anhatte?«

»Einen Strap-on und einen BH«, antwortete Agnes Ose. »Ob Sie es glauben wollen oder nicht, aber das Outfit ist tatsächlich exklusiv. Also, nicht der Penis, der ist bloß eine Kopie. Aber die Kette und die Riemen. Bei einer Auktion in London gekauft. Kennen Sie Richard von Krafft-Ebing? Nein? Ein Psychiater. Er hat sich solcher Dinge bedient, wenn er seinen Kollegen das Ausmaß menschlicher Perversitäten demonstriert hat. Ich hätte sie wegen Diebstahls anzeigen sollen.«

Fredrik war sichtlich überrascht. »Dann …«

»Sie war keine Prostituierte. Sie war Model. Eines Tages hatte sie plötzlich die fixe Idee, ich wollte sie mit einem Skalpell verletzen, was selbstverständlich Unsinn war. Sie ist gelaufen, was das Zeug hält… oder was Riemen und Stoff hielten, wenn Sie so wollen.«

Zum ersten Mal überhaupt sah er Agnes Ose lachen. Ein widerliches Lachen. Dann geleitete sie ihn zu der Tür direkt vor ihnen. Zur Garage.

Jetzt verstand er, warum sie nicht dort drinnen parken konnte. Auf dem Boden und entlang der Wände standen überall Fotodrucke in Plakatgröße. Zarte Farben, körnig und grau. Ganzkörperaufnahmen und Porträts, auf denen die Augen größer waren als Fredriks Hände. Direkt vor sich sah er einen mageren Mann mit grobporiger Haut. Der Blick war durchdringend und intensiv, die ergrauenden Haare kurz geschnitten. Die Stirn sah deformiert aus, als wäre ein Teil des Schädels entfernt worden. Ein anderes Foto, ein sehr viel kleineres, zeigte ein lachendes Mädchen in einem Kleid. Die Arme waren von schuppigen Narben bedeckt. Brandwunden, vermutete er.

All diese porträtierten Menschen hatten Verletzungen, eine Fehlbildung oder ein sonstiges Gebrechen. Die Magie lag in ihren Blicken. Fredrik spürte eine eigenartige Faszination. Agnes Ose schien eine begnadete Fotografin zu sein.

»Sie sagten, Sie hätten nicht viel für Menschen übrig…«

»Ich fotografiere nicht Menschen, ich fotografiere Verletzungen.«

»Aber die Thailänderin…«, sagte Fredrik zögernd. »Sie hatte keine Verletzung.«

Das widerliche Lachen war zurück. »Nein«, antwortete Agnes Ose kurz. »Keine sichtbare. Abgesehen davon wäre es ein neues Fotoprojekt geworden…«

»Haben Sie Fotos von ihr hier?«

Agnes schüttelte den Kopf. »Nur ein einziges. Das dem ähnlich sieht, was Sie gefunden haben. Die Arbeit ist nie richtig in Gang gekommen.«

Sie gingen in den fensterlosen Raum zurück, wo sie auf die zweite Tür wies. »Das Atelier«, sagte sie. »Wollen Sie es sehen?«

»Nein. Wie sind Sie mit ihr in Kontakt gekommen?«

Die Ärztin zuckte mit den Schultern. »Weiß ich nicht mehr. Eine Anzeige vermutlich. In der Regel läuft so etwas über Anzeigen.« Agnes Ose sah zu ihm auf. »Sollen wir zu Ihrem braunen Leckerbissen oben zurückkehren?«, fragte sie und gluckste.

Fredrik musste heftig schlucken.

Zurück auf dem Treppenlift erzählte sie ihm die gleiche Geschichte, die Egon Borg zum Besten gegeben hatte. Axel, Egon und Agnes seien seit Kindertagen befreundet gewesen, hätten in der Jugend viel Zeit miteinander verbracht, und Axel sei eine Weile ihr Freund gewesen. Fredriks Frage, ob es Egon gewesen sei, den sie in Wahrheit habe haben wollen, beantwortete sie mit einem kalten Lachen.

»Ja, das glaubt er wohl. Ich war wirklich schwer in Axel verliebt. Eine Zeit lang. Es war damals so ernst, dass ich mich sogar für ein medizinisches Praktikum in seiner Nähe bewarb, als die Jungs zum Marinejägerkommando nach Ramsund wechselten. Aber unsere Beziehung war zu Ende, bevor wir alle dort oben ankamen. Jugendliebe ist flüchtig.«

Sie stieg von der Hebebühne. Im Wohnzimmer stand Kafa und blickte über den Fjord.

»Ich bin nicht dumm. Ich wirke vielleicht kalt auf Sie, und ich mag sonderbare Interessen haben. Aber glauben Sie mir, wenn ich sage, dass es wehtut zu wissen, dass Axel über zwanzig Jahre weitergelebt hat, ohne je Kontakt zu mir aufzunehmen.«

Ose begleitete sie zur Tür.

Fredrik nahm ihre raue, klamme Hand. »Kennen Sie einen

gewissen Sindre Borch? Er ist auch unter dem Namen Kain bekannt.«

Keine Reaktion.

»Er ist tot«, warf Kafa ein.

Im selben Augenblick meinte Fredrik endlich eine Reaktion gesehen zu haben – er war sich sicher, dass sie geblinzelt hatte, wie man es angesichts einer unerfreulichen Nachricht instinktiv tut.

»Der Name sagt mir nichts.«

»Er war ein Bekannter von Lin. Sie haben sie als Model bezeichnet, aber ich glaube, ich bezeichne sie weiter als Prostituierte. Und das macht Kain wohl zu ihrem … Zuhälter?«

Sie schien zu begreifen, worauf er hinauswollte.

»Sie sind sich immer noch sicher, dass Sie Lin über eine Anzeige begegnet sind? Wir haben Kains Handy gefunden. Was meinen Sie – ist Ihre Telefonnummer darauf?«

Sie schüttelte den Kopf. »Ich wüsste nicht, warum.«

Doch so leicht wollte Kafa sie nicht davonkommen lassen. »Wissen Sie, was Kain kurz vor seinem Tod zu uns gesagt hat? Er wisse, dass wir hinter *dem Arzt* her seien.«

Agnes Ose lachte. Ein bisschen zu lange. »Und … haben Sie *den Arzt* gefunden?«

»Nein. Wie gesagt, Kain ist tot«, sagte Kafa nüchtern.

»Bedauerlich«, sagte die Ärztin und schlug ihnen die Tür vor der Nase zu.

Draußen blieb Fredrik neben der Backsteinwand stehen. Legte erneut seine Hand auf die Fassade. »Ich weiß jetzt, wo sich Peder Rasmussen versteckt.«

75

Die gelbe Farbe blätterte ab, als Fredrik mit der Hand über das Holz fuhr. Die Fenstersprossen waren so morsch, dass er sie einfach hätte herausreißen können. Durch das spröde Zylinderglas sah er nicht mehr als einen kahlen Raum, in dem sich früher mal ein Kinderzimmer befunden hatte.

Er lehnte sich an die Wand der einstigen Sozialunterkunft. Hielt nach Kafa Ausschau, die immer noch im Auto saß und telefonierte. Sein schneller Atem bildete in der kalten Luft Wölkchen. Über ihm gingen nach und nach die Straßenlaternen an.

Galgeberg. Hier waren früher Mörder und Räuber hingerichtet worden. Und ausgerechnet hier versteckte sich jetzt Peder Rasmussen.

Fredrik war sich da ganz sicher. Das Zuhause eines Menschen spiegele die Seele wider, hatte Kafa gesagt.

Hier oben hatte Peder Rasmussen seine Frau ermordet. Hier war sein Sohn getötet worden, als Andreas und Fredrik acht Jahre zuvor wegen häuslicher Gewalt ausgerückt waren.

Endlich ging die Innenbeleuchtung des Wagens aus. Kafa war ausgestiegen und gesellte sich zu ihm.

»Das Haus ist immer noch im Gemeindebesitz. Seit damals ist es unbewohnt und verfällt, auch wenn es unter Denkmalschutz steht«, teilte sie ihm mit. Zögerlich reichte sie ihm den Pistolengürtel. »Das wird Koss nicht gefallen …«

»Wenn ich von einem zur Fahndung ausgeschriebenen Mörder getötet werde, nur weil Koss mir verboten hat, eine Waffe zu tragen, dann wird das dem Polizeipräsidenten auch nicht gefallen«, entgegnete Fredrik mit einem Zwinkern.

Sie wirkte nicht überzeugt.

Er überspannte den Bogen, das war Fredrik bewusst, aber er wollte einfach nicht hinnehmen, dass Koss ihn aus dem Spiel genommen hatte. Das hier war sein Fall.

Kafa seufzte resigniert. »Du bist der Boss.« Dann starrte sie auf die ausgeblichene Wand. »Sicher, dass er sich hier aufhält? Der Strom ist abgestellt worden, und aus dem Schornstein kommt kein Rauch. Dort drinnen muss es eiskalt sein.«

»Ganz sicher.«

Er ging in die Hocke und kroch unter das Fenster. Die altmodische Eingangstür bestand aus schmalen Leisten, die über ein Türblatt aus hartem Holz genagelt worden waren. In Kopfhöhe war ein kleines Fenster mit einer milchigen Scheibe eingelassen. Eine nachlässig aufmontierte Stahlplatte markierte die Stelle, wo der Rammbock der Spezialeinheit eingeschlagen war.

»Und die Gemeinde ist einverstanden, dass wir reingehen?«

Er wartete ihre Antwort nicht mal ab. Zog bloß die Handschuhe aus, nahm die Pistole aus dem Holster, machte zwei kurze Schritte nach hinten und versetzte der Stahlplatte einen heftigen Tritt. Er hatte sich ausgerechnet, dass der Türrahmen ebenso morsch sein würde wie die Fenstersprossen, und er behielt recht. Das Schloss riss heraus, die Tür schlug innen gegen die Wand und gab den Blick in einen langen, dunklen Flur frei.

»Polizei! Wir sind bewaffnet!«

Zielstrebig lief er los. Überprüfte das Kinderzimmer. Leer. Kafa übernahm das Zimmer auf der gegenüberliegenden Seite. Schüttelte den Kopf. Am Ende des Flurs befand sich das Badezimmer. Die Tür stand offen, und im Lichtschein der Straßenlaterne konnte er die Badewanne ausmachen. Hier hatten sie Rasmussens Frau gefunden – mit einem klaffenden Loch, wo das Nasenbein in die Stirn überging.

Auf dem graubraunen Teppich im Flur waren immer noch Flecken zu sehen. War das sein Blut? Oder das des Jungen?

I'm Popeye the sailor man, I'm Popeye the sailor man.

Peder Rasmussens irrsinniges Geröchel hallte in seinem Kopf wider.

Er sah zu Kafa. Sie hielt die Taschenlampe parallel zum Lauf ihrer Heckler & Koch. Sie hatte die Zähne zusammengebissen.

Rechts vom Bad lag das Wohnzimmer. Die niedrige Tür war angelehnt. Kafa ging in Position, und er nahm sich noch kurz Zeit, auf Geräusche zu lauschen. Nichts. Nur ihre eigene gehetzte Atmung und der Wind, der durch die Ritzen pfiff.

Er trat die Tür auf.

Leer.

Als Fredrik ein kleiner Junge gewesen war, vermutlich nicht älter als sieben, acht, hatte seine Mutter ihn mal zu einem Hausbesuch mitgenommen. In ihrer Kirchengemeinde kümmerten sie sich um alte, einsame Menschen. Manchmal hatten sie bei ihren Besuchen tiefgefrorene Mahlzeiten dabei, ein andermal tranken sie einfach nur zusammen Kaffee und aßen Fyrstekake. Er sah die Alten immer noch vor sich. Zittrig, scharfkantige Fingernägel, unkoordinierte Bewegungen – Streicheleinheiten, die schiefgingen, weil sich die Finger zu tief in seinen Arm gruben. Er erinnerte sich noch gut an den Uringeruch und den Medikamentendunst. Wie er diese Besuche verabscheut hatte! Ein Besuch hatte sich besonders tief in sein Gedächtnis eingebrannt.

Sie hatten bei einer alten Frau in Frogner geklingelt. Die Alte hatte gar nicht weit entfernt von ihnen selbst gewohnt, in einer kleinen Zweiraumwohnung, für die seine Mutter sogar einen Schlüssel gehabt hatte. Drinnen war es warm gewesen, und es hatte nach Essen gerochen. Im Radio im Wohnzimmer waren die Nachrichten gelaufen. Irgendwas Wichtiges war passiert, ein Schiff mit norwegischer Besatzung war gesunken, und es liefen in einem fort Sondersendungen. Auch daran erinnerte sich Fredrik noch gut, weil auf die große Tragödie gewissermaßen die kleine gefolgt war. Sie hatten die Frau in der Küche vorgefunden. Sie hatte mit einem Messer in der einen und einer Gabel in der anderen Hand dagesessen. Das Gesicht im Labskaus. Daneben auf dem Tisch die große Katze mit dem langen Schwanz, die von ihrem Teller fraß. Die ihrem toten Frauchen über das Gesicht schleckte und fraß.

Das Essen war noch warm gewesen. Und er wusste auch noch, wie er später seinen Vater zum Hafen begleitet hatte. Der hatte dort zwei Ziegel in einen Sack gesteckt, die Katze hineingezwungen und den Sack anschließend ins Wasser geworfen.

Das Wohnzimmer vor ihm war verwaist, sah aber nichtsdestoweniger bewohnt aus. In der Ecke lag ein Laken über einer Schaumstoffmatratze, daneben ein paar Zeitungen mit Kaffeeflecken. Der Kaffee war allem Anschein nach auf einem kleinen Propangaskocher gekocht worden, der auf dem Boden stand. In einer anderen Ecke stand ein Klappstuhl, auf dem ein zerfleddertes Buch lag … *In der Misosuppe.*

Hochkant vor dem Stuhl stand ein Limo-Kasten, und darüber hatte jemand eine schmutzig weiße Tischdecke geworfen. Eine heruntergebrannte Kerze ragte aus dem erstarrten Wachs. Daneben lag das Foto eines Jungen. Ernster

Blick, Schulranzen, gebügeltes Hemd. Peder Rasmussens Sohn. Andrei. Der Anblick tat weh.

Er fuhr mit dem Finger über den Buchumschlag. Eine hauchdünne Staubschicht hatte sich daraufgelegt.

An der Wand stand eine Kommode, ein Fach war geöffnet. An der Stelle, wo sich das Schloss befunden hatte, ragten Splitter aus dem Holz. Kafa zog prüfend an den anderen Schubfächern. Knirschend gingen sie auf.

»Das Schloss wurde gewaltsam aufgebrochen.« Sie nahm ein paar Dokumente heraus. »Rasmussens Entlassungspapiere. Fragt sich, was sonst noch da drinnen gelegen hat.«

Fredrik antwortete nicht. Er starrte auf ein Plakat ganz oben an der Wand. *Wanted by the FBI. Interstate flight. Murder. Theodore Robert Bundy.*

Auf dem schwarz-weißen Foto war ein attraktiver Mann mit kurzen Locken und Bartstoppeln abgebildet. Er hatte das Gesicht zur Seite gedreht, sodass das Blitzlicht der Kamera des Polizeifotografen lediglich die rechte Gesichtshälfte erhellt hatte. Im Blick des Massenmörders Ted Bundy lag etwas Fragendes, etwas Herausforderndes. Etwas leicht Verspieltes.

Unter dem Bild stand geschrieben: »*I don't feel guilty for anything. I feel sorry for people who feel guilt.*«

»Mir tun Leute leid, die Schuld empfinden«, murmelte Fredrik. Und jetzt erinnerte er sich auch wieder daran, woher er den Satz kannte. Er hatte ihn beim Betriebspsychologen zitiert. Auf einen Schlag war alles wieder da.

Andreas hatte den Satz geäußert. An jenem Abend, als sie zusammen essen gewesen waren. An jenem Abend, als sie Peder Rasmussen getroffen hatten. An jenem Abend, der…

Andreas musste hier gewesen sein. Andreas hatte dieses Plakat an Peder Rasmussens Wand gesehen.

76

Als Fredrik wieder im Büro gewesen war, war es draußen immer noch Nacht gewesen. Er hatte an der Fensterfront gestanden. Hatte die Sterne verblassen sehen, erst im Osten, irgendwann aber war der blau-violette Bogen über das Polizeipräsidium geglitten und hatte am Himmel einen silbergrauen Nebel hinterlassen.

Seit wie vielen Jahren arbeitete er jetzt schon mit Andreas zusammen? Ein halbes Leben. Als sie einander kennengelernt hatten, hatte Fredrik noch keine Kinder und der Kollege eine deutlich dunklere Haarpracht gehabt. Anfangs war Andreas sein Mentor gewesen, obwohl auch er selbst neu gewesen war. Später waren sie Freunde geworden.

Zu all denen, die er an sich heranließ, war Andreas wirklich großzügig. Der Rest der Welt konnte in der Hölle schmoren, und es kümmerte ihn nicht. Fredrik hatte ihn schon immer als Veteranen betrachtet, als jemanden, der wusste, wie sich ein Polizist draußen auf der Straße zu benehmen hatte, ganz gleich ob sie es mit betrunkenen Teenagern oder einem brandgefährlichen Einsatz zu tun hatten. Andreas hatte ihm auch beigebracht, welchen Chefs er vertrauen konnte und welche er lieber auf Abstand halten musste. Oft brauchte Andreas nicht einmal etwas zu sagen. Ein Blick reichte aus, um zu wissen, was er einem sagen wollte.

Fredrik sah ihm direkt in die Augen. Wie der Himmel draußen waren auch die Locken des Kollegen silbergrau geworden. Außerdem schienen die Falten auf seiner Stirn in letzter Zeit tiefer geworden zu sein, und nachdem Fredrik berichtet hatte, was er in Peder Rasmussens Haus vorgefunden hatte, waren noch weitere hinzugekommen, die Andreas ganz und gar nicht kleideten.

»Du hast mich angeschwärzt. Du hast bei Koss gequatscht, du Arschloch, ausgerechnet du! Was willst du? Willst du mich loswerden?«

Spuckebläschen landeten auf der Tischplatte.

»Ja«, antwortete Andreas beherrscht. »Weil du nicht mehr klar denkst. Du brauchst mal eine Pause.« Seine Stimme war ruhig und nüchtern.

»Ich weiß verdammt noch mal, was du hier treibst, Andreas. Aber du spielst ein anderes Spiel als wir anderen – und dabei geht es nicht um mich und meine Gesundheit. Es geht um dich. Um dich und Peder Rasmussen.«

Andreas lehnte sich auf seinem Stuhl zurück. Er zog die Augenbrauen nach oben und warf einen flüchtigen Blick zur Tür, als wollte er sicherstellen, dass sie geschlossen war.

»Der Ila-Gefängnispsychologe hat mir erzählt, dass du ihn mehrfach wegen Rasmussen kontaktiert hast«, fuhr Fredrik fort.

»Und?«

»Und? Ich weiß, dass du in seinem Haus warst! Rasmussen ist zu uns gekommen – an dem Abend, als wir zusammen essen waren. Er hat uns in dem Restaurant gefilmt. Warum hast du nie etwas gesagt? Was zur Hölle heckst du aus? Weißt du, wo Peder Rasmussen steckt?«

Andreas schlug mit der Faust auf den Tisch. »Nein! Ich weiß nicht, wo Peder Rasmussen steckt. Du bist besessen von dieser Spur! Aber Rasmussen hat mit dem Fall nichts zu schaffen, verstehst du das? Wir müssen herausfinden, wer noch ein Motiv für die Morde haben könnte. Denn Peder Rasmussen ist nicht der Täter. Wenn ich dich also – ein einziges Mal im Leben – bitten dürfte, mir zu vertrauen, dann jetzt. Peder Rasmussen ist nicht mehr relevant. Vergiss ihn ein für alle Mal!«

Fredrik schluckte schwer. Jetzt war er es, der sich zurücklehnte. Der zu den Leuchtstoffröhren hinaufstarrte. Eine kleine Spinne baumelte an einem unsichtbaren Faden von der Decke. Sekunde um Sekunde, die verstrich, kam sie der Tischplatte näher. Was für ein beeindruckendes Geschöpf. Das sich nicht um seine Umgebung scherte und keinen Gedanken an potenzielle Gefahren verschwendete. Es spann einfach sein eigenes Schicksal und seilte sich in ungeahnte Tiefen ab. Über die Symbolik der Tiefe wollte er indes nicht nachdenken.

»Das kann ich nicht – nicht, solange du mir nicht erzählst, warum.«

Andreas seufzte. »Du hast Kinder, Fredrik. Manchmal haben Kinder Albträume. Sie glauben, unter ihrem Bett lauere ein Monster. Und sie trauen sich nicht nachzusehen, weil sie annehmen, dass dieses Monster sie dann packen würde. Das ist ihre Realität. Und dann kommst du, tröstest sie und erzählst ihnen, dass dort kein Monster wäre.« Er verschränkte die Hände auf dem Tisch. »Aber du bist auch Polizist, Fredrik. Du weißt, dass Monster existieren. Und dass man da besser nicht einfach nachsehen sollte. Denn da kommt das Monster und packt dich.«

»Ist das … Willst du mir drohen?«

Andreas hatte einen ganz speziellen Gesichtsausdruck, den er für besondere Anlässe aufsparte. Eine Mischung aus Schmerz, Verachtung und Wut. Sebastian Koss war dieser Blick schon ein-, zweimal zuteilgeworden – nur dass sich Koss darum nicht scherte. Für ihn war Andreas bloß ein leicht nerviger, wenn auch zeitweise nützlicher Untertan. Fredrik hingegen schmerzte dieser Blick. Dieses eiskalte Abstandnehmen. Andreas' Miene drückte unmissverständlich aus, dass nichts je wieder so sein würde wie zuvor. Jetzt gehörte Fredrik also auch zu denen, die in der Hölle schmoren konnten.

»In Ordnung«, sagte er und stand auf. »Dann geh ich jetzt zu Neme. Das soll er klären.«

Fredrik ahnte, dass Andreas noch etwas sagen wollte. Er würde nie erfahren, was. Denn im selben Moment ging die Tür auf. Kafas Augen leuchteten.

»Wir haben ihn gefunden! Wir haben Peder Rasmussen gefunden!«

77

März 1992, Halbinsel Kola, Russland

Axel presste sich die Maschinenpistole gegen die Schulter, als er aus der Hütte nach draußen spähte. Der Kommandotrupp hatte sich bis direkt an die Wand zurückgezogen, und mit routinierten Bewegungen streiften sie jetzt ihre Rucksäcke ab. Egon stand an der Hausecke und hatte sein AG3-Gewehr auf die darunterliegende Schlucht gerichtet.

»Ist etwas passiert?«, flüsterte Axel.

»Häyhä hat die Umgebung erkundet und eine Spur gefunden. Sie endet vor einer Betonbaracke.« Leutnant Falsens Stimme klang flach. »Und er hat Blutspuren im Schnee entdeckt.«

»Russen?«

Hastig schüttelte der Leutnant den Kopf. »Weiß nicht.«

Ihre Blicke trafen sich, und Axel konnte ihm ansehen, dass sie das Gleiche befürchteten. Irgendetwas musste dem Mann zugestoßen sein, dessentwegen sie hierhergekommen waren. Mink.

»Borg und Häyhä, Sie bleiben hier. Wir anderen gehen runter.« Dann signalisierte Falsen Axel und Bakke, ihm zu folgen.

Kurz war Axel verwundert. Normalerweise hätte der Feldwebel mit der Sanitäterausbildung bleiben müssen, um die bewusstlose junge Frau zu untersuchen. Doch offenbar vertraute Leutnant Falsen ihm nicht. Bakke war kein Marinejäger, aber er hatte bewiesen, dass er schnell am Abzug war. Anscheinend wollte der Leutnant ihn im Blick behalten.

Obwohl sie sich schier quälend langsam durch die Landschaft bewegten, brauchten sie nur ein paar Minuten bis zu der Baracke. Es war immer noch dunkel, bloß im Osten, jenseits der Nebelwand über der Tundra, war bereits ein dünner Lichtstreifen zu sehen. Das Morgengrauen nahte, und mit ihm würde auch die Kälte zurückkehren. Der Schnee knirschte leise unter ihren Sohlen.

An einer bröckelnden Zementmauer hielten sie inne. Das kleine Gebäude, das nur mehr einen Steinwurf entfernt war, erinnerte Axel an die Bunker der Nazis, die von Murmansk im Norden bis in die nordafrikanische Wüste wie Betonwarzen in der Erde wucherten.

»Thrane, Sie gehen rein. Ich sichere die Rückseite. Warten Sie, bis ich in Position bin.« Der Leutnant zog die weiße Kapuze über seiner Maske straff und atmete so tief ein, dass es im Filter fauchte. »Was immer gleich passiert, wir werden damit weiterleben müssen. Wir töten also nur im Selbstverteidigungsfall.«

Die Stahltür war wohl einmal rot gewesen; inzwischen bestand sie nur mehr aus rostigen Beulen. Feldwebel Bakke legte die Hand auf die Klinke.

Gewisse Entscheidungen traf man nicht bewusst. Da handelte der Körper. Ob man es nun als Bauchgefühl oder

Intuition bezeichnete – jedenfalls spiegelte die Handlung wider, wer man war. Schlug man zurück, oder flüchtete man? Auf bewusste Entscheidungen konnte man sich vorbereiten. Man konnte abwägen. Und als Marinejäger war man darauf vorbereitet, einen potenziellen Gegner auszulöschen.

Axel Thrane war vorbereitet. Er hatte nicht den geringsten Zweifel daran, dass er imstande war zu töten. Er bezweifelte auch nicht, dass er mit einer solchen Handlung leben konnte. Bis zu seinem eigenen Tod. Genau wie der Leutnant es gesagt hatte. Er hoffte nur, es würde tatsächlich aus Gründen der Selbstverteidigung geschehen. Dann aber von Angesicht zu Angesicht, Mündung gegen Mündung.

Denn unter solchen Umständen hatte er streng genommen keine Wahl.

Die Tür ächzte, als der Feldwebel sie aufriss. Im schwachen Licht der Winternacht konnte Axel sehen, dass der Schuppen leer war – mit Ausnahme eines Bündels, das zusammengekrümmt in einer Ecke des eiskalten Raums auf dem Zementboden lag. Das Bündel zuckte leicht, als Axel hineinstürmte. Bakke war ihm direkt auf den Fersen.

»Codename!«, brüllte der Feldwebel.

»Um Gottes willen …«

Der Mann rollte sich auf den Rücken. Seine Arme und Beine waren gefesselt. Die linke Gesichtshälfte war stark geschwollen, und hinter den wässrigen Ekzemen und geronnenem Blut war das Auge kaum noch zu erkennen. Er trug einen verdreckten weißen Anorak.

»Was glaubt ihr wohl, wie viele Norweger sie hier festhalten?«

»Codename!«

»Mink … Ich bin Mink.«

Mink fuhr vorsichtig über die Mullbinde, die über seinem verletzten Auge lag. Im Vergleich zu seiner dreckstrotzenden, stoppeligen Haut wirkte der Verband strahlend weiß. Er saß am Boden und blickte mit dem unverletzten Auge hoch zu den Soldaten.

»Es ist in der Nacht passiert, bevor ich mich zurückziehen wollte«, begann er leise. »Als ich zur Hütte zurückkam, hörte ich von drinnen Stimmen. Ängstliche, flüsternde Stimmen. Durchs Fenster hab ich sie dann gesehen.«

»Die Familie?«

»Sie müssen von der Forschungsbasis geflohen sein, von der Basis Nord.« Mink sprach den Namen so aus, als hätte er eine Bedeutung. »Die Russen betreiben mehrere Anlagen, in denen sie chemische und biologische Waffen entwickeln. Eine davon liegt hier unten am Fjord. Vor zwei Wochen war auf Satellitenbildern zu sehen, dass von dort Rauch aufstieg.«

Mink war ausgesandt worden, um herauszufinden, was dort vor sich ging. Die Hütte hatte er als Basis benutzt. Mehrere Tage lang hatte er oberhalb der Anlagen am Berg gelegen, aber keinen Hinweis auf menschliches Leben wahrgenommen. Nur den Rauch – sauren gelben Rauch. Dann hatten die Russen das Areal evakuiert.

»Irgendetwas muss dort in die Luft geflogen sein. Jedenfalls scheinen sie die Kontrolle verloren zu haben. Anschließend hat sich in Windeseile die Infektion unter den Arbeitern ausgebreitet.«

»Die Infektion?«, hakte Axel nach, und Feldwebel Bakke wiederholte das Wort, das zuvor die russische Frau geflüstert hatte: »Оспа. Pocken.«

Axel schnappte nach Luft. Pocken? Das Pockenvirus? »Sind die Pocken denn nicht ausgerottet?«

Der Agent starrte ihn grübelnd an. Dann murmelte er

etwas in sich hinein, ehe er laut antwortete: »Doch. Und genau aus diesem Grund ist auch jedwedes Impfprogramm eingestellt worden. Heutzutage wird kaum noch Pocken-Impfstoff produziert. Das macht die Krankheit zur perfekten biologischen Waffe. Wir hatten bereits befürchtet, dass die Russen Forschungen hinsichtlich des Virus anstellen würden, und was hier passiert ist, bestätigt unseren Verdacht.«

»Und die Krankheit ist tödlich?«

Feldwebel Bakke schnaubte. »Wenn es einen Gott gibt, der uns für unsere Sünden richtet, dann sind die Pocken die größte Teufelei, die er je zustande gebracht hat. Das Virus ist hoch ansteckend, und ja, es ist tödlich. Der Krankheitsverlauf ist schleppend und unvorstellbar qualvoll.«

Axel riss die Augen auf, doch Mink nickte nur. Den Ausführungen war offensichtlich nichts mehr hinzuzufügen. Wie alt mochte er sein? Älter als Axel. Mitte dreißig vielleicht. Kurze dunkle Haare. Der Gesichtsausdruck entschlossen, fast unbeeindruckt, trotz der Verletzungen, die man ihm zugefügt hatte. Seine Stimme hatte einen angenehmen Klang. Axel kannte diesen Dialekt – oder vielmehr Soziolekt. Dieser Mann – wer auch immer er war – war nicht in einem Arbeiterhaushalt aufgewachsen.

»Die drei oben in der Hütte waren auf der Flucht, und sie fürchteten um ihr Leben. Mit Recht. Die Soldaten kamen ein paar Stunden, nachdem die Familie dort oben aufgetaucht war. Sie müssen ihren Spuren durch den Schnee gefolgt sein. Sie traten die Tür einfach auf und eröffneten das Feuer … Ich hab mich gerade noch verstecken können.«

Minks komplette Ausrüstung war oben in der Hütte unter den Bodendielen verstaut. Das Einzige, was er hatte retten können, waren seine Observierungsgerätschaften, die er in einem Rucksack bei sich gehabt hatte: das Funkgerät, eine Pistole, ein wenig Proviant und ein paar Kleidungsstücke. Er hatte das Notsignal abgesetzt und sich anschließend in einem alten Betonbunker versteckt.

»Die Soldaten verschwanden, aber wegen der Ansteckungsgefahr hab ich mich nicht getraut, in die Hütte zurückzukehren. Vorgestern Nacht sind dann urplötzlich zwei Soldaten aufgetaucht und haben mich im Schlaf überrumpelt. Bei der Schlägerei hab ich mir die Verletzungen zugezogen.«

»Und warum haben sie dich nicht einfach erschossen? Wie sie es mit der Familie getan haben?«

Mink brauchte nicht einmal zu antworten. Das PACE-Gerät, das sein Signal verschlüsselt hatte, lag oben unter der Hütte. Es gab kaum einen Ort auf der Welt, wo militärische Abhörstationen dichter standen. Die Russen hatten das Notsignal aufgefangen und daraus geschlossen, dass irgendjemand Unbefugtes sich auf ihrem Terrain aufhielt. Sie hatten ihn lebendig fassen wollen.

»Und wo sind diese Soldaten jetzt?« Leutnant Falsen trat an die Tür.

»Ich hab einem von ihnen eine Kugel in den Oberschenkel gejagt. Er hat ordentlich geblutet – ich nehme an, dass er inzwischen tot ist. Der zweite hat mich gefesselt, und anschließend sind sie verschwunden, um Verstärkung zu organisieren.«

»Wir dürfen also mit Besuch rechnen?«

Der Agent sah den Leutnant an. »Es wird allmählich hell«, sagte er schließlich. »Wir müssen reden. Nehmen Sie das Funkgerät mit.«

78

Die Vaterlands bro war früher eine der Hauptverkehrsadern in die Stadt gewesen. Von hier aus waren Händler, Bauern und Reisende aus dem Osten gekommen. Inzwischen war die Brücke nur mehr ein hässlicher, unbedeutender Streifen Asphalt, der den von Einwanderern geprägten Stadtteil Grønland mit dem Stadtzentrum verband. Am Fuß der Brücke konnte man in einer Kneipe namens Stargate ganzjährig draußen sitzen und billiges Bier trinken. Wer in diese Gegend wollte, fragte nach dem Stargate. Niemand kannte mehr die Vaterlands bro.

In dem schmalen Park, der sich gleich hinter der Brücke entlang des Akerselva erstreckte, dröhnte ein Traktormotor auf. Einem Feuerwehrtaucher war es gelungen, ein Seil unter Peder Rasmussens Armen hindurchzuziehen, trotzdem hatten sie ihn aus dem Fluss nicht bergen können – nicht ehe der Traktor die Leiche mit den weit aufgerissenen Augen in einem fast schon grotesken Schauspiel an Land beförderte. Allein der durchnässte Dufflecoat wog sicher halb so viel wie der Mann selbst.

Der Leichnam landete mit ausgestreckten Armen auf dem Rücken. Die großen, fleischigen Hände waren weißlich gelb und aufgeschwemmt, genau wie das Gesicht. Um die Augen herum zeichneten sich blau-grüne Blutergüsse ab. Die Adern auf dem kahlen Schädel sahen aus wie Rinnsale. Der Mund war halb geöffnet, und hinter den Lippen schimmerten einige wenige, noch vorhandene Zähne.

Therese Grøfting ging neben dem Toten in die Hocke. Mit einer langen Pinzette hatte sie den Kapuzenpullover angehoben. Darunter kam der aufgeschwemmte, behaarte Bauch zum Vorschein. Im kräftigen Licht der Wintersonne wirkte die Haut beinahe durchsichtig. Therese hatte Latexhandschuhe übergestreift und drückte jetzt mit einem Finger mehrere Stellen auf dem Bauch, den Oberschenkeln und dem Oberkörper.

»Sieht nicht so aus, als hätte er lang hier gelegen«, stellte Fredrik fest, der hinter ihr stand.

Sie sah ihn nicht mal an. Widmete sich lediglich weiter dem Leichnam. »*Adipocire*«, sagte sie schließlich.

Verdammte Akademiker.

»Das ist Latein. Adeps bedeutet Fett. Cera steht für Wachs. Leichenwachs nennen wir das.«

»Ja?«

»Das tritt ein, wenn das Fettgewebe des Körpers unter ganz bestimmten Bedingungen degeneriert – und zwar wenn die Sauerstoffzufuhr gering ist und die Leiche in einer feuchten Umgebung liegt. Das verhindert den üblichen bakteriologischen Abbau. So sieht die Leiche immer noch ziemlich frisch aus, selbst wenn seit dem Exitus Wochen bis Monate vergangen sind.«

Es dauerte ein paar Sekunden, bis Fredrik begriff, was sie meinte. »Also … ist Peder Rasmussen … schon länger tot?«

»Ach, Sie wissen, dass es sich um Peder Rasmussen handelt?«

Natürlich wusste er es. Rasmussens Gesicht war keine zwanzig Zentimeter von ihm weg gewesen, während er versucht hatte, mit seinen Riesenfäusten alles Leben aus ihm herauszuprügeln.

»Dieser Mann liegt höchstwahrscheinlich schon seit Wochen im Eiswasser, vielleicht sogar noch länger«, sagte Therese.

»Sicher?«

Ihr Schweigen räumte jeden Zweifel aus.

Fredrik machte ein paar unbeholfene Schritte nach hinten. »Hat er irgendetwas in den Taschen? Ein Handy?«

Sie überprüfte es. »Nein.«

Er musste sich hinsetzen. Landete direkt in einer Schneewehe, setzte die Brille ab und griff nach einer Handvoll Schnee. Rieb ihn sich über das Gesicht, bis er triefnass und wieder klar im Kopf war.

Herrgott. Tot. So lange schon, dass er nicht der Mann sein konnte, auf den sie Jagd machten.

Rasmussen habe mit dem Fall nichts zu schaffen, hatte Andreas gesagt. Hatte er die ganze Zeit über gewusst, dass Rasmussen nicht mehr am Leben war? Wie hatte er das wissen können?

79

Fredrik blieb in der Schneewehe sitzen und beobachtete weiter den Taucher, der das Flussbett absuchte. Dann sah er zu, wie sechs Männer den Leichnam auf eine Bahre hievten und ihn mit wackligen Schritten durch den Schnee zu einem Transporter trugen.

»Wurde er ermordet?«, fragte er Therese.

»Es ist noch zu früh, um das zu beantworten. Gesicht und Hals weisen Spuren von Gewalteinwirkung auf, ja, aber das kann ebenso gut einem Sturz geschuldet sein. Irgendwie muss er ja im Fluss gelandet sein.«

Als er Schritte durch den Schnee knirschen hörte, drehte Fredrik sich um. Es waren Judit Gjedde und Sven. Letzterer hatte auf eine Mütze verzichtet und hielt sich gegen das gleißende Winterlicht schützend die Hand vor den schiefen Pony.

»Hier war er also die ganze Zeit«, stellte Gjedde fest.

Fredrik stand auf.

»Wissen wir schon, wer ihn umgebracht hat?«, fragte sie.

»Die Todesursache ist noch nicht bekannt«, erwiderte Fredrik, doch die Agentin brachte ihn sofort mit einer Geste zum Schweigen.

»Das ist Unsinn, und das wissen Sie auch. Drei Männer wurden ermordet, und dann rutscht der Hauptverdächtige unglücklich aus und landet im Fluss?« Sie schüttelte den Kopf.

»Na ja …«, sagte Fredrik. »Peder Rasmussen kann jedenfalls nicht der Mörder gewesen sein. Er war schon tot, bevor die Ermittlungen aufgenommen wurden.«

»Eben«, antwortete Gjedde. »Also, wer hat ihn auf dem Gewissen? Denn Sie glauben doch wohl nicht, dass dies hier einzig und allein Kains Werk gewesen ist?«

Sven hatte eine Kamera aus der Tasche gezogen und machte Bilder vom Fundort der Leiche. Trampelte durch den Schnee auf den Transporter zu, fotografierte den Leichnam selbst und kam anschließend wieder zurück, um Gjedde zum Aufbruch zu bewegen.

»Sie haben meine Nummer, Beier«, sagte sie noch. Dann marschierten die beiden auf den Fußweg zu, der am Fluss entlangführte.

»Warten Sie«, rief Fredrik und lief ihnen ein Stück nach. »Dieses Schmuckstück – sie haben nach Schmuck gesucht, der Mikael Morenius gehört hat?«

Fredrik beschrieb ihr die Kette, die Lin auf Agnes Oses Foto um den Hals getragen hatte. Ein großer, mit dunkelroten Edelsteinen besetzter Anhänger.

»*Le Cœur de Canard*«, stellte Sven fest.

Zum ersten Mal überhaupt hörte Fredrik ihn noch etwas anderes als bloß gutturales Grummeln ausstoßen. Dieser lange, schmale Mann mit den eingefallenen Wangen hatte eine samtweiche Stimme.

»Kommen Sie«, sagte er und bedeutete Fredrik, ihnen zu folgen.

Der Mitarbeiter des Geheimdiensts Mikael Morenius hatte beileibe nicht immer allein in der Wohnung in Frogner gelebt. Er hatte eine Zeit lang eine Frau gehabt – und er hatte sie geliebt. Safira.

»Aus Osteuropa?«

»Aus Østfold.«

Sie hatte ihm zur Hochzeit eine Kette mit einem herzförmigen, rubinbesetzten Anhänger geschenkt, die früher ihrer Urgroßmutter gehört hatte. Das Herz hatte vielleicht die Größe einer geballten Kinderfaust. Obwohl die Kette alles andere als maskulin war, hatte Mikael Morenius sie immer bei sich getragen.

»Judit hat ja schon erwähnt, dass Mikael eine Zeit lang in Russland tätig war – und zwar nach dem Zweiten Tschetschenienkrieg. Damals gab es immer wieder Unruhen im Kaukasus. Eines Tages ging eine Nachricht in der Botschaft ein, der Direktor eines norwegischen Pharmaunternehmens sei entführt worden, und bei dem Entführer solle es sich um einen Kunden des Unternehmens handeln, einen Warlord aus Inguschetien.«

Sven zog die Augenbrauen nach oben. Fredrik ahnte, dass es sich bei dem darauffolgenden Deal um kein offizielles Austauschersuchen gehandelt hatte.

»Der Direktor war einer von Mikaels Informanten. Mikael packte also Geld und Wodka ein und wollte versuchen, ihn wieder freizubekommen. Eine solche Herangehensweise hatte sich in diesem Teil der Welt als effektivste Methode erwiesen. Das Problem war nur … komplexer.«

Man sei sich handelseinig geworden, erzählte Sven, doch nach dem gemeinsamen Abendessen sei der Direktor in flagranti mit der angeblich jungfräulichen Tochter des Warlords erwischt worden. Dafür habe er eine ordentliche Tracht Prügel bezogen.

Nun ging es also nicht mehr nur darum, wie viel Geld Mikael Morenius auf den Tisch legte, um seinen Landsmann freizukaufen. Es ging auch um die Ehre.

»Der Direktor war Peder Rasmussen«, warf Fredrik ein, und Sven nickte.

»Mikael bestach eine Bedienstete, die Rasmussen Essen bringen und ihm eine Nachricht zuspielen sollte. Die Nachricht versteckte er im Entenherz – dem *Cœur de Canard* – und hängte ihr die Kette um den Hals. In derselben Nacht ging der Stall des Warlords in Flammen auf. Rasmussens Bewacher beteiligten sich an den Löscharbeiten, und währenddessen konnte Mikael ihn befreien. Sie flüchteten in Mikaels Jeep.«

»Also stand Rasmussen in seiner Schuld?«

»Mehr als das«, sagte Sven.

Als er befreit worden sei, habe Peder Rasmussen nämlich das Entenherz nicht bei sich gehabt.

»Hatten die Bewacher den Schmuck an sich genommen?«

»Nein, Peder Rasmussen war ja nicht dumm. Er hatte die Kette hinuntergeschluckt.«

Bei Tagesanbruch war der Treibstoff zur Neige gegangen – ein paar Kilometer vor Wolgograd, tief im Süden Russlands. Im Lauf der Nacht war Rasmussen krank geworden, die Verletzungen, die er bei der Prügelei davongetragen hatte, hatten sich entzündet, und seine Verdauung hatte rebelliert. Mikael hatte ihn versorgt, so gut es ging, und sich dann auf die Suche nach Benzin gemacht.

Sven und Judit hatten ihren Wagen vor einem alten Industriegebäude in Grünerløkka geparkt. Hier führte eine Fußgängerbrücke über den Fluss. Etwa in der Mitte der Brücke war Sven stehen geblieben und lehnte jetzt gegen das Geländer. Starrte hinab ins Wasser, das die eisfreie Fahrrinne entlangfloss und gegen einen am Ufer festgefrorenen Plastikschwan schwappte.

»Nicht weit entfernt von der Stelle, wo der Jeep liegen geblieben war, befand sich ein Wäldchen, das Mikael durchquerte«, fuhr Sven fort, und dann habe es nicht mehr allzu lange gedauert, bis Morenius auf mehrere Autos gestoßen sei.

Eine Jagdgesellschaft, wie sich herausstellte. Er hatte gerade den Tankdeckel eines Wagens aufgeschraubt, als der erste Schuss fiel.

»Die Schrotladung traf ihn in die Schulter. Mikael musste um sein Leben rennen und versteckte sich im Wald.«

»Die Verletzung war also nicht lebensbedrohlich?«

»Zum Glück jagten sie dort Vögel. Ein paar Tage später gelang es ihm schließlich, mit einem Güterzug nach Moskau zu kommen. Allerdings hatten sich die Wunden da bereits entzündet. Der Arm musste amputiert werden.«

»Und Rasmussen?«

»Der war verschwunden.«

Die ganze Episode würde später geheimgestempelt werden.

Als Morenius nach Norwegen zurückkehrte, konnte er seiner Frau nicht erklären, wie ihm das Entenherz abhandengekommen war. Safira unterstellte ihm, es einer Geliebten geschenkt zu haben, einer russischen Ballerina, wie sie mutmaßte. Sie war kurz davor, ihn zu verlassen. Wohl nur weil Morenius seinen Arm verloren hatte, schob sie irgendwann die düsteren Zweifel beiseite und versöhnte sich wieder mit ihm.

»Bis sie irgendwann Schmerzen beim Wasserlassen bekam. Wie sich herausstellte, hatte sie sich mit Tripper infiziert – genau wie Mikael. Da verließ sie ihn schlussendlich doch.« Sven drehte sich zu Fredrik um. »Mikael hat sich vermutlich angesteckt, als er Rasmussens Wunden verbunden hat. Die jungfräuliche Tochter dieses Warlords war wohl doch nicht ganz so jungfräulich wie gedacht.«

Irgendwann war Peder Rasmussen in Vergessenheit geraten. Doch vor einem knappen Jahr hatte er sich bei Morenius gemeldet.

»Er schrieb ihm, er habe immer noch Mikaels Entenherz und wolle es zurückgeben, wenn Mikael ihn besuche. Und er behauptete, er wisse etwas, was die nationale Sicherheit betreffe.«

Die Sonne ging allmählich unter, und die Bäume entlang des Ufers warfen kühlende Schatten. Judit Gjedde hatte bislang schweigend zugehört.

»So sind wir letztlich in Kontakt mit Leonid Gusew gekommen. Könnte es eine Falle gewesen sein? Womöglich hat er tatsächlich gehofft, Safira das Entenherz zurückbringen zu können«, mutmaßte sie. Und mit einem matten Lächeln beantwortete sie ihre Fragen selbst: »Natürlich muss es so gewesen sein – und das hatten wir sogar mit einkalkuliert. Doch dann wurde Gusew ermordet. Warum hätte irgendjemand ihn ermorden sollen, wenn er nicht die Wahrheit gesagt hätte?«

»Sie vermuten den Beweis dafür, dass er die Wahrheit gesagt hat, im Entenherz«, schlussfolgerte Fredrik.

»So hat es Gusew zumindest behauptet. Mikael bekam das Entenherz am Abend seines Verschwindens überreicht.«

»Aber… wenn der Schmuck so wichtig war«, überlegte Fredrik, »warum hat Kain ihn dann an Lin weitergegeben?«

»Weil derjenige, der den Mord an Mikael Morenius in Auftrag gegeben hat, das Geheimnis des Entenherzens nicht kannte«, erklärte Judit. »Deshalb ist es so verdammt wichtig, dass wir das Schmuckstück finden.« Sie sah ihn nachdenklich an.

»Ja?« Fredrik vermutete bereits, dass noch etwas kommen würde.

»Es gibt da etwas, was Sie wissen sollten«, fuhr sie fort. »Sie haben einen Kollegen, der Ihnen nahesteht, wenn ich recht informiert bin. Andreas Figueras. Er hat sich an unsere Vorgesetzten gewandt – und zwar unverhältnismäßig aggressiv. Er ist offenbar der Ansicht, dass wir an Peder Rasmussens vorzeitiger Haftentlassung beteiligt waren.«

Fredrik strich mit der Hand über das Brückengeländer und wischte den Schnee in den Fluss. Dann schlug er mit der bloßen Handfläche auf den Handlauf. »Aber das war nicht der Fall, oder? Denn keine öffentliche Behörde – ganz egal wie geheim sie agiert – wäre so dumm, dass sie sich für die Entlassung eines Mannes einsetzt, der seine Frau ermordet, den Tod seines eigenen Sohnes herbeigeführt und dann versucht hat, einen Polizisten umzubringen. Oder täusche ich mich?«

80

März 1992, Halbinsel Kola, Russland

Die Wolkendecke war aufgerissen, und die Temperaturen sanken. Der Himmel über ihnen war hellblau, der Fjord vor ihnen königsblau. Weit und breit war keine Menschenseele zu sehen, lediglich eine russische Korvette, die *Zaria*, die das Tempo drosselte und langsam an den beiden flachen

Betonblöcken unterhalb des Labors im Gebirge vorbeifuhr. Unter Garantie hatte die Besatzung Gasmasken angelegt. Genau wie sie selbst.

Landeinwärts wurden die Hänge entlang des Litsafjords sanfter, doch hier waren sie immer noch steil. Felsbrocken und Abhänge, auf denen sporadisch kahle Laubbäume standen. Mink hatte sie hierhergeführt. Hier oben im Geröll konnten sich die Marinejäger verstecken. Egon und Axel hatten einen Beobachtungsposten oberhalb des Tals bezogen, und Häyhä bewachte den Weg, den sie gekommen waren.

Der dichte Rauch, von dem Mink berichtet hatte, war verflogen und einem dünnen grauen Band gewichen, das über einem der Gebäude aufstieg. Erst weit über ihnen, wo der Wind auffrischte, beschrieb der Streifen einen Bogen und löste sich im Blau des Himmels auf.

Als die Sonne untergegangen war, kam Mink zu ihnen.

»Basis Nord«, sagte er und setzte sich. Erneut klang es so, als hätte die Bezeichnung irgendeine ungeahnte Bedeutung. »Ein untypischer Name für eine russische Militäranlage, findet ihr nicht? Tatsächlich haben die Deutschen sie so getauft.«

Axel hatte schon einmal gehört, dass in diesem Landstrich diverse Schlachten geschlagen worden waren, damals, als die Sowjets gegen Ende des Kriegs die Deutschen zurückgedrängt hatten. Hier war die sogenannte Murmansk-Front verlaufen.

»1944? Oder 45?«

»Ja, könnte man meinen. Die Wahrheit ist, dass das, was du dort unten siehst, eins der größten Geheimnisse der Sowjetzeit ist – Josef Stalins Geschenk an Hitler. Eine geheime Nazibasis auf der Halbinsel Kola.«

»Wie bitte?«

»1939 einigten sich Nazideutschland und die Sowjets auf den sogenannten Ribbentrop-Molotow-Pakt, anhand dessen sie Europa unter sich aufteilen wollten. Die Nazis brauchten einen eisfreien Atlantikzugang, und den bekamen sie hier. An der Basis Nord.« Mink stand auf und winkte ihn hinter sich her. »Mit der Besetzung Norwegens verlor die Basis ihre Bedeutung. Die Deutschen hatten sogar schon die Sprengung der Hallen im Gebirge vorbereitet: Dort hatten sich die Lager für Treibstoff, Lebensmittel und Munition befunden. Doch daraus wurde nie etwas, und nach dem Krieg fand Stalin dafür eine neue Verwendung. Und wieder gingen die Deutschen zu Werke – diesmal allerdings Kriegsgefangene. Die Anlagen wurden zu Labors für chemische und biologische Waffen umgebaut.«

Der Rest des Trupps hatte sich neben dem Zelt versammelt, das sie zwischen Gesteinsbrocken aufgeschlagen hatten. Leutnant Falsen nickte Axel und Egon kurz zu, dann nahm er seinen Rucksack und marschierte in Richtung des Wachtpostens. Sein Gesichtsausdruck hinter der Maske wirkte resigniert, und als er direkt an ihnen vorbeiging, sah er weg. Worüber hatten Falsen und Mink in all den Stunden unter dem Zeltdach diskutiert? Warum machten sie sich nicht zum Aufbruch bereit? Zur Heimkehr?

Mink sah Falsen nach, bevor er auch die anderen zu sich winkte. »Die Russin war heute Vormittag für ein paar Stunden bei Bewusstsein. Ich hab nicht alles verstanden, was sie gesagt hat, aber doch so viel, dass sie Biologin ist und dass sie dort unten am Pockenvirus geforscht haben«, erklärte er. »Die Russen hätten nie jemanden, der nicht geimpft war, in die Nähe der Labors gelassen. Trotzdem haben sich ihr Mann und ihr Sohn infiziert. Was sagt uns das?« Die Frage war an Bakke gerichtet.

»Dass sie das Virus manipuliert haben«, antwortete der

Sanitäter. »Und dass womöglich nur diejenigen, die unmittelbar mit den entsprechenden Pathogenen gearbeitet haben, die passende Impfung erhalten haben.«

Mink blinzelte in die Sonne, die kurz davor war, im Westen hinter dem Horizont zu verschwinden.

»In einer halben Stunde wird es dunkel. Dann machen wir uns auf den Weg nach unten und stellen Proben des Virus sicher.«

Schlagartig war Axel eiskalt. »Das soll wohl ein Witz sein.«

»In diesem Durcheinander liegt auch eine Chance«, murmelte Bakke – so ähnlich hatte sich beim Briefing Major Gunn ausgedrückt, als er meinte, den Kriegsphilosophen Sun Tzu zitieren zu müssen. Selbst Idioten bedienten sich manchmal bei Philosophen, dachte Axel.

Mink drehte langsam den Kopf. Ließ den Blick auf jedem Einzelnen von ihnen ruhen. Er ließ keinen Zweifel daran, wer dort drinnen im Zelt das letzte Wort gehabt hatte.

»Das Virus hat sich doch längst ausgebreitet. Dafür sind die Leichen in der Hütte der beste Beweis. Was, wenn eine andere Familie nicht in Richtung Hütte geflohen ist, sondern genau in diesem Moment in Richtung Norwegen spaziert? Wenn die Krankheit die Grenze überschreitet…« Er schüttelte den Kopf und seufzte. »Wir brauchen das Virus, um den entsprechenden Impfstoff entwickeln zu können.«

Demonstrativ griff Mink um den Filter seiner Maske und drehte daran.

»Ich nehme an, es ist ein *one shot*«, fuhr er fort. »Die Russen haben Abläufe für derlei Vorkommnisse geprobt. Da wird eine Sicherheitszone errichtet, und keiner kommt mehr rein, keiner kommt mehr raus. *Keiner*«, sagte er und nickte in Richtung der Hütte. »Aber sobald sie die Situation wieder unter Kontrolle haben, kehren sie zurück. Wir dürfen diese einmalige Chance nicht verspielen.« Mink machte einen Schritt nach hinten. »Du weißt, was zu tun ist«, sagte er zu Bakke. Dann verschwand er.

Für einen kurzen Moment betrachtete der Feldwebel die Spitzen seiner Stiefel. Bohrte sie in den Schnee. Dann hob er den Blick und sah Staffan Häyhä an. »Sorg dafür, dass es so aussieht, als wäre sie verblutet.«

»Natürlich.« Häyhä klang so gleichgültig, als wäre er gebeten worden, eine Fliege zu erschlagen.

Es dauerte einen Moment, ehe Axel begriff, was gemeint war. »Aber… sie ist doch verletzt? Und eine Zivilistin?«

Bakke schüttelte den Kopf. »Wir sind hier nicht im Krieg. Also gibt es auch keine Zivilisten.« Sein Blick war stechend. »Dem Leutnant zufolge ist der Befehl aus der Heimat eindeutig. Die Russen wissen, dass jemand hier ist, und sie dürfen nie erfahren, wer. Die Frau hat zu viel gesehen.«

81

Ismacil Saleban. So hatte der Name auf dem Zettel gelautet, den Kain in seiner Jackentasche gehabt hatte. Doch der einzige Ismacil Saleban, den sie über das Einwohnermeldeamt ausfindig machen konnten, war ein kleiner Junge gewesen, der nicht mehr am Leben war. Er war vier Jahre zuvor gestorben. Seine Eltern waren in Gamlebyen gemeldet.

Als Fredrik dort anrief, meldete sich die junge Cousine des Jungen. Sie teilte ihm mit, dass Ismacils Eltern nach London gezogen seien.

»Wir haben dort Verwandte«, erklärte sie. »Ihren Sohn zu verlieren war ein harter Schlag für sie, da wollten sie die Familie um sich haben.«

»Er war noch ziemlich jung. Woran ist er denn gestorben?«

»Sie sind von der Polizei? Und Sie rufen jetzt hier an? *Jetzt?*« Mit einem Mal war jegliche Freundlichkeit wie weggefegt.

»Es handelt sich um eine Routineüberprüfung.«

»Tja, trotzdem müssten Sie wissen… Dass Ismacil gestorben ist, hätte meine Tante und meinen Onkel beinahe umgebracht. Was sie letztlich aber außer Landes getrieben hat, war die Hetze, die Behörden wie Ihre damals in Gang gesetzt haben. Nach seinem Tod. Ismacil sei geschlagen worden, haben sie behauptet – und dass sie sich Sorgen um seine Geschwister machen würden. Diese Anschuldigungen haben meiner Tante den Rest gegeben.«

»Weil sie ihn nicht geschlagen hatte? Und Ihr Onkel auch nicht?«

»Wissen Sie was? Ich will gar nicht mit Ihnen sprechen. Bei der Beerdigung war eine Frau anwesend. Eine *Weiße*. Sie meinte, sie hätte Ismacil besucht, während er krank gewesen war. Sie ist sogar zu uns nach Hause gekommen. Ich kann Ihnen doch anhören, dass Sie mir nicht glauben. Sprechen Sie mit ihr. Sie hat mir ihre Visitenkarte gegeben.«

Noch bevor Fredrik etwas erwidern konnte, hörte er, wie der Hörer beiseitegelegt wurde. Ein, zwei Minuten später war die Frau wieder am Apparat.

»Petra hieß sie. Petra Johanssen. Analysechefin, steht hier. Bei einem Laden namens Biolab. Und jetzt danke für das Gespräch.«

Petra Johanssen? Der Name kam ihm bekannt vor. Er war der Frau während der Ermittlungen zum Solro-Fall begegnet. Eine Biochemikerin und Virologin. Eine Biochemikerin? Was hatte Kain gemeint, als er sagte, er habe etwas, was *alles* verändern würde?

Inzwischen wurde es draußen dunkel. In der Fensterscheibe sah er eine farblose Version seiner selbst. Lang, dünn, schief. Die Silberfolie über der Tablettenpackung schimmerte, als er eine längliche Kapsel herausdrückte. Er blieb mit dem Rücken zum Großraumbüro stehen. Versuchte, in der Fensterscheibe auszumachen, ob ihn jemand beobachtete, ehe er die Tablette mit dem kläglichen Rest Kaffee aus seiner Tasse hinunterspülte. Dann trat er an die Tafel, auf der sie ihre Ermittlungsschritte notierten.

Zeitpunkte, Tatortfotos, Zeugenlisten, Dokumente. Sie würden nie erfahren, wann genau Peder Rasmussen gestorben war. Vor etwa vier Wochen, hatte Konrad Heissmann veranschlagt. Insofern konnte er theoretisch sowohl den Mord an Mikael Morenius als auch den Mord an Axel Thrane verübt haben. War er also Täter oder ebenfalls ein Opfer?

Fakten, dachte Fredrik und spürte, wie die Tablette tief unten in seiner Kehle ein brennendes Beben hinterließ. Sie hatten bislang keinerlei Fakten zutage gefördert, die auf eine Verbindung zwischen Rasmussen und den Morden schließen ließen. Keine Spuren an den Tatorten. Nur sein Foto in Mikael Morenius' Keller sowie Svens und Judits Berichte.

Fredrik nahm Rasmussens Foto von der Tafel. Befestigte es außen am Rand, unter den Aufnahmen, die der Pathologe von Mikael Morenius, Axel Thrane, Leonid Gusew und Kain gemacht hatte. Eine Collage der Morbidität. Auf der gegenüberliegenden Seite hingen die Bilder des russischen Mädchens. Das Porträt, das Klassenfoto.

In der Mitte hing nur mehr ein einziges Foto. Lins Polaroid, das Agnes Ose geschossen hatte.

»Ich weiß, dass ihr hinter dem Arzt her seid«, hatte Kain gesagt… War Abel – mal angenommen, dass es ihn wirklich gab – in Wahrheit eine Frau?

Agnes Ose war ihre einzige Verbindung zu Lin. Und Lin war verschwunden, war aus ihrer Wohnung geflüchtet. Wenn es irgendjemanden gab, der sie zu Lin und dem *Cœur de Canard* führen konnte, dann Agnes Ose.

»Was haben wir?«, sagte er und drehte sich zu Kafa um. Sie hatte die Schuhe ausgezogen, saß in einer Art gekrümmtem Lotussitz auf ihrem Bürostuhl und brummelte in sich hinein. Anscheinend dachte sie angestrengt nach.

Im Lichtschein des Bildschirms wirkte ihr Gesicht flach.

»Sieh dir das hier an«, sagte sie schließlich, ohne den Blick zu heben. Auf ihrem Schoß ruhte ein Aktenordner. Eine Auflistung der Anrufe, die sie aus Kains Handy ausgelesen hatten. Die Liste war verhältnismäßig kurz. Kafa hatte die Nummern mit Textmarkern unterschiedlich farbig markiert.

»Das hier ist Lins Telefonnummer – wie sie auch auf ihrer Homepage erscheint.«

Die Zahlen waren gelb markiert. Gut die Hälfte der Anrufe hatte ihr gegolten.

»Lins Telefon ist tot. Seit sie verschwunden ist, hat sie sich in kein Netz mehr eingewählt«, sagte Kafa. »Die anderen Nummern bringen uns nicht weiter. Das sind Lieferservices und so. Nur das hier ist noch interessant«, sagte sie und tippte auf eine Nummer. Auf einen *ein*gehenden Anruf.

»Die Nummer gehört zu einer Prepaid-Karte, die man an Flughäfen und Bahnhöfen an bestimmten Terminals benutzen kann. Und die Karte ist auf eine Frau registriert. Miriam Isaksen.«

Fredrik schüttelte nachdenklich den Kopf. »Sagt mir nichts.«

»Das hab ich auch nicht angenommen.« Kafa blätterte um und schlug einen Nachruf aus der *Aftenposten* auf.

»Dieser Anzeige zufolge ist Miriam Isaksen gerade erst kürzlich gestorben, und zwar im Alter von nur sechzehn Jahren – an Krebs. Im Ullevål-Krankenhaus. Ausgerechnet in der Abteilung, in der auch Agnes Ose arbeitet.«

»Dann hat Ose …«

Kafa lächelte. »Die Zimmer im Ullevål sind mit Telefonen ausgestattet, für die man genau solche Karten braucht.«

So hatte sie es also gemacht. Agnes Ose hatte sich die Telefonkarte einer Patientin genommen, sodass ihr Anruf nicht zu ihr zurückverfolgt werden konnte. Miriam Isaksens Nummer war auch auf der Telefonliste der Villa auf Bygdøy aufgetaucht.

»Also lügt sie, wenn sie behauptet, sie hätte keine Ahnung gehabt, dass Axel Thrane noch am Leben war«, sagte Kafa.

Fredrik klopfte ihr auf den Rücken. »Sehr gut.«

Sie zuckte kurz zusammen, als er sie berührte, und er bereute seine Geste umgehend. Sie würden sich alsbald ausführlich unterhalten müssen, und bis das nicht überstanden wäre, hatte er kein Recht, sie zu berühren. Aber jetzt war nicht der richtige Zeitpunkt.

Kafa blätterte in ihrem Ordner und sprach hastig weiter: »Agnes Ose hat 1992 bei der Polizei Anzeige erstattet. Damals arbeitete sie in einer Arztpraxis in Fjelldal in Nordnorwegen. Dort war eingebrochen worden.«

»Und was wurde gestohlen?«

»Aus den Unterlagen geht nur hervor, dass die Arztpraxis eine Liste der fehlenden Gegenstände erstellen sollte. Leider liegt die nicht bei. Ich kläre das mit der Polizei vor Ort. Hoffentlich haben sie die Liste noch, auch wenn sie bei ihnen Staub ansetzt.«

Plötzlich waren Schritte zu hören, und Kafa stellte ihre Füße wieder auf den Boden. Ohne dass sie hingesehen hätten, wussten beide, dass Sebastian Koss im Anmarsch war. Er funkelte Fredrik an, als wäre der soeben aus der Kloake gekrochen. Und natürlich hatte Kafa recht gehabt: Der Polizeidirektor war alles andere als erfreut darüber, dass sie sich ohne seine Genehmigung Zutritt zu Peder Rasmussens Haus verschafft hatten.

Kafa setzte ihn über die neusten Erkenntnisse ins Bild. Koss hörte ihr nachdenklich zu und rieb dabei die Gummisohlen über den Boden.

»Wir haben Agnes Ose in den letzten Tagen observiert. Figueras ist seit dem Vormittag dort. Lösen Sie ihn ab, Beier.«

»Wir steuern auf eine Verhaftung zu. Sollte ich da nicht dabei sein?«, fragte Kafa.

Koss rieb sich mit der geballten Faust über das Kinn. »Sie überprüfen etwas anderes für mich, Iqbal.«

Widerwillig stand Fredrik auf. »Warum haben Sie denn ausgerechnet Andreas zur Observierung nach Ormøya geschickt?«

»Ich habe ihn nicht geschickt. Er hat sich dafür gemeldet.«

82

Fredrik war gerade einmal bis zur Tiefgarage gekommen, als sein Telefon klingelte. Hier unter der Betondecke klang das Klingeln doppelt laut. Unbekannte Nummer. Fredrik eilte auf den Ford Escort zu.

»Hier ist Ihr Agent bei der russischen Botschaft.«

»Aha?«

»Fjodor Larinow.« Der Mann am anderen Ende der Leitung lachte trocken über seinen eigenen Witz.

»Ah.«

»Sie müssen unbedingt Ihren Sohn von mir grüßen. Ein feiner junger Mann!« Larinow war einen Augenblick lang still. »Er hat Erinnerungen an meine eigenen Kinder geweckt.«

»Rufen Sie mich deshalb an?«

Der russische Militärattaché kicherte, allerdings ohne erkennbare Wärme. »Ich habe Ihnen einen Dienst erwiesen. Die Fotos, die Sie mir gegeben haben – von dem russischen Mädchen. Ich weiß inzwischen, wer sie ist.«

»Wirklich?«

»Ich helfe Ihnen, und Sie helfen mir bei anderer Gelegenheit. Funktioniert es so? Ihr Spionagespielchen?«

Jetzt war es Fredrik, der kicherte.

»Sie heißt Anastasia Schanina. Geboren 1985. Nach einem Masernausbruch 1992 in der Nähe von Murmansk wurde sie als vermisst gemeldet.«

»Masern? Vermisst gemeldet?«

Stille.

Fjodor Larinow hatte wieder aufgelegt.

Die Abendluft war klar und eisig kalt. Als er an den Containern in Sydhavna vorbeifuhr, war er kaum mehr in der Lage, die Lichter Häuser auf dem Höhenzug von Ormøya vom Sternenhimmel dahinter zu unterscheiden.

Er ließ die majestätischen Schiffskräne am Sund hinter sich, bog hinter der Brücke ab und fuhr die schmale, steile Straße hinauf und an einer kleinen Holzkirche vorbei, die von ein paar Scheinwerfern dürftig beleuchtet wurde. Andreas hatte am Ende des Weges geparkt, zwischen den Villen ganz oben auf dem Höhenzug. Von dort aus konnte man über einen Pfad, der anfangs an einer dichten Hecke entlangführte, zwischen ein paar Fichten und eingeschneitem Gebüsch hindurchschlüpfen und gelangte auf ein Plateau oberhalb von Agnes Oses Villa.

Fredrik schaltete den Motor aus, blieb jedoch erst mal im Auto sitzen. Ruhelos trommelte er mit den Daumen auf die Oberschenkel. Was sollte er zu ihm sagen?

Seine Kehle war trocken, und es fiel ihm schwer, Ordnung in seine Gedanken zu bringen. Das Herz hämmerte in seiner Brust, und jedes Mal, wenn er die Augen schloss, fühlte es sich an, als würden Schatten über ihn hinwegziehen. Das waren die Medikamente. Selektive Serotonin-Wiederaufnahmehemmer. Er sprach es laut aus. *Selektive Serotonin-Wiederaufnahmehemmer.* Prozac. Glückspillen. Nebelschwaden. Filter.

Fredrik schluckte schwer und gab sich einen Ruck. Stieg aus, schob vorsichtig die Autotür ins Schloss und stopfte seine Hosenbeine in die Strümpfe, ehe er sich auf den Weg durch den Schnee machte. Der Untergrund entlang des schmalen Pfads knirschte unter seinen Schuhsohlen. Im Handumdrehen waren die Straßenlichter hinter ihm verschwunden. Ganz dunkel war es trotzdem nicht. In ein, zwei Tagen wäre Vollmond, und schon jetzt tauchte die Mondscheibe alles in glitzerndes Weiß. Sobald er sich unter ein paar Ästen hindurchduckte, rieselte ihm die weiße Pracht in den Nacken. Verdammt, dass er die Daunenjacke im Auto hatte liegen lassen. Hinter einer breiten Kiefer entdeckte er seinen Kollegen.

Andreas stand ein paar Schritte von der Hügelkuppe entfernt mit dem Rücken zu ihm da, genau dort wo die Grenze zu Agnes Oses Grundstück verlief. Sie befanden sich hier etwa auf Höhe des Dachs, und Andreas starrte hinunter in die dunklen Fenster. Badezimmer und Schlafzimmer, tippte Fredrik.

Andreas musste ihn gehört haben, drehte sich aber nicht

um. »Sie ist vor ein paar Stunden heimgekommen«, sagte er nur.

»Weiß sie, dass du hier stehst?«

Die Locken wippten, als er den Kopf schüttelte. Dann drehte sich der Kollege um. Sein Blick war dunkel, und die sonst so straffe, stets gebräunte Haut wirkte schlaff und farblos, womöglich war dies aber auch nur dem Mondschein geschuldet.

»Irgendetwas stimmt da nicht«, murmelte er.

»Was meinst du?«

»Nur so ein Gefühl. Es ist zu still… Keine Geräusche, keine Bewegungen, keine… Hinter den Fenstern ist es überall dunkel. Trotzdem kann ich riechen, dass sie heizt. Allerdings nicht mit Holz.«

Jetzt roch Fredrik es auch, und vor dem schwarzen Himmel war Rauch zu erkennen, der sich allerdings schnell wieder verflüchtigte. Als er jedoch genauer hinsah, konnte er erkennen, wie es über dem Schornstein flirrte. Wie die Luft über einer Asphaltstraße an einem warmen Sommertag. Es roch säuerlich – nach verbranntem Lack.

Plötzlich schrillte das Telefon in seiner Tasche los. Er hatte vergessen, es lautlos zu stellen. »Verdammt!« Er wandte sich zu der Kiefer um. Es war Kafa.

»Jetzt haben wir sie.«

»Was meinst du damit?«, flüsterte er.

»Das Insulin – was bin ich nur für ein Trottel gewesen! Agnes Ose hat weder Insulin gestohlen noch verschrieben, aber das brauchte sie auch gar nicht. Sie selbst hat Polyneuropathie – das ist eine Folgeerkrankung von Diabetes, die zu Lähmungserscheinungen führt. Deswegen ist sie auch so schlecht zu Fuß.«

»Und?«

»Agnes Ose *ist* die Patientin. *Sie* hat Diabetes. Ich hab

doch überprüft, ob Agnes Ose anderen Insulin verschrieben hat, um es dann an Axel Thrane weiterzugeben. Hat sie nicht. Ose ist schlicht und einfach zu einem Kollegen gegangen und hat den dazu gebracht, ihr Insulin zu verschreiben. Für sie selbst.« Kafa zögerte einen Moment. »Das war Koss' Idee«, sagte sie fast schon niedergeschlagen. »Ich hab gerade mit dem Arzt gesprochen. Er hat bestätigt, dass Ose Diabetes hat und sowohl normales als auch konzentriertes Insulin bekommt.«

»Und du willst sagen, dass …«

»Sie ist mitsamt fertiger Diagnose zu ihm marschiert. Das Einzige, was er noch tun musste, war zu unterschreiben. Sie ist selbst Ärztin, und zwar nicht irgendeine, sondern Ärztin auf der Krebsstation im Ullevål. Also hat er ihr vertraut. Allerdings hat Agnes Ose ihn belogen, als sie behauptete, sie hätte eine höhere Toleranz. Auf diese Weise kam sie an ausreichend Insulin sowohl für sich selbst als auch für Axel Thrane – und somit an mehr als hinreichend, um ihn damit zu vergiften.« Bevor sie das Gespräch beendete, holte sie noch mal tief Luft. »Koss will, dass ihr sie zum Verhör herbringt.«

Fredrik lief zu Andreas zurück und setzte ihn ins Bild. »Wir gehen rein«, sagte er zu guter Letzt, und Andreas machte einen Schritt zur Seite.

»Nicht ohne Waffe. Nicht bei einem Fall wie diesem. Hast du deine im Auto? Ich hol sie dir.« Er klang überlegt und souverän, wenn auch ein wenig hitzig.

»Nein«, entgegnete Fredrik. »Ich hole die Waffen.« Dann marschierte er davon.

Nachdem er seinen eigenen Pistolengürtel angelegt hatte, rutschte er auf den Beifahrersitz in Andreas' Wagen. Zog das Handschuhfach auf. Dort lag sie, die halb automatische Heckler & Koch. Fredrik hatte bereits nach dem Holster gegriffen und wollte wieder aussteigen, sank stattdessen aber auf den Sitz zurück.

Endlich wagte er es, den Gedanken zu Ende zu denken. Wenn von »wagen« überhaupt die Rede sein konnte. Womöglich konnte er gar nicht mehr anders.

Peder Rasmussen sei eine falsche Fährte, hatte Andreas gesagt. Dabei hatte zu dem Zeitpunkt noch niemand gewusst, dass Rasmussen längst tot war ... mal abgesehen von der Person, die ihn ermordet hatte.

Was hatte er noch gesagt? Dass die Monster unter dem Bett manchmal echt waren. Und dass es deshalb gefährlich war nachzusehen. Fredrik hätte unter dem Bett Peder Rasmussens Leiche finden können – und dann wäre das Monster herausgekommen. Dann wäre das Monster gekommen und hätte ihn geholt.

Mit einem Mal war ihm speiübel. Brauchten sie wirklich Waffen, um eine Frau mittleren Alters festzunehmen, die sich ohne Hilfe kaum mehr aufrecht halten konnte? Sollte er wirklich in die Dunkelheit hinausgehen und demselben Mann, der ihm noch am Morgen gedroht hatte, eine geladene Waffe in die Hand drücken?

Er schob die Hand in die Jackentasche. Dort lag immer noch die Schachtel mit den Platzpatronen von dem Tag, als sie in der Schießanlage gewesen waren. Andreas hatte bereits zwei Schuss abgefeuert, ehe Fredrik auch nur seinen ersten abgegeben hatte.

83

Sie mussten mehrmals anklopfen. Agnes Ose saß im Rollstuhl, als sie die Tür aufmachte. Sie hatte eine dicke Sicherheitskette vorgelegt. Durch den Türspalt schlug ihnen der beißende Geruch nach verbranntem Plastik entgegen.

»Wissen Sie eigentlich, wie spät es ist?«, fragte sie.

»Sie haben uns bezüglich Axel Thrane belogen. Sie hatten Kontakt zu ihm«, sagte Fredrik. »Und Sie haben Ihren behandelnden Arzt angelogen, um von ihm mehr Insulin zu bekommen, mit dem Sie dann Axel versorgt haben.«

Angesichts des kalten Winds schloss Agnes Ose den oberen Knopf ihrer Bluse. Sie biss sich auf die Unterlippe und musterte ihn. Ihr Blick blieb an der Pistole hängen.

»Kommen Sie, um mich zu verhaften?«

Fredrik antwortete nicht.

»Kommen Sie rein.«

Das Deckenlicht im Wohnzimmer war gedimmt und erinnerte an die bereits fortgeschrittene Abenddämmerung. An der Wand jenseits der Wendeltreppe brannte das Kaminfeuer. Davor lagen Papprollen am Boden, wie man sie zum Verpacken von Kunstfotografien verwendete.

»Verbrennen Sie Ihre Bilder?«

»Hm.«

Agnes Ose rollte auf den Kamin zu, zog die Klappe auf, lehnte sich nach vorn und angelte etwas vom Boden. Griff sich ein Foto. Ohne es auch nur anzusehen, warf sie es in die Flammen. Das Feuer loderte auf. Fredrik konnte gerade noch einen Blick auf das Motiv erhaschen. Es war das Mädchen mit den Brandwunden an beiden Armen.

Agnes Ose drehte den Rollstuhl wieder zu ihnen herum. Schob die Hand unter die Decke über ihren Beinen.

»Sie wollen mit mir über Axel sprechen?«, fragte sie, ohne jedoch eine Antwort abzuwarten. »Dann sprechen wir jetzt über Axel.« Im schwachen Licht hatte es den Anschein, als würde sie die Augen schließen. »Das war kein Übungsmanöver, an dem er teilgenommen hat. Es war eine Militäroperation. Damals wurden fünf Soldaten auf russisches Terrain geschickt.«

Die Luft schien immer schwerer zu werden. Fredrik war, als würde die Zeit langsamer vergehen. Norwegische Truppen auf russischem Boden. So fingen Kriege an.

Agnes Ose war damals Anfang zwanzig gewesen. Axel war nach Ramsund in Nordland gezogen, wo das Marinejägerkommando stationiert war. Sie hatte dort ein medizinisches Praktikum absolviert, war in einer Arztpraxis in Fjelldal beschäftigt gewesen, einer Gemeinde, die nur wenige Kilometer nördlich des Truppenstützpunkts lag. Gelegentlich wurde sie mit Gesundheitschecks in der Kaserne beauftragt oder zu Übungen hinzugezogen.

»Es war im Winter oder vielleicht Anfang des Frühjahrs, das weiß ich nicht mehr ganz genau. Wir hatten bloß gehört, dass eine Übung stattfinden und wir uns bereithalten sollten. Kurz gesagt, in der Nähe eines Telefons«, fügte sie mit einem trockenen Lachen hinzu.

Eines Nachts war sie dann schließlich geweckt worden. Nicht vom Klingeln dieses Telefons, sondern von der Militärpolizei. Sie hatten gegen die Tür gehämmert. Es war mitten in der Nacht gewesen. Mit einer Orion war sie zum Flughafen in Kirkenes etwa knapp zehn Kilometer von der russischen Grenze entfernt geflogen und dort von einem jungen Fähnrich in Empfang genommen worden. Er hatte geraucht, erinnerte sie sich noch. Das war zu jener Zeit nicht ungewöhnlich gewesen, allerdings hatte dieser Mann lange schwarze Zigaretten mit Goldfilter geraucht.

Von dort aus war die Reise weiter gen Osten gegangen – bis zum Grenzposten Korpfjell.

»Sie haben uns in Kettenfahrzeugen dorthin befördert. Außer mir selbst waren noch drei Militärärzte dabei. Keiner von ihnen trug ein Namensschild. Niemand stellte sich vor. Es tobte ein Sturm in dieser Nacht, und als wir ankamen – in der Dämmerung –, war alles einfach nur weiß. Man konnte kaum die Hand vor Augen sehen. Ein paar Soldaten – Marinejäger – waren gerade dabei, ein Feldlazarett zu errichten.« Agnes Ose fuhr sich durch das kurze Haar. »Dann sollten wir uns darauf vorbereiten, einen Patienten mit Pocken aufzunehmen.«

Diese Information entzog der Luft den letzten Sauerstoff. Fredrik glaubte zu hören, wie sich das Fotopapier im Kamin zusammenkrümmte. Er spürte, wie sich der Herzmuskel in seiner Brust zusammenzog und verkrampfte. Schweiß breitete sich auf seinem Rücken aus, und er starrte Andreas an. Andreas starrte zurück. Zwei Männer, ein Blick.

Fredrik wusste einiges über Pocken. Im Grunde wusste er zu viel. Er hatte vor noch gar nicht allzu langer Zeit einen Mann an Pocken sterben sehen und war somit einer der wenigen Menschen, die so etwas überhaupt noch miterlebt hatten. Denn offiziell existierte die Krankheit nicht mehr. 1980 hatte die Weltgesundheitsorganisation den Planeten für pockenfrei erklärt.

Es war gerade einmal anderthalb Jahre her – während der Ermittlungen zum Solro-Massaker. Børre Drange, einer der Pastoren oben im Maridalen, wohin sich die Glaubensgemeinschaft Gottes Licht zurückgezogen hatte, war von Haus aus Biochemiker gewesen. Børre Drange hatte Jahre zuvor beim Militär gearbeitet – an einem geheimen Projekt –, bis sein Vater eines Tages lediglich die knappe Nachricht erhalten hatte, sein Sohn sei gestorben. Doch er war nicht tot gewesen. Er war untergetaucht. Es war von einem religiösen Erweckungserlebnis die Rede gewesen – Gott habe zu ihm gesprochen, hatte er behauptet, und Gott habe ihm mitgeteilt, dass der Untergang bevorstehe. Daraufhin habe er sich vorbereiten müssen.

In Geheimlabors hatte er mit Pockenviren experimentiert. An Menschen. Fredrik hatte eines seiner Versuchsopfer gefunden, und Børre selbst verschwand erneut.

Der Fall wurde zu den Akten gelegt und die Ermittlungsergebnisse unter Verschluss genommen. Fredrik war damals mitgeteilt worden, die Polizeileitung nehme einhellig an, er jage Gespenster. Er müsse einen Schlussstrich unter die Ermittlung setzen und sich neuen Aufgaben widmen.

Sebastian Koss hatte die Botschaft überbracht. Trotzdem hatte Fredrik diese Sache nie vergessen.

Unbewusst fuhr er sich mit der Hand über die Brust. Fühlte mehr, als dass er hörte, wie die Silberfolie leise auf dem Tablettenblister knisterte. Selektive Serotonin-Wiederaufnahmehemmer. Dass er damals derart herablassend behandelt worden war, war einer von zahlreichen Gründen dafür, warum er jetzt diese Pillen einwarf.

»Waren sie denn nicht geimpft – die Soldaten der Spezialeinheit?«

»Doch«, antwortete Agnes Ose. »Aber genau das hat allen eine Heidenangst eingejagt. Sie waren allen Ernstes unsicher, ob die Impfung wirksam war.«

Im Laufe des Tages hatte der Sturm irgendwann nachgelassen, und sie hatten Schutzanzüge erhalten. Irgendwann… Agnes Ose erinnerte sich nicht mehr an den genauen Zeitpunkt, womöglich in der darauffolgenden Nacht, vielleicht auch eine Nacht später, hatte sich ein Kettenfahrzeug aus dem Grenzgebiet genähert. Sie konnte sich noch immer an den Anblick erinnern: Der Fahrer hatte eine Gasmaske, einen Schutzanzug und Helm getragen. Auf dem Schlitten, den er im Schlepp hatte, hatte ein Soldat gelegen – mit einem Verband über dem Auge. Er war auf der Stelle abtransportiert worden.

»Sie haben ihn nicht behandelt?«, hakte Fredrik nach.

»Mink«, sagte sie gedankenverloren. »Sie haben ihn Mink genannt. Das hat mir Axel später erzählt. Viel später. Die Jungs waren ursprünglich losgeschickt worden, um ihn zu finden. Ich habe ihn nur ganz kurz gesehen.«

»Wer war er?«

Sie schüttelte den Kopf. »Ein Spion, nehme ich an. Details haben wir nicht erfahren.«

»Aber er war nicht mit Pocken infiziert?«

»Das kam erst Tage später …«

Inzwischen hatte sie beide Hände unter die Decke geschoben. Aber fror sie wirklich? Fredrik fand es regelrecht aufdringlich warm. Erstickend. Aber das mochte auch an den Tabletten liegen. Nachwehen des Schweißausbruchs, der ihn zuvor ereilt hatte.

»Dann kam die Meldung, der Rest der Marinejäger sei in Sicherheit, es habe sich um einen Fehlalarm gehandelt. Und plötzlich stand er einfach da. Mit Schneeschuhen an den Füßen und auf Skistöcke gestützt. Er war zu Fuß gekommen. Sein Gesicht war … Es sah aus, als hätte es ihm jemand abgeschält. Und er hatte eine Schussverletzung. An der Schulter. Den Anblick werde ich nie vergessen. Gudbrand Falsen, ihr Leutnant …«

Agnes war ihm bereits zuvor begegnet. Trotzdem hatte sie ihn nicht wiedererkannt.

»Er wurde sofort isoliert. Lediglich die Militärärzte durften zu ihm. Ich habe ihnen von draußen assistiert. Ob es letztlich die Verletzung war oder die Krankheit, die ihn das Leben gekostet hat, weiß ich nicht.«

Agnes Ose wurde mit der strikten Anweisung, nie wieder darüber zu reden, was sie gesehen hatte, vom Grenzposten auf dem Korpfjell weggeschickt.

Sie räusperte sich. »Es war zu einem Gefecht mit den Russen gekommen, und in der Folge wurden sie getrennt. Egon ist zusammen mit Axel über die Grenze geflohen. Aber das habe ich erst später erfahren. Als Axel mich kontaktiert hat.«

Bis dahin waren Jahre vergangen. Doch eines Tages hatte er angerufen. Axel.

»Er sei im Ausland gewesen, hat er behauptet. Sei in der ganzen Welt umhergereist. Auf See. Asien, Südamerika… Aber dann sei seine Mutter krank geworden. Und er sei wieder zurückgekehrt.«

Er war ein komplett anderer Mann gewesen als derjenige, den sie gekannt hatte. Übergewichtig, mutlos, sparsam im Umgang mit Worten. Ohne jede Lebensfreude.

»Immer wieder behauptete er, die Operation sei schlicht missglückt. Es sei alles vergebens gewesen. Als Ärztin hab ich solche Reaktionen oft erlebt. Traumata. Die Spätfolgen eines Erlebnisses, das einem das eigene Weltbild komplett auf den Kopf stellt. Ich musste ihm hoch und heilig versprechen, nie jemandem zu erzählen, dass er noch am Leben sei.«

Kurze Zeit später sei seine Mutter gestorben. Er habe sie im Garten begraben und dann einfach ihr Leben weitergeführt – allein in der Villa draußen auf Bygdøy.

Ihre Hände bewegten sich unter der Decke. Hantierte sie an irgendeinem Gegenstand herum? Fredrik wurde nervös, und auch Andreas zuckte leicht zusammen. Er hatte es anscheinend auch bemerkt.

Der Kollege legte die Hand an seinen Oberschenkel direkt über den Griff seiner Dienstwaffe.

»Da ist eine Sache, die ich nicht verstehe«, sagte Fredrik. »Warum hat er seine Mutter im Garten begraben? Warum durfte niemand erfahren, dass er trotz allem am Leben war? Ist die zweite Frau aus dem Grab womöglich der Grund dafür?«

»Die zweite Frau?«

Fredrik hatte beinahe das Gefühl, sie würde an ihm vorbeisehen. Log sie, oder wusste sie es wirklich nicht?

»Ich weiß nichts von einer anderen Frau«, sagte sie verdrossen. »Axel war extrem verbittert. Wir hatten nur noch selten Kontakt, vielleicht einmal im Monat, wenn er Insulin-Nachschub brauchte. Über all das, was hinter ihm lag, wollte er nie sprechen. Auch nicht über die Operation.«

»Er hat Ihnen also nichts erzählt? Keine Erklärung, warum er so gelebt hat? Hören Sie, es fällt mir irgendwie schwer, das zu glauben …« Fredrik hatte seine Stimme angehoben, aber es schien sie nicht zu beeindrucken.

»Vielleicht sollte ich mal ein paar Vermutungen anstellen? Es hatte etwas mit dem Pockenvirus zu tun. Trotz allem reden wir hier über Staatsgeheimnisse. Was weiß ich, welche Versprechen er damals gegeben hat – und mit welchen Konsequenzen ihm gedroht wurde, wenn er nicht die Klappe halten würde.« Sie seufzte. »Ich glaube ja wirklich, dass man ihnen die bestmögliche Behandlung versprochen hat, für den Fall, dass irgendetwas schiefgehen sollte. Dabei wäre das doch Wahnsinn gewesen – einen pockeninfizierten Mann einfach in ein normales norwegisches Krankenhaus einzuliefern … So etwas erfordert ganz spezielle Maßnahmen. Und es wäre unmöglich, so etwas geheim zu halten.«

»Hätten derlei Maßnahmen den Leutnant retten können?«

Sie zuckte mit den Schultern. »Gudbrand Falsen? Mit

den Verletzungen? Es hätte die Chancen allenfalls marginal erhöht.«

»Axel Thrane war im Besitz eines Fotos, das wir in der Villa gefunden haben: das Bild eines jungen Mädchens. Einer Russin. Wissen Sie, um wen es sich dabei handelt? Hat das Foto etwas mit der Operation in Russland zu tun?«

Erneut hatte Fredrik das Gefühl, dass sie an ihm vorbeisah, bevor sie antwortete: »Nein, darüber weiß ich nichts.«

»Ich glaube allerdings, dass Sie wissen, wo Lin ist«, sagte Fredrik. Es war an der Zeit.

»Das stimmt«, antwortete Agnes Ose ungerührt. »Sie ist nach Thailand zurückgeflogen.«

»Wie bitte?«

»Sie haben ihr einen Schrecken eingejagt. Sie …«

»Sie lügen«, fiel Fredrik ihr ins Wort. »Wir haben ihre Reisetasche gefunden. Mit Geld und Kleidung. Und ihren Pass.«

Die Hände ruckten unter der Decke, und Andreas machte einen Satz nach vorn und griff nach dem Wollstoff.

»Was zum …«, rief sie, schob das Kinn nach vorn, und ihr zuvor bloß arrogantes Auftreten wich einem feindseligen Fauchen. Andreas riss die Decke zur Seite. Mit aller Kraft presste sie die Hände zwischen ihre Oberschenkel, doch Andreas war stärker als sie und riss ihre Arme hoch, schnappte sich den Gegenstand, der dort lag, und hielt ihn Fredrik hin.

Ein Handschuh. Ein dünner weißer Handschuh aus Glacéleder.

»Was ist das?«

Es war, als wäre schlagartig alle Feindseligkeit verflogen. Ein friedlicher, beinahe glückseliger Ausdruck legte sich auf ihr Gesicht. »Ich habe mein Wort gehalten. Ich habe meine Schuld beglichen.«

Für den Bruchteil einer Sekunde meinte Fredrik, einen leuchtend roten Punkt auf Agnes Oses Brust zu sehen. Aber er kam nicht einmal mehr dazu zu reagieren. Kam nicht dazu, etwas zu sagen. Er hörte nicht einmal den Schuss. Erahnte lediglich den Ruck, der durch den Körper ging, sah das erstarrende Gesicht und den kleinen Fleck, der anwuchs und die Bluse rot färbte. Dann kippte der Rollstuhl nach hinten – ganz langsam, ein lautloses Gleiten, bis die Räder über die oberste Treppenstufe rutschten. Unter ohrenbetäubendem Lärm krachte der Stuhl mitsamt Körper die Wendeltreppe hinab.

84

Fredrik kauerte hinter der Sofalehne. Er hatte sich auf den Boden geworfen, war auf der Seite direkt auf dem Holster gelandet und versuchte nun verzweifelt, an seine Pistole zu kommen.

Er schmeckte Salz in den Mundwinkeln, und die hektische Atmung tat ihm in der Brust weh. Das Pfeifen in den Ohren kündigte eine Panikattacke an. Endlich bekam er die Waffe frei.

»Fredrik!«

Seine Brille, Herrgott, wo war die? Er konnte nichts mehr sehen. Er hatte mit der Schulter die Wand gestreift, als er sich hinter das Sofa geflüchtet hatte. Dabei musste er die Brille verloren haben. Er drehte sich auf den Rücken, hielt mit einer Hand die Pistole vor die Brust und tastete mit der anderen den Boden vor sich ab. Den Teppich, die Sockelleiste ... Da. Er erwischte sie so ungeschickt mit der Handkante, dass die Brille erst mal wegrutschte. Als er sie endlich auf der Nase hatte, war das rechte Glas zerbrochen und sein Nasenrücken merkwürdig nass und schmierig. Er starrte auf seine Hand hinab. Ein Glassplitter ragte unter dem Daumennagel hervor. Trotzdem hatte er keine Schmerzen. Er zog den Glassplitter heraus – und *das* tat weh, bis hinauf in die Handwurzel und in den Unterarm, und Blut strömte über seine Handfläche.

»Siehst du das Fenster? Siehst du was?«

»Nein«, antwortete er.

Fredrik hätte die Hand ausstrecken und den Kollegen berühren können, trotzdem riefen sie einander zu. Andreas lag der Länge nach hinter dem Beistellhocker am Sofa. Mit der blutigen Hand fummelte Fredrik an seiner Jackentasche herum. Das Handy!

Kafa war sofort dran.

»Wir wurden angegriffen, im Haus von Agnes Ose. Schick Verstärkung!«

»Fredrik?«

Glas klirrte, und Fredrik hörte ein dumpfes Geräusch, als die Kugel nur ein paar Fingerbreit neben Andreas' Kopf in den Hocker einschlug. Die Schaumstofffüllung rieselte durchs Wohnzimmer.

»Er schießt auf mich!«, gellte Andreas' Stimme zu ihm herüber. »Der Irre da draußen – und ich kann nichts sehen! Kein bisschen!«

Fredrik warf das Telefon zur Seite. Nahm die Waffe in beide Hände. Das Blut lag wie ein zäher Film zwischen Hand und Pistolengriff. Er ließ den Blick durch das Zimmer schweifen. Vor ihm die Wendeltreppe, dahinter der glimmende Kamin. Andreas lag auf dem Bauch und machte sich so flach, wie er nur konnte. Wenn Fredrik ans Fenster wollte, würde er sich umdrehen und auf die Knie kommen müssen. Doch dann würde der Mörder ihn durch die großen Wohnzimmerfenster sehen können. Denn er stand dort draußen im Dunkeln, während sie … Oder …

Er ließ die Pistole in den Schoß fallen. Wischte sich die blutige Hand am Hosenbein ab und hob die Hände. Klatschte, so wie Agnes Ose es getan hatte.

Ein leises Klicken, und es wurde dunkel.

»Da! Ich seh ihn!«, rief Andreas.

Der Kollege bewegte sich zur Seite, und im selben Moment griff auch Fredrik wieder zu seiner Pistole. Hob den Kopf, spähte über die Armlehne.

Da stand er, im Mondlicht. Vor dem weiß schimmernden Schnee ragte eine große, schlanke Gestalt auf. Ein Mann – in einem engen Oberteil, dunkler Hose und Sturmhaube mit einem Spalt für die Augen. Darüber eine Art Skibrille. Etwas Ähnliches hatte Fredrik schon einmal gesehen. Ihre eigene Spezialeinheit verwendete solche Brillen. Der Mann hielt beidhändig eine Pistole im Anschlag, deren Laservisier unter dem Lauf rot aufblitzte. Langsam machte er ein paar Schritte seitwärts. Hielt nach seinem Ziel Ausschau.

Währenddessen hatte sich Andreas auf die Knie gesetzt, den Oberkörper auf den Hocker gestützt und neigte den Kopf leicht zur Seite. Er folgte mit dem Blick dem Lauf seiner Pistole.

»Ich … hab ihn …«

»Nein!«

Andreas drückte den Abzug durch.

»Nein!«, schrie Fredrik erneut.

»Scheiße!«, kreischte Andreas und starrte ungläubig auf die Fensterscheibe. Nirgends ein Einschussloch.

Aus dem Augenwinkel sah Fredrik, wie der Mann draußen zusammenzuckte. Der Kamin! Er konnte ihre Silhouetten vor der Feuerstelle sehen!

Andreas feuerte erneut. Ohne Effekt.

»Nimm die hier!« Fredrik schleuderte seine Pistole über den Boden zu ihm rüber.

»Aber warum verdammt…« Aufgebracht, wütend, verwirrt starrte Andreas ihn an.

Pfff.

Der Schuss war kaum zu hören. Es klirrte vom Fenster her, und nichts weiter als dieses Klirren hatte Fredrik im Ohr, als er sah, dass die Kugel getroffen hatte. Irgendwo zwischen Schläfe und Ohr. Kein Blut, keine Gehirnmasse, keine Kotze, lediglich ein kräftiger Ruck in Andreas' Nacken, bevor er zur Seite kippte und sich seine grauen Locken langsam rot färbten.

Andreas' Blick war auf ihn gerichtet gewesen. Von dem Moment, da die Kugel ihn getroffen hatte, bis sein Schädel auf das Parkett gekracht war. Er hatte ihn fragend, ratlos angesehen. Ängstlich. Abwesend.

Andreas Figueras starb direkt vor seinen Augen.

Es klirrte erneut. Fredrik riss den Kopf herum. Entdeckte die Gestalt draußen im Schnee. Der Mann stand jetzt direkt vor dem Fenster, musste mit der Waffe gegen die Scheibe gehämmert haben, und die hatte nachgegeben. Splitter krachten auf die Fensterbank und auf den Wohnzimmerboden. Er sah Schnee. Er sah Tränen. Er sah eine Flut aus Glas, und dann sah er sich selbst. Er sah seinen eigenen Körper, der hinter der Armlehne des Ledersofas kniete. Der Laserpunkt wanderte über das Kunstwerk in Rot und Orange, das über ihm an der Wand hing. Wenn er jetzt nicht handelte, würden sein Gehirn, sein Blut gleich die Wand in Rot, Orange und Grau einfärben.

Geduckt wandte er sich zu der Wendeltreppe um. Sein Rücken brannte – ihm war klar, dass er gerade eine ideale Zielscheibe darstellte. Ihm war klar, dass seine Knie jeden Augenblick nachgeben konnten. Einen Schuss in den Rücken spürt man nicht. Er traf die Wirbelsäule, zerfetzte Nerven, Knochen und Muskeln, und die letzte Erinnerung ans Leben bestand darin, wie man an seinem Körper hinabsah und auf das klaffende Loch in der Brust starrte.

Doch seine Knie gaben nicht nach. Er umrundete die Treppenbrüstung. Rannte nicht, ließ sich lediglich nach vorn fallen, rollte weiter, krachte gegen die Wand, fiel nach unten, um die Kurve und weiter, bis er unten auf dem Treppenabsatz auf der nach Parfüm stinkenden Leiche landete.

Er rappelte sich rittlings auf Agnes Oses Oberschenkel auf, konnte in dem schwachen Licht von oben kaum ihre Konturen ausmachen, setzte die Hände auf ihre Brust. Die Bluse war blutdurchtränkt. Er schob sich weiter, ihre Kehle gurgelte, als saugte man den letzten Rest eines Getränks durch einen Strohhalm. Zur Kontemplation, hatte Agnes Ose gesagt, als sie kürzlich erst hier unten gewesen waren. Von hier aus gab es zwei mögliche Auswege: einen durch die Garage, einen ins Fotoatelier. Er entschied sich für die Garage. Das Garagentor. Raus.

Schritte auf dem Parkett. Er hatte sich kaum gerührt, ehe er zwei weitere gedämpfte Schüsse hörte. Der Mann hatte erneut auf Andreas geschossen – zwei Mal, in die Brust, nahm Fredrik an. Er wusste es einfach. Genau so stand es im Lehrbuch.

Im selben Moment, als er die Tür zur Garage aufriss, waren auf der Treppe Schritte zu hören. Er schlug die Tür hinter sich zu und schob den Bolzen vor. Ein einfacher, altmodischer Mechanismus. Der würde sich nicht aufschießen lassen wie ein gewöhnliches Schloss. Jetzt wäre der Mann, der hinter ihm her war, gezwungen, die Tür aufzubrechen. Sie schien stabil zu sein, aber jemand wie dieses Monster würde damit klarkommen. Ein Monster, das gerade zwei Menschen getötet hatte.

Schwankend lief Fredrik vorwärts. Alles, was er zuvor hier drinnen gesehen hatte, war entfernt worden – jedes einzelne Bild, jedes einzelne Foto. Lediglich ein paar Stühle und ein alter Tisch waren noch da. Er stemmte sich gegen das Garagentor. Drückte. Biss die Zähne zusammen, stemmte die Füße in den Betonboden.

Warum gab es nicht nach? Unten in Bodennähe entdeckte er einen Griff. Er setzte die Hand an, spannte die Muskeln, bis der Rücken schmerzte, versuchte, das Tor hochzuwuchten, doch es bewegte sich nicht. Verzweifelt sah er sich um. War hier irgendwo ein Knopf? Ein Schalter? Nichts.

Hinter der Tür in seinem Rücken krachte es. Der Mann trat heftig dagegen. Gab es hier wirklich keinen Ausweg mehr? Da, ein Fenster oben in der Wand – das hatte er bisher übersehen. Dort musste er durch. Wieder krachte etwas gegen die Tür. Fredrik schob den Tisch unter das Fenster, kletterte hinauf, ertastete die Fensterhaken, wollte das Fenster bereits aufschieben.

Ein engmaschiges Gitter blockierte die Öffnung.

Fredrik glitt an der Wand entlang nach unten.

Teil 3

85

März 1992, Halbinsel Kola, Russland

Die Nacht war tiefschwarz, und am Himmel wimmelte es nur so von Sternen.

Sie brauchten etwa eine Stunde, um das Tal zu durchqueren. Im Licht des Halbmonds waren ihre Schatten lang und verräterisch. Die Schneemäuse, die Axel noch in der vergangenen Nacht um die Baumstämme hatte herumflitzen sehen, hielten Abstand von den weiß gekleideten Gestalten.

Vor der Gebirgsanlage ragten zwei viereckige Betongebäude in die Höhe. Von den Wänden blätterte graue Farbe ab. Von einem Anlegesteg führte ein Kiesweg südwärts am Fjord entlang zu den Marinestützpunkten. Keiner der auf die Mauerblöcke aufmontierten Scheinwerfer war eingeschaltet.

»Das Gebäude rechts fungiert als Wohnkomplex, und das da ist der Verwaltungsblock«, flüsterte Mink.

Sie hatten den Stacheldraht und den Drahtzaun durchgeschnitten, der sich vom Meer bis herauf zur Geröllhalde erstreckte. Jetzt standen sie vor einer massiven Betonwand. Dünne Rauchschwaden stiegen aus den Lüftungsluken. Der Rauch war goldgelb, nicht grau, wie es aus der Ferne ausgesehen hatte.

»Erst der Wohnblock«, konstatierte Leutnant Falsen.

Axel versuchte, seinen Blick aufzufangen, doch der Leutnant wich ihm aus. Falsen hatte ihm nicht mehr in die Augen gesehen, seit Mink den Befehl erteilt hatte, die verletzte Frau zu töten. Hinter seiner Maske war ein Kampf entbrannt – ein Kampf zwischen dem Soldaten, der blindlings Befehle befolgte, und dem Gewissen des Gudbrand Falsen.

Bevor sie den Block betraten, sicherten Egon und Feldwebel Bakke die AG3s und nahmen die kurzläufigen Heckler & Koch P7 aus dem Oberschenkelholster.

Selbst durch den Schutzanzug spürte Axel die eisige Kälte, die ihnen aus dem Inneren entgegenschlug. Zu beiden Seiten des Korridors gingen je zwei Türen ab. Der Flur endete vor einer Treppe. Sie traten die erste Tür auf. Schlafzimmer, Bad, Wohnzimmer und Küche. Ein Fernseher, ein breites Sofa. Die braun-gelben Gardinen sorgten für diffuses Licht in der kleinen Wohnung. Über der Küchentür tickte eine Uhr. Keine Menschenseele hier.

Die Wohnung sah aus, als wäre sie geplündert worden. Wertsachen waren noch da, aber Lebensmittel, Kleidung, Laken und Decken waren entfernt worden.

Axel stand im Schlafzimmer, als Egon zu ihm trat. Sie hatten kaum Zeit gehabt, miteinander zu reden, seit Bakke ihnen befohlen hatte, ihm zu folgen, und sie den Schweden allein gelassen hatten. Als Staffan Häyhä auf dem Weg hinab ins Tal wieder zu ihnen gestoßen war, hatte sein Gesicht hinter der Maske ebenso knabenhaft und unschuldig gewirkt wie eh und je. Lediglich ein dünner Streifen Blut über der Brust zeugte davon, was geschehen war.

Egon wies auf ein Bild über dem Bett. Ein breitschultriger Mann mit freundlichen, kleinen Augen. Eine große, blonde Frau mit einem herzförmigen Gesicht und einer großen Brille mit runden Gläsern. Ein Junge, maximal zehn Jahre alt. Die Familie aus der Hütte.

»Wie hübsch sie gewesen ist«, sagte Axel nachdenklich.

Die Wohnungen waren alle gleich: klein, spartanisch eingerichtet. Überall fehlten Kleidung, Handtücher sowie Essbares. Nachdem sie auch die obere Etage überprüft hatten, wies Leutnant Falsen auf die schmale Treppe, die hinunter in den Keller führte.

Der Keller lag tiefer als gedacht. Am unteren Ende öffnete sich vor ihnen ein länglicher, feuchter Raum. Von einer Stahltür triefte Kondenswasser.

»Auf drei«, sagte Falsen und zählte leise hoch.

Häyhä stieß die Tür auf, und die anderen stürmten hinein.

Axel war dankbar für die Gasmaske. Der Gestank der Leichen musste abartig sein.

Allem Anschein nach lagen in den Betten direkt an der Tür diejenigen, die zuerst gestorben waren. Die Leichen waren gewaschen und sogar etwas zurechtgemacht worden. Doch von der Krankheit und Dehydration waren die Gesichter geschrumpft. Selbst die Pusteln waren zu trockenen Hautlappen zerfallen. Getrockneter gelb-brauner Eiter zeichnete sich auf den Laken ab, die ihnen bis zum Kinn hinaufgezogen worden waren. Ein kleiner Junge lag dort neben seiner Mutter.

Unter den Betten standen Eimer voller Exkremente. Schmutzige Handtücher und Bettzeug waren in Tüten gestopft worden.

Das musste früher eine Art Gemeinschaftsraum gewesen sein, ein Festsaal. An der Längsseite stand ein Klavier, und am hinteren Ende befand sich eine Bühne. Die Wand oberhalb der Bühne war mit Bildern von Feldarbeitern dekoriert. Daneben Fotos von Frauen in weißen Kitteln, die begeistert Reagenzgläser in die Kamera hielten. Bilder von Kindern – wie kleine Erwachsene, mit zu kleinen Köpfen und zu langen Gliedmaßen –, die auf einer autofreien

Straße spielten. Dann der neue russische Präsident, Boris Jelzin. Von seinem Foto aus schien er das Ganze zu betrachten.

Langsam durchschritt Axel den Raum. Diejenigen, die länger gelebt hatten, lagen in den Betten an der Bühne. Diese Frauen und Männer hatte niemand in Decken gewickelt. Ihre Exkremente, den Schweiß und Eiter hatte niemand abgewaschen.

Der letzte Vorposten. Bei diesen Toten musste es sich um die Wissenschaftler handeln, die auf dem Stützpunkt gearbeitet hatten. Um ihre Familien. Sie alle hatten die Order gekannt, vielleicht war es sogar einer von ihnen gewesen, der sie formuliert hatte. Die Order zur Errichtung einer Sicherheitszone. Die Anweisung, alle zu töten, die einen Fluchtversuch wagten. Wegen der Krankheit, die um keinen Preis nach draußen dringen durfte.

Sie hatten auf das Schicksal vertraut. Und auf Gott. Auch der war anwesend: An den Bettpfosten hingen Ketten mit orthodoxen Kreuzen, und vor einer Marienstatue stand eine heruntergebrannte Kerze. Sie hatten ihren sterbenden Freunden geholfen, bis sie selbst krank geworden waren. Sie hatten einander Hilfe geleistet, bis sie selbst nicht mehr gekonnt hatten. Dann waren auch sie gestorben.

Unter der Maske war es quälend heiß.

»Achtung!«

Als der Schuss fiel, zuckte Axel heftig zusammen. Er riss die Waffe in Anschlag und ließ den Blick schweifen.

»Da ist jemand! Da bewegt sich jemand. Da unten!«, schrie Bakke. Er hatte den Schuss abgefeuert.

»Halt!«, rief Egon. »Warte!«

Bakke hatte die Pistole auf ein Bett in der Mitte des Raums gerichtet, und Axel und Egon näherten sich von zwei Seiten. Vor dem Bett ging Egon in die Hocke.

»Zur Hölle, Bakke, das ist ein kleines Mädchen! Ein *kleines Mädchen*!«

Im Bett über ihr lag ein älterer Mann, der ebenfalls von der Krankheit gezeichnet war. Allerdings war sein Gesicht anders als bei den anderen nicht zu einer Grimasse verzerrt. Er wirkte vielmehr friedlich. Der üppig graue Bart war mit routinierter Hand gestutzt worden. Die Haare glänzten leicht fettig, waren aber ordentlich gekämmt. In den Händen hielt er ein Silberkreuz, von dem eine Kette baumelte, die wiederum unter dem Bett verschwand, wo das Mädchen sie festhielt. Es ließ die Kette nicht los. Nicht als sie es vorsichtig nach vorne zogen. Nicht als sie ihm das schmale, kreidebleiche Gesicht abwischten. Nicht als sie der Kleinen Schokolade anboten. Sie hielt die Kette fest umklammert, zitterte und summte leise vor sich hin.

»Du hast sie nicht getroffen«, murmelte Egon und sah vielsagend zu Bakke hoch.

Der kniff ihr leicht in den Oberschenkel. Die blassen Augen reagierten kaum. »Vielleicht ist sie gelähmt?«

»Jedenfalls hat sie die Krankheit überlebt«, stellte Leutnant Falsen fest, und seine Stimme klang merkwürdig verbittert.

Axel sah zu ihm hoch. Der Leutnant umklammerte mit der einen Hand fest die andere.

»Stimmt etwas nicht?«

»Mhm«, antwortete Falsen. »Ein Querschläger hat mich gestreift… und ich war dem Virus ausgesetzt.«

86

Es waren noch knapp zwei Wochen bis Weihnachten, die Temperaturen stiegen leicht, und es regnete. Feiner, kalter Nieselregen. Der Schnee war zu Matsch geworden, und Schmutz und Wasser sickerten durch Schuhsohlen und Stiefelnähte.

Kafa Iqbal hatte Gummistiefel angezogen und stapfte über die gepflasterte Straße durch die Festung Akershus. Dichter Nebel hing über dem Fjord.

Er wartete auf dem Plateau. Sie erkannte ihn an den kurz geschnittenen dunklen Haaren und den ergrauten Schläfen wieder. An der Cordjacke, der Haltung. Fredrik saß auf einer rissigen Holzbank ohne Lehne und hielt den Blick aufs Wasser gerichtet. Genau hier hatten sie zuvor die zwei Geheimdienstleute, Judit Gjedde und Sven, getroffen.

Kafa legte ihm die Hand auf die Schulter. Seine Jacke war komplett durchnässt, und als er aufblickte, hätte sie unmöglich zwischen Tränen und Regentropfen unterscheiden können.

Auch am Vortag hatte sie Fredrik nicht zu Hause in der Sorgenfrigatan angetroffen. Bettina war wütend und verzweifelt gewesen, und Kafa hatte nicht mehr gewusst, was sie hätte sagen sollen. Es gab schlicht und ergreifend nichts, was angebracht gewesen wäre – nicht einmal, dass er ganz sicher auf sich aufzupassen wisse.

Vier Tage waren vergangen, seit Andreas erschossen worden war.

Fredrik blickte wieder hinaus über den Fjord. Seine rechte Hand war bandagiert, und das Pflaster, das den Verband an Ort und Stelle hielt, war am Rand schmutzig. Gedankenverloren fummelte er daran herum.

»Ich halte das nicht aus«, sagte er. Seine Stimme war dünn. »Ich halte es zu Hause nicht mehr aus. Das Mitleid. Ich schaffe das nicht…« Seine Stimme versagte. »Das hat Jacob nicht verdient. Ich will nicht, dass er mich so sieht. Nicht schon wieder.«

Kafa starrte auf seinen gebeugten Nacken hinab. Sie hätte ihn berühren, ihn streicheln können. Aber sie ließ es bleiben.

»Sie haben einfach nur Angst«, sagte sie nach einer Weile. »Sie haben Angst, dass du dir etwas antun könntest. Und auch wir machen uns Sorgen. Deine Freunde, deine Kollegen im Polizeipräsidium. Du bist nicht allein, weißt du?«

Sie hatte sich ganz bewusst für diese Formulierung entschieden. Sie hätte es nicht anders sagen wollen.

»Ich wohne jetzt im Hotel. Unten im Anker. Da bleibe ich erst einmal«, murmelte er.

Sie gab ihm einen sanften Klaps auf die Schulter. »Ist da noch Platz für jemanden?«

»In meinem Hotelzimmer?«

In seinen Augen hatte es ganz kurz geflackert. Das war gut. Das war ein Hinweis darauf, dass noch Leben in ihm steckte.

»Nein. Hier auf der Bank.«

Er rückte ein Stück zur Seite, ohne sich um den Schneematsch zu scheren. Kickte bloß die Plastiktüte weg, die zwischen seine Füße geraten war.

»Du musst aber jetzt meinetwegen keinen nassen Hintern kriegen…« Trotzdem nahm sie Platz. Die Bank war warm. »Deine Brille – so kannst du doch nicht rumlaufen.«

Er nahm sie von der Nase. Fuhr mit einem Finger an der Innenseite der Fassung entlang. Zog prüfend am Bügel, als würde er die Position suchen, wo er nachgeben würde. Dann setzte er sie wieder auf.

»Können wir darüber sprechen, was passiert ist?«

Kafa hatte den Polizeibericht gelesen. Die erste Streife, die bei der Villa auf Ormøya angekommen war, hatte das Poltern gehört, die Tritte des Angreifers gegen die Kellertür. Doch die Sirenen mussten den Mörder verjagt haben.

Die Haustür war verschlossen gewesen, und sie hatten sich gerade gewaltsam Zutritt zu dem Haus verschaffen wollen, als sie die Rufe aus der Garage gehört hatten. Ein Holzkeil hatte zwischen Garagentor und Rahmen geklemmt. Sobald der entfernt gewesen war, kamen sie rein. Fredrik hatte ihnen von dem Mann berichtet, der auf Andreas geschossen und ihn getötet hatte – mit drei Schüssen. Einen in den Kopf, zwei in die Brust. Von Andreas' Pistole. Und davon, was Agnes ihnen zuvor noch erzählt hatte. Von der geheimen Militäroperation in Russland und von dem pockeninfizierten Mann ohne Gesicht. Von einem Glacélederhandschuh, den Agnes in Händen gehalten hatte.

»Wer war er? Der Angreifer?«

Fredrik rieb sich die Stirn. Holte tief Luft. »Einer, der genau wusste, dass Agnes Ose ein Geheimnis hatte. Der genau wusste, was er tat.« Er sah sie an. Räusperte sich. »Die Marinejäger sollten einen Spion zurückholen, der zuvor nach Russland geschickt worden war. Deckname Mink. Der könnte es gewesen sein. Sprich mit Egon Borg. Finde heraus, wer die Operation angeordnet hat.« Er beugte sich nach vorn und fuhr sich mit der unverletzten Hand durchs Haar. »Eine Militäraktion auf russischem Boden«, ächzte er. »Eine Lüge nach der anderen.« Er zögerte einen Moment. »Agnes Ose hat von insgesamt fünf Marinejägern gesprochen. Wir wissen von Axel, Egon und dem Leutnant. Wer fehlt?«

Kafa legte ihm sachte die Hand aufs Kreuzbein. Er blieb vornübergebeugt sitzen, und sie schloss die Augen.

Übers Telefon hatte sie mit angehört, was Andreas in der Villa gerufen hatte. Dass er den Angreifer im Visier habe. Dann das Fluchen, als seine Pistole versagte. Die verzweifelten Flüche. Sie konnte sich nicht einmal ansatzweise vorstellen, wie Fredrik sich fühlen musste. Sein bester Freund und Kollege – erschossen, getötet, direkt vor seinen Augen.

Dann kam Kafa der Glacélederhandschuh wieder in den Sinn. Sie war sich sicher, einen solchen Handschuh schon einmal gesehen zu haben. Nur wo? Und hatte er eine Bedeutung? War es bloß eine Erinnerung? Welches Geheimnis hatte Agnes Ose mit in den Tod genommen?

»Koss ist der Ansicht, dass wir es nicht bloß mit einem Täter zu tun haben. Er hat Kontakte – bei der Polizei«, sagte sie.

Er sah sie überrascht an. Hinter der kaputten Brille sah sein Gesicht schief aus. Sein Gesichtsausdruck war schwer zu deuten.

»Andreas war im Umgang mit der Waffe verdammt routiniert«, fuhr sie fort. »Selbst für einen Polizisten. Glaubst du wirklich, dass er einen solchen Fehler begangen haben könnte? Platzpatronen statt scharfe Munition zu laden? Der Rest des Magazins war scharf geladen. Nur die zwei, die er abgefeuert hat, waren Platzpatronen.«

Statt zu antworten, wandte Fredrik sich ab.

»Du hast ihm deine Pistole überlassen«, sagte Kafa und streichelte ihm über den Rücken. »Das war schnell gedacht.«

Im Einsatz hätte Fredrik seine Waffe niemals aus der Hand geben dürfen. Trotzdem wusste sie, warum er es getan hatte. Andreas war der bessere Schütze gewesen.

Das Schluchzen war nicht mal zu hören. Aber sie spürte es. Sein ganzer Körper zuckte.

Sie stand auf, schob die Hand in die Tasche und legte

einen Schlüsselbund neben ihn auf die Bank. »Hier«, sagte sie. »Du kannst auf meinem Sofa schlafen.«

87

Die Tür zum Vorzimmer von Polizeipräsident Nemes Büro war bloß angelehnt. Trotzdem klopfte Kafa an. Wischte sich die Hände an der Trainingsjacke ab und schaute nach unten. In ihren neonvioletten Joggingschuhen fühlte sie sich unwohl. Nach dem Treffen mit Fredrik hatte sie eigentlich in den Fitnessraum gehen wollen, war stattdessen aber hierher bestellt worden, hinauf in die siebte Etage des Polizeipräsidiums. Sie klopfte erneut an. Als niemand antwortete, trat sie ein. Das Vorzimmer war leer. Ihre Schuhsohlen quietschten auf dem Parkett.

Ein wenig ratlos blieb sie in der Mitte des Zimmers stehen, als die Tür zum Büro des Polizeipräsidenten aufging. Es war Bettina. Natürlich. Fredriks Lebensgefährtin arbeitete schließlich hier, sie war die Sekretärin.

Bettina war blass, aber beherrscht. Die dunklen Schatten unter ihren Augen hatte sie gekonnt überschminkt. »Hast du mit Fredrik gesprochen?«

»Ja. Er kommt klar.«

»Sie warten«, sagte Bettina und schob die Tür für sie auf.

Sowie Kafa in der Tür stand, verstummte das Gemurmel. Polizeipräsident Neme saß an der Fensterseite an dem ovalen Besprechungstisch, neben ihm Sebastian Koss. Am Tischende war ein Stuhl vorgezogen worden, dort sollte sie sitzen.

»Sie wollten trainieren«, stellte der Polizeipräsident fest, als er ihren Aufzug sah.

»Ja.«

»Gut.«

Sie nahm Platz.

»Wie lange arbeiten Sie jetzt schon bei uns, Iqbal?«

Neme lehnte sich nach vorn. Im Ausschnitt seines Uniformhemds kam seine Brustbehaarung zum Vorschein.

»Anderthalb Jahre … ungefähr. Nach der Polizeischule war ich erst bei der Streife, dann beim PST. Bis zum Solro-Fall. Danach wurde ich dazu ermuntert, mich hier zu bewerben.«

»Der Solro-Fall, ja«, sagte Neme, ohne den Blick von ihr abzuwenden. »Über den haben wir gerade kurz gesprochen. Eine der Theorien, die wir damals verfolgt haben, hatte ebenfalls mit dem Pockenvirus zu tun, war es nicht so?«

Es war mehr als eine Theorie gewesen. Kafa sah zu Koss. Er hatte damals dafür gesorgt, dass ihr Verdacht nicht an die Öffentlichkeit gelangt war. Zum Wohle der Allgemeinheit, wie er behauptet hatte.

Koss starrte sie wortlos an und nestelte an seiner Armbanduhr.

»Unter der Scheune auf Solro sind wir auf ein Labor gestoßen«, sagte sie. »Später haben die Ermittlungen ergeben, dass diese Glaubensgemeinschaft ein weiteres Labor in einem Bunker in Porsgrunn unterhielt. Dort fanden wir zwei Männer – zwei Homosexuelle –, die ein paar Monate zuvor entführt worden waren. Als wir dort ankamen, war einer der beiden bereits tot. Milzbrand. Der andere lag im Sterben. Er hatte Pocken.«

Neme rieb sich den Nacken. »Und die Ermittlungen haben ergeben, dass ein gewisser Mann dahintersteckte, ein Pastor …«

Kafa wusste nicht recht, ob es als Frage oder Feststellung

gemeint war. »Ganz richtig«, sagte sie. »Insgesamt waren es drei Pastoren, und wir sind damals davon ausgegangen, dass alle drei von dem Virus wussten. Zwei von ihnen wurden ermordet, und die Glaubensgemeinschaft… Eigentlich war es eher eine Sekte. Eine Weltuntergangssekte. Ein paar wenige von ihnen waren ausgewählt worden, um in den Labors zu arbeiten. Die anderen hatten keine Ahnung.«

Die Ermittlungen hatten sie über alle Maßen in Atem gehalten. Die Medienberichterstattung über das Massaker auf Solro war enorm gewesen… aber wusste er das nicht bereits? Natürlich. Trond Anton Neme war niemand, der bei der Arbeit irgendetwas dem Zufall überließ. Dafür hatte auch für ihn persönlich, für seine Karriere zu viel auf dem Spiel gestanden.

»Dieser Pastor – ist der nicht verschwunden?«

»Ja. Trotzdem wurde der Fall zu den Akten gelegt, nachdem wir den Mann identifiziert hatten, der die Sekte angegriffen hatte. Einen schwedischen Söldner.«

»Und warum hatte er die Sekte angegriffen?«, hakte Neme nach.

Kafa hatte plötzlich den Eindruck, Koss' Stirn wäre noch glatter als sonst.

»Darüber gab es unterschiedliche Auffassungen«, sagte sie bedächtig. »Wir, die in dem Fall ermittelt haben – also, Fredrik womöglich besonders –, waren damals der Ansicht, er könnte mit dem Überfall beauftragt worden sein. Von jemandem, der darüber Bescheid wusste, was sie dort trieben, und der ihnen Einhalt gebieten wollte. Aber… wie Sie ja selbst wissen… Sie haben damals die Pressekonferenz selbst geleitet. Sie haben auf den Konflikt zwischen dem Söldner und einem der Pastoren hingewiesen. Es soll sich um eine Art Racheakt gehandelt haben, der dann aus dem Ruder lief. Die ganze Wahrheit kam niemals ans Licht, vor allem weil der Söldner, der nach seiner Ergreifung im Krankenhaus lag, bei einer Explosion ums Leben kam.«

Neme richtete sich in seinem Stuhl auf. »Diese Geschichte – dass in der Folge einer invasiven Militäroperation auf russischem Boden ein Pockenvirus nach Norwegen eingeschleppt worden sein könnte, hat eine gewisse … Unruhe ausgelöst.« Er kniff die Augen zusammen. »Was ist Ihrer Meinung nach passiert, Iqbal?«

Als sie antwortete, ließ er sie nicht aus den Augen. »Das norwegische Militär führt hinter der russischen Grenze eine Operation durch. Die Soldaten kommen dabei in Kontakt mit Pocken. Zwanzig Jahre später taucht ein russischer General auf und behauptet, die nationale Sicherheit Norwegens sei bedroht. Nach dem Solro-Fall erscheint mir der Zusammenhang doch halbwegs offensichtlich zu sein: Ein Pockenvirus ist auf Abwege geraten, und irgendjemand plant, es einzusetzen.«

Nemes reservierter Gesichtsausdruck war urplötzlich wie weggefegt. Stattdessen hatte er die Stirn in tiefe Falten gelegt. »Dann will ich hiermit noch mal wiederholen, was mir persönlich erst vor Kurzem versichert wurde.« Pause. »Es existiert keine solche Bedrohung.«

Kafa stützte die Ellbogen auf der Tischplatte auf. Ballte die rechte Hand zur Faust und legte die linke Hand darüber. Biss sich in die Oberlippe. »Ich habe wirklich nicht die Absicht, meine Befugnisse zu überschreiten, aber … dürfte ich fragen, wer Ihnen das versichert hat?«

Doch Nemes Gesichtsausdruck ließ keinen Zweifel: Sie hatte ihre Befugnisse überschritten. »Die Frage lautet doch vielmehr, *was* das zu bedeuten hat«, entgegnete er grimmig. »Und ich will es Ihnen auch gerne erklären. Sofern sich norwegische Soldaten zu irgendeinem Zeitpunkt je in Russland aufgehalten haben sollten, dann haben sie kein solches Pathogen mit nach Norwegen gebracht. Die Operation ist gescheitert.«

Er lehnte sich derart abrupt nach hinten, dass sein Stuhl übers Parkett rutschte.

Koss räusperte sich. »Was wir Ihnen damit sagen wollen«, ging er dazwischen, »ist einzig und allein, dass wir Andreas' Mörder finden und anklagen werden. Genau wie den- oder diejenigen, die hinter den übrigen Morden stecken. Darauf liegt unser Fokus. Verstanden?«

Kafa nickte. Sie hatte verstanden.

»Gut«, sagte Neme und stand auf, umrundete den Tisch und öffnete die Tür für sie. »Sie wollen Egon Borg morgen Vormittag einen Besuch abstatten, ist es nicht so?«

»Ja.«

»Angeblich soll dieser Borg der letzte noch lebende Soldat sein, der an dieser vermeintlichen Operation teilgenommen hat. Ich bin gebeten worden, ihn zu uns einzuladen, um ihn an seine Schweigepflicht zu erinnern.«

Kafa runzelte die Stirn. »Agnes Ose hat erwähnt, es wären fünf gewesen«, sagte sie. »Plus dieser Geheimagent, Mink. Zwei Soldaten haben wir bislang nicht identifiziert. Dem Militärbericht zufolge, den wir einsehen durften, wurden sie in Russland erschossen. Die Namen haben wir allerdings nicht in Erfahrung bringen können.«

Neme schüttelte den Kopf. »Agnes Ose … Die betrachten Sie doch wohl nicht als glaubwürdige Quelle.«

88

Egon Borgs Wohnung lag hinter einer dunkel gebeizten Tür ohne Fenster oder Spion in einem mondänen Haus in der Fredrik Stangs gate im Stadtteil Frogner. Statt einer Klingel gab es einen verchromten Türklopfer, der im Flur dahinter für ein dumpfes Echo sorgte.

Es dauerte eine Weile, bis er aufmachte. Der ehemalige Marinejäger war gekleidet, als wäre er auf dem Weg zur Arbeit: dunkle Hose mit Bügelfalte, passendes Jackett, bis obenhin zugeknöpftes Hemd. Sein Blick war alles andere als einladend. Und auch der Schäferhund, Romulus, schien sie nicht gerade willkommen zu heißen. Er stand einen Schritt hinter seinem Herrchen und knurrte sie an.

»Kafa Iqbal«, sagte Borg leise. »Sie arbeiten auch samstags?«

»Sie haben sicher die Zeitungen gelesen«, erwiderte Kafa, »und wissen vermutlich, warum ich hier bin.«

»Nein. Ich war beschäftigt. Worum geht es denn?«

»Agnes Ose ist tot. Sie wurde ermordet, genau wie einer meiner Kollegen.«

»Du lieber Himmel.« Borg machte einen Schritt zur Seite und bat sie herein.

Der breite Flur war mit einem kardinalroten Läufer ausgelegt. Borg nahm ihr die Jacke ab und hängte sie in einen Schrank neben der Tür, während sie ihre Stiefeletten auszog. Als Romulus ihr zu nahe kam, schnipste Borg kurz mit den Fingern. Das Tier erstarrte kurz und trollte sich.

Im Flur hingen gerahmte, vergilbte Notenblätter. Originale alter Partituren. Am hinteren Ende lag ein Eckwohnzimmer mit hohen Fenstern und tiefen Fensterbänken. In der Mitte des Raums stand ein Flügel.

Bereits beim Eintreten war Kafa ein eigentümlicher Geruch in die Nase gestiegen. Anfangs war es nur ein Hauch gewesen – es roch leicht süßlich nach Urin und Reinigungsmitteln. Im Wohnzimmer war der Geruch wesentlich aufdringlicher. Er schien aus einem Zimmer hinter einer weiß gestrichenen Doppeltür zu kommen. Die Tür war angelehnt, und durch den Türspalt war das Fußende eines Betts zu sehen. Auf dem teueren Bodenbelag lag eine durchsichtige Plastikfolie, und an der Rückwand lagerten in einem Regal Medikamente, Handtücher, Mullbinden, Kompressen und Pappschalen. Vor dem Regal waren ein paar dicke Bücher aufgestapelt. Daneben entdeckte sie einen unansehnlichen, anscheinend selbst genähten Teddy sowie zwei Porzellanpuppen.

»Warten Sie kurz«, sagte Egon Borg gedämpft. Die Türen knirschten, als er sie aufschob und dahinter verschwand. Kafa hörte, wie ein Stuhl über den Boden quietschte.

Irgendwann dauerte es ihr zu lange, und langsam folgte sie ihm nach. In dem Bett lag eine Frau.

Von einem Stativ baumelte ein Beutel mit durchsichtiger Flüssigkeit. Mit routinierten Bewegungen drehte Borg das Ventil auf. Ein Venenkatheter steckte in der Ellbogenbeuge der Frau. Dann setzte er sich neben sie und streichelte ihr sanft über den Arm. Ihre Haut war bläulich weiß, beinahe wie aufgeschäumte Milch. Die Bettdecke reichte ihr bis zur Taille. Ihr Schlafanzugoberteil sah aus wie das eines Kindes – weiß, mit aufgedruckten bunten Löwen, Affen und Giraffen, die auf einem Seil um die Ärmel und quer über die Brust balancierten. Sie schien Kafa nicht zu bemerken. Dann trottete Romulus herein und legte den Kopf auf das Bett, und erst da hob sie die schmale, geschwollene Hand. Legte sie auf den Kopf des Schäferhunds. Stieß ein Geräusch hervor, ein fernes, archaisches Summen.

Borg beugte sich nach vorn. »Wir haben Besuch«, sagte er leise.

Die dunkelblonden Haare der Frau waren sorgsam nach hinten gekämmt und zu einem dicken Zopf geflochten worden. Trotzdem blieben Kafa die haarlosen Stellen auf der Kopfhaut nicht verborgen. Die Haut um die eingesunkenen Augen herum wirkte wahnsinnig dünn, fast brüchig. Die Frau hob leicht den Kopf vom Kissen und sah Kafa an. Sie schien zu lächeln. Die spröden Lippen öffneten sich, und Borg schob einen angefeuchteten Schwamm dazwischen. Sie saugte daran, bis sich kaum noch Wasser darin befinden konnte. Wieder und wieder tauchte er den Schwamm in einen Plastikbecher auf dem Nachttisch. Als das Schmatzen nachließ, wischte er ihr mit dem Schwamm über das Zahnfleisch und die Innenseiten der Lippen.

Wie alt mochte Suzanne Borg sein? Mitte vierzig? Sie wirkte jünger. Mehr als ihr halbes Leben lang hatte sie hier drinnen verbracht. Ohne Sonne, ohne Regen, ohne jede Sorge. Die hatten andere für sie ertragen müssen.

Kafa sah in Egon Borgs blasses Gesicht und hatte plötzlich das Gefühl, dass hier drinnen kein halbes Leben gelebt worden war. Sondern ein ganzes. Halb das ihre, halb das seine.

Langsam wurden die Atemzüge tiefer, ruhiger, und Borg legte Suzannes Hand auf die Matratze zurück. Zog die Decke weg. Um die Taille trug sie einen breiten weißen Gürtel mit Stahlringen in Hüfthöhe. Er nahm ein Lederband vom Nachttisch und spannte es straff um ihr Handgelenk. Dann wiederholte er das Prozedere auf der anderen Seite, bevor er die Bänder an den Ringen befestigte. Anschließend deckte er seine Frau bis zu den Schultern zu und stand vorsichtig auf, um sie nicht wieder aufzuwecken.

»Manchmal hat sie Krämpfe«, flüsterte er und zog die

Doppeltür hinter sich zu. Dann drehte er sich zu Kafa um. »Die sind dann so heftig, dass sie sich selbst verletzt.«

An der Wand stand eine Chaiselongue, davor ein Wohnzimmertisch mit Löwenfüßen. Am Tischende waren zwei stoffbezogene, handgeschreinerte Stühle platziert. Er bedeutete Kafa, sich zu setzen, und nahm selbst ebenfalls Platz.

»Wissen Sie, was ich beschlossen habe zu glauben?« Er zog ein Nasenspray aus seiner Hosentasche und drehte an dem Verschluss. »Dass sie von unserer kleinen Prinzessin träumt. Von einem blühenden Leben, das in Wahrheit damals noch im Mutterleib gestorben ist.« Mit dem Fingernagel kratzte er über einen unsichtbaren Fleck auf seinem Hemdsärmel. »Ich weiß natürlich, dass es nicht so ist. Sie kleben ihr Elektroden an den Kopf, und dann sehen sie sich auf dem Bildschirm an, was vor sich geht. Sie sehen mich an und schütteln den Kopf. Denn dort drinnen geht fast nichts mehr vor sich. Sie ist annähernd hirntot. Trotzdem ist es ein Leben. Auch das ist Leben. Oder etwa nicht?«

Kafa wusste nicht, was sie darauf erwidern sollte. Was konnte sie zu einem Mann sagen, der seine Frau pflegte, die vor sich hinvegetierte wie eine Pflanze? Wäre sie es, die dort lag, dann würde Kafa sich nichts sehnlicher wünschen, als dass ihr irgendwer die Schläuche aus dem Arm zöge. Man musste die Toten sterben lassen, damit neues Leben Platz hatte.

Sie erzählte ihm von den Morden an Andreas und Agnes Ose und davon, was Ose ihnen anvertraut hatte. Die Übung, die keine Übung gewesen war. Die Aktion in Russland. Das Pockenvirus. Egon Borg hörte ihr aufmerksam zu. Erst als sie fertig war, räusperte er sich nachdenklich.

»Was Agnes erzählt hat, stimmt also?«, hakte Kafa nach.

Egon Borg starrte auf seine Hände hinab. »Das muss ich Ihnen doch nicht erst versichern.«

»Dieser Mann, den Sie rausholen sollten – Mink. Wer war er?«

»Glauben Sie wirklich, er hätte sich uns vorgestellt?«

»Wer hat Sie geschickt? Wie lautete der genaue Auftrag?«

Er rieb sich die Hände und sah zu ihr auf. »Sie wissen, dass ich Ihnen darauf keine Antwort geben darf.«

»Zu wievielt waren Sie?«

Er lehnte sich nach vorn. »Darf ich Sie etwas fragen? Sie befürchten eine Art Anschlag, oder?«

Kafa überlegte kurz. Dann sagte sie nachdenklich: »Sie wissen, dass ich Ihnen darauf keine Antwort geben darf.«

89

Sie hatte einen ureigenen Duft, und der schlug Fredrik entgegen, sowie die Tür zu ihrer Wohnung hinter ihm ins Schloss fiel. Frisch gemähtes Gras. Leicht säuerlich.

Es war warm und stickig. Die Wände waren hell. Es war mucksmäuschenstill – so still, dass er zusammenzuckte, als die Glocken der Sagene-Kirche anfingen, zum sonntäglichen Gottesdienst zu läuten.

Fredrik war bis jetzt nur ein einziges Mal in Kafas Wohnung gewesen. Er hatte sie einmal besucht, nachdem sie bei den Ermittlungen zum Solro-Fall fast erschossen worden wäre. Die Jutetapete war immer noch dieselbe, das spärlich möblierte Wohnzimmer, die nüchterne Küche… Dies hier war kein Ort, an dem seine Kollegin sehr viel Zeit verbrachte.

Er ließ die Tasche neben das Sofa fallen und stellte die Plastiktüte vom Gemüsehändler auf den Küchentisch.

Im Fenster klemmte ein Foto zwischen Sprosse und

Glas. Kafa, ein junger Mann sowie ein älteres pakistanisches Paar. Die Eltern und der Bruder, mutmaßte er, auch wenn er über die Familie rein gar nichts wusste. Die Eltern lächelten, wirkten beschwingt, der Junge jedoch blickte ernst drein. Nein, nicht ernst… wütend. Fredrik musste an seine eigene Familie denken. Gott, was machte er eigentlich hier? Sofia hatte aus dem Studentenwohnheim in Bergen angerufen, als er gerade aus dem Hotel ausgecheckt hatte. Er hatte nicht die Kraft aufgebracht, mit ihr zu sprechen. Direkt danach hatte Alice angerufen. Da war er rangegangen. Sie war bei Bettina und Jacob in seiner Wohnung gewesen. Er hatte ihr angehört, wie sie sich angestrengt und sich zusammengerissen hatte, um ihm keine Vorhaltungen zu machen. Stattdessen hatte sie ihn nur kurz davon in Kenntnis gesetzt, dass sie Jacob zu sich nach Hause holen werde.

Nach Hause.

Ihm war dazu nichts eingefallen, nichts, was er hätte sagen können, also hatte er geschwiegen. Nur angemerkt, dass er für ein paar Tage bei Kafa auf dem Sofa schlafen werde. Dass er Zeit für sich brauche. Wie demütigend musste das für Bettina sein? Dass er bei Kafa wohnen wollte und nicht bei ihr, in seinem eigenen Zuhause?

»Fredrik«, hatte Alice gesagt. »Es war nicht deine Schuld, hörst du? Es war nicht deine Schuld, dass Frikk gestorben ist. Und es ist nicht deine Schuld, dass Andreas gestorben ist. Lass zu, dass wir dir helfen.«

Er war in sich zusammengesunken und hatte hemmungslos geweint. Seine Knie hatten einfach nachgegeben, und der Wachmann und die Rezeptionistin hatten ihm wieder auf die Beine helfen müssen. Sie hatten ihn zu einem Stuhl am Ausgang gehievt, sein Handy aufgehoben, es ihm in die Tasche gesteckt und dann ein Taxi gerufen. Er hatte sich geweigert, in das Taxi einzusteigen, und lieber den Bus genommen. Und jetzt stand er hier in Kafas Küche und hatte keinen blassen Schimmer, wie er hierhergekommen war. Er hatte vergessen, was er eingekauft hatte, und wollte nicht darüber nachdenken, warum er ausgerechnet hier war.

Ein paar knochenharte Pflaumen. Pesto. Ein Fladenbrot, wie sich herausstellte.

Als Kafa ihn gefunden hatte, an der Festung Akershus, hatte er immer noch die halb leere Schachtel mit den Platzpatronen in der Tasche gehabt. Nachdem sie gegangen war, hatte er sich vorgebeugt, die Plastiktüte aufgehoben und das Putzmittel herausgenommen. Mühsam hatte er die Schachtel und die Patronen gereinigt, bevor er alles in einen von Krøsus' Kotbeuteln geschoben und ein kleines Loch hineingerissen hatte, um sicherzugehen, dass das Päckchen nicht wieder nach oben trieb. An einer abgeschirmten Stelle am Akershusstranda hatte er den Beutel ins Meer geworfen. Anschließend hatte er sich eilig davongemacht.

Das Eingeständnis dessen, was er soeben getan hatte, hatte ihn schließlich zu der Felswand getrieben, die vor der Festung steil abfiel. Dort hatte er sich übergeben. Sein kompletter Mageninhalt hatte sich über den Schnee verteilt.

Er hatte es sich zuvor genau überlegt – und dann Beweismaterial vernichtet. Trotzdem wusste er nicht einmal mehr, wie er zu der Entscheidung gelangt war. Er hatte schlicht seinen Instinkten nachgegeben. Wann immer er zu diesem Schluss kam, kehrte die Übelkeit von Neuem zurück. Denn welcher Mann tat so etwas? Er wusste nur mehr, dass die Schachtel mit den Platzpatronen nie, niemals mit ihm in Verbindung gebracht werden durfte.

Er hatte Andreas nicht getötet.

Aber er hatte dem Mörder ermöglicht, Andreas zu erschießen. War er somit nicht mitschuldig an Andreas' Tod?

Fahrlässig mitschuldig. Gab es eine solche Bezeichnung überhaupt?

Er hatte keine Ahnung, ob ihn jemand gesehen hatte, als er dort in Andreas' Auto gesessen und sich an dessen Dienstwaffe zu schaffen gemacht hatte. Andreas war mit einem Zivilfahrzeug der Polizei unterwegs gewesen. Mit einem VW. Was war mit der Innenbeleuchtung? Blieb die nicht immer noch für eine Weile an, wenn man die Tür zugezogen hatte? War das womöglich auch der Grund, warum er keinerlei Erinnerung mehr an die Umgebung hatte? Irgendein Spaziergänger, ein Hundebesitzer, ein Pärchen auf dem Weg zu einer Feier – Gott weiß wer mochte an dem Wagen vorbeigekommen sein.

Inzwischen nahm er an, dass Andreas ihm nur deshalb gedroht hatte, um selbst nicht beschuldigt zu werden, irgendetwas mit Peder Rasmussens Tod zu tun zu haben. Und jetzt war Fredrik in der gleichen Lage. Was sollte er tun, wenn jemand einen diesbezüglichen Verdacht äußerte?

Ein Gedanke quälte ihn besonders. Koss' Befürchtung, dass der Täter einen Helfer bei der Polizei haben könnte. Jemand, der womöglich auch Andreas' Waffe sabotiert hatte… Wann würden sie einsehen, dass nur an Andreas' Waffe herumhantiert worden war, nicht aber an der von Fredrik?

Er ließ sich schwer aufs Sofa fallen.

Wie war Bettina denn hier reingekommen? Woher hatte sie gewusst, dass er hier war? Natürlich – bestimmt hatte Alice es ihr gesagt. Anscheinend hatte er vergessen abzuschließen. Womöglich hatte er ihr auch selbst die Tür aufgemacht.

Er sah zur Küche. Hier im Wohnzimmer waren die Gardinen zugezogen, und er hatte keine Ahnung, ob es draußen Tag oder Nacht war. Es war dunkel. Das Licht der Straßenlaternen färbte die Wand gelb. Bettinas Stimme indes färbte die Wand grün. Giftgrün. Ihre Haarfarbe changierte im flackernden Licht des Fernsehers. Sie musste den Ton leiser gestellt haben. Er selbst hatte es sicher nicht getan. Er sah den Ministerpräsidenten, Simon Riebe, neben dem russischen Außenminister stehen, der gerade Oslo besuchte. Fredrik hätte nur zu gern gehört, was sie zu sagen hatten, und unwillkürlich musste er wieder daran denken, was Militärattaché Larinow zu ihm gesagt hatte. Er sah kurz zu Bettina, dann auf den Tablettenblister, den er in der Hand hielt. Schüttelte die Verpackung. Dann ließ er sich an der Wand hinabgleiten, bis er mit gebeugtem Rücken und angezogenen Beinen dasaß und ihre Worte einfach an ihm abprallten.

Am Ende sagte sie nichts mehr. Sie schluchzte nicht. Sie saß einfach nur da, und das fühlte sich umso schlimmer an. Es war der Augenblick, in dem man einsah, dass der andere einen Entschluss gefasst hatte. Dass man nicht mehr länger *der eine* war, sondern nur mehr *irgendeiner*.

Irgendwann waren die Nachrichten vorbei.

»Fredrik«, flüsterte sie. »Du musst irgendwas sagen.«

»Bettina … Du hast keine Ahnung, wer ich bin. Du hast keine Ahnung, was ich bin.«

»Doch«, entgegnete sie. »Du bist der erbärmlichste Mensch, dem ich jemals begegnet bin.«

Dann legte sie das Etui mit seiner neuen Brille auf den Tisch, goss ihm ein Glas Wasser ein, brachte das Sofa in Ordnung und zog leise die Tür hinter sich zu.

90

März 1992, Halbinsel Kola, Russland

Leutnant Falsen wirkte gefasst, aber genau war sein Gesichtsausdruck hinter der Maske nicht zu deuten. Zusammen mit Mink würde er sich zurückziehen. Es waren nur fünfzig Kilometer bis zur Grenze, und für Gudbrand Falsen tickte die Uhr. Der Rest des Trupps – Egon, Bakke, Häyhä und Axel – würden eine Probe des Virus sichern und mit nach Hause bringen.

Axel sah, wie Bakke zurückwich, als sie sich voneinander verabschiedeten.

Und erstmals in dieser Nacht erwiderte der Leutnant Axels Blick. »Wir sind hierhergeschickt worden, um Leben zu retten. Viele Leben«, erklärte er. Dann legte er seine unversehrte Hand auf seine. »Wir sehen uns zu Hause.«

Auf der Bühne im Keller hatte Egon eine Decke ausgebreitet. Die legte er dem Mädchen um die Schultern. Die Kleine war vielleicht sechs, sieben Jahre alt. Er setzte sich auf den Bühnenrand und zog sie auf seinen Schoß, legte ihren Kopf an seine Brust und streichelte ihr mit seinen behandschuhten Fingern über die Wange. Sie summte noch immer. Vorsichtig hatten sie die Kette aus dem Griff des Mannes auf dem Bett gelöst, und diese Kette hielt sie fest in beiden Händen.

Unter dem Bett hatten sie auch einen kleinen Stoffbeutel gefunden – mit einem verschlissenen, einäugigen Teddy und einem Foto, einem Schulfoto. Darauf saß das Mädchen ernst, fast feierlich hinter seinem Pult und starrte in die Kameralinse. Das Haar war zu einem straffen Seitenscheitel frisiert worden. Auf dem Fotopapier war das Wasserzeichen des Herstellers zu sehen. Калипсо.

Er war zusammengeschreckt, als er Häyhä hinter sich bemerkte, der ihm über die Schulter geglotzt hatte.

»Kalypso«, hatte er laut vorgelesen und dann die Hand nach dem Mädchen ausgestreckt. »Ich taufe dich auf den Namen Kalypso.«

Axel hatte ihn fassungslos angestarrt. Was zum Teufel glaubte er denn, wer er war? Ein Pfarrer? Der die gleiche Tonlage anschlug, ob er nun ein kleines Mädchen taufte oder den Befehl entgegennahm, eine hilflose Frau zu töten? Wer war dieser Mann? Dieses Untier?

Häyhä ließ sich neben Egon auf der Bühne nieder. Streckte die Arme aus. Wollte er das Mädchen halten? Doch Egon schnaubte nur verächtlich. Stand auf und trug das Kind hinüber ans Klavier, setzte sich auf den Schemel, klappte den Deckel auf und fing an, ihr Summen mit einer zarten Melodie zu begleiten.

Häyhä sah zu Axel hinüber. »Debussy«, flüsterte er. *»Clair de Lune.«*

»Idiot«, entgegnete Axel bloß und wandte sich ab.

91

Tropf.

Tropf.

Tropf.

Siebenundachtzig Sekunden, hatte Kain gesagt. Er hatte vermutlich geglaubt, sie würde nicht zuhören, aber das hatte sie getan. Ein Tropfen knapp alle anderthalb Minuten. Sie hatte sich ausgerechnet, dass eine Differenz von drei Sekunden nicht mal zwei Tropfen extra pro Stunde ausgemacht hätte.

Pro Tag knapp tausend Tropfen.

Wenn sie sich schlafen legte, stellte sie den Plastikbecher unter den Eisenhaken. Sie hatte nachgemessen, wie schnell er sich füllte. Erst sechs Stunden, dann zwölf Stunden lang. Inzwischen brauchte sie nicht mehr zu zählen. Inzwischen überprüfte sie lediglich den Becher und ritzte für jede zwölfte Stunde, die vergangen war, einen Strich in die abblätternde Farbe der Betonwand. Dreiundzwanzig Risse mit dem Nagel. Siebzehn Striche, seit Kain versprochen hatte, sie zu retten.

Lin hatte es allmählich eingesehen. Kain würde nicht zurückkommen. Hatte er sie angelogen? Sie angelogen und ganz einfach sitzen lassen, genau wie es ihr Onkel getan hatte, nachdem er sie in dieses Land gebracht hatte? Kain hatte bestimmt gedacht, sie würde es nicht verstehen. Und würde immer noch in dem Glauben leben, der Onkel hätte sie hierhergebracht, weil sie in einem Restaurant arbeiten sollte. Aber natürlich hatte sie es gewusst. Schon als sie sich auf dem Don Mueang International Airport weinend von ihrer Mutter verabschiedet hatte, hatte sie es gewusst. Denn warum sollten sie ein vierzehnjähriges Mädchen um den halben Globus fliegen, nur damit sie für Norweger Essen kochte und putzte? In diesem Land gab es doch wohl genug Mädchen?

Nein, sie hatte bereits früh verstanden, dass sie ein anderes Schicksal erwartete.

In gewisser Weise war sie froh darüber. Denn Lin war stark. Lin war clever. Cleverer, als irgendjemand ahnte. Die Männer – sie sahen in ihr nur ein junges thailändisches Mädchen, ein Stück Fleisch, für das sie bezahlten. Das hieß nicht, dass sie böse waren. Einige waren es. Die meisten waren es nicht. Sie waren lediglich verlorene Seelen. Ein paar von ihnen nahmen sie nicht einmal mit ins Bett. Sie wollten einfach nur daliegen, auf dem Boden oder auf dem Sofa, nackt oder halb nackt, und von einem Mädchen in Schuluniform in den Armen gehalten werden. In diesen Momenten war Lin froh, sie selbst zu sein. Nicht zu sein wie sie, wie diese Männer.

Und die, die nicht bezahlten? Im Frauenhaus hatten sie von Rechten, von Verhütung und Hygiene gesprochen. Die Polizeistreife, die sie aufgelesen und dort hingefahren hatte, ihre Nachbarin... Die sahen in Lin auch nicht mehr als jene Männer. Die sahen auch nur eine Seite – allerdings die falsche. Denn Lin war kein Opfer.

Sie war froh darüber, dass sie es war, die hierher hatte kommen müssen, und nicht eine ihrer Schwestern. Oder eine der Cousinen. Denn Lin hielt so was aus. Sie konnte es verkraften. »Das Leben beschert uns nur das, was wir ertragen können«, hatte Kain einmal gesagt.

Kain. Er hatte ihretwegen mit den Drogen aufgehört. Er hatte sie nach Hause, heim nach Thailand bringen wollen. Das hatte er gesagt. Er hatte ihr den Schmuck geschenkt. Hatte sie ihn geliebt? Eine Zeit lang hatte sie das tatsächlich geglaubt. Aber konnte ein Sklave seinen Halter lieben? Ein Hund konnte das. Ein Schwein oder ein Ochse auch. Aber Lin war kein Tier.

Lange hatte sie wie ein Tier gelebt. Ihrem Ende jedoch wollte sie wie ein Mensch begegnen.

Am ersten Tag hatte sie noch geschrien, sie hatte an der Kette gezerrt und gerissen, die zu dem Haken an der Decke führte. Doch niemand hatte sie gehört. Der Haken hatte kein Stück nachgegeben. Und niemanden hatte es gekümmert. Niemand anderen als Kain. Und Kain war weg.

Sie aß nicht. Sie trank, weil der Durst einfach zu schmerzhaft war. Aber zu essen war sie nicht imstande. Stuhlgang hatte sie nur mehr tageweise. Dennoch war sie gründlich, hievte sich auf die Toilette und wusch sich anschließend. Sie war schließlich kein Tier. Und er würde sie auch nicht zu Tode hungern lassen. So war er nicht, er war eher der Mann, der selbst nachts anhielt und ein Tier totschlug, wenn er es auf der Straße angefahren hatte.

In der Stahltür, die hinausführte, saß ein rundes, beschlagenes Fenster. Es ähnelte dem Bullauge eines Schiffs. Durch diese Tür drang kein Geräusch. Wenn er kam, hörte sie es immer erst, wenn es bereits im Schloss rasselte. Mittlerweile jedoch sorgte das starke Licht von draußen dafür, dass sich der Raum verdunkelte, sobald er vor der Tür stand.

Als es das nächste Mal dunkel wurde, zuckte sie zusammen. Ihre Atmung wurde so flach und schnell, dass sich ihr Brustkorb kaum noch bewegte. Als würde die Angst sie ganz klein, ganz unscheinbar machen. Sowie die Tür wieder ins Schloss fiel, stellte er sich wie üblich in eine Ecke des Raums, und wie sonst auch legte er seinen Aktenkoffer auf die rumpelnde Gefriertruhe. Schlösser klickten. Dann nahm er einen eingeschweißten Schutzanzug heraus.

Was als Nächstes geschah, überraschte sie. Er sprach sie an. Das hatte er bislang noch nie getan. Nicht seit Kain dazwischengegangen war, als sie geglaubt hatte, er würde sie totschlagen.

»Wartest du immer noch auf Kain?«

Sie stemmte sich auf die Ellbogen. Die Wunde am Unterarm, dort wo die Handschelle sich in die Haut drückte, brannte.

»Kain ist tot«, fuhr er fort. Dann trat er ans Waschbecken neben dem Kühlschrank und füllte eine Aluminiumschüssel mit Wasser. »Ich hätte wirklich nicht gedacht, dass er zur Polizei gehen würde.« Er lachte kurz und setzte vorsichtig die Schüssel neben seinem Koffer ab. »Aber ich konnte es ihm ansehen. Ich hab Kain schon immer alles ansehen können. Auf einmal hatte er Zweifel.« Er nickte ihr zu. »Und das ist deine Schuld. Du hast ihn verhext.«

Noch während er redete, brach er die Versiegelung über einem sterilen Skalpell auf und schlitzte damit die Plastikfolie über dem Schutzanzug auf. Als die Luft durch den Schnitt austrat, war ein schwaches Pfeifen zu hören. Dann zog er sich aus.

»Kain war immer so vorhersehbar. Ich wusste, dass er nicht die Kraft haben würde – nicht ohne die Drogen. Die Tabletten, von denen er dachte, sie würden ihm die Erlösung bringen, wie er es nannte…«

Er faltete die dunkle Jacke zusammen und legte sie in den Koffer. Anschließend die Hose: an der Bügelfalte entlang gefaltet und ordentlich weggepackt.

»Temgesic, das war's. Temgesic. Ich habe es ausgetauscht. Eine winzige Dosis Temgesic – weißt du, was dem entspricht? Eine verdammt große Dosis Amphetamin. Nach allem, was ich gehört habe, war er komplett drüber, als die Polizei ihn gefunden hat. Vollkommen psychotisch. Ja, so wie wir ihn kannten. Sowohl du als auch ich.«

Er lachte erneut. Kein bösartiges Lachen. Kein triumphierendes. Es war lediglich eine Feststellung gewesen. Er knöpfte sein Hemd auf und zog es aus, anschließend streifte er sich auch das Unterhemd über den Kopf.

»Er hat bekommen, was er verdient hat. Jetzt ist die Schuld beglichen.«

Die ersten Male hatte er ihr noch den Rücken zugedreht, als er die stramm sitzende Unterhose ausgezogen hatte. Sie hatte es für eine Art Anerkennung gehalten – ein Eingeständnis, dass er sie immer noch als Menschen betrachtete. Jetzt stand er nackt in seiner Ecke und wischte sich mit einem kleinen Lappen über den Körper. Unter die Arme, den Nacken entlang, im Schritt. Sie kam nicht umhin, ihn anzustarren. Er war ein attraktiver Mann. Schlank. Groß und muskulös. Aber blass. Während sie auf sein Geschlechtsorgan starrte, streifte er sich Latexhandschuhe über.

Dann bewegte er sich ein paar Schritte auf sie zu. Sie wollte zurückweichen, brachte aber nicht die Kraft dazu auf. Hob lediglich die Hände. Er schlug sie zur Seite und griff nach dem Liebsten, was sie besaß. Dem Einzigen, was sie besaß. Der Kette.

Nimm sie, wollte sie sagen. Nimm sie einfach. Stattdessen zog er sie so fest um ihren Hals, dass sie nicht einmal mehr in der Lage war, auch nur ein einziges Wort herauszubringen. Straffer, enger, an den Rändern ihres Blickfelds blitzte es, sie versuchte, um sich zu schlagen, traf den nackten Körper aber bloß seitlich. Sie riss die Augenlider auf, die Schmerzen im Hals wurden unerträglich, und sie glotzte, glotzte auf sein Glied, das sich wie eine neugeborene, einäugige Ratte vor ihr aufbäumte.

Er ließ nicht locker, ehe das Zittern der Halskette aufgehört hatte. Nicht ehe ihr ein dünnes Blutrinnsal aus dem Mundwinkel sickerte. Da erst schloss er die Handschellen auf und legte ihre schlanken Hände übereinander. Trug ihren halb nackten, ausgemergelten Körper zur Gefriertruhe, als würde er ein schlafendes Kind tragen.

Nachdem er sie hineingelegt hatte, streifte er sich die Handschuhe ab, wusch sich erneut mit dem Lappen und zog den weißen Schutzanzug an.

92

Die Beerdigung war ein Vorgeschmack auf die Hölle.

Vor der Kapelle auf dem Vestre gravlund prasselte der Regen auf den Boden und verwandelte den Schnee in einen eiskalten Brei. Die Windböen waren brutal. Die Nässe war ihnen sofort in die dunkle Kleidung gekrochen, und nach und nach legten sie schweigend die Jacken ab.

Fredrik stand neben Andreas' Eltern am Eingang. Der Vater, Johan, war ein zaghafter Mann mit kühlem, knochigem Händedruck. Im Gegensatz zum Vater war er der Mutter nie begegnet. Sie war größer als ihr Ehemann und färbte sich die Haare schwarz. Sie klammerte sich an eine Schachtel Zigaretten und nestelte nach jeder neuerlichen Beileidsbekundung daran herum.

Sie waren alle gekommen. Ein im Dienst getöteter Polizist beschwor sämtliche Geister herauf. Nicht zu trauern kam einem Dienstvergehen gleich, auch wenn Andreas ein Drecksack gewesen war und der Großteil der Anwesenden ihn nicht gemocht hatte – zumindest diejenigen, die ihn gekannt hatten. Polizeipräsident Neme war zusammen mit einem Staatssekretär aus dem Justizministerium gekommen, der Polizeidirektor, einige weitere Uniformierte. Kollegen aus dem ganzen Polizeibezirk. Nachdem sie Andreas' Eltern die Hand gegeben hatten, traten sie auch auf Fredrik zu. Tätschelten ihm die Schulter. Wollten ihn umarmen.

Als eine Cousine des Verstorbenen während der Trauerfeier *Memory* aus *Cats* anstimmte, schlugen die Türen auf, und der frostige Wind blies bis unter das Deckengewölbe. Fredrik Beier war kein besonders religiöser Mann, aber er dachte sich seinen Teil.

»Das war … D… Das hier war Andreas' Idee.«

»Bitte?« Fredrik hörte selbst, wie schrill, wie gebrochen seine Stimme klang.

»Sich s… sooo … sich so zu treffen. Zum L… L… L…« Johan Figueras versuchte es ein wenig schneller. »Leichenschmaus.«

Andreas' Vater war gut und gern bei seinem fünften oder sechsten Bier angekommen, trotzdem hatte sich das Stottern nicht gelegt.

»Er meinte, wir s… so… sollen es vom E… Erbe abziehen.«

Wie viel hatte er selbst getrunken? So viel wie sein Sitznachbar auf jeden Fall. Sie saßen an einem der hinteren Tische im Lompa. Die Kneipe mit den gediegenen Kronleuchtern, dem dunklen Holz und den Messingbeschlägen lag bloß einen Steinwurf vom Präsidium entfernt. Andreas' Mutter war mit ihnen hergekommen, hatte ein Glas Wein getrunken, aber kaum ein Wort gesagt. Als ihr Ehemann die Jacke ausgezogen und seine Krawatte abgenommen hatte, war sie aufgestanden. Guro Koss, die attraktive Frau des Polizeidirektors, hatte sie nach draußen begleitet. Dem Anlass entsprechend trug sie eine weiße Bluse und einen schwarzen Rock. Koss hatte Fredrik mit einem bösen Blick bedacht, als der dem wohlgeformten Hintern seiner Gattin nachgestarrt hatte, bis sie außer Sichtweite gewesen war.

»Bezahlst du das hier?«, fragte Fredrik und holte mit der Hand weit aus.

Bei der eigentlichen Beisetzung waren nur Andreas' engste Angehörige und Freunde dabei gewesen. Aber jetzt, nach Feierabend, strömten auch wieder die Kollegen herbei. Höflich wechselten sie ein paar Worte mit Figueras, verzogen sich dann aber alsbald wieder. So war es mit der Trauer. Viel sagen mochte keiner. Und er selbst?

Fredrik hätte einiges zu sagen gehabt. Er hätte sich entschuldigen wollen. Sich erklären. Aber er konnte nicht. Also stürzte er stattdessen ein Bier nach dem anderen in sich hinein.

Eine Person setzte sich dann doch zu ihnen. Franke. Der alte, selbstgerechte Sack hatte Andreas nie ausstehen können, und Andreas hatte Franke rundheraus verachtet. Jetzt saß er trotzdem neben Johan, sagte zwar nicht viel, hörte aber zu. Guter Zug, dachte Fredrik.

Er entschuldigte sich bei den beiden, ging auf die Toilette, pinkelte und steuerte anschließend den Tresen an. Zu spät, um noch kehrtmachen zu können, entdeckte er Kafa, die ihn bereits ins Visier genommen hatte.

»Fredrik«, sagte sie, und erst da bemerkte er, wie betrunken er tatsächlich war. Kafa selbst trank Cola. Natürlich konnte es sich auch um Rum-Cola handeln, aber das glaubte er nicht. »Kommst du klar?«

Der vertrauliche Ton besagte, dass es sich nicht um eine Höflichkeitsfloskel handelte. Diese Frage würde er nicht einfach mit einem Ja beantworten können.

»Ja«, sagte er trotzdem und pfiff dem Barkeeper hinterher.

Kafa sah ihn skeptisch an. »Das freut mich.«

Im Augenwinkel sah er, dass Franke aufstand. Johan blieb allein sitzen, und Fredrik nickte ihm zu.

»Ich muss ... wieder zurück. Wir reden später weiter.«

Noch auf dem Weg zum Tisch spürte er Kafas Blick im Nacken.

Sowie Fredrik neben ihm Platz genommen hatte, legte Johan beide Hände um sein Glas. »Fredrik, iii... ich muss heim.«

»Es gibt da eine Sache, die ich dich fragen muss«, brachte Fredrik zögerlich hervor.

Johan sah ihn mit leerem Blick an. Seine Augen waren müde, und er sah einfach nur noch traurig aus.

»Es gibt da einen Mann, den Andreas und ich vor einiger Zeit festgenommen haben. Peder Rasmussen. Hat Andreas je über den Fall mit dir gesprochen?«

Johan gab ein leises, verbittertes Schnauben von sich. »Er ist nie darüber hinweggek… k… kommen«, sagte er. »Der Junge, den ihr da erschossen habt… Ich glaube, das war das Eee… E… Entsetzlichste, was er jemals erlebt hat. Dieser Irre, der sss… s… seinen eigenen Sohn in den T… Tod geschickt hat.« Seine Knöchel waren weiß geworden. »D… D… Der Fall hat ihn schrecklich ge… gequält. Dass sie ihn freigelassen haben. S… So schnell.« Johan nahm einen letzten Schluck. »Das war der blanke Hohn.«

»Johan?« Fredrik sprach jetzt noch leiser. »Wäre es womöglich denkbar, dass… Hatte Andreas vor, diesbezüglich etwas zu unternehmen? Ich meine… dafür zu sorgen, dass Peder Rasmussen nicht auf freien Fuß kam?«

Johan Figueras sackte auf seinem Stuhl zurück. Legte die Hand auf Fredriks Schulter und stützte sich schwer darauf ab. »Du willst wissen, ob Andreas dieses Monster erschlagen hat?« Diesmal stotterte er nicht. »Da wäre ich verflucht stolz auf meinen Sohn.«

93

Nachdem Fredrik sich übergeben hatte, blieb er noch kurz in der Hocke sitzen. Noch hatte die Übelkeit nicht vollends nachgelassen. Seine Brillengläser waren tränennass, sein Rücken klamm. Nur langsam ließen die Bauchkrämpfe nach, und er traute sich, sich gerade aufzurichten. Die schwere

Toilettenpapierrolle krachte innen gegen den Aluminiumbehälter, während er Blatt für Blatt abriss. Er wischte sich über den Bart und schickte dann den Inhalt der Kloschüssel auf die Reise.

Zu spüren, wie sich die Übelkeit legte, war eine Befreiung. Mit der flachen Hand an der Kabinenwand kam er wieder auf die Beine, tastete nach dem Türschloss, sah dann erst, dass die Tür lediglich angelehnt gewesen war. Am Waschbecken wusch er sich das Gesicht und beugte sich vor, um zu trinken. Gurgelte und spuckte. Wischte die Brille sauber.

Gott, wie es hier drinnen stank. Und das war nicht seine Schuld. Es stank nicht nach Kotze. Es stank nach Scheiße.

Bumm! Bumm!

Irgendwer hämmerte gegen die Tür. War er wirklich so benebelt gewesen und hatte die Tür zu den Klos abgesperrt statt bloß seine Kabine? Er taumelte ein Stück rückwärts, überlegte kurz, ob er den Gestank würde erklären müssen, beschloss dann aber, sich nicht die Mühe zu machen. Er war fast bei der Tür, als er die Stimme hörte.

»Können Sie kurz warten, bevor Sie aufschließen? Sind Sie bitte so nett?« Eine Frauenstimme.

»Sie sind auf dem falschen Klo gelandet«, brummte Fredrik. »Die Damen sind am anderen Ende.«

Hier drinnen gab es drei Toilettenkabinen. Die Stimme war aus der hintersten Kabine gekommen.

»Hören Sie, Sie haben sich vertan.« Keine Antwort. Er torkelte auf die Kabine zu und schlug mit der Faust dagegen. »Sind Sie da drin?«

»Schlange«, piepste es. »Die Schlange war zu lang, und ich konnte nicht mehr warten.«

»Okay … Aber ich glaube, Sie müssen sich beeilen. Draußen steht jemand und klopft. Bestimmt kommt gleich jemand vom Personal.«

Er hörte, wie Toilettenpapier abgerissen wurde. Irgendetwas war mit ihrer Stimme – als wäre da was nicht in Ordnung. Und zwar mehr als bloß der Magen.

»Kann ich Ihnen irgendwie helfen?«, nuschelte er.

Das Schloss rasselte, und die Tür ging auf.

Es war Guro Koss, Sebastian Koss' Ehefrau. Sie saß auf dem Klodeckel, mit ihrem schwarzen Rock und schwarzen Nylonstrümpfen bekleidet, die weiße Bluse jedoch hatte sie ausgezogen und presste sie sich vor den Bauch, direkt unter die großen Brüste, die von einem dunklen und doch transparenten BH gehalten wurden. Ihr Augen-Make-up war verschmiert, das blonde Haar hatte sie nachlässig zusammengebunden, sie schniefte und sah ihn mit einem erschöpften Lächeln an.

»So ein Idiot an der Bar hat mich mit dem Ellbogen am Bauch erwischt, und da ... kam es zu einem kleinen Missgeschick.« Sie starrte auf ihre Seidenbluse hinab. Erst da entdeckte er die dunklen Exkrementeflecken. »Ich habe die Tür abgeschlossen, mich notdürftig gewaschen und den Beutel gewechselt, während Sie ... dort drinnen beschäftigt waren«, sagte sie und nickte in Richtung der Kabine, in der Fredrik zuvor über der Schüssel gekauert hatte. »Aber die Bluse ist hinüber. Und so kann ich doch nicht einfach wieder rausspazieren ... so ...«

Sie hob beide Hände. Darunter kam ein hautfarbener Stomabeutel zum Vorschein.

Fredrik sah sie mitleidig an und schniefte in der Hoffnung, es würde freundlich wirken. Sie erwiderte sein Lächeln. Ein Lächeln, wie man es mit einem Fremden teilte, der plötzlich nicht mehr gar so fremd war.

»Verflucht, bin ich froh, dass es hier keine Videoüberwachung gibt«, sagte er und kicherte. »Da wäre keiner von uns beiden sonderlich gut weggekommen.«

Dann wand er sich aus der Anzugjacke und knöpfte sein Hemd auf, reichte es ihr und schlüpfte wieder in die Jacke. Drehte sich zum Spiegel um. Man brauchte nicht mal nüchtern zu sein, um zu erkennen, dass hier irgendetwas aus dem Ruder gelaufen war – aber so musste es reichen.

Er wartete, bis Guro sich das viel zu große Herrenhemd angezogen hatte. Es kleidete sie, besser als ihn sogar.

»Bleiben Sie hier, dann hole ich Ihren Mann.«

»Er ist gegangen – mit dem Polizeipräsidenten. Es ging um den Mord an Ihrem Freund, Andreas.«

Der Name versetzte ihm einen Stich.

»Okay… Soll ich ihn für Sie anrufen?«

An der Tür klopfte es erneut. »Security, machen Sie sofort auf!«

Guro schüttelte den Kopf. »Nein, er würde bloß wütend werden. Er will nicht, dass jemand davon erfährt«, sagte sie und strich sich über den Bauch. »Er schämt sich dafür.«

Draußen standen mehrere Kerle und warteten. Einige von ihnen kannte Fredrik aus dem Polizeipräsidium. Der Mann von der Security war drauf und dran, ihm einen Rüffel zu erteilen. Fredrik schickte ihn zur Hölle.

Draußen goss es in Strömen. Torkelnd liefen sie zu seinem Auto. Er hatte in einer Seitenstraße geparkt.

Sie stiegen ein, und Fredrik steckte den Schlüssel ins Zündschloss. Das Radio ging an. Jazz. Aus dem Handschuhfach angelte Fredrik das T-Shirt aus der Pizzabude hervor. *Wham bam, thank you, Sam. Pizza that's makin' you moan.* Ungeschickt zog er es sich über.

Guro legte ihre Hand auf seine. »Fredrik, Sie können nicht mehr fahren.«

»Nein.« Er lehnte den Kopf an die Nackenstütze. Dass er nicht länger fahrtüchtig war, war ihm nur zu klar.

Eine Weile saßen sie einfach nur da. Starrten den Taxis hinterher, dem Partyvolk, das unter Regenschirmen und mit lautem Gegröle an den Straßenlaternen und der Weihnachtsdekoration vorbeilief. Irgendwann legte sie ihre Hand auf seinen Oberschenkel, und er ließ es zu. Ihre Hand wanderte über sein Bein, zur Innenseite seines Oberschenkels, über seinen Schritt.

»Guro…«

»Da drinnen glauben mittlerweile sowieso alle, dass wir gevögelt hätten. Wir haben uns in dieser Toilette verbarrikadiert… eine Viertelstunde lang.«

Sie nestelte an seinem Gürtel. Nahm die andere Hand zu Hilfe. Er schob die Hüfte nach vorn.

»Sebastian zeige ich einfach die Bluse und erzähle ihm, was passiert ist. Er wird dir dankbar sein – solange du nur die Klappe hältst.«

Schweigend setzte sie sich auf ihn. Sah ihm konzentriert in die Augen.

»Wenn du dich an irgendwas von heute Nacht erinnern sollst«, sagte sie, »dann daran: Sebastian mag dich. Da gibt es andere im Polizeipräsidium, die dir am Zeug flicken wollen.«

Fredrik schloss die Augen.

Er begleitete sie noch zum Taxistand. Nachdem sie sich voneinander verabschiedet hatten, blickte Fredrik zum Lompa hinüber. Dort war immer noch geöffnet. Ein paar Bier würde er noch vertragen. Er legte die Hand über seine Tasche. Die Packung mit den Schmerzmitteln – starke Schmerzmittel, die er aus Kafas Medizinschrank hatte mitgehen lassen. Unter Garantie hatte sie die nach ihrer Schussverletzung verschrieben bekommen. Das Haltbarkeitsdatum war schon seit einigen Monaten abgelaufen.

Es war so einfach gewesen, als er am Morgen nach der Schachtel gegriffen hatte. Bring den Tag irgendwie hinter dich, und dann… mach ernst. Mach dieses Mal ernst.

Inzwischen fühlte er sich anders.

An der Haustür entdeckte er eine einsame, schlanke Gestalt. Trotz des Regenschirms war sie bis auf die Knochen nass. Eilig lief er auf sie zu.

»Komm«, sagte Kafa und legte den Arm um ihn.

94

Fredrik erwachte mit einem halb erstickten Schrei und starrte an die Decke. Der Regen hatte aufgehört, gegen die Alufenster zu donnern. Sein Mund war trocken und sein Kopf bleischwer. Er konnte noch nicht lang geschlafen haben – die wirklich brutalen Nachwirkungen seines Alkoholexzesses hatten noch nicht einmal eingesetzt.

Das Laken war unter seinem Nacken zusammengedrückt, und der derbe Sofastoff scheuerte an seinen Schultern.

Er stand auf. Er trug immer noch die Anzughose. Unter seinen nackten Füßen fühlte sich das Linoleum in Kafas Wohnzimmer kalt an. Er holte sich ein Glas Wasser, kehrte zum Sofa zurück und lauschte. Die Tür zum Schlafzimmer war angelehnt. Dahinter konnte er sie leise atmen hören.

Sie lag auf der Seite, hatte ihm dem Rücken zugewandt, mit der Decke zwischen ihren Beinen. Sie musste noch gelesen haben und dabei eingeschlafen sein. Die Nachttischlampe brannte, und ein Taschenbuch lag neben ihr. *Superpox* von Richard Preston, einem US-amerikanischen Journalisten und Autor, der sich auf biologische Waffen und Bioterror spezialisiert hatte. Nicht gerade eine Gutenachtgeschichte, aber sie hatte ihm das Buch vor einiger Zeit empfohlen.

Fredrik ließ seinen Blick über den schlafenden Körper schweifen. Im Schein der Nachttischlampe wirkte ihre Haut unter den weißen Frauen-Boxershorts noch dunkler. Das T-Shirt war ihr hochgerutscht, und sein Blick folgte der Krümmung ihrer Wirbelsäule vom Steißbein über den unteren Rücken. Er stellte sich vor, wie die Wirbelsäule dort weiterverlief bis hinauf zu den Nackenwirbeln und dort unter ihrem dichten schwarzen Haar verschwand. Und genau dort entdeckte er sie – gelblich blaue Flecken, die in einigen Tagen verblasst sein würden.

Sie murmelte im Schlaf, und er fürchtete schon, sie würde aufwachen. Was würde sie sagen, wenn sie entdeckte, dass er hier stand und sie anstarrte? Trotzdem hielt ihn irgendwas zurück. Ein Gedanke. Denn ganz gleich welche Dämonen Kafa mit sich herumtrug – sie würde sie nicht einfach hinnehmen. So war sie nicht. Kafa war Polizistin, und Polizisten wussten, dass jeder Fall, egal wie einfach er erscheinen mochte, immer in der Frage nach Beweisen endete. Ihr Telefon lag auf dem Nachttisch. Er nahm es an sich und schlich wieder hinaus. Noch an der Tür klickte er die Bildergalerie auf. Er hatte ein schlechtes Gewissen, weil er gerade durch ihre privaten Fotos scrollte – aber er hatte recht gehabt. Da waren sie.

Fotos, die sie vor einem Spiegel aufgenommen hatte. Das Badezimmer kannte er nicht, die Wände waren hellgrün und nicht weiß wie hier in ihrem Bad, aber auf den Bildern hielt sie sich das Handy vor die Brust, und im Widerschein des Blitzlichts war alles grell erleuchtet. Auf sämtlichen Bildern hatte sie denselben BH an, trotzdem variierte das Motiv. Hier blau-rote, dort gelbliche Flecken auf Schultern und Nacken. Rot glühende, geschwollene Haut. Fredrik hatte derlei Bilder schon häufig gesehen. Immer wenn er in Fällen häuslicher Gewalt ermittelt hatte.

Er stellte sich unter die Dusche. Blieb, bis das Wasser kalt wurde. Legte die Handflächen an die Wand der Duschkabine und die Stirn dazwischen. So blieb er stehen, bis die Haut an seinen Oberschenkeln von der Kälte noppig und blass wurde. Allmählich ließ der Kater nach, aber das spielte keine Rolle. Er dachte über Kafa nach. Dann darüber, was in seinem Auto passiert war. Ob Kafa es wusste? Ob sie sie gesehen hatte? Doch am meisten grübelte er darüber nach, was Guro zu ihm gesagt hatte. Die beiden Chefs waren ins Polizeipräsidium zurückgekehrt – wegen irgendeiner Sache, die mit Andreas' Ermordung zu tun hatte. War es um die Platzpatronen gegangen?

Die Analyse würde zeigen, dass sie aus Polizeibeständen von der Schießanlage stammten. Fredrik und Andreas hatten sich dort oben zusammen eingeschrieben. Also würde es nur zwei mögliche Erklärungen geben: Entweder hatte Andreas sein Magazin selbst falsch beladen. Oder jemand anderes hatte es getan. Würden sie auf dem Magazin, das sich in Andreas' Waffe befand, seine Fingerabdrücke finden? An der Pistole?

Er stellte das Wasser ab und zog eine saubere Unterhose an, bevor er zum Sofa zurückschlich. Er schloss die Augen. Fiel in einen ruhelosen Dämmerschlaf. Gedanken, Fantasien und Theorien wechselten sich ab.

Als er Schritte hörte, riss er die Augen auf. Kafa stand neben ihm: nackte Beine, Shorts, T-Shirt. Er hob die Decke, und sie legte sich neben ihn. Sie war warm, rückte ganz nah an ihn heran, legte den Arm um ihn. Streichelte seinen Nacken. Er schmiegte sich an ihre Schulter.

»Die Blutergüsse«, flüsterte er.

»Psst«, machte sie nur.

Er spürte, wie eine Träne an seinem Nacken entlanglief.

»Ich hab in deiner Tasche die Tabletten gefunden, die du aus dem Badezimmerschrank genommen hast«, sagte sie nach einer Weile. »Nimm dir nicht das Leben. Es tut mir so unendlich leid… so leid, dass dein Freund tot ist.«

Jetzt war er es, der weinte.

95

Er hatte noch immer tief und fest geschlafen, als Kafa sich am Morgen auf den Weg gemacht hatte.

Im Präsidium trat ihr ein düster dreinblickender Sebastian Koss entgegen. Er sagte keinen Ton, wies sie lediglich an, ihm in den Besprechungsraum zu folgen. Mit Ausnahme des brummenden Projektors, der auf die Leinwand an der Rückwand gerichtet war, war es dort dunkel. Allerdings saß vorne jemand – eine zierliche Frau in Zivil mit einem breiten, fahlen Gesicht.

»Das ist Petra Johanssen, Analysechefin bei Norsk Biolab in Horten. Sie ist eine unserer führenden Expertinnen auf dem Gebiet der Virologie und kennt sich auch mit biologischen Kampfstoffen aus. In ihrem Labor wurden die Funde aus Solro analysiert. Ihr Team hat damals das Pockenvirus identifiziert.« Koss drehte sich zu der Frau um. »Vor vier Jahren starb ein elfjähriger Junge namens Ismacil Saleban. Sein Name stand auf einem Zettel, den wir in der Tasche eines Toten gefunden haben. Eine Zeugin hat ausgesagt, Sie seien bei Salebans Beerdigung gewesen. Verraten Sie uns, was Sie dort gemacht haben?«

Zuerst glaubte Kafa, die Analysechefin würde sie anstarren. Kurz sah es so aus, als wollte sie etwas sagen, doch dann schien sie es sich anders überlegt zu haben. Kafa hatte den Eindruck, als wäre Johanssen mit den Gedanken woanders. Dann mit einem Mal wurde ihr Gesichtsausdruck hart. Sie hatte sich entschieden.

»Ich war dort, weil der Junge an Pocken gestorben ist«, erklärte die Analysechefin langsam. Dann holte sie tief Luft, als würde sie jetzt, da sie es ausgesprochen hatte, endlich wieder frei atmen. »Ich habe versprochen, nie darüber zu sprechen. Na ja, mehr als nur versprochen.« Sie zögerte einen Moment. »Mir war im Leben nie gedroht worden, aber als ich dieses Versprechen gegeben habe … Damals war von Konsequenzen die Rede. Und zwar in einer Weise, die mich zutiefst beunruhigt hat. Also habe ich mich an mein Versprechen gehalten. Jetzt da das Virus aber erneut Thema ist – in einem Kriminalfall … Ich habe auch einen Eid als Ärztin abgelegt. Es ist meine heilige Pflicht, zum Besten der Menschheit zu handeln.«

Große Worte, dachte Kafa. Vielleicht war das ja auch der Grund, warum sie ihr Angst machten. Diese Frau erweckte nicht den Eindruck, als würde sie sich sonst auf diese Weise ausdrücken.

»Sie meinen, es könnte ein Zusammenhang bestehen zwischen dem Pockenvirus, das auf Solro gefunden wurde, und dem Virus, mit dem wir jetzt konfrontiert sind?«, hakte Koss nach.

Petra Johanssen klang beinahe nachsichtig. »Wie sagt man so schön? Der Blitz schlägt nie zwei Mal an derselben Stelle ein?«

»Wie meinen Sie das?«, ging Kafa dazwischen.

»Siebzig Jahre lang gab es in Norwegen keine einzige Pockeninfektion mehr. Und jetzt taucht diese Krankheit binnen kürzester Zeit gleich zwei Mal auf – was beide Male unerklärbar scheint. Sie sind doch Polizisten. Finden Sie das nicht auffällig?«

Kafa bat sie, ihnen etwas über Ismacil Saleban zu erzählen.

»Der Junge war mit seinem Vater nach Somalia geflogen. Der Vater leitete dort ein Bauprojekt. Sie waren nicht lange dort, und der Junge ist erst nach der Rückkehr nach Norwegen krank geworden.«

»Also hat er sich dort unten angesteckt?«, fragte Kafa.

Petra Johanssen seufzte. »Nach der Beerdigung habe ich Kontakt zu der Familie aufgenommen. Habe recherchiert, wie Ismacils Alltag ausgesehen hatte – hier in Norwegen, bevor er abgereist war, und dann während des Somalia-Aufenthalts. Ich fand keine Erklärung. Er war einfach ein ganz normaler Junge. Ging in die Schule. Spielte mit Freunden.« Sie hielt die Luft an. »Sie *müssen* verstehen ...« Dann wandte sie sich jäh zur Leinwand um. »Darf ich?«

Sie stand auf und griff nach der Fernbedienung.

Die Bilder waren unter einem Mikroskop aufgenommen worden. Vor einem rot-orangefarbenen Hintergrund wanden und kringelten sich winzige Kreaturen auf ein bewegliches Objekt zu. Sie ähnelten Samenzellen, die gleich die Membran der Eizelle durchdringen würden. Der Anfang allen Lebens.

»Bakterien sind Einzeller. Wir Menschen sind Vielzeller. Sowohl Bakterien als auch Menschen vermehren sich durch Zellteilung. Insofern sind wir quasi artverwandt. Ein Virus ... ist etwas völlig anderes. Eine andere Art. Es gibt Kollegen, die der Meinung sind, man könnte Viren nicht einmal als Leben definieren. Ein Virus kann nicht in der Petrischale gezüchtet werden, wie es bei Bakterien möglich ist. Viren sind Parasiten. Sie brauchen einen lebendigen Wirt, um sich zu vermehren.« Sie legte die Fernbedienung weg. »Der ›Schwanz‹ dieser Pockenviren, die ich Ihnen gerade gezeigt habe – das waren Proteine, die das Virus der Wirtszelle entliehen hat. Dieser ›Schwanz‹ verleiht ihm die Kraft, sich von Zelle zu Zelle fortzubewegen. Die infizierten Zellen zersetzen sich.«

Sie waren also nicht Zeugen eines Lebensbeginns geworden. Es war der Anfang vom Ende gewesen.

Koss presste den Rücken gegen die Stuhllehne. »Und was wollen Sie uns damit sagen?«

Sie rieb die mageren Hände aneinander. »1972 unterzeichneten die UdSSR und die USA die sogenannte Biowaffenkonvention. Darin verpflichteten sie sich, keine biologischen Waffen mehr herzustellen oder weiterzuentwickeln. Ungefähr zur selben Zeit errichteten die Sowjets ein brandneues, hoch geheimes Waffenprogramm, das später unter dem Namen *Biopreparat* bekannt wurde. Dabei handelte es sich um das größte Programm zur Entwicklung biologischer Kampfstoffe, das die Welt jemals gesehen hat. Erst nach Ende des Kalten Krieges wurde das Programm eingestellt.«

Kafa neigte den Kopf zur Seite. Erinnerte sich wieder daran, was Fredrik gesagt hatte: »Eine Lüge nach der anderen.«

»Pocken, Milzbrand, Ebola, Q-Fieber. Das Marburg-Virus. Die Pest. Bakterien, Pilze. Es gibt kaum eine Krankheit, die die Sowjets nicht versucht haben zu züchten, zu manipulieren und in Sprengköpfe von Raketen und Granaten einzupflanzen. Tausende Forscher waren daran beteiligt, Zehntausende Arbeiter…« Die Analysechefin hielt kurz inne. »Der letzte Pockenausbruch fand in Somalia statt. In den Siebzigern. Was ich damit aber eigentlich sagen will« – sie drehte sich zu Koss um –, »das Pockenvirus hält keinen Winterschlaf. Man kann es unter Laborbedingungen einfrieren und wieder auftauen, aber in seiner natürlichen Umgebung verschwindet es nicht einfach für vierzig Jahre und taucht dann plötzlich wieder auf. Es braucht einen Wirt, um zu überleben. Beispielsweise einen Menschen.« Ihre Schultern sackten leicht nach unten. »Pocken haben eine Inkubationszeit von acht bis zehn Tagen. Ich habe keine Ahnung, wo Ismacil Saleban sich angesteckt hat. Das mag in Norwegen gewesen sein, in Somalia oder während der Reise. Aber das Virus, mit dem er sich infiziert hat, war speziell. Wir haben Proben genommen, sowie er erkrankt war. Das Virus war anders als alles, was ich bis dato gesehen hatte. Insofern könnten wir es mit einem Virus zu tun gehabt haben, das manipuliert und verbessert worden ist. Damit der Impfstoff, auf den wir zurückgreifen können, nicht wirkt.«

Verbessert? So konnte man es natürlich auch ausdrücken.

Koss hatte die Antwort bekommen, nach der er gefragt hatte. »Aber ist das … Wäre das möglich? Ein Virus derart zu manipulieren?«

Als der Kalte Krieg vorbei gewesen sei, seien Informationen über *Biopreparat* durchgesickert, erklärte Johanssen. Beispielsweise war bekannt geworden, dass die Sowjets Sprengköpfe entwickelt hatten, die bereits auf westliche Großstädte gerichtet waren und nur mehr mit biologischen Kampfmitteln hätten bestückt werden müssen. In ihren Stützpunkten hatten zwanzig Tonnen flüssiger Pockenviren bereitgelegen. Der Westen hatte erzürnt reagiert, und um die Gemüter zu beruhigen, wurde ein Team aus britischen und US-amerikanischen Biowaffeningenieuren in eine sibirische Anstalt namens Vector eingeladen. Das war im Januar 1991. Dort in Gebäude Nummer sechs hatte sich ein Labor befunden. Als die Inspektoren hineingehen wollten, wurde ihnen nahegelegt, sich zurückzuziehen. Die Impfungen, die sie in ihren Heimatländern bekommen hätten, seien nicht ausreichend, erklärte Johanssen.

»Hätte man nicht das Virus des Jungen verwenden können, um einen neuen Impfstoff zu entwickeln?«

»Natürlich«, antwortete Johanssen. »Natürlich hätten wir das tun können. Aber es ist zeitaufwendig. Und sehr teuer. Und wer würde wohl für die Entwicklung eines Impfstoffs bezahlen, der auf ein Virus abzielt, dessen Existenz von den Behörden nicht mal anerkannt wird? Wer würde ihn kaufen?« Die Analysechefin verschränkte die Hände. »Gemessen an der Anzahl der Toten sind die Pocken der schlimmste Fluch, der die Menschheit je getroffen hat. Im Übergang vom neunzehnten zum zwanzigsten Jahrhundert forderte die Krankheit mehr Menschenleben als Hitler und Stalin zusammen. Offiziell existieren heute nur noch zwei Virenstämme: einer in einem Labor in Moskau und einer in Atlanta in den USA.« Sie zögerte einen Augenblick, bevor sie fortfuhr: »Die Amerikaner klassifizieren Pocken mit dem *Biosafety Level 4*. Das ist der gefährlichste existierende Virentyp. Hochansteckend, tödlich, und es besteht Impfstoffknappheit. Für einen Ausbruch wären wir nicht im Geringsten gerüstet. Und sollte sich noch dazu zeigen, dass der Impfstoff, den wir haben, nicht wirkt …«

Sie schüttelte den Kopf.

Kafa war aufgestanden. »Sie haben erwähnt, man könne es einfrieren …«

»Ja. Solange das Virus tiefgefroren ist – bei minus siebzig Grad oder kälter –, kann man es über einen langen Zeitraum aufbewahren, nahezu ewig …«

»Du lieber Himmel«, keuchte Kafa und rannte aus dem Zimmer.

96

Egon Borg sah ernst aus, als er aus dem Büro des Polizeipräsidenten kam. Kafa wartete auf einer unbequemen Bank im Flur und entdeckte den kleinen Aufkleber an seiner Jacke, den er an der Sicherheitsschleuse am Haupteingang bekommen hatte.

Sie bot an, ihn nach unten zu begleiten. Im Fahrstuhl zögerte sie.

»Borg… Es gibt da etwas, was ich Ihnen gerne zeigen würde… zu dem ich Ihre Meinung hören möchte.«

Er sah genervt auf die Uhr.

Trotzdem führte sie ihn ins Vernehmungszimmer.

»Hier war ich neulich schon. Ich erkenne die Fettflecken am Spiegel wieder«, sagte er und nickte in Richtung des Spionspiegels.

Kafa hatte ihre Tasche auf den Schoß gezogen. »Tja… Der hätte in der Tat geputzt werden müssen. Möchten Sie etwas zu trinken?«

Er schüttelte ungeduldig den Kopf. »Es wird doch hoffentlich nicht lange dauern?«

Sie legte ihre Uhr auf den Tisch. »Wussten Sie, dass Agnes Ose 1992 einen Einbruch in einer Arztpraxis in Nordnorwegen zur Anzeige brachte?«

Er sah sie irritiert an.

»Das muss unmittelbar nach Ihrer Geheimaktion in Russland gewesen sein. Sie hat dort oben als Ärztin im Praktikum gearbeitet, um in Axels Nähe zu sein…«

»Ja, eine verdammte Dummheit«, unterbrach er sie schroff. »Die Beziehung war bereits zu Ende, als sie dort hingezogen ist. Aber ich bin mir nicht ganz sicher, ob ich verstehe, was das mit mir zu tun haben soll.«

Kafa zuckte mit den Schultern. »Der zuständige Polizist aus Tjeldsund war nicht gerade erfreut, als ich ihn bat, die Unterlagen rauszusuchen«, sagte sie. »Ein Diebstahl, der jetzt fünfundzwanzig Jahre her ist – der nie aufgeklärt wurde, weil es nie Verdächtige gegeben hat. Das Schloss zur Arztpraxis war vollkommen intakt, lediglich eine Fensterscheibe war eingeschlagen worden. Und das Einzige, was gestohlen wurde, war ein kleiner Gefrierschrank. Er wog vermutlich an die sechzig Kilo. Können Sie sich vorstellen, wie der Dieb den transportiert haben soll?«

Egon Borg schniefte laut, zückte sein Nasenspray und schien zu überlegen, ob er es sich erlauben durfte, es anzuwenden. Er ließ es bleiben.

»Nein«, sagte er schließlich verdrossen. »Das kann ich nicht. Was wollten Sie mir zeigen?«

Kafa ließ sich von seinem Tonfall nicht ins Bockshorn jagen. »Agnes mit ihrer … alternativen … Persönlichkeit … Glauben Sie, dass sie den Gefrierschrank selbst gestohlen haben könnte?« Dann schüttelte sie den Kopf. »Andererseits war sie verhältnismäßig klein. Es fällt mir schwer, mir vorzustellen, dass sie dabei keine Hilfe gehabt haben soll.«

Borg hämmerte die Ellbogen auf die Tischplatte. »Was wollen Sie damit andeuten, Kafa Iqbal?«

»Erzählen Sie mir von der Nacht, als Sie den Unfall hatten und Ihre Frau verletzt wurde. Von Ihrer Hochzeitsnacht.«

97

Sein Oberarm duftete schwach nach Gras, nach Bauernhof und unreifen Äpfeln. Er drehte sich auf den Rücken. Er hatte tief und fest geschlafen und wild geträumt, sein Schädel brummte, und als ihm die Zunge in den Rachen rutschte, keuchte er und schnappte nach Luft.

Wie fühlte man sich wohl am Tag nach der Beerdigung seines besten Freundes?

Er war nur froh, noch in der Nacht geduscht zu haben. Er zog sich an, riss ein Stück trockenes Fladenbrot vom Laib und verließ Kafas Wohnung.

Als er im Polizeipräsidium aus dem Fahrstuhl treten wollte, kam ihm Sebastian Koss entgegen. Fredrik biss die Zähne zusammen, als ihre Blicke sich begegneten. Der Polizeidirektor nickte bloß. Er hatte geschwollene Augen. Hatte Guro es ihm erzählt? Was genau hatte sie ihm eigentlich sagen wollen, als er gerade in sie eingedrungen war und sie beteuert hatte, dass Sebastian ihn in Wahrheit schätze? Dass es andere gebe, die ihm am Zeug flicken wollten? Eine sonderbare Aussage – noch dazu in einem solchen Augenblick.

Er konnte in Sebastians Gesichtsausdruck keinerlei Freundlichkeit ausmachen. Ob er wohl ahnte, dass Fredrik mehr über Andreas' Tod wusste, als er erzählt hatte?

Ohne ein weiteres Wort machte er sich auf den Weg den Flur entlang.

Es war Mittagszeit und die Mehrzahl der Kollegen ausgeflogen. Kafa saß bei einer Vernehmung, und darüber war er froh. Er hätte nicht gewusst, was er hätte sagen sollen. Müsste er zugeben, dass er in ihrem Handy herumgeschnüffelt hatte? Er wusste genau, wie er selbst reagieren würde, wenn sich jemand an seinem Telefon zu schaffen gemacht hätte. Er wäre sauer. Stinksauer.

Ein weiß gekleideter Rücken verdeckte den Blick auf den Schreibtisch, den er sich mit Andreas geteilt hatte. Dunkle, zu einem Pferdeschwanz zusammengebundene Haare. Therese Grøfting. Die Leiterin der Spurensicherung saß auf Andreas' Stuhl. Irgendjemand hatte einen Pappkarton auf den Schreibtisch gestellt, aber noch hatte sich niemand getraut, etwas hineinzupacken. Andreas' Sachen lagen immer noch kreuz und quer auf dem Schreibtisch – die Tasse, die er während eines Studienaufenthalts dem *Polizeipräsidenten von Berlin* stibitzt hatte, wies Reste eingetrockneten Kaffees auf, und der Lüfter seines Computers summte. Als wäre er nur schnell zum Mittagessen ausgegangen.

Therese drehte sich zu ihm um. »Hallo. Gut, Sie zu sehen, Fredrik.«

Er nickte nur.

»Ich wollte … bloß ein bisschen hier sitzen. Bevor alles weggeräumt wird. Er war zwar, wie er war, aber … ich werde ihn trotzdem vermissen. Ich gehe dann besser mal …«

»Bleiben Sie nur hier«, murmelte Fredrik. Sein Blick wanderte über den Schreibtisch, obwohl er wusste, dass er dort nicht finden würde, wonach er suchte.

Neben dem Schreibtisch stand Andreas' Archivschrank. Eine altmodische Stahlbox – Andreas hatte darum gekämpft, sie behalten zu dürfen.

»Er hatte einen Schlüssel«, murmelte Fredrik halb in sich hinein, halb in ihre Richtung. »An seinem Schlüsselbund. Was glauben Sie, wo der jetzt ist?«

»Wonach suchen Sie denn?«

»Nach der Akte eines Falls, an dem wir gearbeitet haben.«

Therese zog eine Schreibtischschublade auf und hielt

einen Schraubenzieher in die Luft. »So hätte er es gemacht.«

Ganz richtig. So hätte Andreas es gemacht.

Er fand die Akte sofort. Trotz des Durcheinanders auf dem Schreibtisch war Andreas ein Ordnungsmensch gewesen und hatte sie unter R für Rasmussen einsortiert. Sie war dick, schwer, und Fredrik nahm sie kurz entschlossen mit in einen der ungemütlichen Besprechungsräume. Dort schob er die Tür ins Schloss, zog die Jalousien zum davorliegenden Korridor zu und verteilte den Inhalt der Akte auf dem Tisch.

Es waren Unmengen von Artikeln aus diversen Zeitungen. Aus der Zeit vor ebenso wie während des Prozesses. Handgeschriebene Listen mit Zeugen, die Namen sämtlicher beteiligten Kollegen der Spezialeinheit, Kopien der Ermittlungsunterlagen, Fotos. Peder Rasmussens Frau in der Badewanne. Der Sohn, der im Flur auf dem Rücken lag und auf dessen Brust ein dunkelroter Fleck prangte. Dann stutzte er. Inmitten all der Sachen lag auch ein Foto von Fredrik selbst. Eins von seinen Kindern. Ausdrucke ihrer Facebook-Profilbilder.

Das hier waren doch Unterlagen vom Galgeberg? Dokumente, die Andreas in Peder Rasmussens Unterschlupf hatte mitgehen lassen?

In einer Versandtasche steckte der alte Polizeibericht. Er unterschied sich in der Farbe von den übrigen Unterlagen, war bräunlicher und trug den Stempel *Geheim*. Fredrik drehte die Versandtasche um, und weitere Zeitungsausschnitte und ein Handy fielen heraus. Das musste Rasmussens Handy sein. Hatte es tatsächlich seit dem Abend hier gelegen, als der Mann verschwunden war?

Fredrik setzte sich schwerfällig hin. Nahm sich zuallererst den alten Polizeibericht vor.

Sieben Minuten später legte er seine Brille auf den Tisch und wischte sich die Tränen weg. Endlich wusste er, warum Andreas den Fall nie vergessen hatte.

98

März 1992, Halbinsel Kola, Russland

Sie trugen Kalypso zurück in die Wohnung, zu der sie sich als Erstes Zutritt verschafft hatten. Während sich die anderen darauf vorbereiteten, in die Gebirgsanlage einzudringen, wusch Egon ihren mageren Körper und zog sie an. Gab dem Mädchen Wasser und Rosinen – nur ein paar, um den ausgehungerten Körper nicht zu überfordern. Axel konnte sehen, wie die Hände seines Freundes zitterten. Die Kleidungsstücke, die sie angehabt hatte, waren über und über mit Durchfall verunreinigt gewesen. Zwei Mal war sie dem Tod entkommen – das erste Mal der Krankheit. Dann dem Hungertod.

Als sie fertig waren, bat Feldwebel Bakke Häyhä, bei ihr zu bleiben, doch Egon ging dazwischen. »Nicht er – nicht dieser Mörder!«

Axel spürte den Blick des Feldwebels auf sich.

»Dann bleibst du hier bei ihr.«

Kalypso wand sich, rieb sich die Augen, und ihr Summen ging in ein heiseres Röcheln über, sowie Axel sie auf seinen Schoß zog. Dann schrie sie los, sodass er ihr die Hand auf den Mund legen musste, als Egon das Zimmer verließ. Doch der erschöpfte Körper war nicht in der Lage, lange Widerstand zu leisten. Mit einem Winseln schlief sie ein.

Er legte sie vorsichtig aufs Sofa und schaltete das Funkgerät und die PACE-Einheit ein. Fing ein Signal von Fähnrich Morenius in Norwegen auf. Sah auf die Uhr. Vier Stunden bis zum Morgengrauen. Bis dahin würden sie zurück am Talhang sein müssen. Dort würden sie sich versteckt halten, bis die Dunkelheit wieder eingesetzt hätte.

Er trat ans Fenster. Unter dem Sternenhimmel zogen Wolken vorüber. Aus südlicher Richtung, dort wo der Halbmond auf die Seite umgekippt war, rollte ein Wolkenteppich auf sie zu. Ein Sturm braute sich zusammen.

Eine Stunde, ehe es hell wurde, kehrten die anderen zurück. Egon setzte ihn ins Bild. Sie hatten weitere Leichen gefunden, die allem Anschein nach einer Detonation und enormer Hitze ausgesetzt gewesen waren. Sie waren durch ausgebrannte Labors und Lagerhallen gestreift. In einem isolierten Kühlraum hatten sie zwei Proben sichergestellt. Sofern das Virus die Hitze überstanden hatte – was sie nicht wussten.

Axel setzte das verabredete Signal nach Hause ab, und die Soldaten bereiteten sich auf den Aufbruch vor.

Das Mädchen schlief noch immer. Feldwebel Bakke stellte sich in die Tür. Winkte sie zu sich.

»Was ist mit ihr?« Häyhä hatte sich neben das Sofa gestellt.

»Sie bleibt hier«, antwortete Bakke.

»Dann stirbt sie.«

»Wir können keine russische Staatsbürgerin entführen. Sie würde uns zu viel Zeit kosten und die Operation gefährden. Hoffen wir einfach, dass die Russen rechtzeitig zurückkehren.«

Häyhä öffnete den Rucksack, griff nach seinem Proviant und wollte ihn schon neben sie legen, doch der Feldwebel schüttelte den Kopf.

»Nein. Nichts, was verraten könnte, dass wir hier gewesen sind.«

Häyhä seufzte. Stopfte das Paket zurück in seinen Rucksack, hob die Hand ans Herz und fuhr damit anschließend über den schlafenden Körper wie bei einem Ritus. »Deine Entscheidung«, sagte er – in derselben hohlen Tonlage.

»Richtig«, antwortete Feldwebel Bakke.

Einen Augenblick lang hatte Axel geglaubt, Häyhä würde protestieren. Der Knabe hatte etwas Schizophrenes an sich – eine in ihm schlummernde Mitmenschlichkeit, die dann urplötzlich umschlug in Eiseskälte.

»Borg, bist du bereit?«

Axel hatte seine Aufmerksamkeit bislang auf den Schweden und den Feldwebel gerichtet. Jetzt tauchte Egon im Lichtschein von Bakkes Taschenlampe auf. In der Hand hielt er eine Pistole. Er stellte sich neben das Sofa und richtete den Lauf auf Kalypsos Kopf.

»Auf dein Kommando, Bakke.«

»Was zur Hölle soll das?«, fauchte der Feldwebel.

»Auf dein Kommando, Feldwebel Bakke!«, wiederholte Egon.

Das Mädchen bewegte sich leicht.

»Wer zur Hölle glaubst du eigentlich, wer du bist?«, schrie Bakke, marschierte durch das Zimmer und blieb auf eine Armeslänge Abstand vor ihm stehen.

Axel versuchte, Häyhäs Blick zu deuten. Seine Augen? Ausdruckslos.

»Wenn wir das Kind schon töten, Bakke, dann machen wir es wie Soldaten. Sie soll nicht hier liegen bleiben und sich zu Tode quälen.«

Der Feldwebel schüttelte verächtlich den Kopf. Hob die Taschenlampe an und leuchtete Egon damit direkt ins Gesicht. »Wir reden hier nicht über ein verfluchtes Katzenjunges.«

Egon atmete heftig, und seine Schultern hoben und senkten sich in schnellem Takt. Zitternd brachte er den Lauf der Waffe auf ein paar Fingerbreit über Kalypsos Wange.

»Auf Leutnant Falsen hättest du gehört. Falsen hätte das Gleiche gesagt wie ich. Das Kind bleibt hier. Und jetzt Abmarsch«, fuhr Bakke fort. Als Egon sich nicht rührte, holte Bakke tief Luft. »Sie zu retten hilft dir auch nicht weiter, Borg.«

Egon sah ihn überrascht an. Und dann fielen die Worte, die entscheidenden, erniedrigenden Worte.

»Es spielt keine Rolle, ob das Kind stirbt oder nicht. Dein eigenes ungeborenes Kind hast du trotzdem totgefahren. Aber erschieß sie nur, wenn du glaubst, das würde dein Gewissen erleichtern. Keiner hier wird dich melden. Vollidiot.«

Entscheidungen. Gewisse Entscheidungen traf man nicht bewusst. Da handelte der Körper. Ob man es nun als Bauchgefühl oder Intuition bezeichnete – jedenfalls spiegelte die Handlung wider, wer man war. Schlug man zurück, oder flüchtete man?

Egon schlug zurück. Er drückte ab. Er hob einfach die Hand und drückte ab. Die Kugel traf Bakke direkt zwischen den Augen, und seine Gasmaske füllte sich mit Blut.

99

Ein leises Klicken, dann ein Rauschen aus der Vorrichtung unter der Decke. Die Klimaanlage hatte sich eingeschaltet.

»Was zur Hölle meinen Sie damit?«

Egon Borg schlug mit der Faust auf den Tisch und schob seinen Stuhl nach hinten. Gleich würde er aufstehen und gehen.

»Bleiben Sie sitzen.«

Kafa hatte ihren kühlen, neutralen Ton beibehalten, auch wenn ihr die Hitze in die Wangen stieg. Hier im Vernehmungszimmer war sie die Chefin. Kafa bestimmte, wie lange sie saßen und wann sie aufstehen durften.

Borg schnaubte derart, dass sich seine Nasenlöcher weiteten. »Warum wühlen Sie all das jetzt wieder auf, verdammt?« Er sackte auf seinem Stuhl zurück. Klopfte mit dem Nasenspray hektisch auf die Tischplatte. »Wir sind von der Straße abgekommen. Das Auto hat sich überschlagen und ist in einen Baum gekracht. Der Stumpf hat sich durchs Fenster gebohrt und Suzanne getroffen.«

»War sie bei Bewusstsein?«

»Ja. Sie hat stark geblutet, aber sie war wach. Adrenalin, haben die Ärzte gesagt. Bis der Rettungswagen kam, war sie allerdings nicht mehr ansprechbar.« Er sprach abgehackt, als würde jedes Wort sein letztes sein.

»Als wir uns erstmals unterhalten haben«, sagte Kafa, »erwähnten Sie, dass sie schwere Verletzungen erlitten hatte – an Kopf und Oberkörper. Was für Verletzungen waren das?«

»Was meinen Sie?«

»Was war verletzt? Der Schädel, die Nase, Mund, Kinn, Brustbein, Rippen, Schlüsselbein ...«

Er starrte sie an. Verwundert. Beleidigt. »Worauf wollen Sie hinaus?«

Sie antwortete nicht. Nach einer Weile schüttelte er den Kopf.

»Ich ... Ich erinnere mich kaum noch daran. Alles ... Alles war kaputt ... Sie war ... komplett zerschmettert.«

»Die Zähne? Waren die noch intakt?«

»Was spielt das für eine Rolle?«

»Eine ganz entscheidende«, sagte Kafa und holte tief

Luft, bevor sie fortfuhr: »Ich habe den Unfallbericht angefordert. Aus dem Polizeiarchiv. Aus dem Archiv des Rettungsdiensts. Von der Feuerwehr. Ich kann ihn nirgends finden.«

»Das ist über zwanzig Jahre her«, sagte Borg.

»Ganz richtig. Also habe ich mich ans Krankenhaus gewandt. Habe um Suzannes Patientenakte gebeten. Sie haben sie nicht. Einem handgeschriebenen Zettel zufolge wurde sie Ihnen ausgehändigt, und zwar an dem Tag, an dem Sie Suzanne aus dem Krankenhaus abgeholt haben.«

»Schon möglich, ich erinnere mich nicht mehr daran. Das ist jetzt wie schon gesagt mehr als zwanzig Jahre her.« Er zuckte mit den Schultern.

»Aber wissen Sie, wer immer Ordnung in seinen Unterlagen hält?«, fuhr Kafa fort. »Die Krankenversicherung. Und der Unfall war schließlich ein Fall für die Versicherung. In den dortigen Unterlagen sind Suzannes Verletzungen detailliert beschrieben. Demnach schlug sie sich die Schneidezähne sowie einen Eckzahn aus. Suzannes Verletzungen waren so schwerwiegend, dass die Versicherung für die Berechnungen ihren Hirntod zugrunde legte.« Kafa dämpfte ihre Stimme. »Aber die Frau, der ich bei Ihnen daheim begegnet bin … die ist nicht hirntot. Oder?«

Egon Borg reagierte kein bisschen so, wie sie es erwartet hätte. Er rang nicht nach Worten, er entschuldigte sich nicht, stattdessen zog er nur langsam die Augenbrauen nach oben und grinste schief. So als wäre er beeindruckt.

»Aah«, sagte er nur.

Sie schob die Hand in die Tasche, zog ein Foto heraus und legte es zwischen ihnen auf den Tisch.

Egon Borg sah es kurz an. »Das Foto haben Sie mir schon einmal gezeigt. Ein Schulfoto, nicht wahr?«

Kafa betrachtete ihn schweigend. Das gewellte, grau gesprenkelte Haar, das Gesicht, das akkurat sitzende Hemd, die langen, kräftigen Finger. Die gepflegten Nägel.

»Ja«, antwortete sie ruhig. »Wir haben zwei Fotos dieses Mädchens gefunden. Eines davon in Axel Thranes Haus. Das andere – ein Klassenfoto – haben wir bei Leonid Gusew gefunden.«

»Bei dem Russen, der ermordet wurde?«

Kafa musste sich zusammenreißen, um nicht zu herablassend zu schnauben. »Sie wissen, worauf ich hinauswill«, sagte sie und tippte auf das Foto. »Das ist Anastasia Schanina. Sie ging im Frühjahr 1992 im russischen Saosjorsk in die zweite Klasse einer Schule mit der Nummer 289. Sehen Sie den Teddy, den sie da im Arm hält? Ich finde, er sieht demjenigen bei Ihnen zu Hause verdammt ähnlich. Dem Teddy aus Suzannes Zimmer.«

Kafa schob erneut die Hand in die Tasche. Diesmal jedoch legte sie die Finger fest um die Pistole.

»Wissen Sie, was ich glaube?«

»Hm«, brummte er.

»Ich glaube, dass die Frau, die Sie zu Hause pflegen, gar nicht Ihre Frau ist, sondern dass es sich bei ihr um Anastasia Schanina handelt.«

Egon Borg saß einfach nur da. Strich mit dem Zeigefinger über das Foto. Über das Gesicht des jungen Mädchens. »Anastasia«, flüsterte er nach einer gefühlten Ewigkeit. »Gott, all diese Jahre … Endlich weiß ich, wie du heißt.«

Kafa hatte ihren Stuhl leise nach hinten geschoben.

»Wissen Sie, was sonderbar ist?«, fragte er. »Sie ist nicht stumm. Sie singt, summt vor sich hin – ununterbrochen. Aber sie hat nie ein einziges Wort gesprochen.« Er setzte sich gerade auf. »Woran haben Sie es bemerkt?«

»Sie haben ihr den Mund abgewischt. Und ihre Zähne waren intakt. Bei der anonymen Toten aus dem Grab draußen auf Bygdøy hingegen… fehlen gleich mehrere Zähne. Die Schneidezähne und ein Eckzahn. Zudem haben wir bei ihr Spuren alter Verletzungen gefunden: verheilte Knochenbrüche hauptsächlich. Verletzungen, wie man sie sich bei einem Autounfall zuziehen kann. Aber« – sie zog es bewusst in die Länge –, »diese Verletzungen konnten immerhin auch eine andere Erklärung haben. Es hat eine Weile gedauert, bis ich begriffen habe, wie alles zusammenhängt. Bis ich begriffen habe, dass die Frau, die Sie zu Hause pflegen, gar nicht hirntot ist… sondern betäubt war.«

»Wunderbar«, sagte Borg leise. »Immerhin hatte ich recht mit meiner Annahme, dass es nur noch eine Frage der Zeit wäre.«

Kafa ließ die Tasche auf den Boden gleiten, sodass er ihre Waffe sehen konnte. »Haben Sie sie getötet? Haben Sie Suzanne getötet?«

Er verzog das Gesicht zu einer verzweifelten Grimasse. »Nein. Suzanne ist einfach gestorben. Ihr Körper hatte irgendwann nicht mehr die Kraft.«

»Und dieses Mädchen… die Frau, die Sie stattdessen pflegen, Anastasia Schanina… Sie haben sie aus Russland mitgebracht. Warum?«

»Das ist eine lange Geschichte«, sagte er.

»Wir haben Zeit.«

Egon Borg streckte sich und lächelte. Ein kaltes, berechnendes Lächeln. »Das werden wir ja sehen. Aber noch nicht jetzt. Denn jetzt werden Sie erst einmal mit mir mitkommen.«

100

Fredrik schloss die Augen. Schlug die Hände über Mund und Nase. Der warme Atem verdunstete zwischen seinen Fingern. Er hatte schon einmal so dagesessen.

Im Spätsommer, auf dem Balkon in Frogner. Seine Mutter hatte ihm ein Abendessen hingestellt. Anschließend hatte sie sich hingesetzt, um zu häkeln. Schnelle, monotone Bewegungen. Das Klackern ihres Fingernagels auf der Häkelnadel. Auf dem Tisch hatte der erste von zwei winzig kleinen weißen Babypantoffeln gelegen, die bei der Herbstlotterie ihrer Kirchengemeinde verlost werden und Geld für die Hungerleidenden in Biafra einbringen sollten.

Er fror und wärmte sich die Finger an seinem Atem. Sie sprachen nicht miteinander, saßen einfach nur da, jeder in seine eigenen Gedanken vertieft, und er starrte auf die Fliegen, die hintereinander um die Kerzenflamme auf dem Tisch herumkreisten. Immer näher – bis sie zu nah kamen. Die Flügel zischten in der Flamme. Tod in geschmolzenem Stearin. Die Mutter hatte ihn schon eine Weile beobachtet. Jetzt legte sie ihr Häkelzeug weg und zwirbelte nur mehr einen dicken Wollfaden um ihre Finger. Gemeinsam betrachteten sie diesen elementaren Moment des Lebens.

»Wir sind von Dunkelheit umgeben«, sagte sie schließlich. »Deshalb machen sie den gleichen Fehler, immer wieder, jede Einzelne von ihnen. Bis sie alle weg sind. Sie schaffen es nicht, dem Licht zu widerstehen. Niemand schafft das.«

Fredrik sah zu ihr auf. »Auch wir Menschen nicht?«

»Nein. Wir am allerwenigsten.«

»Der Verstorbene wurde von einer Kugel ins Herz getroffen. Das Projektil (Kaliber .38) wurde aus dem Polizeirevolver PN393810 (Smith & Wesson Special) abgefeuert. Der Tod trat augenblicklich ein.«

Der Bericht war mit *Geheim* vermerkt, und mehr als diesen Abschnitt brauchte Fredrik nicht zu lesen. Acht Jahre zuvor hatte man in der kompletten Behörde gerade die alten Smith & Wessons ausgetauscht – außer in der Spezialeinheit. Dort waren längst neuere Waffen in Gebrauch gewesen. Glock-Pistolen.

Andreas war der Einzige, der damals noch mit einer Smith & Wesson unterwegs gewesen war. Und auf Peder Rasmussens Sohn geschossen hatte.

Wir sind von Dunkelheit umgeben. Das hatte seine Mutter damals gesagt. Andreas war ein guter Schütze gewesen. Insofern hatte der Bericht nur bestätigt, wovon er selbst längst ausgegangen war. Er musste es gewusst haben – von dem Moment an, da der Schuss gefallen war.

Trotzdem hatte er nie irgendetwas gesagt. Hatte er sich verraten gefühlt? War es etwa kein Verrat, dessen sich die drei Kollegen aus der Spezialeinheit schuldig gemacht hatten, als *sie* den Jungen *nicht* erschossen hatten? Unvorstellbar, dass sie alle drei danebengeschossen haben sollten – auf diese geringe Entfernung! Sie hatten sich schlicht und ergreifend nicht dazu durchringen können zu töten. Sie hätten die Kugel lieber selbst abgekriegt, als das Kind zu erschießen.

War es Verrat, ein Kind nicht zu erschießen?

Fredrik putzte sich die Nase. Blätterte weiter. Ein weiteres Dokument erregte seine Aufmerksamkeit. Ein Abzeichen in der oberen rechten Ecke, ein Wappen: zwei Raben. Odins Vögel, Hugin und Munin, die Spione des einäugigen Wikingergotts. Sie standen symbolisch für den militärischen Geheimdienst.

Der Inhalt des Dokuments war knapp gefasst: ein Antrag auf Haftentlassung, sobald Peder Rasmussen die Mindeststrafe verbüßt habe. »Aus Gründen der nationalen Sicherheit« – jede weitere Erklärung fehlte. Jede Erläuterung der Problematik. Der Antrag war von Major Judit Gjedde unterzeichnet worden.

Das war Andreas' Dunkelheit gewesen. Die Gewissheit, dass er ein Kind getötet hatte. Die Gewissheit, dass jener Mann, der der Auslöser dafür gewesen war, freigelassen würde. Nach nicht mal sieben Jahren.

Warum? Die Frage musste ihn schier wahnsinnig gemacht haben. Warum? Wie hatten sie so etwas tun können?

Natürlich hatte auch Andreas die Flamme umkreist. Und natürlich hatte er sich dabei die Flügel verbrannt.

Allmählich verstand Fredrik Andreas' Hasstiraden über den Geheimdienst besser. Den Vorwurf, sie würden nur so tun, als wollten sie ihr Wissen mit der Polizei teilen, dabei arbeiteten sie ausschließlich in eigener Sache. Andreas hatte gewusst, dass Judit Gjedde und der rätselhafte Sven nicht nur um die nationale Sicherheit besorgt gewesen waren. Sie hatten Peder Rasmussen im Visier behalten wollen. Denn wenn er wirklich ein Terrorist gewesen wäre und sie ihn freigelassen hätten …

Unvermittelt stand er auf, zog die Jacke aus und wischte sich den Schweiß von den Händen. Er hatte einen Verdacht. Und saß jetzt selbst mit einer entscheidenden Frage da. Warum? Warum hatte Andreas ihn belogen? Die Ermittlungen sabotiert, ihn bei Koss angeschwärzt? Warum hatte er ein derartiges Misstrauen gesät, dass Fredrik letztlich sogar die Befürchtung gehabt hatte, Andreas könnte seine Waffe gegen ihn richten?

Er nahm das Handy vom Tisch. Darauf befand sich die Aufzeichnung von dem Abend, als Fredrik versucht hatte, sich das Leben zu nehmen. Von dem Abend, als Peder Rasmussen in den Fluss geworfen worden war. Das hier war sein Licht, und er würde es nicht schaffen, ihm zu widerstehen.

Schnelle Schritte. Schwere Stiefel auf Asphalt. Das Geräusch war besser zu deuten als jedes Bild, weil er ohnehin nur schwarz-graues Geriesel sah, das über den kleinen Bildschirm hin- und herwackelte. Die Kamera war auf den Boden gerichtet. Dann hörte er die Stimme.

»He! Arschloch!«

Die Schritte wurden langsamer. Die Kamera schwenkte nach oben. Selbst wenn die Bildschirmansicht winzig war, erkannte Fredrik die Stelle sofort wieder. Der Park am Akerselva in Grünerløkka, wo die kleine Holzbrücke über den Fluss führte.

Die beiden Gestalten hatten die Brücke mittlerweile fast erreicht. Eine war mit einer Anzugjacke bekleidet, die andere Person lief leicht schief, hinkte und stützte sich auf einen Stock. Das waren Andreas und er selbst.

»Arschloch!«

Auf der Brücke hielten sie inne und drehten sich zu dem Mann um, der sie filmte. Fredrik sah verwirrt aus, betrunken und gereizt. Andreas schien wutentbrannt gegen das Holz zu treten.

»Verfickte Kindermörder!«

Es war kein Ruf mehr, nur mehr ein verbittertes Grollen. Fredrik sah sich selbst auf die Kamera zutorkeln. »Wie hast du mich genannt?«

Der Mann mit der Kamera stand eine Weile still, das Bild wackelte kaum mehr. Auf dem Display wurde Fredriks Gesicht größer. Sein Blick flackerte, er presste die Lippen zusammen, sodass sie beinahe weiß waren.

»Frag ihn«, sagte die dunkle Stimme.

Dann hörte er Andreas. »Scheiß auf den, los, gehen wir.«

Jetzt glotzte Fredrik direkt in die Kamera. Selten sah man sein eigenes Gesicht in so einem schlimmen Zustand. Wütend, sturzbetrunken, orientierungslos.

»Was soll das, warum filmst du uns? Wo habe ich dich schon mal gesehen?«, lallte Fredrik.

»Frag ihn«, wiederholte der Mann.

Dann war erneut Andreas' Stimme zu hören: »Fredrik, nicht jetzt. Komm.«

Fredrik sah sich selbst den Zeigefinger heben – nur Zentimeter von der Kameralinse entfernt. Er zitterte. Dann schnaubte er, drehte sich um – »Idiot!« –, taumelte langsam davon, bis er wieder zu Andreas aufgeschlossen hatte, der ihm auf den Rücken klopfte.

»Figueras, du hast etwas, was mir gehört. Meine Papiere. Ich bin noch nicht fertig mit dir. Mit euch beiden. Liebst du deine Kinder, Beier? Jacob und Sofia? Ich habe meinen Jungen geliebt. Wie sollen wir es halten – Auge um Auge?«

Suchen Sie sich einen Ankerpunkt, eine Erinnerung. Das Gehirn vergisst nichts. Das tut nur der Mensch. So hatte es der Psychologe formuliert. Die Drohung gegen seine Kinder, ihre Namen – das war Fredriks Anker.

Er hielt die Aufnahme an. Mehr brauchte er nicht zu sehen. Die Dunkelheit lichtete sich, und mit einem Mal waren die Erinnerungen zurück. Jetzt wusste er wieder, was an jenem Abend geschehen war.

Die Wut hatte ihm geradezu das Herz zerrissen. Genau das war seine Achillesferse – es war die Achillesferse jedes Polizisten, der eigene Kinder hatte. Dieses Terrain durfte nicht betreten werden. Mit einem Ruck, mit Wut und Adrenalin in den Adern, hatte er sich umgedreht. Peder Rasmussen war genau so groß wie er gewesen, allerdings weitaus kräftiger. Seine Muskeln waren selbst unter dem braunen Dufflecoat zu erkennen gewesen. Er hatte das Handy beiseitegeworfen und die Fäuste geballt. Hatte die kleinen Schweinsäuglein in seinem runden, kahlen Schädel zusammengekniffen und die Lippen zu einem hochmütigen Grinsen verzogen.

»Ach, erkennst du mich jetzt wieder?«

Fredrik machte ein paar Schritte auf ihn zu, hob den Ebenholzstock, um zuzuschlagen, doch Peder Rasmussen war darauf vorbereitet. Im selben Moment, da Fredrik ausholte, sprang der massige Kerl nach vorn. Traf ihn mit Kopf und Schulter an der Brust, sodass die Luft regelrecht aus ihm herausgepresst wurde. Fredrik taumelte nach hinten und krachte auf den Gehweg, schlug mit dem Kopf auf dem Asphalt auf und sah weiße, rote, gelbe Punkte hinter seinen Lidern blitzen. Schmeckte Blut. Von Nacken und Hinterkopf strahlten stechende Schmerzen aus.

I'm Popeye the sailor man, I'm Popeye the sailor man.

Er erwartete schon, dass die massige Gestalt sich auf ihn stürzte. Stattdessen vernahm er ein lautes Ächzen, als wären zwei Körper frontal aufeinandergekracht. Andreas fluchte.

Fredrik rollte sich zur Seite. Das warme Blut, das ihm über den Nacken strömte, versetzte ihm einen Schrecken. Mühsam hievte er sich auf die Knie. Der Asphalt war hart und kalt, und vor Anstrengung drohten ihm die Schläfen zu zerbersten, als er den Kopf hob.

Über Peder Rasmussens Nacken lag ein dicker Wulst aus Fett und Muskeln. Er drückte die breiten Schultern durch, und seine Oberarme zitterten vor Anstrengung. Er hatte sich rittlings auf Andreas gewuchtet und versuchte, seinen Würgegriff zu verstärken, doch Andreas wand sich, schlug nach dessen Armen, versetzte dem Angreifer Schläge auf die Nieren, in die Rippen, aber Rasmussen war stark. Zu stark. Andreas würde sich nicht mehr lange wehren können.

Instinktiv kam Fredrik auf die Beine. Griff nach dem Ebenholzstock, der auf dem Asphalt lag. Zögerte keine Sekunde. Schwang ihn einfach – und traf. Mit einem dumpfen Schlag krachte der Knauf neben Rasmussens Ohr.

Der Stock zerbrach. Rasmussen kippte zur Seite, rollte halb herum. Stieß ein paar gurgelnde Laute aus. Als er sich aufrappelte, trafen sich ihre Blicke.

Rasmussen blutete nicht, aber die Beule an seinem Kopf wuchs sekündlich. Er stand auf beiden Beinen, wankte aber leicht vor und zurück. Sein Gesichtsausdruck war schwer zu deuten. War das Verblüffung? Oder etwas Schwärzeres? Resignation?

Benommen taumelte er ein paar Schritte nach hinten. Stürzte rücklings in den Fluss.

Wie aus weiter Ferne hörte Fredrik Andreas stöhnen. Er selbst stand einfach nur da und glotzte dem leblosen Körper nach. Seine Hand wanderte zur Jackentasche. Tastete nach den Tabletten.

Popeye the sailor man.

101

Ein Knacken, und der Kühlschrank fing an zu brummen – kaum hörbar, aber abgesehen davon war es in der Wohnung in der Sorgenfrigatan absolut still.

Von der Tür zu Jacobs Zimmer hatte Fredrik das staubfreie Viereck auf dem Schreibtisch betrachtet, wo zuvor der

Laptop gestanden hatte. Auf dem Fußboden lagen nirgends mehr Sachen verstreut, und auf dem Bett war eine Tagesdecke ausgebreitet worden. Das Bild von der Eismeerkathedrale hing noch immer an der Wand, aber das Passfoto des Mädchens mit den Rastazöpfen, Jacobs Klassenkameradin, war verschwunden.

Er rief Alice an. Erkundigte sich, wie es dem Sohn und wie es ihr selbst ging. Alice erinnerte ihn an das Konzert im Folketeateret. Es seien nur noch zwei Tage bis dahin, und Jacob habe sich gewünscht, dass Fredrik dabei sei. Sofia werde mit dem Flugzeug aus Bergen kommen.

»Fredrik?«

»Ja?«

»Jacob ist enttäuscht und traurig. Du kannst dich nicht einfach einkapseln und zurückziehen. Du musst die Trauer mit den Menschen in deiner Nähe teilen, auch mit Jacob. Er ist alt genug, weißt du?« Dann machte sie eine Pause. »Das kannst du doch besser.«

Bettina hatte keinen dramatischen Abschied hingelegt. In ein chaotisches Zuhause zurückzukehren – mit aufgerissenen Schubladen, zerrissenen Fotos, umhergeschleuderten Sofakissen –, hätte ihm ein besseres Gefühl beschert. Aber so war es nicht gewesen. Dass sie ausgezogen war, war kaum zu sehen. Ja, der Fernseher im Schlafzimmer war weg, und ihre Schrankfächer waren leer. Im Badezimmer hatte er jetzt ein zusätzliches freies Regal. Und zwei ungeöffnete Schachteln mit Schwangerschaftstests lagen in der Nachttischschublade. Bevor sie gegangen war, musste Bettina die Hundehaare mit dem Staubsauger beseitigt haben. Genau so würde sie ihn wohl auch in Erinnerung behalten: als armen Tropf, der stets den Köter vorgeschoben hatte, um einen Streit vom Zaun zu brechen. Und womöglich war es ja genau das, was er war.

Fredrik holte sich Stift und Papier. Eigentlich hatte er vorgehabt, seinem Sohn eine E-Mail zu schreiben, aber was er ihm zu sagen hatte, passte nicht in eine E-Mail. Er würde es von Hand aufschreiben müssen. Zuerst fand er keine Worte. Er saß am Küchentisch und starrte auf die rot-orangefarbenen Fliesen über dem Kühlschrank.

Nachdem er Andreas' Papiere sortiert und in seinen eigenen Schrank eingeschlossen hatte, hatte er eine letzte Nacht bei Kafa verbracht. Er hatte gehofft, dass sie nach Hause käme, denn er hätte mit ihr reden müssen, doch sie war nicht aufgetaucht. Sie war auch nicht da gewesen, als er aufgewacht war. Also hatte er seine Tasche gepackt und war nach Hause geschlurft.

Als Rasmussen entlassen werden sollte, musste Andreas geahnt haben, dass sich etwas zusammenbraute. Der Gefängnispsychologe hatte ihm von Rasmussens regelrecht pathologischem Interesse an seinem eigenen Fall erzählt, und Andreas hatte eins und eins zusammengezählt: Rasmussen würde den Tod seines Sohnes rächen wollen.

Aber was hätte er dagegen unternehmen sollen? Rasmussen war wieder ein freier Mann. Die Einwände des Psychologen waren beiseitegewischt worden. Die Welt war voll von Kriminellen, die geschworen hatten, einem Polizisten ans Leder zu gehen – doch Peder Rasmussen hatte es tatsächlich ernst gemeint. Also hatte Andreas auf eigene Faust losgelegt. Er musste sich an ein und demselben Tag Zutritt zu Rasmussens Haus verschafft haben und dann mit Fredrik essen gegangen sein – deshalb hatte er sich auch noch an das Ted-Bundy-Zitat erinnert. Aber Rasmussen musste ihn gesehen haben. War ihm gefolgt, hatte ihn gefilmt. Hatte *sie beide* gefilmt.

War das der eigentliche Grund gewesen, warum Andreas ihn zum Essen eingeladen hatte – nicht etwa, um sich um den gesundheitlich angeschlagenen Fredrik zu kümmern? Sondern um ihn von der neueren Entwicklung in Kenntnis zu setzen?

Doch nichts von alledem spielte noch eine Rolle. Denn Andreas war tot. Und Andreas war wegen Fredrik tot. Andreas hatte ihn beschützen wollen. Er hatte gewusst, dass Fredrik nicht mit dem Geheimnis würde leben können, einen Menschen umgebracht zu haben. Nicht einmal wenn das Opfer Peder Rasmussen hieß. Andreas hatte schon eine ganze Weile mit diesem Geheimnis leben müssen, und er war bereit gewesen, seine Freundschaft mit Fredrik zu opfern, damit der nicht das Gleiche durchmachte.

»Das kannst du doch besser«, hatte Alice gesagt.

Das Ganze war eine Tragödie. Fredrik hatte Peder Rasmussen getötet, und trotzdem hatte Rasmussen gewonnen. Denn er hatte bei dem Sturz nicht nur Andreas mitgerissen – er hatte auch noch aus dem Grab heraus Fredriks Leben zerstört. Zwei begabte Polizisten auf dem Altar eines toten Mörders.

Fredrik zog die Kappe vom Stift ab und begann zu schreiben.

Als er fertig war, faltete er den Brief und schob ihn in einen Umschlag, den er in die Innentasche seiner Cordjacke steckte.

Dann versuchte er erneut, Kafa zu erreichen, aber sie antwortete nicht. Er sah durchs Fenster. Es war mitten am Vormittag. Trotzdem legte er sich ins Bett.

102

Erst neunzehn Stunden später wachte er wieder auf. Groggy, aber erleichtert. Der Druck war von seiner Brust gewichen, er atmete freier. Er hatte eine Entscheidung getroffen.

Polizeidirektor Koss hatte eine Nachricht auf dem Anrufbeantworter hinterlassen. Die Kollegen von der Spezialeinheit wollten ihn tags darauf vernehmen. Das passte gut.

Im Flur hing noch immer der säuerliche Geruch nach nassem Hund. Während die Kaffeemaschine in der Küche gurgelnd ihre Arbeit verrichtete, zog er sich an und holte die *Dagens Næringsliv* von draußen rein. Blätterte ein wenig darin hin und her, grinste über die Karikatur eines Ministerpräsidenten Riebe, der mit einem zwinkernden Auge und Hundeschnauze gezeichnet worden war und den Knöchel des russischen Außenministers ankläffte. Wie lange war es eigentlich her, dass er einfach nur entspannt dagesessen, Zeitung gelesen und Kaffee getrunken hatte?

Mit der Kaffeetasse in der Hand stellte er sich ans Wohnzimmerfenster. Es war kälter geworden, viel kälter. Gegenüber stapfte ein Mann den vereisten Gehweg entlang. Sein Gesicht war hinter dem hochgeschlagenen Mantelkragen und einem altmodischen Fedora nicht zu sehen. Am Straßenrand hatten sich graubraune Hügel aus Eis, Kies und Hundekacke gebildet. Bevor er die Wohnung verließ, legte Fredrik seine Schuhspikes an.

Keiner der Kollegen hatte Kafa gesehen, nicht seit dem gestrigen Morgen. Ihr Handy klingelte nicht einmal mehr, als er versuchte, sie zu erreichen. Stattdessen landete er direkt auf der Mailbox. Ihr Laptop stand auf ihrem Schreibtisch. Er wusste genau, dass sie ihn mitgenommen hätte, wenn sie längere Zeit hätte wegbleiben wollen. Vergebens tippte er auf der Tastatur herum, bevor er sich auf ihren Stuhl fallen ließ und spürte, wie es in seinem Knie knackte. Auf dem Schreibtisch lagen die Ermittlungsunterlagen, Fotos von den Tatorten, Analyseberichte. Wenn er hier gesessen hätte, was wäre das Letzte, das er beiseitegelegt hätte?

Das Notizbuch. Es lag direkt neben dem Hörer des Bürotelefons. Kafa telefonierte ständig, das ledergebundene Büchlein konnte also noch nicht lange dagelegen haben. Der letzte Eintrag war zwei Tage alt. »13:15. EB bei TAN« – EB? Das musste Egon Borg gewesen sein. Und TAN? Trond Anton Neme. Widerwillig tippte Fredrik die Nummer zu dessen Vorzimmer ein.

»Hallo, Kafa, noch was von dem Drecksack gehört?«

Bettina klang gehässig. Bettina musste Kafas Namen im Display gesehen haben. Er war versucht, die Stimme zu verstellen, aber das wäre albern gewesen. Selbst für seine Verhältnisse.

»Hier ist der Drecksack.«

Stille.

»Es geht um eine berufliche Angelegenheit«, sagte er.

Stille.

»Stimmt es, dass Neme vorgestern um Viertel nach eins einen Termin mit Egon Borg hatte?«

»Ja.«

»Wann war das Gespräch vorbei?«

»Keine Ahnung.«

»Danke.«

Klick.

Seine Hand hatte auf dem Telefonhörer einen feuchten Abdruck hinterlassen. Dass sie ein Kommunikationsproblem hatten, war kaum zu leugnen.

Als er zuletzt im Büro gewesen war, hatte irgendjemand –

er wusste nicht mehr, wer – erzählt, dass Kafa bei einer Vernehmung sei. Er stand auf und machte sich auf den Weg ins Vernehmungszimmer, wo sie zusammen Egon Borg gegenübergesessen hatten. Das rote Lämpchen, das anzeigte, wenn der Raum belegt und ein unangemeldeter Zutritt untersagt war, war eingeschaltet.

Kafa blieb nicht einfach von der Arbeit weg, ohne irgendwem Bescheid zu sagen. Das passte nicht zu ihr. Er musste wieder an die Blutergüsse denken. War ihr etwas zugestoßen? Mit der Hand an der Türklinke blieb er stehen und lauschte. Dann schob er die Tür abrupt auf.

Der Raum war leer. Allerdings war der Stuhl, auf dem normalerweise der Vernehmungsleiter saß, umgekippt. Daneben lag eine Tasche. Kafas Tasche. Jetzt war auch der letzte Zweifel ausgeräumt. Irgendetwas stimmte hier doch nicht.

Auf dem Tisch lag ein Foto. Das Bild von Anastasia Schanina. Kafa musste es von ihrer Übersichtstafel heruntergenommen haben. Warum?

Er nahm sich ihre Tasche vor. Akten, Versicherungsunterlagen, ein Ermittlungsbericht. Von der Polizei in Tjeldsund. Ein nie aufgeklärter Einbruch in einer Arztpraxis. Hatte Kafa nicht so was erwähnt? War damals nicht Agnes Ose involviert gewesen?

Er blieb eine Weile stehen und überlegte, bis ihn ein mechanisches Knacken aus den Gedanken riss. Dieses ewige Hintergrundrauschen, das einem nur dann bewusst wurde, wenn sich die Klimaanlage einschaltete.

Dort wo die Tasche gestanden hatte, lag noch etwas am Boden. Kafas Uhr. Er hob sie auf. Sie stand auf fünf vor zwölf.

Koss ging nicht ran, als er anrief. Noch im Fahrstuhl erreichte er schließlich jemanden im Verteidigungsministerium. »Ich möchte bitte mit Egon Borg sprechen.«

»Einen Moment. Hören Sie? Er ist nicht am Platz. Anscheinend ist er heute krank. Hier geht die Grippe um«, teilte die Dame vom Empfang ihm mit.

»Wann war er denn zuletzt im Büro?«

»Darf ich fragen, worum es geht?«

»Polizei«, antwortete Fredrik schroff. »Wann war er zuletzt da?«

Egon Borg war schon die ganze Woche nicht mehr im Büro gewesen. Inzwischen war Donnerstag.

Vom Fahrstuhl aus marschierte Fredrik direkt zur Security. Hier wurde jede Bewegung rund um das Präsidium aufgezeichnet. Nur Minuten später hatten die Kollegen die Aufnahmen um zwei Tage zurückgespult.

Das beste Bild lieferte ihnen die Kamera, die direkt über dem Haupteingang montiert war.

Um 14:51 Uhr gingen die Fahrstuhltüren auf, und Kafa und Egon Borg traten heraus. Sie lief ein paar Meter vor ihm. Auf Höhe der Sicherheitsschleuse war es schließlich nicht mehr zu übersehen: Kafa starrte direkt hinauf in die Kamera. Mit verbissener Miene, nachdrücklich. Dann verschwand sie aus dem Bild, und Borg folgte ihr.

Fredrik hämmerte mit dem Türklopfer so fest gegen das Holz, dass es im Treppenhaus dröhnte. Keine Reaktion. Er versuchte erneut, Koss zu erreichen, aber der Polizeidirektor antwortete noch immer nicht. Was sollte er jetzt tun? Er starrte die Tür an. Massives Holz. Ein Sicherheitsschloss. Das würde er im Leben nicht aufbrechen können. Er dachte an Kafa, dann an Andreas.

Kurzerhand trat er einen Schritt nach hinten, richtete

seine Dienstwaffe auf das Schloss und drückte den Abzug durch. Noch ein fester Tritt, und die Tür war offen.

Für einen kurzen Moment blieb er an der Schwelle stehen. Spitzte die Ohren, lauschte. Dann rannte er den Flur hinunter. Ein dunkelroter Teppich über teuren Eichenholzdielen, an der Wand alte Notenblätter, gerahmt, hinter Glas. Er schob die erste Tür auf. Die Küche. Leer. Die zweite Tür. Ein kleines Schlafzimmer. Leer. Die dritte Tür führte in ein Badezimmer. Dann ein Eckwohnzimmer.

Mitten im Raum stand ein schwarzer Flügel. Ein Couchtisch, dahinter an der Wand eine Chaiselongue. Eine Doppeltür führte in ein weiteres Zimmer.

Er streckte den Rücken. Seine Nasenflügel vibrierten. In der Luft lag ein ganz spezieller Geruch. Ammoniak. Reinigungsmittel. Krankenhaus – es roch nach Krankenhaus. Und nicht nur nach Chemie, sondern auch nach etwas Organischem. Ein schwach süßlicher Duft stieg ihm in die Nase. Unwillkürlich musste er an Fliegen denken – und zwar nicht an diejenigen, die sich vor etlichen Jahren in seinem Elternhaus zu nah an die Kerzenflamme gewagt hatten. Er sah riesige Geschöpfe vor sich, die einen mit ihrem Summen nachts wach halten konnten. Die Eier unter der Haut von Leichen ablegten.

Er nahm die Waffe in Anschlag. Mit jedem Herzschlag schwollen seine Adern an. Er neigte den Kopf leicht zur Seite, als wollte er seine Halsmuskeln dehnen, und dann gab er sich einen Ruck. Trat die Doppeltür auf. Schlüpfte seitwärts in den Raum hinein.

Ein Regal mit medizinischen Produkten. Ein Waschbecken, ein Kleiderschrank. Eine Folie über dem Boden, ein schwenkbares Tablett. Ein Krankenbett. Der Tod.

Er war darauf vorbereitet gewesen, eine Leiche vorzufinden. Eine Frau. Aber dort lag keine Frau. Die Decke war zur

Seite gerissen worden. Auf dem Laken lagen lediglich ein alter, selbst genähter Teddy, ein paar Lederriemen, mit denen man Kranke in ihrem Bett fixierte …

Am Fußende lag Egon Borgs Schäferhund. Und er hätte sicher noch eine Weile dort gelegen, wäre Fredrik nicht gekommen. So lange, bis das Tier voller Fliegeneier und Larven gewesen und verwest wäre, sodass zu guter Letzt die Nachbarn reagiert hätten.

Das Tier war mit einem Kopfschuss hingerichtet worden.

103

»Sie haben sich den Weg freigeschossen?«

Sebastian Koss starrte ihn misstrauisch an, ehe er ein paar Schritte nach hinten machte und den Flur entlang zum Wohnzimmer starrte. Zu den uniformierten Polizisten, die Egon Borgs Wohnung sicherten.

»Was, wenn hinter der Tür ein Kind gestanden hätte?«

Fredrik sah mit leerem Blick auf die Tischplatte hinab. Er hatte nicht die Kraft, über etwas nachzudenken, was *nicht* passiert war.

Aber er hatte nachgedacht – er hatte die Streife informiert und dann auf der Chaiselongue gesessen und gegrübelt. Was war in dem Vernehmungszimmer zwischen Kafa und Egon Borg vorgefallen? Was hatte Borg gesagt, damit Kafa mit ihm mitgegangen war?

»Also … Sie behaupten, Egon Borg habe Kafa entführt. Anschließend habe er seinen Köter erschossen und sei von hier verschwunden – mitsamt seiner hirntoten Frau«, fasste Koss zusammen.

Fredrik warf ihm einen kurzen Blick zu. Trotz der Wärme hier drinnen hatte Koss noch immer seine Jacke an. In der Hand hielt er ein Paar dünne Lederhandschuhe, die er über den anderen Handrücken klatschte. Fredrik hatte es vor ihrer Begegnung gegraut. Insgeheim schämte er sich für das Schäferstündchen mit Koss' Frau. Doch die Unversöhnlichkeit des Polizeidirektors machte sein schlechtes Gewissen zu einer leichteren Bürde.

»Nein«, entgegnete er. »Suzanne Borg ist tot. Sie war die unbekannte Tote aus dem Grab auf Bygdøy.«

Koss sah ihn irritiert an. Zog eine Grimasse, als wäre er sich nicht ganz sicher, ob Fredrik ihn zum Narren hielt. »Und was bringt Sie zu der Annahme?«

Fredrik schlug den Bericht auf, der auf dem Wohnzimmertisch lag. »Das hier«, sagte er. »Das sind Versicherungsunterlagen, die ich in Kafas Tasche gefunden habe. Unterlagen zu den Folgen jenes Autounfalls, bei dem Suzanne verletzt wurde. Die hier aufgezählten Verletzungen stimmen mit denen der Frauenleiche überein, die wir hinter der Villa gefunden haben.« Er wies auf die Doppeltür. »Auf dem Bett dort drinnen liegt ein Teddy. Und der wiederum ist identisch mit dem Kuscheltier, das Anastasia Schanina auf ihrem Schulfoto im Arm hält. Egon Borg hat sich hier um eine Frau gekümmert, ja, aber diese Frau war nicht Suzanne. Es war Anastasia Schanina.« Koss holte tief Luft, aber Fredrik kam ihm zuvor. »Kafa muss Borg damit konfrontiert haben. Die Aufnahmen der Überwachungskameras aus dem Polizeipräsidium belegen, dass sie mit ihm mitgegangen ist. Sie ist verschwunden, geht nicht mehr ans Telefon. Daher nehme ich an, dass er sie entführt hat. Egon Borg ist der Mann, hinter dem wir die ganze Zeit her waren. Er steckt hinter den Morden.«

Koss war blass geworden. »Wenn Sie damit recht haben, dann können wir bloß hoffen, dass er sie nur entführt hat…«

»Ja.« Mehr brachte Fredrik nicht über die Lippen.

Er trat ans Wohnzimmerfenster und starrte hinüber zur anderen Straßenseite. Eine Asiatin dekorierte ein Fenster im Nachbarhaus. Der Weihnachtsbaum in ihrem Rücken verströmte heimeliges Licht. Er wünschte sich, er wäre dort.

Koss stellte sich neben ihn. Für einen Moment beobachteten beide die friedvolle Szenerie.

»Ich gebe die Fahndung raus«, murmelte Koss. »Aber wenn wir sie finden wollen, müssen wir herausfinden, was er vorhat. Warum in aller Welt hat er die Russin hier festgehalten? Was ist sein Motiv? Darauf müssen Sie den Fokus richten. So können Sie Kafa am besten helfen.« Er klopfte ihm ungelenk auf die Schulter.

Fredrik seufzte müde. »Wir wissen, dass die Marinejäger nach Russland geschickt wurden, um einen norwegischen Spion dort rauszuholen. Mink. Bei dieser Aktion muss etwas passiert sein. Irgendetwas, was sie dazu bewegt hat, das Kind mitzunehmen.«

»Wir haben uns mit Petra Johanssen getroffen«, sagte Koss. »Kafa und ich.« Dann fasste er die Begegnung zusammen, berichtete Fredrik von dem an Pocken verstorbenen Ismacil Saleban, von einem sowjetischen Waffenprogramm namens *Biopreparat* und der Angst der Analysechefin vor einem manipulierten Virus.

»*Biopreparat*«, wiederholte Fredrik. »Im Frühjahr 1992 war die Sowjetunion gerade erst zerfallen. Damals muss Chaos geherrscht haben.« Er sah den Polizeidirektor an. »War das Minks Auftrag? Die Labors von *Biopreparat* auf der Halbinsel Kola ausspionieren? Zu einer Zeit, als die Russen mit anderen Dingen beschäftigt waren? Kann es dort einen Unfall gegeben haben? Sabotage? Das würde erklären, wie die Soldaten in Kontakt mit dem Virus gekommen sind. Vielleicht sind sie dort auch auf Anastasia Schanina getroffen? Und haben das Mädchen mitgenommen, um ihm das Leben zu retten?« Dann fiel ihm wieder ein, was der russische Militärattaché gesagt hatte. »Offiziellen Unterlagen zufolge verschwand sie nach einem Masernausbruch. Aber eine Kinderkrankheit? Das klingt doch nicht plausibel. Ich glaube, sie hatte Pocken. Und sie hat überlebt.«

Das würde alles erklären, was in der Folge passiert war. Nach und nach mussten Axel und Egon die Konsequenzen ihres Handelns eingesehen haben. Sie hatten das Kind nicht mehr einfach vor einem Krankenhaus oder Kinderheim absetzen können. Insofern war sie qua Definition entführt worden. Sie hatte Pocken gehabt. Wie hätten die Gesundheitsbehörden reagiert, wenn plötzlich ein pockeninfiziertes, namenloses Kind in Norwegen aufgetaucht wäre? Aber sie hätten sie auch nicht an die Russen zurückgeben können. Da wäre ihre Militäroperation aufgeflogen.

»Egon Borg hat gelogen, als er behauptet hat, Axel Thrane wäre auf der Flucht aus Russland verschollen. Nur so hat Axel auf das Mädchen aufpassen können, während Borg seine Dienstzeit beim Militär beendete. Damals hat er seine hirntote Frau versorgt. Da wird sich niemand gewundert haben, als er seinen Dienst quittierte. Agnes hat ihnen geholfen. Kurz bevor sie erschossen wurde … Sie hat von einer Schuld gesprochen, die beglichen sei. Irgendetwas muss Egon gegen sie in der Hand gehabt haben.«

Als Suzanne starb, schlussfolgerte Fredrik, begrub Egon ihre Leiche neben Axels Mutter auf Bygdøy, statt ihren Tod zu melden. So hatten beide ihre Lüge weiterleben können, und statt um Suzanne hatte Egon sich um Anastasia gekümmert.

»Aber...« Koss zerrte an seinen Handschuhen. »Nach fast fünfundzwanzig Jahren... Warum macht es bei Borg plötzlich Klick?«

»Stellen wir uns doch lieber die folgende Frage«, erwiderte Fredrik. »Warum ist damals nicht die ganze Truppe mit Mink nach Norwegen zurückgekehrt? Warum sind Axel und Egon zunächst dortgeblieben? Weil Mink bloß ein Aspekt des Auftrags gewesen ist. Die Soldaten sollten überdies Proben des Pockenvirus sichern.«

Koss brummte in sich hinein. Diese Wendung war ihm spürbar unangenehm. »Man hat uns versichert, dass die Behörden nicht im Besitz eines solchen Virus seien«, sagte er knapp.

»Eben – aber in der letzten Phase der Aktion muss etwas Dramatisches passiert sein. Irgendetwas, was Egon und Axel für immer verändert hat. Ein Befehl, eine tragische Entscheidung – woraufhin Egon Borg sich von der Operation abgewendet hat. Er hat das Virus niemals ausgehändigt, er hat es selbst behalten.« Fredrik fuhr sich mit beiden Händen durch die Haare. Er war müde. Müde und aufgewühlt. »Vielleicht hat Leonid Gusew damit gedroht, sein Geheimnis zu lüften. Deshalb hat er sterben müssen – genau wie Axel Thrane, Mikael Morenius und Agnes. Sie alle kannten Egon Borgs Geheimnis. Und mussten dafür mit dem Leben bezahlen.«

»Wäre es nicht denkbar, dass Borg einfach verschwindet?«, fragte Koss. »Dass er Kafa als eine Art Sicherheit entführt hat, um entkommen zu können mit... dieser russischen Frau?«

»Nein. Kafa hat ihre Uhr im Vernehmungszimmer liegen gelassen. Sie hatte sie angehalten – ein paar Minuten vor zwölf. Egon Borg hat den Polizeipräsidenten erst um Viertel nach eins getroffen. Kafa hat sie für uns dort deponiert.

Wollte uns damit eine Nachricht hinterlassen. Sie bezieht sich auf die Atomkriegsuhr …«

Fredrik wollte gerade zur Chaiselongue zurückgehen, aber irgendetwas hielt ihn zurück. Dort, direkt unter dem Fenster des Hauses auf der anderen Straßenseite – stand dort nicht ein Mann in der Toreinfahrt? Eine kräftige Gestalt in einem Mantel mit hochgeschlagenem Kragen und mit einem Fedora auf dem Kopf?

»Ist das einer von unseren Leuten?«

Gerade als Koss sich nach vorn lehnte, verschwand die Gestalt in der Toreinfahrt. »Ich glaube nicht. Warum?«

»Den Mann hab ich heute Morgen schon einmal gesehen. Vor meiner Wohnung.«

Koss sah ihn zweifelnd an.

»Ich will nur rausgehen und es schnell überprüfen.« Mit diesen Worten eilte Fredrik über den Flur.

»Atomkriegsuhr«, schnaubte Koss hinter ihm her. »Ziemlich prätentiös …«

Die Toreinfahrt war leer.

104

Ihr Rücken war nass. Nicht klamm wie von Nachtschweiß, sondern feucht und kalt. Ihr Kopf lag schwer auf der Matratze. Kein Kissen. Keine Decke. Hatte sie die mit den Füßen weggetreten? Sie bekam ein Laken zu fassen, ein dünnes Stück Stoff, das sich um ihre Oberschenkel gewickelt hatte. Ihre Beine waren nackt, und sie hatte eine Gänsehaut. Als sie sich das Laken bis zum Kinn zog, roch es nicht nach ihr. Es roch nach fremdem Schweiß, nach fremden Sekreten, nach billigem Parfüm. Vanille und Aprikose.

Ihre Augenlider waren schwer, unendlich schwer. Sie lag auf der Seite. Ihr Arm war taub. Sie musste sich einen Nerv eingeklemmt haben. Auf der Matratze prangten gelbe Flecken. Als sie schließlich aufblickte, war da bloß eine raue Betonwand, von der die Farbe abblätterte.

Sie erschauderte, als ein Tropfen auf ihrer Hüfte landete. Rollte sich auf den Rücken. Was war das für ein Geräusch? Ein metallisches Klirren. Eine Kette? Der Arm, auf dem sie gelegen hatte, war so taub, dass sie ihn kaum bewegen konnte. Im selben Moment spürte sie den kalten Stahl. Eine Handschelle. Sie blinzelte, zwang die Augen auf, auch wenn das bläulich weiße Licht einer Glühbirne unter der Decke ihr schmerzhaft in die Augäpfel stach.

Der Raum war fensterlos. Die Handschelle war an einer daumendicken Kette befestigt, die zu einem Haken an der Decke führte. Über ihr bildete sich ein neuer Tropfen. Gleich würde das eisige Wasser auf ihrem nackten Bauch landen.

Sie stemmte die Faust in die Matratze und schob sich hoch. Musste die Augen schließen, heftig schlucken und warten, bis sie wieder klar sehen konnte. Hinter ihrer Stirn fühlte es sich an, als würde ein ausgepresster Schwamm langsam mit Flüssigkeit gespeist. Der Schwamm drückte gegen die Augenhöhlen, gegen die Schläfen, auf die Nebenhöhlen. Sie ahnte, woher das Gefühl kam. Sie war betäubt worden, und erst die kalten Tropfen von der Decke hatten sie nach und nach aufgeweckt.

Der Betonboden unter ihren Fußsohlen war eisig. Der Raum hatte etwa die Größe ihres Wohnzimmers, und um sie herum entdeckte sie einen Kühlschrank, eine Toilettenschüssel ohne Sitz, und neben einer Stahltür brummte eine Gefriertruhe. Durch ein rundes Guckloch in der Stahltür drang grellgelbes Licht herein.

Kafa blickte an sich hinunter. Sie war fast nackt, trug lediglich den weißen Sport-BH mit breiten Trägern, den sie am Morgen angezogen hatte, nachdem sie Fredrik bei sich daheim auf dem Sofa allein gelassen hatte, sowie einen Slip, der nicht ihr eigener war. Boxershorts, zu groß, dunkelblau, ungewaschen. Sie schienen einem Mann zu gehören.

Bei dem Anblick machte sich Ekel in ihr breit. Unwillkürlich wanderte die Hand zu ihrem Unterleib. War sie vergewaltigt worden? Es fühlte sich nicht so an. Das hätte sie gespürt. Aber sie musste pinkeln. Vorsichtig beugte Kafa sich nach vorn, und wieder hämmerte es hinter ihrer Stirn, allerdings nicht mehr ganz so heftig wie zuvor. Als sie gerade aufstehen wollte, glitt ein dunkler Schatten durch den Raum. Die Tür – es stand jemand hinter dieser Tür.

105

März 1992, Halbinsel Kola, Russland

Die Paddel glitten lautlos durch die unruhige See. Über ihnen braute sich ein Unwetter zusammen, der Schnee fiel bereits dichter. Große, schwere Flocken. Hoffentlich zeigte der Radar der Russen lediglich Grau, sodass die drei Soldaten und das Mädchen, die in einem kleinen Gummiboot den Litsafjord durchquerten, unbemerkt blieben.

Am Ufer angekommen, zogen sie die Schutzanzüge aus. Axel und Häyhä teilten Egons Gepäck unter sich auf, sodass der sich um Kalypso kümmern konnte. Während die Norweger die Luft aus dem Boot ließen, lief Häyhä auf die Hochebene hinauf. Seit dem Schuss, der Bakke getötet hatte, hatte er geschwiegen. Fortwährend hatte er Egon gemustert, und Egon hatte ihn gemustert.

Auch Axel hatte kein Wort mehr gesagt. Er starrte seinen Kameraden an, erkannte ihn aber kaum wieder. Egon atmete anders. Tiefer, langsamer. Er ging anders. Schneller, selbstsicherer. Er redete anders. Klang kurz angebunden und nüchtern. Sein Blick flackerte. Er sah gefährlich aus.

Schweigend stiegen sie den Hang hinauf. Hier wurde der Wind stärker, und je kälter es wurde, umso leichter schienen die Schneeflocken zu werden, die jetzt fast horizontal mit dem Wind heranpeitschten. Oben wartete Häyhä auf sie. Er hatte sich die Sturmhaube übergezogen, und der Schnee hatte den schwarzen Wollstoff weiß gefärbt. Um Mund und Nase hatten sich Eisklumpen gebildet.

Hinter jeder Anhöhe in der hügeligen Landschaft türmte sich der Schnee auf. Vereinzelt reichte er ihnen bis zu den Oberschenkeln. An anderen Stellen war er fast vollständig verweht worden. Es war inzwischen nahezu stockdunkel. Alles, was Axel hören konnte, war das Flattern seiner Kapuze und das Fauchen des Winds.

Ein paar Stunden später veränderte sich die Landschaft, wurde steiniger. In einem zugeschneiten Flussbett brach Egon durchs Eis, fing sich in letzter Sekunde, landete aber bis zur Hüfte im Wasser. Blut sickerte am Ärmel seiner Winterjacke hinab.

»Wir müssen einen Unterschlupf finden«, stellte er fest.

Sie lokalisierten den Fluss auf der Karte. Nordwärts führte er in ein Tal weit im Innern der Motowski-Bucht. Sie entschieden sich für eine Schlucht entlang der Mündung. Dort waren sie halbwegs vor dem Wind geschützt. Am Hang errichteten sie ihr Lager und spannten Zeltplanen darüber.

Bei seinem Sturz hatte Egon sich auf einen scharfkantigen Stein gestützt und sich eine Schnittwunde vom Zeigefinger quer über die Handfläche zugezogen. Axel bot ihm an, sich die Verletzung anzusehen, aber Egon scheuchte ihn weg, fauchte lediglich durch die zusammengebissenen Zähne und verband die Wunde selbst.

Über dem Gaskocher bereiteten sie Instantsuppe zu. Sie schmeckte fettig und kein bisschen nach den vermeintlichen Erbsen. Kalypso trank, was immer sie ihr hinhielten. Egon hatte sie in Bjørn Bakkes Schlafsack gesteckt. Bakkes Leichnam hatten sie zuvor am Anleger vor dem Labor in einem mit Steinen beschwerten Plastiksack versenkt.

Nachdem sie gegessen hatten, legte Egon sich neben das Mädchen, nahm es in den Arm und zog es an sich heran, um es zu wärmen. Sein lodernder Blick wanderte zwischen Axel und Häyhä hin und her. Axel konnte ihm ansehen, dass er ihnen damit signalisieren wollte, er würde es wieder tun – wäre er erneut in jenem Raum, er würde wieder mit der Waffe in der Hand dastehen und sie auf Bakke richten. Egon bereute nicht, was er getan hatte.

Erst nach einer gefühlten Ewigkeit schlief Axel ein. Er hatte hinauf zur aufgespannten Zeltplane gestarrt und auf Geräusche gelauscht. Auf den Wind, Häyhä und Egon, die beide im Schlaf vor sich hin brummten, auf Kalypsos schnelle, melodische Atemzüge.

Bjørn Bakkes Worte hatten sich wie Säure in sein Innerstes gefressen. Es war erbärmlich gewesen – aber gleichzeitig war Axel klar, dass seine Worte nichts weiter als ein Echo gewesen waren, ein Widerhall der Anklagen, die Egon gegen sich selbst richtete. Jeden einzelnen Tag. In jeder Stunde, die seit dem Unfall vergangen war. Der Feldwebel hatte sie lediglich ausgesprochen. Doch damit hatte Egons schlimmste Angst sich bewahrheitet: Er war nicht der Einzige, der so dachte. Wie ein Schwelbrand, in den plötzlich der Wind hineingefahren war, hatte er sich entzündet. Und die Flammen hatten Bakke verschlungen.

Bei Tagesanbruch tobte der Sturm noch immer. Axel blies in den Dampf aus seinem Kaffeebecher. Räusperte sich. »Also«, sagte er. »Was jetzt?«

Egon warf ihm einen flüchtigen Blick zu. Sah zu Häyhä. »Wir liefern das Virus ab«, sagte er. »Und dann macht jeder seins. Du« – er nickte dem Schweden zu – »reist wieder heim. Und du, Axel, bringst deinen Vertrag bei der Armee zu Ende.« Er stellte den halb vollen Wasserkessel neben dem Kocher ab und drehte am Ventil, bis die blaue Flamme riesig war. »Ich selbst werde mich um sie kümmern.« Er legte die Hand auf Kalypsos Schulter. »Und um Suzanne.«

Staffan Häyhä lehnte sich an die Felswand. Es war wieder ein bisschen wärmer geworden, und er hatte seine Uniform am Hals aufgeknöpft. Dann schob er die Mütze auf der Stirn nach oben. Entlang des Haaransatzes waren noch Reste von Tarnfarbe zu sehen, darüber blondes, fettiges Haar. Mit seinen großen grauen Augen sah er Egon neugierig an. Was für eine sonderbare Reaktion, schoss es Axel durch den Kopf, bis es ihm dämmerte: Er hatte keine Angst. Staffan Häyhä hatte keine Sekunde lang auch nur einen Hauch von Angst gehabt.

Egon schien das noch nicht erkannt zu haben. Jetzt beugte er sich zu dem Schweden hinüber. »Bjørn Bakke ist in Panik geraten, hörst du? Als wir einen russischen Spähtrupp entdeckt haben. Im Sturm haben wir einander aus den Augen verloren, und als der Sturm sich endlich gelegt hatte, war der Feldwebel verschwunden.«

Egon hielt seine bandagierte Hand über die Gasflamme. Die Flamme fauchte kurz und erlosch, während die Düse lautstark aufpfiff und sich der aufdringliche Gestank des Flüssiggases breitmachte.

»Niemand weiß, was mit Bakke passiert ist«, fuhr Egon langsam fort. »Er ist einfach verschwunden. Kapiert?«

Häyhä lächelte. Mit der Tarnfarbe im Gesicht erinnerte er Axel an einen Clown, an eine tragische Gestalt, von der niemand wusste, was sie sich in Wahrheit dachte.

Da liegt ein toter Soldat an einem Anleger im Litsafjord. Eines Tages wird er zurück nach oben steigen, Egon Borg, denn ein Mord hat seinen Preis. Und diesen Preis will ich nicht zahlen. Nicht an deiner Stelle.

106

Vor dem Polizeipräsidium leuchteten die Straßenlaternen gefrorenen Schneematsch aus. Nebelschwaden zogen durch die Straßen.

Irgendwo dort draußen war Kafa. Sämtliche Polizeistreifen hielten mittlerweile nach ihr Ausschau, kontrollierten Toreinfahrten, Keller, verdächtige Adressen. Sämtliche Orte, zu denen Egon Borg eine Verbindung haben mochte. Die Wahrheit jedoch war, dass sie im Dunkeln tappten. Sie wussten nicht, wo sie noch suchen sollten. Und sie konnten nicht überall suchen.

Fredrik wandte sich vom Fenster ab und ging quer durch das Großraumbüro auf die Tür zu einem kleinen Nebenraum zu, in dem sich der Betriebsarzt eingerichtet hatte. In die Fahndung nach Egon Borg hatte sich auch Therese Grøfting eingeschaltet. Sie war zwar keine Ermittlerin, aber sie hatte einerseits Andreas gekannt, und andererseits war sie verdammt scharfsinnig. Nachdem Fredrik den Großteil des Tages in Egon Borgs Wohnung verbracht hatte, wollte er jetzt ihre frischen, unverbrauchten Eindrücke hören.

»Ich muss auch Sie bitten, hier zu unterschreiben … und hier«, sagte der Arzt gerade zu Therese.

»Eine Verschwiegenheitserklärung?«

»Ja.«

Vorsichtig drückte Therese auf das Pflaster in ihrer blassen Armbeuge. Den lakritzfarbenen Blazer hatte sie sich von der Schulter gestreift. Darunter hatte sie ein weißes Tanktop an.

»In den nächsten Tagen könnten Sie Fieber bekommen, einen Ausschlag oder sich allgemein unwohl fühlen. Die Spritze wirkt nahezu unmittelbar und schützt auch, wenn Sie bereits infiziert sein sollten«, erklärte der Arzt. Dann schob er seinen Stuhl nach hinten, während Therese ihre Jacke wieder überstreifte. »Wenn Sie sich in der Nähe eines Infektionsherds wiederfinden, sollten Sie sich trotzdem so verhalten, als wären Sie nicht geimpft.«

Therese sah zu Fredrik hoch und lächelte matt. »Weil …«

»Nur um auf der sicheren Seite zu sein«, antwortete der Arzt knapp.

»Sehr beruhigend«, murmelte Fredrik. Er war der Einzige in der Abteilung, der nicht auf der Liste des Arztes stand. Er war geimpft worden, bevor er im Rahmen des Solro-Falls einen pockenkranken Patienten im Krankenhaus aufgesucht hatte.

Egon Borg. Aufgewachsen bei seinem Vater, Erdmann Borg, am Christian Benneches vei auf Bygdøy. Der Vater war seit Jahren tot, das Haus seit Langem verkauft. Nachdem er seinen Militärdienst abgeleistet hatte, war Borg nach Frogner gezogen. Auf seinen Namen war darüber hinaus weder ein Sommerhaus noch ein Ferienhäuschen oder irgendeine andere Immobilie registriert. Er fuhr einen alten blauen Fiat 500, der zur Fahndung ausgeschrieben war.

»Fredrik?«

Er sah zu Therese hinüber, die auf Andreas' Stuhl Platz

genommen hatte. Für die Arbeit am Computer trug sie eine Brille mit großen, runden Gläsern. Sie winkte ihn zu sich hinüber.

»Sehen Sie sich das an«, sagte sie, als er sich über ihre Schulter beugte. Ein leichtes, sommerliches Parfüm stieg ihm in die Nase.

Sie hatte einen digitalisierten Artikel aus dem *Dagbladet* vom Sommer 1969 gefunden – eine Meldung über einen wohlhabenden Ehemann, der seine eigene Frau wegen unzüchtigen Umgangs mit einer anderen Frau angezeigt hatte. Die Anzeige hatte keine Folgen gehabt, denn auch wenn Homosexualität zu jener Zeit noch immer verboten gewesen war, hatten die gesetzlichen Bestimmungen nur für Männer gegolten. Keiner der Eheleute war in der Meldung namentlich genannt, jedoch ging daraus hervor, dass das Paar zwei Söhne gehabt und der Mann die Scheidung eingereicht hatte.

»Es kann sich auch um einen Zufall handeln, aber der Artikel tauchte auf, als ich den ›Christian Benneches vei‹ eingegeben habe. In der Straße wurde dieses Foto aufgenommen …«

»Lesbe«, murmelte Fredrik in sich hinein.

»Wie bitte?«

»*Lesbe*«, wiederholte er. »Genau so hat Egon Borg eine Nachbarin aus Kindertagen bezeichnet. Angeblich hatte sie sich an der jungen Agnes Ose vergriffen. Natürlich – die Nachbarin war die Geliebte der Mutter! Deshalb hat Borg auch diesen Ausdruck für sie verwendet!«

Er musste wieder an die Tanzlehrerin denken, an Ingeborg Balterzen, die ein knappes Jahrzehnt später als Untermieterin im Haus von Kain und seiner Mutter am Holmenkollen eingezogen war. Balterzen hatte sich daran erinnern können, dass Frau Borch in derselben Woche gestorben war, als Céline Dion den Eurovision Song Contest gewonnen hatte. *Ne partez pas sans moi* – so hatte der Siegertitel gelautet. *Geht nicht ohne mich.*

Es war ihr Abschiedslied gewesen. Die beiden mussten ein Verhältnis gehabt haben.

»Kain und Abel«, platzte es aus Therese heraus. »Das Ehepaar hatte zwei Söhne – also waren sie tatsächlich Brüder: Sindre Borch und Egon Borg. Sindre muss bei der Mutter geblieben sein, als sie sich von ihrem Mann trennte. Egon blieb beim Vater.«

»Und während sie heranwuchsen, hatten sie kaum je Kontakt«, ergänzte Fredrik. »Die Eltern müssen einander zutiefst gehasst haben.«

»Borch und Borg«, sagte Therese. »Statt einfach wieder ihren Mädchennamen anzunehmen, entschied sich die Mutter für eine Abwandlung des Namens ihres Exmannes. Eva Borg wurde zu Eva Borch.«

Fredrik schlug mit einer Hand auf den Tisch. Das war gut. Aber half es ihnen bei der Suche nach Egon? Konnten sie daraus irgendwelche Schlüsse auf Borgs Aufenthaltsort ziehen? Die Mutter war tot, der Vater war tot, Kain ebenso …

Therese schien zu ahnen, worüber er nachdachte. »Borg hat keine nahen Angehörigen mehr. Er hat nie Leute zu sich eingeladen. Pflegte zwar einen höflichen Umgang mit Kollegen, beteiligte sich aber nie an geselligen Zusammenkünften im Rahmen der Arbeit. Nahm sein Mittagessen im Büro ein.«

Der klassische Einzelkämpfer. Es gab nichts, was Terrorfahnder mehr fürchteten. Kein Netzwerk, das man sprengen konnte, kein Telefon zum Abhören. Kein enger Freund, dem sich der einsame Irre im Suff anvertraute. Und sie hatten es überdies mit jemandem zu tun, der einen Background bei der Spezialeinheit hatte.

»Glauben Sie, dass Kafa noch am Leben ist?«

Er zuckte zusammen. Therese war aufgestanden, doch statt ihre Stimme zu senken und die grässliche Frage hinter vorgehaltener Hand zu stellen, marschierte sie vor zur Tafel und sah sie sich konzentriert an. Ihre Frage hallte im Büro wider, und mehrere Kollegen sahen von der Arbeit auf.

Ob er glaubte, dass Kafa noch am Leben war? Koss hatte ebenfalls so etwas angedeutet – dass natürlich auch die Möglichkeit bestand, dass sie ermordet worden war.

»Ich meine…« Therese räusperte sich, sodass ihre Stimme jetzt ganz klar und deutlich klang. »Er hat sie eigentlich doch nur gebraucht, um von hier wegzukommen. Es war keine von langer Hand geplante Entführung. Inzwischen ist sie für ihn doch nur noch ein Klotz am Bein.«

Fredrik fühlte sich provoziert. Wahrscheinlich war es nicht als Provokation gemeint gewesen, aber sie hatte gerade wie Andreas geklungen. Natürlich wusste er insgeheim, dass es hier nicht um die Art und Weise ging, wie eine Botschaft überbracht wurde. Es ging lediglich um deren Inhalt. Solange die Worte nicht ausgesprochen wären, würde es auch nicht wahr werden.

»Sie lebt«, antwortete er verkniffen. »Die Morde, die Borg bis hierhin verübt hat, waren allesamt geplant. Er hat die Zeugen getötet, diejenigen, die hätten ausplaudern können, was er getan hat. Oder diejenigen, die hätten ausplaudern können, was er tun will.«

»Sie meinen, solange Borg sich sicher ist, Kafa unter Kontrolle zu haben, wird er sie am Leben lassen?«

Er schwitzte. Der kalte Schweiß legte sich wie Öl auf seine Haut. Dieser Tag hätte niemals so verlaufen dürfen. Ursprünglich hätte es einer seiner letzten Tage im Präsidium werden sollen. Denn er hatte sich entschieden. Er musste endlich mit der Wahrheit herausrücken. Über Andreas' Tod. Und Peder Rasmussens Tod. Über sich selbst.

Doch dieser letzte Tag war wohl noch nicht gekommen. Erst würden sie Kafa finden müssen.

»Sie haben recht«, sagte er leise. »Aber sobald er Kafa als Bedrohung ansieht, tötet er sie.«

Er stand auf und trat neben Therese an die Tafel. Nahm das Obduktionsfoto von Mikael Morenius ab. Strich mit einem Finger über das verunstaltete Gesicht.

»Morenius wurde tagelang gefoltert, ohne dass jemand irgendetwas gesehen oder gehört hätte«, sagte er. »Lin ist einfach verschwunden. Als Kain Kontakt zu uns aufnahm, hatte er sie retten wollen. Das muss doch bedeuten, dass Egon Borg sie irgendwo lebendig gefangen gehalten hat.« Er dachte nach. »Sein Versteck ist schallisoliert, und es gibt einen Fluchtweg. Irgendetwas Normales, Uninteressantes, was keinerlei Aufmerksamkeit erregt. Bis letzte Woche hat Egon Borg nie auch nur einen einzigen Arbeitstag versäumt, und Anastasia Schanina braucht täglich Pflege.«

»Es ist also ein Ort in Oslo oder in unmittelbarer Nähe. Ein Keller?«, sagte Therese.

»Das meinte der Pathologe auch.«

»Haben Sie Agnes Ose überprüft? Sindre Borch? Hatte einer von denen vielleicht eine Immobilie, in der er untergeschlüpft sein könnte?«

Er nickte erschöpft.

»Axel Thrane? Die Mutter?«

»Nichts.«

»Was ist mit Abel?«

»Was meinen Sie?«

»Sindre Borch war Kain, Egon ist Abel. Haben Sie überprüft, ob irgendwo Immobilien auf den Namen Abel Borg registriert sind?«

Nein, hatte er nicht.

Zehn Minuten später hielt er einen Auszug aus dem Grundbuchregister in Händen. Ein gewisser Abel Borg war Eigentümer eines alten Hofs in Lommedalen – gerade einmal zehn Autominuten vom Zentrum der Hauptstadt entfernt.

107

Egon Borg war an der Tür stehen geblieben. In einem solchen Aufzug hatte Kafa ihn noch nie gesehen: weite Jogginghose, Sneakers, T-Shirt. Er war blass, das Licht der Deckenlampe spiegelte sich auf seiner klammen Stirn, und seine Bewegungen waren langsam, kontrolliert.

»Sie hatten sich in die Hose gemacht«, sagte er, zeigte auf die Boxershorts und setzte sich neben sie auf die Matratze. »Ich musste Sie ausziehen und waschen, während Sie schliefen.«

Ihr drehte sich der Magen um. Sie wollte sich nicht einmal vorstellen, was geschehen war, nachdem er sie betäubt hatte. Trotzdem suchte die Erinnerung sie wieder heim – wie sie im Vernehmungszimmer gesessen hatte, mit der Waffe im Anschlag, bloß ein Zucken davon entfernt, seinem Leben ein Ende zu setzen. Er hatte die Kappe vom Nasenspray abgezogen und es auf die Klimaanlage gerichtet.

»Der Vorteil biologischer Waffen«, hatte er sie angefaucht. »Die kommen durch jedwede Sicherheitskontrolle. Dieses Fläschchen enthält ein Pockenvirus. Wollen Sie mich erschießen? Wollen Sie wirklich riskieren, dass ich mit letzter Kraft einen kleinen Sprühstoß dort raufschicke?« Er hatte nach oben gestarrt. »Das könnte übel ausgehen.«

Hatte er gelogen? Oder befand sich in dieser kleinen Sprayflasche, die er mit zittrigen Händen hielt, tatsächlich ein Pockenvirus? Der Ausdruck in dem schmalen Gesicht mit den markanten Wangenknochen, das sie sogar ganz attraktiv gefunden hatte, war unmöglich zu deuten. Seine Augen waren riesig, er sah sie fast schon erwartungsvoll an, als hätte er ihr gerade ein Geschenk überreicht und freute sich jetzt darauf zu sehen, wie sie es öffnete. Allerdings lächelte er nicht und verzog auch sonst nicht das Gesicht. So sah ein Mensch aus, dem es egal war, ob er lebte oder starb. Dieser Eindruck hatte sie letztendlich überzeugt. Sie hatte die Pistole beiseitegelegt.

Im Wagen hatte er dann eine Kompresse in eine braune Flasche getaucht und sie ihr in die Hand gedrückt. »Pressen Sie sich die vor Nase und Mund.«

Und schließlich war sie hier aufgewacht.

»Ist Ihnen die Vorstellung unangenehm?«

Sie starrte ihn unverwandt an.

»Dass ich Sie untenrum gewaschen habe, meine ich?«

Untenrum? Was für ein erniedrigendes Wort.

»Ich habe Suzanne und Kalypso jahrelang gepflegt. Das ist für mich völlig normal. Ist das muslimischer Brauch, sich dort zu rasieren? Finde ich gut. Das erleichtert die Arbeit.«

Er sah sie eigenartig vertraulich an. Borg blinzelte nicht, wie Menschen es sonst normalerweise taten. Er blinzelte, als müsste er sich ganz bewusst dazu entschließen. Als hätte er den natürlichen Reflex verdrängt.

Wieder verspürte sie blanken Ekel. Sie setzte den Fuß auf die Matratze, um eine Art Barriere zwischen ihnen zu bilden, und rückte kaum merklich von ihm weg, wollte sich schon wegdrehen, als sie ein Geräusch vernahm. Eine Vibration – lediglich eine winzige Veränderung in der Geräuschkulisse, irgendwo in weiter Ferne. Wie das Echo eines metallischen Dröhnens. Borg schien es nicht bemerkt zu haben.

»Ich wundere mich immer noch. Axel – er war Soldat, einer der besten. Trotzdem war er nicht imstande zu tun, was Soldaten nun mal tun müssen. Töten. Und das hat ihn kaputt gemacht. Er hat es nie geschafft, sein schlechtes Gewissen abzulegen.«

»Was meinen Sie damit?«

»Hätte Morenius weiter geforscht, wäre er uns auf die Schliche gekommen. Er hätte herausgefunden, dass Axel noch lebte und dass seine Mutter und Suzanne tot waren. Er hätte von Kalypso erfahren … und es wäre alles zu Ende gewesen. Trotzdem fühlte sich Axel schuldig für das, was hatte getan werden müssen. Und er hat sich angemaßt, über mich zu richten.«

»Meinen Sie den Drohbrief, den er an das Hotel geschickt hat? Vielleicht fühlte er sich schuldig, weil Sie nie etwas anderes im Sinn hatten, als sich selbst zu retten?«

Egon lachte leise und rückte auf der Matratze näher an sie heran. »Sie haben mich verhöhnt, als wir dort im Vernehmungszimmer saßen. Und Sie verhöhnen mich hier. Sie haben anscheinend immer noch nicht begriffen, worum es hier geht. Trotzdem führen Sie sich auf, als wären Sie ein besserer Mensch als ich.« Er schnaubte verächtlich.

Im nächsten Moment hörte sie erneut dieses Dröhnen. War dort jemand? War Fredrik gekommen, um sie zu befreien? Diesmal zuckte Borg leicht mit dem Kopf. Er hatte es ebenfalls gehört.

»Aber Sie sind kein besserer Mensch, Kafa Iqbal. In Wahrheit sind Sie eine unbedeutende, dreckige Fotze. Aber es dauert nicht mehr lange, und es wird Ihnen aufgehen. Ich will, dass Sie mit diesem Gefühl sterben. Mit der Erkenntnis, dass Sie unbedeutend sind.«

Sie schob sich noch ein Stückchen von ihm weg, doch statt ihr Gewicht auf den Hintern zu verlagern, spannte sie die Muskeln in den Oberschenkeln an. Als er sich nach vorn beugte, um nachzurücken, schnellte sie mit aller Kraft, die sie aufbringen konnte, auf ihn zu, führte die mit der Handschelle fixierte Hand um seinen Kopf, sodass die Kette sich um seinen Hals legte. Dann warf sie sich mit ihrem ganzen Gewicht vor. Als sie auf dem Boden landete, spürte sie, wie die Kette spannte.

Egon Borg stieß ein kaum hörbares Winseln aus. Der einstige Marinejäger rutschte langsam von der Matratze auf den Boden. Auf die Knie. Seine Augen quollen aus den Höhlen wie bei einem Fisch, der aus der Meerestiefe hochgezogen worden war. Wenn er versuchte zu atmen, klang es wie das Fauchen einer Katze. Aber er war stark. Er griff nach der Kette, und Kafa schleifte über den Boden, schürfte sich die Knie blutig, und die Handschelle schnitt ihr ins Handgelenk. Sie warf sich auf den Rücken, stellte beide Füße auf den Boden und nahm alle Kraft zusammen. Drückte, zerrte. Seine Halsmuskulatur war zum Zerreißen gespannt. Sie riss erneut an der Kette. Schrie aus Leibeskräften: »Hilfe! Hilfe!«

Er zog die Kette an sich heran und wickelte sie sich um den Oberarm, sodass der Druck auf Nacken und Kehle nachließ. Dann schleifte er Kafa zu sich wie einen unfolgsamen Köter, packte ihren Unterarm, ballte die freie Hand zur Faust und traf sie direkt über der Nase.

108

Das weiß gestrichene Holzhaus in Lommedalen sah winzig aus. Hinter den Fenstern war es überall dunkel. Der Mond hinter den gelb-schwarzen Wolken sorgte gerade für genügend Licht, um den Schornstein zu erkennen. Nirgends Rauch. Das Haus stand auf der Kuppe eines Hügels. Zur Straße hin standen vor dem Gebäude ein paar dichte, alte Fichten, und drum herum diente das hügelige Gelände der Landwirtschaft – ein braun-weißes Mosaik aus gepflügter Erde und Schnee.

Sie versammelten sich vor der Scheune des Nachbarhofs ein paar Hundert Meter entfernt. Die Spezialeinheit wartete auf zwei Transporter verteilt auf ihren Einsatz. Die meisten Männer hatten ihre Helme in den Schoß gelegt und sich Gasmasken auf die Stirn geschoben. Im Zwielicht ähnelten sie steinzeitlichen Missgeburten mit stumpfen Hörnern auf der Stirn.

»Ein altes Gehöft«, sagte Koss. »Dem Bauern zufolge hat hier jahrelang niemand gewohnt. Ab und zu hat mal ein Auto auf dem Hof gestanden – ein blaues. Der Eingang zum Keller soll sich auf der Rückseite befinden. Stahltüren vermutlich. Wurden vom neuen Eigentümer eingebaut. Wir warten, bis sich die Spezialeinheit Zutritt verschafft hat.«

Während er sprach, wedelte Koss mit seiner Gasmaske. Genau wie die anderen trug auch er einen dunkelblauen Polizeioverall, und die Kapuze, die er über der Gasmaske befestigen würde, krümmte sich unter den blonden Strähnen wie eine Raupe in seinem Nacken. Fredrik konnte ihm ansehen, wie er ganz kurz zögerte, als er seine Pistole sah, aber Koss sagte nichts. Drehte sich lediglich um und wechselte ein paar Worte mit einem der Fahrer, ehe er zweimal vorsichtig an die Seite der Karosserie klopfte.

Dann zogen sie sich in ihr eigenes Fahrzeug zurück – Koss am Steuer, Fredrik auf dem Beifahrersitz. Auf der Rückbank saßen zwei Polizisten, die er nicht namentlich kannte. Im nächsten Moment rasten die Transporter los, ohne Licht, trotzdem mit Vollgas, und verschwanden zwischen den Fichten in Richtung des Hofs. Sowie sie dort oben loslegten, gingen über den Funk in schneller Folge Infos ein.

Selbst von hier unten konnten sie das Hämmern des Rammbocks gegen die Kellertüren hören.

»Wir fahren«, beschloss Koss.

Noch während sie auf die Baumgruppe zusteuerten, streifte Fredrik sich die Gasmaske über. Sie war auf der Innenseite zusätzlich verglast, damit ihn seine Weitsichtigkeit nicht mehr als unbedingt nötig beeinträchtigte. Doch die Maske verstärkte die Klaustrophobie. Ihm fiel das Atmen zusehends schwer, und entlang seines Sichtfelds war alles verzerrt und unscharf. Trotzdem hielt er nach dem Fiat Ausschau. Konnte Borg ihn irgendwo hier oben versteckt haben? Zwischen den Bäumen?

Sowie Koss angehalten hatte, sprang er hinaus.

»Warten Sie!«

Doch Fredrik ignorierte ihn. Kafa war inzwischen seit mehr als achtundvierzig Stunden verschwunden. Wenn sie noch am Leben war…

Eilig wischte Fredrik den Gedanken beiseite. Er wollte nicht daran denken, was Kafa widerfahren sein könnte. Er hatte Mikael Morenius' verstümmelte Leiche mit eigenen Augen gesehen. Wenn sie noch am Leben und wenn sie hier war, dann sollte sie so schnell wie möglich ein bekanntes Gesicht sehen. Das hatte sie verdient. Das und noch viel mehr.

Als er um das Haus zur Rückseite lief, hörte er, wie Holz zersplitterte und eine Tür zu Bruch ging. Er musste in den Keller. Womöglich befand sich Egon Borg oben im Haus, aber dort hielt er ganz sicher nicht seine Geisel gefangen.

Der Rammbock hatte die Stahlluken über der Kellertreppe zerschmettert. Ein Stück abseits stand der Leiter der Spezialeinheit. Seine Haut hinter der Maske glänzte.

»Beier«, rief er. »Da drinnen kommt eine massive Tür. Mit dem Rammbock kommen wir da nicht durch. Wir müssen sprengen. Der Rest des Kellers ist schon kontrolliert.«

Als mehrere schwer bewaffnete Polizisten aus der Kellertür stürmten, wurde Fredrik beiseitegescheucht. Als auch der Letzte von ihnen draußen war, kniete er sich an der Ecke auf den Boden. Er hielt einen Zünder in der Hand, wartete auf das Signal seines Vorgesetzten – und drückte den Knopf.

Selbst das Betonfundament bebte. Eiszapfen krachten von den Gesimsen und zerschellten auf dem Boden. Die Explosion klang noch dumpf nach, als eine Staubwolke aus den Luken herausquoll.

Der erste Mann, der reinging, hielt einen Schild vor sich. Die anderen stürzten mit erhobenen Maschinenpistolen hinterher.

Fredrik musste sich an der Wand entlangtasten. Er folgte dem Geräusch der Gummisohlen auf Beton und entdeckte schließlich die Stelle, an der die Türbeschläge gesessen hatten.

»Sicher! Niemand hier!«

Verdammt.

Die Tür war in den fensterlosen Raum gekracht. Etwa auf Kopfhöhe war in den Stahl ein rundes Fenster eingelassen gewesen.

Entlang der einen Wand stand eine lange Bank. Fredrik erkannte die Ausrüstung auf einen Blick wieder: Reagenzgläser. Pinzetten. Petrischalen. Behälter und Reinigungsmittel. Laborausrüstung. Auf der Bank thronte eine Gefriertruhe. Er ahnte, wo die herkam. Er müsste nur die Unterlagen über einen ungeklärten Einbruch in eine Arztpraxis in Fjelldal überprüfen, wo zwanzig Jahre zuvor eine Gefriertruhe gestohlen worden war. Vorsichtig öffnete er den Deckel. Leer.

»Sehen Sie sich das an«, sagte jemand hinter ihm.

Mit der Maschinenpistole zeigte er auf einen Stuhl mit geflochtener Sitzfläche und dunklem Rückenteil und Armlehnen. Geronnenes Blut hatte den Boden darunter schwarz gefärbt. Um die Stuhlbeine und die linke Armlehne herum waren Plastikriemen befestigt worden. Das Holz wies hellere Risse auf, vermutlich von Fingernägeln, die darübergekratzt hatten. Hier war Mikael Morenius gefangen gehalten worden. Hier war er gefoltert und getötet worden.

Von Kafa indes keine Spur.

109

März 1992, Halbinsel Kola, Russland

Erst am frühen Nachmittag ließ der Wind nach, und das Pfeifen ging in ein fast schon behagliches Sausen über – wie Wogen, die über die Landschaft rollten. Staffan Häyhä hatte sich zur Mündung hinunterbegeben, um Ausschau zu halten. Egon, Axel und Kalypso warteten im Zelt. Bald würde es dunkel werden. Dann wollten sie ihren Marsch in Richtung Grenze fortsetzen.

Axel sah das zerbrechliche Mädchen nachdenklich an.

Aus dem Wohnblock hatten sie Kleidungsstücke mitgenommen. Sie hatten diese Sachen unter ihrem Schlafsack ausgebreitet, damit sie nicht auf dem blanken Steinboden liegen musste. Am Leib trug sie ein dickes, rot-schwarz kariertes Baumwollhemd, das einmal einem Erwachsenen gehört haben musste. Die Ärmel hatten sie ihr über die blassen Arme nach oben gekrempelt. Ihr Kopf ruhte auf Egons Oberschenkel. Manchmal erschrak sie und fing an zu wimmern, beruhigte sich aber schnell wieder, sobald Egon ihr über den Rücken streichelte. Ob sie im Augenblick schlief, konnte Axel nicht sehen.

Egon hatte die Kompresse auf seiner verletzten Hand gewechselt. Gerade wickelte er bedächtig eine Mullbinde darum.

»Ich bin nicht gefahren«, flüsterte er.

»Was meinst du?«

»Als wir den Unfall hatten … in unserer Hochzeitsnacht. Da bin ich nicht gefahren.«

Axel sagte nichts, starrte ihn nur an.

»Es war mein Bruder. Kain.«

»Kain?«

»Unsere Mutter hat ihn so genannt. Sindre.«

Egon zog die Mullbinde so straff, dass seine Finger weiß wurden.

An jenem Frühlingstag, der mittlerweile eine Ewigkeit her gewesen zu sein schien, obwohl es erst ein knappes Jahr her war, war Kain frisch aus dem Gefängnis entlassen worden. Egon hatte ihn bei seiner Hochzeit eigentlich nicht dabeihaben wollen. Sie hatten schon seit Langem keinen Kontakt mehr gehabt. Sie waren auch nicht zusammen aufgewachsen. Aber sie seien doch Brüder, hatte Suzanne zu ihm gesagt. Eine Familie, ein Fleisch und Blut. Kain sei nicht schuld daran, was seine Mutter getan habe, hatte sie wieder und wieder gesagt. Genauso wenig wie Egon selbst.

Zu guter Letzt hatte Egon eingelenkt. Kain hatte sogar bei den Vorbereitungen geholfen. Am Vorabend der Hochzeit hatte er Egon beiseitegenommen, sich aufrichtig bei ihm bedankt und sich die Tränen aus den Augen gewischt. Er hatte beteuert, wie viel ihm dies alles bedeute. Dann hatte er die Hand des Bruders ergriffen und ihn gebeten, ihr Fahrer sein zu dürfen. Er habe kein Geld für ein Geschenk, aber er wolle so gern etwas tun. Sich nützlich machen.

Egon hatte ihm sogar von dem Baby erzählt, das unterwegs war, woraufhin Kain ihn umarmt hatte. Er hatte geweint. Keine Drogen mehr. Keine Diebstähle mehr.

Axel schloss die Augen und seufzte. Er erinnerte sich noch vage an den zupackenden, wenn auch zurückhaltenden Mann im Hintergrund, der die Musikanlage aufgestellt, Stühle geschleppt und stolz und dankbar gelächelt hatte, als der Bruder ihn reihum vorstellte.

Nachdem der Hochzeitswalzer getanzt, die Hochzeitstorte angeschnitten war und sich das Fest schon über Stunden erstreckt hatte, hatte sich Kain ans Steuer von Egons rotem Saab 900 gesetzt. Die Frischvermählten saßen auf der Rückbank.

»Dieser verfluchte Idiot stand unter Drogen – ich habe es erst kapiert, als er auf dem Holmenkollenveien Vollgas gab. So als wollte er … uns beeindrucken. Mich beeindrucken. Ich habe ihn aufgefordert, sofort anzuhalten, habe mich nach vorn gelehnt, um ins Lenkrad zu greifen, und da ist es passiert. Die Straße machte eine Kurve, doch Kain am Steuer fuhr geradeaus, einfach die Böschung hinunter … Es war fast, als hätte Gott uns von der Straße geschoben.«

Egon spuckte aus, bevor er mit den Zähnen in die Mullbinde biss und sie vom Rest der Rolle abtrennte.

»Als das Auto endlich liegen blieb, saßen wir einfach nur da. Kain vorn. Suzanne und ich hinten. Ich konnte sehen, dass sie verletzt war, und zwar schwer verletzt ... aber sie war immer noch bei Bewusstsein, wir sprachen miteinander, sie meinte, es gehe ihr gut ...« Er räusperte sich. »Ich habe es nicht richtig begriffen. Und ich habe Kain angeschrien, er solle sich zur Hölle scheren. Abhauen und nie mehr wiederkommen.«

»Warum ... Warum hast du das getan?«

Egon hob den Kopf. Starrte auf die flatternde Zeltplane. »Da war etwas in Suzannes Blick, das ... Ich weiß es nicht.« Mit einer Sicherheitsnadel steckte er die Mullbinde fest. »Es war Agnes. Kain hat es mir irgendwann erzählt. Sie hatten sich einen Joint geteilt.«

Axel schüttelte den Kopf. Dieses idiotische Weibsbild.

»Dass ich so dumm sein konnte«, murmelte Egon. »So verflucht dumm. Dass ich ihm vertraut habe. Das werde ich ihm nie verzeihen. Niemals.«

Mit einer abrupten Bewegung schob Egon Kalypsos Kopf von seinem Oberschenkel. Ging auf alle viere, kroch zur Zelttür und spähte hinaus.

»Wollten wir uns bei der Wache nicht abwechseln? Sollte der Schwede nicht längst zurück sein?«

110

Als Kafa wieder zu sich kam, lag sie auf der Matratze. Sie hatte sich schon wieder in die Hose gemacht. Diesmal war die Kette straffer angezogen, und der Arm hing in der Luft. Ihre Schulter tat fürchterlich weh, und nur mit Mühe konnte sie sich in Sitzposition hochhieven. Ihre Nase blutete zwar nicht mehr, aber sie spürte, dass ihr geronnenes Blut am Kinn klebte. Auch der BH klebte an ihrem Körper und war dunkelrot.

Wieder dieses leise Dröhnen. Allerdings hatte sie inzwischen einsehen müssen, dass es nicht ihr galt. Es war niemand gekommen.

»Sie bauen«, sagte Egon.

Er lehnte auf der anderen Seite des Raums an der Wand. Quer über seinen Hals verlief ein lodernd roter Streifen. Ihr lief ein Schauder über den Rücken – hatte er wirklich so leicht ihre Gedanken lesen können?

»Das Haus nebenan.«

Sie starrte in die Luft.

»Iqbal«, sagte er ganz ruhig. »Sie hätten dankbar sein müssen für Ihre Unbedeutsamkeit – niemand kümmert sich darum, ob die Unbedeutenden leben oder sterben.« Er rieb sich über die Kehle. »Jetzt aber glaube ich, dass Sie sterben werden.« Sein Tonfall verriet, dass er in Gedanken ganz woanders war. »Wir hatten sie Kalypso genannt«, flüsterte er. »Wegen des Wasserzeichens auf den Fotos. Kennen Sie Homer? Die Odyssee?«

Sie antwortete nicht, und es hatte nicht den Anschein, als würde es ihn kümmern.

»Kalypso war die Nymphe, die Odysseus mit ihrem Gesang verhexte und ihn an sich fesselte. Sieben Jahre lang hielt sie ihn gefangen, bevor die Götter sie zwangen, ihn wieder freizulassen.« Er lächelte. Kafa wusste nur zu gut, dass es nicht ihr galt. »Sieben Jahre … Das ist doch nichts!« Dann holte er tief Luft. »Vielleicht war es richtig, was Bakke gesagt hat. Dass ich nicht in der Lage sei, sie zurückzulassen, weil sie mich an die Tochter erinnere, die ich nie hatte. Vielleicht hat sie mich ja wirklich verhext. Ich weiß es nicht. Vielleicht ist es einfach so, dass ich ein guter Mensch bin. Iqbal?« Er wartete, bis sie ihn ansah. »Glauben Sie das? Dass ich ein guter Mensch bin? Kalypso … Anastasia … Sie war in einem elenden Zustand, als wir sie gefunden haben. Das Pockenvirus hatte schon ihr Rückenmark beschädigt. Ein Bein war weitgehend gelähmt. Aber sie war da – zusammen mit uns. Leider verschlechterte sich ihr Zustand. Das ist nicht ungewöhnlich. Die Krankheit frisst sich durch den ganzen Körper. Irgendwann dann die Hirnhautentzündung … Selbst als Erwachsene war Kalypso nie mehr als das kleine Mädchen im Körper einer Frau.« Sachte schob er sich an der Betonwand nach oben. »Was hätte ich denn tun sollen? Sie hatte keine Eltern mehr, war pflegebedürftig. Erinnern Sie sich noch an diese Fernsehbilder – aus den Kinderheimen in ganz Osteuropa? Oder sind Sie dafür zu jung? Apathische, hilflose Kinder in maroden Einrichtungen. Das wäre die Alternative gewesen, wenn ich sie nicht zu mir genommen hätte. Anastasia bekam das beste Leben, das sie überhaupt bekommen konnte. Denken Sie darüber nach, bevor Sie mich verurteilen.«

Auf dem Boden stand ein kleiner Becher mit Wasser. Kafa hatte ihn bisher nicht wirklich zur Kenntnis genommen. Er stand immer noch an derselben Stelle, wo sie miteinander gekämpft hatten – und war immer noch unversehrt, war nicht einmal umgekippt. Sie konnte ihn gerade so erreichen. Sie klemmte sich den Becher zwischen die Oberschenkel und wusch sich mit dem kalten, bräunlichen Wasser das Blut vom Kinn. Ihre Nase brannte. Gebrochen war sie jedoch nicht.

»Feldwebel Bakke«, sagte sie nach einer Weile. »Wer war er?«

»Bjørn Bakke? Ein Idiot. Er wollte sie dort zurücklassen. Wir hatten eine … Auseinandersetzung. Dabei kam er ums Leben, und dann ließen wir stattdessen ihn dort bei den russischen Labors zurück. Leonid Gusew – der General, den Kain ermordet hat –, befehligte die Truppe, die ihn schließlich gefunden hat. Norwegische Uniform – und im Kopf eine norwegische Kugel. Dann fand Gusew heraus, dass im Labor Virusproben fehlten. Na ja, er war schließlich nicht dumm, der Russe.«

»Also musste Gusew sterben?«

Egon Borg ging hinüber zum Waschbecken. Drehte ihr den Rücken zu und wusch sich die Hände – so ausgiebig, dass seine Bewegungen etwas Symbolhaftes hatten.

Odysseus, Homer. Kain und Abel. Und jetzt wusch er seine Hände in Unschuld wie einst Pontius Pilatus. Am meisten erschreckte Kafa sein Selbstbild. Egon Borg schien der Ansicht zu sein, dass er in die Geschichtsbücher gehörte. Allein seine Rhetorik! Beim PST hatte sie mit Extremismus zu tun gehabt. Borg war kein Fundamentalist, und er schien keine Ideologie zu verfolgen, keinen Glauben, aber ebenso wie jeder Fundamentalist hatte auch er keine Zweifel. Daraus sprach das missverstandene Genie. Der Geist derer, die glaubten, ihre Menschlichkeit der Menschlichkeit zu opfern. Die aber letztlich versehrte Körper, Leid und Verzweiflung hinterließen.

»Suzanne und Kalypso. Meine zwei Prinzessinnen. In gewisser Weise kann Kalypso Suzanne für das Leben danken, das sie letztlich bekommen hat. Denn selbst nachdem Suzanne tot war, konnte ich mich weiter um sie kümmern. Suzanne hat Kalypso das Leben geschenkt. Ist das nicht schön?« Borg schüttelte den Kopf. Griff sich an die Schläfe, als wäre er gerührt. »Es war nicht einfach. Vor allem als sie älter wurde. In der Pubertät wurde sie unruhig, kam im selben Zimmer mit Suzanne nicht klar. Also hab ich sie nachts mitgenommen. Raus ins Auto, und wir sind einfach rumgefahren, Stunde um Stunde, bis zum Morgengrauen, bis sie sich damit zufriedengab. Womöglich hatte sie da eingesehen, welches Glück sie hatte.«

»Die Flüssigkeit, die Sie ihr in den Arm gepumpt haben – Sie stellen sie ruhig«, sagte Kafa kühl. »Nur deshalb hat sie geschlafen, als ich bei Ihnen war.«

Neben dem Waschbecken lag ein schmutziges Handtuch. Borg schien zu überlegen, ob er es verwenden sollte, rieb sich dann aber stattdessen die Hände an der Hose trocken und drehte sich zu Kafa um. »Ich *beruhige* sie. Was immer ich tue, tue ich zu ihrem Schutz. Ich habe die Menschen um mich herum schon immer beschützt. In unserer Hochzeitsnacht damals … hat Kain am Steuer gesessen. Agnes und Kain hatten zusammen einen Joint geraucht. Keine Ahnung, ob wir deshalb diesen Unfall hatten. Aber wir hatten diesen Unfall. Und ich habe die Schuld dafür auf mich genommen.«

Damit hatte er Kain und Agnes in der Hand gehabt. Alle beide hatten auf ewig in seiner Schuld gestanden. Sie hatten Egon um das Leben betrogen, das er hätte haben sollen, und er hatte sie benutzt, er hatte sie langsam sterben lassen, weil er der Ansicht war, dass sie genau das verdient hatten.

Der Lederhandschuh. Der weiße Handschuh, den Agnes Ose kurz vor ihrem Tod in Händen gehalten hatte. Endlich fiel ihr wieder ein, wo sie ihn schon einmal gesehen hatte. Egon Borg hatte auf dem Hochzeitsfoto weiße Handschuhe getragen. Sie fragte ihn danach, und er antwortete mit einem Nicken.

»Wie schon gesagt … Sie hat immer mich haben wollen.«

Um seinen Mund hatte sich ein anderer Zug gelegt – erst glaubte Kafa, dass er grinste. Dann dämmerte ihr, dass es ein nervöses Zucken war, der Vorbote von etwas Düsterem.

»Jetzt ist es nur noch eine Frage der Zeit. Für Sie. Für mich. Für die anderen«, sagte er und nickte herablassend zur Tür. Alle anderen dort draußen.

Kafa griff nach dem zusammengerollten Laken, trocknete sich das Gesicht ab und wischte sich anschließend über die blutverschmierte Brust. Die Schulter tat noch immer höllisch weh. Sie zog kurz an der Kette, doch die spannte bloß weiter gnadenlos über der Handschelle an ihrem Handgelenk.

»Rache«, stellte sie fest, und er sah sie mit nachdenklicher Miene an.

»Als die Spanier nach Südamerika kamen, wurde binnen weniger Jahre fast die komplette einheimische Bevölkerung ausgerottet. Achtzig bis neunzig Prozent. Und nicht mit Waffengewalt. Es waren die Krankheiten, die sie eingeschleppt hatten. Die Grippe, Masern … Wie ein Heuschreckenschwarm breiteten sie sich über den Kontinent aus.« Er machte eine ausholende Geste. »Aber ist das Pockenvirus an sich boshaft? Oder tut es lediglich, was es tun muss, um zu existieren?« Er machte ein paar Schritte auf sie zu. Stellte sich in die Mitte des Raums. »Ich hab Kalypso vor dem Tod gerettet. Vor einem langsamen, qualvollen Tod. Bin ich böse? Ich habe mich für Kain geopfert. Damit er einer neuerlichen Gefängnisstrafe entging. Ist das böse? Fünfzehn Jahre lang habe ich mich um meine hirntote Frau gekümmert, habe sie gepflegt, Windeln gewechselt, sie gewaschen …« Anstatt die Frage ein weiteres Mal zu stellen, holte er bloß mit den Händen aus und atmete tief durch. »Wie alle Lebewesen – ob Mensch oder Virus – habe ich nichts anderes getan, als mich meiner Umgebung anzupassen. Es ist nicht *meine* Bosheit, die uns hierhergeführt hat.« Er rieb sich die Hände. »Und es geht auch nicht um Rache. Das hier hat nichts mit Boshaftigkeit oder mit Güte zu tun. Wir tun nur das, was wir tun müssen, um zu existieren. Das entspricht der Ordnung der Natur.«

Er kam noch einen Schritt näher. Borg schwitzte heftig,

und im schwachen Licht der Glühbirne sah sie, wie an seinem Haaransatz entlang Schweißtropfen entstanden.

»Was glauben Sie – was wollten die Behörden mit dem Virus, das wir aus Russland mitgebracht haben? Neue Impfstoffe entwickeln?« Er senkte die Stimme. »Warum wohl mischt sich der Geheimdienst in Ihre Ermittlungen ein?« Er ging vor ihr in die Hocke. »Wachen Sie endlich auf«, sagte er und schnipste mit den Fingern. »Die Leute müssen aufwachen. In diesem Land spielen gewisse Menschen mit dem Feuer, mit dem Schlüssel zur Hölle. Ob es Ihnen gefällt oder nicht, aber der Kalte Krieg ist immer noch nicht beigelegt. Im Gegenteil: Wir rüsten auf. Aber die Leute – die normalen Leute erfahren nichts davon. Damit muss Schluss sein. Auf der Stelle.«

Kafa fühlte sich unsagbar müde. Ihr Arm tat weh, sie spürte, wie Nase und Kinn zusehends anschwollen und schmerzhaft pochten. Ihr war kalt, und sie stank zum Himmel.

»Warum stellen Sie sich nicht? Haben Sie Ihren Standpunkt nicht längst deutlich gemacht? Stellen Sie sich, und bringen Sie Ihren Fall vor Gericht. Dann erfahren alle von dem Virus. Von der Aktion in Russland. Von Ihren Anschuldigungen. Reicht das nicht aus? Haben nicht schon genug Menschen mit ihrem Leben bezahlen müssen?«

»Anschuldigungen?«, fauchte er. »Genau das ist es doch! Die Leute werden glauben, dass es sich bloß um Anschuldigungen handelt. Um die grundlosen Anschuldigungen eines irren Mörders. Es reicht schon lange nicht mehr aus zu wissen«, sagte er leise. »Die Menschen müssen endlich *verstehen.*«

111

Viel Erfolg für das Konzert heute Abend. Ich liebe dich. Papa.

Fredrik starrte schon seit einer Weile auf das Handydisplay. Las sich die Nachricht leise vor. Versuchte, sich vorzustellen, wie Jacob sie lesen würde. Erst als er hinter sich Schritte vernahm, die über den Steinboden der Rezeption näher kamen, drückte er auf Senden.

Ein Mann mit Geheimratsecken und Kurzhaarfrisur hieß ihn willkommen und stellte sich vor. »Ich bin der Leiter der Abteilung für Sicherheitspolitik. Sie sind da, um sich Egon Borgs Büro anzusehen?« Er schielte auf die Dienstmarke, die Fredrik an einem Band um den Hals trug.

»Richtig.«

Der Mann im Anzug versuchte, Small Talk zu betreiben, während sie durch die hellen Flure des Verteidigungsministeriums marschierten, doch Fredrik war zu müde. Als Koss ihn nach dem Einsatz nach Hause geschickt hatte, war es spät in der Nacht gewesen, und auch daheim war er nicht zur Ruhe gekommen.

Die Tür zu Borgs Büro war von der Polizei versiegelt worden. Fredrik riss das Siegel ab.

»Na ja, Sie sehen ja selbst, dass die Polizei schon hier war, insofern weiß ich nicht recht, was Sie suchen, aber …«

»Ich auch nicht«, erwiderte Fredrik.

Der Mann hatte vollkommen recht. Das Büro war bereits durchsucht worden, und Fredrik hatte keinen Grund zu der Annahme, dass die Kollegen, die hier gewesen waren, ihre Arbeit nicht ordentlich ausgeführt hätten. Trotzdem hatte er persönlich kommen müssen. Die Wahrheit war, dass er nicht wusste, was er anderes tun sollte. Sie hatten den

Hof in Lommedalen genau überprüft, und sie hatten Egon Borgs Wohnung auf den Kopf gestellt. Ohne irgendwas zu finden, was auch nur ansatzweise auf seinen Aufenthaltsort hingewiesen hätte. Irgendwann im Morgengrauen war ihm wieder Kafas Uhr in den Sinn gekommen, die im Vernehmungszimmer auf dem Boden gelegen hatte. Die Atomkriegsuhr. Es war kurz vor Weihnachten, und überall roch es nach Gewürznelken, Clementinen und Hefegebäck. Es eilte. Das spürte er.

Fredrik zog die Cordjacke aus und stopfte das Hemd in die Hose. »Vielleicht könnten Sie mir eine Tasse Kaffee organisieren?«

Der Abteilungsleiter war in der Tür stehen geblieben. Sah Fredrik verwundert an.

Kurz streifte ihn der Gedanke, dass Abteilungsleiter in Ministerien es vermutlich gewohnt waren, dass ihnen ein Kaffee serviert wurde und nicht umgekehrt. »Wenn Sie nichts Wichtigeres zu erledigen haben …«

»Nein, nein.« Der Mann lächelte. »Milch? Zucker? Stark? Schwach? Große Tasse, kleine Tasse?«

Fredrik hatte keinen Schimmer, ob er gerade versuchte, ironisch zu sein. »Spielt keine Rolle.« Dann bat er ihn, die Tür hinter sich zuzumachen.

Er legte sich die Hände über die Augen. Versuchte, das Büro vor sich zu sehen, wie es bei seinem letzten Besuch ausgesehen hatte. Formell. Nüchtern, ohne persönliche Note. Keine Fotos oder Zeichnungen auf dem Schreibtisch. An der Wand lediglich eine Landkarte. Aufgeräumter Schreibtisch. Darauf ein Laptop.

Er nahm die Hände wieder runter. Der Laptop fehlte. Fredrik umrundete den Schreibtisch und setzte sich auf Borgs Bürostuhl. Im Rücken war er komfortabel verstärkt.

Er zog die Schubfächer unter der Schreibtischplatte auf.

Eine Packung Schmerztabletten – gegen Kater und Menstruationsbeschwerden. Nichts, woran er litt. Akten. Er blätterte die Unterlagen flüchtig durch, als sein Handy klingelte. Koss. Es war zwölf Uhr mittags. Wahrscheinlich saß die versammelte Spezialeinheit gerade im Büro des Polizeidirektors, und alle warteten auf ihn. Er drückte den Anruf weg.

»Ihre Kollegen haben gestern Kopien sämtlicher Unterlagen gemacht.« Lautlos hatte der Abteilungsleiter die Tür aufgeschoben und stand jetzt wieder an der Schwelle.

Fredrik winkte ihn herein und streckte sich nach dem Kaffeebecher, den der Mann in der Hand hielt. »Und der Laptop?«

»Den muss er mitgenommen haben. Allerdings haben wir hier Back-ups. Ihre Kollegen …«

Mit einem demonstrativen Nicken gebot Fredrik dem Mann Einhalt. Diesmal zog er sich zurück, ohne seine Verärgerung auch nur ansatzweise zu verhehlen.

Fredrik war das egal. Mit dem Kaffeebecher in der Hand drehte er den Stuhl zum Fenster. Draußen hatte es angefangen zu regnen, und Bürohengste trabten über den gepflasterten Platz vor dem Gebäude. Wer keinen Schirm dabeihatte, kam nass und zerzaust am Eingang an.

Nass und zerzaust. Er musste an Krøsus und ihr stinkendes Fell denken. Dachte an ihren Spaziergang im Frognerpark und den misslungenen Konzertbesuch mit Jacob am selben Abend. Kafa, die angerufen hatte, und Kain, der sie hatte treffen wollen. Der noch in derselben Nacht in den Tod gestürzt war.

Moment … Er biss sich auf die Zunge.

Es hatte an dem Abend kräftig geschneit. Dicke, schwere Flocken. Doch als sie Kain in dem Betonskelett in Sørenga getroffen hatten, hatte sein Körper regelrecht gequalmt. Er hatte unter beiden Armen und auf dem Rücken seines Kapuzenpullovers riesige Schweißflecken gehabt. Wie konnte das sein, wenn er zuvor durchs Schneetreiben gelaufen war? Warum war er nicht triefnass gewesen – auf der Kapuze, auf den Schultern?

Im Lauf seiner Karriere war Fredrik schon unzähligen Junkies begegnet, und er hatte sie vieles tun sehen. Aber einen Junkie, der mit Schirm durch die Stadt spazierte? Kain sei mit Lin zusammen, hatte er Kafa am Telefon erklärt. Was, wenn Kafa am selben Ort wie die Thailänderin gefangen gehalten würde?

Egon Borgs Versteck musste sich irgendwo im Zentrum befinden. Irgendwo in der Nähe von Sørenga. In Gamlebyen?

Er drehte den Stuhl so hastig herum, dass ihm Kaffee auf die Oberschenkel schwappte. Die Hitze war ihm gleichgültig. Er starrte nur mehr auf die gigantische Karte an der Wand. Gott, was für ein Idiot er doch war!

Egon Borg hatte ihnen die Antwort auf dem Silbertablett serviert. Er hatte vor ihnen gesessen und sich gebrüstet, und sie hatten verdammt noch mal nicht das Geringste verstanden.

»Oh Gott«, sagte er diesmal laut. Und sprang auf.

Was hatte Egon Borg über die Fähnchen in der Karte gesagt?

Die roten waren Luftschutzkeller. Verrammelt, verfallen. Die gelb markierten waren in akzeptablem Zustand. Die blauen markierten Orte, an denen neue gebaut werden sollten.

Dort. Vier Pins mit roten Fähnchen – mitten in Gamlebyen. Ein Pin steckte in einem Haus an derselben Straße, in der Ismacil Saleban gewohnt hatte, direkt neben einer Kirche. Keine dreihundert Meter von jenem Gebäude entfernt, in dem Kain seinem Schöpfer entgegengetreten war.

112

Dünne, lange Kratzer in der Wand über der Matratze. Dreiundzwanzig an der Zahl. Sie hatte sie gezählt, immer wieder. Wofür standen sie? Tage oder Stunden? Wochen? Oder was vollkommen anderes? Die Wand war mit einer solchen Kraft bearbeitet worden, dass selbst der Beton darunter Spuren abbekommen hatte. Sie hoffte inständig, dass es nicht Fingernägel gewesen waren. Lins Fingernägel. Erst Stunden, nachdem Egon Borg sie allein gelassen hatte, hatte es ihr gedämmert. Dieser Geruch im Laken – der Hauch von Unschuld. Den hatte sie im Flur in Lins Wohnung wahrgenommen.

Aber ganz gleich ob es sich nun um Stunden oder Tage handelte: Lin hatte sie gezählt. Kafa wusste, dass die Zahl ihrer eigenen Striche kleiner ausfallen würde.

Sie konnte so nicht liegen bleiben – den Arm in die Höhe gezogen. Das Kribbeln und die tauben Finger waren erste Anzeichen dafür, dass ihr Kreislauf geschwächt war. Würde sie so liegen bleiben, würde sie Wundbrand entwickeln und der Arm absterben. Wenn der Wundbrand erst einsetzte, dann würde es schnell gehen. Sie hatte schon mal Bilder davon gesehen, schwarze, abgestorbene Gliedmaßen.

Kafa stemmte sich hoch, hob die dünne Matratze an, rollte sie zusammen, so gut es eben ging, und stellte sie hochkant an die Wand. Lehnte sich dagegen. Wann immer sich ihr Magen vor Hunger und Durst zusammenkrampfte, krümmte sie sich darüber.

Wieder nickte sie ein. Traumgespinste. Rasche Bildabfolgen von massiven Wänden, dunklen und kalten vorübergleitenden Schatten, und sie rannte. Rannte wie der Teufel, mutterseelenallein, nackt und hoch alarmiert. Die

Träume gingen in Wachphasen über und die Wachphasen in Träume. Der schmerzende Arm. Die Schatten. Dreiundzwanzig Kratzer, die ein Fingernagel in die Betonwand geritzt hatte. Ein Plastikbecher, tropfendes Wasser. Das Brummen einer Gefriertruhe. Wieder Schatten. Leise, zischende Stimmen.

Eine leise, zischende Stimme. Sie fror, und ihr Kopf kippte zur Seite. Auf die Matratze. Da stand er, vor ihr auf dem Boden.

Das Gesicht schmerzhaft verzerrt. Er hatte dunkle Schatten unter den Augen. In ihrer Fantasie wirkte es, als würde seine Hautfarbe changieren, von hell zu dunkel und umgekehrt. Er fauchte mehr, als dass er sprach, und reichte ihr ein Glas mit Leitungswasser.

»Sehr kreativ.« Er räusperte sich und zeigte auf die Matratze. »Sie stinken.«

Sie nahm einen großen Schluck, ihr Kopf wurde wieder klarer, und die Schatten verschwanden.

»Sie wissen mittlerweile, dass Sie mich entführt haben«, flüsterte sie. »Was auch immer Sie vorhaben, wo auch immer Sie Ihr Virus freisetzen wollen – sie warten schon auf Sie.«

Er machte einen Schritt nach hinten. Betrachtete sie lange. »Wissen Sie, was ich gesehen habe?«, fragte er heiser. »An diesem Abend, als ich Agnes und den Polizisten getötet habe?«

Kafa schaffte es nicht, ihm in die Augen zu sehen, und starrte zu Boden. Seine Schuhe glänzten. Sie waren frisch geputzt. Schwarze Anzughose, weißes Hemd, Weste. Er war festlich gekleidet.

»Ich habe Ihren Kollegen gesehen, Beier. Er hat im Auto gesessen und die Patronen aus einem Magazin ausgetauscht. Was glauben Sie – warum hat er das getan?«

Jetzt musste sie ihn doch ansehen. Wovon zum Teufel redete er?

»Wir alle haben unsere Dämonen«, sagte er leise.

Auch er stank. Selbst hier, mit ihren eigenen Exkrementen besudelt, konnte sie riechen, wie er regelrecht Parfüm ausdampfte. Das Aroma dunklen Holzes, von Kardamom und irgendwas Organischem. Dem Sekret irgendeines Tiers.

»Oh Himmel«, stöhnte sie und hob den Kopf – und im selben Moment sah sie es. Wie er dort stand, direkt unter der Glühbirne. Sie hatte sich die eigentümliche Gesichtsfarbe nicht eingebildet. Egon Borg hatte sich mit einem Abdeckstift zugekleistert. Unter der getönten Creme waren Konturen von Pusteln zu erahnen.

Egon Borg wollte nirgends eine Waffe oder einen Behälter mit dem Virus deponieren. Egon Borg *war* die Waffe. Er hatte sich selbst mit Pocken infiziert.

113

März 1992, Halbinsel Kola, Russland

Staffan Häyhäs PSG 90 lag noch immer bei seiner Ausrüstung. Axels Rucksack indes war verschwunden. Sie hatten ihre Rucksäcke zuvor als Windschutz vor die Zeltöffnung gestellt. Axel riss den Stahlkoffer mit den Virenproben auf. Es waren zwei versiegelte Stahlzylinder gewesen – und die waren jetzt weg. Im nächsten Moment wurde die Zeltplane zur Seite gerissen. Egons Gesicht glühte.

»Der Drecksack ist abgehauen.«

Axel hob den Koffer an, damit Egon es sehen konnte.

»Verdammt!«

Eilig liefen sie auf die Anhöhe zum Wachtposten an der

Talmündung. Die einzige Spur von Häyhä war die schmutzig weiße Zeltplane, die träge im Wind flatterte.

Die Hochebene vor ihnen war schneeweiß und unberührt. Auch wenn der Wind sich mittlerweile halbwegs gelegt hatte, wehte er immer noch stark genug, um den Pulverschnee aufzuwirbeln und die Sicht zu behindern. Axel beäugte die grauweiße Wolkendecke. Ein Stück über dem Horizont konnte er gerade noch die Sonne ausmachen. Eine Stunde später, und es wäre dunkel.

»Der wird uns anzeigen«, zischte Egon.

Uns? Axel starrte in das ausdruckslose Gesicht seines Kameraden, korrigierte ihn aber nicht. Egon sah unerschütterlich aus, unaufhaltsam, und das machte Axel Angst. Wozu wäre er noch fähig?

Bis zu diesem Zeitpunkt hatte Axel gedacht, dass es gut für ihn ausgehen würde, ganz egal wie die gesamte Operation endete. Immerhin hatte er niemandem eine Pistole an den Kopf gehalten. Er hatte nicht dafür gesorgt, dass sich das Gehirn des Feldwebels über einem verschlissenen Teppich in einer gottverlassenen Wohnung verteilt hatte. Das war Egon gewesen.

Aber Axel hatte ihn auch nicht aufgehalten. Er hatte nicht eingegriffen. Ganz im Gegenteil. Er hatte geholfen, die Leiche fortzuschaffen. Er hatte Steine geschleppt, mit denen sie den Müllsack beschwert hatten, und dann hatten sie gemeinschaftlich die Leiche im trüben Fjord versenkt. Vernichtung von Beweismaterial nannte man das wohl in der zivilen Welt.

Er war kein Zeuge, dämmerte ihm jetzt. Er war ein Mittäter.

So wie der Schnee dort auf der Hochebene wie ein Deckmäntelchen über der Welt lag, mussten auch sie jetzt ein Deckmäntelchen für all das finden, was hinter ihnen lag.

Sie mussten Häyhä zu fassen kriegen. Ihm ins Gewissen reden, bevor er es über die Grenze schaffte.

»Die Spuren müssen wieder zugeweht worden sein«, stellte Axel fest.

Egon sah ihn bloß mit müden Augen an. »Komm.« Er machte sich auf den Rückweg hinunter zum Zelt. »Pack Kalypso gut ein – und nimm das Gewehr mit.«

»Willst du sie etwa hier zurücklassen?« Bei dem Versuch, seinen Kameraden einzuholen, stolperte Axel und fiel beinahe der Länge nach hin. »Es wird dauern, bis wir Häyhä finden – *wenn* wir ihn überhaupt finden.«

»Er ist nicht auf die Hochebene gelaufen. Sondern in Richtung Küste.«

Selbstverständlich war er das.

Das bescheidene, zurückhaltende Wesen und das jugendlich weiche Gesicht hatten ihn nie darüber hinweggetäuscht, dass Staffan Häyhä allem voran Soldat war; trotzdem war Axel der Janusköpfigkeit des Mannes auf den Leim gegangen. Häyhä hatte Augen wie ein Luchs, war stark und zu allem entschlossen. Und noch wichtiger als das: Er war clever. »Der wichtigste Muskel befindet sich zwischen den Ohren«, hatten sie im Marinejägerkurs gepredigt. Und das war nur zu wahr. Staffan Häyhä wusste genau, dass er nicht imstande wäre, sich schneller fortzubewegen als zwei wintererprobte Norweger auf Schneeschuhen. Deshalb hatte er es gar nicht erst versucht. Er war dem Fluss ins Tal gefolgt. Jetzt erst war es Axel klar. Staffan Häyhä würde die Nacht abwarten, bis sich die Norweger mit Kalypso auf den Weg begäben, um anschließend ihren Fußspuren zu folgen.

Nach einer halben Stunde entdeckten sie ihn. Einen knappen Kilometer vor ihnen – ungefähr dort wo die ersten kahlen Birken aus dem Schnee sprossen – schleppte er sich durch den Schnee. Behutsam, sah Axel durchs Fernglas, bestimmt um keine allzu tiefen Spuren zu hinterlassen. Trotzdem selbstsicher. Ein wenig *zu* sicher, dass er sie austricksen würde.

Sie erhöhten ihr Tempo. Erleichterung machte sich in Axel breit: Wenn sie nur mit ihm reden könnten, dann würde sich das Ganze klären.

Sie waren schon fast auf Rufnähe an ihn herangekommen, als eine Vorahnung Axel beschlich. »Warte.« Er kniete sich mit einem Bein in den Schnee. »Da…«, flüsterte er. »Da stimmt irgendwas nicht.«

Der Schwede steuerte die letzte steilere Schlucht an, bevor die Hänge flacher wurden und sanft in die Talsohle übergingen. Keine Minute mehr, und sie würden ihn aus dem Blick verlieren. Axel beobachtete ihn durchs Fernglas. Häyhä hatte sein Automatikgewehr geschultert und marschierte in stetigem Tempo weiter. Nichts deutete darauf hin, dass er sie bemerkt haben könnte. Was also hatte ihm einen solchen Schrecken versetzt?

Im selben Moment sah er es – eine Jagdhütte direkt unterhalb der Schlucht. Sie sah fast genauso aus wie diejenige, in der sie die tote Familie gefunden hatten. Aus einer Luke im Dach stieg Rauch auf, der vor dem verschneiten Hintergrund kaum sichtbar war, doch von ihrer höher gelegenen Position aus und mit der Bucht im Hintergrund zeichnete sich der Rauch wie feiner, aufsteigender Nebel ab.

Er drückte Egon das Fernglas in die Hand und nahm sein Scharfschützengewehr von der Schulter. Folgte dem Schweden durchs Visier der Waffe. Er musste wieder an ihre erste Begegnung denken: Da war es Häyhä gewesen, der Axel durch das Visier eines geladenen Gewehrs beobachtet hatte.

»Will er dort jemanden treffen? Oder hat er nicht gesehen, dass die Hütte bewohnt ist?«, fragte Axel.

»Knall ihn ab«, murmelte Egon.

»Was?«

»Ganz egal ob er jemanden treffen will oder ob er dort gefangen genommen wird – er wird uns verraten.«

»Ich soll ihm in den Rücken schießen?« Axel ließ das Gewehr sinken. Von seinem Herzen breitete sich Eiseskälte aus. Unter Egons Blick schien alles zu gefrieren.

»Ich würde es selbst tun«, sagte der Kamerad und hob die verbundene Hand, »aber ich kann nicht.«

Als Marinejäger musste man darauf vorbereitet sein zu töten. Axel Thrane hatte sich entsprechend vorbereitet. Er zweifelte nicht daran, dass er töten konnte. Er zweifelte auch nicht daran, dass dies eine Entscheidung war, die er fortan und bis zu seinem eigenen Tod mit sich herumtragen müsste – und würde. Er hatte bloß gehofft, es würde lediglich im Verteidigungsfall dazu kommen.

»Entscheide dich«, sagte Egon. Er klang unbekümmert, fast wie Häyhä. »Gleich ist er außer Sichtweite.«

Axel legte das Gewehr an und schoss.

Es war keine Kunst. Nicht auf diese Entfernung, nicht mit einer solchen Waffe. Er traf ihn genau dort, wo er hingezielt hatte. In die Schulter. Der Schuss hallte aus dem Tal wider. Dann richtete er den Lauf auf die Jagdhütte. Wartete. Holte tief Luft. Wartete. Holte tief Luft.

Nichts.

Er hatte jegliches Gefühl in der Wange verloren, als er den Gewehrkolben herunternahm und vor sich in den Schnee schob. Dann blickte er nach oben, und direkt vor ihm stand Egon – gerade aufgerichtet, groß, vollkommen reglos. Und mit erhobener Pistole. Die auf Axels Kopf gerichtet war. Verachtung lag in seinem Blick – alles, was Axel sehen konnte, war Verachtung.

»Egon …«

»Schieß noch mal. Du hast danebengeschossen, er lebt noch.«

Er wusste nicht, was er erwidern sollte. Schüttelte lediglich den Kopf. Schüttelte den Kopf, während hinter seinen Schläfen das Blut pulsierte. Sein Mund füllte sich mit zäher, klebriger Spucke.

»Nein. Wir nehmen ihn mit. Wir überreden ihn. Er hat sich doch auch um Kalypso gesorgt, das hast du doch gesehen?«

Egons wütender Blick. Die Lippen, ebenso blass wie seine Haut. Gleich würde er schießen, da war sich Axel sicher. Gleich würde Egon ihn töten. Doch mit einem Mal hob der Kamerad den Kopf. Spähte empor in die niedrige Wolkendecke. Wonach in aller Welt hielt er Ausschau?

Axel folgte seinem Blick. Über ihnen flog eine Schnee-Eule vorüber. Sie war beinahe komplett weiß.

»Dann mache ich es selbst. Warte oben im Zelt auf mich.«

Dann machte Egon sich mit langen, schweren Schritten auf den Weg. Er blickte nicht zurück. Kein einziges Mal.

Als Egon wiederkam, war es längst dunkel. Das Zelt war zusammengelegt, Kalypso in dicke Klamotten gekleidet. Axel sah ihn verstohlen an, aber Egon war mit seinen Gedanken woanders.

»Und das Virus?«, flüsterte er nach einer Weile.

Egon räusperte sich. »Weg. Dieser Teufel muss es irgendwo versteckt haben.«

Dann warf er irgendwas beiseite. Im Mondlicht, im glitzernden Schnee, im Glanz der Sterne lag es vor ihnen: ein kleines rotes Stück Fleisch. Staffan Häyhäs Zunge.

»So«, sagte Egon, »so ergeht es Spitzeln. Merk dir das.«

114

Das Haus war ein verfallener Betonklotz aus Vorkriegstagen. Unter Türen und Rahmen häufte sich der abgeplatzte Putz, und vor den Fenstern im ersten Stock hingen Laken und verblasste Batiktücher als Gardinen. Die Typen, die sich in der Toreinfahrt herumtrieben, bedachten die große, leicht vornübergebeugte Gestalt, die auf der Straße stand und nach Luft schnappte, lediglich mit einem desinteressierten Blick.

Fredrik war gerannt wie der Teufel. Vom Ministerium war es nur ein knapper Kilometer bis hierher, und er war an der Hafenpromenade entlanggesprintet, an der Oper und den Barcode-Gebäuden vorbei, statt sich mit Blaulicht und Sirene durch die verstopfte Innenstadt zu drängeln.

Die Wohnung, in der Ismacil Saleban gewohnt hatte, lag bloß einen Katzensprung weiter die Straße entlang. Doch Fredrik steuerte ein anderes Haus an – jenes Haus, das Egon Borg auf seiner Karte mit einem dicken roten Pin markiert hatte. Unter diesem baufälligen Gebäude musste sich der Luftschutzkeller befinden. Noch während er hierhergerannt war, hatten sich die Puzzleteilchen zu einem Gesamtbild zusammengefügt. Der Junge hatte sich nicht in Somalia mit Pocken infiziert. Wie die meisten Kinder hatte er hier in der Nachbarschaft gespielt, und eines Tages musste er es geschafft haben, in den Luftschutzkeller einzudringen. Neugierig hatte er dort Dinge angefasst, die er nie hätte anfassen dürfen. Borg musste ihn dabei erwischt und ihn windelweich geprügelt haben. Womöglich war es auch Kain gewesen, aber das spielte keine Rolle mehr. Doch genau so hatte sich der Junge die Verletzungen zugezogen. Der Vater hatte ihn nicht geschlagen. Als der Junge krank geworden war und schließlich starb, waren Kain und Egon die Einzigen, die gewusst hatten, was zuvor passiert war. Was hatte Kain gleich wieder zu Kafa gesagt? Er wisse etwas, was *alles* verändern würde. Das Virus – Gott, wie recht er gehabt hatte!

Koss und die Spezialeinheit würden in Kürze hier eintreffen. Doch Fredrik hatte nicht die Absicht, auf sie zu warten. Er atmete noch einmal tief durch, wischte sich den Rotz aus dem Gesicht und marschierte auf die Toreinfahrt zu. Dort roch es streng – nach miesem Stoff, dem ganzen Scheiß, den die Jugendlichen aus dem Hinterland und die Partyfreaks zu astronomischen Preisen an den Ufern des Akerselva kauften und sich reinpfiffen.

»Bist du 'n Bulle?«

Die Typen hatten für gewöhnlich einen guten Blick dafür. Sie waren zu dritt. Er kannte solche Kerle. Großmäuler in geklauten Canada-Goose-Jacken.

»Gibt's hier einen Hausmeister?«

»Ich red nicht mit Bullen.«

Erst aus der Nähe erkannte er, dass der Kleinste von ihnen, ein Pickelgesicht mit kahl rasiertem Schädel und Dorschaugen, in Wahrheit ein Mädchen war. Allem Anschein nach war sie die Wortführerin.

»Hör mal zu, du Stück Scheiße. In zehn Minuten wird es hier von Polizisten nur so wimmeln. Ich kann dich wegen Drogenbesitzes festnehmen, oder du sagst mir jetzt, wo ich den Hausmeister finde. Nimm deinen Krempel und verzieh dich.«

»Wie hast du mich genannt? Ich zeig dich wegen Beleidigung an.«

»Prima«, entgegnete Fredrik. »Ich meine, ich habe schon mal gesehen, wie du unten in der Stadt etwas verkauft hast. Waren das auch Drogen? Dann ordne ich am besten eine

Leibesvisitation an – sämtliche Körperöffnungen inklusive. So viel zum Thema Beleidigung.«

Sie musterte ihn argwöhnisch. Zuckte mit den Schultern. »Es gibt hier keinen Hausmeister. Sprich mit Vadern, der wohnt im dritten Stock, wechselt Glühbirnen und so.«

Vadern war ein übergewichtiger Lockenkopf ohne jede Gesichtsbehaarung. Er griff sich einen Schlüsselbund und führte Fredrik zwischen Containern voll Schrott und Bauschutt durch den Hinterhof. Hier werde derzeit groß saniert, erklärte er. Zwei Nachbarhäuser seien schon abgerissen worden.

Auf der Rückseite des Hauses führte eine Betontreppe nach unten. »Den Schlüssel kriegen Sie aber nicht. Ich hab schon mal einem Kerl von der Kommune einen Satz gegeben«, sagte der Mann, während er an dem Schloss zum Luftschutzkeller hantierte. Die Tür war rostig und mit Graffiti beschmiert.

Fredrik nahm die Pistole aus dem Oberschenkelholster.

»Oh, ist es ernst?«

»Sie gehen jetzt wieder raus auf die Straße und warten, bis meine Kollegen kommen. Dann führen Sie die hierher. Gibt es hier irgendwo weitere Ausgänge?«

Er schüttelte den Kopf. »Nein, glaub nicht.«

Die Tür war schwer, und Fredrik musste mit aller Kraft daran ziehen. Im gelb gestrichenen Korridor dahinter hingen verbeulte Lampenschirme, die im Luftzug schaukelten. Die Luft hier unten war klamm und warm, und Fredriks Atmung beschleunigte sich. Er nahm die Pistole in beide Hände.

Er lauschte. Nirgends ein Geräusch. Zwei Durchgänge zur Linken. Er spähte durch den ersten. Dahinter war es dunkel, der Lichtschein aus dem Flur wurde Meter um Meter blasser, ehe er auf die Rückwand traf. Der Raum war überraschend groß.

Als er in die Hocke ging, machte sich sein Knie wieder bemerkbar – es tat höllisch weh, und eine unangenehme Wärme strahlte davon aus. Nach dem überstürzten Sprint würde er es nicht mehr lang belasten können. Er griff nach einem Betonklumpen, der aus der Wand gebrochen war, und warf ihn in den Raum. Der Widerhall klang hohl, leer.

Als er sich wieder aufrichtete, hörte er ein Klicken. Ein leises, metallisches Geräusch. Ganz sicher kein Mensch. Trotzdem stellten sich ihm die Haare auf. Es roch nach Keller, nach abgestandenem Wasser. Kein menschlicher Geruch, zumindest nicht der eines Toten. Und auch kein Angstschweiß. Doch wegen eines Menschen war er hier. Er war hier, um Kafa zu finden.

Fredrik schlich weiter den Gang entlang. Hinter dem zweiten Durchgang entdeckte er eine Stahltür. Eine ganz ähnliche hatten sie auf dem Gehöft in Lommedalen aufgesprengt. Sie war sichtlich jünger als der Rest des Kellers, nirgends Rostflecken, und dort wo der Rahmen im Beton befestigt worden war, lag Staub am Boden. Er musste sich leicht hinabbeugen, um durch den milchigen Glaseinsatz schauen zu können.

Sein Magen krampfte sich zusammen, und sein Unterkiefer sackte nach unten. Hinter dieser Tür lag ein kleinerer Raum, der schwach beleuchtet war – Betonboden, abblätternde Wandfarbe, ein Kühlschrank. Dort lag sie – oder vielmehr hing sie. Reglos, über einer hochkant an die Wand gelehnten Matratze. Ihr Arm wurde von einer Kette in die Höhe gezogen.

Fredrik legte die Hand auf die Türklinke. Verschlossen. Zwei Schüsse. Dann trat er so fest zu, wie er nur konnte. »Kafa!«

Gott, wie es hier drinnen stank! Aber sie lebte. Kafa zuckte heftig zusammen und drehte sich zu ihm herum.

Starrte ihn erst verwundert, dann resigniert an. Sie war so gut wie nackt, lediglich mit einem blutverschmierten BH und einer Boxershorts bekleidet, in der getrocknetes Blut und Exkremente klebten.

»Hast du meine Uhr gefunden?«, krächzte sie.

»Ja.«

»Ich wusste, dass du es verstehen würdest.«

Sirenen. Waffen. Flackernde Lichtkegel aus Taschenlampen, schroff erteilte Befehle. Sebastian Koss trat an die Tür und nickte Fredrik zu. »Gute Arbeit.«

Eine Tür weiter fanden sie weitere Laborausrüstung und Egon Borgs Laptop. Hier hatte er Station gemacht, ehe er zu seinem Rachefeldzug aufgebrochen war.

Eine Polizistin hatte Kafa ein T-Shirt, einen sauberen Slip sowie eine Wolldecke in die Hände gedrückt. Ihr Arm lag jetzt in einer Schlinge. Mit einem nassen Handtuch hatte Fredrik ihr geholfen, den gröbsten Schmutz abzuwaschen. Jetzt saßen sie schweigend nebeneinander.

Nachdem sie Lins Leiche in der Gefriertruhe gefunden und den Fundort fotografiert hatten, hievten die Mitarbeiter der Spurensicherung den Körper aus der Truhe, legten ihn auf eine dicke weiße Plastikfolie und deckten ein Laken darüber. Kafa und Fredrik starrten ihre Umrisse unter dem Laken an. Ein Krankenwagen wartete schon seit einer Stunde, doch Kafa hatte noch nicht gehen wollen. Sie hatte einfach nur dasitzen wollen. Und zu guter Letzt reden.

Leise gab sie wieder, was Egon Borg erzählt hatte. Berichtete vom ermordeten Feldwebel Bjørn Bakke. Schilderte ihren Versuch, sich freizukämpfen.

»Er könnte mich angesteckt haben«, sagte sie und legte den Kopf auf seine Schulter. Ansteckend wäre sie noch lange nicht, das würde sie erst, wenn gewisse Symptome auftauchten. Trotzdem hätte Fredrik gedacht, dass ihn die Ungewissheit ängstigen würde. Dass er sich von ihr zurückziehen müsste. Aber das tat er nicht. Er hatte seinen Arm um sie gelegt. Irgendwann setzte er sich wieder gerade auf und griff nach ihren Händen. Sie waren kalt und trocken.

»Habe ich dir gegenüber eigentlich das Entenherz erwähnt?«, fragte er, und als sie den Kopf schüttelte, fing er an zu erzählen. Von Mikael Morenius und seiner Frau Safira. Von einem Auftrag im Kaukasus, von Peder Rasmussen, der geflohen war – mitsamt dem Entenherz in seinem Magen. Er erzählte Kafa, wie Morenius sowohl seine Frau als auch den Arm eingebüßt hatte, aber nie die Hoffnung, das Entenherz wiederzukriegen.

Ihm war, als würde sie schmunzeln.

Er stand auf und ging neben Lins Leichnam in die Hocke. Zog das Laken weg. Und da war es. Das große ovale, mit Rubinen besetzte Schmuckstück. Zwischen ihren Brüsten auf der Haut über dem Brustbein festgefroren. Er betrachtete sie. Die Augen waren nur zur Hälfte geschlossen und wirkten leicht geschwollen und größer als auf den Bildern, die er von ihr gesehen hatte. Der Unterkiefer saß immer noch an Ort und Stelle. Wenn die Muskeln ihre Funktion einstellten, rutschte er normalerweise ein Stück nach hinten, doch Lin schien das Kinn vorzurecken. Sie war ihrem Tod mit Verbissenheit begegnet. In den Mundwinkeln entdeckte er gefrorene Blutspuren. Ihre Hände waren auf dem Bauch verschränkt.

Kurz entschlossen griff er nach dem Schmuckstück und riss es los. Hinterließ auf ihrer Haut einen roten, hautlosen Fleck etwa in der Größe einer Kinderhand. Dann platzierte er den Anhänger auf dem Betonboden und trat vorsichtig drauf. Metall knirschte, und das Schmuckstück zerbrach in zwei Hälften. Er hielt Kafa eine Hälfte entgegen. Es lagen drei Kapseln darin, und in einer durchsichtigen Hülse steckte eine Nadel.

»Ohne die«, erklärte Fredrik, »hätte das Leben einfach seinen Lauf genommen. Niemand hätte auf den Psychopathen Peder Rasmussen gehört. Niemand hätte sich um seine Freilassung bemüht. Leonid Gusew wäre an Krebs gestorben und hätte sein Geheimnis mit ins Grab genommen. Andreas, Axel, Agnes und Kain – und sie«, sagte er und sah betrübt auf Lin hinab. »Sie alle würden heute noch leben.«

»Andreas …« Kafas Blick hatte einen nachdenklichen Zug angenommen, als wäre ihr gerade eine vage Erinnerung gekommen.

Fredrik nahm eine der Kapseln heraus. »Leonid Gusew meinte, er könne beweisen, dass er die Wahrheit sagt. Dass der Beweis im Entenherz versteckt liege. Und hier ist er. Jede dieser Kapseln enthält eine Pocken-Impfdosis.«

»Es ist ein Impfstoff? Bist du dir da sicher?«

»Das größte Geheimnis war nicht das Virus selbst. Es war der Impfstoff. Nur eine Handvoll Personen hätten Zugang dazu gehabt. Gusew war tatsächlich derjenige, der er behauptet hat zu sein: Er wusste von der norwegischen Operation und dass die Norweger das Virus gestohlen hatten. Er wusste, dass der tote Soldat – Bjørn Bakke – nicht von den Russen, sondern von seinen eigenen Leuten ermordet worden war.« Fredrik reichte ihr die Kapsel. Die anderen zwei steckte er in die Tasche und setzte sich wieder neben sie. »Bitte einen Sanitäter oben im Krankenwagen darum, dir eine Spritze zu setzen.« Dann knuffte er ihr in die Seite.

Er hatte ein Lächeln erwartet, doch sie blieb ernst. Sie sah aus, als wollte sie etwas sagen, doch noch ehe sie das Wort ergreifen konnte, meldete sich Fredriks Telefon. Es war Sebastian Koss.

»Egon Borgs Auto steht vor der russischen Botschaft.«

115

Ohne den Tod hat das Leben keinen Wert. Das Ewige ist wertlos – Luft zum Beispiel. Nimmt man dem Menschen aber für einen Bruchteil des Lebens die Luft, tritt alles andere in den Hintergrund. Zehn Minuten reichen für die meisten aus. Trotzdem ist Luft wertlos. Es gibt so viel davon, dass wir glauben, sie wäre immer da.

Genau deshalb war auch ein Leben ohne den Tod wertlos.

So etwas in der Art musste er gedacht haben, als er die Kappe von dem Fläschchen abgezogen und sich das Spray in die Nase gepumpt hatte.

Ihm war klar, wie wenig männlich diese Handlung war. Wie wenig sie eigentlich zu seiner Persönlichkeit passte. Hätte er sich den Weg aus diesem Leben selbst aussuchen können, dann hätte er sich für eine Schrotflinte entschieden. Zwei kalte Stahlrohre im Mund, der Geruch von Öl und gut erhaltenem Holz in der Nase. Blut, Gehirn, Knochen, Haare und Blei.

Ein kalter Sprühstoß in die Nase. Das war alles gewesen.

In den Tagen danach war er gereizt gewesen. Hatte auf Signale gelauert, auf körperliche Symptome, irgendeine Bestätigung dafür, dass das Ganze seinen Gang nahm. Auf die ersten steifen Muskeln, die den Sturm ankündigten.

Allein die Gewissheit des bevorstehenden Todes gab dem Leben einen Sinn.

In den Tagen vor dem Ausbruch der Krankheit waren seine Sinneseindrücke stärker als sonst gewesen. Das Rattern der Straßenbahn, die auf der Straße an ihm vorbeigefahren war. Die Meeresluft, wenn der Wind über Gamlebyen gedreht und den Stadtmief vertrieben hatte. Die Stimme seiner Gefangenen, als sie endlich begriffen hatte, was ihr bevorstand.

Die stärkste Reaktion hatte er verspürt, als er Lin erwürgt hatte. Eine Erektion… So etwas hatte er noch nie zuvor erlebt. Er war keiner dieser Irren, die der Tod erregte, und so hatte er es auch nicht empfunden. Reiner Lebenssaft war durch seine Adern geflossen, seine Muskeln hatten vor Kraft gestrotzt, und sein Blut hatte heftig pulsiert – so unverhofft heftig, an den exakt richtigen Stellen. Danach hatte er wie ein Stein geschlafen.

Mittlerweile war die Krankheit ausgebrochen.

Sein Rücken tat weh. Fieber. Unwohlsein und Erbrechen. Wie bei einer schweren Grippe. Und dann dieses Kribbeln, die Stiche unter der Haut, warme Schmerzensküsse – unmissverständliche Signale, dass sich das Virus seinen Weg durch die Zellen freisprengte. Die ersten Anzeichen von Ausschlag. Wie hatte es immer geheißen? Das besorgte Antlitz der Pocken. Die ängstliche Miene der Verdammten. Sie hatte sich zeitgleich mit den ersten Anzeichen des Ausschlags eingestellt. Er hatte darüber gelesen, und im Spiegel sah er, dass es stimmte.

Tags zuvor waren die ersten Pusteln aufgetaucht. Jetzt war er krank – und stellte eine Gefahr dar. Er hatte sich im Vorfeld schon mit Medikamenten eingedeckt, mit Schmerzmitteln und Analeptika. In ein, zwei Tagen würde er zu nichts mehr in der Lage sein und nur noch im Bett liegen. Aber so lange würde die Reise gar nicht dauern. Sie würde jetzt und hier enden.

Er stand im Schatten dicht an einer Mauer, die eine Nebenstraße säumte. Auf der Hauptstraße rollten Taxis vorbei, ihre Bremslichter spiegelten sich im Eis. Die Männer trugen Smokings, die Frauen hatten ihr Haar hochgesteckt. Die Kinder flüsterten einander erwartungsvoll zu.

»Viel Glück«, murmelte er. An sich selbst gerichtet. Und an Kalypso.

116

Kafa wollte nicht nach Hause. Wollte nicht ins Krankenhaus. Schweigend saß sie neben Fredrik auf der Rückbank des Polizeiwagens. In den Kurven berührten sich ihre Körper. Fenster und Schilder reflektierten das grelle Blaulicht, in dem die Anspannung in Kafas düsterem Gesicht nur zu deutlich erkennbar war. Sie hatte den Blick starr auf die Nackenstütze des Sitzes vor ihr gerichtet.

War in diesem Keller irgendwas passiert? Hatte sie ihm irgendwas verschwiegen, was mit Egon Borg zu tun hatte? Kafas Blick loderte, und das beunruhigte ihn.

Im Polizeipräsidium wartete bereits der Betriebsarzt auf sie. Als sie ausstieg, rutschte Koss auf ihren Sitz.

»Sie wollen uns nicht reinlassen«, sagte der Polizeidirektor düster, während sie in den Vaterlandstunnelen hineinrauschten und gelbes Licht in den Wagen fiel.

»Die Russen?«

»Sie sind stinksauer. In der Botschaft findet heute Abend irgendein Empfang statt – der russische und der norwegische Außenminister sind vor Ort, dazu eine ganze Reihe von Botschaftern und Diplomaten aus der halben Welt. Wirtschaftsgrößen, Parlamentsabgeordnete.« Koss fuhr sich mit gespreizten Fingern durch die Haare. »Es ist das Terrorziel der Hölle – und trotzdem weigern sich die Russen zu evakuieren. Die Botschaft ist ihr Territorium, dort haben wir keine Befugnisse.«

Natürlich würden sie keine Bande schwer bewaffneter

norwegischer Spezialkräfte hereinlassen. Das musste Egon Borg vorausgesehen haben.

»Aber … was ist mit Borg?«

»Verschwunden. Aber sein Auto steht dort.«

»Also hat er sich irgendwie Zutritt verschafft?«

Als sie sich der Absperrung am Drammensveien näherten, ging der Fahrer vom Gas. Es musste sich schon herumgesprochen haben, dass hier etwas im Gange war. Entlang des Gehwegs standen bereits mehrere Fernsehteams. Ein schwer bewaffneter Polizist hob das Absperrband für sie hoch, doch noch ehe sie es schafften, darunter hindurchzufahren, waren sämtliche Kameras auf sie gerichtet, und Fredrik konnte den Kollegen draußen schimpfen hören.

»Verfluchte Blutegel«, fauchte Koss. »Jedenfalls behaupten die Russen, sie hätten die volle Kontrolle über alles, was in der Botschaft vonstattengeht. Der Polizeipräsident hat mit Vertretern des Außenministeriums gesprochen. Dort ist man ebenso ratlos, wie wir es sind. Sollte der norwegische Außenminister jetzt einen Rückzug machen, würde das für einen verdammten Eklat sorgen. Die Russen wären beleidigt, die ganze Welt sähe, dass hier etwas im Busch ist, und es würde samt und sonders live im Fernsehen übertragen werden.« Der Polizeidirektor ballte die Fäuste, sodass die Knöchel weiß hervortraten. »Verdammt.«

Vor der eingezäunten Backsteinvilla, dem auffälligsten Gebäude auf dem Botschaftsgelände, hielten sie am Straßenrand. Koss klopfte dem Fahrer auf die Schulter. »Raus«, befahl er unfreundlich.

Fredrik lehnte sich auf seinem Sitz nach vorn und nahm das Spektakel in Augenschein. Selbst hier im noblen Skarpsno standen die Nachbarn an den Fenstern und glotzten im Schutz der Weihnachtsdekoration zu ihnen herüber. Bewaffnete Polizeikräfte patrouillierten auf der Straße. Die

Parabolantennen und massiven Stahlboxen mit Überwachungsausrüstung, mit denen Russen und Amerikaner ihre Auslandsvertretungen schmückten, waren vor dem Abendhimmel kaum mehr zu erkennen. Hinter dem Gitterzaun verfolgten bewaffnete Sicherheitsleute in dunklen Anzügen das Treiben.

»Was hat er vor, Beier? Was will Egon Borg?«

»Zu Kafa hat er gesagt, dass die Leute *verstehen* müssten«, sagte Fredrik. »Dass Reden nichts mehr brächte. Also ist er vermutlich auf Aufmerksamkeit aus.«

Der Gedanke beschäftigte ihn, seit Koss ihm mitgeteilt hatte, wo das Auto aufgefunden worden war. Vor der russischen Botschaft. Die Russen hatten das Virus ursprünglich produziert, sie hatten es freigesetzt. Sie hatten Anastasia Schaninas Familie auf dem Gewissen und das Mädchen sich selbst überlassen. Ein nachvollziehbares Motiv. Warum also hatte er das Gefühl, dass daran etwas nicht stimmte?

»Wenn es ihm gelingt, das Virus dort drinnen zu verbreiten, Beier … Das wäre eine Katastrophe. Weiß der Himmel, wie Moskau reagiert, wenn so etwas passiert.«

Fredrik stöhnte. Dem Ganzen haftete etwas verflucht Selbstverschuldetes an. Egon Borg, der Irre, der Verkünder – trotz aller Niederträchtigkeiten, die er zu verantworten hatte: Handelte er nicht in ihrer aller Namen? Zum Wohl der gesamten Menschheit? Vielleicht musste die Welt wirklich erfahren, dass die Russen über ein Virus verfügten, dessen Durchschlagskraft nur noch mit der einer Atomwaffe vergleichbar war.

Und sie, waren sie selbst etwa unschuldig? Sie, die in Russland einmarschiert waren – nicht etwa um dem Ganzen ein Ende zu setzen, sondern vielmehr um das Virus zu stehlen? Hatte die Bevölkerung es da nicht verdient, alles zu erfahren?

Erst in diesem Moment begriff Fredrik, worin sein Zweifel gewurzelt hatte. Er war Egon Borg persönlich begegnet. Er hatte dessen Vergangenheit durchleuchtet. Borg war kein Ideologe, er hatte sich nie für irgendwelche politischen Belange engagiert. Er schrieb keine wütenden Posts im Internet, beteiligte sich nicht an Demonstrationen, hatte ihnen gegenüber nie auch nur eine einzige streitbare Meinung geäußert. Sofern Egon Borg tatsächlich ein öffentliches Signal setzen wollte – warum hatte er dann mehr als zwanzig Jahre lang damit gewartet? Und wie war es um das Gewissen eines Menschen bestellt, der bei einer Weihnachtsfeier ein Pockenvirus freisetzen wollte?

Seufzend ließ er sich in seinen Sitz zurückfallen und sah Koss an, der grimmig ins Leere starrte.

»Es ist nichts Politisches«, sagte Fredrik. »Es ist etwas Persönliches. Egon Borg will sich rächen. Er will sich an dem- oder vielmehr denjenigen rächen, die ihm persönlich Schaden zugefügt haben.«

Eine behandschuhte Hand klopfte an die Scheibe, und ein Kollege signalisierte Koss, das Fenster zu öffnen.

»Im Auto des Verdächtigen haben wir einen Rucksack gefunden. Darin liegt eine Art Stahlbehälter – mit einer Düse…«

117

Es kribbelte in den Händen, als er die dünnen weißen Handschuhe über die Finger zog. Er starrte in den großen Garderobenspiegel. Im grellen Licht waren die Pusteln nicht mehr zu übersehen. Nicht mal die Abdeckcreme hatte sie mehr überdecken können. Aber dort draußen…

Keiner würde es erkennen. Die kleinen, harten Pusteln platzten mittlerweile auf, und das nicht nur im Gesicht, sondern auch an den Armen, Beinen und sogar an den Füßen. Das Monster hatte sich in ihm eingenistet und bahnte sich jetzt seinen Weg hinaus in die Freiheit. So was in der Art hatte er gelesen. Die Schmerzen, wenn die Pusteln aufplatzten, waren angeblich unerträglich. Er selbst konnte sich kaum beherrschen, um sich nicht die Brust unter dem Baumwollhemd zu kratzen.

Die Anzugjacke saß über den Schultern so eng, wie sie es schon immer getan hatte. Sein Oberkörper war schweißnass. Er hatte die Fliege so weit gelockert wie nur möglich, trotzdem drückte sie ihm unangenehm gegen die Kehle.

Er traute sich nicht, noch mehr Schmerzmittel zu nehmen. Er war bereits benebelt. Stattdessen summte er kaum hörbar vor sich hin – ihre Melodie. Suzannes und Kalypsos Melodie.

Er hatte einen Auftrag.

Er schob die Tür zum Flur auf. Aus der Ferne hörte er den Saal regelrecht beben. Lärmende, erwartungsfrohe Menschen. Nur dass sie noch nicht ahnten, welche Darbietung sie erwartete.

118

Jetzt war er sich sicher. Fredrik hatte den großen Mann mit Hut und Mantel bereits zwei Mal gesehen – und jetzt stand er zusammen mit Presseleuten auf der anderen Seite des Absperrbands. Fredrik meinte, in dessen Augen ein Blitzen zu erkennen, als er sich zu ihm umwandte. Dann drehte sich der Mann zur Seite und verschwand in der Menschenmenge, die sich am Ende der Seitenstraße versammelt hatte. Fredrik wollte ihm schon hinterherrennen, doch ein Ruf hielt ihn zurück.

»Fredrik! Verdammt, Fredrik – das ist krank!«

Es war Therese Grøfting.

Auf der gegenüberliegenden Straßenseite stand Egon Borgs blauer Fiat unter einer wuchtigen Eiche. Er sah noch kurz über die Schulter und suchte nach dem Mann, der zwischen den Schaulustigen verschwunden war.

Therese kroch gerade aus dem Fahrzeug. Der Atemfilter ihres Schutzanzugs fauchte, und hinter dem Visier glänzte Schweiß auf ihrer Stirn.

»Ein Behälter in der Größe einer Thermosflasche – er ist seitlich am Boden eines Rucksacks befestigt, in dem sich ein kleines Loch für die Düse befindet. Die Installation hat einen Auslösemechanismus. Vermutlich Marke Eigenbau, aber der Konstrukteur beherrscht sein Handwerk. Der Rucksack lag im Fußraum vor dem Beifahrersitz.«

»Aber der Mechanismus wurde nicht ausgelöst?«

Grøfting schüttelte den Kopf.

»Und der Inhalt?«

»Wir fassen derzeit nichts an, bevor das Auto sich nicht in einer gesicherten Umgebung befindet.« Sie rieb die Schutzhandschuhe aneinander. »Aber es braucht nicht allzu viel Fantasie, um zu ahnen, worum es hier geht. Wenn diese Konstruktion ein Pockenvirus enthält und es dort drinnen freigesetzt würde…« Sie sah zur Botschaft, ohne den Satz zu beenden. »Ich muss wieder zurück.«

Damit machte sie kehrt und ging langsam zum Auto zurück. Der viel zu weite Schutzanzug gab bei jedem Schritt ein Rascheln von sich.

Um sie herum patrouillierten Polizisten mit Maschinenpistolen. Fredrik warf noch einen kurzen Blick zurück zu

Therese, die gerade wieder in den Fiat krabbelte, ehe er sich umdrehte und losmarschierte. Als er ein paar Meter gegangen war, zog er seinen Tablettenblister aus der Tasche. Es war noch eine Pille übrig. Die Tablette drückte gegen seinen Adamsapfel, und er musste schwer schlucken, um sie hinunterzubekommen. Dann sah er in die Richtung, in die der Mann verschwunden war. Nirgends auch nur eine Spur von ihm. Wer war er gewesen?

War das Egon Borg gewesen? Nein. Irgendetwas sagte Fredrik, dass er es nicht gewesen war.

Borg hatte sich ganz bewusst selbst infiziert. Trotzdem hatte er den Behälter mit dem Virus in seinem Wagen zurückgelassen. Warum? Hatte er gleich mehrere Angriffe geplant?

Fredrik hatte die Faust um den Blister geballt. Inzwischen drückte er so fest zu, dass es wehtat.

Borg musste darauf spekuliert haben, dass sie sein Auto finden würden. Er hatte es verdammt noch mal direkt vor der Botschaft abgestellt. Auf den ersten Blick mochte das gedankenlos erscheinen, doch Egon Borg hatte auf ihn nicht den Eindruck eines gedankenlosen Mannes gemacht. Dahinter steckte irgendeine Absicht, nur dass Fredrik sie noch nicht erkannt hatte.

Und wo war eigentlich der Russe abgeblieben? Fredrik wollte ihn schon anrufen, doch noch ehe er dazu kam, hörte er, wie sich von hinten auf dem Asphalt Schritte näherten.

Da stand sie. In einen langen schwarzen Mantel gehüllt, einem Schal um den Hals, dem Arm in der Schlinge.

»Kafa? Was machst du hier?«

»Ich habe bloß ein paar gerissene Sehnen in der Schulter, bin dehydriert, habe Hunger… aber eine Dusche und ein paar saubere Sachen haben fürs Erste geholfen.«

»Sie lassen dich weiterarbeiten?«

»Ich habe nicht gefragt.«

Er zeigte auf den Fiat, und Kafa seufzte nur. Offensichtlich war sie schon über den Virenbehälter informiert worden.

»Wir haben uns Egon Borgs Laptop angesehen«, teilte sie ihm mit. »Er hat eine E-Mail vorbereitet, die automatisch verschickt werden soll um …« Sie wollte auf die Uhr sehen, doch die lag nach wie vor im Polizeipräsidium.

»Es ist jetzt kurz vor sechs«, sagte er.

»In anderthalb Stunden.«

Die E-Mail war nicht lang, dafür umso einprägsamer gewesen: »›Für Gudbrand Falsen. Und für Kalypso. Es ist eure Verantwortung, ihr Schweine.‹ Gudbrand Falsen?« Sie sah ihn fragend an. »War das nicht der Leutnant, der während der Operation in Russland an Pocken erkrankt ist?«

Er nickte. »So hat es uns zumindest Agnes Ose erzählt.« Fredrik ließ die Blisterpackung achtlos auf den Boden fallen. »Und an wen sollte diese E-Mail gehen? An die Botschaft?«

»Die E-Mail hatte einen einzigen Empfänger. Felix Gunn.«

»Felix Gunn?«

»Generalmajor Gunn. Chef der operativen Einheit bei der Armee. Wir haben eine Streife zu ihm geschickt. Er ist in seinem Haus in Vinderen, meint, er wüsste nicht …«

»Generalmajor Gunn?«, fiel Fredrik ihr ins Wort. »Dem bin ich schon einmal begegnet. Oder habe ihn zumindest gesehen. Bei der Sicherheitskonferenz am Holmenkollen. Er hat dort Riebe als Redner angekündigt, kurz bevor die Konferenz unterbrochen wurde. Warum ausgerechnet er?«

Kafa schüttelte den Kopf. »Er meint, er hätte keine Ahnung.«

»Überprüf ihn«, sagte Fredrik. »Überprüf seine Vergangenheit. Hier geht's um was Persönliches. ›Es ist eure Verantwortung, ihr Schweine‹«, wiederholte er leise. »Egon Borg und Felix Gunn müssen eine gemeinsame Vorgeschichte haben.«

Hinter dem Zaun zur Botschaft waren Schritte zu hören. Endlich. Fredrik nickte Kafa eilig zu.

»Mach es einfach«, zischte er.

119

Fjodor Larinow hatte einen hellbraunen Ledermantel über seine Anzugjacke gezogen. Der Militärattaché stand hinter einem Eisentor, das in einen eingezäunten Bereich führte. Die Frau von der Security im Hintergrund war zwei Köpfe kleiner als Fredrik, zehn Jahre jünger und schwarz gekleidet. Ihr Blick und die kurzen roten Haare erinnerten ihn unwillkürlich an eine Schwarze Witwe.

»Es ist gerade wirklich ungünstig«, sagte der kleine Mann mit Brille.

»Sie müssen mich reinlassen«, entgegnete Fredrik.

Larinow starrte auf Fredriks Sportschuhe hinab. Ließ sich Zeit, ehe er langsam wieder den Blick hob. Wenn er nach Makeln gesucht hätte, würde er genügend gefunden haben.

Endlich sah er auf und Fredrik direkt ins Gesicht. »Eine Verletzung russischen Hoheitsgebiets kommt nicht infrage. Die norwegische Polizei hat hier keinerlei Befugnisse.«

Fredrik umklammerte die Gitterstäbe des Tors. »Es wäre keine Grenzverletzung, wenn ich eingeladen wäre.« Er sah zu der Security-Frau hinüber. Sie starrte seine Hände an, als hätte er sie soeben berührt. »Sie wissen, worum es geht. Egon Borg ist an Pocken erkrankt. Er hat sich selbst mit einem Virus infiziert, einem *russischen* Pockenvirus, und…«

»Diese Behauptung entbehrt jeder Grundlage«, fiel der Russe ihm ins Wort.

Fredrik schnaubte. »Ich habe Borg kennengelernt… Sehen Sie den Fiat dort drüben? Wir haben im Fußraum einen Rucksack mit einem Behälter gefunden, der höchstwahrscheinlich das Virus enthält.« Er verstärkte den Griff um die Gitterstäbe und senkte die Stimme. »Das hier ist kein Spiel mehr, Larinow.«

Der Militärattaché kniff die Augen zusammen und biss sich auf die Unterlippe. »Der Botschafter wünscht, dass dies hier hochgradig diskret vonstattengeht. Sie sind mein Gast, und Sie werden sich nicht mehr als drei Schritte von mir entfernen.«

Fredrik hatte es geahnt – dass der Beschluss, ihn einzulassen, längst gefasst gewesen war. Die Russen waren schließlich nicht dumm.

Die Rothaarige hielt ihm die Hand entgegen, und Fredrik reichte ihr seine Pistole. Dann tastete sie ihn unsanft ab: an den Seiten, unter den Armen, im Schritt. Fredrik verzog schmerzverzerrt das Gesicht.

Die Wache blinzelte ihn an. »*Njet.*«

»Folgen Sie mir«, sagte der Militärattaché. Die Absätze seiner Lackschuhe klapperten über den Weg. Erst in einem kleinen, ungemütlichen Kellerraum, in dem sonst Visaanträge eingereicht wurden, hielt Larinow inne. Zeigte auf Fredriks Cordjacke und schüttelte den Kopf. Dann streckte er sich nach einer dunklen Jacke aus, die über einem Bürostuhl hing. »Ziehen Sie den Fetzen aus.« Anschließend führte ihn der Attaché durch einen schmalen, fensterlosen

Korridor. »Ihre Methoden, Beier, finde ich wirklich faszinierend. Zu einer anderen Zeit, an einem anderen Ort… Wir hätten sogar Freunde werden können. Betrachten Sie es also als einen Freundschaftsdienst – von mir und der Russischen Föderation. Was Sie gleich zu sehen bekommen, darf niemals in irgendeinem Bericht auftauchen. Das ist nicht Teil irgendeiner Ermittlung.«

Fredrik runzelte die Stirn. Wovon redete er?

Schwere Stahltüren glitten lautlos hinter ihnen zu. Sie hatten den repräsentativen Teil der Botschaft erreicht. Statt grober Betonwände hingen hier an polierten, hell gestrichenen Wänden kunstvoll hergestellte silberne Wandleuchten mit hauchzarten, gravierten Glasschirmen. Der feine Geruch gebratenen Fleischs und Zigarrenrauch stiegen Fredrik in die Nase.

»Curt Bräuer«, sagte der Russe und klopfte leicht gegen die Wand.

»Und?«

»Er war 1940 Hitlers Gesandter in Norwegen. Er hat hier residiert. Noch während des deutschen Angriffs auf Norwegen hat er den damaligen Außenminister besucht und die bedingungslose Kapitulation verlangt.« Larinow lief vor ihm die Treppe hinauf. »Zwischen diesen Wänden wurde Weltpolitik geschrieben. Diese Villa hat Allianzen zustande kommen und zerbrechen sehen – und das Gebäude steht noch immer. Tragen wir also dafür Sorge, dass es auch so bleibt. Dass wir Ereignissen entgehen, die an den Grundfesten rütteln, auf denen die Freundschaft unserer Heimatländer errichtet wurde.«

So klang eine Drohung aus dem Mund eines Diplomaten.

Ohne ein weiteres Wort führte er Fredrik durch die Küche. Fredrik musterte die Köche, die sich über Platten voller Häppchen beugten. Versuchte, einen Blick in die Gesichter des Servicepersonals zu werfen, das in weißen Hemden und schwarzen Hosen und mit riesigen Silbertabletts voller Geschirr in den Händen durch die Drehtüren eilte. Dann sah er wieder den Russen an, schüttelte leicht den Kopf, und Larinow lächelte. Als würde er es bereits wissen: Hier war er nicht. Hier war kein blasses, schmales Männergesicht, keine Gestalt im Verborgenen. Nichts.

Der Militärattaché führte ihn hinaus auf den Balkon über dem großen Festsaal. Von unten drangen Gesprächsfetzen, Gläserklirren und Gelächter herauf. Ein Kinderchor sang Weihnachtslieder. Es roch nach Essen und Parfüm. Die Gäste standen dicht gedrängt beieinander – es waren Hunderte: Männer in Anzügen, Frauen in Abendkleidern. Fredrik entdeckte den norwegischen Außenminister, der unter einer Fotografie der Duma stand.

Ein Mann, dachte Fredrik. Ein einziger Mann, der an Pocken erkrankt ist. Ein unscheinbarer Rucksack in der Ecke, eine lautlos pumpende Düse, die totale Katastrophe.

»Machen wir einen kleinen Rundgang«, schlug Larinow vor und nahm ihn mit zur anderen Seite des Balkons. Dort standen sie eine Weile, ehe Fredrik ihn mit großen Augen ansah.

»Nein. Hier sind zu viele Menschen. Was ist mit den angrenzenden Räumen? Den Toiletten? Besprechungsräumen? Haben Sie die Fahrer überprüft? Die Sicherheitsleute?«

»Nachdem wir jetzt ja festgestellt haben, dass Egon Borg nicht hier ist«, sagte Larinow kühl, »kommen Sie bitte mit.«

Mit diesen Worten führte er Fredrik zurück zur Garderobe. Der Militärattaché wartete, bis der Korridor wieder leer war, bevor er eine schmale Tür zu einem Treppenhaus aufzog. Sie liefen zwei Stockwerke nach unten und erreichten einen breiteren, grell ausgeleuchteten Betonflur mit niedriger Decke. Wenn Fredrik es richtig sah, befanden sie sich hier in der Nähe des Haupteingangs zur Botschaft. Ein Wachmann starrte Fredrik überrascht an, aber ein knappes Nicken von Larinow reichte aus, und der Wachmann ließ die beiden passieren.

Der Raum war klein, stank nach Schweiß und kaltem Zigarettenrauch. Abgesehen von einer vereinzelten Schreibtischlampe kam das Licht in diesem Raum von mehreren Überwachungsmonitoren. Der größte hing von der Decke, die übrigen standen auf einer Arbeitsfläche, die die komplette Rückwand einnahm. Ein blasser Kerl mit akkurat gezogenem Mittelscheitel schien sie bereits zu erwarten.

»Sie sind hoffentlich nicht überrascht zu sehen, dass wir die Straßen rund um die Botschaft im Auge behalten«, sagte Larinow.

Fredrik blickte von Monitor zu Monitor. Die Bilder waren gestochen scharf. Er konnte Sebastian Koss sehen, der mit dem Handy am Ohr auf- und abtigerte. Er sah die Journalisten und die Einsatzkräfte mit den geschulterten Maschinenpistolen, und er sah die wuchtige Eiche. Darunter wurde Egon Borgs Auto gerade auf einen Abschleppwagen gezogen.

Der Mann, der die Bilder überwachte, wandte sich auf Russisch an Larinow und zeigte auf den Monitor, der direkt vor ihm stand. Anscheinend handelte es sich dabei um eine gespeicherte Aufnahme: Sie war bei Tageslicht entstanden. Der Militärattaché legte Fredrik die Hand auf den Oberarm.

»Sehen Sie sich das an«, sagte er, und keine Sekunde später fuhr der blaue Fiat ins Bild. Parkte am Straßenrand. Die Türen blieben verschlossen.

Die Kamera hing zu weit oben, als dass sie das Gesicht des Fahrers hätte einfangen können.

Der Mann spulte das Band ein paar Minuten weiter. Endlich – eine dunkel gekleidete Person schob die Autotür auf, überquerte anschließend eilig die Straße und verschwand in einer Seitenstraße. Egon Borg.

»Haben Sie es gesehen?«, sagte Larinow. »Er ist von der Botschaft weggegangen.«

Das Gefühl der Beklemmung in seiner Brust nahm zu. Was ging hier eigentlich vor?

»Er könnte einen Umweg genommen haben«, wandte Fredrik ein. »Warum sonst hätte er ausgerechnet hier parken sollen? Ist das ein… Versucht er, uns auf eine falsche Fährte zu locken?«

»Psst«, sagte der Militärattaché und klopfte dem Mann vor ihm auf die Schulter.

Er spulte wieder vor, und je näher sie dem Abend kamen, umso dunkler wurden die aufgezeichneten Bilder. Der Verkehr auf der Straße nahm zu, Taxis hielten, festlich gekleidete Menschen stiegen aus. Er sah sich die vorbeigleitenden Gesichter genau an. Würde Egon Borg zurückkehren? War es das, was Larinow ihm zeigen wollte?

Nein.

Der Fiat hatte bereits anderthalb Stunden an der Straße geparkt, als urplötzlich die Beifahrertür aufging. Nicht forsch, entschlossen, so wie Borg die Tür aufgemacht hatte. Vorsichtig tastend. Es war eine Frau. Vornübergebeugt, ungeschickte Schritte. Ihre Kleidung erinnerte an einen rotweiß gemusterten Sarafan, die russische Volkstracht. Sie hatte einen Rucksack geschultert. Nachdem sie ausgestiegen war, blieb sie erst einmal stehen. Drehte sich halb um die eigene Achse und lehnte sich an das Auto, um ein paar Fußgänger vorbeizulassen, während ihr Blick eine Stelle auf der anderen Straßenseite zu suchen schien. Die Botschaft. Ihr Gesicht blieb die ganze Zeit hinter den Zweigen verborgen.

Dann plötzlich nahm sie den Rucksack ab und legte ihn

zurück. Schlug die Autotür hinter sich zu. Mit kleinen Tippelschritten arbeitete sie sich vorwärts. Sie hielt sich schief und hinkte. Erst als sie hinter dem Bildrand verschwunden war, hielt der Mitarbeiter die Aufnahme an.

»Verdammt …«, murmelte Fredrik.

Larinow angelte ein vergoldetes Zigarettenetui aus einer Innentasche. Der Höflichkeit halber bot er auch Fredrik eine Zigarette an, ehe er seine eigene kurz auf das Etui klopfte und sich nach vorn beugte. Der Mitarbeiter hielt ein Feuerzeug bereit.

»Kommen Sie«, sagte der Militärattaché erneut und legte Fredrik die Hand auf den Oberarm. Schob ihn vor sich her auf die Seitenwand zu, vor der eine dicke Gardine hing. Fredrik hatte angenommen, die Gardine würde verhindern, dass jemand von draußen sähe, was hier vor sich ging. Doch als Larinow sie zur Seite zog, dämmerte ihm, dass das Fenster nicht nach draußen führte, sondern in ein benachbartes Zimmer. Es sah aus wie ein altmodischer Vernehmungsraum: ein viereckiger Tisch, ein Stuhl auf jeder Seite. Die Leuchtstoffröhre unter der Decke verströmte kaltes Licht. Und dort saß sie: die Haare ordentlich gekämmt und zu einem Zopf geflochten. Dieselbe Tracht wie auf der Aufnahme. Keine Spur Furchtsamkeit im Blick. Eher Verwunderung, fand er. Verwirrtheit. Ihre Haut war blass, und auch im Sitzen hatte sie eine eigentümlich schiefe Haltung. Sie umklammerte ein kleines Kreuz, zwirbelte die feine Silberkette hin und her. Sie war eine erwachsene Frau – und trotzdem hatte Fredrik keinen Zweifel.

Er spürte, dass Larinow ihn ansah.

»Anastasia Schanina«, sagte der Militärattaché und blies Zigarettenrauch gegen die Scheibe.

Sie sei zielsicher durch die Gästeschar marschiert, erklärte Larinow. Dort sei sie auf einen Wachmann zugetreten. Habe nichts gesagt. Nur gesummt. Doch die Volkstracht, ihre slawischen Gesichtszüge, der Verdacht, dass sie nicht vollkommen bei sich war …

»Das verstehe ich nicht«, sagte Fredrik leise. Legte die Hände auf das kühle Glas.

»Sie hatte keine Ausweispapiere dabei. Keine Einladung. Sie wäre nie zum Empfang zugelassen worden. Ich glaube allerdings auch nicht, dass dies der Plan war. Der Täter – dieser Borg … Ich glaube, er wollte, dass sie draußen auf der Straße stehen blieb. In ihrer Tracht nett lächelte, während zeitgleich aus dem Rucksack das Virus entwich und unsere Gäste infizierte. Sie alle hätten das Virus für ihn nach drinnen getragen. Und das Genialste ist«, sagte Larinow und drehte sich zu ihm um, »Anastasia Schanina selbst ist immun. Sie hat die Krankheit überlebt. Sie hätte inmitten dieser tödlichen Wolke stehen können, ohne auch nur ansatzweise in Gefahr zu sein.«

Fredrik war kaum in der Lage, den Blick abzuwenden. Dort saß sie – der Schatten, den sie so lange gejagt hatten. »Aber … warum hat sie den Rucksack dann im Auto gelassen? Warum hat sie es nicht durchgezogen?«

Larinow schüttelte den Kopf. »Ich weiß es nicht. Ich habe versucht, mit ihr zu reden. Keine Reaktion.« Der Russe warf die halb gerauchte Zigarette in einen Plastikbecher. Es zischte. »Sie ist nicht im Vollbesitz ihrer geistigen Kräfte. Aber wie weit reicht die Beeinträchtigung? Vielleicht liebt sie ihre alte Heimat ja noch immer? Vielleicht ist sie einfach nur dumm? Vielleicht hat sie nicht verstanden, wozu der Rucksack da gewesen wäre? Ich weiß es schlichtweg nicht.«

Larinow zog die Gardine wieder vor die Scheibe. Mit einer Geste gab er Fredrik zu verstehen, dass dessen Besuchszeit vorbei war.

Im Keller wartete die Schwarze Witwe auf sie. Larinow gab Fredrik die Hand. »Lucja begleitet Sie noch zur Tür. Sehen Sie jetzt zu, dass diese Polizisten dort draußen verschwinden. All der Aufruhr führt doch zu nichts Gutem.«

Er wollte gerade gehen, als Fredrik ihm die Hand auf die Schulter legte und ihn unsanfter, als er beabsichtigt hatte, zu sich herumdrehte. »Was passiert mit ihr?«

»Sie ist russische Staatsbürgerin. Sie wird nach Hause geschickt. Und dort ... Ich entscheide nicht über ihr Schicksal. Ist sie eine Terroristin? Oder ist sie Opfer?«

Gerade rechtzeitig hob Fjodor Larinow die Hand, sonst hätte Lucja im nächsten Moment nach einem von Fredriks Fingern gegriffen und ihn gebrochen. Fredrik ließ von Larinow und die Sicherheitsfrau ihrerseits von ihm ab.

»Wenn Egon Borg mit seinen Plänen Erfolg hat, worum auch immer es sich dabei handeln mag ... Wenn Anschuldigungen gegen Russland erhoben werden ... wird das Anastasia Schaninas Sache nicht gerade dienlich sein.«

Egon Borg ... Für einen kurzen Augenblick hatte Fredriks Aufmerksamkeit einzig und allein Kalypso gegolten. »Larinow«, sagte er jetzt. »Wir können wohl festhalten, dass die Marinejäger im Frühjahr 1992 in russisches Hoheitsgebiet eingedrungen sind. Sie haben ein Pockenvirus gestohlen. Zwei norwegische Soldaten wurden ermordet – einer davon durch russische Kugeln. Die Leichen wurden den norwegischen Behörden übergeben.«

Der Militärattaché sah ihn abwartend an.

»Gibt es hier irgendwen in Ihrem Stab, mit dem Egon Borg noch eine Rechnung offen haben könnte? Gibt es hier irgendwen, an dem er sich möglicherweise rächen will?«

Larinow schnaubte. »Kein Russe hat je einen Schuss auf dieses Trüppchen abgegeben. Feldwebel Bjørn Bakke? Im Litsafjord versenkt. Gudbrand Falsen? Der Leutnant –

in unmittelbarer Nähe der norwegischen Grenze in den Kopf geschossen. Allerdings nicht von uns. Wenn Sie nach einem Rachemotiv suchen, dann sehen Sie sich in Ihren eigenen Reihen um.«

Dann ging er.

Fredrik blieb stehen und starrte ihm nach. Was verdammt noch mal hatte er da gerade gesagt? Nicht von den Russen ermordet? Was hatte Agnes Ose ihnen erzählt? Gudbrand Falsen sei nach Norwegen zurückgekehrt – pockeninfiziert, mit abgeschältem Gesicht und einer Kugel in der Schulter? Wieder stand ihm Egon Borgs kryptische E-Mail vor Augen: »Für Gudbrand Falsen. Und für Kalypso. Es ist eure Verantwortung, ihr Schweine.«

Dann die Erkenntnis. Jeder Mensch hatte Momente, in denen der Nebel zur Seite wich und man erkannte, dass die Landschaft dahinter ganz anders aussah als erwartet. Der Augenblick, da eine Frau erfuhr, dass sie Mutter würde. Die Zehntelsekunde, in der man einsah, dass einem der Hintermann in der Straßenbahn ein Messer in den Rücken gerammt hatte. Der Tag, an dem es an der Tür klingelte und ein Pfarrer und ein Polizist davorstanden.

Da änderte der Herzschlag seinen Rhythmus. Der Himmel senkte sich herab. Die Erde tat sich vor einem auf.

Fredrik taumelte ein paar Schritte rückwärts. Starrte die Securityfrau an. Riss ihr seine Pistole aus der Hand.

»Bringen Sie mich hier raus! Gott, bringen Sie mich raus!«

Kafa stand in etwa dort, wo Egon Borgs Auto gestanden hatte.

»Generalmajor Gunn hat beim Nachrichtendienst gearbeitet«, keuchte er. »Nicht wahr? Bevor er zur Armee gegangen ist?«

»Ja. Ich habe gerade mit den Kollegen gesprochen. Aber woher weißt du das jetzt auf einmal? Und was hast du da drin gemacht? Warum hat das denn so lange gedauert…«

Dann hielt sie inne. Sie hatte es ihm angesehen.

Fredrik taumelte noch immer. »Egon Borg hat nicht die Russen ins Visier genommen«, keuchte er. »Es ist noch viel, viel schlimmer. Viel schlimmer! Verdammt!«

120

»Zum Folketeateret«, sagte er und rutschte auf den Beifahrersitz des Zivilfahrzeugs.

»Verdammt, Fredrik!«

Kafa hatte die Tür zur Fahrerseite aufgerissen und wedelte mit ihrem verletzten Arm. »Erstens bin ich nicht dein Chauffeur. Zweitens kann ich nicht fahren.«

Er kletterte über die Mittelkonsole und hatte den Zündschlüssel bereits herumgedreht, noch ehe ihr Hintern auf dem Beifahrersitz landete. Er hupte, sodass die umstehenden Polizisten beiseitesprangen, und raste unter dem Absperrband hindurch.

»Was soll das? Wieso Folketeateret? Spielt da nicht dein Sohn?« Der Zweifel in Kafas Stimme war nicht zu überhören.

»Simon Riebe ist Egon Borgs Ziel! Und er ist auf dem Konzert. Riebe ist Mink.«

Mink? Der Spion, den die norwegischen Marinejäger aus Russland zurückholen sollten? Verdammt, dass er das nicht schon früher begriffen hatte! Zwei Tote – beide durch norwegische Kugeln gestorben. Natürlich war es so. Natürlich war es was Persönliches.

»Fredrik!«

Kafa griff ihm ins Lenkrad, sodass er nur Millimeter an dem Fernsehteam vorbeiraste, das soeben die Straße hatte überqueren wollen. Der Seitenspiegel des Ford traf eine der Kameras. Fredrik nahm es kaum zur Kenntnis.

»Jetzt beruhige dich mal! Was geht hier vor?«

Er ging leicht vom Gas und schaltete das Blaulicht ein. Holte tief Luft. »Generalmajor Gunn – auf der Sicherheitskonferenz hat er noch damit geprahlt, er sei früher Riebes Chef gewesen. Er hat Riebe als zielstrebig, geistesgegenwärtig und erfinderisch geschildert. Exakt die Charaktereigenschaften von Mink. Mink war Riebes Deckname. Und Gunn nannte ihn einen *operativen Mitarbeiter*!«

Er warf ihr einen flüchtigen Blick zu. Auf Kafas Stirn hatte sich eine tiefe Falte gebildet.

»Was ist Simon Riebes markantester Charakterzug? Wie stellen ihn die Karikaturisten dar? Er kneift ein Auge zusammen. Weißt du noch, wie wir ihn im Solro-Fall befragt haben? Wie verflucht wütend er geworden ist, als wir ihn beschuldigt haben, Informationen an die Presse weitergegeben zu haben? So eine Begegnung vergisst man nicht – jedenfalls kein so kluger Kopf wie er. Trotzdem ist er bei der Sicherheitskonferenz direkt an mir vorbeigelaufen, ohne mich zu bemerken. Sein Assistent hingegen, diese kleine Ratte, hat mich sofort wiedererkannt. Ich dachte erst, Riebe wäre einfach nur arrogant – aber er hat mich nicht gesehen. Er ist auf dem linken Auge blind.«

»Wie bitte?«

»Agnes Ose«, sagte er. »Sie hat erzählt, dass zwei Männer in das Feldlazarett an der Grenze gekommen seien. Der eine – der Agent, der als Erster dort ankam –, habe eine Augenverletzung gehabt. Das war Mink. Der andere – der mit dem entstellten Gesicht und der Schussverletzung, der

Pockeninfizierte –, sei der Leutnant gewesen, Gudbrand Falsen. Er sei ein paar Tage später eingetroffen.« Er schlug mit der Hand aufs Lenkrad. »Aber das stimmte nicht! Die Russen sagen, sie hätten den norwegischen Behörden zwei Leichen übergeben. Bjørn Bakke und Gudbrand Falsen. Falsen sei in den Kopf geschossen worden. Man habe ihn in Grenznähe zurückgelassen.«

»Ich verstehe noch immer nicht…«, stammelte Kafa. »Hat Agnes Ose gelogen?«

»Nein«, antwortete er. »Sie wurde *an*gelogen. Falsen ist nie nach Norwegen zurückgekehrt. Das haben ihre Auftraggeber bloß gesagt, um zu vertuschen, was wirklich passiert war… um einen weiteren Mord zu vertuschen.«

Endlich hatten sie den Youngstorget erreicht. Fredrik fuhr über den Bürgersteig. Das Weihnachtsgeschäft war längst in vollem Gange, und es wimmelte nur so von Menschen. Vor ihnen ragte das Folketeateret auf, dieser zwölf Stockwerke hohe Art-déco-Bau und *die* Bühne der Arbeiterbewegung. Hier hatte zuvor die Staatsoper ihren Sitz gehabt, bis sie eine eigene Bühne in Bjørvika bekommen hatte und stattdessen das Folketeateret eingezogen war. Vierzehnhundert Sitzplätze, eine gigantische Hauptbühne, Nebensäle, Bars, Logen, Garderoben.

»Gudbrand Falsen muss sich mit Pocken infiziert haben, bevor es ihnen gelungen ist, Proben des Virus zu sichern. Er war dem Tod geweiht und hatte bei diesem riskanten Manöver nichts mehr zu suchen. Deshalb hat er sich zurückgezogen. Allerdings war er nicht allein. Mink hatte seinen Spionageauftrag erledigt, und die beiden zogen sich zusammen zurück.« Fredrik machte eine Pause, um sich zu versichern, dass sie seinen Gedanken folgen konnte. »Daheim in Norwegen muss die Einsatzleitung in der Zwischenzeit beschlossen haben, dass das Risiko zu hoch war,

Falsen nach Hause zu bringen. Zum einen weil er infektiös war – zum anderen aber auch, weil mit seiner Ankunft die gesamte Operation ans Licht zu kommen drohte. Denn hätten sie ihn einfach in ein Krankenhaus einliefern können? Einen Marinejäger, der sich mit einem Virus infiziert hatte, das offiziell nicht mehr existierte? Hätten sie ihn in dem Feldlazarett an der Grenze isolieren können und einfach beten, dass die restlichen Beteiligten die Klappe hielten? Dass kein Außenstehender je etwas mitbekäme? Was, wenn die Russen ihnen eigene Spezialkräfte hinterhergeschickt hätten? Um ihren Besitz zurückzuholen? Es wäre ihr volles Recht gewesen.« Fredrik hob die Hände. »Agnes Ose hat gesagt, es seien fünf gewesen: Egon Borg, Axel Thrane, Leutnant Falsen und Bjørn Bakke. Einen Namen kennen wir bis heute nicht. Aber genau *das* war der Mann, der nach Norwegen gekommen ist. Der Mann mit dem entstellten Gesicht. Und das war nicht Gudbrand Falsen.«

Kafa schüttelte den Kopf. »Willst du damit sagen, dass …«

»Mink hat Gudbrand Falsen erschossen.«

»*Simon Riebe* hat Gudbrand Falsen erschossen?« Kafa blieb der Mund offen stehen.

»Ganz genau.«

»Ministerpräsident Riebe war als Spion in Russland eingesetzt und hat dort einen der Soldaten getötet, die ausgesandt worden waren, um ihn zu retten?«

»Und zwar auf Befehl eines anderen – und dieser andere war Felix Gunn. Und genau das will Borg jetzt rächen.«

»Entweder bist du verrückt. Oder die Welt ist verrückt …«

Fredrik hörte es nicht mehr. Er war unvermittelt losgelaufen und steuerte auf das Gebäude zu. Rannte zu seinem Sohn. Zu seiner Exfrau und ihrer gemeinsamen Tochter, die ebenfalls im Publikum saßen. Zu Ministerpräsident Simon Riebe und dem Mörder, Egon Borg.

121

Inmitten der Folketeateret-Passage stand der Springbrunnen mit der geschrumpften Kleinen Meerjungfrau. Fredrik wanderte aufgebracht um dieses fehlplatzierte Arrangement herum und hielt sich das Handy ans Ohr. Verflucht, wieder nur die Mailbox! Er hatte versucht, sowohl Alice als auch Jacob zu erreichen – und jetzt Sofia. Doch sie hatten alle ihre Handys ausgeschaltet. Das Konzert hatte bereits begonnen.

Hinter der Reihe messingbeschlagener Glastüren spähte ein Wachmann unsicher zu ihm herüber.

Fünf Minuten, hatte er gesagt. Fredrik sah auf die Uhr. Vier Minuten und fünfzig Sekunden. Okay. Er drehte sich zu den Türen um.

»Beier!«

Der Bariton.

Sebastian Koss hatte ihnen befohlen, nicht einzuschreiten. Die lange, blonde Gestalt in dem schmal geschnittenen Wollmantel wirkte winzig, als sie an Marc Quinns drei Meter hoher kreideweißer Kate-Moss-Statue vorbeistapfte. Zwei behelmte Polizisten mit Maschinenpistolen folgten ihm dicht auf den Fersen. Die Leute wichen erschrocken zurück.

»Sind Sie sich sicher?« Koss' Stimme bebte in einer Weise, wie es Fredrik bisher noch nie bei ihm erlebt hatte, und sein Blick irrte umher. Von ihm zu Kafa, die im Foyer stand und mit dem Sicherheitschef des Theaters sprach.

»Ja.«

»Die Security will den Ministerpräsidenten ungern rausholen«, sagte Koss schnell. »Er sitzt zwischen seinen Leibwächtern gleich in der ersten Reihe. Das Konzert hat bereits angefangen, und sie sind der festen Überzeugung, dass sie dort drinnen alles unter Kontrolle haben. Wenn sie jetzt evakuieren, könnte Borg in dem Chaos seine Chance sehen.« Koss zögerte kurz. »Trotzdem haben wir das letzte Wort. Wenn ich Order gebe, Riebe rauszuholen, leisten sie mir Folge.« Der Polizeidirektor kam noch einen Schritt näher auf ihn zu. Flüsterte so leise, dass nur sie beide es hören konnten: »Verdammt, Beier, da drinnen sitzen noch zwei weitere Minister. Mit ihren Familien. Die Familie des Ministerpräsidenten. Hunderte Kinder. Was machen wir denn jetzt?«

»Auch meine Kinder sind da drinnen«, entgegnete Fredrik grimmig.

»Ja. Auch Ihre Kinder. Also, was machen wir?«

Die Tür gab ein leises Zischen von sich, als Kafa sie aufschob. Eilig kam sie zu ihnen. »Den Sicherheitsleuten zufolge ist das Publikum in den ersten vier, fünf Reihen auf besondere Einladung hier. Ich habe ihnen ein Foto von Borg gezeigt. Keiner hat ihn gesehen.«

Koss schlug die Fäuste gegeneinander. »Geht rein und findet diesen Irren. Wenn er sich auch nur in die Nähe eines anderen Menschen begibt – scheiß drauf, ob Putzfrau oder Ministerpräsident –, dann blast ihm den Schädel weg.«

Mit Ausnahme der Wachleute und des Personals war das Foyer inzwischen menschenleer. Die beiden Polizisten, die Koss begleitet hatten, liefen an den schwarzen Marmorsäulen vorbei auf die breite Treppe zu, die zum Eingang des Konzertsaals führte.

»Du übernimmst den Backstage-Bereich und die Garderoben«, sagte Fredrik zu Kafa und steckte sich den Kopfhörer seines Handys ins Ohr. »Ich übernehme die Bars und die Nebenräume. Wir treffen uns im Saal wieder.« Er dämpfte die Stimme. »Du … Da wäre noch was … Ein Mann. Er hat mich verfolgt. Groß, breit gebaut. Ich habe ihn vor der Botschaft und vor Egon Borgs Wohnung gesehen. Keine Ahnung, ob das Borgs Kompagnon ist oder wer es sonst sein könnte. Aber halt die Augen offen.«

Sie biss sich auf die Lippe, sagte aber nichts. Nickte nur. Dann verschwand sie.

Mit dem Handy wählte er ihre Nummer. »Hörst du mich?«

»Ja.«

»Wir halten die Verbindung.«

Auf halber Höhe der breiten Treppe stand die gelb bemalte Gipsstatue einer nackten Frau. Thalia. Sie hatte die Hände erhoben, als wollte sie kapitulieren. Fredrik hetzte weiter in Richtung des Barbereichs, nahm immer zwei Stufen auf einmal. Auf dem Treppenabsatz blieb er kurz stehen, um wieder zu Atem zu kommen. Er triefte vor Schweiß.

Als Fredrik versuchte, den Hosenstoff von seinen klammen Oberschenkeln zu ziehen, strich er über einen kleinen Buckel in seiner Hosentasche. Die Kapseln mit dem Impfstoff! Wenn er direkt in Kontakt mit Borg käme, würde Fredrik selbst eine benötigen. Was würde er mit der letzten Dosis machen? Angenommen, Borg würde es gelingen, Simon Riebe zu infizieren – hätte dann der Ministerpräsident ein Recht auf die letzte Impfdosis? Was, wenn sich herausstellen sollte, dass mehr Menschen infiziert wären? Ein Konzertbesucher? Ein Kind? Sollte Riebe, ein Mörder, die Impfdosis kriegen, nur weil er Ministerpräsident war?

Sobald eine Vorstellung begann, legte sich über jedes

Theater immer eine eigentümliche Stille. Hunderte Menschen, die erwartungsvoll und vorfreudig gewesen waren und hier zur Ruhe kamen, die eine Tür zur Außenwelt hinter sich zugeschoben hatten und sich in vollkommenem Frieden wähnten. Noch vor einer halben Stunde musste hier auf dieser Treppe mächtig Trubel geherrscht haben. Jetzt hörte er die Schritte über den Marmorboden schon, noch ehe er ihn sah.

Der Mann, der um die Ecke zum Barbereich kam, war einer der Leibwächter des Ministerpräsidenten. Kurze Haare, schlank, Stöpsel im Ohr, billiger dunkler Anzug. Er murmelte ins Mikrofon an seinem Handgelenk, hatte den Blick aber auf Fredrik gerichtet und hob den Kopf, sobald er vor ihm stand. »Wir sind schon informiert«, sagte er knapp. »Ich habe die VIP-Räume kontrolliert, den Krogh-Saal und die Bars auf den Emporen.« Er schüttelte den Kopf. »Nichts. Bloß Angestellte, die aufräumen und sich auf die Pause vorbereiten.«

Die Pause. Fredrik wusste, dass Jacobs Auftritt der letzte des ersten Konzertteils sein würde. Er sah auf die Uhr. Noch zwanzig Minuten.

»Der Ministerpräsident hat einen VIP-Raum reserviert. Nach dem ersten Teil bringen wir ihn und seine Familie dorthin. Anschließend schaffen wir sie über einen Notausgang nach draußen.«

Ein cleverer Schachzug. So tun, als wäre nichts, und Riebe in der Pause hinausschmuggeln.

Mit einem Mal veränderte sich das Hintergrundrauschen in seinem Kopfhörer. Kafas leise Atemzüge waren kürzer, konzentrierter geworden. Sie musste sich jetzt in den engen Fluren hinter der Bühne befinden.

»Kafa?«

»Ich war gerade in den Proberäumen und in den Aufenthaltsräumen der Schauspieler, aber es sind zu viele Leute, Fredrik, und viel zu viele Stellen, um sich zu verstecken …«

»Such weiter. Ich komm runter.«

Ein Wachmann führte ihn in den Bereich hinter der Bühne. Hier wimmelte es nur so vor nervösen Zöglingen der Musikschule, ehemaligen Schülern und Musiklehrern. Während er sich einen Weg zwischen ihnen hindurchbahnte, blickte er prüfend in ihre Gesichter. Anspannung, Konzentration. Nirgends das Gesicht, nach dem er suchte. Es müffelte nach Mottenkugeln und Teenagerschweiß. Garderobe für Garderobe, Duschen, Toiletten. Die Maske. Hier hinten war die Musik von der Bühne deutlich hörbar. Zwei Violinisten hatten soeben ein dynamisches Folk-Stück aus dem Balkan beendet und ernteten dafür tosenden Applaus.

Seine Atmung wurde flacher. Schneller. Schwitzende Handflächen, zunehmender Druck auf der Brust. Wie würde Egon Borg reagieren, wenn er bemerkte, dass ihm sein Opfer entwischt wäre? Würde er begreifen, dass sie hinter ihm her waren? Ein tollwütiges Tier, das auf den sicheren Tod zusteuerte … Was zur Hölle würde er tun?

Mit einem Mal entdeckte er ein bekanntes Gesicht. Ein Mädchen, das an der Flurwand lehnte und sich warmsang, das Tonleiter um Tonleiter sang, das immer wieder und vollkommen unbeeindruckt von dem Trubel bei jedem Neustart den Kopf in den Nacken legte und die Augen schloss. Es dauerte ein paar Sekunden, bis ihm wieder einfiel, woher er sie kannte. Sie sah burschikos aus, hatte sich die Rastazöpfe kurz geschnitten, sodass sie aussahen, als wären sie ihr in den Kopf hineingeschraubt worden. Das Mädchen von dem Passbild aus Jacobs Zimmer.

Er legte ihr die Hand auf die Schulter. Sie sah komplett entspannt aus – bis sie seine Pistole sah.

»Hallo, ich heiße Fredrik und bin Jacobs Vater. Du heißt Irene, oder?«

Sie nickte verwirrt.

»Weißt du, wo Jacob ist?«

»Ähm. Ja. Da drinnen.« Mit dem Daumen zeigte sie auf die Garderobentür direkt neben ihnen. Sie war lediglich angelehnt. »Er bereitet sich vor«, sagte Irene. »Er muss gleich …«

Fredriks Lächeln verrutschte leicht. »Ich will ihn wirklich nicht stören …«

Trotzdem machte sie einen Schritt zur Seite.

Fredrik spähte durch den Türspalt. Und dort sah er ihn. Den breiten Rücken seines Sohns. Die Locken. Die Bratsche unterm Kinn, die Schultern leicht in Bewegung. Ravels *Pavane pour une infante défunte.*

Dies war der Abend, von dem Jacob so lange geträumt hatte. Jetzt saß er endlich hier – und ahnte nichts. Irgendwer spielte Klavier dort drinnen, sie übten, ein letzter Durchgang, doch Fredrik sah nur Jacob. Der Druck auf seiner Brust wurde stärker. Er hatte ein solches Verlangen, einfach dort reinzumarschieren, seinen Sohn zu packen und ihn wegzuzerren, weg von hier, einfach nur raus, raus in den kalten Winterabend. Weg von all dem, was ihm hier drohte.

Er tat es nicht. Als Polizist konnte er nicht seine eigene Familie retten und die anderen ihrem Schicksal überlassen. So funktionierte es nicht. Trotzdem erlaubte er sich für einen Moment, dort zu stehen, zu lauschen, nur ein paar Sekunden, bevor er sich wieder losriss.

»Grüß ihn und wünsch ihm viel Glück von mir«, sagte Fredrik zu Irene.

Sie hatte Sommersprossen auf der Nase. Er wusste genau, warum Jacob sie so gern mochte.

»Stimmt irgendwas nicht?« Sie schielte erneut auf die Pistole.

Fredrik schüttelte den Kopf. Diesmal lächelte er. Das tat er immer, wenn er log. »Nein. Wir helfen nur bei der Absicherung. Sag ihm, dass ich stolz auf ihn bin.«

Er hätte ihren Gesichtsausdruck nicht deuten können. Weiß der Himmel, was Jacob ihr über seinen Vater erzählt hatte. Ein Stück weiter unten auf dem Flur sah er Kafa und drängelte sich zu ihr durch.

»Koss sagt, die Ausgänge sind jetzt gesichert. Mehrere zivile Teams haben im Gebäude Stellung bezogen.« Kafa nickte über seine Schulter, und als er sich umdrehte, konnte er zwei Personen sehen, eine Frau und einen Mann mit Polizistenblick. »Aber ...« Sie schüttelte den Kopf.

Sie schwitzte genauso sehr wie er. Hatte kleine, glitzernde Perlen auf der Stirn. Fuhr sich mit der Zunge über die Lippen. Jedes Mal, wenn jemand vorbeiging, wanderte ihr Blick zur Seite.

»Ich weiß«, sagte Fredrik düster. »Trotzdem muss ich raus hier, ich brauche Luft. Zum Denken.«

Er war zurück im Flur vor dem Konzertsaal. Durch die geschlossenen Türen war ein Solo zu hören, ein Stück aus einer Oper, das er nicht kannte, und er fragte sich, ob wohl Irene die Sängerin war. Er ging in Richtung der Ränge. Der Konzertsaal war nicht ganz voll besetzt. Von dort oben würde er einen besseren Überblick haben.

War es tatsächlich möglich, dass er falschlag? Hatten ihn seine Überlegungen zu all dem, was in Russland passiert war, zu falschen Schlüssen verleitet? Was, wenn Simon Riebe nicht Mink gewesen war? Was, wenn die Botschaft doch das Ziel sein sollte?

Nein. Er hatte recht, und er wusste es. Auf Simon Riebe

hatte Borg es abgesehen. Allerdings wollte ihm die Vorgehensweise nicht einleuchten. Hatte Egon Borg das Virus in einer Flasche, einem Weinglas, einer Kaffeetasse oder worin auch immer platziert und wartete draußen? Stand er irgendwo im Schatten in einer Seitengasse und würde vortreten, Riebe über das Dach seines Wagens hinweg ansehen und ihm höhnisch ins Gesicht lachen?

Was sollte er tun? Draußen alles absuchen? Oder hoch in die Ränge gehen?

Er ließ sein Herz entscheiden. Bald würde sein Sohn vor mehr als tausend Menschen auf der Bühne stehen. Es wäre das größte Ereignis in Jacobs jungem Leben. Wenn Fredrik auch nur einen Teil davon miterleben könnte! Er wollte wirklich dabei sein. Bis heute hatte er nie richtig darüber nachgedacht, nicht verstanden, wie groß dies alles für Jacob sein musste. Jetzt dämmerte es ihm. Die Geräusche, die Menschen, der Widerhall der Melodien über dem Marmor, der Duft der Öle in den Instrumenten … Er musste es sehen.

Als er die Tür zu den Rängen aufzog, legte sich gerade der Applaus. Burgunderrot bezogene Stühle, Reihe um Reihe, eine große kreisförmige Vertiefung in der Decke, von der ein monumentaler Kronleuchter weiches Licht auf Publikum und Bühne warf. Die Bühne, weit unter ihm. Ein einzelner Scheinwerfer war auf den schwarzen Flügel gerichtet. Stufe um Stufe schlich Fredrik die Treppe hinunter bis an die Brüstung. In der ersten Reihe erspähte er den schmalen, perfekt frisierten Hinterkopf des Ministerpräsidenten.

Im selben Moment, da er die Brüstung erreicht hatte, ergriff eine schlanke Frau am Bühnenrand das Wort: »Es ist Zeit für das letzte Stück des ersten Konzertteils. Begrüßen Sie einen überaus talentierten jungen Mann, der im vergangenen Jahr an Benjamin Bues Musikakademie aufgenommen wurde – Jacob Beier.«

Jacob Beier. Er hatte sich für Fredriks Nachnamen entschieden. Fredrik war unendlich stolz.

»Jacob spielt die *Pavane pour une infante défunte* – die Pavane für eine tote Prinzessin – von Maurice Ravel. Das Stück wurde für Bratsche und Klavier transkribiert. Am Flügel sitzt heute der frühere Schüler der Akademie« – sie warf einen kurzen Blick auf das Blatt Papier in ihren Händen – »Abel Borg.«

122

Die Pavane begann mit ein paar tiefen Tönen. Vielversprechend. Als wollte die aufgehende Sonne die Dämmerung vertreiben. Wie aus weiter Ferne hörte man das Klavier, anfangs nur als Begleitung der Bratsche, doch schon bald gingen beide Instrumente ihrer Wege. Eigene, dunkle Schritte. Erst tastend, dann entschlossener.

Pavane für eine tote Prinzessin.

Borg hatte das Stück ausgewählt. Jacob hatte das erwähnt – an dem Abend, als sie Fjodor Larinow im Konserthuset getroffen hatten. Er hatte keinen Namen genannt, aber Fredrik hatte auch nie nachgefragt. Er hatte sich nicht allzu viele Gedanken darüber gemacht.

Eine Pavane. Für eine tote Prinzessin. Zwei tote Prinzessinnen hätten es sein müssen – Suzanne. Und ihr ungeborenes Kind. Egon Borgs Tochter.

Ein Schluchzen, und Fredrik erkämpfte sich die Kontrolle über seinen Körper zurück. Sein Polizisteninstinkt forderte ihn auf zu schießen, und wie von allein wanderte die Hand zu der Pistole am Oberschenkel. Im Augenwinkel sah er, wie die Konzertbesucher in der Nähe zusammenzuckten. Er zögerte. Fünfundzwanzig, dreißig Meter trennten ihn von dem dunkel gekleideten Rücken dort auf der Bühne am Klavier. Jacob stand direkt neben ihm, der Abstand zwischen ihnen war gering. Aus dieser Entfernung konnte er durchaus auch seinen Sohn treffen. Gott, hatte denn kein anderer es verstanden? Hatte es kein anderer kapiert? Da unten saß er, der Virenüberträger – nur ein paar Schritte vom Ministerpräsidenten des Landes entfernt. Und spielte Klavier.

Wie lange würde Borg es durchziehen? Wann würde er zuschlagen? Wie lang war dieses verfluchte Stück?

Fredrik raste an den Sitzreihen vorbei zurück zum Ausgang, riss die Türen auf und schrie in das Mikrofon, das an einem Kabel von seinem Ohr baumelte: »Er ist es! Kafa! Er ist es!« Er raste die Treppe hinunter.

»Wer? Wo bist du?« Kafa selbst befand sich immer noch hinter der Bühne.

»Er ist es – der Typ, der Jacob am Klavier begleitet! Das ist Egon Borg!«

»Verdammt!«

Im selben Augenblick, als er mit der Schulter die Tür zum Parkett aufstemmte, riss er die Pistole aus dem Holster. Es gab keinen Mittelgang, sodass er einen Wachmann zur Seite schieben und sich dann hinter der letzten Sitzreihe entlangarbeiten musste, um anschließend über die Längsseite zur Bühne zu sprinten. Im Saal wurde ein Raunen laut, und im Augenwinkel glaubte er inmitten des Publikums Alices Pferdeschwanz und Sofias feine, glatte Haare ausgemacht zu haben.

Mit einem Mal verstummte das Klavier, und mit einem Ruck drehte sich Egon Borg zu Fredrik um. Er hatte die Augen weit aufgerissen – kein Zweifel, dass er ihn wiedererkannt hatte. Noch immer waren tiefe Bratschentöne zu hören. Jacob hatte immer noch nicht mitbekommen, was sich im Parkett abspielte. Dann aber erstarrte der Sohn, und seine Miene gefror.

Im Saal befanden sich weit über tausend Menschen. Trotzdem war das Einzige, was Fredrik noch hörte, seine eigenen Schritte. Wie in Zeitlupe stand Borg auf und griff mit der Hand unter den aufgestellten Deckel seines Flügels. Und plötzlich hielt er eine Pistole in der Hand.

Der einstige Marinejäger machte ein paar Schritte nach vorn und stellte sich direkt neben Jacob. Noch immer lag der halbe Saal zwischen Fredrik und Bühne, Rufe wurden laut, entsetzte Schreie, und dann gellten zwei Schüsse durch den Konzertsaal. Selbst hier – in einem Konzerthaus, das konstruiert worden war, um Töne zu beflügeln –, klangen die Schüsse blass, kraftlos. Wie ein Scherz. Doch niemand lachte.

Stattdessen brach Panik aus. Leute liefen blindlings los, schlugen um sich, schoben einander zur Seite, taten alles, um die Seitengänge zu erreichen. Schreie, Kreischen, das Heulen eines Kindes, das laute Quietschen der Stühle, als die Konzertbesucher aus der Mitte des Saals, statt den Reihen zu folgen, über die Sitze kletterten, ihre Kinder hinter sich her zerrten, den Großeltern hinaushalfen. Die Leute nahmen ihm die Sicht, er hatte die Bühne nicht mehr im Blick, konnte nicht sehen, wer geschossen hatte, ob jemand erschossen worden war, sah weder Egon noch Jacob, konnte sich nur gegen die Wand pressen und dem Sturm trotzen, schrie: »Polizei!«, musste einen Schritt zur Seite ausweichen, damit eine ältere Dame nicht seinetwegen zu Fall kam. Sie hatte silbergraues, gewelltes Haar und schmale Lippen. Sie sah aus, als würde sie jeden Moment mit ihrem Tod rechnen.

Vorn neben der Bühne waren die Seitentüren geöffnet worden. Unmöglich würde er durch diese Menschenmassen hindurchkommen. Dabei lagen nur mehr ein paar Sitzreihen zwischen ihm selbst und der Bühne. Kurzerhand lief er zwischen zwei leeren Sitzreihen hindurch in die Mitte des Saals – und endlich. Endlich hatte er wieder freie Sicht.

Drei Menschen saßen noch da. Zwei von ihnen schienen mit offenen Mündern an die Decke zu starren. Simon Riebes Leibwächter. Der Mann, der Fredrik am nächsten war, war ins Auge getroffen worden. Aus der Augenhöhle sickerte eine zähe, dunkle Masse, die sich mit dem Blut vermischte, das aus der Austrittswunde am Hinterkopf floss. Die Hand des Manns steckte in seiner Anzugjacke – es war ihm nicht mehr rechtzeitig gelungen, die Waffe aus dem Schulterholster zu ziehen.

Riebes Familie war nirgends zu sehen, doch aus dem Fußraum vor dem toten Leibwächter war ein leises Wimmern zu hören.

Simon Riebe selbst saß aufrecht da und starrte geradeaus. Oben auf der Bühne, nur eine Handvoll Meter von ihm entfernt, stand Egon Borg. Er hatte Jacob im Schwitzkasten, in der anderen Hand hielt er eine Pistole. Zielte auf die Stirn des Ministerpräsidenten. Schritt für Schritt zwang er Jacob näher an den Bühnenrand heran.

Im grellen Bühnenlicht schimmerten Borgs Handschuhe. Seine Augen waren weit aufgerissen. Der Schweiß spülte die Abdeckcreme von den Pusteln in seinem Gesicht. Sein Blick war starr auf Riebe gerichtet, und Riebe erwiderte ihn trotzig.

»Papa ...«

Die Locken um das runde, blasse Jungengesicht zitterten. Seine Arme hingen schlaff nach unten. In der einen Hand hielt Jacob immer noch den Bogen, in der anderen die Bratsche. Sein Blick suchte den seines Vaters, und mit einem Mal schmeckte Fredrik Blut. Er hatte den Finger am Abzug, nahm die Heckler & Koch in beide Hände. Zielte. Jetzt nicht zittern.

Aber er traute sich nicht zu schießen. Borgs Kopf ruckte hin und her, und dann schob er Jacob wie einen Schutzschild vor sich. Fredrik wollte nichts riskieren – er wollte den Mann nicht einmal verletzen, der seine Waffe auf den Ministerpräsidenten gerichtet hatte und der Jacob als Schutzschild benutzte…

Dann endlich fing er den Blick seines Sohnes auf. Fredrik verzog den Mund zu einem schiefen Grinsen, um ihm zu signalisieren, dass das hier gut ausgehen würde.

Inzwischen war der Saal so gut wie leer. Der dröhnende Laufschritt hinter ihm zeugte davon, dass sich endlich die Leibwächter und Polizisten ihren Weg durch die Menschenmassen gebahnt hatten. Womöglich auch die Scharfschützen der Spezialeinheit. Hauptsache, sie schossen nicht – nicht jetzt.

»Lassen Sie ihn los«, schrie Fredrik und kletterte über die Sitzreihen weiter nach vorn. Trat auf etwas. Auf jemanden. Auf Simon Riebes Staatssekretär, Ruben Andersen, der sich vor den Füßen des toten Leibwächters zusammengekauert hatte und sich jetzt eilig hochstemmte, um davonzukriechen.

Borg schob Jacob erneut ein Stück vor. »Kommen Sie«, sagte er über dessen Schulter hinweg zum Ministerpräsidenten. »Ich lass den Jungen gehen, wenn Sie herkommen.« Egon Borgs Stimme klang gequält. »Das hier ist für Gudbrand, Riebe. Und für die anderen, die Ihretwegen sterben mussten.«

Selbst hier, mehrere Meter entfernt, stieg Fredrik der Gestank des taumelnden Mannes in die Nase. Nicht einmal das schwere Parfüm konnte den Verwesungsgeruch überdecken. Den Geruch eines sterbenden Körpers.

Langsam drehte Simon Riebe sich zu Fredrik um. Das aschgraue Haar saß perfekt. Die dunkelblaue Krawatte straff. Der Knoten über dem obersten Hemdknopf genau dort, wo er sein sollte. Er nickte ihm zu.

»Ihr Sohn… Er kann wirklich spielen«, sagte Riebe. Seine Stimme war fest und sicher. Dann legte er beide Hände auf den Bühnenrand und stemmte sich nach oben, richtete sich auf, drehte sich langsam um. Ohne Fredrik auch nur für eine Sekunde aus den Augen zu lassen, lieferte er sich dem Irren aus. Im Austausch gegen Jacob.

Im nächsten Moment stieß Egon Borg Jacob hart von sich. Der Junge stolperte über den Bühnenrand und stürzte nach unten. Gleichzeitig griff Borg nach Riebe. Doch noch ehe er die Kehle des Ministerpräsidenten packen konnte, raste jemand auf die Bühne. Kafa – hatte sie sich auf die Bühne geschlichen und hinter dem Flügel Deckung bezogen? Sie hatte sich aus Mantel und Armschlinge gewunden und stürmte mit der Schulter voran nach vorn. Mit einem dumpfen Geräusch traf sie Borg seitlich, sodass er einen Schritt zur Seite machen musste, stolperte, hinfiel. Fredrik hörte Knochen brechen, als Kafa sich auf ihn stürzte und er schwer zu Boden krachte.

Endlich hatte Fredrik die erste Sitzreihe erreicht. Simon Riebe schien noch immer nicht verstanden zu haben, was gerade vor sich ging. Fredrik packte ihn an der Anzugjacke und zerrte ihn zur Seite, runter von der Bühne und auf den Boden. Die Leibwächter mussten jetzt direkt hinter ihnen sein, und Kommandos gellten durch den Saal, während Fredrik über Riebe hinwegstieg und auf die kämpfenden Körper auf der Bühne zulief.

Kafas Hände zitterten vor Anstrengung, als sie versuchte, Borg die Pistole zu entwinden. Unvermittelt warf sie sich zur Seite und biss ihm ins Handgelenk – biss zu, bis er die Waffe fallen ließ. Als sie versuchte wegzukrabbeln, holte Borg aus, hielt sie fest, zwang sie zurück. Schlang seinen Arm um ihren Körper, zog sie an sich, tastete nach ihrem Gesicht. Fredrik sprintete am Bühnenrand entlang. Er hatte nicht geschossen, als das Leben seines Sohnes auf dem Spiel gestanden hatte. Würde er es jetzt tun?

Egon Borg hatte Kafas Hals zu fassen bekommen. Sie hatte Blut am Mund, auf den Lippen – das Blut des Mörders.

»Sie hat Sie im Stich gelassen, Egon Borg. Kalypso hat Sie im Stich gelassen. Sie hat sich den Russen ausgeliefert. Der Rucksack mit dem Virus lag immer noch im Auto, als wir dort ankamen.« Fredriks Stimme war tief und fest.

Der Mann erstarrte, und Kafa keuchte auf, als Borg den Griff um ihre Kehle lockerte. Dann drehte er sich zu Fredrik um. Sah ihn misstrauisch an.

Fredrik legte den Finger über den Abzug.

In Borgs Augen loderte es. Mit schier übermenschlicher Kraft stieß der todkranke Mann Kafa von sich, und ihr Kopf krachte dumpf auf die lackierten Bretter. Aus dem Augenwinkel sah Fredrik, wie sie die Augen verdrehte und reglos liegen blieb.

Die Pistole – sie lag nicht mehr auf der Bühne! Borg hatte sich die Waffe geschnappt. Würde er sie jetzt an Kafas Schläfe setzen? Verzweifelt suchte Fredrik nach einer Stelle, auf die er zielen konnte – eine Stelle, auf die er schießen konnte ... Doch er konnte nicht. Nicht ohne Kafa zu gefährden.

Im selben Moment sah er es – erst dachte er, der Schimmer wäre bloß ein Aufblitzen des Kronleuchters hoch über ihm. Ihm war, als würde er im Auge des Sturms stillstehen, und ein ganz bestimmtes Detail brannte sich in seine Netzhaut ein. Das einzig Unbewegliche in all der Bewegung. Dann jedoch sah er, dass auch dieses Detail sich bewegte. Wie eine Fliege die Flamme umkreiste der rote Punkt Egon Borgs Brust. Über dem Herzen hielt er inne.

Der Schuss peitschte durch den Saal, und Borg spuckte helles, sauerstoffreiches Blut. Die Kugel musste die Lunge zerfetzt haben. Er zuckte heftig, und Fredrik stürzte nach vorn. Zerrte Kafa von ihm weg. Sprang auf Borg zu, wand ihm die Waffe aus der Hand. Setzte ein Knie neben Borgs Kopf auf den Boden und starrte ihm ins Gesicht. Vom Mundwinkel aus lief Blut über die mit Pusteln übersäte Wange. Egon Borg sah mit einem schiefen Grinsen zu ihm auf.

»Kalypso würde mich nie verraten«, gurgelte er. Speichel vermischte sich mit dem Blut. Sein Mund war voll mit rosafarbenem Schaum. »Sie. Ihr Sohn. Mink. Die da.« Seine blutige Hand rutschte auf den Boden, und er zeigte auf Kafa. »Sie sind zum Tode verurteilt. Das Virus… Ich habe gewonnen.«

Fredrik spürte Borgs fauligen Atem auf seinem Gesicht. Trotzdem beugte er sich nach vorn. Flüsterte ihm etwas ins Ohr.

Keine Minute später war Egon Borg tot.

Pling.

Dem Wind folgte der Seegang, der nie reißerisch war wie der Wind selbst, nicht annähernd so verzehrend und zerstörerisch, aber nichtsdestotrotz gefährlich. Wie ein ins Rollen geratener Felsbrocken.

Jacob gab keinen Ton von sich. Saß einfach nur da, auf einem wackligen Hocker, und fingerte an der kaputten

Bratsche herum. Er war auf das Instrument gefallen. Eine einzige Saite war noch intakt, die übrigen hatten sich am Wirbelkasten zusammengerollt. Der Kinnhalter war abgebrochen und schrammte über Holz, als Jacob darüberstrich.

Pling.

Er schaffte es nicht, die Finger von der Saite zu nehmen.

Kafa saß auf einem Sofa an der Wand. Sie hatte beide Hände in ein feuchtes, blutbeflecktes Handtuch gekrallt. Wischte sich damit ohne Unterlass um den Mund. Spuckte in das Handtuch, spuckte erneut.

Fredrik hatte die Garderobentür abgeschlossen. Außer ihnen war niemand mehr da. Er half seinem Sohn aus der Jacke, krempelte ihm den Hemdsärmel nach oben. *Pling.* Zog die Kappe von der Kapsel, stach die Nadel in seinen Arm und drückte den Stempel durch. Wiederholte das Prozedere bei sich selbst. Dann wickelte er Jacob in eine Decke und kniete sich vor ihm hin. Legte den Zeigefinger auf die Lippen.

»Das darfst du niemandem erzählen.«

Pling.

Epilog

Neujahr

In der Glastür sah sie ihr eigenes Spiegelbild. Eine dünne Schneeschicht hatte sich auf ihre Schultern gelegt. In der Kälte hatte sie jedes Gefühl in den Händen eingebüßt, und sie musste sich aus den Handschuhen schälen, bevor sie dem Klingeln des Handys ein Ende setzen konnte.

»Nein«, antwortete sie kurz. »Sie ist tot. Ich habe die Fotos. Ruf an, wenn du da bist.«

Der Geruch war der immer gleiche: nach Reinigungsmitteln, Desinfektionslösung, Medizin. Nach angebranntem Essen. Auf dem Bildschirm vor dem Überwachungsraum blinkte eine Zimmernummer auf. Dann erklang ein leiser Warnton. Gummisohlen klatschten über Linoleum. Ein buckliger alter Mann saß auf einem Stuhl vor einem Fernseher. Sein Kopf schaukelte leicht von einer Seite zur anderen – nur nicht im Takt mit der Darbietung der Wiener Philharmoniker auf dem Fernsehschirm.

Sie nickte den Pflegern zu. Der älteste, ein bärtiger Mann mit roten Wangen, stand auf. »Er ist gestern Nacht aufgewacht.«

Die Frau lächelte schief. »Von den Silvesterraketen?«

»Er hat sich wieder beruhigt, als wir ihm Kopfhörer aufgesetzt haben. Jetzt will er sie nicht mehr hergeben.«

Das Zimmer lag am Ende des gelb gestrichenen Flurs. Die schwere Tür ging lautlos auf. Sie wartete, bis das Licht von draußen nur mehr ein Schimmer rund um den Rahmen war, bis die Geräusche von draußen verstummt und das Einzige, was sie noch hörte, seine langsamen Atemzüge waren. Der Wecker, der auf dem Nachttisch tickte. Dann stellte sie die Tasche auf das schmale Sofa und legte Parka und Mütze darüber.

»Ein gesundes neues Jahr«, sagte sie, auch wenn der Patient sie nicht hören konnte. Sie zog einen Stuhl heran und nahm seine Hand. Strich mit dem Daumennagel über die Innenseite seines Handgelenks. Er japste leicht nach Luft. Die Berührung, der Geruch – er wusste, dass sie es war.

Sie hielt seine Hand, bis das Zittern aufhörte. Dann hob sie den Kopf. Früher hatte sie sich selbst in seinen Augen gesehen, hatte das glatte Kinn streicheln können und gewusst, dass er ihre Züge hatte. Damals, als er noch ein kleines Bündel gewesen war – mit einer schwarzen Mähne und einem exakt für ihre Brust geformten Mund –, hatte sie neben ihm gelegen, und sie hatte geweint. Vor Stolz, aus Liebe, aus Angst vor der Zukunft. So wie sie jetzt weinte.

Mit der Hand strich sie ihm über seine säureverätzte Wange. Rieb mit den Daumen sachte über das geschmolzene Augenlid und spürte die Leere dahinter. Fuhr über die Vertiefung, wo sich einst der Nasenrücken befunden hatte. Dann schob sie die Kopfhörer beiseite und lehnte sich nach vorn.

»Ein gesundes neues Jahr, Nomi«, flüsterte sie und legte ihre Arme um seinen Hals. »Mein Junge …«

Als er wieder eingeschlafen war, nahm sie die Tasche vom Sofa und ging ins Badezimmer. Stellte sicher, dass die Tür abgeschlossen war, bevor sie die Bluse abstreifte und sich vor dem Schrank auf die Zehenspitzen stellte. Das Handy klingelte, aber sie ignorierte es. Ihre Hand wusste genau, wo sie hinmusste. Im oberen Regalfach ganz hinten, da. Sie tastete über das Leder. Wickelte es auf. Stellte sich vor den Spiegel. Sah sich selbst. Die Duschkabine und die hellgrünen Wände hinter ihr.

Das Leder brannte auf ihrer Schulter. Sie schlug zu, wieder und wieder. Schlüsselbein, Hals. Über den Rücken. Sie peitschte sich, bis ihr schwarz vor Augen wurde, schlug weiter, zählte die Atemzüge, ließ sich selbst keine Sekunde lang aus den Augen. Hielt ihren von Selbsthass erfüllten Blick gefangen. Erst als die Beine unter ihr nachzugeben drohten, hörte sie auf. Nahm das Telefon aus der Tasche und machte ein Foto.

Erst nachdem sie sich wieder angezogen hatte, rief sie zurück.

»Hallo? Hier ist Kafa. Bist du schon da?«

»Ich stehe vor der Tür«, antwortete Fredrik.

Er hatte auf der gegenüberliegenden Straßenseite geparkt.

»Ganz schön frostig«, stellte sie fest.

»Eigentlich zu kalt für Schnee«, pflichtete Fredrik ihr bei. Er legte den Kopf auf die Holzkugeln, die über der Nackenstütze lagen. Sah sie an. »Ist etwas passiert?«

»Ach was«, sagte Kafa. »Kältetränen.« Sie zog die Tasche auf und nahm einen Umschlag heraus. Entnahm die Fotos. »Auf kurze Entfernung in den Nacken geschossen. Hatte sie nicht Zwillinge? Herr im Himmel …«

Fredrik starrte über seine Brille hinweg die Fotos an. Petra Johanssens lebloses Gesicht. Aus dem halb geöffneten Mund der Virologin war Blut bis zum Saum der Mütze gelaufen.

Sie fuhren über die Uelands gate am Alexander-Kielland-Platz vorbei. Kaum ein Auto auf der Straße. Keine Sonne, keine Wolken, nur grauer Himmel über ihnen. Keiner sagte etwas, bis sie sich weit außerhalb der Stadt befanden.

»Das war kein Scharfschütze der Spezialeinheit, der Egon Borg erschossen hat.«

»Was meinst du?«

Fredrik zögerte kurz. »Sie haben ein Gewehr gefunden. Oben auf den Rängen. Ein schwedisches Scharfschützengewehr – PSG 90. Mit den Fingerabdrücken des Schützen am Kolben. Es gehörte dem fünften Soldaten. Demjenigen, der ohne Gesicht zurückgekehrt ist.«

Sie hatten dort oben auch einen Fedora gefunden. Und einen schwarzen Mantel.

»Staffan Häyhä«, sagte er. »Der Name des fünften Soldaten war Staffan Häyhä.«

Leseprobe

aus

Der Verräter

von Ingar Johnsrud

Oslo, Norwegen: Ein Mitarbeiter des norwegischen Verteidigungsministeriums und seine Freundin werden ermordet in einer Autowaschanlage gefunden. Das Wort »Verräter« wurde auf den Wagen geschmiert. Wenige Tage später verschwindet eine Reporterin spurlos. Sie hatte nicht nur in der Vergangenheit des Toten gewühlt, sie suchte auch nach Informationen über Hauptkommissar Fredrik Beiers verstorbenen Vater. Als während der Ermittlungen immer mehr Verbindungen zu Fredriks Leben und seiner Vergangenheit auftauchen, muss er sich fragen, wem er noch trauen kann. Sogar seine Partnerin Kafa Iqbal scheint etwas vor ihm zu verbergen. Der Politskandal, dem er schließlich auf die Spur kommt, hat so ungeahnte Ausmaße, dass er alles bisher Dagewesene in den Schatten stellt …

1

Die Kerze weinte eine einsame Träne, der Pfarrer faltete die Hände und betete. Er sprach das Gebet leise und nur für sich. Dennoch kamen die Worte zu schnell. Sie folgten dem Takt seines Herzens. Er löste die krummen Finger voneinander und öffnete die Augen.

In dem länglichen Fenster hoch oben in der Wand sah er sein flackerndes Spiegelbild. Draußen war es dunkel, und er nahm eine leichte Melodie wahr. Die sanfte Berührung des Schnees auf der Scheibe.

Eine schwere Flocke hatte sich auf das Glas gelegt, direkt auf den Widerschein der Kerzenflamme. Die Wärme von innen ließ den Schnee schmelzen, sodass die Flamme mehr als ein rötlich-gelber Punkt auf der Scheibe war. Der Widerschein breitete sich wie konzentrische Kreise in einem stillen Gewässer aus, verlieh dem Boden, dem Kreuz und der Bibel eine warme Färbung. Als er schließlich auch seine kniende Gestalt umrahmte, wusste er, dass der Schnee kein Schnee war, sondern dass der Herr zu ihm sprach.

Der Neuschnee machte diese Nacht zwischen Weihnachten und Neujahr so weiß und rein. Der Pfarrer dachte an die Unschuld, die in einer Weihnachtsnacht vor so langer Zeit geboren worden war und den armen Seelen der Welt einen neuen Weg eröffnet hatte. Damit bekam alles um ihn herum einen Sinn: die Eisenstangen vor dem Fenster, die Stahlpritsche mit der dünnen Matratze entlang der Backsteinwand, die Kellerdecke mit ihren Unebenheiten und

Flecken, bei denen er sich oft vorstellte, es wären Wolken, und die schwere Tür mit der Luke, zu der er sich hinunterbeugen musste, um hindurchsehen zu können.

Alles hatte eine Bedeutung und alles sprach zu ihm mit klarer Stimme. Er schloss die Augen, faltete erneut die Hände und betete. Langsam dieses Mal. Selbstsicher.

Er hörte den Schließbolzen, und dann stand der Wachmann im Raum, ein großer, hohlwangiger Kerl. Er hieß Richard, und trotz des Gefälles in Stellung und Rang kamen sie gut miteinander aus. Es kam vor, dass Richard, nachdem er den Arm des Pfarrers am Bettgestell festgekettet hatte, sich zu ihm setzte, und dann redeten sie. Bevor ihm das Leben übel mitgespielt hatte, war der Wachmann Sportler gewesen. Er kehrte oft zu diesem einen Augenblick zurück, fingerte an dem Ring herum, den er an einer Kette um den Hals trug und fragte den Pfarrer, ob sich für so etwas Vergebung finde. Dann entspannten sich die Lippen des Pfarrers. Sein Blick wurde milde, und er reckte das Kinn.

»Selbstverständlich findet sich Vergebung«, pflegte er zu sagen. »Demjenigen, der glaubt, wird alles vergeben.«

Allerdings war es nicht das Gerede des Wachmanns, das den Pfarrer interessierte, sondern sein Schweigen. Richard konnte stundenlang zuhören, während der Pfarrer erzählte: von den Heuschreckenschwärmen, die Gott auf das ägyptische Volk losgelassen hatte; von der Sintflut, die die Erde von Misswirtschaft und Untauglichkeit gereinigt hatte; von den Spaniern, die nach Amerika gekommen und eine Krankheit mitgebracht hatten – die Pocken, die innerhalb weniger Jahre das mächtige Aztekenreich ausgelöscht und fast einen ganzen Kontinent zerstört hatten, um der Christenheit den Weg freizumachen.

»Nichts düngt den Boden des Glaubens mehr als quälende Schreie und Blut. Deshalb halten sie mich hier fest«, sagte der Pfarrer.

»Eine Bibel, eine Kerze, zwei Streichhölzer, ein kleiner Teller, ein Glas, eine Kaffeetasse, ein Buttermesser…« Der Wachmann hob den Kopf. »Das Kreuz?«

»Das Kreuz?«, entgegnete der Pfarrer. »Ich habe heute kein Kreuz für das Gebet bekommen.«

Richard studierte das Blatt Papier in seiner Hand. Anschließend betrachtete er erneut die Gegenstände, die zwischen ihnen auf dem Boden lagen. Er runzelte die Stirn. »Ich hatte gehofft, wir hätten das hinter uns.«

Nachdem er das Bett überprüft, unter der Matratze und unter der Decke nachgesehen, nachdem er mit der Taschenlampe den Fensterrahmen, den elektrischen Heizkörper sowie den Spülkasten abgeleuchtet hatte, drehte er sich zu ihm um.

»Es tut mir leid. Sie kennen die Vorschriften.«

»Ich habe heute wirklich kein Kreuz bekommen.«

Der Wachmann legte den Kopf schief und wartete.

Langsam zog der Pfarrer das weite Hemd aus, schüttelte es demonstrativ aus und schleuderte es dann von sich. Anschließend ließ er die Hose zu Boden fallen. Ihre Blicke trafen sich, bevor der Wachmann entmutigt seufzte und den Schritt des Pfarrers in Augenschein nahm. Die Daumen glitten hinter den Gummibund der Unterhose. Als er nackt war, hob der Pfarrer erst den schlaffen Penis und anschließend die Hoden an.

»Drehen Sie sich um und gehen Sie in die Hocke.«

»Ich bin ein Mann Gottes. Glauben Sie, ich hätte mir das Symbol seiner Göttlichkeit in den Hintern geschoben?«

Richard schnaubte ungeduldig und vollzog mit dem Zeigefinger eine rotierende Bewegung. Als sich der Pfarrer aus der demütigenden Position erhoben hatte, drehte er sich wieder um und streckte die Arme, sodass seine Fingerspitzen die Decke berührten. Dann streckte er die Zehen, die zur Fußsohle hin eingerollt waren, spürte, dass sich löste, was dort festgekrallt war, und ließ den Fuß einige Zentimeter nach hinten gleiten.

»Sehen Sie? Kein Kreuz.«

»Was ist das da?« Der Wachmann beugte sich nach vorn. Betrachtete mit zusammengekniffenen Augen die Holzsplitter, die nun direkt vor den Füßen des Pfarrers lagen.

Wenn der Mensch nur hinsehen würde, fände sich Gott überall, wusste der Pfarrer. In dem Wind, der in den Baumkronen spielte; in den Larven, die einen toten Vogel verzehrten. Gott fand sich im modernen Erbgut des Virus sowie in der Art und Weise, wie der Herr dem Menschen erlaubt, es zu manipulieren. Gott war auch Zeit, Gletscher, die schmolzen, Steine, die zu Sand zermahlen wurden, und Beton, der barst und zu Staub wurde. Wie es bei dem Beton an der Decke über dem Pfarrer der Fall war. Dort hatte er einen Spalt gekratzt, bis in ihn das lange Ende eines angespitzten Kreuzes passte. Dem Pfarrer war es nicht gelungen, das Kreuz vollständig zu verbergen, aber das spielte keine Rolle. Denn wer betrachtet schon die Details einer Kellerdecke, die er schon so viele Male gesehen hat? Wachmann Richard jedenfalls nicht.

Der Pfarrer riss das Kreuz los. Richard schaffte es gerade noch den Kopf zu heben, gerade noch den Arm hochzuziehen, um sich zu schützen. Die Spitze traf die ausgestreckte Hand des Wachmanns, gleichzeitig packte ihn der nackte Mann am Kragen und zog ihn zu sich heran. Die hoch aufgeschossene Gestalt torkelte und schrie vor Schmerzen, als sie fiel. Mit den Knien presste der Pfarrer die Luft aus ihm heraus, packte ihn an den Haaren und zerrte seinen Kopf nach hinten. Dann schlug er das magere Gesicht gegen den Boden. Das Geräusch aufplatzender Haut und nachgebenden Knorpels war zu hören. Während der Körper unter ihm unkontrolliert zuckte, bildete die Blutlache auf dem Beton eine Art Heiligenschein.

Der Pfarrer fand den Punkt, nach dem er gesucht hatte. Dort zwischen den oberen Nackenwirbeln platzierte er die vor Blut triefende Spitze des Kreuzes. Erst wollte er sein Körpergewicht zum Einsatz bringen, dann aber zögerte er, hob den Kopf, erkannte in der Fensterscheibe den Widerschein dieser barbarischen Szene. Weiße Schneeflocken klebten an der Scheibe, es ähnelte einer unberührten Leinwand. Einem neuen Leben. Einer neuen Chance.

»Danke, Herr«, murmelte er.

2

Acht Wochen später

Als der liebe Gott dem Menschen die Trostlosigkeit zeigen wollte, schuf er den schneefreien Februar in Oslo.

Ein Stein hatte sich unter seiner Schuhsohle verkeilt, als Polizeihauptkommissar Fredrik Beier den Mittelaltersaal von Schloss Akershus betrat. Geräuschvoll machte er sich auf den Holzdielen bemerkbar.

Die Festtafel war für zweiundsiebzig Personen gedeckt. Viele der Gäste hatten bereits Platz genommen, unter Porträts von Feldmarschällen und verstorbenen Monarchen. Sein Namensvetter, der dänische König Frederik IV., glotzte arrogant vom Rücken eines sich aufbäumenden Pferdes herab. Weiter vorn entdeckte er Kafa Iqbals dunklen Lockenkopf und musste feststellen, dass die zur Uniform gehörende Mütze die Kollegin besser kleidete als ihn. Fredrik erinnerte sich nicht daran, wann er die Galauniform der Polizei zum letzten Mal getragen hatte, oder die zur Ausstattung gehörenden stumpfen Schuhe, vermutete jedoch, dass es anlässlich einer Beerdigung war.

Er erkannte den Minister und weitere hochrangige Leute aus dem Justizministerium, die Chefs des Polizeidirektorats, Polizeipräsident Trond Anton Neme sowie den geschniegelten Leiter des Dezernats für Gewaltverbrechen, Polizeidirektor Sebastian Koss. Kafa hatte einen Stuhl hervorgezogen, und Fredrik begriff, dass sie seine Tischnachbarin sein würde.

»Das ist ja ein höllischer Lärm, Beier. Versuchst du, dich durch das Fundament zu graben?«

Die Stimme gehörte einem kräftigen Kerl mit rundem grauweißem Gesicht und struppigen Haaren, die unter der Mütze hervorlugten und der ihm am Tisch direkt gegenübersaß.

»Franke«, sagte Fredrik und nickte kurz. »Ich dachte, du wärst heute Abend für den Abwasch eingeteilt?«

Franke Nore lachte dunkel und klopfte seiner Tischnachbarin, einem schmächtigen Spatz aus dem Ministerium, etwas zu heftig auf den Arm.

»Dreißig Jahre in Uniform«, sagte er, mit einem vielsagenden Blick auf den Orden an seiner Brust. »Sie müssen wissen, Fräulein, als ich in der Abteilung anfing, dachten wir ein Computervirus wäre eine Geschlechtskrankheit. Und die Diskette das Symptom.« Er lachte aus vollem Hals und reckte sich nach dem Begrüßungsdrink. »Ich habe gesehen, wie aus Laufburschen Mafiabosse wurden, Finanzjongleure mit Golduhr und Kokainbart, die als aidskranke Heroinwracks endeten.« Seine Hand zitterte leicht, als er das Glas an die Lippen setzte.

»Sie hatten sicher eine lange und interessante Karriere«, erwiderte die Frau. »Aber jetzt gehen Sie vermutlich bald in Rente?«

»Ja, das hoffen die Schweine«, antwortete Franke und legte den Arm auf ihre Stuhllehne.

»Sie wird um Jahre gealtert sein, bevor der Abend vorbei ist«, flüsterte Kafa. Fredrik grinste und löste den Kieselstein mit der Silbergabel aus der Schuhsohle.

Beinahe vier Jahre waren inzwischen seit der ersten Begegnung der beiden Ermittler vergangen. Kafa war Expertin für religiösen Fundamentalismus bei der Sicherheitspolizei gewesen und hatte ihn bei den Ermittlungen zu dem Massaker an einer christlichen Sekte unterstützt. Später hatte sie sich beim Dezernat für Gewaltverbrechen, Fredriks Abteilung, beworben, wo sie seither arbeitete. Das war der Grund, warum sie hier saßen, im Romerikssaal der Festung. Vor gut einem Jahr hatten Fredrik und Kafa einen Terroranschlag auf den Ministerpräsidenten des Landes, Simon Riebe, abgewendet. Heute Abend hatten Riebe und die Regierung als Dank zum Abendessen eingeladen. Erscheinen war Pflicht. Da Wahljahr war, hatte der Ministerpräsident außerdem dafür gesorgt, dass eine erkleckliche Anzahl an Wirtschaftsbossen, Politikern und Journalisten anwesend war.

Als Riebe den Saal betrat, verebbten die Gespräche allmählich. Er nutzte die Tür am unteren Ende des Saals und nahm sich auf seinem Weg ausreichend Zeit. Wer keinen Händedruck abbekam, dem wurde entweder ein keckes Zwinkern oder wenigstens ein Kopfnicken zuteil, abhängig davon, ob der Ministerpräsident den Betreffenden als einen

Sympathisanten oder einen potenziellen Störfaktor betrachtete. Auf halbem Wege hielt Riebe inne. Der Mann, der sich erhob und seine Hand ergriff, war allen bekannt: der Chef der Arbeiterpartei, Trym Dahl. Fredrik stellte fest, wie ähnlich sich die beiden Männer waren, der Ministerpräsident und der Oppositionsführer: beide Ende Fünfzig, leicht ergraut und mit hagerem Gesicht, so wie man sie auf Fotos von Marathonläufern sieht, die ein Stück hinter der Dreißig-Kilometer-Grenze an Herzinfarkt sterben. Sie trugen dunkle, schmal geschnittene Anzüge. Riebes Krawatte war privatisierungsblau, Dahls in Arbeiterblut getaucht.

»Hauptkommissar«, nickte Riebe Fredrik zu, als er an ihnen vorbeiging und Kafa die Hand entgegenstreckte. »Und Iqbal, wenn mir das Erinnerungsvermögen keinen Streich spielt? Ist mit Ihrer Tochter alles in Ordnung?«

Kafa schüttelte verwundert den Kopf. »Der Name stimmt, aber ich habe keine Tochter«, sagte sie schnell. Der Ministerpräsident sah auf. »Entschuldigen Sie. Zu viele Gesichter, wissen Sie. Auf jeden Fall möchte ich mich bei Ihnen für Ihren Einsatz fürs Vaterland bedanken. Heute Abend sind wir hier, um Sie zu feiern.« Er schlug die Hacken zusammen, positionierte sich hinter der hohen Lehne des Stuhls am Ende des Tisches und wartete darauf, dass im Saal vollständig Ruhe einkehrte.

Nach dem Hauptgang fand Fredrik endlich Gelegenheit, sich aus dem Staub zu machen. Im Fackelschein tanzten die Schatten über den Hof der Festung, während der Paraffingeruch in der Nase stach. Die steinernen Wände verstärkten das Geräusch seiner Schritte, und er hielt erst an, als er die Brücke über den Wallgraben außerhalb der Festungsmauer überquert hatte. Er legte den Kopf in den Nacken und lauschte dem Singen einer Schnur, die gegen einen Fahnenmast peitschte. Der Himmel war dunkel, der Mond, wie mit einem Fettstift hinter die Wolkendecke gemalt, zeigte sich lediglich als schlanke Silhouette. Dicke Flocken landeten auf seinen Wangen und legten sich ihm auf die Brillengläser. Erbarmte sich der Schnee endlich dieser Stadt?

Auf der Holzbrücke hinter ihm war der Klang hoher Absätze zu vernehmen.

»Fredrik Beier?«

Er senkte das Kinn und drehte sich um. Die Frau, die ihm die Hand entgegenstreckte, hatte ein schmales, hübsches Gesicht. Die blonden Haare reichten ihr bis über die Schultern, und er wusste, dass er sie schon einmal gesehen hatte.

»Ja?«

»Ich habe gesehen, dass Sie zu den Ehrengästen gehören und gehofft, Sie hier zu treffen.« Ihre Hand war knochig, wie die einer alten Frau, auch wenn sie wohl kaum die Dreißig überschritten hatte. »Benedikte Stoltz«, sagte sie und schob den Unterkiefer beharrlich nach vorn.

Jetzt wusste Fredrik, woher er sie kannte. Benedikte Stoltz war Reporterin bei TV 2. Er hatte sie in einer Dokumentation über Korruption in der Entwicklungshilfe gesehen. Sie hatte einen riesigen Aufruhr zur Folge gehabt.

»Ich weiß, wer Sie sind«, sagte er. »Ich bin jedoch nicht befugt, mit Journalisten zu sprechen.«

»Es heißt, Sie sind ein ehrlicher Bulle.«

Fredrik war groß gewachsen, fast eins neunzig, jedoch brauchte er den Nacken nicht zu beugen, um ihr in die Augen zu sehen. »Sind Sie deshalb hier? Um nach ehrlichen Leuten zu suchen?« Er lachte trocken. »Sie wissen, dass der Saal dort drinnen bis zum Bersten mit Politikern gefüllt ist?«

Sie lachte nicht. »Sie sind der Sohn von Ken Beier, richtig?«

Fredrik neigte den Kopf zur Seite. Was war das hier? Sein Vater war vor über zwanzig Jahren gestorben. Ein Bürokrat, der sein Leben hinter einem Schreibtisch verbracht hatte.

»Ihr Vater hat für die Amerikaner gearbeitet, wenn ich mich nicht irre? Bei der Botschaft?«

»Ja?«

»Ich arbeite an einer Aufstellung. Es geht um ein Militärprojekt, eine Kooperation zwischen norwegischen und amerikanischen Behörden während des Kalten Krieges. In diesem Zusammenhang ist der Name Ihres Vaters aufgetaucht. Ich versuche zu verstehen, worin seine Arbeit bestanden hat.«

Fredrik lächelte höflich und gab ihr ein Zeichen, dass er zur Feier zurückmüsse. Ein kühler Luftzug begleitete sie entlang der Wände der überdachten Toreinfahrt.

»Sorry, ich weiß nicht, was mein Vater genau getrieben hat, aber glauben Sie mir, er war kein spannender Typ. Ich vermute, Sie jagen den falschen Ken Beier.«

»Vielleicht«, entgegnete die Journalistin. »Vielleicht. Sagt Ihnen der Name Ravnli etwas?«

»Nein.«

Auf der Schlosstreppe standen drei Männer im Anzug und rauchten. Sie mussten das Geräusch ihrer Schritte gehört haben, zumal einer von ihnen, ein dicker Kerl mittleren Alters mit hervortretenden Augen und geröteten Wangen, in ihre Richtung starrte. Dann ballte er die Faust und reckte seinen fetten Mittelfinger in die Höhe.

»Scheiße«, sagte Fredrik. »Hat der Drecksack mir gerade den Finger gezeigt?«

»Die Geste hat vermutlich mir gegolten«, beruhigte ihn

Benedikte trocken. »Wir hatten vorhin eine kleine Meinungsverschiedenheit.«

»Eine Meinungsverschiedenheit?«

Sie zuckte mit den Schultern. »Einfach eine Diskussion. Wissen Sie, wer das ist?«

»Nein«, sagte Fredrik.

»Henry Falck, stellvertretender Direktor der Unternehmensberatung Faarmand-Bernier. Er arbeitet an einem Projekt für die Behörden, aber keiner rückt damit heraus, worum es sich dabei handelt. Das ganze Projekt unterliegt strengster Geheimhaltung. Gerüchten zufolge bahnt sich ein Skandal an.«

»Und Sie sind hier um … ein bisschen zu spionieren. Ich dachte, Sie wollten mit mir sprechen?«

»Ich wollte Sie nicht eifersüchtig machen. Veranstaltungen, bei denen sich so viel Macht an einem Ort ballt, sind gut für diejenigen, die herausfinden wollen, was sich hinter verschlossenen Türen abspielt. Aber Sie verstehen sicher, dass er nicht mit mir sprechen will.«

»Hinter verschlossenen Türen.« Fredrik schnaubte. »Viel Erfolg. Was meinen Vater betrifft, sollten Sie meiner Meinung nach Ihre Quellen noch einmal checken. Ich muss wieder rein. Zur Ziehung der Kuchenlotterie.«

Als er schon im Gehen begriffen war, zog sie eine Visitenkarte aus der Tasche, kritzelte eine Telefonnummer auf die Rückseite und bat ihn, sie anzurufen, falls er seine Meinung doch noch ändern sollte. »Niemand muss erfahren, dass wir miteinander gesprochen haben.«

»Keine Sorge«, antwortete Fredrik. »Ich werde nicht anrufen.«

Es war schon spät, als die Bartür hinter ihm ins Schloss fiel und den Zigarettenrauch von draußen mit nach drinnen beförderte. Fredrik torkelte, bis er das Geländer fand. Von irgendwo dort oben ertönten Lester Youngs sanfte Saxofonklänge, vermischt mit Gelächter, Geplauder und dem Geruch von Stearin.

Er hatte nach dem Festessen eigentlich nach Hause gehen wollen, doch die Schneeflocken, die sich jetzt über die Stadt legten und deren Sünden bedeckten, hatten etwas Hoffnungsvolles an sich gehabt. Deshalb hatte der Gedanke, die Tür zur dunklen Wohnung aufzuschließen, sich auszuziehen, sich trostlos einen runterzuholen und sich anschließend seinem alten Albtraum zu ergeben, auf der Rückbank des Taxis plötzlich unerträglich gewirkt. Fredrik hatte mit der Faust gegen die Kopfstütze geklopft und den Fahrer gebeten, ihn zur Grønlandsleiret zu fahren. Er wusste, dass es dort Medizin gegen sein Leiden gab. Sie kam sowohl im Glas als auch auf zwei Beinen daher.

Dem Kalender zufolge war es Mittwoch, in der Jazzbar Paris H war jedoch Wochenende. Fredrik steuerte auf eine Lücke zwischen Designerbrillen und wohlfrisierten Bärten an der Theke zu. Auf sonderbare Weise machten die Leute Platz, während Barkeeper Pierre ihm zuzwinkerte und breit grinste.

»Bist du dienstlich hier?«

»Was meinst du?«

Pierre machte einen Schritt zur Seite, sodass Fredrik sich im Barspiegel sehen konnte.

»Ach, verdammt«, stöhnte er. Die Mütze saß schief, während die Goldtressen auf der Uniformschulter funkelten. Der Orden mit Lorbeerzweig, den der Ministerpräsident einige Stunden zuvor an seine Brust geheftet hatte, baumelte über den Trinkgläsern.

»Kostümball«, murmelte er nur. »Ist es einem Schwerstarbeiter möglich, hier etwas zu trinken zu bekommen?«

»Scotch?«

»Für Whisky ist es zu spät, Pierre. Gib mir einen Drink. Irgendwas Saures und Farbloses.«

Fredrik drehte sich um und stützte die Ellenbogen auf die Theke. In Vasen auf barocken Sockeln waren Blätterarrangements drapiert, was dem Ort ein Dreißigerjahre-Flair verlieh. Die Jazzplakate stammten aus den Fünfzigern, und Fredrik selbst stammte aus den Sechzigern. Soweit er es beurteilen konnte, waren das die einzigen Museumsgegenstände hier. Herrgott, wie verflucht jung alle inzwischen waren.

»Pierre?«

Der Parfümgeruch kroch Fredrik in die Nase. Süßlich, Vanille und Zimt. Er zuckte leicht zusammen. Früher hatte er mal eine Frau gekannt, die so gerochen hat, die Stimme gehörte jedoch einer anderen. Sie war rostig. Rau.

»Er hat keine Ahnung, wie ich wirklich heiße«, hörte er den Barkeeper antworten. »Er glaubt auch, Paris H hätte was mit Frankreich zu tun.«

Die Frau reichte Fredrik nur bis zur Brust. Die dunkelroten lockigen Haare fielen ihr über die Schultern. Sie trug ein bürograues Kostüm, wobei der BH durch die Bluse hindurchschien.

»Fredrik«, sagte Fredrik und streckte ihr eine Hand entgegen.

Die Lippen waren Ton in Ton mit den Haaren geschminkt, und sie betrachtete ihn mit meerblauen Augen. Nicht ganz sein Typ, aber dann war da dieses Lächeln. Spielerisch und verführerisch. Animalisch.

»Angenehm, *Officer*«, sagte sie und nahm seine Hand. Sie trug glatte Lederhandschuhe.

Der Barkeeper schob einen nach Kiefer duftenden Drink über die Theke.

»Für die Dame auch einen, Pierre«, sagte Fredrik, ohne den Blick von ihr zu wenden. Sie presste die Zungenspitze gegen die Oberlippe, öffnete ihr Portemonnaie und reichte dem Barkeeper ein paar Scheine.

»Heute Abend nicht, mein Freund«, sagte sie, zwinkerte ihm zu und verschwand.